작가작품론의
정체성과 이데올로기

한승옥 외

박문사

서 문

　이 책은 대표저자를 포함한 12명의 학위논문을 요약하거나 일부를 발췌
하여 묶은 작가작품론이다. 대표저자가 박사학위 논문을 쓸 때 이광수를
분석한 틀로 잡은 것이 '시간과 동일성'이다. 특히 동일성 문제는 그동안
계속하여 추구하여 왔던 학문적 화두였다. 변하는 것 중에서 변하지 않는
것의 의미 발견이 주된 과제였다. 요즈음은 탈근대성과 타자성을 화두로
삼아 연구가 진행되고 있다.

　동일성과 타자성은 동전의 양면과 같다. 대표저자가 권두 논문에서 이
광수의『무정』을 '동일성과 타자성'으로 분석한 것도 이에 근거한다.『무
정』의 소설내적 갈등의 주원인은 인물들 간의 동일성 확인의 실패에 있다.
특히 여주인공 박영채는 내적 자아와 외적 자아의 괴리로 극심한 정체성
의 혼란을 경험한다. 이로 인해 그녀는 빠르게 타자화된다. 또한 청년기에
접어든 모든 주요 인물들은 사회에 적응을 하지 못하고 위기의식을 느낀
다. 이들은 사회와 내적 자아가 동일화되지 못함으로써 타자화된다. 작가
는『무정』에서 병욱과 영채를 통해 암시적으로 동양과 서양을 접목시켜
새로운 정체성을 재생시킨다. 그러나 이것은 암시와 상징으로 끝날 뿐 완
성에는 이르지 못하고 있다.

　이병렬은「이태준 소설의 인물성격화 유형」에서 이태준의 전 소설을
제목과 명명법, 분위기, 사건의 전개, 간접제시 그리고 유년기 체험의 형상
화 등을 분석한다. 이병렬의 논지에 따르면, 이태준은 인물과 관련된 제목
을 통해 인물의 성격을 암시한다. 아이러니 기법 혹은 음성 상징에 의한

명명법을 통해 정적인 인물을 효과적으로 드러낸다. 단편의 경우 주로 결말에서의 간접제시를 통해 독자의 상상력을 극대화한다. 동적 혹은 입체적 인물은 대부분 사건의 전개 과정 속에 그 성격이 형상화된다. 특히 장편에서는 유년기 체험의 형상화를 통해 두 부류의 인물을 뚜렷하게 성격화된다고 결론내리고 있다.

강운석은 「박태원 소설의 일상성과 동일성」에서 모더니즘 소설의 핵심은 주체의 위기의식에서 비롯된 현대성의 여러 특질들이라고 규정한다. 박태원의 모더니즘 소설에서는 현대성과 동일한 개념으로 일상성이 작품 속에 투영되고 있고, 압제받는 현실을 왜곡시키는 억압구조에 대한 미학적 저항의식을 표출되고 있으며, 일상적 공간이 기호로 인식되면서 새로운 담론이 잉태된다고 논증한다.

구체적으로 '공적 공간 / 사적 공간'의 대비를 통하여 왜곡된 현대성을 드러내고 있으며, '광고, 다방, 버스, 경성역, 카페' 등의 근대적 기호를 소설의 핵심에 배치함으로써 새로운 일상의 충격과 과거와 현재의 단절에서 오는 일상의 불균형, 이로 인한 주체의 위기의식을 나타내고 있다고 설파한다.

제2부 '근현대 한국소설의 비평적 성찰'은 비평적 성격이 강한 글을 묶은 것이다. 「염상섭 『삼대』의 정신분석 비평 읽기」는 『삼대』를 정신분석 비평으로 독해한 결과물이다. 『삼대』에 나오는 인물들은 모두가 친밀함을 회피(fear of intimacy)하는 인물들로 특징지워진다. 친밀함의 회피는 죽음으로부터 도피하려는 방어기제의 일종이다. 『삼대』에 나오는 인물들은 모두 병들어 있는 인물들이다. 이는 식민지 현실에서 우리 민족 모두가 정신적으로 병들어 있음을 의미한다. 돈이 많은 조씨 일가와 그에 빌붙어 먹고 사는 인간 군상들은 돈에 정신이 팔려 그를 통해 죽음을 유보해보려 하지만, 역설적으로 더 급속히 죽음 속으로 휘말려 들어간다. 그 반대편에 서 있는 의식화 작업을 하는 인물들은 건강한 정신력을 보여주지만, 이들

역시 역설적이게도 서로의 이데올로기적 생명을 유지하기 위해 서로가 서로를 견제하며 서로가 거리를 유지한다. 『삼대』는 식민지 치하에서의 우리 모두의 정신병력의 기록이며, 작품 전체가 기억하고 싶지 않은 한바탕의 악몽의 기록이다.

황국명은 「채만식 소설의 비판적 이해」에서 작가의 세계를 보는 시각의 독특성을 읽어내고 있다. 채만식은 소설이 상품과 예술품 사이에 놓일 수밖에 없는 근대적 현실에 고통을 경험한다. 그는 생산보다 소비현상을 주목하고, 소비하려는 욕망과 소비할 수 있는 능력 사이의 괴리로 인한 삶의 불행을 주목한다. 또 프로문학의 추상성을 비판하고 현실에 대한 부정적 시선, 경험에 대한 비극적 시각을 표나게 드러낸다. 문학에 대해 행동보다 인식기능을 강조하되, 채만식의 소설은 자연주의적 서사전략으로 상하층 모두의 타락과 비참을 세밀화한다. 지식인의 자기풍자와 아이러니가 현저한 이유도 이와 무관하지 않다. 채만식 소설에서 역사는 상층의 타락으로 점철된 것이며, 기층민중은 추악한 종족근성을 지녔을 뿐 역사를 끌어가는 주체로 여겨지지 않는다는 것이 논자의 견해다.

이정석의 「장용학 『요한詩集』의 지향과 해체의 변증법」은 50년대를 대표하는 작품의 하나인 장용학의 「요한시집」을 분석한 글이다. 1950년대의 문학을 논의할 때면, 대부분의 논자들이 그 허무주의적 성격만을 부각시키며, 50년대의 문학을 '불안과 절망의 문학'으로 규정하려 든다. 이정석은 50년대 문학이 지닌 긍정적 속성을 발굴함으로써 문학사적 연속성의 논리적 토대를 확보하고자 한다. 이를 위해, 그는 50년대 문학의 긍정성과 현실 극복의지를 '유토피아'의 관점에서 살펴본다. 그 결과 흔히 인식하는 것처럼 50년대의 문학이 허무의지만을 들어내는 불안과 절망의 문학이 아니라, 압도적인 역사적 현실에 직면해서도 나름대로 현실을 극복하려는 의지를 담아내고 있음을 밝혀내고 있다.

이용군은 「아버지 죽이기를 통한 계몽의 의지」에서 이광수의 『무정』을

'아버지 죽이기를 통한 계몽의 의지'라는 측면에서 고찰한다. 이광수 문학의 핵심으로 파악되는 고아의식을 가족서사의 맥락을 통해 분석하고, 작품 속에 등장하는 '아버지'들을 시대와의 관련성을 통해 제시한다. 또한 식민지의 '아버지'들과 직접적인 관계를 맺고 있는 '자식'들의 욕망을 가족서사의 틀을 통해 분석한다.

이금란은 「박경리 소설 가족 서사 기원 탐색」에서 박경리 가족 서사의 기원에 유년의 원초적인 상실체험이 자리하고 있음에 주목한다. 이 글은 유년에 이루어진 상실체험으로 인해 아이들은 극심한 분리불안의 상태에 놓이게 되고, 그로인해 지독한 성장장애를 겪는다는 관점을 유지한다. 그로인해 여성/남성인물들은 지독한 자기 소외와 결벽적인 성격을 형성함을, 또한 타인과의 관계 맺기에도 대부분 실패함을 규명하고 있다.

제3부 '기독교 담론과 모티프 구현 양상'은 기독교적 관점에서 한국현대소설을 논한 것이다. 「황순원 장편소설의 죄의식과 성모마리아 구원체계」는 황순원 소설의 기독교적 특징을 '죄의식과 모성적 구원체계'를 핵심으로 작가의 기독교적 세계관을 규명한 논문이다.

황순원 소설의 일관된 주제는 상황과 숙명이 만들어 낸 악과의 준엄한 대결이다. 그는 근본이 선량한 인간을 사악하게 만드는 제반 상황을 악으로 규정하고 있다. 그의 소설에서 악은 죄의식과 상처를 만들어내는 근원자다. 황순원은 죄의식에 고뇌하며 속죄의 길을 모색하는 내성적이고 양심적인 인간상의 조형한다. 이를 통해 황순원은 인간이 어떻게 살아야 하는가 하는 근원적 탐색을 시도한다. 황순원 문학에 나오는 인간들은 상황의 변화에 의해 죄를 저지른다는 점에서 변함이 없으나 그 상황은 작품에 따라 정치적 이데올로기, 전쟁, 숙명, 민족성, 공해 등 그때마다 변하며, 이 변화되는 상황은 결국 인물들을 죄짓게 만든다는 데에서 지속적 일관성을 보여 준다. 원죄에 가깝다. 자의에 의한 죄가 아니라 타의에 의한 숙명적 죄악이다. 이 죄의식은 상처로 남게 되고, 동일성을 상실하게 하는 원인자가 된다. 상실한 동일성은 어떻게 해서든 다시 회복되어야 한다. 황순원은 이것을 작품 속에서 성모마리아 모티프 구원체계를 통해 변증법적으로 지양시켜 해결한다. 정반합의 원리에 따라 지적으로 통일시켜 나간다. 구원의 문제는 동일성 상실과 극복에 있어 핵심적 과제다. 구원이 약속될 때 진정한 동일성도 가능해진다. 이들 통해 비로소 황순원은 신의 문제에까지 이른다.

차봉준의 「김동리 단편소설의 성서 모티프 수용」은 김동리 소설을 기독교의 다양한 전승들과 상호 텍스트적 관계에서 비교하여 그 수용의 실태와 변이 양상을 고찰한다. 김동리는 한국의 작가들 중에서도 샤머니즘, 불교, 기독교 등의 다양한 종교적 상상력을 소설 창작의 소재로 가장 적절히 다룬 소설가로, 예수의 출생(出生)에 얽힌 기독교의 전승을 바탕으로 샤머니즘과의 친근성을 보여주고 있으며, 예수의 유년기 성장에 얽힌 기독교의 전승을 통해 동양적 윤리의식과의 친근성을 보여준다. 김동리는 예수의 죽음과 부활에 대한 기독교의 전승을 통해 영지주의자들과 유사한 인식을 보여준다. 기독교의 전승을 다룸에 있어서 그는 후기로 갈수록 보다 과감한 경전 해석과 변형의 태도를 시도한다.

기애도의 「1980년대 한국소설에 나타난 기독교 담론」은 1980년대 한국소설에 나타난 기독교적 담론을 분석한 것이다. 이 논문은 기독교인들의 신앙적 고뇌와 분투가 구체화된 서사를 중심으로 교리의 핵심 주제인 구원론, 예정론, 신정론, 교회론을 다루고 있다. 주요 내용은 1980년대 소설에 나타난 '구원의 여정', 창조주와 피조물의 관계 규정, 식민지와 6.25를 겪어낸 한 청년의 삶과 죽음의 조명, 개인 구원과 사회구원의 우선순위를 고민하는 교리적 논쟁 등이다.

제4부 '작가작품론의 영역 확대'에서는 장르의 확대와 심화는 물론, 해

외교민의 시를 정체성의 관점에서 논의한 글을 실었다.

최미정의 「재미 뉴욕시인 시의 변별적 특성」은 현재 뉴욕에서 활동하고 있는 최정자, 김윤태, 장석렬의 시를 분석한 글이다. 이 논문은 뉴욕지방을 중심으로 한 재미한인 한국어 시문학의 현주소와 재미한인 문학의 현황과 가능성을 고찰한다. 네 시인의 작품을 통해 본 재미한인 시문학의 주제는 크게 고향상실의 체험, 이민자로서의 애환과 정체성에 대한 고민, 그리고 이방인의식을 극복하고 새로운 고향을 찾아가는 과정 등이다. 네 시인의 작품에는 이민작가로서 그들의 고충과 한계, 그에 대한 고민이 드러나고 있어 현재 재미한인 문학의 현실을 이해할 수 있게 해준다.

진창영의 「신라시학의 원리와 노장사상」은 시에 나타난 신라시학의 원리와 노장사상을 논한다. 논자는 향가와 그 배경설화 속 이야기의 원리가 현실적 인간의 지덕지성의 마음에 의한 행위의 결과 천지자연의 감응이라는 인과응보의 논리 속에 숨어 있다고 보았다. 이것은 당대 사람들에 대한 종교적 교시성의 측면이 강하지만 그 원리를 또 다른 관점으로 보면 노장사상의 무위·자연의 은일성이라고도 할 수 있다는 관점이다. 다시 말해 인과응보란 현실적 인간들에 대한 교시성을 강조하기 위한 장치이며 반드시 불교적 논리만은 아니고, 일연(一然)의 용어인 지덕지성(至德至誠)의 마음에 상응하는 노장적 용어인 심재(心齋)와 좌망(坐忘)에 의한 결과라는 것이다. 이것의 저변에는 자연과 무위가 깔려 있다.

이재홍의 「게임 스토리텔링-게임 구성의 4요소」는 게임 스토리텔링에 대한 이론적인 근거와 창작원리를 이론화시키고 체계화시켜 실무형 게임 스토리텔링론을 제시해 보고자 하는 의도에서 집필된 논문이다. 이 논문은 게임을 구성하고 있는 4요소인 세계관, 사건, 인물, 인터랙티브요소를 중심으로 스토리텔링론을 제시한다. 그리고 섬세한 스토리텔링이 요구되는 각 요소들의 연구 결과는 리스트형식으로 마무리한다. 게임분야는 아직 연구해야할 영역이 많은 신생 학문인만큼, 다양한 예술 및 인문학적인 연구가 꾸준하게 이루어져야 할 것이다. 이 논문에서 다루어지고 있는 4가지 요소의 스토리텔링 연구는 지금까지 미약했던 극히 일부의 스토리텔링 방법론을 제시했을 뿐이다. 게임 내부에 실핏줄과 같이 얽힌 내러티브 요소들에 대한 스토리텔링이 향후에 좀 더 구체적으로 연구되었을 때, 비로소 게임의 진화의 방향을 제시할 수 있는 실무적인 스토리텔링 방법론은 완성될 것이다.

12명의 글을 한 곳에 모아 놓고 보니 모두가 개성이 강하고 나름대로 독특한 견해가 담겨 있다. 대표저자가 33년 동안 이들 훌륭한 학자들과 사제의 연을 맺으며 지내온 과정이 고맙기만 하다. 하나하나의 추억이 주마등처럼 지나간다. 이제는 모두 중견학자들로 견실하게 성장하여 학계에 중요한 버팀목이 되고 있다. 이들 모두가 앞으로 찬연한 업적을 쌓아 한국학계에 대들보가 될 것이라 확신한다.

이 책이 나올 때까지 제자들에게 빚진 것이 많다. 바쁜 중에도 주옥같은 글을 보내준 것에 감사한다. 특히 모든 것을 총괄해 준 이정석 박사와 실무를 담당하며 책이 출판될 수 있도록 열과 성을 다한 차봉준 박사에게 감사한다. 어려운 출판사정에도 출판을 기꺼이 맡아 주신 박문사 사장님과 정성스럽게 책을 만들어 주시느라 수고하신 박채린님께도 감사의 마음을 전한다.

2010년 12월
대표저자 한승옥 씀

목차

작가작품론의
정체성과 이데올로기

Ⅲ. 기독교 담론과 모티프 구현 양상

Ⅳ. 작가작품론의 영역 확대

작가작품론의 정체성과 이데올로기

I

한국현대소설의 정체성 탐색과 이데올로기적 지평

작가작품론의 정체성과 이데올로기

이광수『무정』의 동일성과 타자성

한승옥

　인간은 항상 변하는 존재다. 인간은 시간의 흐름 속에서 항상 변전한다. 그러나 인간이 항상 변화만 한다면 거기엔 실체가 존재할 수 없다. 실체란 변하지 않는 어떤 것이겠기 때문이다. 인간은 본질적으로 생물체이기 때문에 변화를 그 속성으로 한다. 하지만 거기에는 변하지 않는 어떤 것이 분명히 존재한다. 변화 속에서도 변하지 않는 지속성을 지니는 실체, 즉 동일성이 존재한다는 뜻이다.

　따라서 본고의 목적은 동일성을 중심으로 한 인간의 정체성에 대한 탐구가 그 첫 번째 목표가 된다. 다음으로 이로 인해 야기되는 제 문제의 규명이 두 번째 목표다. 이를 위해 본고에서는 동일성을 상정하고 이를 중심으로 소설 속에서 살아 움직이는 인물들에게서 파생되는 제 현상의 특징과 실상을 규명할 것이다. 동일성으로 인해 야기되는 제 현상이 올바로 파악된다면, 동일성의 반대 개념인 타자성에 대한 특징도 저절로 도출되리라 믿는다. 동일성 확인이 불가능할 때 인간은 소외감을 느끼고 타자화될 것이기 때문이다.

1. 개 념

동일성 혹은 정체성[1])이란 용어는 1) 동일한 상태나 사실로 지속되는 것, 2) 사람이나 물건을 구별할 수 있는 특징이나 조건, 즉 개성을 지칭한다. 그러나 사물이나 인간은 변화하는 것을 그 속성으로 하는데 '동일성'이란 과연 가능할까? 가능하다면 그것은 어떤 실제적 의미를 함축하고 있을까? 또한 개성이란 개별성을 의미하는데, 1)의 개념과는 상반되는 것은 아닐까? 등등의 문제는 여전히 의문으로 남는다. 물론 이 개념을 사물에만 국한시켜 생각한다면 비교적 명료한 답이 추출될 수 있다. 그러나 인간의 문제, 곧 자아의 문제와 결부시킬 때에는 보다 복잡한 양상을 띠게 된다. 인간의 실체를 파악한다는 것은 그만큼 어렵다. 특히 '자아의 경계선'을 명확한 개념으로 구획 짓는 것은 거의 불가능에 가깝다.

이에 관해 상당한 천착을 보인 에릭슨도 명확한 개념 설정에는 난색을 표한다. 그는 "정체성이란 주제는 쓰면 쓸수록 한계와 성격이 애매모호한 용어가 되고 만다."고 술회한다.[2]) 그의 말대로 "정체성의 개념을 객관화하기 위해서는 그것의 역사를 약술하는 것"이 가장 빠른 길일지도 모른다.

따라서 여기서는 첫째로 정체성의 개념의 유래, 둘째로 정체성이란

---

1) 여기서 '정체성'이란 말은 '아이덴티티'의 번역어이다. 동일성, 정체성 등으로 번역되는 아이덴티티를 우리말로 직역하기란 그리 쉬운 일이 아니다. 그것은 우리말의 불완전성 때문이라기보다는 아이덴티티란 말 자체가 지니는 다의성 때문이다. 따라서 본고에서도 이 용어를 동일성, 정체성, 자아정체성, 아이덴티티 등으로 다의적으로 사용할 것이다.

2) E.H. Erikson; *Identity, Youth and Crisis* (New York : W.W. Norton & Company Inc. 1968)(조대경 역, 삼성출판사), 185쪽.

용어의 어의, 셋째로 개인적 정체성을 밝히는 순서로 기술한다.

세상 만물은 끊임없이 변화한다. 사람은 나이를 먹고, 나무는 규칙적으로 낙엽을 떨어뜨리고, 얼음은 봄이 오면 녹는다. 이런 현상을 보면 세상 모든 것은 변화의 연속일 뿐 고정된 실체는 없는 것처럼 보인다. 그러나 우리는 지금 내 앞에 있는 사람이 어린아이일 때 본 그 사람과 동일인이고 작년에 낙엽을 떨어뜨린 나무가 지금 다시 잎을 드리운 나무와 동일 나무임을 확인하고 싶어 한다. 이러한 변화 속에서 동일성을 확인하고 싶을 때 정체성 문제는 발생한다. 곧 변화 속에서의 변하지 않는 요소의 탐구다. 정체성은 한 사물의 '참 존재'의 확인이다. 그러니까 정체성이란 개념은 한 사물이 정해진 시간과 장소와 또 다른 시간과 장소 사이에서 어떻게 변화하였는지, 또는 변하지 않고 있는 동일 요소는 무엇인지를 비교 관찰하는 데서부터 유래했다고 볼 수 있다.[3]

이러한 개념은 많은 철학자들에 의해 여러 가지로 천착되었다. 흄은 보다 미세한 분석을 시도한 사람 중의 하나이다. 그는 단일한 물체는 통일체, 혹은 단일체일 뿐이지 정체성이라 할 수 없으며, 그렇다고 다수의 물체도 다만 다양한 복수일 뿐이지 정체성이 될 수는 없다 하였다. 단일체도 정체성으로 인정할 수 없고 복수도 정체성으로 인정할 수 없다면 정체성 해결은 어려워질 수밖에 없다. 딜레마에 빠질 수밖에 없다.

그는 이것을 시간의 지속을 통해 해결하려고 한다. 곧 "시간의 변화 속에서 한 대상을 추적하는 동안에 지속적이고 중단됨이 없는 마음의 긴장 상태 및 이러한 상태로 한 대상을 지향해 가려는 특질이 곧 정체성

---

3) *Dictionary of philosophy*, ed. by Dagobert D. Runes 15th ed. N.Y.Philosophical Library 1960, p.122(여기서 인용 부분 중 출처를 밝히지 않은 것은 이 사전에 근거한 것임).

이라"4)는 것이다. 그는 이 개념을 개인적 정체성과 연결시킨다. "기억 구조를 구성하는 독특한 관계가 인간에게 있어서 개인적 정체성의 근원"5)이라는 것이다. 이로 볼 때, 정체성이란 '대상 그 자체의 본질이 동일한 것'일 때 성립된다. 라이프니쯔도 정체성은 "한 사물이 다른 사물에 의해 진실치의 변화 없이 교환 가능할 때에 성립한다."고 말하고 있다.

그러나 그 후 현대적인 관점에서 이것은 부정된다. 곧 정체성이란 이름이나 기호 사이에 존재하는 관계일 뿐이라는 것이다. 이 관점에 따르면, 비록 한 낱말이 지시하는 것은 동일하더라도 의미하는 바가 다르면 정체성은 성립 불가능하게 된다. 이에 더하여 언어학자들은 듣는 사람의 상태에 따라서 동일한 의미도 다르게 느껴질 수 있다고 보았다. 여기까지 오면 진정한 정체성의 규명은 더욱 어려워진다.

이상에서 볼 때, 정체성의 개념은 영속성이나 통일체의 개념으로부터 출발하였지만 인식론적 접근에 이르러서는 그 의미가 변화된 것을 알 수 있다. 정체성의 의미가 역사적 변화를 거쳐 그 지시하는 원개념이 수정되어 온 것이다.

지금까지 살펴본 것이 정체성에 관한 일반론이라면, 다음으로 살펴볼 것이 인간 자아와 정체성과의 관계 규명이다. 곧 개인적 정체성의 천착이다.

에릭슨은 제임스(James)의 편지를 인용하면서 실마리를 풀어간다. 제임스의 경험 중에서, 자신이 가장 심오하고 강렬하며 활기있고 또한

---

4) 위의 책.
5) H. Meyerhoff, *Time in Literature*(Berkely: University io California Press, 1974), p. 33.

활성있는 것으로 느끼는 순간, 마음속으로부터 '이것이 진정한 나'라는 경험을 하게 되는데, '진정한 나'의 체험이 곧 정체성이란 것이다. 이때 '능동적인 긴장감', 말하자면 '나 자신을 받들어 주는 것 같은 느낌', '외계의 사물들이 각기의 역할을 수행하고 조화를 이루리라는 신뢰감'을 경험하게 되는데, 에릭슨은 이 체험을 자신이 정체성의 의미로 규정한 '활력을 주는 동일성이나 지속성에 대한 주관적인 감각'과 동일하다고 규정하였다.[6]

이때 가장 중심되는 것은 동일성과 지속성이다. 동일성과 지속성을 밑받침해 주는 것은 외계 사물과 나 사이의 조화와 신뢰이다. 이렇게 함으로 해서 자아는 힘을 얻게 되고 진정한 자아를 체험하게 되는 것이다. 인간의 적자생존 법칙을 떠올리면 인간의 가장 최선의 기능은 "변화와 안정(조화), 분화(변이)와 통합 사이의 불가사의한 지속성과 긴장의 결과"다.[7] 이 결과는 위에서 에릭슨이 정의한 정체성의 진정한 산물이다. 인간의 삶은 변하지 않고 항상 고정되어 있는 것만도 아니다. 그렇다고 항상 변하기만 하여 고정된 실체가 없는 것도 아니다. 변화와 조화, 변수와 상수가 항상 변증법적으로 상호작용한다.

이러한 진리는 동양의 음양 철학 속에 내재해 있다. 양은 변화와 생명, 활력 등을 상징하고, 음은 안정과 정숙, 죽음 등을 상징한다. 이 음과 양은 태극에서 화합할 수 있다. 토인비가 이 음양의 조화, 변화와 통합을 성경이나 괴테의 『파우스트』 등에 나타나는 기본법칙으로 보고 있는 것도 이와 연관된다.[8] 자아 정체성은 변화를 통한 지속과 안정을

---

6) E.H. Erikson. 앞의 책, p. 192.
7) Hans. Mol(ed). *Identity and Religion*(London : SAGE Publications Ltd. 1978), p. 6.
8) 위의 책.

지향하려는 속성을 지니고 있다. 베르그송이 정체성의 개념을 "변화하는 시간의 지속 안에서 불변하는 실체"로 정의하는 것도 이와 유사한 관점이다.

그렇다면 문제는 변화 속에서 변화하지 않는 지속적인 동일성이다. 우리는 오래 된 친구를 만났을 때 그가 비록 조금 변화하기는 하였지만 나와는 친분이 있었던 옛날의 그 친구임을 쉽게 알아본다. 이것은 비록 시간의 흐름이 있었고, 그 친구와 나 사이에는 단절이 있었지만 그 친구를 옛날에 알았던 동일한 친구로 재확인할 수 있기에 가능한 일이다.

그렇다면 이때 재확인할 수 있는 근거는 무엇인가? 지금까지 철학자들이 천착한 바로는 두 가지의 기준이 상정된다.

첫째, 육체적 동일성의 기준이다. 곧 지금 우리 앞에 있는 A가 과거에 내가 알고 있었던 A와 동일하기 위해서는, 현재의 A의 육체는 과거의 A의 육체와 같다는 필요충분조건이 성립되어야 한다.

둘째, '기억'의 기준이다. 현재 A가 과거의 A와 동일인이 되기 위해서는, 현재의 A는 과거 A의 행동에 대한 기억들을 가지고 있거나, 아니면 과거 A의 경험들을 잊지 않고 지니고 있어야만 한다. 이렇게 될 때만이 A(현재)=A(과거)의 필요충분조건이 성립될 수 있다.

위의 두 기준, 즉 신체적 동일성과 기억의 동일성은 어느 것 하나만이 옳다고 할 수도 없고, 또 어느 것 하나가 기준(기본)이 되고 다른 하나는 부수적이라고 할 수도 없다. 한 마디로 말해서, 인간은 영육적인 존재이기 때문이다. 그러나, 철학사나 지성사를 훑어보면, 이 두 기준에 대한 접근이나 수용에는 항상 논란이 따랐다.

지금까지, 이런 문제를 취급할 때 가장 일반적인 태도는, 진정한 자아 또는 영혼을 불변의 실체로 보고, 이것을 변화하는 육체와 분리시켜 보는 관점이었다. 이 논거는 영혼은 파괴될 수 없는 것, 불멸의 것이라는 믿음에 근거한다. 곧, 자아란 견고하고 실체적임을 대전제로 한 것이다. 이로 보아 인간 자아에는 지속적이고 통일적인 실체성이 있다는 생각과 함께 육체와 기억 두 기준 중에서 기억의 기준이 우세함을 알 수 있다.

이 기억의 문제는 문학에서도 기본적인 과제가 된다. 마이어호프는 시간과 자아 정체성, 문학과 기억의 상호관계를 다음과 같이 설명한다.

> 개인이 문학 속에서 묘사될 때, 그 인격적 동일성을 창조(또는 재구성)하는데, 기억이 불가결한 것으로서 관여한다는 것은 의심할 여지가 없다. 그러나, 내가 믿고 있는 바로는 문학에 있어서 인간 묘사는 한결같이 경험 분석을 훨씬 초월해서 시간적 계기와 변화 가운데서도 자아의 연속성과 기능적 통일성을 표현해 온 것이 아닌가 한다.[9]

여기서, 마이어호프는 철학자와 같이 실체의 확인에 골몰하는 것이 아니라, 경험 조직의 주체로서의 문학에 묘사된 인간을 구체적으로 문제 삼고 있다. 이러한 주장은 결국 흄의 경험 심리학에 대립된 칸트의 '통각의 선험적 통일성'이나, 베르그송이 말한 '시간과 자아의 상호 침투의 통일체'라는 사실 등에 암시받은 결론이다.[10] 본고에서는, 물론 문학에서의 자아 역동적 역할과 통일체로서의 기능을 중시한 마이어호프의 의견도 참조한다. 또한 그가 논외로 하였던 실체의 확인이란 점도 도외시하지 않으려 한다. 『무정』의 인물을 조명함에 있어 실체의 확인, 또

---

9) H. Meyerhoff, 앞의 책, (金埈五 譯, 心象社刊), 66~67쪽.
10) 위의 책, 70쪽.

는 동일성의 회복은 주제 파악이나 인물간의 관계를 究明하는 데 주요
한 단서가 되기 때문이다.

끝으로, 사회 심리학적인 측면에서의 자아와 사회화의 관계를 살펴
보기로 한다. 곧, '정체성의 위기'에 대한 언급이다. 정체성의 위기는
에릭슨이 주로 천착한 분야다. 자아의 사회화 과정에서 일어나는 위기
를 주 대상으로 한다.11)

에릭슨은 젊음이 정력을 경주할 곳을 잃을 때 위기가 발생한다고 보
았다. 그의 견해에 따르면, 사회가 생동감 있게 살아남기 위해서는 사춘
기 성장 과정으로부터 나오는 에너지와 로열티가 잘 배분되고 배치되
어야 한다. 이렇게 적극적(긍정적) 정체성이 확신될 때 사회는 재생될
수 있다. 그러나 이것이 많은 개인에게 실패할 때, 거기에는 필연적으로
역사적 위기가 따른다. 부정적인 정체성이 형성되는 것도 이런 경우다.
곧, 자신이 동일화할 대상이 부정적인 위치에 있을 때 주 대상에서 동일
성을 찾는 것이 아니라, 자신과는 부정적인 쪽에서 동일화할 대상을 찾
게 된다. 백인 주인을 섬기는 흑인의 자식들에게서 발견되는 흑인 정체
성12)이 이에 해당한다. 또한, 자기 자신이 사회와 동일성을 못 느낄 때
그는 사회에서 소외감을 느끼게 된다. 곧 타자화되는 것이다. 이 모든
것은 정체성의 위기에 해당한다.

지금까지 필자는 정체성의 개념과 유래, 어의, 개인적 정체성 및 그의
기준, 기억과 문학과의 관계를 살펴보고 마지막으로 정체성의 위기에
대하여 고찰하였다.

---

11) 여기서는 *International Encylopedia of the Social sciences*(The Mac-millan
Company & The Free. Press), Vol.7을 주로 참조함.

12) E.H. Erikson, *Childhood & Society*, 2nd edition(New York : W.W. Norton &
Company Inc, 1963), pp. 241~246.

　다음 항에서는 이를 토대로,『무정』에서 추출되는 정체성의 제 문제
를 고찰해 보기로 한다.

2. 작중인물과 동일성

　『무정』에서 중심을 이루는 인간관계[13]는 영채와 형식과의 관계이다.
음악으로 말하면 주선율에 해당한다. 이 주선율에 변화를 주는 것이
선형과의 관계다. 그러나 소설은 표면상 선형과 형식과의 관계가 주선
율처럼 위장되고 있다. 따라서『무정』의 주제를 옳게 파악하려면 표면
깊숙이 내재하여 흐르고 있는 주선율을 면밀히 검토해야 한다. 김동인
은 영채를 과거를 대표하는 수단으로 쓰려 하다가, 연민에 끌려 오히려
영채에게 더 많은 애정을 쏟았다고 비난하였다. 하여 이 소설이 본래의
취지에 어긋나기 시작하였다는 것이다.[14] 그러나 사실에 있어서는 그
자체가 춘원의 위장 책략이었는지도 모른다.『무정』은 제목이 암시하
듯 '영채'를 중심으로 볼 때 그 주제가 옳게 파악된다. 선형은 하등 외부
세계에 대하여 '무정함'을 못 느낀다.
　따라서 본 항에서는 첫 번째로 영채와 형식과의 관계에서 파생되는
동일성의 문제를 고찰한다. 과거의 추억과 기억으로만 존재했던 영채와
형식의 재회에는 단절이 극복될 수 있는 계기가 마련되어야 한다. 동일
성의 재구가 필요한 것이다. 두 사람의 재회에서 반드시 거쳐야 할 과정

---

13) W.J. Hearvey, *Character and the novel*(New Tork: Cornell University Press, 1965), pp. 52~73.
14) 김동인,『춘원연구』, 동인전집 8권, 홍자출판사, 1968, 500쪽.

이다. 이때 동일성의 재구(再構)로 인해 여러 문제가 발생할 수밖에 없다. 이 문제들은 소설의 갈등을 형성하고, 위기와 사건을 조성한다.

다음 두 번째로, 영채 개인 문제를 조명한다. 곧 겉으로 나타나는 기생으로서의 영채와, 겉과는 다른 내적 자아(진실된 자아)로서의 영채 사이에서 일어나는 갈등과 그의 소설 내적 의미이다.

다음 세 번째로, 『무정』에 등장하는 인물 모두를 통괄적으로 살펴보려 한다. 이때 문제되는 것은 정체성의 위기가 과연 이 소설에서는 어떠한 양상으로 드러나고 있느냐다.

『무정』에 나오는 대부분의 주요 인물들은 모두 사회의 중심에 서있는 핵심적인 인물들이 아니다. 주변적인 인물들이다. 연령적으로 보아서도 아직 미숙하다. 모두들 배우자 선택 문제가 심각한 과제다. 또한 자아 완성을 위해 유학의 꿈꾸는 미완성의 인물들이다.

이에 더하여 당대 사회가 긍정적인 사회가 아니었다. 식민지 치하였다. 젊은이들은 개인적 정체성을 사회 정체성에 동일화시킬 수 없었던 시기였다. 모두가 타자화 되었던 사회였다. 이 점도 고찰의 주요 대상이 된다. 일반적인 경우에 절대적인 부정적 요인이 하나 더 첨가된 것이다. 이 경우 소설 속의 인물들은 보다 심각한 정체성의 위기를 체험할 수밖에 없다.

네 번째로, 과도기적 풍조인 서구 우월성에 대한 경도와 그에 따르는 제 문제에 대한 고찰이다.

당대의 낙관적 개화론은 서구를 모방의 전형으로 택했다는 데 근거한다. 서구문명의 우월성에 대한 경복이었다. 모방의 전형을 서구문명으로 택하여 그에 동일화하려는 욕구가 팽배했던 시기였다. 특히 이광수는 전통을 부정한 사람이다. 자기 스스로의 전통을 모방의 준거로 사용하기를 거부하였다. 외부에서 그 대상을 찾아 현실을 개조하려 했던 사람이었다. 이때 보다 뚜렷한 정체성의 문제가 제기될 수 있다. 또한 이광수의 경우, 에릭슨이 제기한 흑인 정체성과 유사한 경험 유형이 추출된다. 서구 우월과 동시에 정복자의 힘에 대한 동경이 그의 자전적 자료에서 도출되기 때문이다. 이점은 소설에서도 그대로 드러난다.

끝으로, 영채의 재생이 어떠한 의미로 해석될 수 있을지를 조명한다. 영채는 죽음의 순간 병욱에 의해 소생된다. 『무정』에서 병욱은 주요 등장인물들 가운데에서 가장 주체성이 뚜렷한 인물로 제시되고 있다. 이 인물이 영채를 구원하며, 영채의 지주가 된다. 영채가 모방할 수 있는 준거가 되는 것이다. 그러면서도 병욱은 영채에게서 동양의 전통적인 학문을 배움으로써 서로 보강하는 관계가 형성된다. 이 경우 전통의 단절과 접합이라는 점에서, 또한 잃어버린 시간의 재생이란 점에서, 동양 전통과 서구 교육의 접합이란 점에서 의의를 지닌다.

위에 열거한 다섯 가지 점을 다음에 좀 더 세밀히 고찰해 보기로 한다.

(1) 동일성의 재구와 주제파악
― 영채와 형식과의 관계 ―

『무정』에서 영채와 형식은 7년 만에 재회한다. 7년 동안의 시간적 단절이 있은 후다. 이 단절은 영채나 형식이 서로 상대방을 육체적 동일성으로 식별할 수 없게 만든다. 7년의 시간의 흐름이 육체적 동일성이 변화시킨 것이다. 형식과 영채가 7년 만에 재회할 때, 이들 둘은 이름을 확인하기 전까지는 서로를 몰라본다. 이들이 동일성을 재구하는 것은 기억에 의해서이다.

"저를 모르시겠습니까."

"글쎄올시다. 얼굴이 혹 뵈온 듯도 합니다마는."

"박응진을 기억하시겠습니까."

"예? 박응진?"15)

영채가 자기를 몰라보는 형식에게 "박응진을 기억하시겠습니까?"라
고 물었을 때, 비로소 형식은 기억의 장치에 의해 현재의 영채와 과거의
영채를 동일한 사람으로 연계시킨다. 다음 단계로 이들 둘은 현재의
모습에서 과거의 모습을 재구해 내려고 노력한다. 동일성을 확인하려
하는 것이다.

형식은 다시 영채의 얼굴을 보았다. 이제 보니 과연 그때의 모양이 있다.
더욱 그 큼직한 눈이 박 진사를 생각게 한다. 영채도 형식의 얼굴을 본다.
얼굴이 전보다 좀 길어진 듯하고 코 아래 수염도 났으나 전체 모양은 전과
같다 하였다. 마주보는 두 사람의 흉중에는 십여 년 전 일이 활동사진 모양
으로 획획 생각이 난다.16)

이렇게 이루어지는 동일성의 재구는 그러나 완전함에 이르지 못한
다. 서로가 과거의 동일성에 쉽게 접근하지 못한다. 세월의 단절이 이
를 가로막는다. 영채는 7년 전 형식의 기억 속에 내재하는 영채의 모습
과 지금의 변화된 영채 사이의 단절을 연계시키기 위해 형식과 헤어진
후의 자기 과거 내력에 대해 이야기 한다. 형식도 영채가 영채의 동일성

---

15) 이광수,『무정』 4회 《매일신보》 1917년(독자의 편의를 위해 필자가 현대 표기
로 고쳤음).
16) 『무정』 6회.

을 과거담으로 재생시키는 동안, 자신의 과거의 잃어버린 시간을 재구
한다. 이를 통해 두 인물은 서로의 동일성을 새롭게 재구성하게 된다.
동시에『무정』을 읽는 독자도 두 주인공의 정체성을 실체로 구성하게
된다.『무정』의 시간기법이 현대적으로 구사되는 대목이다. 기법적 성
장을 보여주는 부분이다. 이렇게 재구된 형식과 영채의 정체성은 이
소설의 근간을 마련해 주고 터전을 이룩한다. 비로소 이들은 완전한
역사를 가진 인격체가 된다. 소설적 실체가 되는 것이다.

이렇게 인격체가 되어 정체성을 부여받은 형식과 영채는 다음 단계로
서로의 동일성의 진실치에 도달하려 노력한다. 그러나 그것은 불가능한
것으로 판명난다.『무정』에서 형식과 영채의 주요한 갈등은 7년 만에
서로 상면하였으나, 서로가 상대방의 정체성을 재구성할 수 없었다는
데 있다. 이 소설이『무정』으로 명명되어질 수 있는 것도 이러한 이유에
서다. 곧 동일성 확인에 실패한 것이다. 타자성이 형성되는 것이다. 동일
성 확인의 실패와 이에따른 인물들의 타자화는 이 소설의 주제인 동시에
갈등의 핵이 되어 소설적 추진력으로 전환된다.

형식이 기억 속에 가지고 있는 영채의 모습은 7년 전까지의 그것이
다. "십년 전에 상긋상긋 웃으면서 어깨에도 매어 달리고 손도 잡아끌
며 오빠 오빠 하던 계집아이"의 모습이 형식이 지니고 있는 영채의 정체
성이다. 그러나 현재의 형식 앞에 있는 10여 년의 세월이 지난 영채의
변모된 모습은 제법 '어른'스러워졌을 뿐 아니라, 하숙집 노파가 본 객
관적 모습인 "여학생인 듯도 하고 기생인 듯도 한" 변화된 외모다.

형식이 이후로 고민하게 되는 것은 영채의 어린아이와 어른 사이의
단절된 시간을 형식이 모르고 있다는 데 있다. 즉 지금의 변모된 영채와
자신이 지금껏 지녀 왔던 '박진사의 딸'로서의 영채가 동일성을 유지하

고 있느냐 없느냐에 대한 갈등이다.

이것은 영채의 경우에도 동일하다. 영채가 형식을 찾은 것은 박진사가 "형식의 아내 되어라"라는 계시가 있었기 때문이다. 하지만 또한 악한 세상사람 중에서 마지막 남은 의지처로서 선한 사람을 만나리라는 기대 때문이었기도 하다.

> 영채의 기억에 있는 선한 사람은 오직 이 형식이다. 영채가 칠 년 동안 수십 명, 수백 명의 남자를 대하되, 오히려 몸을 허하지 아니하고 주야 일념에 이 형식을 찾으려 함이 실로 이 뜻이었다.[17]
>
> 영채는 집을 떠난 지 칠팔 년간에 아직 한 번도 선한 세상을 보지 못하고 선한 사람을 만나지 못하였다. 그는 칠 년 동안을 자기의 고향인 선한 세상을 떠나서 악한 타향의 객이 되고 자기의 동족인 선한 사람들을 떠나서 자기의 원수인 악한 사람들에게 온갖 조롱과 온갖 고초를 당하였다.[18]

영채는 형식과 이별하고 난 후 지금까지 악한 세상에서만 살아왔다. 따라서 영채가 형식을 찾은 것은 과거와의 동일성을 상실한 변화된 형식이 아니라 자기가 알고 있었던 10년 전의 형식을 확인할 수 있으리라고 희망하였기 때문이었다.

그러나 형식과 영채 양자는 상대방의 동일성 확인에 실패한다. 성장과정과 사회적 외부상황이 이것을 불가능하게 만들었기 때문이다. 외적 상황이 형식에게는 +적으로 영채에게는 -적으로 작용하였다. 둘은 7년 전과는 다른 별개의 인물로 변모한 것이다.

---

17) 『무정』 30회.
18) 『무정』 30회.

형식은 영채에게 상황이 +적으로 작용되었기를 희망한다. 그러나 현실은 그 반대다. 영채는 형식의 변모가 +적으로 이루어진 것을 이미 알고 찾아왔다. 그가 문필에 도저하고 교육자란 점은 이미 신우선에게서 들은 바다. 그럼에도 불구하고 영채가 형식에게 기대하는 것은 과거의 안주골에서의 형식이다. 과거 박진사 밑에서 공부할 때의 형식과 같은 동일성에의 기대인 동시에 현재의 질곡에서 자기를 구원할 새로운 구원자에 대한 기대다. 그러나 결과는 무정할 뿐이다. 형식은 영채를 적극적으로 구해 주지 않는다. 형식은 영채의 존재에 대해 의심만 하다가 그대로 보내 버린다.

형식과 영채 두 인물 사이의 갈등 원인은 동일성 확인의 실패에 기인한다. 기억에 의해 각자가 지니고 있었던 과거의 동일성을 재확인하려 시도하였으나, 결과적으로는 그것이 불가능하였기 때문이다. 서로 변모되어져 있었기 때문이다. 그러나 그 갈등은 형식보다 영채 쪽이 더욱 절박하다. 영채의 갈등은 좌절을 수반하기 때문이다.

그녀의 좌절은 두 가지로 요약될 수 있다. 하나는 형식에게 기대했던 과거와의 동일성 획득이 불가능하게 된 데서 오는 좌절이다. 또 하나는 형식을 대상으로 그와 동일화함으로써 자신의 소외감이나 사회와의 대립을 해소시키려 하였으나 그 안정에의 기대가 어그러지는 데서 오는 좌절이다.

전자의 경우 영채는 "형식이라는 사람은 천년을 가나 만년을 가나 이전 안주골 자기 집에 있을 때"의 그 형식으로 확인하고 싶어 한다. 그러나 영채 자신은 이미 기생으로 전락된 신세다. 이로 인해 영채는 스스로 이것이 불가능함을 깨닫게 된다. 전자의 좌절은 이에서 오는 좌절이다. 자신의 신분적 변화에 대한 자각이라 볼 수 있다.

　　자기가 몸을 팔아 기생이 되어 오륙년 간 부랑한 남자의 노리개가 된 줄을 알면, 형식이가 얼마나 낙심하고 슬퍼하랴. 또 형식은 아주 품행이 단정한 사람이라는데 만일 내가 기생같은 천한 몸이 되었다 하면 싫은 마음이 아니 생길까.… (약) …그래서 「너는 더러운 사람이로다. 나와 가까이 할 사람이 아니로다.」하고 얼굴을 찡그리지 아니할까. 이러한 생각을 하매, 영채는 더 말할 용기가 없어졌다. 지금까지 죽은 부모와 동생을 만나 본 듯한 반가운 정이 스러지고 새로운 설움과 부끄러움이 생긴다. 아아, 역시 남이로구나.[19]

　　이때의 부끄러움과 설움은 주관적인 회의에서 오는 좌절이다.

　　후자(대립 해소의 열망에서 오는 좌절)의 경우, 영채는 자신의 새 삶의 의지처로 형식을 택했다는 데에 그 원인이 내재한다.

　　영채는 7년이란 단절의 세월 동안 형식을 자기화하면서 살아 왔다. 타인과 타인이란 대립관계가 아니었다. 타인의 자기화를 이룬 조화와 융합의 관계였다. 영채가 무정한 세월을 견딜 수 있었던 것은 이러한 융합과 조화의 관계가 있었기 때문에 가능했다. 그러나 이것은 현실에서 파경으로 끝나고 만다. 자신의 과거담을 듣고 있는 형식의 표정을 보고, 영채는 "형식이도 역시 남이로구나"하는 느낌을 갖게 된다. 타자성을 확인하게 되는 것이다. 주관적인 융화의 관계가 대립의 관계로 객관화되는 순간이다. 영채 스스로 비정한 현실을 인식하게 되는 순간이라 볼 수 있다. 이러한 주관과 객관의 갈등관계[20]는 소설이 끝날 때

---

19) 『무정』 13회.
20) 이러한 갈등관계는 『무정』에서만 문제되는 것이 아니라, 이미 고대소설에서도 문제된 것이기도 한다. 「채봉감별곡(彩鳳感別曲)」에서의 채봉과 장필성과의 관계이다. 또한 「채봉감별곡」은 스토리 전개에 있어서도 『무정』과 매우 유사하다. 아버지를 위하여 여주인공이 자신을 기적에 파는 것 하며, 혼약이 되어

까지 계속된다. 이런 의미에서 재회 순간의 동일성 재구 실패는 이 소설이 무정한 결말로 전개되는 기초를 마련하고 있다고 볼 수 있다.

이상에서 검토된 것을 종합하여 볼 때, 영채와 형식과의 관계는 선형과 형식과의 관계에 비해 보다 심도 있는 갈등 관계임이 드러난다. 갈등의 주 원인은 동일성의 재구에서 오는 제 문제 때문이었다. 형식은 형식대로 영채는 영채대로 상대방의 동일성의 재구 과정에서 동일성을 회복치 못하고 있었다. 서로가 타자화되는 것이다. 그렇다면 이 둘의 관계는 비정한 것이 될 수밖에 없다. 『무정』이란 제목도 이와 연관된다. 곧 『무정』의 '주제'와 직결된다. 특히 영채에게 있어서 이 동일성 확인의 실패는 심각한 결과를 가져온다. 동일성 확인이 좌절됨으로 인해 그녀는 타자화되고 세계인식 자체가 완전히 비극적인 것으로 전환된다. 결국 죽음을 결심하는 데까지 이른다.

다음 항에서는 영채 자신에게만 해당되는 동일성 문제를 검토한다. 개인 정체성의 내적 외적 갈등, 곧 주관과 객관의 부조화 문제를 살펴보려 한다.

있는 장필성으로부터 기생 취급을 받음으로 해서 고민하는 것 등이 동일하기 때문이다. 『무정』에서 '영채'란 명명에 '채'자가 「채봉감별곡」의 '채'자와 동일한 것도 우연만은 아니라 생각되어진다. 『무정』의 내용 중에 기생 월화가 사모한 妓生의 이름이 '솔이'(송이)였다는 것도 간과할 수 없는 것이라 생각된다. '솔이'는 「채봉감별곡」에서 '채봉'의 기명이었기 때문이다. 또한 이광수 연보에 의하면, 그는 문학적 감화를 고대소설에서부터 받고 있음이 나타나고 있는데, 이 점도 이를 뒷받침해 주는 것 중의 하나라 생각된다. 필자의 소견으로는 구고인 '영채'는 「채봉감별곡」을 근간으로 하고 '채봉'에 '춘향'의 요소를 첨가한 것인데, 『무정』을 청탁받았을 때, 여기에다 자신의 자전적 인물인 '이형식'을 가미한 것으로 추정된다. 이에 대한 해명은 보다 실증적인 대비 검토가 필요하다고 본다. 특히 고대소설, 판소리, 개화기소설과의 맥락 위에서 광범위하고 계통이 선 논증이 필요하다고 본다.

(2) 허위의 현상과 내적인 진실21)

본 항에서 다루려는 것은 영채 개인에 해당되는 문제로서 겉으로 드러난 거짓된 현상과 내적인 진실 사이에서 빚어지는 여러 문제이다. 기생인 영채(외적 현상)가 기생이기를 거부하는 진실 된 내적 자아와의 괴리에서 파생되는 갈등의 소설 내적 의미다.

영채가 이 소설에 처음 등장할 때 이미 이러한 갈등은 시작되고 있다. 그녀의 외적인 모습부터가 이러한 괴리를 암시한다.

"아까 석 점 즈음해서 어떤 예쁜 아가씨가 선생을 찾아 오셨는데 머리는 여학생 모양으로 하였으나 아무리 보아도 기생 같습디다."22)

노파에 의해 관찰되어진 영채의 차림은 여학생 모양이나, 객관화된 겉모습은 "아무리 보아도 기생"이었다. 자신의 직업은 속일 수가 없었다. 그러나 영채가 형식을 찾았을 때 기생차림이 아니라 여학생 차림이었다. 이것은 간과할 수 없는 의미를 지닌다. 우리는 이에서 영채의 의지를 읽을 수 있다. 그녀는 기생으로보다는 여학생으로 보이기를 원하고 있었음을 알 수 있다. 그러나 영채는 내적인 진실은 어떻든지 간에 현재로는 기생일 수밖에 없다. 그는 현재 기적에 몸담고 생을 영위하고 있기 때문이다.

이러한 영채의 외모가 더욱 철저하게 확인되는 것은 기생집 노파와 김현수와 배학감에 의해서이다. 그들에게는 영채의 숨겨진 과거가 아

---

21) F.H. Bradley, *Appearence and Reality*(Oxford : The Claredon Press, 1978) 참조.
22) 『무정』 4회.

무 가치가 없으며 다만 현상적인 육욕의 대상으로서의 기생 영채가 있을 뿐이다.[23]

그런데 영채 자신은 기생으로서의 영채(월향)이기를 거부하고 요조숙녀로서의 정체성을 고수하려 한다. 이에 문제의 심각성이 내재한다. 곧 외부 세계로부터의 인식과 자아의 진실이 합치되지 못하고 있는 상태이다. 외적 세계에서는 기생(계월향)으로 모두 인식하고 있는데 영채 자신만이 이것을 부정하려 한다. 이에서 근본적인 갈등이 발생한다. 이 갈등도 이 소설 전개의 주요한 추진력이 되고 있다.

이러한 갈등은 정체성의 문제를 탐구하게 만든다. 곧 참자아—'바로 이것이 진정한 나'로 느껴지는 것이 자기 정체성이라면, 영채는 외적인 자아와 내적인 자아가 상충하고 있는 상태로 그녀의 정체성은 없는 것이나 다름없다. 다만 영채 자신이 정절을 고수할 때까지는 자신의 정체성이 지속되고 있었다. 이것은 정체성이 주관이 뚜렷한 상태에서 자신이 자신을 어떻게 보느냐와 관계있음을 의미한다. 곧 주관적 인식이 자아의 인식에는 매우 중요한 관건이 된다는 것을 알 수 있다. 그러나 이것도 배명식과 김현수에 의해서 객관화된다. 그것은 자신의 마지막 자기임을 확인할 수 있었던 정조가 김현수 일당에게 훼손되기 때문이다. 이 시점에 와서 영채에게는 내적 정체성에 심각한 위기가 찾아온다. 타자화되는 것이다. 이 위기는 죽음을 결심하게 됨으로써 극단적인 파멸로 이어진다. 정조의 훼손과 죽음의 결심이 영채의 겉과 속을 연결시키는 계기가 된다.

이러한 진실 된 자아와 거짓된 외모의 상충에서 오는 갈등은 이미

---

23) 형식이 영채에게서 느끼는 생동미, 곧 요염한 아름다움에 현혹되는 것도 그녀의 외모인 기생으로서의 영채를 인식한 것에 해당한다.

우리의 고전인 「춘향전」에서 문제된 것이기도 하다.[24] 『무정』도 기생인 영채와 기생 아닌 영채 사이의 모순과 불일치 때문에 갈등하고 고민하는 양상은 「춘향전」과 비슷하다. 또한 정체성 문제로 고심하고 갈등하는 것도 유사하다.[25] 그러나 그 의미에 있어서는 차이가 드러나고 있다.

『무정』의 작가가 개인인데 비해 「춘향전」이 민중(미상)이라는 근본적인 차이점은 차치하고서라도 작품 설정에 있어 춘향과 영채의 출신 신분부터 정반대다. 춘향이 퇴기의 딸로 기생[26]이었다면 영채는 엄연한 양반의 가문에서 태어난 요조숙녀다. 이것은 두 작품이 태어난 시대

---

24) 요즘의 「춘향전」에 대한 해석은 모순과 갈등 양면성에 치중하고 있는 느낌이 든다. 그 대표적인 예를 들면 다음과 같다. 장덕순, 「작중인물을 통하여 본 춘향전」, 진단학보 23(서울 : 을유문화사, 1962). 최진원, 「판소리 문학고 —춘향전의 합리성과 불합리성, 대동문화연구 2(서울 : 성균관대학교 대동문화연구, 1996), 윤성근, 「완판본 「열여춘향슈절가」 연구」 어문학 16(대구 : 한국어문학회, 1967). 이상택, 「춘향전연구 —춘향의 성격분석을 중심으로—, 국문학구 3(서울 : 서울대국문학연구회, 1966). 조동일, 「"춘향전" 주제의 새로운 고찰」, 우리 문학과의 만남(서울 : 홍성사, 1978). 설중환, 「"춘향전" 재고」, 국어국문학 82(서울 : 국어국문학외, 1980) 등 참조.
25) 이러한 갈등은 앞서 언급한 「채봉감별곡」에서도 동일하게 나타난다. 그러나 「채봉감별곡」에서는 "애정의 갈등만 나타나지 사회적 의미는 드러나지 않고 있다."〔이상택, 「고전소설의 사회와 인간」, 고전소설연구(서울 : 정음사, 1979)〕, 47쪽.
26) 춘향의 출신 신분에 대해선의 이론의 여지가 많다. 특히 춘향이가 기생이냐 아니냐에 대한 논의는 완전히 해결된 것 같지 않다. 이본에 따라 다른 해석이 나올 가능성이 있기 때문이다. 한 예로 김동욱은 〔춘향전〕을 기생계와 비기생계로 나누고, 이의 분수령을 '갑오경장' 전후로 잡고 있다. 곧 「만화본춘향가」에서 청루의 기생이었던 춘향이, 경판 35장본 30장본, 안성판 20장본 경양 17, 16 장본 및 새로 발견된 「별춘향전」, 병오판 「춘향전」, 「남원고사」까지 변함업시 계속되다가, 신재효본 남창 춘향가에서부터 성참판서녀로, 이것이 완판 「열녀춘향수절가」 및 「옥중화」에서 그대로 연습된 것으로 보는 관점이다.(김동욱 외), 춘향전의 비교연구(서울: 삼영사, 1979) 참조). 그러니까 원춘향전에서의 춘향의 신분을 기생으로 보는 관점이라 하겠다. 지금까지의 논의로 미루어, 이러한 관점이 타당하다고 생각된다.

적 배경과 밀접하게 연관성된다. 「춘향전」의 배경이 민중의 염원, 곧 상승하려는 욕구가 팽배했던 시기였다면,[27] 『무정』은 우리 민족이 식민지화하여 몰락의 길을 걷고 있었던 때였다. 하기에 시대적 배경은 두 작품의 형성에 직접적 영향을 미쳤으리라고 보여 진다. 「춘향전」이 광대 자신의 문제를 기생의 문제로 환치하여 나타냈다는 의견도 참고할 만하다.[28] 당시 일반 민중이 신분적 제약과 인간적 속박으로부터 벗어나려는 염원[29]이 광대의 그것과 합치되어 춘향전이 창출되었다는 가설이 가능하기 때문이다.

대부분의 평자들은 『무정』이 당시대의 가장 심각하고 절실한 문제를 형상화한 작품이라는 점에 대체적으로 동의한다. 『무정』에 대한 문학사적 평가는 대부분도 당시대의 시대정신인 낙관적 개화론이나 새로운 윤리관을 대변했다는 점에 무게를 두는 것이 사실이다. 그러나 본고에서는 이러한 시대정신의 대변에서 한걸음 더 나가서 당시대의 민족적 현상까지도 상징적으로 형상화시키고 있다는 데 그 초점을 맞추고자 한다. 곧 『무정』은 우리 민족이 주권을 상실한 비참한 모습까지도 상징화하고 있으며, 이의 발전적 제시까지 작품에서 은유시키고 있다는 점이다. 그것은 「춘향전」에서 '춘향'을 통해 시대정신 뿐 아니라 당시대의 민중의 염원이 형상화되었듯, 『무정』에서 이광수는 영채를 통해 이 모든 것을 형상화하였기 때문이다. 영채의 기구한 일생은 마치 당시의 우리 민족의 기구한 역정을 연상케 한다.

영채가 양반집 가문에서 남의 노리개인 기생으로 전락하는 점, 그러

---

27) 김태준, 『조선소설사』, 208쪽.
28) 조동일, 앞의 책, 194쪽.
29) 김태준, 앞의 책.

면서도 영채 자신은 외적인 현상(식민지)를 부정하고 내적인 자아(조국, 주체성)를 고수하려 했던 점, 그러나 끝내 내적인 자아까지도 파괴된다는 점(정조의 훼손), 그것이 죽음에까지 이르게 하나, 결국은 생의 유지·발전이라는 관점에서 재생시킨다는 점(이광수의 민족에 대한 견해, 신념을 대변해 준다고 생각할 수 있다), 또한 영채를 유학의 도정에 오르게 하여 후일을 기약하게 한다는 점 등은 모두 당시의 우리 조국의 현실과 일치시킬 수 있는 현상들이다.

이광수가 이와 같이 여자의 일생을 조국의 상징으로 쓴 것은 그 후 20여 년이 지난 후 『그 여자의 일생』에서도 나타나고 있다. 이광수는 「자작의 변」에서 『그 여자의 일생』에 대해 다음과 같이 진술하고 있다.

> 금봉은 악의 밑바닥에까지 빠졌다가 영혼이 눈 뜨는 경로를 밟게되었거니와 이 역시 오늘날 조선 사람의 한 그림자라고 이 사람은 믿습니다.
> 이 사람의 생각에는 조선 사람은 정신적 괴로움에서 경제적 괴로움에 옮아 와 있거니와, 영혼의 괴로움, 다른 말로 하면 종교적 괴로움의 시기에 한 발을 들여 놓고 있다고 봅니다. 이 사람은 외람되어 금봉의 인생에서 이 세가지 민족적 괴로움을 차례로 그려서 마지막 계단의 괴로움에 들어가 볼까 합니다.[30]

우리는 "조선 사람의 한 그림자" 혹은 "민족적 괴로움"을 금봉의 인생을 통해 형상화하려 했다는 작가의 말에 주의를 기울일 필요가 있다. 이 말은 『무정』의 해석에도 그대로 적용된다. 『무정』에 관한 언급에서

---

[30] 이광수, 「『그 여자의 일생』을 계속하는 말」, 『이광수전집』 16권, 삼중당, 1962, 288쪽.

는 이런 직접적인 대목을 찾아 볼 수 없다. 그러나 그의 문학적 경향으로 볼 때 의식적이건 무의식적이건 영채를 민족현실과 동일화시켜 상징했을 가능성은 매우 크다. 이것은 이광수가 이 작품의 배경을 국권을 잃기 전후로 잡았다고 진술하는 것으로 보아서도 수긍 가는 점이기도 하다.

이광수는 널리 알려진 바와 같이 소설뿐 아니라 시에서도 탁월한 재능을 발휘한 사람이다.[31] 또한 『무정』이 창작되기 전에 그는 「옥중호걸」[32]이란 산문을 써서 민족의 현실을 상징적으로 표현한 바 있다. '부엉이'를 민족의 처지로 상징한 것이다. 문학가로서의 이러한 상상력은 소설 창작 중에서도 그대로 작용하였을 것이다. 문학가들은 이러한 수법을 자주 쓰기 때문이다. 채만식이 『탁류』[33]에서 초봉의 기구한 운명을 소설로 형상화하여 우리 민족의 비참함을 나타내 준 것도 동일한 수법에 해당한다.

이러한 영채의 작품 내적 의미는 당시대의 시대적 상황을 해석하는 데 많은 도움을 준다. 그 중의 하나가 「춘향전」과 『무정』에서 춘향과 이도령, 영채와 이형식과의 관계에서 추출되는 의미의 차이다.

「춘향전」과 『무정』에서 이몽룡과 이형식은 서로 상반되는 태도를 지닌다. 이몽룡은 기생 춘향에 접근하였다가 민중의 염원에 의해 신분이 상승된 기생 아닌 춘향에 부딪혀 태도를 바꾼다.[34] 이에 반해 이형식은 기생 아닌 영채를 기대하였다가 기생인 영채를 확인함으로 인해 태도를 바꾼다.[35] 「춘향전」에서 진실(민중의 염원)이 승리한다면, 『무정』

---

31) 신동욱, 『이광수문학의 재평가』, 42쪽.
32) 이광수전집 1권, 삼중당, 1962, 546쪽.
33) 채만식, 『탁류』, 한국문학전집 9(서울 : 민중서관, 1958).
34) 조동일, 앞의 책, 24쪽 참조.

에서는 이것이 패배한다.

다음으로 당시의 조국의 국권과 환치시켜 생각할 수 있는 영채의 정조도 문제도 검토의 대상이 된다. 춘향은 변사또에 의해 수모를 당하나 끝내는 정조를 지키다가 이도령에 의해 구원된다. 그러나 영채는 김현수와 배학감 일당에 의해 정조가 훼손된다. 물론『무정』에서도 구원이 없는 것은 아니다. 병욱에 의해 구원되기는 한다. 그러나 전자가 사회적 염원의 승리라면 후자는 개인적 의도에 의한 재생이다. 동일한 구원이 아니다. 이것은 두 가지로 해석 가능하다. 하나는 문학적 기법 차이의 문제이며 다른 하나는 사회적 의미에서의 차이이다.

첫째, 기법적인 면에서다. 이광수는 리얼리즘과 서구소설에 대한 소양이 있었다. 이광수는 서구소설과 같이 비극적 진실을 그리려 하였을 것이다. 그러나 작가의 윤리관이 이것을 용납지 않았을 것이다. 이로 인해 영채를 재생시켰을 것[36]이란 추론이다.

둘째, 기구한 영채의 모습을 조국의 현실과 환치시키려는 의도에서 영채를 일부러 나락에 빠지게 하였을 것이란 추론도 가능하다. 이광수는 영채의 정조(국권)를 의도적으로 훼손시켜 절망케 하고 타자화 시킨 후, 그의 신념인 '생의 유지 · 발전'이란 사상으로 재생시켜 놓았을 것이란 가정이다. 이렇게 하여 이광수는 자신의 철학인 생명의 의지를 영채를 통해 강조하려 한 것이 아니었을까 추론된다.

아무튼 영채는 이광수의 가치관을 상징적으로 형상화해 주는 중요 인물임엔 틀림없다. 또한 당대의 사회적 의미가 그녀를 통해 솔직히

---

35) 『무정』에서 형식이 고민하는 주 이유는 기생인 영채 때문이다. 이후 선형을 택하는 것도 영채가 기생이었기 때문에 가능하다고 본다.
36) 정한숙, 『현대한국작가론』, 고대출판부, 1977, 6쪽.

반영되었다는 점에서도 그녀의 가치는 매우 크다.

이상에서 볼 때 영채를 이끌고 있는 소설내적 추진력은 겉으로 드러나는 허위의 현상과 진실 된 자아와의 갈등이다. 영채의 지향은 외적으로 드러난 거짓된 자아(기생), 곧 타자화된 자아가 아니다. 진실 된 자기 내적인 자아(진정한 자기 정체성)의 계속적인 탐구다. 그러나 이것은 현실적인 힘에 의해 패배한다. 타자화 되는 것이다. 외적인 사회 현상이 승리한다. 이 모든 현상은 영채 자신에게 비극적인 현실로 나타나고 있다. 영채는 타자화되어 극도의 소외감을 느끼게 된다. 동일성 상실이 가져다주는 비극적 현실이다. 이러한 현상은 당시대의 祖國의 現實과 同一化시켜서 확대 해석할 수 있다는 점에서도 주목을 요한다.

(3) 동일성의 위기[37)]

동일성의 위기란 말은 사회 심리학적 용어이다. 곧 이것은 주관과 객관, 개인과 사회의 관계를 종합하여 관찰할 때 대두되는 문제이다.

앞에서 개인적인 정체성을 '이것이 진정한 나'라고 느낄 때의 자아라고 정의했는데, 사회적 동일성은 이러한 진정한 나(자아)와 사회와의 조화와 안정, 곧 사회 내적인 통일, 집단에의 통일이 있을 때 성립된다. 다시 말하면 신체적으로 성장하고, 성숙한 성을 지니게 되며, 배우자를 선택하게 되고, 이에 따라 마음이 성숙되어, 역사적 통찰력과 권위를 갖게 됨으로써 개인이 새로운 의미의 동일성, 지속성으로 혼합될 때 사회적 동일성이 성립된다고 볼 수 있다.

---

37) 여기서는 주로 *International Encyclopedia of the Social Sciences* (The Macmillan Company & the Free Press), Vol.7에 의거함.

그러나 이러한 사회적 동일성이 정립되기까지에는 반드시 정체성의 위기가 따르게 마련이다. 유아적 정체성이 새로운 자기 역할을 선택할 때, 자기 방어적이고 갈등을 일으키게 되며, 정체성의 혼란이 수반된다. 정체성의 위기다. 물론 사회가 젊은이들에게 이상적이고 안정된 것이어서, 그 사회가 전통을 마련하여 주고, 이 준거체에 의지하여 명료한 상태에서 자기 역할을 선택할 수 있다면, 이러한 위기는 오지 않을 수도 있다. 그러나 역사적 진보나 사회 전체의 급격한 변화에 따르는 불명료, 불확실성이 전제가 될 때, 정체성의 위기는 불가피하게 된다. 정체성의 혼란은 젊은 정력이 경주할 곳이 없을 때, 그 대상을 상실할 때 생기는 필연적인 결과이다.

사회가 생동감 있게 살아남기 위하여서는 사회는 사춘기 성장과정으로부터 나오는 에너지와 로열티를 잘 배분, 배치시켜야 한다. 이렇게 하여야만 적극적이고 긍정적인 정체성이 정립될 수 있다. 이 과정이 잘 실현될 때 그 사회는 노쇠하지 않고 젊음이 유지될 수 있다.

그러나『무정』에서는 이와 반대 현상이 나타나고 있다.『무정』은 적극인 정체성이 성립될 수 없는 사회를 배경으로 하고 있다. 비록『무정』안에서는 독립을 상실하였다는 언급이 없고 희망찬 미래가 약속된 것으로 종말을 맺고 있지만, 그 내면에는 현실에 대한 불안과 부정이 역으로 작용하고 있음을 간과할 수 없다. 또한 이 작품이 씌어 진 당시대적 사회가 우리 민족 모두가 타자화된 1917년이란 점도 주요 이유가 된다.

『무정』에 나오는 대부분의 인물들은 모두 사춘기를 넘어 서지 못한 연령층들이다. 하는 행동들이 유치할 뿐 아니라 대부분 회의하고 갈등하는 인물들이다. 모두 미완성의 인물들이고 확정되지 못한 인물들이다.

사춘기적 특질을 지닌 인물들에게 그에 대응하는 사회가 부정적인 준거체로 남아 있게 될 때, 이들의 자아와 사회는 서로 화합되지 못한다. 적극적 정체성의 정립은 기대할 수 없게 된다. 정체성 정립도 부정적인 측면에서 이루어질 수밖에 없다.

청년들은 사회의 이상형을 취하고 악한 것을 버리는 동일화 과정을 거친다. 이렇게 하여 적극적인 사회 정체성을 형성해 나아간다. 그러나 『무정』에는 동일화할 수 있는 규범 사회가 부재한다.

역사상으로 볼 때는 동일화는 기술 혁신이나 문화 정치 체제의 변화에 따라 변화한다. 이때 청소년은 가장 뚜렷하고 현저한 다수의 멤버를 가진 구성체에 자기를 동일화하게 된다.

『무정』이 연재되던 당시는 급격한 변동으로 정체성의 위기를 타의적으로 감수해야 했던 시기였다. 타자성이 팽배했던 시기였다. 그러나 그래도 신소설기보다는 비록 식민지 강압정치 때문이었긴 하지만 정치적·사회적으로 안정되어 있었던 시기로 볼 수 있다. 『무정』이 신소설보다 폭력이나 비이성적 행위가 제거되고, 비교적 합리적이고 안정된 상태를 보여주는 것도 이 때문일 것이다.[38]

이것은 정체성의 공포가 많이 제거되었다는 의미와 통한다. 정체성의 공포는 자아와 사회가 거대한 스케일로 불화를 빚어 낼 때 나타나는 현상이다. 강압, 비이성적 혐오, 편견, 광폭, 자해 등이 현저해진다. 소설에서 볼 때, 신소설보다는 『무정』이 이러한 면에서 보다 안정되어 있다. 이는 앞에서도 말했듯이 이러한 공포가 많이 제거되었음을 뜻한다. 그러나 『무정』이 해외 유학에 대한 과도한 열망을 드러내는 것은 문제점으로 지적될 만하다. 해외유학, 곧 서구 문명의 수용에 대한 열망

---

38) 김우창, 『궁핍한 시대의 詩人』, 12~16쪽.

(개화의 열망)이 구한말부터 지속되어 온 당시대의 이데올로기였었다면, 명목상으로라도 주권이 있었던 구한말과 1917년대와는 상황이 완전히 달라졌기 때문이다. 상황이 달라진 상태에서, 특히 독립이 완전히 박탈된 상황, 곧 모든 민족이 타자화된 상황에서도 계속 이러한 이데올로기를 주장한다는 것은 문제가 될 수 있다.

식민지 치하에서 도산의 준비론을 추종했던 이광수에게는 서구 문명의 수용이 설득력 있게 받아들여졌을 것이다. 그러나 객관적인 입장에서 볼 때, 당시에 더 절실했던 것은 단재의 혁명론이었다. 『무정』에서 표출된 세계관은 준비론적 세계관이다. 이것은 독립의 쟁취가 그리 쉽지 않다는 세계관에 근거한다. 독립운동이 실패로 좌절되기 전까지는 사회 내에서는 싸워서 독립을 쟁취해야 하겠다는 투쟁론이 시들지 않고 있었을 때였다. 그러나 이들 두 흐름은 당시대의 젊은이들에게 살아 있는 이데올로기로서 완전하지 못했다. 살아 있는 이데올로기란 사회와 자아 정체성을 통합시켜 주는 사상이나 생각의 묶음을 의미한다. 당시에 준비론이나 혁명론이 팽팽하게 맞서고는 있었지만, 이것이 어떤 뚜렷한 특징으로 통합되어 청년들에게 지표가 되지 못하였던 것이 현실이다. 이광수는 이러한 때, 부정적 현실을 극복하고 개인을 사회와 통합시키기 위해 해외 유학을 주창하였다. 사회와 자아와의 통합이 불가능하였기에, 곧 자기의 전통사회가 준거체를 마련하여 주지 않는 타자화된 사회였기에 그 준거체를 외부에서 찾으려 한 것이다.

사회에 진입하려는 젊은이와 사회가 합일한 상태에 있을 때에 신뢰관계는 성립된다. 그러나 당시로서의 이것은 매우 어려운 과제 중의 하나였다. 『무정』에서 이형식의 성격은 매우 불안정한 모습으로 나타나는 것도 그가 사회와 합일하지 못하고 타자화되어 자기 준거점을 찾지 못했기 때문에 생긴 결과라 해석된다.

만일 『무정』에서 이형식이 사회와 합일하여 신뢰관계를 형성했다면, 그리고 그에게 우리의 전통이 이상적인 준거체가 되었다면, 또한 사회에 그의 젊음을 경주할 곳이 마련되어 있었다면, 해외 유학에 대한 과도한 열망은 표출되지 않았어야 옳다. 그러나 당시대의 상황에서 볼 때, 이러한 관계는 불가능에 가까웠다. 따라서 『무정』에서의 계몽의 과다나 해외 유학의 열망은 정체성의 위기와 타자성과 연관시켜 해석할 때 보다 명확히 이해될 수 있다. 주인공들의 성격적 불안도 이와 연관시켜 해석되어야 옳게 파악될 수 있다.

이러한 현상은 당시대뿐 아니라 그 후 독립운동이 실패로 돌아간 1919년 이후의 소설에서도 계속 나타난다. 「빈처」에서는 주인공 '나'의 성인으로서의 직업적인 역할선택이 이루어지지 않고 있다. 주인공이 결혼을 했음에도 불구하고 불안정한 사춘기적 특질이[39] 지속되고 있다. 이러한 것은 모두 사회적 동일성을 이룩하지 못하였기 때문에 생긴 결과다. 김동인의 「감자」나 최서해의 대부분의 작품 등도 이에 해당한다. 이러한 고민을 형상화하였기에 당시 독자의 공명을 얻을 수 있었다. 이는 1930년대 소설에 가서도 그대로 지속되고 있다. 채만식의 풍자소설이나 『탁류』, 유진오가 시도했던 일련의 지식인 문학론[40] 등이 그 대표적인 예다. 이들 작품이나 소론은 이러한 위기의식을 표출하였기에 문제가 될 수 있었다. 신뢰가 성립되지 않을 때 불안정, 혐오는 물론 사회에 대한 소외 의식을 느끼게 되는 것이 필연이다. 이상의 작품에서 발견되는 자의식의 분열이 이에 해당한다. 그가 제시한 '超越'의 주제는

---

39) 이상섭, 「신변체험소설의 특질」, 『문학사상』, 1973년 4월호, 326~334쪽.
40) 조남현, 『일제하의 지식인 문학』, 평민사, 1978.

이러한 경향이 극단적으로 표출된 결과다.

이상에서 볼 때, 『무정』의 전편을 관류하는 동일성으로 인해 야기되는 주요한 특징은 사회와 개인이 합일하지 못할 때 파생되는 정체성의 위기가 주원인임을 알 수 있다. 그로인해 야기되는 갈등의 제 문제라 할 수 있다. 이 문제는 『무정』에서 끝나는 것이 아니고 그 후 식민지 치하의 문학에 공통적으로 적용되는 원리로까지 확대된다.

(4) 부정적 정체성
―작가의 정체성 형성을 중심으로―

본 항에서는 작가인 이광수의 자아정체성의 특징을 찾아내 작품내적 인물과의 상관성을 살펴보려는 것이 목적이다. 특히 이광수의 자아정체성 형성과 그의 현실 행동과의 상관성과 필연성을 살펴보는데 초점을 맞추려 한다.

이광수 연구의 중요성은 개인적인 비중에도 연유되겠지만, 동시에 그의 일생의 궤적이 우리 민족 자체의 비극과 유사하기 때문이다.[41] 민족주의의 제창에서부터 친일적 변절과 해방, 6·25전란에 의한 희생 등이 크게는 민족 전체의 비극과 동일시될 수 있기 때문이다. 이광수는 주지하는 바와 같이 서구 우월성에 심취되어 전통적 가치를 부정하였던 사람이다. 곧 자기 자신이 살고 있는 전통사회에서 자신이 동일화할 수 있는 가치의 준거를 발견할 수 없었던 작가였다. 또한 그의 자전적 기록에서 어린 시절의 체험을 검토하여 보아도 그가 모방하여 동일화할 수 있는 어떤 뚜렷한 대상이 없었던 불행한 사람으로 나타난다. 지금

---

41) 박계주, 곽학송, 「춘원 이광수」, 『이광수전집』, 삼중당, 1962 참조.

까지 연구가 이러한 체험을 중시하는 경향으로 진행되어 온 것도 위와
같은 이유에서일 것이다.

이광수의 체험을 "고아로서의 체험, 엘리트로서의 체험, 약소민족으
로서의 체험, 작가로서의 체험" 등으로 나누고, 고아로서의 체험에서
"문화적으로 적빈 무의의 고아의식을 정신적·지적 조상이나 전통이
없다는 생각으로 확대시킬 수 있다"고 한 지적[42]도, 이광수의 정체성이
부정적으로 형성되었다는 것과 상관되는 소론이다. 이 체험이 "이타
적·시혜적·희생적인 것으로 과신하여 미화하는 나르시시즘으로서
발전"한다고 본 것도 위의 부정적 정체성 형성과 동일 의미를 지닌다.
"돈이 없다는 데서 받은 수치감이 곧 우월해지겠다는 반발적 결심으로
나타났을 것"이라고 반발적이란 말에 악센트를 주어 그의 우월감의 배
면을 해부하려 한 것도 마찬가지 예에 해당한다.[43] 또한 우월감 대신
열등의식[44]이라고 지적한 것이나, "거만과 비굴"[45] 등으로 그의 특성을
나타낸 것도 결국 동일한 의견이라 볼 수 있다. 정명환이 이광수 전생애
를 지배한 네 가지 집념이 "한국인으로서의 열등의식, 자신에 대한 우월
감과 사명감, 민족적 저항의식, 순문학에의 인력"이었다고 본 것도,[46]
그의 정체성이 어떤 방향에서 이루어졌는가를 참고할 수 있게 해준다.
김붕구가 "시각형의 지식인", "류 다른 교만과 자기 정신"[47] 등으로 그

42) 이선영, 「개화·식민지 시대의 문학가—이광수론」, 『현대한국작가연구』, 민음
　　사, 1976, 12~34쪽.
43) 윤병노, 『현대한국작가론』, 삼우사, 1976, 12쪽.
44) 전광용, 「이광수연구서설」, 『동양학』 제4집, 단대동양학연구소, 1974, 96쪽.
45) 윤홍로, 『한국문학의 해석적 연구』, 일지사, 1976, 216쪽.
46) 정명환, 「이광수의 계몽사상」, 『한국작가와 지성』, 문학과 지성사, 1978, 9~6쪽.
47) 김붕구, 「신문학초기의 계몽사상과 근대적 자아」, 『한국인과 문학사상』, 일조
　　각, 9~6쪽.

특징을 찾아낸 작업도 결국 그의 부정적 정체성 형성과 연관된다.

이런 부정적 정체성의 형성은 또 다른 측면에서 이상주의와도 연관시킬 수 있다. 결국 이런 부정적 정체성이 그를 이상향에 집착하게 해주었을 것이기 때문이다.[48] 이상향에의 향수는 관점에 따라서는 도피로 볼 수도 있다. 김영기가 해외탈출을 이상향에의 도피와 동일한 것으로 보면서, 춘원을 부정정신의 미학이 체질화되었다고 본 것도[49] 이와 동일한 것으로 생각된다.

에릭슨은 이러한 부정적 정체성을 흑인 등에서 발견되는 특징과 연결시켜 '흑인 아이덴티티'란 용어로 나타내고 있다.[50] 흑인 노예들은 어린 시절 부모의 말에서 힘(율동)을 얻게 되나 결국은 이것이 주인에 대한 복종을 의미하는 것을 깨닫게 되면서부터 그 어린아이는 백인 주인을 동경하기 시작한다는 것이다. 따라서 어린아이는 자기 것을 버리고 주인 것을 추종하게 된다고 한다. 그러나 그가 살던, 살고 있는 흑인 사회와 연결된 경험을 가지고 있는 그에게는 그에 대한 '鄕愁'를 버릴 수 없게 된다고 한다. 한편, 그는 부정적으로 형성된 자기의 우월성을 보지하기 위해 다른 사람에 대하여 편협한 마음을 가지게 되어 필요 이상으로 방어적이 된다는 것이다. 자기 모체에 대한 열등의식과 우월함을 견지하려는 노력에서 파생되는 균열은 자기의 과거가 회상되는 모든 것을 혐오하게 되고, 경멸하게 되며 경우에 따라서는 갑작스런 전체주의에로의 경도를 유인하는 요인이 되기도 한다고 한다. 이 전체주

---

48) 김열규, 「이광수 문학론의 전개」, 『한국근대문학연구』, 서강대 인문과학연구소, 1969, 44쪽.
49) 김영기, 「이인직 · 이광수 · 손창섭 · 최인훈」, 『현대문학』, 1967년 12월호(통권 156), 222~223쪽.
50) E.H. Eriskon, *Childhood and Society*, pp.241~246.

의로의 정도도 전체 역사적인 정체성으로의 통합을 방해하는 요인이
되는 것이다.

이러한 점은 정체성의 공백을 초래한다고 에릭슨은 말하고 있다.[51]
정체성의 공백이 가져오는 세 가지의 공포와 걱정을 그는 다음과 같이
말하고 있다. 첫째 새로운 기술 계발에서 오는 공포, 둘째 사상의 닻이
되었던 제도나 관습의 부패에서 오는 근심, 셋째 정신적 의미가 결핍된
존재적 공백에서 오는 두려움이 그것이다. 이 두려움을 제거하기 위해서
는 새롭고 건전한 윤리관만이 부정적 정체성을 극복시키고 붕괴에 대처
할 수 있는 건전한 정체성을 형성할 수 있다고 그는 지적하고 있다.[52]

널리 알려진 바와 같이 이광수는 자신의 것을 혐오하고 우월자를 동
경하였고, 경직된 편협성을 가지고 과거의 모두를 부정하였던 사람이
었다. 그러나 한편 그에게서 발견되는 특징은, 이러한 혐오와 부정만이
아니라, 새로운 윤리관도 제시하려 노력했다는 점이다.

그런데 문제는 결과다. 과연 그는 이것을 건전한 포용적인 정체성으
로 교체했을까 혹은 정체성의 공백을 적극적인 정체성으로 바꾸었을까
다. 한 마디로 말하여 이것은 이광수에 의해 시도는 되었으나, 개인적
이유와 더 크게는 사회적 이유로 실패하고 말았다. 타자화되어 처절한
좌절을 맛보아야 했기 때문이다. 그가 식민지 통치 말기에 전체주의의
극단적 실체인 일제에 협력하여 친일한 것도 이러한 부정적 정체성 형
성의 결과였다.

여기에서는『무정』에 국한시켜 그 상황성을 살피고 작가 의식 문제
와 연결시켜 결론짓기로 한다.『무정』에 나오는 세 인물 중, 영채와 선

---

51) *International Encyclopedia of the Social Sciences*, pp.61~65.
52) 위의 책.

형은 어린 시절 아버지를 각각 동일화 대상으로 하여 성장하였다. 특히 영채의 경우는 아버지의 영향이 지대하였다. 그러나 형식은, 이들 두 여주인공들과는 달리, 아버지가 없는 고아다. 아버지에게서 어떠한 영향도 받지 않았다. 아버지를 동일화하지도 않았다. 오리혀 형식은 작품 상에서 그를 고아일 때에 데려다가 침식을 제공하면서 교육시킨 박진사를 동일화의 전형으로 선택하고 있다. 그가 교사가 되어 민족계몽을 하기 위해 해외로 유학하게 되는 배경도, 그 배면에 박진사와의 동일화가 있었기 때문에 가능하다. 아버지의 경우는 오히려 부정적으로 동일화가 이루어짐을 작품을 통해 확인할 수 있다. 사회 윤리를 파괴하려는 시도라든지 새 윤리를 정립하기 위하여 서구와 동일화하려는 노력 등이 그것이다. 이것은 모두 그의 부정적 정체성의 특성을 염두에 둘 때 이해 가능하다. 부정적 정체성 중에서도 앞서 지적한 흑인 아이덴티티에서 그 해답을 찾을 수 있다.

흑인 아이덴티티의 이중성은 『무정』에서 그대로 드러난다. 감상성의 지나친 노출과 서구 문명에 대한 과도한 열망의 이중성이다. 이러한 이중성은 『무정』에서 동시적으로 표출된다. 이광수는 우리 것에 대해 극단적으로 부정적이고 방어적이었다. 스스로 타자화시키려 했다. 하지만 자신을 낳아 주고, 자신이 현재 살고 있는 조국에 대한 향수만큼은 버릴 수 없었을 것이다. 이광수의 우리 것에 대한 과도한 혐오는 역설적으로 서구 문명의 동경으로 나타난 것이다. 우리 것에 대한 향수는 센티멘탈로 드러날 수밖에 없었다. 『무정』에 나타나는 양면성, 곧 지나친 감상의 노출과 강렬한 서구 문명에의 경도는 이러한 '흑인 아이덴티티'적 측면에서 볼 때 쉽게 이해되는 점이기도 하다. 『무정』에서는 남주인공 이형식의 성격이 나약하고 갈등에 쉽게 휩쓸린다. 어떤 때는 의지적

행위도 보인다. 어떤 때는 감상에 휩싸이기도 한다. 또 과도한 西歐化
열망을 드러내기도 한다. 어떤 때는 민족지도자의 모습도 보인다. 이러
한 양면성은 작품 전개에 무리를 가져온다. 이 모든 양면성과 갈등은
부정적 '흑인 아이덴티티'의 형성과 이에 따르는 타자성에서 연유하는
현상으로 풀이된다.

　다음으로 문제가 되는 것은 새로운 윤리관의 제시이다. 이 새로운
윤리관은 에릭슨의 분석에 따르면, 부정적 정체성을 긍정적 정체성으
로 대체시킬 수 있는 유일한 방법이다. 에릭슨은 새로운 윤리관을 지닌
민족적 지도자가 나타난다면 그 지도자에 의해 민족 전체의 부정적 정
체성은 긍정적이고 적극적인 것으로 변모될 수 있다고 보았다. 간디가
그 예라는 것이다.[53]

　우리의 경우도 이와 유사한 것을 이광수에게서 추출할 수 있다. 그는
자타가 공인하는 당대의 민족의 지도자였다. 새로운 윤리관을 민족의
갱생을 위한다는 명목으로 제창하였다. 그러나 그가 주창한 개인의 해
방이나 자유 결혼의 주창 등은 결국 개인적인 문제에 국한되고 말았다.
조국의 독립과 주권 회복에도 충분한 기여를 하지 못하였다. 이러한
개인의 해방을 전제로 한 그의 윤리관 설정은 민족 전체의 적극적인
정체성을 형성하는 데까지는 미치지 못하였다. 그가 그 후의 거의 완숙
된 작품에 해당하는 『유정』과 『사랑』에서 피력한 '사랑'이란 윤리관도
당대 상황에서는 실현 불가능한 것일 수밖에 없었다. 당시의 상황은
식민지라는 비극적 상황이었다. 이광수가 제시한 사랑의 가치관은 일
제라는 전체적 한계내에서는 무력한 자기 기만밖에 될 수 없었다. 따라
서 당대의 상황을 참조해 볼 때, 이광수의 세계관은 간디의 그것처럼

---

53) 위의 책.

당대의 민족전체의 정체성을 재정립하는 데에까지는 도달하지 못하였다는 결론에 도달한다. 이것이 이광수 문학이 지니는 한계와 비극이다.

이상의 검토에서 볼 때, 『무정』에서 표출되는 양면성, 곧 지나친 감상성과 강렬한 개화사상은 작가 및 인물들에서 추출되는 공통된 특질이다. 이들은 부정적 정체성과 타자성을 염두에 둘 때 쉽게 이해되는 것들이다. 이광수의 새로운 윤리관도 시대적인 한계를 뛰어넘을 수 없었다. 긍정적인 정체성을 형성하는 데는 역부족이었던 것이다.

(5) 정체성의 재생

우리가 실생활에서 만나는 인물들은 다면체적인 속성을 지닌 복합적 인격체다. 선악도 각각의 인물에 분리되어 내재하지 않고 한 인물에 함께 공존한다. 우리의 고전소설이 천편일률적인 도식성에서 탈피하지 못하는 이유도, 지금까지 알려진 바대로 선악을 한 인물에 공존시키지 못하고 각각의 인물로 구분하여 나타내려 했기 때문에 생긴 결과다. 그 대표적인 예 중의 하나가 「흥부전」이다. 「흥부전」에 나오는 두 인물은 공상적 인물이 될 뿐 인간적일 수가 없다. 흥부와 놀부가 참의미에서 인간적이 되려면 두 인물이 하나의 인물로 복합되어져야만 한다. 놀부와 흥부는 지금까지 별개 인물54)로 평가되어 왔다. 그러나 인간의 실상

---

54) 흥부와 놀부의 신분에 대한 논의는 「춘향전」과 마찬가지로 판본에 따라 다양한 해석이 내려질 가능성이 많다. 그 대표적인 예가 흥부를 몰락한 양반으로, 놀부를 근대화된 농민으로 파악하는 관점과, 흥부, 놀부를 모두 서민층의 양면성의 반영으로 경제사회적 측면에서 파악하는 관점, 또는 흥부를 양반이면서도 천민으로, 놀부를 도망 노비의 자작농으로 파악하는 관점 등이라 하겠다. 그러나 이것이 설화소설인 점을 감안할 때, 설화의 추상적인 교훈성을 핵으로, 선과 악의 구조에서 출발한 것으로 보아야 할 것이다.

을 파악한다는 관점에서 볼 때는, 흥부와 놀부는 별개의 인물이 아니라 동일인의 양분된 모습으로 재평가되어져야만 그 의미가 제대로 도출될 수 있다.

이러한 예는 비단 우리 작품에만 국한된 문제가 아니다. 한 인물 내에 공존하는 선악을 선과 악의 별개의 인물로 분리하여 각 개체로 형상화한 예는 서구작품에서도 발견되기 때문이다.[55] 선하면서도 악하거나 악하면서도 선한 인간의 복합성을 한 인물에 나타낼 수 없을 때, 작가는 각각의 평면적 인물을 창조하여, 하나의 평면적 인물에다 다른 평면적 인물을 덧붙이는 수법을 쓴다. 이렇게 해서 소기의 목적을 달성한다.

「흥부전」이 외국의 예처럼 첨가하는 수법에 그대로 합치되는 것은 아니다. 또 그럴 수도 없다. 그러나 「흥부전」이 설화소설인 점을 감안할 때, 그리고 이 소설이 '꿈과 현실이 종합된 것으로 볼 때,[56] 인간의 근본 속성인 선과 악을, 악하면서도 선할 수 있고 선하면서도 악할 수 있는 인간 근본문제를 두 인물을 통해 형상화한 것으로 볼 때, 이것은 있을 수 있는 추론이라 생각된다.

이러한 두 인물의 유기체적 복합은 본고의 대상인 『무정』의 해석에도 적용 가능하다. 『무정』에서는 영채가 죽음을 결심하였다가 병욱에 의해 재생된다. 이것을 그냥 두 인물의 별개의 만남으로 치부해 버리기에는 단순치 않은 점이 내재한다. 작품 내에서 영채는 정조가 훼손되었을 때 죽었어야 마땅했다. 김동인의 지적대로 붓끝으로 조상하였어야만 할 인물이다. 또 실제로 작품상에서 영채의 가치관으로 보아서는 정조의 훼손은 곧 죽음을 뜻하는 것이었다. 「소학」, 「열녀전」, 내측의

---

55) W.J. Harvey, 앞의 책, p.123.
56) 이능우, 앞의 책, 36쪽.

가치관을 자기 생활의 신조와 지표로 삼았던 영채 기생으로 있으면서 순결을 지키고 있었다는 이유로 생을 지속시킬 수 있었던 영채가, 생명과도 같은 순결을 잃었다는 것은 죽음을 뜻할 수밖에 없다.

따라서 영채가 병욱에 의해 구원되는 것은 영채 자신의 뜻이라고만 볼 수 없다. 그것은 작가인 이광수의 '꿈'이 영채를 살려 놓은 것이라 볼 수 있다. 마치 흥부가 현실에서는 당시의 상황으로 보아 아사한 것이나, 민중의 염원에 의해 '꿈'으로 '박'을 통해 再生한 것으로 해석 가능한 것과 같이,57) 『무정』도 동일한 해석이 가능하다.

흥부의 실제적 가난(현실)이 부(꿈)에 연결되어 극적으로 해결되듯이, 『무정』에서도 정조가 훼손된 영채의 죽음(영채가 지녀 온 가치관의 죽음)이 작가의 꿈(이광수의 이상)에 의해 병욱(새로운 가치관)의 생명에 연결되어 재생된 것으로 해석할 수 있기 때문이다. 죽은 영채가 병욱을 모태로 하여 다시 살아난 것이다. 타자성이 극복되고 정체성이 회복되는 것이다.

이러한 점은 실제로 작품상에서 행위를 통해 암시적으로 드러나고 있어 흥미롭다. 영채와 병욱이 처음 만나는 장면에서 우리는 이것을 직감할 수 있다.

차가 흔들리건마는 그 부인은 까딱없이 평지를 가는 모양으로 영채를 끌고 차실 저편 끝 세면소로 간다. …(약)…영채는 비틀비틀하면서 그 부인의 뒤를 따라 세면소로 갔다. 부인은 대리석판에 백설 같은 자기로 만든 세면기에 물을 따라 손으로 휘휘 저어 한 번 부셔내고 맑은 물을 가득이 부어 놓은 후에 비눗갑을 열어 놓고 붉은 줄 있는 큰 타월로 영채의 어깨와

---

57) 임형택, 「흥부전의 현실성에 관한 연구」, 『문화비평』, 1966년 겨울호, 832쪽.

옷깃을 가리어 주고 한 손으로 영채의 허리를 안는 듯이 영채의 몸을 자기
의 몸에 기대게 하고,

　　"자, 비누로 왁왁 씻읍시오."

　　…… 남이 보면 마치 형이 동생을 도와주는 것같이 생각하겠다.[58]

인용에서 나타난 병욱의 행동으로 보아 병욱은 영채와 동등한 위치
에 있는 인물이 아님을 알 수 있다.[59] 병욱에게서는 영채에 대한 모성
적인 모습이 암시되고 있다. 병욱의 영채에 대한 태도는 비록 형, 동생
으로 이야기되고 있지만, 어린 아기를 대하는 어머니의 모습을 방불케
한다. 그러나 그렇다고 이 지점에서 재생이 완전히 이루어졌다고는 할
수 없다. 그것은 그 후 병욱에 의해 영채를 설득시키는 장면이 전개되기
때문이다.

　　"첫째 영채씨는 속아 살아 왔어요. 이 형식이란 사람을 사랑하지도 아니
하면서 공연히 정절을 지켜 왔어요. 부친께서 일시 농담 삼아 하신 말씀
한마디 때문에 영채씨는 칠팔 년 헛된 절을 지킨 것이외다. 사랑하지 않는
사람을 위해서, 피차에 허락도 아니 한 사람을 위해서 절을 지키는 것이
헛된 일이 아니요? 마치 죽은 사람, 세상에 없는 사람을 위해서 절을 지
키는 것이나 다름이 있어요? 영채씨의 마음은 아름답지요, 절은 굳지요.
그러나 그뿐이외다. 그 아름다운마음과 그 굳은 절을 바칠 사람이 따로 있
지 아니할까요. 하니까 지금 영채씨가 그이를 사랑하시거든 지금부터 그에
게 몸과 마음을 바칠 것이요, 만일 그렇기 않거든 다른 남자 중에 구하실

---

58)『무정』87회.
59) 영채는 재생된 후, 병욱의 집에 기거하다가, 동경으로 유학 가는 기차 안에서
　이 장면을 '부활'된 순간으로 직접 진술하고 있다(『무정』) 103회). 작가의 의도
　적인 암시를 알 수 있다.

것이오. 그런데……" …(약)… 영채는 이 말을 듣고 놀랐다. 열녀라는 생각과 틀리는 것 같다. 그러나 그 말이 옳은 것 같다. …(약)… "참생활이 열릴까요? 다시 살 수가 있을까요?"[60]

그러면서도 여기서 암시받을 수 있는 것은, 두 인물이 한 가치관으로 통합되고 있다는 점이다. 그러니까 비록 생경하지만 작가는 영채를 병욱과 같이 깬 인물로 만들려하였음을 알 수 있다.

이러한 결합이 보다 구체화하여 작품상에 드러나는 것은 그 다음 단계이다.

> 병욱과 영채는 깊이 정이 들었다. 둘이 마주 앉으면 시간가는 줄을 모르고 이야기에 취하게 되었다. 영채는 병욱에게 새로운 지식과 서양식 감정을 맛보고, 병욱은 영채에게 옛날 지식과 동양식 감정을 맛보았다. 병욱은 낡은 것을 모두 싫어하였었다 그러나 영채의 잘 이해한 사상을 접하매 옛날 사상에는 여러 가지 맛있는 점이 있음을 깨달았다. 그래서 새삼스럽게 소학이며 열녀전이며, 한시 한문을 배우고 싶은 생각까지도 나게 되었다. 집에서 먼지 오르던 고문진보 같은 것을 내어서 이것저것 영채에게 배우기도 하고, 배운 것을 외우기도 하였다. 참 재미있다하고 어린애같이 기뻐하면서 소리를 내어 읊기도 하였다.[61]

이 지점에서 비로소 설득에 의한 영채와 병욱의 접합이 상호보완적으로 접목되고 있다. 또한 영채로 대표되는 전통과 병욱으로 대변되는 가치도 함께 접목되고 있다. 이렇게 함으로써 전통과 신문명은 비로소

---

60) 『무정』 89회.
61) 『무정』 91회.

하나의 통일체, 단일체, 유기체로서의 정체성이 이루어진다. 타자성이 극복된다.

그러나, 문제는 이것이 암시로 끝나고 상징화로 만족할 뿐, 더 이상의 진전이 없다는 점이다. 위의 인용에서 볼 때, 이들은 서로 '감정으로 맛을 볼 뿐', 혹은 '깨달을 뿐'이지, 접목이 이루어지고 나서, 서로 접착이 되어 생명화 된 상태에까지는 못 미치고 있다. 그 이유의 소재는 여하간에 『무정』이 지니는 한계가 여기서도 나타날 수밖에 없었다고 생각된다. '서양적 사상'과 '동양식 감정'이 공존하는 것까지는 가능하였으나 완전히 접목되어 타자성이 극복되고 새로운 정체성이 뿌리내리기까지는 아직 시기 상조였는지도 모른다.

그러나, 춘원이 이들의 접목을 시도하고 있었다는 점에서 그의 선구적 업적은 인정되어어 한다. 작가인 이광수가 전통을 무조건 부정했고, 또 그가 우리 전통에 동일화할 수 없었기에 부정적 정체성을 형성한 것으로 검토되었는데, 작품상에서 인물을 통해 이러한 것이 나타나고 있다는 것은 매우 시사하는 바가 크다. 이광수의 전통에 대한 잠재의식을 재검토하게 해주는 점이기도 하다. 이러한 전통과 서구 사상과의 접목은 이광수 개인에게만 해당하는 문제가 아니다. 우리 문화 전반에 해당하는 심각한 과제다. 이의 천착은 앞으로도 계속되어져야 할 문제다.

필자는 지금까지 동일성에서 파생되는 제 문제를 5개항에 걸쳐 검토하였다.

이를 요약해 보면, 첫째, 정체성의 재구가 문제되고 있었다. 이것은 영채와 형식과의 관계로 재구과정에서 갈등이 일어나는데 갈등이 일어나는 주원인은 서로 상대방의 동일성을 확인할 수 없었기 때문이었다. 하여 모두 타자화되고 있었다.

둘째, 영채 자신의 문제였다. 영채는 내적 자아에 외적 자아를 일치시키지 못하고 있었다. 영채에게서 발견되는 주된 갈등은 이러한 정체성의 혼란 때문이었으며, 이것은 「춘향전」에서의 춘향과 비교 가능하였다. 그러나 영채와 춘향 간에는 윤리관 차이는 물론 사회적 배경의 차이로 상당한 거리가 드러나고 있었다. 사회는 영채에게 부정적으로 작용하고 있었다. 이로 인해 영채는 타자화되고, 세상을 비극적이고 무정한 것으로 인식하고 있었다. 또한 영채의 기구한 운명은 조국을 상징하는 역할도 함께 하는 것으로 검토되었다.

셋째, 정체성의 위기가 검토되었다. 『무정』에 등장하는 모든 주요 인물들은 청년기에 접어든 사람들로서, 사회에 적응을 하지 못함으로 해서 타자화되고 위기의식을 느끼고 있었다. 곧 사회와 내적 자아가 동일화하지 못함으로써 타자화되고 사회와의 신뢰 관계를 회복하지 못하고 있었다. 이것은 모든 민족이 타자화된 식민지 현실에서는 필연적인 결과로, 1920년대 작품과, 1930년대 작품에서도 계속 발견될 수 있는 특징이었다.

넷째, 작가의 부정적 정체성이 검토되었다. 춘원 자신은 전통을 부정함으로써 스스로를 타자화시킨 작가로, 이렇게 형성된 부정적 정체성이 소설 전반에 영향을 미치고 있었다. 과도한 계몽의 열망도 이러한 부정적 정체성과 연관하여 이해되어야 할 점이었다.

다섯째, 정체성의 재생에 대한 검토가 있었다. 작가는 『무정』에서 병욱과 영채를 통해 암시적으로 동양과 서양을 접목시켜 타자성을 극복하고 새로운 정체성을 재생시키려 하고 있었다. 그러나, 이것은 암시와 상징으로 끝날 뿐 완성에는 이르지 못하고 있었다. 『무정』이 지니는 한계점이라 볼 수 있다.

이태준 소설의 인물성격화 유형

이병렬

1. 들어가는 말

소설이 사건이고, 그 사건의 주체가 인물이라면, 소설은 다시 인물의 어떤 행위라는 말도 된다.[1] 더구나 소설이라고 하는 허구의 세계를 떠받치고 있는 것은 사건의 전개가 아니라 인물의 개성이기에, 작가는 창작에 있어서 사건의 전개보다는 인물의 창조에 더 역점을 두지 않을 수 없다. 말하자면 소설의 창작은 인물의 특이한 개성에 의한 인간, 인생, 세계의 새로운 발견이라고 하는 모습을 띠고 있기 때문에, 창작에 있어서 인물의 창조와 인물의 전개는 그 핵심적인 일이라고 하지 않을 수 없다.[2] 결국 소설을 쓴다는 것은 궁극적으로 인물을 창조해 내는 작업이라는 말과 같은 것이다.

문제는 소설 속의 인물이 어떻게 창조되는가이다. 작가가 자신의 소설 속에서 인물을 창조해 내는 방법은 작가의 개성에 따라 조금씩 다를 수 있다. 정한숙은 인물의 성격창조가 서술과 묘사 그리고 대화로 이루

---

1) 송하춘, 『발견으로서의 소설기법』, 현대문학사, 1993, 113쪽.
2) 宋　勉, 『소설미학』, 문학과지성사, 1985, 195쪽

어진다고 전제한 후, 성격묘사의 내면과 외면, 대화의 중요성, 에펠레이션 그리고 분석적·극적 방법 등 네 가지를 제시하고 있다.[3] 그러나 어느 방법을 택하느냐 하는 문제는 작품을 쓰는 목적 및 작품의 규모나 범위에 따라 결정될 것이다. 이 글은 이러한 문제에서 출발, 이태준 소설에 등장하는 인물들의 성격화 유형을 분석, 그 특질을 규명하는 데에 목적이 있다.

상허 이태준은 소설에서 인물의 창조를 특별히 강조한 작가이다. 이러한 사실은 그가 『문장』의 소설 추천 심사위원으로 소설 선후평을 쓴 것을 보면 알 수 있다.

——『茶禮』는 플롯이 좋와서 한참 만지적거리었으나 아모래도 朴氏의 性格이 살지 못했다. 이것도 約束한다. 먼저 人物을 살려놓고 볼것이다. 甚한말로 人物만 살면 플롯은 없어도 좋다. 人物이란 어떤 것이고 간에 生活을 가진 것이니 人物만 제대로 움직여 놓으면 結局 거기에 적거나 크거나 플롯은 절로 두드러질 것이다.[4]

——「無限平行」亦是 보이는데 鈍하고 들려주는 데만 用意하였다. 그래 人物들의 일 같지 않고 作者의 일로 느껴진다. 人物이 나서야 한다. 作者는, 事件의 責任은 안저도 좋다. 먼저, 人物에 責任을 지라.[5]

—— 아모리 大家라도 人物을 살리지 못하고 그 小說을 救하는가 보라. 小說을 생각으로나 事件으로 만들거니 할 게 아니라 人物로 만든단 定義를

---

3) 정한숙, 『소설기술론』, 고려대출판부, 1973, 96~110쪽.
4) 이태준, 「小說選後」, 『문장』 제6호, 1939.7, 134쪽.
5) 이태준, 「小說選後」, 『문장』 제7호, 1939.8, 109쪽.

가짐도 좋다.[6]

이태준은 이처럼 그의 소설 선후평에서 예외 없이 인물창조의 중요성을 강조하고 있다. 그가 소설에서 장조하는 것은 첫째가 인물의 성격화이다. '인물만 살면 플롯은 없어도 좋다' 혹은 '사건의 책임은 안저도 좋다. 먼저, 인물에 책임을 지라'는 말이 이를 뒷받침한다.

이러한 소설관을 바탕으로 이태준은 자신의 소설 속에서 여러 계층의 인물들을 창조했으며, 그 성격화의 방법은 여러 가지 유형으로 나눌 수 있다. 이제 이태준의 전 소설을 대상[7]으로 그 성격화 유형을 제목과 명명법, 분위기, 사건의 전개, 간접제시 그리고 유년기 체험의 형상화 다섯 가지로 분석, 그 특질을 규명해 보고자 한다.

2. 이태준 소설의 인물 성격화 유형

2.1. 제목과 명명에 의한 성격화

소설이 새로운 인간형을 창조하는 작업이라 할 때, 창조된 인물을

---

6) 이태준, 「小說選後」, 『문장』 제8호, 1939.9, 102쪽.
7) 이 글의 연구 대상은 이태준의 전 소설로 한다. 다만 논의의 편의상 성격화 유형의 대표적인 작품을 집중 분석하기로 하며 텍스트는 『이태준전집』(깊은샘, 1988.5 - 단편의 인용은 이에 따르고 별도 표시가 없는 한 『단편집』으로 명시하며 작품명과 권 수 및 쪽 수만 밝힌다.)과 『이태준문학전집』(서음출판사, 1988.8 - 장편의 인용은 이에 따르며 별도 표시가 없는 한 『전집』으로 명시하며 작품명과 권 수 및 쪽 수만 밝힌다.) 및 단행본(광복 이후의 작품)으로 한다.

통해 주제가 반영되는 것이며, 그렇게 반영된 주제를 직접적으로 표상하는 것이 바로 제목이다. 제목은 그 작품의 얼굴이요, 제목 읽기는 그 작품을 이해하기 위한 최초의 시도가 된다. 따라서 제목은 그 작품이 지닌 비밀을 푸는 암호 같은 것으로 생각할 수도 있다. 물론 내용과 전연 엉뚱한 제목을 붙일 수도 있지만 대개의 경우 그 제목은 작품의 구조로써 이름붙여지는 것이 정상일 것이다.[8] 따라서 제목에는 소설 속에 형상화된 인물의 성격 – 주제가 구체적 혹은 암시적으로 드러나는 것이며, 제목을 분석하는 것은 그 소설의 주제 – 성격화된 인물을 탐구하는 것이 된다.

이태준 소설의 제목 중 특이한 것은 아이러니 기법에 의한 것들이다. 즉 인물의 성격이나 사건의 내용과는 전혀 상반된 의미의 제목이 바로 그것이다. 풀누룽갱이를 먹는 것을 「만찬」으로, 한 여인의 전락과 죽음을 「아무 일도 없소」로, 위선자의 이중성을 「천사의 분노」로, 재물과는 전혀 어울리지 않는 인물을 「손거부」로, 창녀와 주방장의 사랑의 도피와 좌절을 「사막의 화원」으로, 금의환향이 아닌 고향을 공격하기 위한 정찰길을 「고향길」로 묘사한다. 부분적인 예에 지나지 않지만 이러한 제목들은 그 작품 속에 서술되는 사건과 인물들의 성격을 반어적으로 묘사하고 있으며, 사건의 내용을 암시함은 물론 인물의 성격까지 나타내 주고 있다.

또한 이태준 소설의 제목에는 인물과 관련된 것들이 많다.[9] 게다가

---

8) 전상국, 『소설창작교실』, 문학사상사, 1991, 359쪽 발췌.
9) 인물과 관련된 제목에는 다음과 같은 것들이 있다. 「오몽녀」, 「누이」, 「산월이」, 「은희부처」, 「불우선생」, 「천사의 분노」, 「슬픈 승리자」, 「미어기」, 「아담의 후예」, 「어떤 젊은 어미」, 「마부와 교수」, 「박물장사 늙은이」, 「촌띄기」, 「우암노인」, 「색시」, 「손거부」, 「영월영감」, 「농군」, 「뒷방마냄」, 「호랑이 할머니」, 「고귀한 사람들」, 「구원의 여상」, 「성모」, 「화관」, 「황진이」, 「딸삼형제」, 「왕

이들 인물과 관련된 제목들은 소설 속의 주인공, 즉 주제를 표출하는 성격화된 인물을 가리키는 것으로, 이를 통해 제목이 주인공을 성격화하고 있다고 볼 수도 있다. 특히 장편인 『구원의 여상』, 『성모』 그리고 『불사조』 등은 바로 '구원의 여상', '성모', '불사조'와 같은 여성을 형상화하고 있는 작품으로 제목이 이를 잘 나타내주고 있다.

그러나 직접적으로 인물을 성격화하고 있는 것은 바로 그 인물의 이름이다. 인물의 성격화의 가장 단순한 형태는 명명이다.[10] 소설을 읽으며 독자는 작품에 등장하는 인물의 이름을 보고 그 성격을 유추하게 되는 수가 많다. 이름이 어감상 부드러우면 그만큼 등장인물의 성격도 부드러운 경우가 많고, 이와 반대로 이름의 자형이나 어감이 거칠면 그의 성격도 거칠게 받아들여진다. 명명법은 말하자면 독자의 습관과 작중인물의 이름의 인상을 부합시켜서 그 성격을 더욱 생생하게 하는 방법에 속한다.[11]

서사문학은 인물의 이름을 창조하는 데 있다. 작가가 인명을 창조하는 것은 한 생명의 개성을 창조하는 것이며, 존재의 의미를 부여하는 것이다. 그러므로 작가는 작중인물의 이름을 지을때, 작품의 흐름과 명명된 인물의 역할에 밀접한 관련성을 지을 수밖에 없다.[12]

자 호동」, 「불사조」.

10) R. Wellek & A. Warren, Theory of Literature, Penguin Books, 1949, p.219.
11) 정한숙, 앞의 책, 102쪽.
12) 김현숙, 「이태준소설의 기호론적 연구」, 이화여대 대학원 박사학위논문, 1991.2, 130쪽.(김현숙은 이 논문의 '행위주 명명층위'라는 항목에서 이태준 소설의 등장인물 명명법을 집중적으로 고찰하고 있다. 본 항목의 기술은 이 논문에 힘입은 바 크다.)

이태준 소설의 등장인물 명명법은 크게 세 가지로 나눌 수 있다.[13] 아이러니 명명법, 약자에 의한 명명법 그리고 음성상징에 의한 것이 그 것이다. 그리고 이들은 각기 특별한 의미이건 평범한 것이건 인물의 성격화에 기여하고 있다.

2.1.1. 아이러니 명명법

아이러니의 기본 특색은 현실과 외관과의 사이의 대조[14]이다. 그런데 이 아이러니가 이태준 소설에 등장하는 인물의 명명에도 사용되고 있다. 「오몽녀」의 '오몽녀', 「만찬」의 '꽃분이', 「행복」의 '만석', 「손거부」의 '손 거부', '대성', '복성', '녹성', 「촌띄기」의 '장군이'가 그 대표적인 예이다.

「오몽녀」의 오몽녀(五夢女)[15]는 '다섯가지 꿈을 가진 여자'이다. 그 러나 작품 속에서의 그녀는 어려서 지 참봉에게 팔려와 그의 아내가

---

13) 더 세부적으로 나누면, 한자 의미에 의한 것(「성모」의 順慕, 德仁, 「제이의 운명」 의 彌宰, 天淑 등 장편의 인물들), 가족관계에 의한 것(「만찬」의 어머니, 「온실 화초」의 할머니, 「백과전서」의 아버지, 아내, 「봄」의 딸 등), 연령에 의한 것(「 빙점하의 우울」의 소년, 「점경」의 아이, 어른, 「철로」의 청년, 처녀, 「무연」의 노파 등), 관습에 의한 것(「실락원 이야기」의 간난이, 「박물장사 늙은이」의 과수댁, 「밤길」의 황 서방, 권서방 등), 직업과 계급에 의한 것(「오몽녀」의 남 순사, 「행복」의 형사, 「고향」의 은행원, 「어떤 젊은 어미」의 권의학사, 「마부와 교수」의 마부, 교수, 「순정」의 박취체역, 「복덕방」의 안 초시, 서참위 등)을 들 수가 있다.

14) D. C. Muecke, *Irony—The Critical Idiom Series 17,* Methuen & Co Ltd, 1970.(문 상득 역, 『아이러니』, 서울대출판부, 1980. 32쪽.)

15) 이태준의 장편 『사상의 월야』에는 다음과 같은 이름에 대한 설명이 있다. "여기 (배기미, 梨津 ─필자 주) 아이들은 남녀간에 석자 이름이 많았다. 사내아이면 '재민돌(在民乭)'이니 '인금돌(仁金乭)'이니 하고 석자에 '돌'자가 많이 붙었고, 계집아이면 '옥등내(玉燈女)'니 '삼몽내(三夢女)'니 하고 석자에 '녀'자가 많이 붙 는데 '녀'는 으레 '내'로 발음하였다.(『전집』5, 40쪽)" 이를 통해 '오몽녀'는 이태 준이 어려서 배기미에 살 무렵 들은 여자들의 이름에서 빌었다는 것을 알 수 있다. 문제는 왜 '五夢'인가이다.

된 여자로 순사들의 노리개로 전락하고 끝내는 어부 금돌과 도망가는 여인이다. 물론 그녀는 자신의 고난을 박차고 새로운 생활을 위해 탈출하는 적극적인 여인으로 변하기는 하지만 결코 '玉夢'과는 잘 어울리지 않는다.[16)]

'꽃분이', '만석', '손거부', '대성', '복성', '녹성'도 마찬가지이다. 특히 「촌띄기」의 '장군이'는 결코 '將軍'과는 어울리지 않는 심성이 약한 농부이다. 하는 일마다 실패하고 결국에는 아내를 처가에 보내고 자신은 고향을 떠나며 아내가 불쌍하여 떡을 사 먹이는 정적인 인물이다. 그런 인물의 이름이 '장군'이다. 이는 외관의 대조, 즉 인물의 성격과 이름의 대조를 통해 역으로 그 인물의 성격을 선명하게 드러내고 있는 것이다.

2.1.2. 약자(略字)에 의한 명명법

이태준의 소설에 등장하는 인물 중 구체적인 이름이 없이 약자로 된 이름을 가진 경우가 많다. 물론 이 경우 다시 한글 약자와 영문 약자로 나눌 수 있다.

한글 약자인 경우 특이한 것이 '현'이다. 작품의 내용상 '현'이 성인지 이름인지 구분할 수 없다. 게다가 '현'이 등장하는 「순정」, 「패강냉」, 「토끼 이야기」 그리고 「해방전후」 네 편 모두 이태준의 자전적 소설로 평가되는 것들이다.[17)] 따라서 이들은 모두 작품의 주인공들이며 하나같이 작가 이태준과 같은 부류의 지식인들이다. 「순정」의 현의 직업은 기자이며, 「패강냉」과 「토끼 이야기」 그리고 「해방전후」에서는 작가이다.

---

16) 김동인의 「감자」의 복녀(福女)가 복이 있는 여자가 아닌 것과 같다.
17) 이들 작품이 이태준의 자전적 소설이라는 것은 민충환, 강진호, 장영우의 공통된 평가이다. 또한 김현숙은 '현'을 이태준의 호인 尙虛의 끝 자음과의 유사성으로 설명하고 있다.(김현숙, 앞의 글, 142쪽.)

이태준이 그의 소설 속에 '현'을 네 번이나 등장시켰다는 것은 '현'이
란 이름에 특별한 애착을 가졌다는 증거가 된다. '현'이 성씨일 경우 검
을 '玄'으로 그 의미는 '검지도 붉지도 않다'이다. 이는 포용력 혹은 중용
을 뜻한다. 이름자일 경우 '鉉', '賢', '顯', '炫', '俔'[18] 등으로 모두 좋은
의미이다. 즉 '현'이란 이름에서 풍기는 성격은 남성다운 포용력 혹은
지식이다. 실제 이태준 소설 속의 '현'은 강하지는 않지만 모두 그러한
성격의 인물들이다. 따라서 이태준은 '현'이란 약자를 통해 작중인물을
남성다움, 포용력, 지식 등을 갖춘 성격의 소유자로 만들고 있다고 할
수 있다.

그 외의 한글 약자는 「미어기」의 오군, 「장마」의 강군, 「패강냉」의
박, 김, 「사냥」의 한, 윤, 「뒷방마냄」의 윤 등이다. 이 경우 이름으로
사용되는 성씨는 특별한 의미를 갖지 못한다. 「장마」의 강군, 「패강냉」
의 박, 김, 「사냥」의 윤은 보조적인 인물이며, 「미어기」의 오군과 「뒷방
마냄」의 윤은 사건을 통해 성격화되는 것이지 이름에는 특별한 의미가
없는 경우이다.

이와 유사한 것이 영문 약자로 된 이름들이다. 「온실화초」의 A와 B,
「결혼」의 S와 T[19], 「아무 일도 없소」의 K기자, 「불우선생」의 H군, 「천
사의 분노」의 P부인, 「빙벌하의 우울」의 K군 등이 그들이다. 이들 중
「천사의 분노」의 P부인만이 주인공이고, 「온실화초」, 「결혼」, 「아무 일
도 없소」의 인물들은 모두 사건에 의해 성격화되며 나머지는 커다란

---

18) 법무부에서 정한 '이름에 쓸 수 있는 한자'를 보면 '현'으로는 주로 이러한 의미
를 많이 쓰고 있다.
19) 「결혼」의 원제는 「결혼의 악마성」이고 원작에서 남편의 이름은 H였다. 그 후
개작에서 남편 H가 T로 바뀌었다. 이렇게 볼 때 H와 T는 그것이 R이나 G로
바뀐다고 해도 특별한 의미가 없는 것으로 김군, 박군과 같은 것이다.

비중이 없는 보조적인 인물에 지나지 않는다.

이렇게 볼 때, 이태준의 소설에서 약자로 명명된 인물의 경우 '현'을 제외하면 특별히 성격화할 필요가 없는 인물의 성격화를 위한 명명법이라 할 수 있다.

2.1.3. 음성 상징에 의한 명명법

우리말의 자음 중 파찰음(ㅈ,ㅉ,ㅊ)과 거센소리(ㅍ,ㅌ,ㅋ,ㅊ)는 강하고 힘찬 느낌을 주는 소리이다. 전반적으로 보아 이태준의 소설의 인물 이름에는 이러한 음이 많이 사용되지 않는다.[20] 이는 그의 소설에 형상화된 인물들이 대부분 정적인 인물들이기 때문이다. 그러나 1930년대 말 이후, 그리고 월북 후의 작품에서는 이러한 음을 인물의 이름에 적절히 사용하여 인물의 성격을 강인한 것으로 만들고 있다.

「고향」의 '박철'은 주인공 김윤건이 한 때 존경하던 인물이다. 바로 김윤건이 일본으로 유학가기 전에 사회주의 운동가로서 민중을 일깨우던 인물이다. 그의 그러한 직업에 어울리는 이름이 강인한 음성상징으로서의 '철'이다. 그것이 哲, 喆, 鐵, 澈, 徹 중 어느 것이건 '철'이라는 음에서 강인한 이미지를 풍길 수 있는 것이다. 이는 「농군」의 윤창권과 황채심도 마찬가지이다. 윤창권은 이농민으로서, 만주에 정착하기 위해 그곳 원주민과 투쟁해 나가는 과정에 성격이 강인하게 형성된다. '창권'이란 음에서 그 강인함이 드러나며, 창권을 포함한 이주민의 지도

---

20) 물론 전혀 없는 것은 아니다. 「삼월」의 창서, 「철로」의 철수, 「코스모스 피는 정원」의 치영, 「돌다리」의 창섭 등 파찰음이자 거센소리인 ㅊ이 들어가는 이름이 있다. 그러나 이들은 마찰음인 ㅅ, 비음인 ㅇ과 어울리면서, 그리고 사건의 진행과 함께 결코 강인하다거나 용감한 인상을 나타내지 못하고 있다. 더구나 '철수'의 경우는 지극히 평범한 이름으로 짝사랑 끝에 슬퍼하는 인물이다.

자 황채심 역시 그 음에서 성격이 나타난다.

이러한 예는 이태준이 월북 후 발표한 소설에서 두드러지게 나타난다. 「아버지의 모시옷」의 찬옥, 「첫전투」의 권판돌, 「백배 천배로」의 최훈, 「고귀한 사람들」의 박오철, 진평수, 「고향길」의 김칠복이 바로 그 예이다.

'찬옥'은 항일애국지사를 아버지로 둔 노동자로서, 단순한 노동자에서 사회주의 노동운동에 뛰어드는 투사로 성장한다. 「코스모스 이야기」의 '명옥'이란 이름보다는 '찬옥'이란 음이 노동운동가의 이미지를 살리고 있다.

'권판돌', '최훈', '박오철', '진평수', '김칠복' 등은 모두 빨치산 혹은 인민군 전사들이다. 단순한 병사가 아닌 책임감이 강하고 모두가 용감한 전사들이다. 이러한 인물들은 그들이 내뱉는 적개심 혹은 전투의욕이 고조된 대화와 함께 ㅍ, ㅊ 음이 풍겨주는 강인한 인상으로 성격화되고 있다.

2.2. 분위기를 통한 성격화

이태준 소설의 등장인물은 배경 혹은 분위기를 통해 성격화되는 경우가 많다. 이 경우 대부분이 이태준이 즐겨 그린 정적인 인물[21]들이 이에 해당한다.

단편 「밤길」의 황 서방은 심성이 착하기만 한 노동자이다. 행랑살이를 하다 첫아들을 보자 돈을 모아야겠다는 생각에 가족을 주인집에 맡

---

21) 이태준의 단편에 등장하는 대부분의 인물은 동적이기 보다는 정적인 인물로 이는 이태준이 즐겨 그리려한 인물들이다.

겨놓고 인천 월미도로 내려와 신축공사장에서 모간꾼 노릇을 한다. 일하는 것도 잠시, 계속 내리는 비 때문에 일은 중단되고 선고까로 연명을 한다.

> 월미도 끝에 물에다 지어놓은, 용궁각인가 수궁각인가는 오늘도 운무에 잠겨 보이지 않는다. 벌써 열나흘 째 줄곧 그치지 않는 비다.[22]

> 월미도 쪽이 더 새깜해지더니 바람까지 치며 빗발이 굵어진다.[23]

> 밤이 되었다. (중략)
> 캄캄해졌다. 빗소리에 실낱같은 숨소리는 있는지 없는지 분별할 도리가 없다.[24]

첫 두 문장에서 이 작품의 분위기를 느낄 수 있다. 어두움 속에 내리는 비는 이 작품 속의 인물들의 어두운 운명을 더욱 어둡게 만들고 있다. '열나흘 째' 그치지 않는 비, 그 비가 내리는 곳은 '삼십 간이 넘는 큰 집' 공사장이다.

젊은 아내는 가출하고 남은 아이들은 굶주림과 병에 시달린다. 이를 보다 못한 주인 영감이 아이들을 이끌고 내려온다. 갓난아이의 병세는 매우 위독하여 병원에서는 오늘밤을 못넘기겠다고 한다. 주인이 들어오기도 전에 시체를 내갈 수 없다는 생각에 아직 숨이 붙어 있는 아이를 안고 어두운 빗속으로 나온다. 동료인 권서방과 함께 아이가 빨리 죽기를 기다

---

22) 「밤길」, 『단편집』3, 31쪽.
23) 「밤길」, 『단편집』3, 35쪽.
24) 「밤길」, 『단편집』3, 36쪽.

리지만 아이는 금방 죽을 것 같으면서도 쉬 숨이 끊어지지 않는다.

　　허턱 주안쪽을 향해 걷는다. 얼마 안 걸어 시가지는 끝나고 길은 차츰 어두워진다. 길만 어두워지는 것이 아니라 바람이 세차진다. 홱 비를 몰아 붙이며 우산을 떠받는다. 황 서방은 우산을 뒤집히지 않으려 바람을 따라 빙그르 돌아본다. 그러면 비는 아이의 얼굴에 흠뻑 쏟아진다. (중략) 빗물 흐르는, 비비틀린 목줄에서는 아직도 발랑거리는 것이 보인다. 바람이 또 친다. 또 빙그르 돌아본다. 바람은 갑자기 반대편에서도 친다. 우산은 그예 뒤집히고 만다. 뒤집힌 우산은 두 번, 세 번 만에는 갈기갈기 찢어지고 만다.[25]

　어떻게든 아이를 살려야 한다는 생각이 아니라 황 서방과 권 서방은 어서 아이의 목숨이 끊어지기를 바라고 있다. 밤, 내리는 비, 거기에다 세찬 바람, 그리고 끊어지지 않는 아이의 생명, 그러기에 「밤길」의 분위 기는 더욱 처절하다. 둘은 계속 걷다가 아이의 숨이 끊어졌다고 판단하 며 산비탈 물구덩이에 아이를 묻는다. 황 서방의 아내에 대한 증오는 극에 달한다.

　　「으흐흐…… 이리구 삶 뭘 허는 게여? 목석만두 못한 애비지 뭐여? 저것
　　원술 누가 갚어…… 이년을, 내 젖퉁일 썩뚝 짤러다 묻어줄 테다.」
　　「황 서방 진정해요.」
　　「노래두……」
　　「아, 딸년들은 또 어떻게 되라구?」
　　「……」

---

25) 「밤길」, 『단편집』3, 38쪽.

황 서방은 그만 길 가운데 철벅 주저앉아 버린다.

하늘은 그저 먹장이요, 빗소리 속에 개구리와 맹꽁이 소리뿐이다.26)

생명이 채 끊어지지도 않은 것을 묻어야 하는 아비의 마음, 어미의
젖을 그리다 죽은 아이의 한을 풀어주겠다는 뜻으로 어미의 젖통일 썩
뚝 짤러다 주겠다는 황 서방의 절규이다. 그러나 황 서방을 성격화하는
것은 아내의 가출 그리고 이어지는 아이의 죽음 등의 사건이 아니다.

비록 절규를 통해 증오의 모습이 보이고는 있지만 황 서방의 성격화
는 바로 이어지는 분위기에 의해 이루어진다. 먹장, 빗소리, 개구리와
맹꽁이 소리는 황 서방이 당하는 슬픔에는 아무런 관심도 없다. 그러기
에 착하기만 한 황 서방의 슬픔은 더욱 비참한 것이 된다. 계속되는
밤―어두움―비―바람에 이어 평온하기만 한 개구리와 맹꽁이 소리는
바로 황 서방의 슬픔을 더욱 슬프게 만들며 성격화에 기여하는 것이다.

「석양」은 나이 오십이 가까운 한 작가와 독자인 한 처녀의 애틋한
사랑을 통해 제목이 암시하듯 삶의 우수를 그리고 있다. 초로에 접어든
작가 '매헌'은 번뇌를 떨쳐버린다는 심정으로 경주여행을 가, 한 고완품
점에서 도회지의 멋과 교양미를 갖춘 한 처녀가 골라준 조선제기를 한
점 산다. 오릉을 둘러보다가 다시 만난 그녀는 매헌의 독자였다.

그녀의 이름은 타옥(陀玉)이다. 경주라는 신라의 고도, 불국사, 불상
들, 왕릉 등의 서경이 펼쳐지며 조선의 백자와 그녀의 이름이 어울려
묘한 분위기를 자아낸다. 이 분위기가 바로 타옥이란 여인이며 그녀에
게 매헌은 이성을 느낀다.

그녀의 안내로 경주를 구경한 그는 서울에 온 후에도 그녀와 편지를

26)「밤길」,『단편집』3, 40~41쪽.

통해 교류를 계속한다. 마침 한 출판사와 전작을 계약하고 해운대 온천
에서 원고를 집필하며 그녀에게 소식을 알린다. 그녀는 곧바로 매헌을
찾았고 둘은 해변을 거닐기도 했다. 다음 날 그녀는 약혼했다는 사실을
편지로 써놓고 떠난다.

> 저녁녘이 되자 바람은 어제보다 더 날카로운 것 같으나 매헌은 해변으로
> 나와보았다. 파도소리는 어제와 다름 없었다. 타옥의 말대로 파도소리는
> 유구스러웠다.
> 석양은 해변에서도 아름다웠다. 그러나 각각으로 변하였다. 너무나 속히
> 황혼이 되어버리는 것이었다.[27]

초로의 작가 매헌이 느끼는 애욕은 잠시, 다시 본연의 모습으로 돌아
와 그는 쓸쓸함을 느낀다. 바로 저녁―바람―파도소리―석양―황혼으
로 이어지며 분위기를 연출, 매헌을 성격화하고 있는 것이다.

이처럼 이태준의 소설에 등장하는 인물은 분위기를 통해 성격화되는
예가 많다. 「그림자」의 '나'와 '소련', 「달밤」의 '황수건', 「우암노인」의
'우암노인', 「촌뜨기」의 '장군이', 「봄」의 '박서방', 「바다」의 '옥순', 「장
마」의 '나', 「철로」의 '철수', 「가마귀」의 '그'와 '여인', 「무연」의 '나' 등이
그들이다. 이들은 「그림자」나 「달밤」처럼 소설 전체에 깔려있는 '달'
혹은 '달밤'과 어울리면서, 그리고 「장마」나 「가마귀」처럼 서정적 분위
기와 일체가 되면서 그 성격이 선명하게 형상화되고 있다.

---

27) 「석양」, 『단편집』2, 139쪽.

2.3. 사건 전개에 의한 성격화

우리가 숨을 쉬는 것이 아주 자연스러운 것처럼, 소설을 대할 때마다 우리는 자연스럽게 세 가지 문제들을 머릿속에 떠올리게 된다.

1. 어떤 사건이 발생했는가?
2. 주인공은 누구인가?
3. 주제는 무엇인가?

우리가 자연스럽게 이러한 질문을 던지는 이유는 위의 질문들이 바로 소설의 요소를 밝혀주고 있기 때문이다.[28]

소설이 궁극적으로 새로운 인간형을 창조하는 작업이라 했지만, 그렇게 창조된 인물을 담고 있는 것은 사건, 즉 이야기이다. 위의 인용에 의하면 '어떤 사건'을 통해 '주인공'이 드러나고, 이에 의해 '주제'가 나타나는 것이다. 언제 어디서 누가 무엇을 어떻게 왜 했다는 이야기를 통해 평면적이건 입체적이건 그 인물의 성격이 드러난다. 사건 전개를 통한 인물의 성격화이다.

이태준 소설에 등장하는 인물도 예외는 아니다. 그러나 사건의 전개 과정 속에 성격화되는 인물은 정적인 인물이 아니라 동적이며, 평면적이 아니라 입체적이다. 왜냐하면 고정된 성격이 아니라 사건이 전개됨에 따라 그 성격이 변화 발전하기 때문이다.

잘 알려져 있듯이 이태준 소설의 등장인물들은 대부분이 정적 인물들이다. 그러나 서정성 보다는 서사성이 강한 작품, 특히 장편과 월북

---

28) C. Brooks & R. P. Warren, *The Scope of Fiction*.(안동림 역. 『소설의 분석』, 현암사, 1985, 7쪽.)

후 소설에는 사건 전개에 따라 성격이 변화 발전하는 인물들이 많이
나타난다.

「오몽녀」의 주인공 '오몽녀'의 성격은 작품 전반에 미미하게 나타난
다. 그러나 이야기 즉 사건이 전개되면서 '오몽녀'의 성격은 형성된다.
사건 전개 과정은 이렇다.[29]

① 함경북도 북단 서수라의 북쪽 삼거리의 한 객주집에 40이 넘은
소경 지 참봉과 그가 35원에 사다가 처를 삼은 19세 된 오몽녀가
살았다.

② 어느 날 오몽녀는 생선을 훔치러 나갔다가 배의 주인 금돌에게
들키지만 오히려 그와 정을 통하고 생선도 많이 얻는다. 금돌을
알고난 후 오몽녀는 그와 지 참봉을 비교하며 자주 금돌을 만나러
다닌다.

③ 평소 오몽녀에게 흑심을 품고있던 남 순사는 오몽녀를 잡아 유치
장이 아닌 숙직실에 넣고는 행보객 통보 안 한 것을 빌미로 그녀
의 육체를 범한다. 주재소를 나서는 오몽녀는 남 순사에게 2원까
지 얻었다.

④ 그후 지 참봉이 점을 치고 있는 중에 찾아온 남 순사는 오몽녀와
정을 통하다 지 참봉에게 들키나 협박과 돈으로 무마한다.

⑤ 오몽녀의 신변에 이상이 있음을 눈치 챈 금돌은 오몽녀를 데리고
무인도로 가 버린다.

⑥ 오몽녀가 며칠씩 들어오지 않자 지 참봉은 남 순사를 불러 담판을

---

29) 앞에서 밝혔듯이 「오몽녀」는 후에 크게 개작된다. 여기서는 1925년 7월 13일
『시대일보』에 발표된 원문을 대상으로 한다.

벌인다. 궁지에 몰린 남 순사는 지 참봉을 독살한 후 자살로 위장
하고는 거짓 차용증서까지 꾸며 그의 재산을 빼앗는다.

⑦ 20여일 후 집에 돌아와 남편의 죽음과 재산이 남 순사에게 넘어간
    사실을 안 오몽녀는 첩이 되어줄 것을 요구하는 남 순사의 청을
    거절하고 가재도구 일습을 빼내어 금돌과 함께 해참위로 달아난다.

①에서의 오몽녀는 늙은 지 참봉의 처라는 사실 이외에는 특이한 성
격이 발견되지 않는다. 더구나 작품의 내용에 의하면 지 참봉이 오몽녀
를 끔찍이 아끼고 있다. 그러나 ②를 통해 오몽녀는 지 참봉을 다시
생각하게 되고 성에 눈을 뜬다. 금돌이란 청년을 통해 성에 눈을 뜬
오몽녀는 ③에서 ⑥까지 남 순사와 지 참봉 그리고 금돌과 애정행각을
벌이며 급기야는 ⑦에 나타난 것처럼 사랑을 위한 탈출을 시도한다.

오몽녀가 사랑에 눈을 뜨는 것은 금돌에 의해서이다. 물론 금돌을
만나기 전에 이미 남편이 아닌 방 순사에게 몸을 빼앗겼다. 그러나 작품
에는 오몽녀가 지 참봉과 방 순사를 비교했다는 내용이 없다. 따라서
방 순사에게 몸을 빼앗기고도 지 참봉의 사랑을 받으며 남편으로 받들
며 살았다. 더구나 금돌을 만난 후에도 남 순사에게 당한다. 그렇지만
남 순사 역시 비교하지 않는다. 방 순사와 남 순사의 강제에 의해 몸을
빼앗긴 것이기에 그렇다. 그러나 금돌을 만나고 나서는 달라진다. 남편
과 비교하는 것이다. 게다가 오몽녀는 '금돌이 배에 다니기를 심심하면
이웃집 말 다니듯' 했다. 자진해서 금돌을 찾아가는 것이다.

오몽녀의 마음은 금돌을 향하고, 그러한 오몽녀를 더욱 강하게 만드
는 것은 금돌이며 끝내는 둘이 해참위로 야반도주하고 만다. 오몽녀의
성격이 이렇게 변하는 것은 지 참봉―방 순사―금돌―남 순사와의 만남

에 의해서이다. 결정적 계기가 금돌과의 만남이란 것은 말할 필요 없다. 이렇게 오몽녀의 성격은 사건의 전개 과정 속에 변화 발전하는 것이다. 사건 전개에 의한 인물의 성격화이다.

「불우선생」의 '불우선생', 「아담의 후예」의 '안 영감', 「영월영감」의 '영월 영감', 「농군」의 윤창권, 「복덕방」의 '안 초시' 등은 이와 유사한 경우로 사건의 전개에 의해 성격화되는 예이다. 이처럼 사건의 전개 과정을 통해 인물이 성격화되는 것은 서사성이 강한 작품에서이다. 그런 작품에서 이태준은 인물의 성격을 전개되는 사건 속에서 뚜렷하게 성격화하고 있다.

2.4. 직접제시와 간접제시

전통적인 소설의 창작기법에 따른 인물의 성격 묘사 방법은 등장인물의 성격의 여러 가지 특징을 요약해서 설명하는 직접적인 방법이 있을 수 있고, 또는 대화와 행위를 통하여 극적으로 표현하는 방법도 있을 것이다. 소설의 본질에 근거를 둔다면 후자가 보통일 것이나, 보다 직접적인 묘사 방법이 많이 이용되고 있으며 또한 많은 경우에 있어서 좋은 효과를 보기도 한다. 어느 방법을 택하느냐 하는 문제는 작품을 쓰는 목적 및 작품의 규모나 범위에 따라 결정된다.[30]

직접제시(말하기-telling)란 사건의 진행이나 성격의 형성과정을 행동으로 보여주지 않고, 그것들을 작가가 직접 설명해주는 방법이다. 즉 다른 사람과 주고받는 대화 없이 서술자가 일방적으로 서술하는 것으로, 표현하고자 하는 대상과 어떤 거리도 두지 않는 점이 특징이다. 그

---

30) C. Brooks & R.P. Warren, 앞의 책, 107쪽.

때문에 장면이나 외부 묘사도 그다지 중요하지 않다. 처음부터 대상 앞으로 바싹 다가서서, 가능하면 그 속마음을 들여다보고 싶어한다. 게다가 관찰한 것을 말하면서 작자의 판단이나 감정까지 섞는다. 이런 소설일수록 인물이나 사건보다는 작가의 의도가 두드러지게 나타나는 점이 특징이다.[31] 따라서 드라마로서의 작품의 생생함을 반감시키고 아울러 독자가 나름대로의 상상력을 동원하여 작품 속으로 참여하는 기회를 감소시킬 우려가 있다.[32]

한편 간접제시(보여주기―showing)란 사건이 진행되고 성격이 형성되는 과정을 서술자가 설명하지 않고 직접 행동으로 보여주었다는 말로 작가의 감정이나 판단을 섞지 않고 인물이나 사건을 눈 앞에 보이는 그대로만 적는 방법이다. 그들이 어떤 사람인지, 왜 그런 행동을 하는지, 작가가 직접 뛰어들어 친절하게 설명해주고 싶지만 참는다. 그리고 독자와 같은 거리에 서서 그것들을 예의 주시할 뿐이다. 이런 소설일수록 작중인물들의 행동이 돋보인다는 점이 특징이다. 활동사진의 한 장면처럼, 공연 중인 연극의 무대처럼, 감독이나 연출가의 모습은 어디론가 사라져버리고, 오직 인물과 사건과 장면이 소설 속에 가득할 뿐이다.[33]

물론 이 두 가지 방법 중 어느 한 가지만이 한 편의 소설 전체를 차지하는 것은 아니다. 유능한 작가일수록 이 두 가지 방법을 적절하게 조화시키면서 인물을 성격화한다. 문제는 언제 어느 장면에서 어느 방법으로 인물을 성격화하느냐에 달려 있다. 등장인물의 특징이나 사건을 요

---

31) 송하춘, 앞의 책, 116~119쪽 요약.
32) C. Brooks & R.P. Warren, 앞의 책, 108쪽.
33) 송하춘, 앞의 책, 116~118쪽 요약.

약해야 할 시기, 직접적인 묘사의 장면, 인물의 감정을 대화나 행위를
통해서 표현할 시기 등은 작품의 전반적인 목표와, 또한 작품의 행위가
발단이 되어 복잡해지는 중간과정을 거쳐 필연적인 결말에 이르게 되
느냐의 과정의 표현방식에 달린 것이다.[34]

이태준 역시 이러한 두 가지 방법을 모두 사용하고 있다. 그러나 장·
단편 모두에서 부인물의 경우에는 주로 직접제시로 일관하지만, 특징
적인 것은 거의 예외 없이 단편에서는 간접제시로 결말을 맺고 있다는
것이다. 사건의 전개 과정인 발단—전개—위기—절정—결말[35]에서 결
말을 제외하면 직접제시와 간접제시가 혼합되어 있다. 특히 발단 혹은
전개과정에서는 직접제시를 주로 쓰고 있다. 그러나 결말에서는 반드
시 간접제시를 통해 등장인물의 행동을 돋보이게 하며, 작가의 설명을
생략함으로써 독자의 상상력을 그만큼 확대하고 나아가 독자들의 기억
속에 인물의 성격이 선명하게 남게 한다는 것이다.

「달밤」에는 이러한 인물의 성격화 과정이 뚜렷하게 보인다. '황수건'
이 이 작품의 주인공이다.

> 무어 바깥이 컴컴한 걸 처음 보고 시냇물 소리와 쏴— 하는 솔바람 소리
> 를 처음 들어서가 아니라, 황수건이라는 사람을 이날 저녁에 처음 보았기
> 때문이다.
> 그는 말 몇마디 사귀지 않아서 곧 못난이란 것이 드러났다. 이 못난이는
> 성북동의 산들보다 물들보다, 조그만 지름길들보다, 더 나에게 성북동이
> 시골이란 느낌을 풍겨주었다.[36]

---

34) C. Brooks & R.P. Warren, 앞의 책, 108~109쪽.
35) C. Brooks & R.P. Warren의 이론을 따른 것이다.
36) 「달밤」, 『단편집』1, 113쪽.

작중 서술자이자 관찰자인 '나'가 성북동을 시골로 느끼는 것은 황수
건을 보고나서이다. 그는 '못난이'이다. 작품의 첫머리에 나오는 서술자
의 설명 즉 '말하기'이다. 이러한 말하기는 곧 황수건이 '나'의 집에 신문
을 돌리며 나와 만나 대화를 나누면서 '말하기'와 '보여주기'로 혼합된다.

> 하 말이 황당스러워 유심히 그의 생김을 내다보니, 눈에 얼른 두드러지
> 는 것이 **빡빡** 깎은 머리로되 보통 크다는 정도 이상으로 골이 크다. 그런데
> 다 옆으로 보니 장구 대가리다.
> 「그렇소? 아뭏든 집 찾느라고 수고했소.」
> 하니 그는 큰 눈과 큰 입이 일시에 히죽거리며
> 「뭘입쇼, 이게 제 업인뎁쇼.」
> 하고 날래 물러서지 않고 목을 길게 빼어 방안을 살핀다. 그러더니 묻지도
> 않는데
> 「저는입쇼, 이 동네 사는 황수건이라 합니다……」
> 하고 인사를 붙인다.[37)]

서술자가 관찰한 바를 설명해 주면서 '나'와 '황수건'과의 대화 그리고
'황수건'의 행동을 보여주고 있다. '나'와 '황수건'의 만남은 계속 이어지
는데 만날 때마다 둘의 대화는 이어진다. 그러나 서술자는 이를 독자에
게 모두 보여주지는 않는다. 그간의 대화를 통해 서술자가 알아낸 '황수
건'에 관한 것을 적절하게 요약하여 설명해 줄 뿐이다.

> 자기는 워낙 이 아래 있는 삼산 학교에서 일을 보다 어떤 선생하고 뜻이

---

37) 「달밤」, 『단편집』1, 114쪽.

덜 맞아 나왔다는 것, 지금은 신문배달을 하나 원배달이 아니라 보조 배달
이라는 것, 저희 집엔 양친과 형님 내외와 조카 하나와 저희 내외까지 식구
가 일곱이란 것, 저희 아버지와 저희 형님의 이름은 무엇무엇이며, 자기
이름은 황가인데다가 목숨 수자하고 세울 건자로 황수건이기 때문에 아이
들이 노랑수건이라고 놀리어서, 성북동에서는 가가호호에서 노랑수건하면
다 자긴 줄 알리라고 자랑스럽게 이야기하다가, 이날도

「어서 그만 다른 집에도 신문을 갖다 줘야 하지 않소?」

하니까 그때서야 마지못해 나갔다.[38]

대화 내용을 요약 설명해주면서도 황수건의 행동을 보여주고 있다.
이후 계속되는 황수건과의 대화 내용 그리고 '나'가 알아낸 '황수건'의
면모, 즉 삼산 학교를 쫓겨난 이유, 참외장사를 실패한 내력, 아내의
가출 사연 등은 서술자의 말하기로 표현되고, 황수건의 우둔함과 천진
함을 나타낼 수 있는 대화 내용은 보여주기로 묘사, 두가지 방법을 혼합
하고 있다. 이러한 혼합을 통해 황수건이 어떠한 인물인지 서서히 드러
난다. 그러나 천진하지만 우둔한 '황수건'의 외로움, 그리고 이러한 인
물을 통해 작자가 노리는 의도는 결말의 보여주기를 통해 확연하게 드
러나면서 황수건이란 인물이 뚜렷하게 성격화된다.

어제다. 문안에 들어갔다 늦어서 나오는데 불빛 없는 성북동 길 위에는
밝은 달빛이 깁을 깐듯하였다.

그런데, 포도원께를 올라오노라니까 누가 맑지도 못한 목청으로

「사…… 게… 와 나…… 미다까 다메이…… 끼…… 까……」

를 부르며 큰 길이 좁다는 듯이 휘적거리며 내려왔다. 보니까 수건이 같았

---

38) 「달밤」, 『단편집』1, 115~116쪽.

다. 나는

「수건인가?」

하고 아는 체하려다 그가 나를 보면 무안해할 일이 있는 것을 생각하고, 휙 길 아래로 내려서 나무 그늘에 몸을 감추었다.

그는 길은 보지도 않고 달만 쳐다보며, 노래는 그 이상은 외지도 못하는 듯 첫줄 한 줄만 되풀이 하면서, 전에는 본 적이 없었는데 담배를 다 퍽퍽 빨면서 지나갔다.

달밤은 그에게도 유감한 듯하였다.[39]

황수건이 부르는 노래는 '술은 눈물이냐 한숨이냐'하는 당시에는 꽤 나 유행하던 일본 유행가이다.[40] 전에는 본 적이 없는 담배를 피우는 황수건, 술에 취해 큰 길이 좁다는 듯이 휘적거리며 내려오는 모습, 게 다가 맑지도 못한 음성으로 부르는 '술은 눈물이냐 한숨이냐'는 노래소 리는 그간 말하기와 보여주기를 통해 그렸던 황수건의 모습을 더욱 뚜 렷하게 만드는 서술자의 '보여주기', 즉 간접제시이다.

이러한 간접제시—보여주기는 '달밤'이라는 이미지와 '달밤은 그에게 도 유감한 듯하였다.'라는 서술태도로 더욱 선명하게 남는다. 즉 보여주 기와 서정적 분위기 그리고 서술태도가 한데 어우러져 「달밤」의 주인 공 '황수건'을 성격화해 낸 것이다.

이태준의 이러한 인물 창조는 거의 모든 단편에 공통적으로 나타나 는 기법적 특질이다. 이태준의 단편 중 집중적인 연구대상이 되는 단편 의 경우, 예를 들어 위에 지적한 「달밤」 외에, 「가마귀」, 「복덕방」, 「손 거부」, 「돌다리」, 「꽃나무는 심어놓고」, 「영월영감」 등은 모두 이러한

---

39) 「달밤」, 『단편집』1, 122쪽.
40) 민충환, 『이태준소설의 이해』, 백산출판사, 1992, 180쪽.

결말에서의 보여주기의 대표적인 예이다.

2.5. 유년기 체험을 통한 성격화

'말하기'나 '보여주기'나 따지고 보면 그것들은 사건을 전개하고 인물을 형성하는 데 필요한 하나의 방법적 선택에 지나지 않는 일이다. 소설이란 어차피 '인물 만들기'요, '사건 만들기' 그 자체이기 때문이다. 다시 말해 소설은 처음부터 완성된 인물이 등장하여 벌이는 완벽한 사건이 아니다. 미완의 인물들이 등장하여 완성된 인물이 되기까지, 그 과정이 바로 소설이다.[41] 이를 뚜렷하게 보여주는 것이 바로 이태준 장편의 인물의 성격화이다.

결론부터 말하면, 이태준의 장편은 단편과는 달리 뚜렷하게 구분되는 두 부류의 인물을 성격화하고 있다. 둘 다 청년이지만 하나는 서자나 고아 혹은 고학생으로서의 남성이요, 다른 하나는 재색을 겸비한 여성이다. 물론 이들은 작품 전반부에서는 애정의 삼각관계 속에 갈등하며 사랑에 실패하지만, 후반부에 들어서는 공통적으로 개인적·사회적인 자각에 이르고 민중 혹은 사회를 위한 사업에 뛰어드는 인물들이다.

따라서 이태준 장편에서 창조된 인물의 특색으로 고아 혹은 고학생으로서의 남성과 적극적 대사회적 인물로서의 여성을 꼽을 수 있다. 그런데 문제는 이 두 부류의 인물들이 모두 이태준의 유년기 체험이 형상화된 것이라는 사실이다.[42] 전자는 이태준 자신이 서자이자 고아

---

41) 송하춘, 앞의 책, 121쪽.
42) 물론 이태준의 단편 속에도 이태준의 전기적 사실과 일치하는 자전적 소설 혹은 이태준의 유년기 체험이 직간접적으로 형상화된 작품이 상당 수 있다. 그러나 단편의 등장인물은 곧 작가 자신이거나 작가의 생애와 단순히 일치하는

였던데다 고학생이었던 체험이 작중 인물의 성격화에 결정적인 역할을
한 것이고, 후자의 경우 어머니 혹은 외할머니에 대한 기억을 통해 적극
적이고 대사회적인 여성상을 성격화한 것이라 할 수 있다.

　이태준의 유년시절의 기억 중 작품에 형상화된 중요한 것은 바로 고
아 혹은 고학생의 체험과 가정을 떠맡았던 어머니 혹은 외할머니에 대
한 기억이다. 전자는 고아 혹은 고학생으로서의 남성을 성격화하는 데
에 결정적으로 기여했다면 후자는 주인공들이 개인적 사회적인 자각과
정을 통해 사회와 민족을 위한 사업에 뛰어드는 적극적·대사회적 인물
을 성격화하는 데에 기여했다. 즉 지식인 청춘 남녀의 애정의 삼각관계
에 이어 그들의 '민족적·사회적 양심'을 추적하거나 그들의 현실대응
방식을 문제삼기에 꼭 필요한 것이 바로 적극적이고 대사회적으로 성
장하는 인물로서의 여성상이며 이는 바로 이태준이 유년시절에 체험한
어머니혹은 외할머니의 모습인 것이다.

2.5.1. 고아 혹은 고학생 체험

　이태준은 아버지 이창하의 서자로 태어났다. 게다가 일찍 아버지를
여의고, 어머니가 생계를 꾸렸으며 그 어머니마저 세상을 뜬 후에는 외
할머니의 손에 이끌려 오촌들의 집을 전전했다. 양반인 장기 이 씨의
가문에서 이태준의 오촌 혹은 육촌들이 서자인 그에게 보내는 시선이
곱지 않았을 것은 추측이 가능한 사실이고, 더구나 고아였던 그의 고충
은 그만큼 컸을 것이다.

　보통학교를 마치고 고향을 떠난 이태준은 그 후 줄곧 타향살이를 한

　경우일 뿐이지만, 장편에서는 작가의 유년기 체험이 작품의 인물로 형상화되어
성격화에 결정적인 역할을 하고 있다고 할 수 있다.

다. 서자라는 굴레를 쓰고 태어난데다 고아로 여러 곳을 떠돌아야 했던 현실은 어린 이태준에게 커다란 충격이었을 것이고, 자신의 삶을 헤쳐 나가는 과정 속에 심적인 부담으로 작용했을 것 역시 추측이 가능하다.

이러한 서자 컴플렉스 혹은 고아 컴플렉스[43]가 그의 소설에 나타나는 것은 오히려 자연스러운 것이라 할 수 있다. 문제는 그러한 컴플렉스가 장편에 등장하는 인물의 성격 창조 혹은 사건 전개에 어떠한 영향을 미쳤는가이다.

이태준의 장편소설에 등장하는 주요인물이 대부분 고아출신이거나 고학생이라는 사실은 잘 알려져 있다. 『구원의 여상』의 손영조, 『제이의 운명』의 윤필재, 『불멸의 함성』의 박두영, 『성모』의 김상철, 『화관』의 박인철, 『딸삼형제』의 남필조, 『사상의 월야』의 이송빈 등은 작품의 주인공 혹은 중심인물들로 모두 고아이거나 고학생이다.[44] 이들은 공통적으로 모두 사랑에 실패한다. 그 이유는 한결같이 고아이건 고학생이건 현실적인 문제로서의 가난이었고, 상대는 모두 부유한 가정의 딸이다.

이런 고아 혹은 고학생의 전형이 『사상의 월야』의 주인공 '이송빈'이다. 『사상의 월야』의 주인공 이송빈은 고아이자 고학생이다. 작가 이태준의 전기적 사실과 거의 일치하는 이 작품에서 주인공 이송빈의 모습은 앞에서 지적한 것처럼 이태준 소설에 등장하는 고아 혹은 고학생의 전형으로서 이태준의 장편에 빈번하게 등장한다.[45]

---

43) 이는 長璋吉과 三枝壽勝 이후 대부분의 연구자들의 공통된 견해이다.
44) 장편의 중심인물 중 여성이 고아이거나 고학생인 경우도 있다. 『구원의 여상』의 '이인애', 『청춘무성』의 '최득주'가 대표적인 예이다. 더구나 역사소설인 『황진이』의 '황진이'는 황진사의 서녀이며, 『왕자호동』의 '호동왕자'도 후궁의 아들로 서자이다.
45) 물론 『사상의 월야』는 1941년 작품으로 이태준에게는 후기에 속한다. 그러나

송빈의 일가는 아버지 이문교의 개화도모 실패로 아라사 땅에 망명하여 새로운 삶을 시작한다. 송빈의 나이 겨우 네 살 때였다. 아라사에 온 지 얼마 되지 않아 아버지는 웅기에서 온 행인들에게 무슨 소식을 듣더니 이때부터 병이 심해져 그곳 블라디보스토크에서 삼십 오세를 일기로 눈을 감는다.

가장을 잃은 일가는 아라사를 떠나 조선으로 돌아오는 배를 탄다. 그 배 안에서 어머니가 갑자기 유복녀 해옥을 분만하는 바람에 고향까지 오지 못하고 웅기의 조그만 포구 배기미에 정착하고 만다. 이곳에서 송빈 일가는 '강원도집'이란 음식점을 경영하며 얼마간 생활의 안정을 찾는다. 그러나 얼마 지나지 않아 어머니마저 세상을 뜨자 졸지에 고아가 된 송빈 삼남매는 외조모를 따라 강원도 용담으로 오게 되고, 그곳에서 송빈은 오촌댁에 맡겨졌다가 다시 모시울에 있는 다른 오촌댁에 입양 형식으로 간다.

오촌댁에서 송빈은 그 집 무남독녀 정선과 숙모의 심한 괄시를 받으며 부모 없는 설움과 외로움을 느끼며 지내다 오촌이 죽자 외조모와 함께 용담에 있는 또 다른 오촌댁에서 기거한다. 용담으로 돌아온 송빈은 창가를 배워 봉명학교에 어렵지 않게 입학하게 되고, 이 사립봉명학교를 우수한 성적으로 졸업한다.

> 다른 아이들은 송빈이만 못한 상을 받고도 저희 아버지 어머니께로 뛰여가 끌러 보이고, 맡기고 즐거워 하였다. 송빈이는 한아름되는 상을 안고 혼자 웃말로 올라 왔다. 해옥이꺼정 읍에 누나한테 가 있고 없는 때였다.

자전적인 성격의 소설이기에 자신의 모습을 뚜렷하게 형상화할 수 있었고, 이러한 모습이 앞서 발표한 장편에 나타난 것으로 볼 수 있다.

송빈이는 웃골 오촌댁 사랑 웃방에 와서 문을 닫으니 무슨 꿈 속처럼 조용
하였다. 이댁 작은 아버지도 작은 어머니도 아직 학교에서 아니 올라오신
모양이었다. 송빈이는 백노지에 쌓인 상품을 혼자 끌렀다. 옥편이 한 권,
시문독본이 한 권, 벼룻집이 하나, 그리고 공책과 연필들이었다.

　송빈이는 이것들을 다시 쌀줄 모르고 언제까지나 멍하니 앉아 있었다.
어머니께서 잠간 어디 나가시기나 한 것처럼 어머니를 기다리고 있는 자기
를 한참 뒤에야 깨달았다.

　'왜 나한텐 어머니가 없나!'

　송빈이는 졸업날 혼자 울다가 쓰러져 낮잠이 들고 말았다.[46]

송빈이 자신에게는 어머니가 없다는 사실을 뼈저리게 느끼는 대목이
다. 자신보다 못한 학생들은 모두 부모들의 축하를 받는데 졸업식의
주인공이었던 자신은 축하해 주는 사람 하나 없다는 사실, 이는 어린
송빈의 가슴에 잊지 못할 뼈아픈 슬픔으로 기억된다.

　게다가 읍에 간이농업학교가 생겼으나 송빈은 돈이 없어 고민하다가
입학수속 기일이 일주일이 지나서야 오촌의 보증으로 입학한다. 입학
은 하였으나 경제적 어려움을 감당하지 못한 송빈은 한 달 만에 학업을
포기하고 용담을 떠난다.

　원산으로 간 송빈은 물산객주집 점원으로 있으면서 지내다 가출 소
식을 듣고 찾아온 할머니의 도움으로 시간의 여유를 갖고 많은 문학서
적을 탐독한다. 그러다 먼 일가인 윤수 아저씨로부터 외국유학을 권유
받고 안동현으로 그를 찾아가나 만나지도 못하고 되돌아온다.

　서울로 올라온 송빈은 배재학당에 응시하여 합격하나 돈이 없어 입

---

46) 『사상의 월야』, 『전집』5, 85~86쪽.

학을 하지 못하고, 공영상회에 들어가 낮에는 일하고 밤에는 청년회관 야학에서 고등과정을 배운다. 그곳에서 다시 윤수 아저씨와 그의 딸 은주를 만나 은주의 집으로 거처를 옮긴 후 은주의 학업을 돌보아 주다가 이듬해 송빈은 휘문고보에 은주는 숙명여고보에 나란히 합격한다.

이때부터 둘은 사랑하는 사이가 되고 서로 결혼을 약속하지만 은주는 이미 집안에서 정혼한 곳이 있었고, 송빈은 부모 없는 가난한 학생이라 그 스스로 은주에게 적극적이지 못해 둘의 사랑은 이루어지지 않는다. 결국 은주는 다른 사람에게 시집을 가고 송빈은 낙담한다.

> 「은주를 진정으루 사랑허니?」
>
> 송빈이는 얼굴을 번쩍 들었다. 눈이 금세 이글이글 탄다.
>
> 「난 사랑 이상이다!」
>
> 「사랑 이상이라니?」
>
> 「난 아직 아버지도 그리울 때요 어머니도 그리울 때요 형제도 그리울 때다! 내 모든 그리운걸 한데 뭉쳤던게 은주더랬다!」
>
> (중략)
>
> 「그대로 혼인을 해버린다면?」
>
> 「혼인식이야 어떤 사람과 해두 상관 없다! 혼인식이 인생의 종국은 아닐 거다. 아니라두 낳두 좋다. 내가 어서 안해를 거늘만한 한사람의 사나이가 되고 볼거다. 언제든지 마음 내킬 때 은주가 내게로 돌아올 수 있게.」
>
> 「건 공상이다!」
>
> 「아니다, 이상이다!」[47]

어려서 겪어야 했던 부모가 없다는 사실, 그리고 '내 모든 그리운 걸

---

47) 『사상의 월야』, 『전집』5, 180쪽.

한데 뭉쳤던' 사랑의 여인을 잃는 현실은 송빈에게 또 다른 세계로 나아가기 위한 통과제의였다. 그것은 개인적인 자각에서 사회적인 자각으로의 발전이라 할 수 있다. 이러한 송빈의 모습 혹은 사회적 자각 과정이 여러 형태의 고아 혹은 고학생의 모습으로 장편에 나타나고 있다.

『구원의 여상』의 손영조, 『제이의 운명』의 윤필재는『사상의 월야』의 송빈처럼 고아이자 고학생이며,『불멸의 함성』의 박두영,『聖母』의 김상철과 그의 친구 박정현,『화관』의 박인철,『딸삼형제』의 남필조,『별은 창마다』의 어하영과 주익형,『불사조』의 김정업은 고학생이다. 이들의 고아 혹은 고학생으로서의 모습 그리고 유학을 통한 변신은『사상의 월야』에서 보여준 송빈의 또다른 모습으로, 이는 이태준의 유년기 고아체험과 청년기의 고학생 체험이 형상화되어 성격화된 인물이라 할 수 있다.

2.5.2. 어머니와 외할머니의 이미지

이태준은 러시아 땅에서 일찍 아버지를 여의고, 어머니의 손에 자랐으며 그 어머니마저 세상을 뜬 후에는 외할머니의 손에 이끌려 오촌들의 집을 전전한다. 철원에서 보통학교를 마치고 고향을 떠난 이태준은 그 후 줄곧 타향살이를 하는데, 그의 가출소식을 듣고 원산까지 달려온 할머니의 보살핌을 받았다.

앞에서 지적한 고아 혹은 고학생 컴플렉스와 함께 이태준의 의식에는 부상실에 따른 여성 중심의 생활이 자리잡았다는 추론이 가능하다. 물론 그 여성상은 어머니와 할머니에 의한 것이었다. 이를 뒷받침하고 있는 것이 그의 자전소설인『사상의 월야』이다.『사상의 월야』에는 아버지의 죽음에 이은 어머니의 고생과 어머니의 죽음 이후 외할머니의 역할이 상세하게 서술되어 있다.

> 아버지가 돌아가시어 집안이 온통 울음 속에 있되, 눈물 한방울 나와
> 보지 않은 송빈이에게 할머님만은 죽는다는 말만으로도 저윽 가슴에 파동
> 이 생긴다. 송빈이는 실상 이런 할머님도 외할머님인줄도 모르고 자란
> 다.[48]

'할머니보다 어째서 너희 아버지가 먼저 죽었느냐', '할머니가 먼저
죽어야 된다'는 어린 동무의 말에 송빈이는 화를 낸다. 그만큼 송빈은
아버지보다는 할머니에 대한 의존도가 크다. 양반의 집안에 소실로 들
어가 남편과 함께 러시아로 망명했고 남편이 죽자 식솔을 이끌고 귀국
하여 배기미에서 음식점을 경영하며 가정을 이끌었던 이태준의 어머니,
그리고 그런 딸과 함께 외손주들을 보살펴야 했던 외조모는 생활력이
남달리 강해야 했을 것이고, 그러한 강한 생활력의 여성상이 어린 이태
준의 의식에 잠재되었으리라 하는 것은 충분히 설득력이 있는 것이다.
　이러한 어머니와 외할머니의 이미지가 이태준의 장편소설에 반영된
것이 바로 적극적이고 대사회적인 여성상이다. 이태준은 연애소설, 통
속소설이라 폄하되는 그의 장편소설에서 거의 예외 없이 매 작품마다
이러한 여성상을 창출해 내고 있다. 『구원의 여상』, 『성모』, 『화관』 그
리고 『불사조』는 제목 자체가 주인공인 여성을 상징하는 것이고, 그렇
지 않은 경우라 하더라도 작품 속에 이러한 성격을 가진 인물을 하나씩
은 형상화하고 있다.
　『구원의 여상』의 이인애는, 이태준의 장편에 자주 등장하는 남성과

---

48) 『사상의 월야』, 『전집』5, 18쪽.

마찬가지로, '부모 없이 외가에서 자란' 여성이다. 그녀는 역시 고아이 자 외사촌의 가정교사로 들어온 손영조와 사랑하는 사이가 된다. 그러 나 인애의 외가에서는 그녀를 상처한 안 주사에게 시집보내려 하고, 안 주사가 인애를 겁탈하려는 위기에서 영조가 그녀를 구한다. 영조가 안 주사의 마수에서 인애를 구하는 것은 순수한 사랑에서였다. 이 일로 둘은 인애의 외가를 나오게 되지만 사랑은 더욱 깊어만 간다.

인애는 독지가인 H부인의 도움으로 서울의 미션스쿨 여자전문부에 입학한다. 그리고 그녀는 바느질을 해서 번 돈으로 영조를 일본에 유학 보낸다. 물론 사랑의 힘이다. 그런 영조가 일본 유학 중 사회주의운동 에 간여하게 되고, 어느 날 그는 일시 귀국하는데, 인애는 기숙사의 후 배이자 '귀한 것을 모르고 자'란 명도와 함께 그를 만나러 간다.

전부터 인애의 소극적 성격에 불만을 품고 있던 영조는 활달한 성격 의 명도에게 성적인 매력을 느끼지만 인애에 대한 사랑이 없어진 것은 아니다. 일본에서 나오며 '보석 백인 금반지'를 사다 인애에게 끼워 줄 정도이다. 인애 역시 '오늘밤에는 실토를 하자. 영조가 내 옵바가 아니 고 내 애인이란 것, 그리고 이 반지도 보히구……'라 생각하지만 생각에 그치고 만다. 그만큼 인애는 소극적이었다.

그러나 영조의 마음은 명도를 만나는 순간 이미 그녀에게로 돌아섰 고, 고아에다 몸까지 약한 인애보다는 '아모렇게 꺾어도 좋을 부드러운 풀꽃'같고 '큰 무역상으로 근래에 와서는 창고업까지 하는 노련한 실업 가'를 아버지로 둔 명도에게 이끌리어 그와 동거하기에 이른다.

결국 곧 경찰에 쫓기는 영조는 도망을 가고, 명도는 영조를 찾아 임신 한 몸으로 동경까지 가지만 그곳에서 영조의 친구인 김기석을 만나 다 시 그와 동거에 들어갔다가 낙태까지 하게 되자 아주 영조를 잊는다.[49)]

뒷날 영조가 서대문 형무소에 수감되자 인애는 폐결핵의 몸으로 그
에게 차식을 제공하며 보살핀다. 적극적이고 헌신적인 여성으로 변한
것이다.

> '나는 조고만 아조 변변치 않은 것이라도 의(義)를 한 것뿐이다. 그 양복
> 이 손영조 아니야 몰으는 사람의 것이면 어떠냐. 내가 내 힘으로 그런 경우
> 에 있는 사람의 더러운 옷을 빨아주어 조고만치라도 그런 사람의 건강과
> 위안을 돕는다면 그것이 오직 나의 커다란 기쁨일 것이다. 그 사람이 하필
> 손영조기 때문에 하는 것은 아니다.'[50]

수감된 영조의 옷을 가져다 빨면서 하는 인애의 독백이다. 자신을
버리고 명도에게로 간 영조를 인애가 구원하는 것이다. 그러면서도 그
녀는 영조와 명도 어느 누구도 원망하지 않는다. 게다가 영조만이 아닌
'그런 경우에 있는 사람'이면 모두 도울 수 있다는 생각이다. 그러나 영
조는 결국 탈옥을 하고, 가택 수색의 충격으로 인애는 각혈을 하며 전에
영조가 주었던 반지를 낀 채 쓰러져 죽는다.

영조가 하는 일이 구체적으로 무엇이고, 그가 바라는 사회가 어떠한
사회인지 소설 속에는 분명하게 제시되어 있지 않음에도 인애는 그를
따른다. 사랑의 실패, 그러나 인애는 그것을 통해 자신이 진정 사랑해야
할 사람이 누구인가를 깨닫는 것이다. 그가 도와야 하는 사람은 '하필
손영조기 때문이' 아니라 그녀의 도움을 필요로 하는 사람이면 된다는
것이다. 이것이 고아로 자라 서로 의지하던 영조에게서 버림을 받은

---

49) 안남연은 '명도'와 같은 인물을 음탕형 통속적 인물로 분류한다.(안남연,『이태
   준 장편소설 연구』, 대영현대문화사, 1993, 217쪽 참조.)
50)『구원의 여상』,『전집』4, 199쪽.

후 그녀가 깨달은 그녀의 갈 길이다. 개인적 차원의 사랑에서 사회적 차원의 사랑으로 승화된 삶이라 할 수 있다.

『성모』의 안순모, 『구원의 여상』의 손영조와 이인애, 『제이의 운명』의 윤필재, 『불멸의 함성』의 박두영, 『성모』의 김상철, 『화관』의 박인철, 『딸삼형제』의 남필조, 『청춘무성』의 최득주, 『사상의 월야』의 이송빈, 『별은 창마다』의 어하영과 주익형, 『불사조』의 김정업 등은 모두 고아이거나 고학생으로 주로 남성들인 이들은 이태준의 고아·고학생으로서의 유년기 체험의 형상화를 통해 성격화된 인물들이다.

이들은 작품의 전반부에서 모두 애정의 삼각관계 속에 갈등을 일으키지만 후반부에서는 애정관계를 극복하고 모두 대사회적인 자각을 통해 민중과 사회를 위한 사업에 뛰어든다. 『제이의 운명』의 윤필재, 남마리아 그리고 심천숙, 『성모』의 안순모, 『화관』의 임동옥, 『불사조』의 정여란 등은 교육사업에 뛰어들며, 『불멸의 함성』의 박두영과 김정길, 『청춘무성』의 최득주와 원치영, 『신혼일기』의 차순남은 사회사업에, 『화관』의 박인철, 『딸삼형제』의 남필조, 『신혼일기』의 유소춘, 『별은 창마다』의 어하영과 한정은 등은 문화사업에 뛰어든다. 이들은 바로 이태준의 어머니 혹은 외할머니에 대한 이미지의 형상화를 통해 성격화된 인물들이라 할 수 있다.

3. 나오면서

지금까지 이태준의 소설에 등장하는 인물의 성격화 유형을 제목과 명명법, 분위기, 사건의 전개, 간접제시 그리고 유년기 체험의 형상화란 측면에서 살펴보았다.

　논의에서 드러나듯이 이태준은 그의 소설 속에서 인물과 관련된 제목을 통해 성격화될 인물을 암시했고, 아이러니 기법 혹은 음성 상징에 의한 명명법을 통해 정적인 인물을 효과적으로 드러냈으며, 단편의 경우 주로 결말에서의 간접제시를 통해 독자의 상상력을 극대화하면서 인물의 성격을 선명하게 남겼다. 동적 혹은 입체적 인물은 대부분 사건의 전개 과정 속에 그 성격을 형상화했고, 특히 장편에서는 유년기 체험의 형상화를 통해 두 부류의 인물을 뚜렷하게 성격화했다.

　물론 이들 중 어느 한 유형이 이태준의 소설 속에서 독립적으로 작용하여 인물을 성격화하고 있는 것은 아니다. 적어도 두세 가지의 유형이; 혹은 전체 유형이 혼합하여 하나의 인물을 창조해 내는 것이다. 사건 전개와 간접제시가 결합하고, 유년기 체험이 사건 전개와 혼합되기도 한다. 또한 명명법과 분위기가 결합하고 분위기와 간접제시가 결합된다.

　「달밤」의 '황수건'은 달과 밤의 이미지를 통한 서정적 분위기, 그리고 간접제시 등이 결합하여 성격화된 인물이며, 「손거부」의 '손 거부'는 아이러니 기법에 의한 명명법과 간접제시 등이 결합하여 성격화된 인물이다. 장편의 인물들은 유년기 체험을 바탕으로 하여 사건의 전개 과정 속에 성격화된 인물들이다.

　따라서 논의의 목적상 이태준의 소설에 등장하는 인물의 성격화 유형을 다섯 가지로 나누어 고찰했지만 이러한 유형을 명확하게 구분짓는 것은 어려운 일이다. 왜냐하면 논의에서 드러나듯이 여러 유형이 혼합하여 하나의 인물을 창조하고 있기 때문이다. 게다가 이 다섯 가지의 유형이 이태준의 소설만이 지닌 고유한 성격화의 방법은 아닐 것이다. 그러나 분명한 것은 이러한 유형이 이태준 소설에 나타나는 인물

성격화의 두드러진 유형들이며, 이를 통해 이태준은 분명 '선명한 인간상'을 창조하는 데에 성공했다는 사실이다.

단편의 경우 서정적 분위기와 결부된 지극히 정적인 인물을 선명하게 형상화함으로써 그가 강조한 소설에서의 인물 창조를 실제적으로 보여주었으며, 장편의 경우 비록 그것이 연애소설 혹은 통속 소설이라 폄하되기도 하지만, 삼각관계에 이은 사회적인 자각의 과정 속에 성장소설 혹은 교양소설이라 평가51)받을 수 있는 근거가 되는 인물들을 창조한 것이다.

그러나 논의의 목적상 언급하지는 않았으나 당대 다른 작가들 그리고 전후 시기 작가들의 작품에 나타난 인물의 성격화 유형이 비교 검토된다면 이태준 소설의 인물 성격화의 특징은 더욱 뚜렷하게 규명될 수 있을 것이다.52)

---

51) 장영우(「이태준 소설연구」, 동국대 대학원 박사학위논문, 1992.8)와 안남연(『이태준 장편소설 연구』, 대영현대문화사, 1993)의 논의 참조.
52) 이 논문은 필자의 박사학위 논문 「이태준 소설의 창작기법 연구」의 핵심부분을 요약 독립시킨 논문으로 필자의 저서 『이태준소설연구』(평민사, 1998)에 수록되었으며, 이번 학위 지도교수 한승옥 선생님의 정년을 기념하여 새로이 정리하여 여기 재수록한다.

박태원 소설의 일상성과 동일성

강운석

1. 서 론

모더니즘 소설의 발생은 '주체의 위기'에 의해서 비롯되었다고 볼 수 있다. 급격히 변화하는 세계에 대한 불안감과 세계대전 이후의 진보적 역사관의 붕괴, 자본주의적 물질 문명의 공세에 의한 사물의 물신화 등은 근본적으로 자아의 소외 의식과 의식의 분열을 가중시켰고, 이에 따른 주체의 위기에 대한 성찰이 형상화된 것이 모더니즘 소설이기 때문이다. 따라서 일상에 만연한 '일상성'의 재인식과 타자와의 관계에서 파생되는 '욕망'의 문제, 그리고 '자아란 무엇인가'하는 궁극적인 내면의 성찰에 따른 '동일성'의 문제는 모더니즘 소설 속에 내재된 현대성을 복합적으로 구성하는 특질들이라 할 수 있다.

1930년대 모더니즘 문학을 대표하는 작가인 박태원은 정치적 이데올로기와 문학의 사회적 역할에 압도되어 있던 당대 문학을 부정하고, 문학의 자율성과 다양한 실험정신을 통해 모더니즘 문학세계를 구축한다. 「적멸」, 「수염」, 「피로」, 「거리」, 「소설가 구보씨의 일일」 등 일련의 실험적인 소설을 통해 현실에 대한 주관적인 관찰, 기법의 실험, 도시화에 따른 자본주의의 모순 인식, 미학적 자의식의 구현 등을 제시한 그에게 있어 현대성이란 문학의 구심점이었다고 할 수 있다. 특히 「피로」와 「소설가 구보씨의 일일」에서 보여지는 '산책 모티브'를 통한 근대 문명에 대한 비판 의식은 그의 근대의식의 핵심을 이룬다. 특히 일상성에 대한 비판적 성찰과 현실에 의해 억압받는 주체의 욕망은 박태원의 예술가로서의 내적 동일성을 성취하고자 하는 열망의 표현이었다.

본 연구에서는 이러한 박태원 소설의 의미를 소설 내적으로 분석해 보고자 한다.

2. 박태원 모더니즘소설의 담론

(1) 통제된 일상성의 성찰 - 「피로」

우리 문학에 모더니즘 작품이 태동하게 된 배경은 여러 요인이 있겠지만 무엇보다 일상의 근대적 변화를 손꼽을 수 있다. 비록 식민지하의 강제적 근대의 모습이었지만 1930년대의 경성의 거리는 근대적 물상들의 집결지였다. 도시적 풍경의 일상은 백화점의 쇼윈도, 다방, 끽다점(喫茶店), 카페, 바, 술집 등 이른바 소비 문화를 부추기는 것들부터, 자동차와 공장, 전차 등 새로운 기계 문명과 실업자와 모던 걸, 재즈 음악 등 새로운 풍속의 등장까지 그 이전의 일상과는 전혀 새로운 면모를 보여주고 있었다. 이러한 근대적 일상의 변화는 모더니즘 소설에서 일상성이라는 테제를 새롭게 부각시키는 계기가 되었다고 할 수 있다. 식민지적 근대란 지식인들에게 문명적 측면에서는 이상적인 것이었는지 모르지만 압제 받는 현실을 왜곡시킨다는 점에서는 부정적이었다. 따라서 1930년대란 시대 배경에서 일상성이란 자생적인 것이 아닌 왜곡된 억압의 기제로 작용했으며 그 결과 우리에게 현대성은 낯설은 개념으로 다가왔었다. 1930년대의 모더니즘 작가들이 현대성과 동(同) 개념으로 일상성을 작품 속에 투영한 것은 바로 그러한 왜곡된 일상의 위기 의식에 대한 미학적 저항이라고 볼 수 있다.

초기작 「피로」[1]는 근대적 일상과 욕망을 축으로 일상에서 배태된 주체의 소외의식을 보여주고 있다. '피로란 본질적으로 근대의 분업화된 노동, 즉 자신의 의지와는 무관하게 보이지 않는 어떤 손에 의해 마련된 거대한 체계의 일부가 되어 허겁지겁 자신의 손을 놀려야 하는 소외된 노동의 산물에서 비롯된 것'이라 볼 수 있다.[2] 박태원이 체감했던 근대의 실체는 주체의 의지와는 상관없이 일률적으로 진행되는 거대한 권력의 메카니즘으로 작용하고 있었던 것이다. 박태원은 이러한 근대라는 거짓 낙원에서 동경과 설레임보다는 피로를 먼저 느꼈다고 할 수 있다. 그 피로는 일상에 대한 공포에서 다시 분노로 변환된다. 자아의 정체성을 확립하려는 주체의 욕망은 일상을 산책하는 도중에 목격하는 세속적인 삶의 현실과 끊임없는 갈등을 일으키며 근대적 일상은 바로 피로 그 자체로 인식되는 것이다. 이 작품은 외부 현실의 행위를 통한 연상이 주요 내용을 이루고 있지만, 그러나 그 연계가 내적 필연성을 지니지 않는다. 작중 인물이 다방을 나와 배회하면서 도처에서 인생의 피로를 느끼는 내용만이 서술되고 있으며, '나'에 의해 관찰되는 대상이 지각반응을 일으키며, 다시 연상 작용이 이루어지면서 내면 심리가 부각된다.[3]

---

1) 『黎明』(1권 8호), 1933.7에 발표됨
2) 서영채, 『소설의 운명』, 문학동네, 1996, 24쪽

하지만 주인공이 부딪히는 외부 공간은 일상의 기호로 작용, 내면 세계의 공간으로 전이되면서 주체 의식의 성찰의 역할을 하고 있다.

주요 외부 공간의 이동은 다음과 같은 순서로 이루어지는데 이와 연관지어 자아의 내면의 변화를 살펴보기로 하자.

(창) →다방 → M 신문사 앞 → D 신문사 안 → 버스 → 한강 → 다방

주인공의 의식이 전개되는 첫 번 째 공간은 다방이다. 그곳에서 화자는 특히 '창(窓)'을 보며 내면의 탐구를 시작한다. 유리로 된 창은 안과 밖이 닫혀진 공간이며 또한 열려진 이중적 공간이다. 즉 시선은 內/外를 넘나들지만 이동은 제한된다. 즉 육체는 제한되지만 의식의 전이가 가능한 특수한 공간인 것이다. 그 창을 통하여 먼저 보여지는 것은 '광고등'이다. '의료기기(醫療機器) 의족수(義足手)'라 쓰여진 이 광고등은 다만 하나의 배경에 불과할 뿐이다. '광고'는 자본주의의 가장 첨병에 서서 근대인의 의식를 잠식해가는 매체이다. 주인공이 무의식적으로 바라본 광고는 이제 사람들의 무의식마저 점유하고자하는 것이다. 광고를 바라보는 이에게 그것은 무의미하지만 언젠가 무의식 속에서 되살아나 의식을 점유할 것이 틀림없다. 박태원이 광고등을 제시한 것은 단지 근대적 풍경이 아닌 자본주의적 근대에 잠식당한 일상을 제시하기 위함이라 할 수 있다. 광고등 위에 오버 랩 되는 것은 어린아이의 새까만 두 눈이다. 창을 통하여 다방 안을 엿보는 아이의 눈을 보고 화자는 다른 의미를 찾는다. '스티븐슨의 동요 속의, 버찌나무에 올라 먼 나라, 알지 못하는 나라를 동경하는 소년을 기억 속에 찾아내'[4]고

---

3) 유영윤, 「박태원과 염상섭 비교연구」, 건국대 대학원 박사학위 논문, 1996

'우리 어린이는 그 창으로 무엇을 보았을까?'라고 회의한다. 즉 일제 강점하의 조선에서는 아이의 동경마저도 극히 제한될 수밖에 없는 비참한 현실을 토로하는 것이다. 비참한 현실은 곧 '황혼'의 연상으로 이어진다. 화자는 다방 안의 희미한 조명을 '인생의 황혼'으로 연상하는 것이다.

> 밤이 되어, 그 안에 등불이 켜질 때까지는 언제든 그곳에 '약간의 밝음'과 '약간의 어둠'이 혼화(混和)되어 있었다. 이 명암의 교착은 언제든 나에게 황혼을 연상시켜 준다. 황혼을? 응, 황혼을 ― 인생의 황혼을 나는 그 곳에 분명히 보았다.(150쪽)

내적 독백과 스스로의 질의 응답(황혼을? 응, 황혼을)을 통해 소설은 분열되어가는 자아의식을 보여준다. 게다가 다방에 들어오는 이들은 한결같이 '피로한 몸을 이끌고' 들어오는 것으로 설정되어 있다. 다방에서 들려오는 반복되는 카루소의 엘레지 또한 피로한 것으로 인식된다. 계속되는 연상 속에 누적되는 피로의 오브제들은 무엇을 의미하는 것일까. 우선 그 피로는 '어제 이후로 한 자도 쓸 수 없었던 원고'에 대한 초조와 불안에 기인함을 볼 수 있다. 피로는 잘못시킨 레몬티로 인해 분노와 자신에 대한 질책으로 바뀌다가 문득 들려오는 문학청년들의 통렬한 조선 문단의 비판으로 인해 서둘러 다방을 나가게 되는 계기가 된다.

무작정 나선 길 위에서 M 신문사와 D 신문사에 들러 사람을 만나려다 소심한 성격 탓에 그냥 나오게 되는 화자의 시선은 여전히 피로함에

---

4) 박태원, 『성탄제』, 북으로 간 작가 선집, 을유문화사, 1988, 150쪽 (「피로」와 「소설가 구보씨의 일일」 두 편 모두 이 책을 텍스트로 하였음)

머물러 있다. 게시판을 보고 연재를 중단한 R씨의 휴재(休載)도 인생의 피로로 인식하고, 눈 녹은 거리 위를 걷는 샐러리맨들의 고무장화를 보고, 그것을 닦을 가엾은 아낙과, 아낙이 가끔 드나들 전당포 등 등. 즉, 피로는 일상 전체에 기호(旗號)로 산재되고 있음을 화자는 이야기하고 있는 것이다. 또한 궁극적으로 그 피로는 식민지하의 근대 일상에서 비롯된 것임을 밝히고 있는 것이다.

> 어느 틈엔가 나는 버스를 타고 있었다. 나의 타고 있는 버스는 노량진을 향하여 달려가고 있었다. 그러나 물론 나는 노량진을 가기 위하여 버스를 타고 있는 것은 아니었다. 그렇다고 노량진 이외의 아무 곳을 가기 위하여서 탄 것도 아니었다. 그러면? ― 그것은 이를테면 아무 데로도 갈 곳을 가지지 않은 나였던 까닭에, 아무 데로라도 가기 위하여서의 행동에 지나지 않았다. 그러나 그러한 것은 우리가 일일이 '까닭' 붙여 말할 수 없는 것임에 틀림없었다. 우리는 실로 아무런 별 '까닭' 없이 우리들의 콧털을 뽑고 우리들의 수염을 어루만지고 하는 것이 아닌가?(155쪽)

주인공의 피로는 주체의 의식의 분열을 조장하여 화자는 자기도 모르는 사이에 버스를 탄다. '버스'는 매개공간이라 할 수 있다. 즉 공간과 공간을 연결해주는 공간인 셈이다. 그 공간의 도착지에 화자는 갈 이유가 없음을 인지한다. 아니 애초부터 화자에게는 목적지가 없음이 밝혀지는 것이다. 여기서 모더니즘 소설의 주요한 모티브인 '산책자' 모티브5)를 생각해볼 수 있다. 「소설가 구보씨의 일일」의 경우와 마찬가지

---

5) "산책자라는 개념은 모더니즘의 대표적인 작가로 손꼽히는 보들레르의 산문시에서 따온 것이다. 산책자는 근대화된 도시 생활에서 생겨난 사람으로서, 이것은 행위로만 보면 도시를 배회하며 도시의 풍물과 근대적인 새로운 현실을

로 고현학적 입장에서의 목적없는 산책이란 단순히 의미없는 행위가
아닌 근대에 대한 날카로운 비판의 시각이다. 특히 버스 안에서 급정거
뒤 시골사람이 내뱉는 비명소리와 사람들의 모멸어린 시선과 그 '상투
잡이'가 빼앗은 자리를 보고 경멸을 느끼는 장면은 근대적 공간에서 욕
망에 사로잡힌 개인의 모습을 그리고 있다. 또한 상투잡이에 대한 분노
는 근대에 뒤쳐진 전통적 관습에 대한 멸시감이라 할 수 있다. 약싹빠른
시골 사람의 이기적 행동에서 근대화에 뒤처짐으로서 식민지가 되어버
린 현실과 그 현실에 타협하여 이기적이 욕망만이 표출되는 당대인들
의 속성을 드러내고자 하는 의도인 것이다. 하지만 그 와중에서도 조그
만 음식점의 광고판을 생각하는 화자의 세뇌된 의식이야말로 철저하게
근대의 일상에 통제된 표본이라 할 수 있다.

> 인생에 피로한 자여! 겨울 황혼의 '한강'을 찾지 말라. 죽음과 같이 냉혹
> 한 얼음장은 이 강을 덮고, 모양 없는 산과 벌에 잎 떨어진 나뭇가지도 쓸쓸
> 히, 겨울의 열없는 태양은 검붉게 녹슬어 가는 철교 위를 넘지 않은가?……
> 나는 그 곳에 인생의 마지막 ─ 그러나 '인생의 마지막'으로는 당치 않은
> 어수선하고 살풍경한 풍경을 발견하지 않을 수 없었다.(158쪽)

화자의 극단적 비관의식은 '한강'에서 절정에 이른다. 여러 사정에 의
해 동포들이 일제 순사에게 얼은 강바닥을 밟으며 끌려가는 모습을 보
며 화자의 절망감은 극에 달한다. 본래 강, 즉 물이란 모성을 상징하는

경험하는 자이고, 거리를 오가는 익명의 군중들을 '바라보며' 그들의 삶을 객관
화시킬 수 있는 위치에 있는 사람이다. 실제로 보들레르의 산문시에 등장하는
화자는 새로이 구획된 파리를 돌아다니며, 근대화가 가져온 삶의 파편화와 소
외된 군중들의 모습을 통해 '근대'의 모습을 혐오스런 눈길로 바라보고 있다."
(강상희, 「소설가의 고독과 억압된 욕망」, 앞의 책, 331쪽)

포용의 공간이지만 이 작품에서 한강은 정반대로 죽음을 표상하고 있다. 그들의 비참한 도강(渡江)은 부정할 수 없는 현실의 일상인 것이다. '죽음과 같이 냉혹한 얼음장', '잎 떨어진 나뭇가지', '겨울의 열없는 태양', '검붉게 녹슬어 가는 철교'. 모든 것이 부조리한 현실의 재현이다. 주체를 감쌌던 피로는 죽음에의 공포로 귀결되는 것이다.

그리고는 마치 악몽에서 깨어나듯 화자의 의식은 다시 다방에 앉아 있는 모습으로 되돌아온다. 형식상 순환적 구조를 보이고 있는 셈이다. 하지만 현실은 여전히 암담하다. 화자는 탈고 못하고 있는 원고를 고민하며 문득 시간을 의식한다. '아마 열 한 점도 넘었을 게다. 이 한 날도 이제 한 시간이 못되어 종국을 맺을 게다'라는 시간에 대한 인식은 근대의 일상을 통제하는 시간의 위력을 나타낸다고 할 수 있다. 또한 인생의 황혼과 하루의 시간을 대비함으로써 근대의식에 대한 부정적 시각을 드러내고 있는 것이라고 볼 수 있다. 하지만 변화하고 있는 근대의 일상을 예리하고 포착을 하고 있지만, 그것을 직접적으로 작품에 반영하거나 형상화하지 않는 것은 의문을 불러일으킬 수 있다. 박태원은 타락한 사회의 저항으로 주체의 정신적 자존심 확보를 문제삼으면서도 도시의 근대적 삶의 현실 앞에서는 무력하다. 작가의 섬세한 감수성을 발판으로 현상에 대한 인식 능력이 주체의 우월성을 확보할 수 있다는 사실 그 자체에 안주한다고도 볼 수 있는 것이다. 결국 이 작품의 중심은 외부 현실의 객관적 세계의 재현이 아니라 일상 세계의 경험과 그에 대한 자아의 내적 의식의 변모과정에 있음을 확인할 수 있다.

「피로」는 무시간적 시간 인식과 순환적 공간 인식을 동시에 교차시키는 기법으로 근대적 시간 인식을 드러내고 있으며 또한 매장 반복 제시되는 '광고'를 통해 무의미한 일상에 통제되어 있는 근대인들의 강박관념을 동시에 표출하고 있다. 이미 일상에 만연해 있는 근대의 부정적 측면들을 다양한 기호로 제시하고 비판적 성찰을 부가하기 위한 작가의 전략이라 볼 수 있다. 따라서 박태원이 「피로」에서 제시하는 식민지적 근대의 현대성이란 결국 '피로'라는 담론에서 그 의미가 함축되고 있고 있는 것이다. 이러한 박태원의 현대성에 대한 성찰은 「소설가 구보씨의 일일」에서 구체화되고 있음을 살펴볼 수 있다.

(2) 소외된 주체의 편입 욕망 - 「소설가 구보씨의 일일」

「소설가 구보씨의 일일」은 1934년 『朝鮮中央日報』에 연재되었던 작품으로 모더니스트로서의 풍모를 추구하던 박태원의 대표적인 모더니즘 소설이다. 이 소설은 근대 도시문화의 새로운 인간형인 '산책자'의 등장과 고현학의 방법론, 소설가를 주인공으로 내세운 예술지향적인 면모 등은 현대성을 탁월하게 형상화한 것으로 평가받고 있다. 앞서 분석했던 「피로」가 이 소설의 원형이라 할 수 있는데 「피로」에서 지향하고자 한 일상성과 욕망의 탐색의 의미가 구보의 내적 독백을 통해 더욱 확대되고 구체화되고 있음을 볼 수 있다. 「피로」가 주로 일상의 참혹함과 그로 인한 탈일상의 메시지가 강한 반면, 「소설가 구보씨의 일일」은 욕망이 핵심를 이룬다. 예술가로서 정신적 우월성을 확보하려는 주체의 욕망은 산보, 산책, 배회, 고현학이라는 일련의 행위에서 나타나듯 방황하는 의식의 산물이다. 이는 주체의 욕망이 현실에 의해 억압받고 있음을 뜻한다. 이때의 욕망이란 구체적으로 '돈'과 '행복'에 대한 세속적 욕망이다. 그 이전의 소설들이 주로 전통의 거부와 새로운 것에 대한 희망을 다분히 관념적으로 다루었다면, 이 작품은 철저하게 현실적이며 다분히 속물적인 인상을 드러낸다. 구보에게 다가오는 '피로'는 일상에서 소외된 자, 또는 돈없는 자가 느끼는 것으로 역설적으로 현실 삶에 대한 구체적으로 보통 일상을 사는 보통 사람들에 합류하고 싶어하는 욕망이다.

형식상 「소설가 구보씨의 일일」은 31개의 절로 구조화되어 있으며 절은 대체로 특정한 장소를 중심으로 단위를 이루며 이는 구보의 장소 이동으로 변화를 이룬다. 1~2절은 어머니와 함께 살고 있는 구보의 집이며, 3~31절은 구보가 방황하는 거리의 모든 곳이다. 마지막 31절의 귀가는 새벽 2시에 집으로 들어선 1,2절에 그대로 이어져 순환적 반복의 회귀구조를 나타낸다. 이러한 반복적 구조의 특이성은 되풀이 되는 일상의 모습을 그대로 표출한다는 데 의의가 있다.6) 그리고 의도적인 반복은 날마다 되풀이 되는 일상사의 의미를 갖는다. 구보는 매일 새벽 2시에 귀가하여 책을 읽고 원고를 쓰고 그리고는 늦게까지 잠을 잔다. 다음날 11시경에 일어난 구보는 아침 겸 점심을 먹고는 다시 집을 나선다. 일반 샐러리맨과는 달리 매일 데 없는 구보가 되풀이되는 일상을 재연하는 이유는 무엇일까. 그 또한 일상에 종속된 근대 시민이기 때문이다. 일상성과 현대성을 하나의 뿌리로 인식할 때 이러한 일상의 재연은 이미 근대가 관념적인 것이 아닌 생활 자체에 스며있는 본질적인 문제임을 작가는 제시하고 있는 것이다. 따라서 이러한 반복의 일상 자체가 이미 미적 현대성을 드러내는 하나의 방법이라 볼 수 있다. 그런

---

6) 「피로」에서도 다방에서 시작해 다방으로 돌아오는 구조를 보여주고 있는 데 이는 박태원의 영화적 기법의 의도적 차용이라고 볼 수 있다. 영화의 가장 큰 장점은 시공을 초월하는데 있는 것인데 순환적 반복구조는 서사의 시작과 끝을 극적으로 보여줄 수 있는 구조이고, '의식의 흐름'을 강조하며 관념에서 현실로 돌아오기에 가장 유용한 방식이다.

데 구보는 그 일상 속에 철저히 고독을 느낀다. 이 소설의 중심 키워드
는 '고독'이라 할 수 있는데 그 고독은 본질적인 철학적 인식의 고독이
아닌 중심에서 소외된 '군중 속의 고독이 주류를 이룬다. 또 하나 주목
할 수 있는 것은 절의 제목이다.

  "어머니는, 아들은, 구보는, 구보는, 전차 안에서, 여자는, 행복은, 일
찍이, 다방의, 그 사나이의, 얼마 있다, 조그만, 개찰구 앞에, 월미도로,
다행하게도, 마침내, 문 득, 전차를 타고, 여자를, 다료(茶療)에서, 이
곳을, 광화문통, 이 제, 그래도, 다방을, 조선호텔, 나의 원하는 바를 월
륜도 모르네, 처 음 에, 그러면, 구보의 벗과, 오전 두 시의" 등의 절의
제목들은 대부분 서술형을 배제하고 또한 흔히 쓰이는 명사형도 거부
한다. 이것은 어떤 새로운 의미 보다 박태원의 의도된 기법으로 해석할
수 있는데, 대부분 절의 첫 문장의 주어를 빼서 쓴 것이다. 새로운 기법
을 추구하는 박태원의 의욕의 산물이라고 보면 무방할 듯 하다. 그리고
그것의 심층 의미는 대상과 주체간의 거리 두기라 볼 수 있다. 이 소설
은 박태원의 다른 내적 독백 소설과는 달리 3인칭 서술로 되어 있는
데, 1인칭 서술의 주체와 대상의 제시보다는 한층 객관적인 인상을 주
게 된다. 또한 구보가 온종일 배회하는 거리는 뚜렷한 용무나 의도보다
는 오히려 일상의 권태로운 반복 행위로서의 의미가 핵심이 된다. 작품
에서 주요 공간의 이동은 다음과 같이 전개된다.

  집 - 천변 - 화신상회 - 전차 안(경성운동장 - 대학 - 병원 - 훈련원 -약초
  정) - 조선은행 앞 - 다방 - 거리(태평통 거리, 남대문 밖) - 경성역(대합실
  - 개찰구 앞 - 구내다방) - 조선은행 앞 - 다방 - 거리 (종로 네거리) - 다방
  - 거리 - 대창옥(식당) - 거리 (황토나루 - 광화문통 거리) - 다방 -거리(경성

우편국-종로) - 술집 - 낙원정 - 종로 네거리 - (집)

이러한 장소 이동의 의미는 명형대가 "배회와 전차 타기에서 무작위로 경험되는, 내적인 필연성이 상실된 모티브들의 배열로서, 전통적인 의미에서의 미의식과는 전혀 다른 지적 흥미를 유발케하는 시간 착오, 동시성의 병치, 긴장(tention)을 유발하는 계합적 관계의 은유 등 모더니즘 소설의 새로운 미적 양식 때문이다."[7]라고 밝힌 바와 같이 각각의 공간에 특별한 의미가 담겨있는 것이 아닌 화자의 파편화된 내면과 상응하는 흩어진 공간들이라 할 수 있다.

실제 작품으로 접근하여 심층 의미를 분석해 보자. 1~2절은 어머니의 시점에서 구보를 바라다보고 있다. 동경에서 유학까지 하고 돌아온 아들이 취직할 직장이 없어 노는 현실을 이해하지 못하는 어머니의 시점으로 소설은 시작된다.

어머니는 역시 글을 쓰는 것보다는 월급쟁이가 몇 갑절 낫다고 생각하고, 그리고 그렇게 재주 있는 내 아들은 무엇을 하든 잘 하리라고 혼자 작정해 버린다. 아들은 지금 세상에서 월급 자리 얻기가 얼마나 힘드는 것인가를 말한다. 하지만 보통 학교만 졸업하고도, 고등학교만 나오고도, 회사에서 관청에서 일들만 잘 하고 있는 것을 알고 있는 어머니는, 고등학교를 졸업하고도 또 동경엘 건너가 공불 하고 온 내 아들이, 구하여도 일자리가 없다는 것이 도무지 믿어지지가 않았다.(273쪽)

식민지 시대의 전형적인 룸펜 지식인의 모습이지만 그것을 이해 못

---

7) 명형대, 앞의 논문, 22 쪽

하는 어머니의 탄식은 실상은 구보의 고현학 산책을 정당화하는 서술
이며 또한 중심에서 소외된 자의 욕망을 부추키는 간접 서술이라 할
수 있다. 어머니의 목소리를 뒤로 하고 시작된 구보의 산책은 그 출발부
터 목표점이 없는 일종의 방황이다. '산책자'[8)가 풍경(대상)으로서가 아
니라 오직 자기 동일적 주체의 문제로 제기된다면 산책자의 의미는 약
화될 수 밖에 없다. 그것은 '반성'하는 자가 아니라 단지 '산책'하는 자로
서만 존재하기 때문이다.[9)

 구보가 '어쩔 수 없이' 선택한 소설가의 자리는 세속화된 가치들에
대한 욕망을 억압하고서 유지되는 것이다. 여기 구보의 고독이 존재한
다. 모든 가치규범이 세속화된 자본주의적 일상에서 구보는 일상을 거
부하기 위해 소설을 쓴다. 세속화된 일상적 삶을 거부하며 의식적으로
선택한 소설가의 삶은 일상의 삶과 분리되는 것을 의미하기 때문이다.
이것이 소설가 구보의 고독이며, 이것은 의식적으로 선택된 것이기 때

---

8) 조영복은 다음과 같이 산책자의 개념을 세분하고 있다.
 "국내에서 많이 소개된 벤야민의 '산책자' 개념은 '주체와 대상의 거리 두기
 (focus & locus)'로 이해되어야 하는데, '산책' 자체만 의도적으로 강조된 감이
 없지 않다. 사실, 보들레르 분석에서 벤야민은 '산책자'란 거리 산책자의 군중을
 향한 관심과 태도의 여하에 따라서, 그리고 시선과 대상과의 관계에 따라 분류
 되어야 한다고 주장하면서 산책자와 시선의 문제를 제기하고 있다. 전자의 경우
 는 1) 군중을 외부에서 바라보는 경우와, 2) 군중으로부터 거리를 두고자 하더라
 도 끊임없이 영향을 받고 있는 경우, 3) 군중에게 매혹당하면서도 거리두기를
 통해 자신을 내면화 하는 경우의 세 가지로 후자는 군중 속의 사람과 거리 산책
 자 그리고 페르디난트 단테라는 무위도식자로 구별되어야 한다고 말한다. 한편,
 산책자의 개념을 엄격히 분리해서 사용하는 허트(Hurt)의 논의도 산책자를 '거
 리를 산책하는 자'라거나 '거리 풍경을 인상적이고 소묘적으로 묘사하 는 것'으
 로 이해해 온 기존 연구에 대한 반성적 시각을 부여해 준다. 그는 '뮤자르
 (musard)'와 '바도 에뜨랑제(badaud etranger)' 그리고 '산책자(flaneur)'를 엄격히
 구분함으로써 벤야민의 시각을 보충해주고 있다. (조영복,『한국 모더니즘 문학
 의 근대성과 일상성』, 다운샘, 1997, 30쪽)
9) 위의 책, 17쪽

문에 곧 소설가 구보의 삶의 의미이기도 하다. 즉 고독은 그에게 '사상'
이다. 그래서 오늘도 구보는 매일 하듯이 고독을 위해 어머니를 떠나
거리로 나오는 것이다.[10] 하지만 갈 곳은 없다.

> 구보는 마침내 다리 모퉁이에까지 이르렀다. 그의 일 있는 듯싶게 꾸미
> 는 걸음걸이는 그 곳에서 멈추어진다. 그는 어딜 갈까 생각하여 본다. 모두
> 가 그의 갈 곳이었다. 한 군데라 그가 갈 곳은 없었다. 한낮의 거리 위에서
> 구보는 갑자기 격렬한 두통을 느낀다. 비록 식욕은 왕성하더라도, 잠은 잘
> 오더라도, 그것은 역시 신경 쇠약에 틀림없었다. (273쪽)

모두가 갈 곳이고 또한 한 군데도 갈 곳이 없다는 인식은 격렬한 두
통으로 이어진다. 또한 중이질환으로, 시약해진 시력으로. 모두가 신경
질환의 일종이다. 신경 질환은 근대화의 산물의 하나이다. 인위적인 시
간의 분절은 현대인들에게 잠재된 강박관념으로 인식되었고, 개개인에
내재된 생체 리듬을 철저히 획일화시켰다. 따라서 두보의 병은 그 원인
을 알 수 없지만 증상은 확실한 것으로 치료약이 애당초 없는 것이었다.
이것은 소설가 구보가 정신과 육체, 모든 면에서 일상적 욕망으로
가득찬 자본주의적 현실과 어울리지 못하고 있음을 나타낸다. 억압된
욕망이 의식의 영역으로 뚫고 나온 것들을 의식하면서 정신적으로 피
로한 구보는 점점 망가져가는 육체를 느끼게 되며 고독감은 심화된다.
이러한 상태에서 시작한 구보의 고독한 산책은 자본주의의 물상을 대
하며 시작된다. 종로 네거리에서 백화점으로 향한 정처없는 구보의 발
걸음은 백화점으로 향한다.

---

10) 이선미, 「소설가의 고독과 억압된 욕망」, 『박태원 문학연구』, 332쪽

젊은 내외가 너덧 살 되어 보이는 아이를 데리고 그 곳에가 승강기를
기다리고 있었다. 이제 그들은 식당으로 가서 그들의 오찬(午餐)을 즐길
것이다. 흘낏 구보를 본 그들 내외의 눈에는 자기네들의 행복을 자랑하고
싶어하는 마음이 엿보였는지도 모른다. 구보는 그들을 업신여겨 볼까 하다
가, 문득 생각을 고쳐, 그들을 축복하여 주려 하였다. 사실 4,5년 이상을
같이 살아왔으면서도, 오히려 새로운 기쁨을 가져 이렇게 거리로 나온 젊은
부부는 구보에게 좀 다른 의미로서의 부러움을 느끼게 하였는지도 모른다.
그들은 분명히 가정을 가졌고, 그리고 그들은 그 곳에서 당연히 그들의 행
복을 찾을 게다. (중략) 구보는 다시 밖으로 나오며, 자기는 어디가 행복을
찾을까 생각한다. 발 가는 대로, 그는 어느 틈엔가 안전 지대에가 서서,
자기의 두 손을 내려다보았다. 한 손의 단장과 또 한 손의 공책과 - 물론
구보는 거기에서 행복을 찾을 수는 없었다.(276쪽)

한 낮의 백화점에 온 젊은 부부의 모습을 구보는 부러움으로 바라본
다. '가정'은 가장 작은 단위의 체제이다. 결코 체제에 안주하지 못하고
늘 일상에의 일탈을 꿈꾸는 화자가 '업신여겨 볼까 하다가' 부러움을
느끼게 되는 것은 어찌된 일일까. 류보선은 "구보는 가족에게서 따스함
을 느낀다. 아비가 부재하기 때문이다. 아버지가 없기에 어느 누구도
박태원에게 일상적인 삶, 기존의 질서를 강요하지 않으며, 따라서 구보
는 그 제도적인 것 관습적인 것의 구속력에 대해 고민하지도 연구하지
도 않는다. 그는 편모슬하인 자식인 것이다."[11]라고 박태원의 가족관을
피력했지만 그가 어느 곳에서도 행복을 느낄 수 없는 것은 정상적인
가족을 가져보지 못한 데 상당한 원인이 있다. 물론 이 때의 부재의

---

11) 류보선, 「이상과 어머니, 근대와 전근대」, 위의 책, 71쪽

아버지는 가족을 넘어서 기존의 기성세대, 관습, 고정관념, 낡은 풍속
등을 의미하지만 극복하고 타개해야할 아비가 존재하는 것과 원초적으
로 결여되어 있는 것은 커다란 차이가 있는 것이다. 따라서 구보의 행복
찾기가 근원적으로 불가능한 것은 바로 '부성의 결여'에 있다고 볼 수
있다. 이러한 일상적 가정을 통한 행복에 대한 욕망은 곧 자신의 소외의
식으로 이어져 '고독'에 대한 상념으로 이어진다.

> 일찍이 그는 고독을 사랑한 일이 있었다. 그러나 고독을 사랑한다는 것
> 은 그의 심경의 바른 표현이 못될 게다. 그는 결코 고독을 사랑하지 않았는
> 지도 모른다. 아니 도리어 그는 그것을 그지 없이 무서워하였는지도 모른
> 다. 그러나 그는 고독과 힘을 겨누어, 결코 그것을 이겨 내지 못하였다.
> 그런 때, 구보는 차라리 고독에게 몸을 떠맡기어 버리고, 그리고 스스로
> 자기는 고독을 사랑하고 있는 것이라고 꾸며 왔었는지도 모를 일이다……
> (278쪽)

고독에 대한 두려움은 궁극적으로 소외에 대한 두려움인데, 자신이
스스로 부정한 기존 일상에 대한 참여 욕망의 반증이다. 또한 세속적인
욕망을 의식하고 스스로를 고독하다고 가장하는 것은 결핍에 의한 산
물이며 소외를 견디지 못하는 나약한 예술인의 모습이다. 모더니즘을
생활로 재현하고 작품의 중심으로 삼았던 박태원의 현대성은 이처럼
깨지기 쉬운 것이었을 지도 모른다. 이러한 회의와 구보 스스로 비웃은
속물적 욕망은 뒤이은 소설의 전개를 철저히 속물적으로 진행시킨다.
버스에서 우연한 아는 여자와의 재회는 "그가 그렇게도 구하여 마지않
던 행복은, 그 여자와 함께 영구히 가버렸는지도 모른다.(281쪽)" 구보

의 상념을 비극적으로 확대시킨다. 그리고는 장황한 벗의 누이에 대한 짝사랑의 서술이 이어진다. 여인에 대한 욕망은 결국 '성'의 욕망이라 볼 수 있다. 뒤이어 동경에서 있었던 로맨스나 못난 친구 곁에 있던 예쁜 여자,여성을 넘어 '한 개의 계집', '총명한 아내', '딸'로 계속 이어지는 상념 속의 여성등 이성에 대한 욕망은 계속 되는데 이는 고독에서 벗어나기 위한 몸부림이라 볼 수 있다.

　　갑자기 구보는 실소하였다. 나는 이미 그토록 늙었나. 그래도 그 욕망은 쉽사리 버려지지 않았다. 구보는 벗에게 알리고 싶은 것을 참고, 혼자 마음 속에 그 생각을 즐겼다. 세 개의 욕망. 그 어느 한 개만으로도 구보는 이제 용이히 행복될지 몰랐다. 혹은 세 개의 욕망이, 그 셋이 모두 이루어지더라도 결코 구보는 마음의 안위를 이룰 수 없는 지도 몰랐다. 역시 그것은 '고독'이 빚어내는 사상이었다.(323쪽)

　　구보는 차를 마시며, 약간의 금전이 가져다 줄 수 있는 온갖 행복을 손꼽아 보았다. 자기도, 혹은 8원 40전을 가지면, 우선 조그만 한 개의, 혹은 몇 개의 행복을 가질 수 있을 게다. 구보는 그러한 저 자신을 비웃으려 들지 않았다. 오직 고만한 돈으로 한때 만족할 수 있는 그 마음은 애닯고 또 사랑스럽지 않은가. 구보는 담배에 불을 붙이며 자기가 원하는 최대의 욕망은 대체 무엇일꼬 하였다.(285쪽)

여성에 대한 욕망은 '돈'에 대한 욕망으로 환치된다. 작지만 돈을 갖고 싶어하는 자신을 구보는 연민 어린 시선으로 바라본다. 그러나 그것은 연민으로 끝나지 않고, 자본주의적 현실에서 가장 속물적인 대상인 돈을 욕망하는 것으로 드러난다. 따라서 처음에 구보가 비웃었던 속물적 욕망을 이제 스스로 억제하지 않음을 모순적으로 보여준다. 또한 최대의 욕망의 실체를 생각하며 욕망에 집착한다. 욕망이 결핍의 산물일 때 '고독 - 소외 - 욕망'으로 이어지는 연상의 층위는 일상의 주변에서 일상의 중심으로 복귀하고자 하는 강한 욕망의 상징이라 할 수 있다. 돈이 있으면 다시 동경에 가고 싶어하는 구보의 욕망은 '돈'과 '동경'이라는 가장 근대적이며 자본주의적인 기호에 주체가 침잠해감을 보여준다. 이어지는 우연한 벗의 출현은 또 다른 욕망을 드러낸다.

'벗'은 고독에서 벗어나기 위한 매개체의 역할을 한다. 하지만 진정한 벗은 자리에 없고 우연히 영락한 어린 시절의 벗과 부모의 재산을 물려받아 부자가 된 못났었던 친구, 또 자신을 '구포'라 부르는 괘씸한 친구를 만날 뿐이었다. 하지만 구보는 예술가적 자존심을 내세우며 친구의 속물성과 천박함을 비웃지만 자신 스스로 그를 부러워하는 아이러니에 빠진다. 곧 구보의 욕망은 '타자(他者)의 욕망'이다. 주체 내면에 내재된 속물적 욕망과 예술가적 욕망이 대립 양상을 보이다 근대적인 일상의 기호들 앞에 철저히 무력해진다. 일상과 욕망의 권력 조종으로 인한 욕망의 현현(顯顯)은 근대의 울타리에 갇힌 주체의 몰락이다. 결국 구보의 고독은 끝내 해소되지 못했고 다시 집으로 되돌아 가면서 이제 현실 속으로, 세상의 중심으로, 남들과 같은 일상으로 복귀함을 선언한다.

> 구보는 지금 저 자신의 행복보다도 어머니의 행복을 생각하고 싶었는지도 모른다. 그 생각에 그렇게 바빴을지도 모른다. 구보는 좀 더 빠른 걸음걸이로 은근히 비 내리는 거리를 집으로 향한다. 어쩌면 어머니가 이제 혼인 얘기를 꺼내더라도, 구보는 쉬웁게 어머니의 욕망을 물리치지는 않을지도 모른다. (333쪽)

제각기 어떤 욕망을 좇아 부나비처럼 살아가는 사람들 사이에서, 그리고 환금가능성의 원리를 좇아 그야말로 헌신적인 노력을 하는 사람들 사이에서, 또는 상품의 쾌락적 이미지에 몸을 내맡긴 군중들 속에서, 그 악마적인 가치를 부정하기 위해 극도의 긴장을 유지한 채 권태로움을 느껴야 했던 박태원은 이제 피로를 느낀 것이다. 즉 권태로운 삶을 살기에 피로해진 것이다. 이제 그가 갈 길은 한 곳이다. 자기 희생적인 사랑으로 충만한 어머니의 품이다. 그곳에서는 긴장을 하지 않아도 행복한, 세계의 부정성과 맞설 수 있는 장소이기 때문이다.[12] 결국 어머니에게로 돌아간다는 의미는 '일상성에의 함몰'이라 볼 수 있다. 일상성을 객관적으로 관찰하기 위한 구보의 산책은 일상성에서 소외된 주체의 욕망만 부추겼으며 일상성에로 함몰함으로써 끝이 난다. 이것은 박태원의 현대성에 대한 의식이 표피에 그치고 있다는 것을 입증하는 증거가 된다. 실제로 동경으로 죽음을 의식하면서 떠났던 이상에 비해 이 소설 이후 박태원은 철저하게 모더니즘과는 인연을 끊고 만다.[13] 그리고 그가 집요하게 추구했던 '고현학'도 중단됨을 은연중 내비치는 것도 주목할 만한 사실이다.[14]

---

12) 앞의 책, 74쪽
13) 박태원의 이러한 절망은 이상에게도 상통한다. 그토록 동경하던 동경(東京)에서 회의를 느끼며 죽어갔던 이상. 그들은 다가올 미래를, 자연의 향취와 전통적 질서가 모두 사라진 인공 낙원의 시대, 엄청난 속도감에 자아 성찰이나 자기 반성이 불가능한 시대, 매춘부처럼 모든 인간의 혼을 멍하게 하는 도시와 상품과 문명이 대로를 활주하는 시,공간으로 예측했었다. 그리고 모더니즘을 그 문학적 이념으로 내세웠다. 아니, 이 모더니즘만이 20세기 문학일 수 있다고 확신했던 그 믿음은 결국 오래가지 않아 현실적으로 불가능해진 것을 깨닫게 된 것이다.
14) "고현학의 중단은 박태원의 창작에 커다란 의미를 갖는다. 박태원은 모더니즘이라는 낯선 형식을 창출하기 위해 그 객관적 대상물을 소설 속에 끌어들였다. 그 대상물이란 다름 아닌 도시 또는 문명이다. 그리하여 그는 모더니즘의 충분

「소설가 구보씨의 일일」은 결국 탈일상에의 욕망을 지향하되, 기존의 질서 전체를 넘어서는 전복적인 욕망은 아닌, 한마디로 단지 일상의 질서에서 조금 비껴선 의사(疑似) 현대성을 드러낸다고 볼 수 있다. 그럼에도 불구하고 「소설가 구보씨의 일일」은 단순한 현실의 재현을 넘어서 근대적 기호에 유린된 자아의 내면을 진솔하게 그리고 있다. 구보는 근대 도시 속을 산책하면서 일상적 삶을 살아가는 무리들과 동화해서 세속적 삶을 살 수 없는 예술가의 정신적 고독을 느낀다. 일상인의 삶에 동화할 수 없다는 예술가의 탈일상적 욕망이 주체의 정신적 우월성을 확보하고자 하는 미적 자의식의 세계를 형성한다. 구보는 외부 현실 속을 산책하면서도 끊임없는 자아 성찰을 수행하며, 속물화되고 사물화된 사회에 대한 저항으로 미적 방식의 대응을 하게된 것이다. 따라서 고독에 대한 의식과 사물을 욕망하는 자신을 객관화시켜 분석하는 모습과 삶에 대한 이중적인 자신의 모습을 부끄러움 없이 의식의 영역에서 반성하는 모습은 위선적 자기 독백이 아닌 절실한 자아 내면의 성찰이기에 「소설가 구보씨의 일일」은 이상의 「날개」와 더불어 모

조건인 도시적 풍경을 찾아 경성의 구석구석을 뒤졌으며, 이 경성이라는 공간에 나타난 도시적 징후찾 기는 박태원 초기 작품의 기본 골격이 된다. 박태원은 이를 처음에는 산보(「적멸」)로 후에는 고현학(「애욕」)이라 불렀거니와, 그의 모더니즘 시기의 작품은 이 도시 또는 문명을 향한 산책이라는 서사적 모티브에 의해 구조화된다. 즉 이 고현학이야말로 20세기 문학에 대한 집념 혹은 도시를 향한 오디세이적 열정을 실천하기 위한 박태원의 삶의 방법이자 창작 방법이었던 것이다. 따라서 고현학의 포기는 박태원이 가장 자랑했던 기법의 포기라고도 볼 수 있다. 박태원의 고현학은 인간 존재의 다양한 표정을 살피기보다는 삶의 한 측면만을 확대 해석하는 차원에서 멈추었다. 박태원 소설의 주인공은 도시를 망령처럼 떠돌지만, 이 산책 행위는 박태원에게 혹은 박태원의 소설에서 총체적 현실 전반을 탐구하여 세계의 근원 혹은 진실에 접근하는 통로로 작용하지 않았기에 고현학은 중단될 수 밖에 없었던 것이다."(류보선, 앞의 책, 74쪽)

더니즘의 최고 작품으로 평가받게 된 것이라 할 수 있다.

3. 결론

모더니즘 소설의 핵심은 주체의 위기 의식에서 비롯된 현대성의 여러 특질들이라고 할 수 있다. 그 중 '일상성(日常性)everydayness'은 모더니즘 소설의 핵심인 '공간성(空間性)spatiality'과 관련되는 개념으로서 작품의 공간적 배경과 현대적 일상의 기호들이 주체의 내면에 끼치는 영향관계를 파악하고자 하였다. '동일성(同一性)identity'은 '자아란 무엇인가'라는 모더니즘의 중심적 질문이라고 할 수 있는데, 현대에서 소외된 주체의 내면의식의 변화 양상을 작품의 심층적 의미와 대비하여 인물의 동일성 탐색과정을 살펴보고자 하였다. '욕망(慾望)desire'은 결핍에서 충족을 지향하는 보편적 인간의 본성으로 모더니즘의 태동과 관계 깊은 개념이라 할 수 있는데, 자아의 타자에 대한 욕망 혹은 자아와 세계의 불일치에서 오는 변혁의 욕망들을 세밀히 분석하여 욕망이 어떤 방식으로 서사의 동인으로 작용하며 주체의 위기 의식과 조응하는 측면을 살펴볼 수 있다.

박태원의 모더니즘 소설에서는 현대성과 동일한 개념으로 일상성을 작품 속에 투영하고 있었고 압제받는 현실을 왜곡시키는 억압구조에 대한 미학적 저항의식을 표출하고 있으며, 일상적 공간을 기호로 인식하며 새로운 담론을 잉태시킴을 확인할 수 있었다. 구체적으로 '공적 공간 / 사적 공간'의 대비를 통하여 왜곡된 현대성을 드러내고 있으며, '광고, 다방, 버스, 경성역, 카페' 등의 근대적 기호를 소설의 핵심에 배치함으로써 새로운 일상의 충격과 과거와 현재의 단절에서 오는 일상의 불균형, 이로 인한 주체의 위기의식을 나타내고 있음을 볼 수 있었다.

또한 돈에 대한 욕망, 性에 관한 욕망, 집에 대한 욕망이 서사의 핵심 축을 형성하고 있는데, 이것은 타자에 대한 욕망이 근대 의식의 출발점임을 볼 수 있는 부분이라 할 수 있다. 그리고 이러한 일상과 욕망의 문제는 필연적으로 주체의 소외 의식을 야기함으로써 자아의 동일성 문제가 소설의 주제 층위의 핵심에 놓이게 됨을 볼 수 있다. 결론적으로 박태원의 모더니즘 소설은 일상성과 욕망을 축으로하여 동일성을 드러내고자하는 열망을 확인할 수 있는 것이다.

II

근현대 한국소설의
비평적 성찰

작가작품론의 정체성과 이데올로기

『삼대』의 정신분석비평 읽기

한승옥

　명산은 언제 올라도 감탄을 자아낸다. 명산은 멀리서 보아도 신비롭고, 가까이 가보면 경외스럽고, 산 속에 들어가서도 신령스러움을 느낀다. 명산을 오르는 길은 오직 하나만 있는 것은 아니다. 수많은 등산로가 있다. 그 어느 등산로를 택하든 골이 깊고 물이 맑아 산을 오르는 우리의 정신을 맑게 하며 호연지기를 느끼게 한다.

　작품에도 명작이 있다. 명작이란 명산과 같아서 어느 곳에서 접근을 해도 의미심장하고 아름다우며 깊이가 있는 작품이다. 명작은 어떤 비평적 접근을 해도 새로운 의미가 새록새록 솟아나 읽는 즐거움을 충만하게 해 주는 작품이다.

　『삼대』가 명작이라면 명산과 같이 어느 등산로를 택하든 잘생겨야 하고, 또한 신비스러워야 하고 계곡이 깊어야 하고 그 의미하는 바가 심대하고 아름다워야 한다. 여기서 염상섭의 그 많은 작품 중 『삼대』를 택한 이유는 이 작품이 염상섭의 대표작일 뿐 아니라, 한국 현대 문학 작품 중에 전문가들로부터 가장 많은 호평과 지지를 얻고, 한국의 최고의 걸작으로 손꼽히고 있기 때문이다.

　『삼대』는 지금까지 수없이 많이 연구되었고, 비평가의 입에 즐겨 회

자된 작품이다. 그만큼『삼대』는 작품의 성가를 인정받은 작품이란 이야기도 된다. 그러면서도 여기서 다시 이 작품을 논하려는 것은 비평적 읽기를 통해『삼대』가 지니는 새로운 의미는 무엇일까에 대한 호기심 때문이다. 만일『삼대』가 진정으로 잘 만들어진 작품이라면 어떤 비평 방법을 써서 읽어 내려가도 새로운 인간의 진리를 밝혀줄 뿐 아니라, 우리에게 인생을 살아가는 값진 혜안을 제공해 줄 것이다.

여기서는 정신분석적 비평 방법을 통해『삼대』를 읽어 나가기로 한다.

우리가 정신분석학적 렌즈를 통해 세상을 보게 될 때, 세계는 개인적인 인간 존재들로 이루어져 있으며, 각 개인의 정신분석학적 역사는 가족 속에서 경험한 유년기 체험에서 시작되며, 청년기나 성인의 행동 양식도 유년기 경험의 직접적인 결과임을 알게 된다. 그만큼 유년기의 체험은 중요하다. 욕망이나 두려움, 상처 등은 모두 어렸을 때 무의식에 의해 생성되거나 유발되어 잠재화된 것들이다. 이러한 무의식적 콤플렉스들은 억압에 의해 생겨난 것들이다. 불유쾌한 사건이나 기억들, 혹은 피하고 싶은 고통이나 범죄욕망, 혹은 정신적 상처 등은 억압되어 잠재되고 그것이 무의식의 창고에 저장되는 것이다. 이러한 억압된 무의식은 존재의 가장 깊은 곳에 잠재하면서 현재의 우리 행동을 조직하고 통제한다. 하기에 현재의 우리가 지니고 있는 억압된 상처나 공포, 범죄 욕망 혹은 풀리지 않는 갈등들을 해결하기 위해서는 현재적 상황에서 그 해답을 찾기보다는, 무의식의 심연에서 그 원인을 찾아야 한다. 특히 어릴 때의 억압된 욕망이나 잠재된 욕구의 원인을 규명하여야만 비로소 심리적인 억압의 사슬에서 벗어날 수 있다.

가족은 정신분석학에서 매우 중요한 역할을 한다. 유년기의 체험은 가장 가까운 가족, 어머니나 아버지, 형제들과의 관계 속에서 형성된다. 특히 가족과의 관계 속에서 경험한 유년기의 상처는 지울 수 없는 심리적 콤플렉스가 되어, 일생 동안 그것이 억압되거나 방어기제로 작용하면서 우리의 행동에 영향을 미치기 때문이다. 오이디프스적 콤플렉스나 형제 사이의 경쟁, 남근 선망, 거세 공포 등은 모두 가족과의 관계에서 이루어진 무의식적 콤플렉스들이다. 특히 방어기제도 인간의 행동양식의 심리학적 분석에서 중요한 역할을 한다.

방어기제는 우리도 모르는 사이에 무의식적으로 어려움을 회피하기 위해 자동적으로 만들어지는 것들이다. 우리는 우리가 감당할 수 없는 엄청난 것들을 회피하거나 억압하는 경향이 있다. 이것은 자동적이고 무의식적이기에 우리 스스로도 의식하지 못하는 사이에 이루어지며 무의식적으로 형성되어 잠재된다. 우리는 우리가 느끼거나 우리가 통제할 수 있는 것들만 골라서 지각하고 느낀다. 그 이외의 것은 무의식적으로 억압하여 의식화되는 것을 막는다. 어려운 문제가 닥쳤을 때는 그것을 부인함으로써 문제는 애초에 존재하지 않았거나 불유쾌한 사건은 전혀 일어나지 않았다고 믿는다. 또는 우리는 억압된 경험이나 감정이 드러나게 되는 것이 두려워서 만일 그런 흥분 상태가 닥쳐올 상황에 처하면 우리는 무의식적으로 그를 기피한다.

우리는 어떤 사람이나 대상이 우리에게 공포를 주거나 상처를 입히거나 걷잡을 수 없이 화나게 만들거나 좌절하였을 때, 그 사람보다 덜 위협적인 어떤 것이나 사람에게 대신 화를 내서 자기의 갈등을 해소한다. 또한 우리는 우리가 느끼는 두려움이나 어려운 문제 혹은 범죄 욕망 등을 자기 책임이 아닌 양 다른 사람을 비난하거나 책임을 그들에게 돌려 자기를 보호한다. 이 모든 방어기제는 무의식 속에서 신속히 일어나기 때문에 그것을 정신분석학적으로 세밀히 관찰하지 않으면 일상적인 그의 행동으로 받아들여 그 사람이 왜 그런 행동을 했는지 이해하지 못하며, 그렇게 행동하는 그 사람 자신도 자신을 항상 미숙한 상태에 머물게 하며, 성숙된 인간으로 나아가는 데 실패하게 된다.

정신분석학에서 꿈은 무의식을 드러내보여 주는 가장 정직한 지표이다. 꿈은 우리가 무의식 속에 억압된 공포나 상처를 이미지화하고 실제의 사건으로 형상화하여 억압된 공포로부터 우리를 건강하게 보호한다. 우리의 꿈은 매우 겁나거나 불안하거나 공포에 가득 찬 것임에도 불구하고 그것은 무의식적인 상처나 두려움, 죄의 욕망 혹은 풀리지 않는 갈등에 대한 비교적 안전한 배출구 역할을 한다. 꿈은 직접적인 상처나 두려움이 그 상태 그대로 나타나는 것이 아니라, 다른 상징적인 형태로 나타나 우리가 지닌 억압의 쇠사슬을 풀어주기 때문이다. 만일 우리가 꾸는 꿈이 너무 끔찍하면 아마도 우리는 꿈속에서도 방어기제가 작동하여 악몽에서 깨어날 것이다. 혹은 깨지 않고 계속 꿈을 꾼다 하더라도 선택적인 기억의 방어기제로 기억하고 싶지 않은 것은 자동으로 잠재되어 의식화되지 않을 것이다. 그래도 그것은 꿈으로 재생되지 않은 것보다는 한결 안전하게 해결된 것이기에 우리는 그로부터 일정한 정도 자유스러워질 수 있다.

죽음은 우리가 지닌 무의식적 공포 중에서 가장 으뜸인 두려움이다. 인간은 왜 죽음을 두려워하는 것일까? 그것은 버려짐(放棄)에 대한 무의식적 두려움 때문이다. 곧 홀로 남는 것에 대한 두려움이다. 죽음은 절대적인 방기이기 때문이다. 우리가 죽음을 통해 사랑하는 사람으로부터 버려져 홀로 남겨진다는 것, 그것은 다시는 만날 수 없는 절대적인 버려짐을 뜻한다. 사랑하는 사람이 죽었을 때, 남겨진 사람 역시 떠나간 사람에 대해 야속함을 느낀다. 그것은 사랑하는 사람이 자기를 버리고 떠나갔다는 인식 때문이다. 이 세상에 남아 있는 사람은 이 절대적인 방기에 대해 죄의식을 느낀다. 무엇인가 내가 잘못했기에 사랑하는 사람이 자기를 버리고 떠나갔다는 죄책감 때문이다. 또한 사랑하는 사람이 죽어갈 때 자신은 그에게 아무것도 해주지 못했다는 무력감은 살아 있는 사람을 절망하게 만든다. 그러나 우리는 아무도 죽음을 피할 수 없다. 우리는 다만 이러한 죽음을 만나지 않기 위해 노력할 뿐이다.

왜 우리 인간은 버려짐에 대해 두려움을 갖게 되는 것일까? 정신분석학에서는 이것을 어렸을 때의 잠재된 무의식적 상처에 근원한다고 본다. 곧 부모로부터 버림받은 유년기의 경험에 근거한다. 유년기에 우리는 무의식적으로 부모로부터 버림받았다는 경험을 하게 되는데, 이때 우리는 이미 심리적인 죽음을 체험하게 된다. 하기에 우리는 자라면서 죽음의 공포로부터 벗어나기 위해 정서적 죽음을 경험하게 되며, 이러한 정서적 죽음을 통해 우리는 죽음으로부터 조금이라도 회피해보려 한다. 이것은 방어기제로 작용하게 되는데, 상실의 두려움을 막기 위해 미리 다른 사람과 가까워지는 것을 회피하거나 그것을 두려워하여 다른 사람과 소원한 관계를 갖는 것을 의미한다. 버려짐에 대한 두려움, 홀로 남는 것에 대한 두려움, 이것은 바로 죽음에 대한 공포이며, 인간이 지닌 가장 근원적인 공포이다.

『삼대』에서는 등장인물들의 어렸을 때 자라온 환경이나 심리적 상처 혹은 그의 억압 등이 자세히 나타나 있지 않다. 그만큼 『삼대』는 현재적이다. 작품의 내용적 시간도 극히 짧고 제한적이다. 가족사 소설이라는 기존의 평가대로 한다면 대하소설과 같은 역사적인 시간이 있어야 할 텐데, 실제로 작품 내용에서는 겨울 한 계절만을 시간 내용으로 담고 있을 뿐 가족사적인 시간의 흐름은 다뤄지지 않고 있다. 한겨울 중에서도 사건이 전개되는 시간은 극히 짧아 실제로는 며칠 되지 못한다. 하기에 『삼대』를 정신분석학적인 입장에서 분석한다는 것은 다소 무리가 따른다. 그러나 『삼대』가 과거의 유년기 체험을 다 다루지 않았다 하더라도 현재의 행동을 보고 우리는 그를 유추할 수 있다.

『삼대』에 나오는 인물들 중 가장 문제성이 많은 인물은 단연 조상훈이다. 조상훈은 문제아 중의 문제아이다. 그는 아버지인 조의관으로부터 버림을 받았으며, 아들, 아내 등 가까이 있는 가족들로부터도 소외되고, 홍경애나 김의경 등 첩치가에 열중하며, 교육자이며 교회의 교역자로서의 신망을 저버리고 위선적 행동을 서슴지 않는다. 나중에는 사기 행각까지 벌이며 마약에까지 손을 뻗칠 정도로 타락에 타락을 거듭한다. 이러한 인물은 무엇인가 문제가 있는 것이다.

『삼대』에서 조상훈은 아버지 조의관과 사사건건 대립한다. 또한 아들인 조덕기와도 대립한다. 아버지와 아들이 대립하는 것은 오이디프스 콤플렉스가 작동한 것이다. 아버지와 아들을 미워하며, 아들은 아버지를 비난한다.

『삼대』에는 소제목으로 8.'제일 충돌', 9.'제이 충돌', 10.'제삼 충돌'의 세 번의 충돌이 나온다. 이 충돌은 『삼대』를 이끄는 가장 핵심적인 갈등이다. 제일 충돌은 조의관과 조상훈의 갈등이며, 제이 충돌은 수원집과 덕기 모친과의 갈등이다. 곧 고부간의 충돌이다. 제삼 충돌은 조덕기와 조상훈의 갈등이다. 이들은 모두 동성간의 부자나 모녀(이 경우는 시어머니이지만)간의 갈등이란 점에서 동일하다. 오이디프스 콤플렉스나 엘렉트라 콤플레스에 해당한다. 이 중에서도 가장 핵심적인 갈등은 조의관과 조상훈의 갈등이다.

> 영감은 제청을 다 배설해 놓고 시간을 기다리느라 사랑으로 나오다가
> 종형제간의 말다툼을 가만히 듣고 섰다가 참을 수 없어 뛰어든 것이다.
> "너 어째 왔니? 오늘은 예배당에 안 가는 날이냐?"
> 영감은 얼굴이 발끈 취해 올라오며 윗목에 숙이고 섰는 아들을 쏘아본다.
> "어서 가거라! 여기는 너 올 데가 아니야! 이 자식아! 나이 오십줄에 든
> 놈이 젊은 것들을 앞에 놓고 철딱서니 없이 무어 어쩌고 어째? 조상을 꾸어
> 왔어? 꾸어온 조상은 자기네 자손만 도와? 배지 못한 자식! ……"
> 영감은 금세로 숨이 넘어가려는 사람처럼 헐떡거리며 벌건 목에 푸른
> 힘줄이 벌렁거린다.

여기서 종형제간의 말다툼이란 상훈과 창훈의 다툼이다. 조의관이
'××씨의 족보에 한몫 비집고 끼려고 ― 덤붙이가 되려고 사천 원템이나
생돈을 내놓'은 것을 못마땅해하던 상훈이 그 화풀이를 아버지에게는
직접 못하고 만만한 창훈이에게 하다가 아버지인 조의관에게 들켜 혼
나는 장면이다. 상훈으로서는 두려워 조의관에게는 직접 대들지 못하
고 약자인 창훈에게 전치를 한 것인데, 조의관이 이를 듣고 사랑으로
나와 아들을 몰아세운다.

이 장면에서 이 집안에서 일어나는 대부분의 갈등이 드러난다. 아버
지인 조의관은 아들 상훈이 유교적 가풍을 이어받아 봉제사 해주기를
바란다. 그러나 개화한 아들 상훈은 예수교인이 되어 봉제사를 거부한
다. 여기서 표면적으로는 아들과 아버지의 갈등이 종교적인 가치관의
차이인 것처럼 설정되어 있다. 그러나 이것은 그야말로 표면적인 이유
일 뿐, 근원적으로는 아들과 아버지의 무의식적인 대결, 곧 오이디프스

콤플렉스가 작동한 것이다. 상훈이 개화를 하였다고 하여도 그가 조의 관의 뜻에 따를 마음과 의지만 있었다면 얼마든지 그렇게 할 수 있었다. 그러나 그는 어렸을 때 아버지인 조의관으로부터 보이지 않는 상처를 무의식적으로 받았기에 그와 적대적인 감정이 쌓였을 것이고, 이것이 그로 하여금 개화로 나가면서 기독교인이 되어 아버지와 대립하고 충 돌하게 되었을 것이다.

이 작품에서 조의관으로부터 받은 상처가 무엇인지, 또 조상훈의 어 머니로부터 받은 상처가 어떤 것인지 분명하게 나타나 있지는 않지만 지금의 조상훈의 행동으로 보아서는 이미 유년기에 깊은 상처를 입었 거나, 프로이트가 말하는 오이디프스 콤플렉스를 맛보았음에 틀림없다. 조의관의 아들 조상훈에 대한 미움은 가히 살인적이다. '영감은 얼굴이 발끈 취해 올라오며 윗목에 숙이고 섰는 아들을 쏘아보'는 것에서 그 살의를 느낄 수 있다. '영감은 금세로 숨이 넘어가려는 사람처럼 헐떡거 리며 벌건 목에 푸른 힘줄이 벌렁거릴' 정도로 두 사람의 대결은 죽음을 무릅쓴 것처럼 보인다.

이런 대립은 서로의 약점을 물고 늘어지는 맹수의 싸움만큼이나 처 절하다.

> "대동보소만 하더라도 족보 한 길에 오십 원씩으로 매었다 하니 그 오십 원씩을 꼭꼭 수봉하면 무엇하자고 삼사천 원이 가외로 들겠습니까?"
> "삼사천 원은 누가 삼사천 원 썼다던?" …(중략)…
> "그야 얼마를 쓰셨든지요. 그런 돈은 좀 유리하게 쓰셨으면 좋겠다는 말 씀입니다."
> "어떻게 유리하게 쓰란 말이냐? 너같이 오륙천 원씩 학교에 디밀고 제

손으로 가르친 남의 딸자식 유인하는 것이 유리하게 쓰는 방법이냐?"

아들은 아버지가 대동보소에 든 돈을 약점삼아 물고 늘어지고, 아버지는 아들이 홍경애 모녀를 도와주다가 딸과 같은 경애를 첩으로 삼아 아이까지 낳게 된 것을 약점 삼아 치명적인 카운터펀치를 날린다. 이것은 마치 '폭발탄을 만지작거리는 것'같이 '위태위태'하다.

이러한 위태위태한 싸움은 결국 미움의 극단으로 치닫고 조의관은 아들로부터 모든 것을 빼앗기에까지 이른다. 아들을 아주 거세시켜 버리는 것이다. 그것은 재산을 아들인 조상훈에게 상속하지 않고 한 대 걸러 손자인 조덕기에게 물려줌으로써 가시화된다. 조상훈은 아버지로부터 철저하게 버림받게 되는 것이다. 이것은 절대적인 방기(放棄)의 일종으로 죽음과 동일한 의미를 띤다. 조상훈은 살아서 죽음을 맛보는 것이나 다름없다.

조상훈은 아버지인 조의관으로부터 버림을 받을 뿐 아니라 아들인 조덕기로부터도 도전을 받는다. 덕기가 병화와 '바꺼스'에서 경애를 만나고, 경애 집까지 가서 경애가 낳은 아이까지 보고 와서 아버지에게 책임을 묻자 아버지인 상훈은 그것이 내 아이가 아니라고까지 하며 철면피 같은 행동을 보인다. 이에 대해 덕기 모친까지 가세하여 상훈을 비난한다. 상훈은 가히 사면초가의 위기에 몰린다. 상훈으로서는 가족 모두에게 소외되며 버림받는 불쌍한 처지가 된 것이다.

상훈은 이후 아버지인 조의관으로부터 철저히 방기되며, 아들인 덕기로부터도 비난의 대상이 되며, 아내인 덕기 모친으로부터도 소외된다. 상훈은 아들에게 모든 재산이 상속된 것을 알게 되자 가짜 형사 노릇을 해가며 금고를 터는 사기행각까지 서슴지 않는다. 범죄행위를

직접 실현하는 것이다. 그뿐 아니라 노름에 미치는가 하면, 홍경애를
버려 논 것을 비롯하여 김의경을 애첩으로 들여놓으며, 매당집을 드나
들며 주색잡기에 빠져든다. 그는 이미 슈퍼에고가 사라진 상태나 다름
없다. 오직 본능에만 충실할 뿐이다. 낮에는 근엄한 도덕군자로 행세하
며, 학교와 교회를 오가나 밤만 되면 애욕에 물들고 범죄행위를 서슴지
않고 노름에 빠져드는가 하면 환락에 젖어 헤어나지를 못한다. 성숙한
인간 행동을 보여주지 못한 채 타락의 나락으로 빠져들면서 스스로 파
멸한다. 상훈은 이로 보아 이미 죽음에 이른 것이나 다름없다.

　상훈에게 남은 유일한 방어기제는 도피다. 이 방어기제는 어머니의
자궁으로 되돌아가려는 욕구로 나타난다. 퇴행 본능이다. 상훈은 홍경
애를 첩으로 만드는 데 그치지 않고, 어린 유치원 선생 김의경을 새로운
첩으로 끌어들이고, 매당집에 깊숙이 빠져든다.

　여기서 우리는 상훈이 난봉을 피우는 세 여인의 집이 지니는 상징적
의미를 유심히 살펴볼 필요가 있다. 홍경애·김의경·매당집이 그것인
데, 이들 세 여인이 사는 집은 모두 깊숙한 곳에 위치해 있다. 마치 카오
스를 연상시키고, 자궁을 상징하는 듯하다.

　덕기는 홍경애의 북미창정집을 '처음 오는' 사람은 '다시 찾아 나가기
도 어려울 만큼 구석진' 곳에 위치한 느낌을 받는다. 병화가 피혁을 만
나기 위해 경애에게 끌려간 그녀의 집은 '청인의 상점이 쭉 들어섰고,
아편쟁이와 매음녀가 꼬이는 음침하고 우중충한' 곳으로 '창골 속을 휘
돌아 들어갈수록 강도들의 소굴로 붙들려 들어가는 듯한 음험한 불안
과 호기심을 느끼'게 한다.

　김의경의 집은 어떤가? 김의경의 집은 '간동 초입의 커단 솟을대문'
집이고, '큼직한 문패는 김○○라고 쓰어 있'으나, '그 외에도 네다섯 개

나 문패가 붙어 있는 집으로 '그 훌륭한 집에 세를 들이고 심지어 주인 영감이 쓰던 큰사랑 작은사랑에까지 사람을 들'인 집으로 '그 전에는 잘살다가 갑자기 어려워진' 몰락한 부잣집이다. 김의경의 출신이 만만 치 않은 것을 보여주는 집의 위센데, 지금의 모습은 마치 창가와 같이 변한 것을 알 수 있다. 마치 이상의 「날개」에 나오는 유곽을 연상시킨 다. 물론 김의경은 이 집에 상훈을 끌어들이지 않았다. 그러니까 김의 경의 집을 카오스의 상징이나 자궁의 상징으로 논한다는 것은 어폐가 있을지 모른다. 김의경은 주로 매당집을 통해 활동하기 때문이다. 단지 김의경의 집이 유곽과 같은 모습으로 변한 것만으로도 의미하는 바는 충분하다.

그렇다면 매당집은 어떤가?

> 자동차를 재동 못미처 큰길거리에 던져두고 경애는 운전수를 끌고 골목 으로 들어섰다. 병화가 가르쳐주던 대로 캄캄한 속을 차츰차츰 휘더듬어 들어갔으나 중턱에 들어가서는 게가 거기 같고 전등불도 없는 속에서 어리 둥절하였다. 그러자 어느 구석에선지 대문이 찌이걱 열리는 소리가 나며 소곤소곤하는 소리가 들린다.
> 경애가 운전수를 손짓으로 가만있게 하여, 두 검은 그림자는 귀에 신경 을 모으고 섰다. ─

경애가 상훈을 만나기 위해 찾아간 한밤중의 매당집 묘사다. '캄캄한 속을 휘더듬어 들어가'는 모습이 마치 미궁을 헤매는 것과 같은 느낌을 준다. 그리고 그 캄캄한 속에서 '찌이걱'하고 대문 열리는 소리가 나고 빠끔히 빛이 새어나온다. 다시 문이 닫히며 매당집은 흔적도 없이 사라진다. 그 속에서 지금 상훈은 본능에 탐닉하고 있다.

이 집에서 소곤소곤하는 두 그림자 중 하나는 수원집이다. 수원집이 매당집에 깊이 관여하고 있음이 드러나는 장면이다. 수원집은 매당집을 드나들며 조의관의 재산을 노리는 음모에 가담하고 있다.

조상훈이 경애를 유혹하던 곳도 호텔의 깊숙한 방이다. 이곳은 어떤 사람의 방해도 받지 않는다. 매당집이나 북미창정집이 깊숙이 있듯 이곳도 밀실로 호텔 깊숙한 데 자리잡고 있다. 바꺼스에서 병화와 함께 경애를 다시 본 후 경애를 불러낸 곳도 그전에 밀회를 즐기던 이곳이다.

위에서 본 것처럼 조상훈이 관계하는 여인들의 집은 모두 은밀하고 깊은 곳에 위치해 있다. 본능에 탐닉하기에 알맞은 집들이다. 이것은 모두 깊고 은밀하여 자궁을 연상하게 만든다. 조상훈은 이를 통해 자신이 버려졌다는 사실을 잊으려 하고 죽음의 공포로부터 벗어나려 한다. 방어기제가 작동한 것이다.

조의관의 행동은 그래도 조상훈보다는 낫다. 적어도 조상훈처럼 첩을 깊이 숨겨 놓고 애욕에 빠져들지는 않기 때문이다. 젊은 첩을 애욕의 대상으로서가 아니라 종족을 퍼뜨리기 위한 수단으로 생각한다. 조의관은 본처가 죽자 수원집을 당당하게 후취로 맞아들여 그 소생까지 얻었다. 조의관의 꿈은 아직도 젊은 수원댁으로부터 아들을 하나 더 얻는 것이다. 조의관은 아들 조상훈을 비롯하여 상속자인 손자 덕기까지 있다. 그러면서도 수원집으로부터 아들 낳기를 욕망한다. 그것은 많은 후손을 퍼뜨려 죽음으로부터 벗어나려는 행위의 일종이다.

도대체 영감의 소원은 앞으로 십오 년만 더 살아서(십오 년이면 여든두

셋이나 된다) 안방 차지인 수원집의 몸에서 아들 하나만 더 낳겠다는 것이
다. 인제라도 태기가 있다면 죽을 때는 열다섯 먹은 상제 하나는 삿갓가마
를 타고 따르리라는 공상이다. — 영감의 걱정이란 대개 이런 따위이다.
창피해서 입밖에 내지는 않으나 작년 올에 있을 태기가 없어서 아들 낳는
다는 보험만 붙은 계집이면 또 하나 얻어도 좋겠다는 속셈이다.……

조의관이 욕망하는 것은 자기가 죽었을 때 그 뒤를 잇는 후손이, 그것
도 딸이 아닌 아들이 삿갓가마를 타고 상여 뒤를 따르는 것이다. 창피해
서 입밖에 내지는 않으나 아들 낳는다는 보증만 된다면 젊은 첩을 또
얻겠다는 것이다. 조의관은 오로지 생존 본능에만 충실한 인간형이다.
아들 조상훈처럼 퇴폐의 나락에 빠져들지는 않지만, 그도 역시 죽음의
공포로부터 벗어나기 위해 후손을 퍼뜨려야 한다는 강박관념에 사로잡
혀 있기는 마찬가지이다. 방어기제가 작동하고 있다는 점에서는 아들
이나 아버지나 동일하다.

조의관이 옥관자를 붙인 것이라든지, 대동보소를 차려 족보를 만드
는 작업도 이런 죽음으로부터 벗어나기 위한 방어기제의 한 방편임은
두말 할 나위가 없다. 모두 초라하게 죽기를 원치 않거나 자기가 홀로
떨어져 방기되지 않기를 바라는 몸부림의 일종이다. 작가는 이를 '오입'
이라고 비꼬고 있다. 마치 조상훈이 죽음을 회피하기 위한 방어기제로
자궁으로 퇴행하듯, 조의관의 경우도 그것이 비록 애욕에 빠져드는 것
은 아닐지라도 아들인 상훈이 여인을 상대로 오입하듯 '오입'이란 점에
서는 본질적으로 일치하는 것으로 염상섭은 본 것이다.

그렇다면 덕기는 어떤가? 『삼대』에 나오는 삼대, 즉 조의관·조상
훈·조덕기 세 인물을 비교할 때, 그래도 가장 이성적이고 죽음의 공포

로부터 자유스러운 인물은 덕기다. 그는 아버지처럼 애욕에 빠져들지도 않고 할아버지처럼 족보에 매달리거나 옥관자를 붙이려고 허영심에 들떠 있지도 않다. 그는 필순을 도와주려 하나 그것이 아버지 상훈처럼 잘못될까봐 노심초사하고, 다시는 그런 잘못을 저지르지 않기 위해 반성에 반성을 거듭하는 건전한 지식인의 모습으로 나타난다. 그러나 덕기가 법과로 진학할 뜻을 지니고 있다든지, 할아버지가 맡긴 금고 열쇠를 맡아 금고지기가 될 것을 은연 중에 기정사실로 받아들이는 것을 보면, 그도 역시 할아버지가 옥관자 붙이는 오입을 하였듯, 법관이란 옥관자를 욕망한다는 점에서는 동일하다. 재산을 지키며 후손들을 많이 남겨 자기가 죽음으로 버려지는 것을 본능적으로 회피하려는 것도 동일하다. 다만 아직 명확하게 행하지는 않고 미래진행형으로 남아 있다는 점에서만 다를 뿐이다.

『삼대』에서 조씨 삼대가 죽음의 절대적 방기로부터 도망치기 위해 미궁의 나락으로 떨어지고 있을 때, 병화와 경애·피혁·장훈은 조씨 일가와는 반대에 서서 조국의 독립을 위해 자신을 불사른다. 이것은 조의관·조상훈·조덕기가 무의식의 방어기제에 빠져들고 있을 때, 이들 반대의 축에 서 있는 인물들은 의식화 작업을 하고 있다는 의미이기도 하다.

특히 장훈의 죽음은 장렬한 그것이어서 조씨 일가의 비겁함이나 퇴행과는 다르게 치열하면서도 성숙한 면모를 보여준다.

금천이는 몹시 심약해진 이판에 무슨 말이든지 시키자는 것이다. 그러나 그런 대답을 할 것 같으면 약을 먹고 혀를 깨물어 버리지는 않았을 것이다.

장훈이 입에서는 사흘 낮 사흘 밤을 두고 다만 모른다는 말 한마디 외에 다른 말이라곤 나온 것이 없었다. 이런 쇠귀신 같은 놈은 경찰부 설치 이래에 처음 본다고 혀를 내두르는 터이다. 그러노라니 장훈이는 약을 안 먹기로 이 속에서 뼈를 추리기는 어차피에 어려웠다. 자루 속에 뼈다귀를 넣은 것 같은 것이 장훈이의 몸이었다.

　장훈이는 눈을 떴다 감았다 하며 혼곤한 듯이 금천 주임의 말을 듣다가 육혈포란 말을 듣자 정신이 반짝 든 듯이 무서운 눈을 똑바로 뜨고 한참 노려보더니 입을 쫑긋하며 무엇을 훅 내뿜는다. 금천이는 고개를 돌리며 나는 듯이 일어났으나 얼굴과 가슴에 유산탄을 받은 듯이 핏방울 천지다.

　장훈이 사흘 낮 사흘 밤을 모진 고문을 당하고 혀를 깨물어 피투성이가 된 채 금천 주임 앞에 끌려나온 장면의 묘사다. 금천은 병화파와 장개석파를 발본색원하고 이들을 검거하여 가혹한 고문을 하는데, 여기서는 금천 주임이 장개석에게 그 배후를 캐묻는 장면이다. 장훈은 초죽음이 되었으면서도 죽음을 두려워하지 않고 모든 책임을 자기 혼자 떠맡는 강한 신념과 동지들에 대한 불굴의 의리를 보여준다.

　그가 이렇듯 죽음을 두려워하지 않고 일제 형사들에게 지사로서의 떳떳함과 당당함을 보여줄 수 있었던 것은 그에게 조국은 반드시 독립될 것이라는 희망이 있었기 때문이다. 자기가 만일 나약한 모습으로 배후를 불어 버리면 이 모든 희망이 산산조각이 나며 '시험관'이 깨져 버려 모든 것이 수포로 돌아갈 것임을 알기 때문이다. 장훈에게 비록 실낱 같지만 이와 같은 희망이 있기에 그는 모든 고문을 참아가며 혼자 죽어 갈 수 있었다. 만일 그가 혼자 방기되어 버려지는 것을 두려워하였다면, 그는 나약한 모습으로 금천 주임 앞에 무릎을 꿇고 모든 것을 자백하였을 것이다. 기독교인이 죽을 때 평온한 모습으로 눈을 감을 수 있는 것은 인간의 삶이 이 세상에서 모두 끝나는 것이 아니고, 이 세상보다도 더 값지고 찬란한 천국이 따로 있어 사후에 그곳에서 하느님을 만날 수 있다는 희망이 있기 때문이다. 장훈에게도 비록 천국은 아닐지라도 마르크스주의가 심어준 강력한 이데올로기가 있고 그를 통한 조국 독립에 대한 희망이 있었기에 당당하게 죽어갈 수 있었던 것이다.

이러한 희망은 경애와 병화에게도 동일하게 적용된다. 특히 경애는 이 소설에서 중요한 인물이다. 경애도 처음에는 상훈에게 농락되어 상훈의 퇴행 본능을 만족시켜 주는 노리개 역할을 하였던 인물이다. 이런 피동적이고 소비적인 인물이 마르크스 걸이 되면서부터 과감하게 노예 생활을 떨치고 자주적인 인간이 되어 조국 광복의 역군이 된다. 경애는 자기의 신변이 위태한데도 그를 무릅쓰고 병화를 포섭하고, 병화와 필순의 도움으로 피혁을 해외로 도피시킨다. 또한 장훈과도 손잡고 지하 조직을 이끌어 나간다. 이러한 모든 행동은 죽음을 자초하는 것들이다.

만일 경애가 상훈에게 예속되어 그에서 헤어나지 못하였다면, 그녀도 역시 조씨 일가와 같이 퇴행 본능에 사로잡혀 죽음을 두려워하며 전전긍긍하였을 것이다. 그러나 그녀는 이에서 탈피하여 당당하고 떳떳하게 대의를 위해 자신을 희생하는 강렬함을 보여준다. 이 작품에서 성숙한 행동을 보여주는 대표적인 인물이라 하겠다. 병화보다도 더 당당한 인물이며, 장훈이나 피혁처럼 강렬하면서도 이 소설에서 유일하다 할 정도의 성격의 발전적 변화를 보여주는 입체적 인물이다.

『삼대』는 당대 이념을 대변하는 병화의 횡축과 조씨 삼대를 축으로 하는 수호의 종축이 만나 식민지 현실을 적나라하게 보여주는 리얼리즘 소설이다. 조씨 삼대의 종축이 개인적 이기주의에 함몰하여 죽음을 두려워하는 버러지 같은 인간들의 묶음이라면, 횡축은 조국의 자주권

회복을 위해 자신의 모든 것을 바치는 거룩한 인간들의 묶음이며 조국
을 위한 희생의 기록이다. 종축은 모든 인물들이 본능에 사로잡혀 억압
된 콤플렉스를 방어기제로 해결하려는 미숙한 행동을 보여주는 인물들
로 가득 찼다면, 횡축은 콤플렉스를 어둠 속에 그대로 방치하지 않고
의식화하여 자신은 물론 조국의 정체성 확립을 위해 모든 것을 바치는
인물들로 이루어진 소설이다.

『삼대』에는 수많은 인물들이 등장한다. 이들 인물들은 모두 서로서
로 관계를 맺으며 사건을 엮어 나간다. 그런데 이들 인물들에게서 하나
의 공통점을 발견할 수 있다. 그것은 서로가 서로에게 깊은 신뢰나 믿음
을 주지 않는다는 점이다. 인물들은 서로가 서로에게 상처를 주거나
이용하거나, 그렇지 않으면 적당한 거리를 두는 것이 보편적이다.
　덕기와 가장 친하다는 병화와의 관계를 보아도, 병화는 덕기를 어린
아이로 보아 얕잡아보고, 돈을 우려내는 데만 관심을 쏟으며, 부르주아
라는 점에 야유와 힐난을 보낸다. 덕기도 병화를 동정하고 심파사이저
로서 관심은 보이나 그에게 모든 것을 내어주거나 기꺼이 목숨까지 바
치는 진정한 의리의 관계는 아니다. 둘은 적당한 거리를 두고 서로가
서로에게 최소한의 필요한 것을 주거나 얻어낸다. 심지어 경애와 병화
와의 관계도 동지이면서도 그들 둘은 진정한 비밀을 공유하지 못한다.
그래도 이들 관계는 이 작품에서는 가장 공고한 관계에 속한다.
　덕기와 필순의 관계도 일정한 거리를 두는 관계다. 덕기는 필순을
일본에 데리고 가서 공부시키려 하나, 아버지처럼 될까봐 그를 선뜻 실
행하지 못하며, 필순도 호감은 가지고 있으면서도 덕기에게 선뜻 자기
를 의탁하지 못한다. 둘은 더 이상 가까워지는 것을 두려워하거나 일부

러 기피하고 있다.

하물며 조상훈을 중심으로 한 인물들의 관계는 더 말할 필요가 없을
정도다. 조상훈과 아버지 조의관과의 관계는 앞에서 살펴보았듯 친소
를 떠나서 적대적 관계가 계속된다. 이들 부자 관계는 조의관의 죽음으
로 이 상태에서 끝난다.

조상훈의 주위에 있는 인물들은 대부분이 여자들이다. 본처인 덕기
어머니와의 관계도 냉랭한 관계다. 이혼한 부부나 다름없는, 이름만 걸
려 있는 부부 관계다. 그렇다고 애첩들과의 관계도 화끈한 관계라든지
사랑의 관계가 아니다. 경애와의 관계는 경애가 조상훈을 멸시함으로
써 그들의 관계는 역전되었고, 남남보다도 더 먼 관계가 되었다. 새로운
첩인 김의경과의 관계도 애욕이 채워지고 나서는 이제는 부담스러운
관계가 되었다. 조상훈이 경애를 위해 첩치가를 해 준 것도 매당집 농간
으로 돈을 쓴 것이지 경애가 사랑스러워서 그렇게 한 것은 결코 아니다.
조상훈은 경애나 의경이나 육체적 관계를 맺고 난 후에는 멀어지기에
급급하다. 조상훈은 어느 여자와도 가까워지거나 사랑의 관계를 맺지
못하는 불쌍한 존재이다. 이는 아버지로부터 사랑을 받지 못했거나 어
머니로부터 버림을 받았기에 이의 보상을 위해 많은 여인과 관계 회복
을 추구하나 그것이 불가능함을 보여주는 실례라 하겠다.

덕기도 사람은 인자하고 인정이 많고 동정적인 인물이지만, 그 누구
에게도 깊이 빠져들거나 깊은 관계를 맺기를 꺼려하는 인물이다. 비록
할아버지의 사랑을 받고 열쇠 꾸러미를 넘겨받지만, 그는 이것을 몹시
부담스러워 한다. 그는 금고에 갇혀 있는 것을 못내 답답해한다. 또한
아버지를 동정은 하나 좋아하지는 않는다. 덕기로서는 할아버지나 아
버지와도 일정한 거리를 둔다.

수원집의 경우도 이것은 마찬가지이다. 그녀는 조의관에게 결코 마음을 주는 일이 없다. 그녀가 필요한 것은 재산일 뿐이다. 조의관이 상당한 양의 유산을 주어 3년상을 치를 때까지 집을 지키라는 유언을 깨고, 죽자마자 밖으로 살림을 차려 나가는 것을 보아도 이를 알 수 있다.

매당집이나 의경의 경우에는 더 말할 나위가 없다. 이들은 오직 조상훈의 돈이 필요했던 것이다.

조의관의 집에 빌붙어 사는 창훈이나 허 참봉이나 지 주사도 마찬가지이다. 이들은 누구와도 마음속에 있는 것을 털어놓거나 마음을 주지 않고 오로지 돈을 챙기기에만 혈안이 되어 있다.

이로 볼 때 『삼대』에 나오는 인물들은 모두가 친밀함을 회피(fear of intimacy)하는 인물들로 특징지워진다. 친밀함의 회피는 죽음으로부터 도피하려는 방어기제의 일종이다. 이들은 사랑하는 사람이나 친밀한 사람으로부터 방기되거나 버려지는 것을 두려워하여 그의 방어기제로 애초부터 그것을 방어해 버리는 것이다.

『삼대』에 나오는 인물들은 모두 병들어 있는 인물들이다. 이는 식민지 현실에서 우리 민족 모두가 정신적으로 병들어 있음을 의미한다. 돈이 많은 조씨 일가와 그에 빌붙어 먹고사는 인간 군상들은 돈에 정신이 팔려 그를 통해 죽음을 유보해보려 하지만, 역설적으로 더 급속히 죽음 속으로 휘말려 들어간다.

그 반대편에 서 있는 의식화 작업을 하는 인물들은 건강한 정신력을 보여주지만, 이들 역시 역설적이게도 서로의 이데올로기적 생명을 유지하기 위해 서로가 서로를 견제하며 서로가 거리를 유지한다. 그리고 의심의 고삐를 늦추지 않는다. 항상 긴장하고 있다. 결코 평화스러운 상태는 아니다. 민족이 모두 비극적 상황에 처해 있을 때 이는 어찌 보면 당연한 것인지도 모른다.

『삼대』는 식민지 치하에서의 우리 모두의 정신병력의 기록이며, 작품 전체가 기억하고 싶지 않은 한바탕의 악몽의 기록인지도 모른다.

채만식 소설의 비판적 이해

황국명

1. 들머리

백릉(白菱) 채만식(1902-1950)[1], 누구보다도 무지를 싫어하고 가난을 미워한 작가.

그는 낡은 가치를 통렬하게 공격하였을 뿐 아니라 새로운 가치와 현실에 대해서도 냉정한 비판의 시선을 거두지 않았다. 그렇기 때문에, 가난과 무지를 증오하되, 돈이면 무엇이든 할 수 있다거나 배우기만 하면 누구나 잘 살 수 있다는 자유주의 이데올로기의 허구성을 공격하고, 현실에 이론적 근거를 두지 않은 관념적 계급주의를 비판했다. 그런 비판은 서술자의 과시적인 담론에너지를 통해 풍자소설에 이르거나, 담론에너지의 집약을 통해 현실의 추악한 환부를 집중적으로 해부하게 된다. 채만식의 문학이 시간의 진폭에 의한 역사성뿐 아니라 공간의 확장을 통해 사회성을 확보하게 되는 것도 이런 비판의식에서 기인한

---

1) 혹은 채옹(采翁)이라고도 했다. 어떤 설문에서 채만식은 자신의 아호를 무(無)라 하고 그 뜻을 虛心이라 했는데, 작품 발표에 사용된 예는 찾지 못했다. 「작가 작품연대표」(『삼천리』, 1931.1)

다. 그래서 70년대 이후 본격적으로 진행된 그의 문학에 대한 평가에서
리얼리즘적 필치의 풍자적 공격2), 날카로운 사회비판의식3)과 진보적
역사관4), 전통문화의 비판적 수용5) 등이 그의 문학적 특성으로 이해되

---

2) 주요 논문으로 민현기, 「채만식연구-풍자소설을 중심으로」(서울대대학원 석사
   논문, 1977) 강봉기, 「채만식연구-30년대 풍자소설을 중심으로」(서울대대학원
   석사논문, 1977) 김인환, 「희극적 소설의 구조원리」(고려대대학원 박사논문,
   1981) 참조.
3) 주요 논문으로 신동한, 「채만식론」(『창조』, 1972.7), 정한숙, 「상황과 예술의
   일체성」(『문학사상』, 1973.12), 정한숙, 「붕괴와 생성의 미학」, 『현대한국작가
   론』(고려대출판부, 1981 3판), 홍이섭, 「채만식의 「탁류」」, 『한국정신사사설』
   (연세대출판부, 1975), 김치수, 「역사적 탁류의 인식」, 『현대한국문학의 이론』
   (민음사, 1978 중판), 김윤식, 『한국근대문학양식논고』(아세아문화사, 1980),
   24쪽, 조동일, 「채만식의 「탁류」-소설 수법의 새로운 양상과 그 효과」, 이재선,
   조동일 편, 『한국현대소설작품론』(문장, 1981), 189쪽, 홍기삼, 「채만식연구」,
   동국대학교 한국문학연구소 편, 『한국소설연구2』(태학사, 1983), 한지현, 「리
   얼리즘관점에서 본 「탁류」 연구」(연세대대학원 박사논문, 1987) 참조.
4) 김현, 「식민지 시대의 문학-염상섭과 채만식」(『문학과 지성』, 1971, 가을호),
   572-573,578쪽, 김치수, 「채만식의 유고」(『문학과 지성』, 1972, 겨울호), 787-790
   쪽. 이주형, 「채만식연구」(서울대대학원 석사논문, 1973), 최원식, 「채만식의
   역사소설에 대하여」(『국어국문학』 72,73 합병호, 국어국문학회, 1976),
   262,274-275쪽, 김윤식, 김현 공저, 『한국문학사』(민음사, 1979, 중판), 184-189
   쪽, 김윤식, 「채만식의 문학세계」, 『작가론총서 채만식』(김윤식 편, 문학과 지
   성사, 1984), 14쪽, 곽종원, 「풍자와 자조-채만식론」, 『한국단편문학대계』 3권
   (삼성출판사, 1975), 434쪽, 홍기삼, 『상황문학론』(동화출판공사, 1975), 268쪽,
   이훈, 「채만식소설연구」(서울대대학원 석사논문, 1981), 장양수, 「채만식의 민
   족주의문학연구」(동아대대학원 박사논문, 1987), 한형구, 「채만식의 세계관과
   창작방법연구-「탁류」와 「태평천하」를 중심으로」(『현대문학연구』 77집, 서울
   대대학원 현대문학연구회, 1987) 참조.
5) 이인숙, 「현대소설의 판소리 수용연구」(고려대대학원 석사논문, 1981), 신상철,
   「채만식소설의 전통성-「태평천하」를 중심으로」(『선청어문』 11,12 합집, 서울
   대학교 사범대학 국어교육학과, 1981), 최원식, 「채만식의 고전소설 패러디에
   대하여」, 『민족문학의 논리』(창작과비평사, 1982), 정현기, 「「삼대」 「탁류」 「
   태평천하」의 소설계에 나타난 인물연구」(연세대대학원 박사논문, 1982), 신상
   철, 「「놀부」의 현대적 수용과 그 변형」, 성현경, 이상택 편, 『한국고전소설연구』
   (새문사, 1983), 김성수, 「이야기의 전통과 채만식 소설의 짜임새」(정신문화연
   구원 부속대학원 석사논문, 1983), 전기철, 「「삼대」와 「탁류」의 대비고」(『현대
   문학연구』 57집, 서울대대학원 현대문학연구회, 1983), 황국명, 「채만식 〈흥부

었다.

이러한 평가와 이해를 검토하면서 그의 문학에 대해 여전히 유효한 질문이 무엇인지 고민스럽다.[6] 그래서 외곽을 치는 방식으로 채만식의 문학에 대해 다음과 같은 물음을 던져본다.

사회의 발전단계에 의해 문학과 예술의 수준이 규정된다는 채만식의 일관된 주장을 따른다면, 말을 바꾸어 작품 가치는 그것이 놓인 사회역사적 맥락에서 분리될 수 없다면, 채만식 문학의 가치는 당대 사회의 모순에 대한 그의 태도에 의존하지 않겠는가? 진정한 주체와 그의 사회역사적 환경이 분리될 수 없는 것이라면, 타락한 세계에서 어떻게 진정한 행동이 가능한가? 근대세계에서 자기인식과 행동의 통일이란 결국 속물에 이르는 길인가?

본고에서 이런 의문에 대한 해답을 직접적으로 구하지는 않을 것이다. 이런 물음의 배면에 문득 떠오르는 것은 말복(末伏)에 동복을 걸치고 거리를 활보하는 광기(「소망」)이다. 근대세계에서 광인이야말로 소설주인공의 원형이 아니겠는가. 그는 문제적 주인공이지만, 그러나 혹은 그렇기 때문에 실패한다. 엄연한 삶을 정복하기 위해 분투하는 예술혼도 그 실패로부터 자유롭지 않다. 채만식도 그런 예술적 양심의 소유자가 아니겠는가. 필자는 다만 그 영혼의 언저리에 닿고 싶을 뿐이다.[7]

傳)의 구조적 분석」(『문학사상』2004.3월호 통권 377호) 참조.

6) 필자는 이런 고민의 산물로 『채만식소설연구』(태학사, 1998)를 보인 바 있다. 본고 또한 거칠고 조급한 이 책의 내용에서 크게 벗어나지 못한다.

7) 창작사본의 『채만식전집』전 10권(창작과비평사, 1989)을 텍스트로 삼고 그 출전과 쪽수만 밝힌다.

2. 근대 글쓰기의 운명과 소비의 문제

2.1. 글쓰기와 근대세계

채만식은 작가 생애 전체를 통해 타락한 세계의 비속함을 비판하고 궁핍한 삶의 각박함에 괴로워했다. 특히 그는 이상과 현실의 분열에 고통을 겪고, 주관과 객관세계 사이의 간극을 극복할 수 없음에 절망했다. 그가 1937년의 유고 단편 「황금원」에서 보인 다음과 같은 진술은 매우 암시적이다.

> 나는 다시 하늘을 쳐다보았다. 하늘에는 무너질 듯이 나타난 별들도 산
> 병전(散兵戰)처럼 거리에 흩어진 불빛도 모두가 궤도를 잃어서 어지러이
> 도는 것 같았다. (「황금원」, 『현대문학』 1956년 4월호, 152쪽)

빛나는 하늘이 모든 길의 길잡이가 되고 별빛으로 길을 밝히는 시대, 자아와 세계 사이에 분열이 없고 서로간의 간극을 알지 못하는 시대는 행복할 것이다. 한 뛰어난 비평가는 이런 시대를 서사시의 시대[8]라고 말한 바 있다. 위 인용이 보여 주듯, 채만식은 자기 시대가 별조차 궤도를 이탈하는 시대로 파악한다. 이런 시대에는 자아와 세계가 분열되고, 공동체적 연대가 붕괴되며, 인간관계는 오직 사물관계로만 파악된다. 그리하여 이상, 신념과 경험적 현실 사이에 균열이 생기고, 성스럽다거나 존경받을 만한 것으로 인정되던 것도 팽배한 물신주의에 의해 모욕받고 훼손당한다는 것, 이제는 황금광 시대라는 것이다. 이런 시대에

---

8) 게오르그 루카치, 반성완 역, 『소설의 이론』, 심설당, 1985, 29쪽.

지식인은 "문화적 천민"(「단장 수삼제」, 전집 9권, 485쪽)으로 전락할
수밖에 없다.

　생활에 아첨하는 것은 더러운 짓(「치숙」)이지만, 신문사를 사직하고
난 이후 채만식은 범속한 삶과 예술 사이의 부조화를 더욱 통렬하게
겪게 된다. 김유정을 추도한 글에서 밥이 사람을 먹는다고 한 것처럼,
채만식은 작가 생활 내내 여러 가지 빚에 졸리고 나날의 시량을 걱정해
야만 했다. 그의 작품에는 빚ㆍ전당ㆍ집행ㆍ수형할인ㆍ부도수형ㆍ경
제ㆍ상품ㆍ미두ㆍ투기ㆍ소비절약 등과 같은 어휘가 빈번하게 사용되고
있는데, 이는 자작영농 소지주였던 집안의 몰락, 채만식 자신의 실업
및 빈궁체험과 무관하지 않을 것이다. 달리 말해, 그의 궁핍체험 때문에
경제적 범주나 비유가 세계인식과 글쓰기의 질료로 전이되었다고 할
수 있다.[9] 그래서 글쓰기조차 경제적인 비유로 이해되고 표현된다. 즉
작가는 문필에 밥그릇을 "전당" 잡힌 까닭에 저널리즘의 피에로 혹은
"두뇌노동자"(「향수에 번뇌하여서」 전집9권, 470쪽)이며, "2백자 1매에
25전의 품삯을 받는 쿠리"(「자작안내」 전집9권, 517쪽) 혹은 "문학서
기", "문학사무원"(「잃어버린 10년」 전집9권, 510쪽)이라는 것이다.

　근대적 문학 장르 가운데 특히 소설은 인쇄문화 및 인쇄자본의 대두
와 깊은 관계가 있다고 말해진다. 즉 시장경제 속의 상품이 됨으로써
근대소설은 하나의 제도로서 정착된다는 것이다. 따라서 글과 이름을
팔아 생계를 도모하고 있다는 채만식의 자조는 근대 글쓰기의 이런 사회

---

　9) 채만식의 창작에 활력을 불어넣는 비유로 경제적 범주, 문학적 인유, 세대론적
　　혹은 산술적 개념을 들 수 있다. 작품 외적 개념이나 범주를 작품 내부로 끌어
　　들였다는 의미에서, 이들 범주는 텍스트상호적 전략이라는 관점에서 이해될
　　수 있다. 이에 대해 졸고 「채만식의 텍스트상호적 서술전략」, 『한국 현대소설
　　과 서사전략』, 세종출판사, 2004, 315~344쪽 참조.

적 양상을 드러낸 것이다. 말하자면, 그의 자조는 소설의 상품 지위에 대한 인식이며, 전통적으로 규정된 지식인의 사회적 위상과 달리 근대세계에서 작가는 시장관계 속에서 그 위치가 규정된다는 이해라 하겠다.

물론 고용된 작가와 달리 무엇을 쓸 것인가를 결정할 수 있다는 점에서, 채만식과 같은 전업작가가 액면 그대로 문학서기나 사무원이라고는 할 수 없다. 그런데 자신을 품삯 받는 문화적 천민이라 자학하면 할수록, 그 이면에 문화담당자로서의 자존심이 강력하게 작동한다고 할 수 있다. 그래서 밥을 먹자고 "아무렇게나" "되는 대로" 쓸 수 없고, 위대한 문학을 낳고 싶다는 열정과 그러해야 한다는 예술적 양심을 버릴 수 없다는 것이다(「소설 안 쓰는 변명」 전집10권). 이같은 예술적 양심은 시장경제에 대한 작가적 반동으로 이해된다. 말을 바꾸면, 소설은 사고파는 상품이 아니라 무조건적인 선물이라는 뜻이다.

이런 맥락에서, 채만식은 범속한 생활과 예술적 혼, 상품으로서의 소설과 예술적 선물로서의 소설, 글쓰기의 사회적 국면과 글쓰기의 개인적 국면, 문학의 화폐 가치와 미적 가치 사이에서 분열의 고통을 경험한 작가라고 하겠다. 그런데 근대세계에서 작가는 윌리엄즈의 말로 임명예술가일 수 없지 않겠는가.[10] 종족사회의 예지자라는 특정 역할이 근대작가에게는 더 이상 제도적으로 주어지지 않는다. 또 "월급꾼 아니하고"도 소설을 쓸 수 있게 할 후원자도 없다. 따라서 채만식이 겪는 분열 경험은 근대문학(가)의 일반적 운명일 것이다.

---

10) 윌리엄즈는 작가적 생산관계와 관련하여 임명예술가(instituted artist)제도, 후원제도, 시장제도, 후기시장제도를 지적한 바 있다. 여기서 임명예술가는 문자 이전 사회, 혹은 종족사회에서 흔히 발견되며, 사회조직의 공식적인 부분으로 임명되어 특권적인 지위를 누리며 예지자라는 특정한 역할을 수행한다. Andrew Milner, *Literature, Culture, and Society*, Newyork Univ.Press, 1996, pp.104~107 참조.

그렇다면, 채만식이 집요하게 드러낸 작가 혹은 지식인의 빈궁체험
은 다른 각도에서 이해될 수도 있을 것이다. 인텔리의 빈궁을 다룬 작품
에서 채만식은 인도주의적 귀농운동의 추상성을 비판한다. 또 배워야
산다는, 사회적으로 공언된 신념과 배웠기 때문에 "명일"이 없다는 현실
(「명일」)을 반립시킴으로써 이상과 현실이 균열하는 근대적 삶의 불모
를 추궁한다.

> "공부해야 이 세상에서는 산다."
> 이러한 부도수형을 발행한 선배(!)들은 문화의 향상은, 부릴 데도 없는
> 문화예비군의 범람이 기본조건이 아니라 그들을 흡수 소화시킬 토대가 있
> 어야 한다는 것을 아직도 깨닫지 못한다. (「단장 수삼제」 전집9권, 485쪽)

물질적 조건이 지적 생산에 영향을 미친다는 점에서, 또 문화소비가
곧 문화를 창조하는 실천일 수 있다는 점에서, 이들 지식인의 불만이
부당한 것은 아니다. 그런데 지식인을 "흡수 소화시킬 토대"를 문제 삼
으면서 "인류문화의 건설자라는 명예로운 칭호"는 "일만 시키고 품삯을
주지 아니하는 주인"의 상투적인 헛칭찬이라고 할 때, 채만식 소설의
지식인은 부르주아 사회질서 내의 상향이동에 실패한 존재들이라 할
수 있다. 개인적인 욕구가 충족되지 않는 한, 그들에게 박애적 이상주의
와 같은 사회적 "헌신"은 공상에 불과하다는 것(「레디메이드 인생」 전
집7권)이다. 따라서 채만식 소설의 지식인들은 특권에 대한 내면적 죄
의식이나 개인적 성취를 향한 열망 때문에 고통을 받는다기보다 그 불
가능 때문에 고통 받는다고 할 수 있다.

그렇다면, 빚에 시달리고 구복을 걱정해야 하는 작가의 고통 또한

상층지배계급 내 갈등의 산물처럼 보일 수 있다. 말하자면, 교환 분배의
비율을 두고 지배적인 경제적 자본과 피지배적인 문화적 자본이 충돌
한 형국이라 하겠다. 작가가 경제적 궁핍을 해결하지 못한다는 것은
분명 추문이다. 그러나 국가체제에 의한 후원을 기대하지 않는 한, 이
추문은 자본주의 하의 글쓰기의 조건일 것이다.

2.2. 소비욕망과 소비능력

궁핍체험에서 비롯된 경제적 비유와 어휘의 사용을 통해 채만식은
당대 사회에서 경제나 돈이 어떻게 인식, 실감되는가를 선명하게 드러
낸다. 「치숙」의 어린 조카에게 경제학이란 "돈 모아서 부자 되라는" 것
이다. 돈만 있으면 그게 양반이라는 『탁류』의 정주사 내외의 생각은
돈이 모든 사물을 보편적 등가관계로 환원시키며, 외양과 실재의 차이
를 감추는 수단임을 여실하게 드러낸다. 『태평천하』에서 드러나듯, 고
리대금은 합법적일 뿐 아니라, 윤직원에게 그것은 자선사업으로 여겨
진다. 돈에 대한 이러한 인식은 돈의 의미 변화, 경제윤리의 급격한 변
동을 의미한다. 노동가치의 척도나 교환 매체 이상으로 "마물성(魔物
性)"(「금과 문학」 전집9권, 531쪽)을 띤 돈은 치부, 권력, 지배를 위한
수단이 되는 것이다.

돈이 마성적인 물신으로 승격되는 황금광 시대, 돈이면 무엇이든 할
수 있다는 천박한 배금주의를 비판하면서 채만식은 생산이나 노동보다
욕망하고 소비하는 육체를 더 주목하게 된다. 소비를 강조함에 있어
특히 채만식이 주시한 것은 소비욕망과 소비능력의 차이이다. 『태평천
하』에서 윤직원의 다양한 소비대상은 그의 탐욕과 소비능력을 입증한

다. 그러나 그의 소비능력은 타인을 착취하거나 타인의 성(性)을 소모하는 권력이다. 또「사라지는 그림자」,「당랑의 전설」에서는 소비욕망과 소비능력의 불일치와 이로 인한 가족의 파탄을 보인다.

돈이 몰인격적이고 추상적인 사회제도로 고착되어 가는 상황에서, 소비하는 육체를 통해 채만식은 현실에 보다 입체적으로 육박할 수 있었다. 소비하는 육체의 궁핍은 심리적 불만족이라는 주관적 성찰이 아니라 당대의 구체적인 현실인 까닭이다.

그러나 첫째, 소비에 대한 관심은 작중인물을 정치적 실천영역에서 분리시키게 된다. 인물을 생산이 아니라 소비의 경제적 단위로 간주하기 때문이다.「당랑의 전설」에서 삼남 정석이 펼친 논법을 보자.

용머리 윤선달네가 우리 살듯 한답니까? (…중략…) 우리처럼 남포등에다가 석윳불 컨답니까? (…중략…) 대처(大處) 출입하는 사람이 있으며, 권연 피우는 사람은 있답디까? 자질들을 둘셋씩 서울루 유학 보냈답디까? (…중략…) 미영하고 삼베만 입지요? 봄버틈 가을까진 보리밥으루만 욱이지요? 식구라군 있는 대루 죄다 생일을 하지요? (…중략…) 즈이네 손으루 농살 짓지요? (…중략…) 쓰는덴 없는데, 이리 저리해서 생기는건 있으니깐, 되려 밀려서 성세가 늘어갈밖에요! (「당랑의 전설」전집9권, 145쪽)

집안이 융성하는 용머리 김선달 가족을 예로 들고 있거니와, 정석의 주장은 근면성실하고 합리적인 경영, 합리적인 소비, 검소한 자기관리와 훈련이 요구된다는 것이다. 따라서「사라지는 그림자」의 인원이 지적한 것처럼 처음부터 빚을 지지 말거나 "못찾게 되었으면 그만"이라는 것이다(「사라지는 그림자」, 전집 9권, 294쪽). 아버지 김선달이 자식들에게 부모 재산을 팔아없앤 '죄'를 따질 때, 그것은 부채나 낭비를 일종의 죄로 이해하는 자본주의 심리학을 드러낸다. 이런 점에서, 인원과 정석의 합리적 계산적 사고는 인간관계 및 삶의 방식을 결정함에 있어 부르주아의 이데올로기, 즉 법적 합리성의 권위, 자유주의적 개인주의를 승인한 것이라 할 수 있다.

둘째, 소비욕망과 소비능력에 대한 관심은 역설적으로 돈이야말로 개인적 자유의 근거임을 강조하게 된다. 『인형의 집을 나와서』에서 노라는 "나에게 만일 충분한 재산이 있었더라면 나는 이미 얻은 자유를 마음껏 즐길 수가 있었겠"(전집1권, 259~260쪽)다고 말한다. 돈 없는 자의 공허한 자유를 말하면서 충분한 재산을 강조할 때, 돈은 자유의 사회적 기초가 된다. 따라서 채만식이 "무책임한 입센"이라 하여 관념적 여성해방론을 비판하고 배금주의를 경멸함에도 불구하고, 노라의 태도는 여전히 부르주아의 사적 소유 욕망을 반영하고 있는 셈이다.

셋째, 소비에 대한 관심은 소비능력의 확대, 즉 시장접근 기회의 증대를 강조하게 된다. 그 기회의 한 단서는 시장가치가 있는 기술에 있다. 룸펜 지식인들이 손에 익힌 기술이 없음을 탄식한다거나, 『탁류』에서 고아인 승재가 의사자격을 취득하고, 자립적인 삶을 추구하는 계봉이가 의학전문이나 약학전문학교를 다녀 "버젓한 기술"을 얻고자 한 것이 예가 된다. 특히 가부장제의 유습이 남아 있는 사회에서 기술을 습득하려는 계봉이는 매우 기민한 현실감각을 지닌다. 그러나 기술에 대한 매혹은 얻어질 결과의 안정성을 믿을 수 있을 때 가능하다. 말하자면, 계봉이는 당시의 경제구조를 견고하고 예견가능한 것으로 낙관한 셈이다.

소비능력을 확장하는 또 하나의 방법은 노동이다. 지식인의 직접적인 육체노동은 배워야 산다는 계몽운동의 추상성, 생산적 노동을 사회적 약자의 징표로 여기는 지식인에 대한 일정한 비판을 포함한다. 동시에 이는 상향이동의 가능성이 막힌 지식인의 자기혐오이기도 하다. 또 자식을 학교가 아니라 공장에 보내는 것(「레디메이드 인생」, 「명일」)도 식민지 우민화교육에 대한 조롱과 비판을 함축한다. 그러나 교육에 대한 반항은 역설적으로 그 세대에게 특정한 유형의 노동을 예비하게 만든다. 즉 자본주의 계급관계를 재생산하는 등 자본주의의 구조적 필요에 기여하게 되는 것이다. 채만식이 이런 역설을 알아차린 증거는 충분하지 않다.

3. 비극적 인식과 자연주의적 서술

3.1. 경험에 대한 비극적 시각

채만식의 문학에서 지식인이 상향분배에서 소외된 고통만을 보이는 것은 아니다. 그들은 "사상과 행동이 유리"되고 마음과 몸이 따로 노는 자기분열(「명일」, 「패배자의 무덤」)에 가책을 느낀다. 그래서 양심적인 지식인은 "저회미암" 속에서 "시일(是日)은 조상(弔喪)고?"를 외치며 지구를 태양을 향해 던져버리고 싶다는 극단을 보인다(「인테리와 빈대떡」, 「저회미암의 발원」). 이런 극단의식은 당시 채만식의 심정을 대변하는 듯한데, 여기서 그의 문학적 영웅이라 할 인물유형이 탄생한다. 그 대표적인 유형이 프로메테우스이다. 지식인을 중도 속도 못되는 요절마요 묶여있는 프로메테우스라고도 한 채만식은 희곡 「제향날」에서 프로메테우스를 해방시킨다.

프로메테우스 (눈을 치뜨고 하늘을 올려다보면서) 의를 행한 보갚음(報
果)! 의를 이룬 보갚음은 영겁의 고초! 죽지 아니하고 영겁토록 받는 고초!
사나운 수리가 살을 쪼아먹고 까막까치는 눈을 파먹고 귀를 떼어먹고 그러
고도 끊이지 아니하는 극형!

(천둥소리 우르릉거리고 번개를 친다. 폭우가 내린다. 폭우 그치고 강풍
이 분다. 강풍이 그치고 눈이 내린다)

프로메테우스 (눈이 내릴 때에) 오오 그래도 나는 의를 이루었노라, 뉘우
치지 아니하노라. (「제향날」 전집9권, 129쪽)

"뉘우치지" 않는 프로메테우스의 절규는 대의를 위해 자기를 희생하는
자의 압도적 우월감을 드러낸다.[11] 「제향날」을 부정에 의한 역설이 아니
라 가장 건실하게 나가본 작품(「자작안내」)이라 하지만, 「산동이」 등과
함께 이 작품은 채만식의 문학에서 오히려 예외적이다. 이 작품에서 프
로메테우스는 아무런 매개없이 초개인적이고 역사적인 필연의 상징으로
등장한다. 그러나 경험현실에서 이런 예외적 인물의 출현은 불가능하고
비현실적이다. 만약에 이것이 현실적인 것이라면, 그 관객은 신(神)일 것
이다. 왜냐하면 신 앞에서는 기적만이 현실성을 갖기 때문이다.[12]

그러나 채만식 소설의 인텔리들은 인테리는 "묶겨진 푸로메슈스"(「
하일잡초」)이다. 그들은 신을 본 적도 없을뿐더러 신의 시선을 받은 적
도 없다. 비록 프로메테우스가 참된 삶을 의미한다 해도, 살기 위해서
그들은 참된 삶을 부정할 수밖에 없다. 시간체험의 지평 내에 있는 삶

---

11) 자신의 불운에도 불구하고, 신의 충실한 종복이 되기보다 바위의 종이 되겠다
고 한 프로메테우스를 칼 맑스는 철학의 목록에서 가장 출중한 성인이요 순교
자라고 말한 바 있다. 마르크스 · 엥겔스, 김영기 역, 『마르크스 엥겔스의 문학
예술론』, 논장, 1989, 214~215쪽.
12) 게오르그 루카치, 반성완 · 심희섭 역, 『혼과 형식』, 심설당, 1988, 259~262쪽.

은, 삶의 풍부함과 섬세함은 추상과 비약을 허용하지 않기 때문이다.

　사람이란 건 제아무리 날구 뛰어도 이 세상에 형적 없이 그러나 세차게
주욱 흘러가는 힘, 그게 말하자면 세상 물정이겠는데, 결국 그것의 지배하
에서 그것을 딸어가지 별수가 없는 거다. (「치숙」, 전집7권, 275쪽)

　그러니까 여기서 "세상물정"이란 기대하는 것과 성취하는 것 사이의
낙차를 암시한 것이라 하겠는데, 이를 달리 표현하면 역사적으로 필연
적인 가정과 그 실현불가능성의 충돌이라 할 수 있다. 이런 충돌을 알아
차린 점에서, 채만식은 경험에 대한 비극적 시각을 지닌다. 비극적 시각
이란 비록 범속한 것이긴 하지만 현실은 결코 비약을 허용하지 않는다
는 것에 대한 이해이다. 그렇기 때문에, 채만식은 고리키의 말을 빌려
문학은 시대의 "희비극"을 담는다 하고, "현실적 추"를 문학적 미로 이해
하지 못하는 관념적 계급문학을 비판하며(「자작안내」 전집9권, 521쪽),
명랑하고 건설적인 내용을 요구하는 국민문학이 "비극"을 허용하지 않
는다(「국민문학의 공작정담회」 전집9권, 557쪽)고 지적한다.
　비극적 부정적 시각을 근거로 할 때, 채만식의 작가적 태도는 행동을
유발, 변화시키기보다 현실에 대한 인식 자체를 우위에 둔다고 하겠다.
이런 태도에 의하면, 인간은 역사를 만들어 가는 의식적인 주체라기보
다 역사과정의 피조물에 불과하다. 현실에 기초하지 않은 이론(예를 들
어, 지식인의 농촌 계몽운동), 추상적 관념으로 현실을 조제하려는 태도
(예를 들어, 명일의 광명을 강제하는 계급투쟁)를 채만식이 일관되게
비판한 것도 이런 맥락에 있을 터이다. "진실과 현실을 억지로 속이고
구부"릴 수 없다는 것이다(「조선문단근상」 전집10권, 111쪽). 그래서

채만식은 문학은 진과 미를 언어로 표현한 것(「문인 멘탈테스트」 전집9권, 500쪽)이라 주장한다.

그러나 '꾸며낼 수 없다'고 주장하는 것은 새로운 현실에 대한 견고한 믿음에 근거하여 진실을 '꾸며낼 필요가 없다'고 주장하는 것과 다르다. 엄중한 삶의 무게를 속이거나 진실을 꾸며내어서는 안 된다는 주장은 기존 현실의 불변성에 근거한다. 꾸며낸 영웅적 급진성에 대한 채만식의 비판은 다음 두 가지를 이유로 삼는다고 이해될 수 있다.

첫째, 그것은 변혁과정의 비인간화를 우려하기 때문이다. 이성의 힘을 과신하거나 자신의 특정한 신념에 사로잡힌 인간은 필요하다면 살인도 기꺼이 실행할 수 있다. 이런 범죄를 도덕적으로는 사악하나 시적으로 선한 초월적 범죄라고 할 수 있으나, 변혁의 이상을 파괴하는 반이성적 결과이기도 하다. 이런 프로메테우스적 인간의 초월적 범죄에 대해 채만식의 지식인들은 두려움을 드러낸다.[13]

> 그렇다면……그렇다면…… 하고 그는 그 뒤를 생각하다가 도스토옙스키의 『죄와 벌』의 라스꼴리니꼬프가 도끼를 높이 들어 전당쟁이 노파를 내리찍는 장면을 생각하고 오싹 등어리가 추워 눈을 감았다. (「명일」 전집7권, 158쪽)

먹어야겠다는 기아의식에도 불구하고, 도둑질도 할 수 없는 인텔리가 테러리스트로 변신하기란 불가능할 터이다. 몸을 움직이는 이 실천은 일상의 평균적 윤리나 의무 심지어 신의 율법에서조차 벗어날 수

---

13) 프로메테우스는 수단으로서의 한시적 인간이미지로 이해되기도 한다. 그는 자신을 역사의 도구로 만들기 위해 자기를 희생하며, 대의를 위해 선악을 넘어서 산다. 그러나 러시아 자유주의작가는 투쟁의 야수성이 혁명의 이상을 정반대의 것으로 왜곡시킨다고 비판한다. R.W. Mathewson, *The Positive Hero in Russian Literature*, Stanford Univ.Press, 1974, pp.143~144, 148~153.

있다. 그러나 이들 인텔리는 내면적 죄의식, 개인적 윤리의식에 사로잡
혀 있으며, 따라서 대의를 위해 자기를 희생하는 급진적 행동으로 나아
갈 수 없다.[14] 20원에 정조를 거래하겠다는 작부에 대해 얄미움과 함께
슬픔을 갖지만, 그것이 정당한 노동이므로 동정할 필요가 없다고 할 때
(「레디메이드 인생」), 이들 지식인은 타인과 하나되기보다 타인의 영혼
을 해석하고 있는 셈이다.

둘째, 그것은 현실 정합성을 결여한 영웅주의인 까닭이다. 현실에서
발견되지 않는 것을 꾸며낼 수 없다, 즉 역사를 앞당겨 쓸 수 없다는
뜻이다.

이상의 두 이유 가운데 채만식의 강조는 후자에 놓여있다. 그렇기
때문에 그는 동반자 논쟁을 거치는 과정에서 카프 일원되기를 스스로
부족해 하며 문학적 완성을 추구하고자 한다. 말을 바꾸면, 정치적 덕성
이 문학적 탁월성의 원천일 수 없다는 뜻이다. 따라서 비록 부정적인
것이라도 사물의 존재방식을 있는 그대로 수용할 수밖에 없다. "진실은
진실"(「위장의 과학평론」 전집10권, 127쪽)인 까닭이다. 이런 의미에서,
채만식의 소설은 더 가치로운 삶보다 더 많은 삶에 관심을 갖는다고
할 수 있다.[15] 이런 의미에서 그의 소설적 목표는 부정, 현실적 추, 비극

---

14) 문학의 볼세비키화를 주도했던 임화는 "「비록 적드라도 善한 것」"이라는 말로
이론과 실천의 분리를 비판한 바 있다. 이는 죄가 되지 않을 작은 행동이라도
취해야 한다는 안함광의 주장과 흡사하며, 죄를 짓지 않고는 행동할 수 없는
상황에서 정당하게 죄를 짓는 방법이 무엇인가를 암시한 것일 수 있다. 그것은
역사의 보편적 대의를 위한 인텔리의 급진적 사회투쟁이다. 말하자면 양심의
가책으로 자기분열을 일으키는 윤리적 엄숙주의보다 대의를 위해 개인의 영혼,
도덕적 순수성을 희생할 수 있다는 볼세비키의 급진윤리에 가깝다. 라스콜리
니코프가 자신의 개인적 무기력을 반증하기 위해 무고한 노파를 죽이지만 좌절
만을 경험한다고 임화는 지적한다. 이런 해석의 타당성 여부는 접어 두더라도,
임화가 그 살인행위에 도덕적 토대가 주어져 있는가를 문제로 삼지 않는 것은
분명하다.

을 통한 생활세계의 회화적 진실에 있다고 하겠다.

3.2. 자연주의 서술전략

삶의 회화적 진실을 추구하면서도 채만식의 소설에서 부정면이 압도
적인 것은 식민지 조선이 절대궁핍의 세계라는 사실과 무관하지 않다.
이런 희소성의 세계에서는 어떤 방법으로든 먹어야겠다는 요구로부터
누구도 자유롭지 않을 것이다. 이 먹어야겠다는 기아의식은 살아야겠
다는 본능과 다르지 않다. 이는 두 가지 의미와 연관된다.

첫째, 먹고살아야 한다는 본원적 욕구는 육신을 지닌 인간의 동물적
운명에 대한 전체적 진실을 드러낼 수 있다. 자전적인 성격을 띤「생명
의 유희」에서 주인공 K는 자신들이 비생산적인 부르주아 착취계급으로
계급 멸망의 선두에 있음은 역사적 필연이라고 말한다. 이런 계급적
'죄'를 끊임없이 의식하는 한, 삶의 균형을 유지하기 어려울 것이다. 그
래서 주인공 K는 굶주림의 상태에서 먹어야겠다는 기아의식은 모든 계
급의 "공통의 욕망"이며, 어떤 진리나 이론보다 우월한 '본능'이라고 항
변한다. K가 겪는 기아는 물론 동시대의 대다수 민중과 동일할 것이다.
국가상실기였기에 국가개념보다 선행하는 계급개념이 지식인들에 공
감될 수 있었다면[16], 채만식은 계급보다 선행하는 인간의 근본욕구를
제시한 것이다. 나날의 구복을 염려해야 하는 목전의 현실경험이 그로

---

15) 모든 사실주의는 비극의 가치를 말살하고, 삶의 디테일은 극을 천박하게 만든
    다. 범속한 일상에서 삶과 죽음은 각자에게 한계이며 극복대상이지만, 비극에
    서 죽음과 삶은 접점을 이룬다. 비극은 불가사의한 운명을 수락함으로써 보다
    높은 존재로의 자기해체를 이룬다. 게오르그 루카치,『혼과 형식』, 271쪽.
16) 김윤식,『한국근대작가논고』, 일지사, 1974, 448~450쪽.

하여금 엄정한 현실주의자의 자세를 취하게 만들었다고 하겠다.[17]

둘째, 먹고살아야 한다는 절박성은 삶의 윤리적 방법을 문제로 만든다. 사실 살아야 한다는 당위 앞에서 삶의 방법과 윤리가 문제될 수 없다. 그러나 먹고 살아야 한다는 엄정한 명령 앞에서 진보적 지식인조차 배금주의의 선구자로 변질되며, 살아남은 자가 적자라는 비속하고 각박한 실용주의만 남는다. 채만식은 그런 세계에 예술적 아름다움이나 문화적 세련이 있을 수 없다고 지적한다(「젊은 날의 한 구절」전집6권). 삶의 본능이라는 전체적 진실을 인정하면서도, 채만식이 어떻게 살 것인가를 두고 지속적으로 비판한 이유도 여기에 있다. 예를 들어, 『탁류』의 장형보는 "나두 살아야겠다"는 타고난 권리 주장을 넘어 세상을 통째로 원수로 삼고 타인의 삶을 소비하는 욕망양식화에 이른다. 탐관오리의 가렴주구에 "이놈의 세상이 어느날에 망하려나!" "우리만 빼놓고 어서 망해라!"고 선언한 『태평천하』의 윤직원은 돈이면 무엇이든 할 수 있다는 당대의 부정한 의식에 의존함으로써 수단과 목적이 전도된 추악하고 퇴폐적인 삶을 영위한다.

추악하고 비속한 삶에 있어서는 기층민중도 예외가 아니다. 초기의 몇 경향적인 작품 외에 채만식은 빈민계급의 참혹한 궁핍과 비속한 생활상을 강조적으로 드러낸다. 젖어미의 속물근성을 드러낸 「젖」이나 「정거장 근처」가 적절한 예가 된다. 사금광이 들어선 농촌 농민의 처절한 궁핍상을 그린 「정거장 근처」에서 덕쇠는 춘삼의 꾀에 속아 자기 아내를 돈 100원에 술집에 판다.

---

17) 무인도에 표착한 로빈슨 크루소가 무엇보다 생활필수품을 꺼내온 것(「문학과 해석」, 전집10권, 204쪽)을 들어, 채만식은 생활의 문학이 곧 리얼리즘문학이라고 주장한다.

「이놈아 그게 어떤 돈이 간듸 네가 차지허구 안내놀라구 그러냐? 이 찢어 죽일 놈……이 가러먹을 놈」

(…중략…)

「내 돈 아니구 뉘 돈 이간듸? 내 지집 (계집) 때미 생긴 돈이닝개 내 돈이지 어떤 개아들놈의 돈이라우?」

「이놈아 그게 네 지집이면 누가 얻어다 누가 키어서(길러서) 준 지집이냐 응 이놈아」 (「정거장 근처」, 『여성』2권 7호, 1937, 84쪽)

모자(母子)가 인신매매로 얻은 돈을 서로 차지하려고 싸우는 이 장면은 속악하고 반인륜적인 모럴의 극치라 할 것이다.

그러나 먼저 먹어야 하는 본능의 경우, 문제는 공동의 기아경험이 공동행동의 필요조건일 수는 있으나 충분조건은 아니라는 데 있다. 왜냐하면 '본능'이란 관념이 혁명적 연대뿐 아니라 반동적인 목적에도 사용될 수 있기 때문이다. 인간은 신체의 생물학적 구조로 인해 타인의 보살핌과 정서적 지원을 필요로 한다. 인간 사이의, 어린이와 어른 사이의 물질적 애정적 연대에서 도덕의 단서가 발견되는 것도 이 때문이다. 이런 의미에서, 인간의 생물학적 본능은 정치적 판단과 실천의 규범으로 기여한다고 할 수 있다.[18] 그렇다면 '착취계급'이라는 '죄' 때문에 굶주리고 있다면서 "먹는 것을 위하여서는 자기의 전존재의 힘을 다하여 싸운다"고 할 때, K의 항의는 분명 '프롤레타리아'를 향한 것이다. 말하자면 K에게 본능 개념은 그의 존립을 위해 피착취계급을 향한 공격적 방어 개념이라 하겠다.

다른 한편, 삶의 방법을 두고 채만식 소설이 상하층의 도덕적 파탄과

---

18) T. Eagleton, *The Ideology of the Aesthetic*, Basil Blackwell, 1990, pp.409~412 참조.

경제적 비참을 폭로하고 있지만, 그런 파탄과 비참의 시대적 사회적 연관보다 개인의 천박함, 무지, 어리석음 등을 강조한 것은 식민지 궁핍화에 대한 정태적 인식이라 할 수 있다. 이는 가난을 소비의 측면에서 분석한 결과이며, 그렇기 때문에 궁핍을 겪으면서 분노와 저항을 통해 현실을 변화시키려는 기층민중의 욕망을 보이지 못한다.

이상의 근거에서, 채만식의 소설은 자연주의적 서술전략을 드러낸다고 하겠다. "졸라류의 자연주의를 선생"했다(「소설가는 이렇게 생각한다」 전집10권, 193쪽)고 말한 바 있거니와, 그의 작품은 탁류적인 삶의 추악한 부분들을 현미경적으로 관찰하고 확대시킨다. 현실을 속이거나 진실을 꾸며내어서는 안 된다는 입장을 일관되게 밀고나간 채만식이지만, 그의 서술전략은 냉혹한 사실성 자체를 서술의 목적으로 삼게 되는 것이다. 집단에 최대의 동정, 공감을 갖고 대의에 헌신하는 사실주의적 서술전략과 달리, 자연주의적 서술전략은 집단에 대한 책임을 최소화한다고 말해진다.[19] 그래서 작가는 어떤 동정이나 연민도 없이 독자에게 사실을 폭로할 수 있다. 이런 폭로는 탐욕적인 부르주아와 결별하면서 동시에 기층민중으로부터 벗어나는 장치가 된다. 이런 의미에서, 자연주의적 폭로의 수법은 이데올로기적 정치적 망명과 다르지 않다고 하겠다.

---

19) K. Burke, *The Philosophy of Literary Form*, Univ.of California Press, 1973, pp.298~300. 버크에 의하면 리얼리즘은 개인을 집단의 구성원, 즉 공동체에의 참여자로 보는 반면, 자연주의는 집단이 개체의 군집임을 강조하여 집단적 협동을 파괴하는 과학적 회의론을 예비한다고 한다. 따라서 리얼리즘은 상황의 개관, 정확한 판단, 대처에 필요한 행위전략 및 전략수행의 집단을 결정한다면, 자연주의는 집단행동을 단순한 환영으로 보고 개인주의적 관점에서 진실이 발견된다고 주장한다. K. Burke, *A Grammar of Motives*, Univ.of California Press, 1969, pp.129~130 참조.

4. 풍자와 인식의 매개성

4.1. 지식인의 자기풍자

채만식 문학의 지식인들은 생각과 행동의 분열을 극복하지 못하는 자신의 무능에 절망한다. 개인이 세계를 바꾸거나 만들 수 없고, 개인적 체험이 보편적 차원을 획득하기 어렵다는 점에서, 계급을 선택하지 않는 한 그들의 절망은 필연적일 것이다. 그러나 채만식 문학에서 이들이 기층민중과 연대하여 적대적인 투쟁에 나서는 경우를 찾기 어렵다.[20] 지식인의 이같은 모습은 기층민중이 자기계급의 이익을 대변할 지식인을 생산하기까지 사회적 단계가 아직 성숙되지 않았음을 암시한다. 따라서 일제하에서 신체제를 수용하느냐 거부하느냐도 선택불가능한 항목이라 할 수 있다. 왜냐하면, 이 수용 또는 거부라는 양자택일은 미래 전망을 전제하기 때문이다. 즉 대동아공영의 환상을 인정하고 낙관할 경우 신체제를 수용할 것이며, 광복의 도래를 꿈꾸고 예견할 경우 신체제를 거부할 것이다. 그러나 채만식의 지식인에게 어느 쪽도 불가능한 선택사항이다. 생각과 실천 사이에서 분열된 그들은 참된 진리를 파괴하는 범속한 삶에 압도되어 있기 때문이다. 이 시기의 심경은 채만식은 김교환의 시를 빌어 표현한 바 있다. 즉 진리는 이미 낡은 전설이 되었고, 살았다는 은총이 어깨를 누른다는 것이다(「삼월 창작개관」 전집10

---

20) 해방 후에 발표된 대표적 역사소설 『옥랑사』에서도 주인공 장선용은 경복궁 전투에서 부하들이 모두 도망간 뒤 "저 혼자만 남아서" 싸우고, 황국협회와의 싸움에서도 "겹겹이 에운 적의 무더기 속에서, 혼자 처져 있는 것"처럼, 다른 인물이나 집단과 연대하지 못한다. 이에 대해, 졸고 「채만식의 『옥랑사』 연구-역사인식과 현실인식의 상관성을 중심으로」, 『한국문학논총』42집, 2006 참조.

권, 169쪽). 지식인의 자기풍자는 이런 맥락에서 비롯된다.

채만식의 작품에서 자기풍자의 대표적인 인물유형은 돈키호테이다. 채만식이 자신의 유언으로까지 삼은 돈키호테의 모습은 다음과 같다.

> 남아거든 모름지기 말복날 동복을 떨쳐 입고서 종로 네거리 한복판에 가 버티고 서서 볼지니…… 외상 진 싸전가게 앞을 활보해 볼지니…… (「소망」서두 전집7권)

이런 돈키호테적 광기에 대해 작중인물은 항복이 아니라 싸움이라고 말한다. 말하자면, 곤두선 세상에 대해 곤두선 방식으로 대응한다고 할 수 있다. 채만식 문학의 맥락에서, 돈키호테의 맹목은 프로메테우스에 대한 풍자로 이해된다. 예를 들어 "프로메테우스의 후손"은 기차에 돌진함으로써 육체를 처분한다. 그러나 그의 자살은 신성을 본 자의 비극적 죽음일 수 없다. 그는 진리를 살렸으되 몸을 죽였고 따라서 그 진리는 삶 속에 뿌리를 내릴 수 없다. 그러므로 그의 이야기는 "똥끼호테의 후일담"이며 그는 "패배자"이다(「패배자의 무덤」).

다른 한편, 돈키호테의 행동은 햄릿에 대한 풍자로 이해된다. "햄릿 같은 '오늘'"(「소설 안 쓰는 변명」전집10권, 83쪽) 속에서 채만식의 인텔리는 자책과 번민으로 방황한다. 그들은 속물들의 타락한 세계에 대한 회의적 지성을 소유하고 있으나 진리를 행동으로 옮길 능력이 없다. 그들은 진리에 눈을 감음으로써 몸을 살린 것이다. 그러니 살았다는 은총에 어깨가 무거운 그들에게 자비나 선(善)을 기대할 수 없다.

이런 맥락에서, 프로메테우스가 육체의 소멸과 정신의 생존을 의미한다면, 햄릿은 정신의 죽음과 육체의 삶을 암시한다고 하겠다. 전자가 역사적으로 주변적이면서 정신적으로는 중심적이라고 생각하는 지식인의 자존심을 뜻한다면, 후자는 살기 위해 참 진리를 부정하는 지식인의 수치심을 드러낸다. 이 양자를 통합하는 돈키호테는 따라서 승자면서 동시에 패배자이다.[21] 몸과 진리를 모두 잃을 수 있다는 점에서 패배자이며, 양자를 모두 살릴 수 있다는 점에서 승리자이다. 채만식의 지식인에게 실감되는 것은 전자일 뿐이다. 왜냐하면 몸과 진리, 삶과 정신을 혁명적으로 통합할 근거를 갖지 못하기 때문이다. 그러므로 지식인의 자기풍자는 무기력에 대한 가장 작가다운 고백이라 할 것이다.

4.2. 아이러니와 매개된 인식

경험에 대한 비극적 시각에서 이미 암시된 것처럼, 채만식 문학의 주조음은 아이러니 혹은 풍자이다. 그래서 아이러니는 문장 하나하나, 그 문장 사이의 행간, 작중인물에 다같이 드러난다고 지적된다.[22] 채만식의 작품에서 아이러니는 인물의 욕망과 성취간의 반어적 낙차 혹은 서술자와 독자 사이의 지적 거리로 드러난다. 결국 작가(서술자)가 인물과 독자에 대해 반어적 통제력을 행사한다고 할 수 있다. 이는 작품에 대한 해석을 작가가 통제한다는 뜻이다. 그래서 채만식 문학의 아이러

---

21) 돈키호테에 대한 해석이 시대와 나라마다 다른데, 이를 정리하면 다음과 같다. 산업화로 인해 중세에 향수를 갖는 영국에서는 돈키호테의 로망스지향의식이 공감을 얻고, 프랑스에서는 그런 의식이 경멸을 받는다. 독일의 경우 돈키호테는 저항의 상징, 존경과 숭배의 대상이며, 부르주아의 승리에 맞선 비극적 주인공으로 간주된다. 또 러시아에서 돈키호테는 햄릿보다 고귀하고 선량한 혁명적 인물로 긍정된다. H. Levin, *The Gate of Horn*, Oxford Univ.Press, 1972, pp.45~47 참조.
22) 김윤식, 『작가론 총서 채만식』, 문학과 지성사, 1984, 19쪽.

니는 의미가 불확실한 낭만적 아이러니가 아니라 진위가 명백하게 구별되는 불변적 아이러니이다. 작가가 판단의 전능한 권위를 장악하고 있는 셈이다. 이럴 경우 아이러니는 풍자에 접근하게 된다.

풍자와 아이러니는 표면을 통해 비표면적인 것을 발견하는 인식 장치라고 할 수 있다. 즉 이들은 추를 통해 미를, 허위를 통해 진실, 외양을 통해 내부를 깨닫게 하는 방법이라 할 수 있다. 이런 의미에서, 채만식의 문학은 선동형식이 아니라 인식형식이다. 그 인식은 사사로운 동정이나 순진한 연민을 허용하지 않는다.

> 지금 세상은 정당한 성도덕(性道德)이 서서 있는 때도 아니다.
> 그것은 한 세대(世代)에 여러 가지의 시대사조가 얼크러져 있는 때문이다. 그러니까 여자의 정조에 대하여도 일률적으로 선악과 시비를 가릴 수는 없는 것이다. (「레디메이드 인생」 전집7권, 71쪽)

이러한 주장이 다면적인 측면에서 인간을 묘사한다거나 진실의 다원성, 가치의 이질성을 드러내는 것은 아니다. 정조를 잃고 자살하려는 여자나 20전에 정조를 팔겠다는 여자나 "모두 건전한 양심의 소유자라고 볼 수는 없다"고 말하기 때문이다. 그러니까 일률적으로 선악 시비를 가릴 수 없다는 것은 가치의 위기나 무질서를 의미한 것이지 그것을 당연시한 것은 아니다.

이런 의미에서, 채만식의 소설은 천사와 악마를 한 몸에 구유하는 반어적 현실을 수용한다기보다 가치가 전도된 현실을 반어적 풍자적으로 드러낸다고 할 수 있다. 그렇기 때문에, 채만식의 작품에서 서술자(작가)와 인물, 서술자와 독자는 언제나 대결상태에 놓인다. 현실이라는 것이 양가가치가 뒤섞여 열려있다고 본다면, 그런 반어적 현실을 살아가는 인물과 독자에 대해 작가가 냉소적 거리를 유지할 이유가 없을 것이다. 따라서 채만식의 아이러니는 대결적 아이러니이며, 그것은 무지한 작중인물 및 독자와 현명한 서술자 사이의 대결이 된다.

이러한 대결과 거리 때문에, 채만식의 풍자는 모든 계급에 대해 초연하고 냉정한 거리를 유지하는 좌충우돌식 풍자가 된다. 그것은 루카치의 말로 모든 인물과 대상에 대해 냉혹하고 추상적인 우월성을 지니는 것과 같다.23) 모든 계급에 대한 좌충우돌식 풍자에서 불완전한 모든 것을 조소하는 완전주의자의 모습을 목격할 수 있다. 지구를 태양에 던져버리고 싶지만, 그 완전주의자는 지구를 들어 올릴 지렛대의 지점을 지구에서는 발견할 수 없다. 모든 것이 불완전하다고 여기기 때문이다.

좌충우돌식 풍자의 이같은 역설은 채만식의 문학이 부정의 전략을 통한 인식의 문학이라는 점과 연관된다. 부정, 허위, 추를 통한 긍정, 진실, 미의 인식은 매개된 인식이라 할 수 있다. 즉 진실은 직관적 추상적으로 통찰될 수 없고, 허위의 인식이라는 매개를 통해 도달될 수 있다는 것이다. 따라서 인식의 매개성은 서술자에게 인식상의 천진소박성을 허용하지 않으며 신중하고 사려깊은 판단을 요구한다. 채만식이 비현실적 영웅주의를 배격하고 있거니와, 특정한 대의나 목적에 직심적으로 헌신하는 이데올로기적 편향은 아이러니의 죽음과 다를 바 없다. 그러나 매개된 인식 때문에, 채만식은 신념에 찬 행동가나 개인의 양심을 희생하는 혁명가 혹은 테러리스트를 주인공으로 삼기 어렵다. 실행력을 박탈당한 작중인물들은 현실에 대해 수동적이고 관조적인 인물이 될 수밖에 없다.24)

---

23) 게오르그 루카치, 『소설의 이론』, 96쪽.

5. 추악한 역사와 낡은 미래

5.1. 추악한 역사와 종족근성

채만식에게 문학은 행동의 선동이 아니라 현실의 인식인 까닭에, 그는 카프 소속 비평가에게 사회과학자다운 관찰과 연구를 요구하면서 자신은 역사 혹은 사태의 인과관계에 관심을 기울이게 된다. 역사에 대한 관심 속에서 채만식은 영웅적인 인물의 반봉건 투쟁이나 가족사와 사회사의 접점 속에서 현실을 전복할 지점을 구하려고 한 것이다. 그러나 역사소설『옥랑사』에서 민중의 역량과 역할에 관한 주인공 장선용의 인식은 "힘있는 백성"과 "빼앗기고 무관심한 백성"으로 분열된다. 이와 같은 인식은 기층민중이 착취당하는 존재면서 동시에 역사를 추진하는 주체라는 변증법적 인식이 아니다. 장선용에게 역사추진력으로서의 백성은 관념적 내용일 뿐이고, 그가 경험적으로 이해한 백성은 무기력하고 국가의 장래에 무관심한 존재이다. 그 결과, 그의 행위는 변혁기반과 투쟁방식 사이의 불일치를 드러낸다. 그는 홀로 싸울 뿐, 기층민중과 더불어 투쟁하지 않는다. 이런 결과, 채만식의 역사물에는 성장하는 민중이 없으며, 이는 일련의 가족서사에서도 확인된다.[25]

---

24) 임화는 현실에 직접적으로 대응할 수 없는 소시민의 소극적 부정을 풍자문학의 한계로 보았다. 「33年을 통하여 본 현대조선의 시문학」(조선중앙일보, 1934. 1.1-12)

25) 채만식의 가족서사는 크게 세 유형으로 나눌 수 있다. 제1유형은 집안의 경제적 몰락을 중요 사건으로 삼는 것이고, 제2유형은 반대로 경제적 상승을 이룬 가계이며, 제3의 유형은 혁명적 가계로 통시적인 서사구조를 지닌다. 이에 대한 보다 세밀한 분석은 졸고 「가족서사의 이데올로기적 양상」, 『채만식 소설연구』, 229~260쪽 참조.

권력상부에 대한 불신을 곧 하부계층에 대한 친화라고 해석하기는 어렵다. 역사적 정치적 사건을 취급할 때, 채만식은 하층계급이 갖는 문학적 중요성을 은연중에 부정하고 있다. 그에게 역사는 상층계급의 부패와 타락의 기록일 수 있으나, 하층민중의 행위의 결과일 수 없다는 뜻이다. 이러한 역사인식의 결과로, 30년대 말에 씌어진 「上京半折記」는 이광수의 민족개조론이 억울한 시비와 박해를 받았다고 하면서 호통, 박대, 몽둥이에 "체질"화되었다는 백성의 "못된 근성"을 개탄한다.

> 호통을 하고 몽둥이로 치고 짐승인양 박대를 하는 그 앞에서니 거짓말을 않하고는 배길 수가 없는 것이다. 비겁하고 의심 많고 음험해야만 화를 면하는 것이다. 시기하고 아첨해야만 겨우 기회가 돌아 오는 것이다. 어느 해가에 남과 명일을 생각할 겨를이 없고, 저 한사람과 오늘 당장만 편하고 무사하면 그만이요 안심인 것이다. 승하는 놈을 꺾고 없애야 제한테 유리하겠으니 달리 강한 놈에게 빌붙어야 하고 그것이 사대사상의 근원인 것이다.
>
> 千년 二千년을 그들은 이렇게만 맘씨를 가지며 행동을 하며 살아 내려온 것이다. 오는 동안 그러한 맘씨와 행동은 살고 피와 뼛속 깊이까지 스며들어 가지고 오늘날 보는 바 소위 종족근성을 이루어 놓도록 마침내 본능으로 순화가 되어버린 것이다. (「上京半折記」 전집7권, 510쪽)

인용에서 드러난 사대성, 당파성, 정체성(停滯性)은 식민사관의 핵심적 내용들이다. 일제말기의 친일수필 「棍杖 一白度」에서 "말 안 듣는 백성은 호령이 약"(전집10권, 460쪽)이라거나, 해방 후의 「역로」, 「늙은 극동선수」, 「논이야기」에서 망국인종의 추하고 천박한 행습에 대한 혐오를 강한 어조로 드러낸 것도 같은 맥락에 있다. 특히 자신의 친일에 대한 변증이라 할 「민족의 죄인」(1948)에서도 채만식은 잡지사 윤을 통해 "민족성의 결함"을 토로한다.

이렇게 식민지 사관과 멀지 않은 시각에서, 채만식에게 과거는 패배, 굴욕, 아첨, 당쟁, 사대근성으로 점철된 역사일 뿐이다. 이 때문에 채만식은 과거의 위기를 통해 현재에 이르는 민중의 진보를 묘사할 수 없었을 것이다.

5.2. 이미 낡은 미래

해방 직후의 한 창작합평회(1946)에서 채만식은 박노갑, 김내성 등의 소설이 일본 패망을 확신하는 인물을 등장시키고 있지만, "당시 정세로 보아" 진실이라고 믿을 수 없다고 지적한다.

> 8·15 이전의 현실을 그리는 데 항일주의자(抗日主義者)가 많이 나옵디다. 나는 그때 항일주의자를 그리 많이 보지 못했습니다. 그러던 것들이 어데 숨었다 뛰어나오는지 참 신기롭던데요.(「창작합평회」 전집9권, 561쪽)

일제부역에 대한 속죄의 진정성 문제에 걸린 것이기도 하지만, 이 날카로운 냉소는 채만식이 「민족의 죄인」에서 해방을 "횡재"했다거나 "남의 불에 게 잡은 심"으로 평가한 것과 같은 맥락에 있다. 횡재한 해방은 타율적으로 주어진 해방이라는 뜻과 일제로부터의 해방을 전망하지 못했다는 뜻을 포함한다. 횡재한 해방과 쌍벽을 이루는 것이 "결백을 횡재"한 것이다. 이는 친일문제를 둘러싸고 "지조의 경도(硬度)란 미지수"라는 맥락에서 나온 것으로, 인간의 양심도 역사와 투쟁하는 결정력이 아니라 역사의 우연한 부산물임을 뜻한다.[26] 물론 해방이 도둑처럼

164 ‖ :: 근현대 한국소설의 비평적 성찰

왔다는 함석헌의 말처럼, 일제의 족쇄에서 쉽사리 벗어날 수 없으리라는 것이 당시의 실감일 수 있다. 동시에 이는 상층부를 중심으로 한 추악한 역사라는 채만식의 역사의식과 무관하지 않다.

이런 점에서 마지막 유작『소년은 자란다』는 흥미롭다. 해방의 감격이나 민족의 미래에 대한 희망찬 설계보다 혼란과 무질서, 가진자의 오만함과 힘센자의 폭력을 비판하고, 남북권력자에 의한 분단고착을 예견한 것은 지금까지도 유효한 것으로 보인다.

국권상실을 아비상실에 비유할 수 있을 것이다. 그런데 영호는 귀국하면서 아비를 잃게 된다. "잃어버린 아버지"는 주체적인 해방이 아니라는 작가의 날카로운 시대의식을 반영한 것이다. 그렇다면, 부모를 모두 잃은 어린 영호 남매는 무엇을 할 수 있는가?「치숙」의 조카,『탁류』의 남승재와 장형보도 어린 나이에 부모를 잃은 고아이다. 고아는 가족의 가치나 이념으로부터 자유롭다 할 수 있고, 따라서 무엇이든지 할 수 있다. 이들이 돈을 탐욕스럽게 추구하거나 시장가치가 있는 기술을 얻고자 한 것과 달리, 영호는 돈 대신 공부를 하여 훌륭한 사람이 되고

---

26) 1940년에 채만식은 사상과 가치에 대한 신념을 상실하고 자기분열을 드러낸 중편「냉동어」에 이어 신체제로 급격하게 기울어진다. 같은 해에 씌어진 수필「矗石岩」에서, 그는 여말 혁조 당일 절사한 손등과 하경을 두고 포은에 비해 더 적극적인 행동을 보였다고 해석한다. 더 나아가 포은이 "만일 암해(暗害)를 입지 않"고 "여명(餘命)을 보전했다면" "그는 일신상 어떠한 태도를 취했을 것인지" 물었다. 이에 대해 채만식은 다른 현인들과 함께 두문동으로 세상을 피했거나 고려의 궁궐 앞에서 머리를 깨트려 자결했을 수도 있다 하고, "그러나 다행인지 불행인지 그는 일찌감치 그러한 자의 아닌 참해(慘害)를 입었던 것"이니, 이로 볼 때 스스로 선혈을 뿌리며 왕조와 운명을 함께한 손등과 하경의 지개(志慨)가 더욱 아름답다고 하였다. 포은을 폄하하려는 것이 아니라 손등과 하경의 기개를 높이는 데 본뜻이 있다고 하지만, 포은이 "다행인지 불행인지" 참해를 입었다는 진술에 신체제로의 경사에 대한 심적 방어가 내포될 수 있다. 여명을 보전했더라면 포은이 역사에 남는 명망을 얻지 못했을 수 있다고 암시하기 때문이다. 전집9권, 620~621쪽.

자 한다. 작가는 이처럼 자라는 소년을 통해 민족의 희망을 보고자 했을
터이다.

그렇다면, 그 희망의 정체는 무엇이며, 영호는 어떤 미래에 도달할
것인가?『소년은 자란다』는 미완의 작품이기에 이 물음에 충분히 답할
수 없고 다만 몇 가지 추론이 가능할 뿐이다.

먼저 영호의 부모가 간도로 가게 된 연유를 주목할 필요가 있다. 그
들의 탈향은 유랑이민자(diaspora)처럼 토지에서 유리된 빈농층이 남부
여대하고 살 길을 찾아 이국을 떠돈 역사적 사실과 무관하다. 그들이
간도로 떠난 것은 극히 사적인 사유 때문이다. 즉 부정한 아내의 가출이
나 포악한 남편의 학대를 못 이겨 이들은 고향을 떠났던 것이다. 그러니
까 이들은 자신의 의지와 관계없이 떠났거나 삶의 공동체를 공격함으
로써 추방된 것도 아니다. 그래서 그들에게 고향을 떠난 것은 행운이거
나 새로운 삶의 기회가 된다. 그렇기 때문에 해방이 되어서도 영호의
어머니에게 고향은 "돌아가지 못하는" 곳이었고, 아버지 또한 자신의
고향에 갈 생각이 없을 뿐 아니라 자식들에게도 가지 말라고 훈육한다.
그들에게 고향은 지워버린 장소인 셈이다.

> 이 '지워버린 고향'이 장차에 어린 영호 남매로 하여금 불행을 더 크게
> 할 것이 줄이야 아무도 짐작인들 못하였던 노릇이었다. (『소년은 자란다』
> 전집6권, 316쪽)

부모를 잃었다는 점에서, 영호는 그의 성장과정을 통제할 계보적 엄
숙성을 결여한다. 그에게는 조상대대로 내려오는 의무감이나 가계의
전통에 의해 규정된 미래의식도 있을 수 없다. 또 영호 남매가 아버지와

생이별을 한 기차역은 수많은 종류의 사람들이 이합집산하고 삶의 다
양한 층위가 겹쳐놓이는 장소이다. 따라서 역은 고향과 같은 국지적
장소가 오랜 세월에 걸쳐 형성하고 있는 장소의 정체성이나 폐쇄적인
인정세계를 구성할 수 없다. 폐쇄적인 국지적 맥락에서 해체되어 있다
는 점에서, 기차역은 일종의 비공간(非空間)이다. 이는 귀국과 함께 아
비(나라)를 잃어버린 영호 남매에게 민족지적 장소개념이 있을 수 없음
을 증폭시켜 드러낸다.

  아이의 성장과 완성을 도와줄 부성적 권위가 부재하고, 국지적 장소
의 정체성으로부터 해방되기 때문에 영호는 개체로서의 자기정체성과
운명을 강조할 수밖에 없다. 한 개인의 자기형성에서 지역이나 장소와
의 영향관계가 극도로 축소될 때, 그의 성장은 주로 물질에 매개될
것이다. 물론 돈보다 배움이 중요하다고 하지만, 영호는 각박하고 험난
한 세파에서 살아남기 위해 빨리 성인이 되어야 한다. 그것은 환멸체험
위에서 이루어진다.

> 그러다가, 막상 실지로 그 훌륭하다는 사람들이 살고 있는 세상을 본
> 즉, 그와 같이 하나도 훌륭할 것이 없는 세상이었다. 추앙할 것도 없고,
> 보잘것없는 세상이었다. 도무지 이치에 어그러지고, 경우라고는 하나도 없
> 는 세상이었다. (『소년은 자란다』, 전집6권, 400쪽)

  "훌륭한 사람의 세계"가 결코 훌륭하지 않다는 환멸체험에서 영호는
삶에 있어 신중한 관찰과 인식이 필요함을 깨닫지 않을 수 없다. 말을
바꾸면, 이제 혼자서 이 세상을 살아가야 할 그는 소년다운 천진성을
유지할 수 없다. 영호는 이 위험한 세계를 가능한 빨리 통과해야 하며,

이는 청년 혹은 젊음의 가치에 대한 평가절하라고 할 수 있다. 이 세계에서 미성숙한 자는 살아남기 어렵다. 영호가 공부를 한다 해도, 그것은 사실에 대처함으로써 자기를 보존하는 지식이 될 것이다.

부성적 권위와 장소의 정체성을 결여한 영호의 사회화는 바로 사회가 담당할 수밖에 없다. 결과적으로 말하면, 그것은 현대자본주의 사회이다. 아비의 당나귀를 찾아 나섰다가 왕국을 발견하는 것처럼, 영호는 아버지를 잃어버린 길에서 자본주의를 만날 것이다. 그는 그 세계가 가르치는 방식대로 욕망하며 살아갈 것이다. 그 세계는 이미 낡은 미래가 아닐 것인가.

6. 맺음말

문학은 정적인 사물이 아니라 현실적인 문제를 해결하려는 상징적 행위라고 할 수 있다. 달리 말하면, 문학은 삶을 위한 장치이다. 이런 의미에서 문학은 사회적 생산물일 뿐 아니라 특정한 현실을 생산하는 원인제공자이기도 하다. 문학은 사회적 삶의 생산에 참여하는 실천적인 문화전략의 하나인 것이다. 리얼리즘적 현실반영이나 풍자적 공격도 이런 의미를 벗어나지 않을 것이다. 그러나 현실 문제를 해결하려는 실천적인 장치가 언제나 성공적이라거나 생산적일 수는 없다. 어떤 점에서, 제시된 모든 해결은 언제나 불완전하다. 그렇지 않다면, 문학이 있을 수 없고, 글쓰기가 문제될 까닭이 없을 것이다. 따라서 채만식의 소설에서 텍스트의 불완전한 빈틈을 비판적으로 읽어내는 것도 독자의 중요한 몫이라고 할 수 있다.

본고가 채만식의 소설에서 읽어낸 의미를 요약하면 다음과 같다. 채만식은 소설이 상품과 예술품 사이에 놓일 수밖에 없는 근대적 현실에 고통을 경험한다. 그는 생산보다 소비현상을 주목하고, 소비하려는 욕망과 소비할 수 있는 능력 사이의 괴리로 인한 삶의 불행을 주목한다. 또 프로문학의 추상성을 비판하고 현실에 대한 부정적 시선, 경험에 대한 비극적 시각을 표나게 드러낸다. 문학에 대해 행동보다 인식기능을 강조하되, 채만식의 소설은 자연주의적 서사전략으로 상하층 모두의 타락과 비참을 세밀화한다. 지식인의 자기풍자와 아이러니가 현저한 이유도 이와 무관하지 않다. 채만식 소설에서 역사는 상층의 타락으로 점철된 것이며, 기층민중은 추악한 종족근성을 지녔을 뿐 역사를 끌어가는 주체로 여겨지지 않는다. 이러한 독법은 외곽을 치는 방식으로 핵심에 도달하려는 것이지만, 여전히 채만식 문학의 주변을 어슬렁거렸을 뿐이라고 생각된다.

장용학 「요한詩集」의 지향과
해체의 변증법

이정석

1. 서론

역사적 현실의 소용돌이에 내던져진 인간은 언제나 시대적 모순에
절망하면서도 그 모순을 극복하고자 하는 욕망을 다양한 형태로 표출
한다. 때문에 부조리한 현실 속에서도 욕된 삶을 영위해야만 하는 인간
의 실존적 고뇌의 표현물인 미학적 텍스트에는, 필연적으로 역사적 현
실을 반영하는 동시에 이를 비판하고 그 극복방안을 모색하려는 양면
적 성격이 내재되기 마련이다. 그런데 유독 1950년대의 문학을 논의할
때면, 대부분의 논자들이 그 허무주의적 성격만을 부각시키면서 50년
대의 문학을 '불안과 절망의 문학'으로 규정하려 든다.[1]

---

1) 그와 같은 입장에 서 있는 대표적인 논객으로 김현(「테러리즘의 문학-50년대
   문학소고」, 『문학과 지성』, 1971 여름호)을 들 수 있다. 김현은 전후문학이
   시대에 대한 도저한 절망에 기인한 소멸에의 욕망으로 침윤되어 있으며, 현실
   을 개조하고 극복하겠다는 의지의 결여와 비지성적 포즈 때문에 '비개성적 허
   무주의'를 낳고 있다고 비판한다. 60년대 문학에 이르러서야 개인주의가 확립
   되고 50년대 문학의 패배주의가 지양되었다는 김치수의 견해(「한국소설의 과
   제」, 『현대한국문학의 이론』, 민음사, 1982) 역시 50년대의 문학을 부정적으로
   평가한다는 점에서 김현의 주장과 맥을 같이 한다. 이후 50년대 문학에 대한
   비판적 연구경향은 후대의 연구자들에 의해 확대 재생산되는데, 최근에 대두된

이러한 시각은 '전후문학'이라는 명명이 말해주듯이, 50년대의 문학을
예외적인 존재로 바라보게 한다는 면에서 문제점을 안고 있다. 구체적으
로 말해서 그러한 시각은 50년대 문학을 역사적 현실에 압도되어 자신의
체험과 감정을 무형식적으로 토로한 문학, 즉 '문학성이 결여된 문학'으
로 폄하하게 만든다. 그리고 이러한 시각이 문학사의 서술에까지 이어지
면 50년대가 사실상 문학의 진공기가 되어버림으로써, 한국문학사는 또
하나의 공백과 단절이라는 회복 불가능한 상처를 안게 된다.

본고는 이러한 문제의식에 입각해서, 50년대 문학이 지닌 긍정적 속
성을 발굴하면서 문학사적 연속성의 논리적 토대를 확보하고자 하는데
궁극적인 목표를 두고 있다. 이를 위해 본고에서는 50년대 문학의 긍정
성과 현실극복의지를 '유토피아'의 관점에서 살펴보고자 한다. 문학은
현실에 기반하면서도 그 현실을 부정하고 새로운 가능태를 찾는 반골
적 속성으로 말미암아 본질적으로 유토피아적 성향을 내재하고 있을

'세대론적 인정투쟁'(이명원, 「4·19세대 비평 '문학적 기념비' 아니다」, 『경향
신문』, 2000. 6. 9; 권성우, 「4·19세대비평의 성과와 한계」, 『문학과 사회』,
문학과 지성사, 2000 여름호)은 50년대 문학을 부정적으로 평가하게 된 결정적
인 출발점 자체를 반성적으로 재고하게 한다는 점에서 주목된다. '세대론적
인정투쟁'의 골자는 4·19세대의 비평가들이 자기 세대의 비평적 헤게모니 장
악을 위해서, 60년대의 문학에 대해선 긍정적인 평가를 내리면서도 50년의 문
학을 지나치게 폄하함으로써 두 시기의 문학 사이에 존재하는 차이를 실제
이상으로 부풀렸다는 것이다. 이러한 주장은 '문학을 정치적인 권력투쟁의 문
제로 환원한다'는 의혹에도 불구하고, 좁게는 50년대 문학에 대한 반성적 연구
의 계기를 제공해줌은 물론 넓게는 지금까지의 문학연구가 소홀히 취급한 부분
을 고찰하게 한다는 점에서 의의가 있다고 생각된다. 사실 문학연구의 중심점
이 발화내용에서 발화방식으로 이동해야한다는 견해에는 전적으로 동감하지
만, 이 역시 문학장(文學場)을 둘러싼 제반문제를 함께 고찰하지 않는다면 폐쇄
적 형식주의로 전락할 위험성을 내포하고 있다. 문학담론의 연구는 '문학담론
의 외부에서 무슨 일이 일어나는가', 즉 담론을 통제·선별·평가·재생산하는
다양한 권력기제들을 고려해야만 보다 풍부한 인식과 성과를 기대할 수 있는
것이다.

수밖에 없다. 따라서 유토피아의 범주 설정 속에 문학텍스트를 고찰하는 방식은 그 존재양식을 근원적으로 고구(考究)하는 유용한 접근법이 될 수 있다. 특히 유토피아적 범주 속에서 50년대 문학을 접근하면, 표면의 혼돈과 허무에 가려 간과되기 쉬운 이면의 현실극복 의지를 명료하게 드러낼 수 있으리라 생각된다.

여기서 우선 논의하고자 하는 작품은 50년대 문학을 대표하는 문제작인 장용학의 「요한시집」이다. 형식과 내용상의 특이성 탓에 발표 이후, 이 작품은 많은 화제와 논란을 불러일으킨다. '관념의 유치한 유희'[2] 라든지, '운문(韻文)으로 된 소설, 스토리 있는 논문, 철학의 르포르타주'[3]라는 평들은 그 특이성을 부정적으로 언급한 대표적 견해들이다. 하지만 전통적인 소설관에 입각해 이 작품을 바라보면, 부정적 견해만을 확대 재생산할 뿐 「요한시집」의 독특한 미학적 특성의 규명하는데는 별다른 진전을 기대할 수 없게 된다. 따라서 기존의 소설문법으로부터 일탈된 서사의 특성은 텍스트의 형식적 붕괴가 아니라 서사 내적 요구에 기인한 필연적 현상이라는 인식 하에서, 「요한시집」의 고유한 미적 자질을 심도 깊게 밝혀 낼 수 있는 새로운 접근법이 요청되는데, 관념소설적 경향에 대한 고찰[4]은 이러한 요구를 비교적 잘 충족시켜주고 있는 것으로 여겨진다.

그러나 관념소설의 범주 설정에 의한 접근법은 이 소설 특유의 미학적 자질을 잘 드러낸다는 장점에도 불구하고, 텍스트를 '절대적 관념의

---

2) 이준재, 「존재의 고뇌와 자유의 의미」, 『세대』, 1963. 12.
3) 임헌영, 「장용학론-아나키스트의 환가」, 『현대문학』, 1966. 3.
4) 장수익, 「한국 관념소설의 계보-장용학, 최인훈, 이청준의 경우」, 문학사와 비평연구회 편, 『1960년대 문학연구』, 예하, 1993.
   황순재, 『한국관념소설의 세계』, 태학사, 1996.

제시'로 환원함으로써, 목적론적 서사와 비목적론적 서사의 충돌로 인한 중심화와 탈중심화 현상을 간과한 채 텍스트의 복합적 의미구도를 지나치게 단순화하는 우를 범하고 만다. 따라서 본고에서는 먼저 「요한시집」에서 주제적 의미망을 견인해나가는 미적 형성원리는 물론, 목적론적 서사와 비목적론적 서사의 분기와 접합이 어떻게 텍스트의 중심화와 탈중심화 효과를 산출하는가를 살펴보고자 한다. 텍스트의 미적 축조과정은 상징적 형식을 통해 당대의 현실적 모순과 혼돈을 반영 · 저항 · 극복하려는 과정에 다름 아니다. 따라서 이러한 텍스트 고찰작업은 '유토피아'라는 가능적 의식을 통해 현실의 모순을 해결하려는 노력의 일단을 드러내 보여줄 것이라 믿는다. 물론 이 작업은 지금까지 무시되기 일쑤였던 50년대 문학의 긍정적 미학을 탐색해서, 문학사에서 50년대 문학의 정당한 위치를 찾아주기 위한 작업의 일환으로 이루어지는 것이다.

2. 본론

2.1. 알레고리적 서사구성과 초월욕망

「요한시집」은 〈우화·상-중-하〉로 분절된 네 개의 서사단위가 상호 연계되어 단일한 텍스트를 형성하고 있다. 이중 〈상-중-하〉가 직접적으로 서사전개에 관여하고 있는 본서사(本敍事)라면, 본서사의 서장에 해당하는 〈우화〉는 그 자체만으로도 자족적인 서사로 선재(先在)하면서 「요한시집」이라는 상위텍스트의 일부로서 앞으로 전개될 전체적인 서사의

흐름을 미리 암시하는 역할을 하고 있다. 즉, 〈우화〉로 이루어진 선행
서사는 〈상-중-하〉로 이루어진 후행서사가 전개되기 이전에 이를 추상
적인 형태로 미리 예시하는 기능을 담당하고 있는 것이다.

하지만 「요한시집」에서 우화가 중요하게 부각되는 이유는 그것이 단
순히 예시적 기능만을 하는 것이 아니라 전체 텍스트의 주제적 의미망
을 통어하는 기능을 하고 있기 때문이다. 본래 우화는 전체 텍스트의
변종이자 환유적 측면에서 일부로써 전체 서사를 대표하는 특성을 갖
고 있다.5) 우화가 지니고 있는 이러한 특성 때문에, 「요한시집」을 구성
하고 있는 선행서사인 토끼의 우화도 일차적으로 일관된 통일적 이야
기를 형성하는 동시에 후행서사의 목적론적 서사구조와 본원적인 상동
관계에 있을 수 있게 된다. 따라서 알레고리적인 우화6)에 의해 형성된
선행서사는 심층에 내재되어 있는 추상적인 의미에 의해 전체 텍스트
의 의미체계를 일정한 틀로 제한하면서 효율적으로 주제적 층위를 견

---

5) Peter V. Zima, 서영상 · 김창주 옮김, 『소설과 이데올로기』, 문예출판사, 1996, 70쪽.

6) 장용학 소설의 알레고리에 대해 부정적인 입장에서 접근한 김동환은, '토끼 우화가 작품에 구조화되지 못하고 생경하게 존재함으로써 알레고리의 본질적 기능을 다하지 못한 채 단편적인 우화로 전락하여 단지 비유적 기능만을 담당 하고 있다고 비판한다(「한국 전후소설에 나타난 현실의 추상화방법연구」, 한 국현대문학연구회 편, 『한국의 전후문학』, 태학사, 1991, 219쪽). 다시 말해, 알레고리의 본질적 기능은 카프카에서처럼 삶의 표피적 국면에 매몰되지 않고 구체적 전형성을 추상적 특수성으로 전환시켜야함에도 불구하고, 토끼의 우화 는 "전쟁이 주는 의미나 그 역사의식을 추상화시켜 제시하는 방법으로" 사용된 것에 불과하다는 것이다. 이에 반해 방민호는 성서적 비유담의 수용에 의한 알레고리적 성격을(「전후소설에 나타난 알레고리 연구-장용학 · 김성한 소설 을 중심으로-」, 서울대학교 석사논문, 1993, 34쪽), 나은진은 제목과 인명의 알 레고리적 역할을 지적하여(「1950년대 소설의 서사적 세 모형 연구-장용학, 손 창섭, 김성한을 중심으로-」, 이화여자대학교 박사논문, 1999, 46쪽), 장용학 소 설에서의 알레고리가 작품 전체의 내용을 추상적으로 비유하는데 그치는 것이 아니라 작품의 구조적 원리로 작용하고 있다는 견해를 피력하고 있다.

인하게 되는 것이다. 이에 「요한시집」의 주제를 탐색하기 위해서는 먼저 서두에 배치된 우화의 내재적 의미를 독해해야만 하는 선결적 과제가 요구된다.

　한 옛날 깊고 깊은 산 속에 굴이 하나 있었읍니다. 토끼 한마리 살고 있는 그 곳은 일곱가지 색으로 꾸며진 꽃같은 집이었읍니다. 나갈 구멍이라고 없이 얼마나 깊은지도 모르게 땅속 깊이에 쿡, 박혀든 그 속에서 바위들이 어떻게 그리 묘하게 엇갈렸는지 용히 한줄로 틈이 뚫어져 거기로 흘러든 가느다란 햇살이 마치 「프리즘」을 통과한 것 처럼 방안에다 찬란한 「스펙톨」의 여울을 쳐 놓았던 것입니다. 도무지 불행이라는 것을 모르고 자랐읍니다. 일곱가지 고운 무지개 색밖에 거기엔 없었으니까요.(…중략…)

　「이렇게 고운 빛을 흘러들게 하는 저 바깥세계는 얼마나 아름다운 곳일까…….」

　이를 테면 그것은 하나의 개안(開眼)이라고 할까. 혁명(革命)이었읍니다. 이때까지 그렇게 탐스럽고 아름답게 보이던 그 돌집이 그로부터 갑자기 보잘것없는 것으로 비치기 시작했던 것입니다. 「에덴」동산에 올빼미가 울기 시작한 것입니다.

　그러나 아무리 찾아보아도 바깥 세계로 나갈 구멍은 역시 없었읍니다. 두드려도 보고 울면서 몸으로 떠밀어도 보았으나 끄떡도 하지 않는 돌바위였읍니다. 차디찬 감옥의 벽이었읍니다. 갇혀 있는 자신의 위치를 깨달아야 했을 뿐이었읍니다.[7]

공간의 제시로 시작되는 우화의 의미는 내부와 외부의 공간적 대립

---

7) 장용학, 「요한시집」, 『현대문학』, 1955. 7, 49~50쪽.

에서 촉발된다. 처음에 토끼는 자족적 공간에서 '불행이라는 것을 모르고' 지낸다. 하지만 동굴의 '아름다움의 근원'이 바깥세계에 존재한다는 '깨달음'은 '무엇이 그립고 아쉬워만 지면서' 현재 상태에 대한 결핍감을 초래하는 동시에 외부세계에 대한 동경을 유발한다. 이와 더불어 내부 공간은 더 이상 '탐스럽고 아름답게 보이던' 예전의 그것이 아니라 외부와 단절된 '보잘것없는' 폐쇄적 공간으로 느껴지게 된다. 결국 존재가 위치한 내부공간과 대립되는 외부공간의 지각은 '갇혀 있는' 현상태를 벗어나 외부세계에 대한 동경을 충족시키고 싶은 욕망을 불러일으키며, 그 욕망은 욕망충족을 위한 구체적인 행동을 수반하게 된다.

그러나 외부세계에 대한 동경에 추동되어 힘겨운 여정을 거쳐 바깥세계에 도달한 토끼는 자신이 그토록 갈망하던 '아름다움의 근원'인 빛을 견디지 못하고 소경이 되고 만다. 토끼는 다시 내부세계, 즉 그가 살던 동굴로 돌아가는 길을 잃어버릴까봐 최초로 바깥 세계에 일별을 던지다 실명을 한 그 자리에 고정된 채 죽고 만다. 이후 토끼가 죽은 자리에 버섯이 자라나고 뭇짐승들은 그 버섯을 '자유의 버섯'이라 명명한 후 어려운 일이 생기면 어김없이 그 앞에서 제사를 지낸다.

이 이야기의 내용을 토대로 '구속' 혹은 '감금' 상태를 벗어나 열린 공간을 지향하는 의식에 초점을 맞추어 그 의미를 해석해보면, 토끼의 우화는 '자유를 지향하는 욕망'을 나타내고 있다고 볼 수 있다.[8] '자유의 버섯'이라는 명명은 이 우화가 '자유를 지향하는 욕망'을 표출하고 있음

---

8) 토끼의 우화에 대한 해석은 크게 '삶의 의미', 즉 '본질적 이데아의 지향(김윤식, 『한국현대문학사론』, 한샘, 1986, 89쪽)으로 파악하는 경향과, 이와는 달리 실존적 입장에서 즉자 존재가 실존적 자각을 통해 대자적 존재로 변모를 모색하는 '실존적 자유'(우한용, 『한국현대소설구조연구』, 삼지원, 1990, 450쪽)로 해석하는 경향으로 나뉘어진다.

을 확증시켜준다. 그러나 우화는 욕망을 충족시키기 위한 존재의 행위 결과가 모호하게 처리됨으로써 끝까지 이야기의 가치판단을 유보하고 있다. 즉, 토끼가 바깥세계를 지향했던 자신의 행위를 '후회'하고 동굴로의 회귀를 염원했다는 표현은 섣불리 자유를 쟁취하기 위한 행위에 긍정적 혹은 부정적 가치판단을 내리지 못하게 하는 것이다.

단지 선행서사는 예시적 역할과 더불어 추상적인 시공간의 차원에서 알레고리적 방식으로 '자유를 지향하는 욕망'을 제시함으로써, 전체 텍스트의 의미론적 층위를 일관성 있게 제어할 뿐이다. 이로써, 선행서사와 후행서사는 '자유를 지향하는 욕망'을 중심으로 일관성 있게 결속되면서 난해한 요설로 얼룩진 텍스트 이해의 단서가 마련되는 것이다. 하지만 선행서사는 최종적인 가치판단을 유보했기에, 후행서사의 성서적 비유담을 차용한 알레고리와 연결되어야만 텍스트 전체의 주제가 명료하게 인지될 수 있다.

후행서사는 누혜를 중심으로 전개되는 서사와 동호를 정점으로 진행되는 서사축으로 분기되지만 텍스트의 주제를 파악하기 위해서는 누혜를 중심으로 이야기를 재구성해 볼 필요가 있다.

① 강압적 규제와 획일이 지배하는 학교생활에서 모범생이라는 벽에 갇힌 누혜는 자율을 희구하게 되고, 대학졸업 후 고향의 자연 속에서 시를 쓰며 무위(無爲)의 삶을 산다
② 2차대전이 끝나자, 누혜는 인민의 벗이 되려고 당에 들어가지만 인민의 적을 죽임으로써 인민을 만들어 내는 현실만을 자각한다
③ 누혜는 자유에의 길을 막고 있는 벽을 뚫어보기 위하여 전쟁에 뛰어들다 포로가 된다

④ 전쟁에서의 용감성으로 최고훈장까지 받은 그였지만, 친분세력과 반
  북세력이 반목하는 포로수용소에서는 방관자적 자세로 인하여 반역
  자로 지목된다
⑤ 포로수용소에서 누혜는 부자유(不自由)를 자유의사(自由意思)로 받
  아들이면서 노예가 자유인이라는 새로운 인식에 도달하지만, 그마저
  도 기만에 지나지 않음을 깨닫는다
⑥ '살로메'의 꿈을 꾼 누혜는 자유마저도 구속이고 극복되어야 할 대상
  이라 여기고 자유를 향한 마지막 시도로 자살을 결행한다

　여기서 확연히 드러나는 것은 누혜의 삶이 자유를 추구하는 반복적
과정으로 점철되어 있다는 점이다. 획일적인 규율을 강제하여 개성을
말살하는 '학교'와 경화된 이념으로 인간을 압살하는 '당', 그리고 인간성
을 유린하는 이념의 쟁투가 벌어지는 '포로수용소', 이것들은 모두 인간
의 자유를 구속하는 영역이라는 점에서 동질적인 계열체를 형성한다.
즉, 이것들이 '자유를 가로막는 장벽'으로서 공통적으로 '구속과 억압'의
의미를 함유하고 있다면, 이들 공간에서 벗어하고자 하는 누혜의 행위는
부조리한 현실로부터 탈주하여 '자유를 쟁취하기 위한 시도'라는 의미를
지닌다. 따라서 선행서사에서 자유를 쟁취하기 위한 토끼의 행위와 후행
서사에서의 자유를 지향하는 누혜의 기투(企投) 행위 사이에 의미론적
등가관계가 성립되는 것이다. 결국 선행서사와 후행서사가 '자유를 지향
하는 욕망'을 정점으로 유기적인 상관관계를 맺고 있음으로 해서, 전체
텍스트에서 주제적 층위의 통일적 이해가 가능해지는 것이다.
　하지만 주제적 층위에서 '자유를 지향하는 욕망'의 의미론적 가치는
성서의 비유담을 차용한 알레고리의 매개에 의해서 비로소 확정될 수

있을 뿐이다. 다시 말해, '세례 요한'의 성서담을 차용한 알레고리는 '자유를 지향하는 욕망'을 둘러싼 가치의 향방을 결정하는 분기점이 되는 것이다.

> 自由가 있는 한 人間은 奴隷여야 했다! 自由도 하나의 數字. 拘束이었고, 强制였다. 극복되어야 할 그 무엇이었다. 「뒤」의 것이었다!
> 神 永遠……, 自由에서 빚어져 생긴 이러한 「뒤에서 온 說明」을 가지고 「앞으로 올 生」을 잰다는 것은 하나의 屠殺이요, 冒瀆이다. 生은 說明이 아니라 權利였다! 迷信이 아니라 意慾이었다! 生을 살리는 오직 하나의 길은 神, 永遠……, 自由가 죽은 것이다!
> 「自由」, 그것은 진실로 그 뒤에 올 그 무슨 「眞者」를 위하여 길을 외치는 豫言者, 그 신발 끈을 매어주고 칼에 맞아 길가에 쓰러질 「요한」에 지나지 않았다!(…중략…)
> 自殺은 하나의 試圖요, 나의 마지막 期待이다. 거기에서도 나를 보지 못한다면 나의 죽음은 소용없는 것이 될 것이고, 그런 소용없는 죽음이 기다리고 있는 것이 生이라면 나는 차라리 한시 바삐 그 轉身을 꾀하여야 할 것이 아닌가…….[9]

위의 인용문은 요한의 목을 탐냈던 살로메가 자신을 껴안는 꿈을 꾼 누혜가 수용소의 철조망에 목을 매고 자살하기 전에 남긴 유서의 일부이다. 여기서 핵심적인 어휘 '자유'는 '拘束', '强制', 등의 어휘소에 의해 정의되면서 부정적인 가치를 함축하게 된다. 일반적으로 '자유'는 '강제'나 '구속' 등 부자유의 의미를 내포하고 있는 어휘와 대립함을 감안할 때, 이들 어휘소와 '자유'에 동질적 의미를 부여하는 언술은 기존의 의

---

9) 장용학, 앞의 책, 79~80쪽.

미체계와 상이한 새로운 가치함축을 예견케 한다.

누혜는 자유가 '극복되어야 할 그 무엇'으로 규정하며, 이 명제는 자유가 죽어야만 달성될 수 있다는 진술의 반복으로 표나게 강조된다. 이에 '存在가 罪惡'[10]인 세계에서는 자유의 존재 자체가 인간을 노예로 만들기에 '자유가 죽어야한다'는 명제는 '자유'와 '생'이 대립하는 의미체계를 구축한다. 그러나 주관적 관념을 강렬하게 내세우는 언술은 '자유'의 어휘에 담겨 있는 공준된 의미를 해체하지만, 서사에서 새로운 의미망을 설정하는 의미의 전이효과를 산출하지는 못한다. 이때 공준된 의미가 탈각되어 마땅한 지칭소도 없이 모호하게 호명될 운명에 처한 자유의 의미론적 전이를 가능케 하는 동력은 '세례 요한'의 성서담이다. 그것은 불분명하고 애매한 개념만을 담지한 채 존립하는 참 자유의 의미가 비유적으로나마 서사에서 구체화될 수 있도록 추동하는 동시에 텍스트의 주제를 효과적으로 견인하게 된다.

'세례 요한'은 요르단 강가에서 설교하면서 예수의 출현을 기다리다가 살로메의 충돌질에 현혹된 헤롯왕에 의해 살해된 성서 속의 예언자이다. 이 성서담의 차용은 의미의 전이를 추동하면서 자유의 의미를 알레고리적으로 표출할 수 있게 한다. 먼저 그것은 자유를 '그 뒤에 올 그 무슨 「眞者」를 위하여 길을 외치는 豫言者'로 의인화함으로써, 자유에 '예비자'의 의미를 함축한다. 또 자유를 '칼에 맞아 길가에 쓰러질 요한'으로 정의해서 자유를 '희생양적 존재'로 표상하고 있다. 결국 성서담에 기반해서 약호화된 자유는 서사 문맥 내부에서 전이가 실현되어 '도래할 존재를 예비하는 희생양'으로 의미화된다.

성서담의 알레고리는 기존의 자유는 화석화되어 오히려 인간을 구속

---

10) 장용학, 앞의 책, 77쪽.

하는 억압적 존재이기에, 죽음을 통해 자신을 무화함으로써 새로운 생성을 가능하게 해야만 진정한 자유로 전화될 수 있다는 역설을 성립시킨다. 이는 누혜가 지향하는 자유가 기존의 이데올로기에 기반한 의미체계로는 명증하게 설명될 수도, 현실 속에서 획득할 수도 없는 '초월적 자유'이자 '절대적 자유'임을 예증하는 것이다.11)

초월적 자유를 추구하는 누혜의 욕망은 현존재를 소멸시키는 죽음을 통해서 충족되어진다. 이때 죽음도 공준적 의미에서 일탈되어 새로운 가치의 생성을 위한 매개적 행위로 긍정적인 가치를 함축하게 된다. 이로써 '自殺은 하나의 試圖요, 나의 마지막 期待'라는 역설적 표현을 성립시키는데, 이것은 서사에서 재문맥화된 자유가 '...으로부터' 벗어나고자 하는 수동적 자유에 머무는 것이 아니라 '...을 향한' 적극적인 지향성을 내포한 능동적 자유임을 보여주는 것이기도 한다.

결국 '자유'와 '죽음'을 정점으로 이루어진 새로운 가치의 함축은 서사에서 현재의 제약된 상황을 뛰어넘어 생의 '다른 상태'를 지향하는 초월 욕망을 추동하는 동력을 제공하는 바, 그 속에는 현실세계가 주는 억압에서 저항하여 부정적 현실을 넘어서려고 하는 의지가 투영되어 있다. 이는 「요한시집」에서 알레고리가 현실세계의 압도적 위력 앞에서 현실의 제모순을 텍스트 내부로 끌어들여 이해 가능한 의미구조로 형상화

---

11) 따라서 이와 같은 표현이 가능하다면 누혜가 추구하는 자유는 '실존적 자유'라기보다는 '이데아적 자유', 즉 '아직' 도래하지 않은 유의미한 삶의 본질을 향한 초월적 자유라고 정의할 수 있다. 이 점에서 텍스트에서 마땅한 지칭소조차 없이 비유적으로만 제시된 참 자유에 대한 언급은 「요한시집」이 표상하고자 하는 자유의 특성에 기인한 필연적인 결과일 수밖에 없다. 왜냐하면 하이데거가 존재론적 현상학에서 말한 것처럼, 이데아적 존재는 스스로를 직접적으로 드러낼 수 없으며 단지 비유적으로 환기될 수밖에 없는 운명을 지니고 있기 때문이다.

하는 표현양식으로 차용되었음을 의미한다. 즉 그것은 주체와 세계의 분열 앞에서 양자 사이의 연속성을 회복하려는 힘겨운 시도이자, '현실적으로 해결할 수 없는 모순을 상상적으로 해결하려는 유토피아적 욕망'의 표상을 가능하게 하는 미적 장치로 기능함을 의미하는 것이다.[12]

그러므로 결론적으로 말하자면, 알레고리적으로 형상화된 초월욕망은 진정한 삶의 의미가 부재하는 현실의 부조리와 모순을 드러내고 그러한 현실을 부정하면서 그 결핍과 부재상태를 비판·극복하려는 시도이기에, 이를 현실 도피적인 허무주의에의 경도로만 파악할 수는 없는 것이다.

2.2. 기투적 주체와 분열적 주체

「요한시집」에서 의미의 전이를 통해 주제적 층위의 가치함축을 감당하는 서사의 중심 주체는 누혜이다. 그러나 텍스트 전체에서 누혜는 서술된 주체(narrated subject)이며 정작 언술을 주도하는 핵심적 서술 주체의 역할은 동호가 떠맡고 있다. 그러므로 이러한 주체의 역할 분화가 의도하는 이데올로기적 효과에 주목하기 위해서는, 텍스트의 주체

---

12) 예술과 종교 및 그것들의 상징적·알레고리적 표현들 모두가 알레고리적 심층구조에 근원을 두고 있다고 지적하는 제임슨은, 알레고리적 구조에는 언제나 유토피아적 충동이 틈입되기 마련임을 아래와 같이 기술하고 있다.
"어찌 보면 실로 유토피아적 순간은 상상불가능한 것으로밖에 상상할 수 없는 것이기도 하다. 그러므로 일종의 알레고리적 구조가 바로 유토피아적 충동 자체의 전진적 운동으로 아로새겨지게 된다. 유토피아적 충동은 언제나 무언가 다른 것을 가리키며, 결코 스스로를 직접적으로 현시하지 못하고 언제나 비유적으로 말해야하며, 언제나 구조적으로 완결과 해석을 요구한다."
Fredric Jameson, *Marxism and Form : Twentieth Century Dialectical Theories of Literature*(Princeton: Princeton University Press, 1971), pp.142~143.

를 중심으로 서사를 재구성하여, 개별 주체의 정체성은 물론 주체들간
의 관계망을 통해 주체성의 형성과정을 탐색해 보아야 한다.

> 아홉 살이 됨에 소학교에 들어갔다. 이렇게 公民社會의 한 分子가 되는
> 과정을 나는 나도 모르는 사이에 착착 밟아간 것이다. 학교는 罪의 집이었
> 다. 벌에서 罪를 배웠다. 1분 지각했는데 삼십분동안이나 땅에 손을 짚고
> 「오토세이」처럼 엎드리고 있으면 학교는 그만큼 잘 되어가는 것이다.(…중
> 략…)
> 어느날 아침 조회 때, 천명이나 되는 학생들의 가슴에 달려 있는 단추가
> 모두 다섯개씩이라는 것을 발견하고 현기증을 느꼈다. 무서운 사실이었다.
> 주위를 살펴보니 주위는 모두 그런 무서운 사실투성이었다.(…중략…) 중
> 학교에서 나는 모범생이었다. 열일곱 살이 되는 어느 여름날 오후, 돌담에
> 비친 내 그림자를 뱀이 휙 스치고 달아났다. 나는 곡괭이를 찾아들고 그
> 담을 부시어버렸다. 모범생이라는 壁에 가리워서 빛을 보지 못했던 나는
> 한길에 나섰던 것이다.13)

위의 인용문은 텍스트의 주제 표출에 주도적 역할을 하는 누혜의 유
서 중 일부분이다. 유서는 서간의 일종이라 할 수 있는데, 전달대상인
수신자를 명백히 가짐으로써 독자에게 직접적으로 호소할 수 있는 언
술 장치인 서간체는14), 다른 방식으로는 표현할 수 없는 미묘한 주제를
인물의 직접적인 자기 해명을 통해 전달할 수 있는 장점을 지니고 있다.
텍스트 내부에서 수신자가 불분명하게 설정된 수기 형태를 띤 누혜의

---

13) 장용학, 앞의 책, 75~77쪽.
14) 윤수영, 「한국근대 서간체소설 연구-형성과 구조 변모를 중심으로」, 이화여자
    대학교 박사논문, 1990, 23쪽.

유서는 서간체의 이러한 특성을 활용해서 자기 고백적 언술 속에 주제의 의미를 명시적으로 드러내는 역할을 하게 된다.

한편 누혜의 유서에는 부조리한 삶의 체험과 참 자유를 향한 누혜의 치열한 욕망이 절박하게 토로되어 있어서 그의 정체성을 드러내는데 가장 중요한 역할을 한다. 후행서사에서 초점화자 동호에 의해 관찰되고 서술되는 초점대상인 누혜는 여기서 유일하게 직접 서술자의 역할까지 떠맡고 있다. 이렇게 유서의 등장과 함께 이루어지는 초점화자의 교체는 관찰자적 시선의 제한된 지각으로 인한 소극적인 정체성의 제시에서 탈피해, 누혜의 과거 행적과 내적 의식을 밀도 있게 긴박한 서술에 담아내어 텍스트에서 명료한 정체성의 형성을 가능케 한다.

보다 구체적으로 전반부와 후반부로 분할하여 유서의 내용을 살펴보면, 전반부는 서술자가 미각성 상태의 자아를 재체험하면서 부정적인 현실 상황과 그에 대한 비판적 성찰을 현재의 시점에서 회고적으로 기술하고 있는 부분이다. 부정적 현실에 대한 비판적 성찰은 강제적인 훈육을 통해 획일적인 주체를 생산하는 '학교'와 '당'에 대한 비판을 통해 이루어진다.

학교는 엄정하게 짜여진 시간표에 의해 시간을 분할하여 학생을 훈육하고, 규율이 부과한 대로 행동하지 않는 구성원은 그에 상응하는 처벌을 가하여 기성 체제를 유지하는 공간이다. 그것은 강렬한 규율을 축으로 개인에게 자기 통제와 자기 감시를 내면화하도록 강제하여 체제 순응적인 주체를 생산한다.[15] 따라서 '벌에서 죄를 배'우는 학교는

---

15) 식민지 시대 한국에서 근대적 학교제도를 통해 식민지적 질서의 규율을 내면화한 주체를 생산하려는 제국주의의 교육체계에 대해 「일제하 보통학교와 규율」(김진균·정근식 편저, 『근대주체와 식민지 규율권력』, 문화과학사, 1997, 94~95쪽.)이라는 논문은 다음과 같이 말하고 있다.

'죄의 집'으로 인식될 수밖에 없는 것이다. 당 역시 규범적 준거틀을 확정해 놓고 이에 위배되는 구성원을 처벌함으로써 기존 질서를 공고히 한다는 점에서 사회체제를 재생산하는 영역이라 할 수 있다.

> 나는 人民의 벗이 됨으로써 再生하려고 했다. 黨에 들어갔다. 당에 들어가보니 인민은 거기에 없고 인민의 적을 죽임으로써 인민을 만들어내고 있었다.
>
> 「만들어 내는」 것과 「죽이는」 것. 이어지지 않는 이 間隙. 그것은 생의 乖離이기도 하였다. 生은 意識했을 때 꺼져버렸다. 우리는 그 재(灰)를 삶이라고 한다. 우리는 다른데를 열심히 살고 있는 것이다. 산다는 것은 다른데를 사는 것이다. 그래서 善意識에만 善이 있다는 양식. 이 심연. 그것은 「十〇秒間」의 間隙이었고, 自由에의 길을 막고 있는 壁이었다.
>
> 그 壁을 뚫어보기 위하여 나는 내 육체를 전쟁에 던졌다.16)

지배체제는 획일적으로 개인의 정체성을 미리 확정하고, 거기서 일탈한 자를 처벌하여 사회 질서를 내면화한 순응적 주체를 생산하려 한다. 다시 말해, 현실 권력은 인민의 내부와 외부를 가로지르는 구획선을

"근대교육의 특징은 교육이 시간표에 따라 이루어진다는 점이다. 보통학교는 연간 행사표에 따라 운영되었다. 수업은 시간 단위로 구분되어 운영하였다. 시간 단위는 1시간이었으며 이 안에 학교장이 결정하는 휴식시간이 포함되어 있다. 교과과정은 시간표에 의해 구분되어 학생들에게 제시되었다. 시간표의 작성은 아무런 고려 없이 이루어진 것이 아니라 상당한 연구의 대상이었다.(…중략…) 수업은 수업시간을 알리는 소리와 함께 모든 교실에서 동시에 시작되며 훈도가 등장하면 기립, 예, 착석이라는 구령에 따라 동시에 행동하면서 시작된다. 수업내용은 교과서를 중심으로 표준화되어 있으며, 학생들의 문제제기는 자발적인 것이 아니라 통제된 상태에서 이루어지는 것이며, 발언 또한 지명되었을 때만 가능하였다."

16) 장용학, 앞의 책, 77쪽.

설정한 채 이에 어긋나는 적대적 타자를 배제·처벌함으로써, 권력이 부여한 정체성을 내면화한 주체인 '만들어진 인민'을 양산하게 된다. 여기서 진정한 인민은 부재하게 되며, 인민은 권력이 배제와 처벌의 매커니즘에 의해 생산한 주체에게 부과한 허구적 명칭에 불과하게 된다. 이 극복할 수 없는 당위와 현실 사이의 편차를 누혜는 '간극(間隙)', '심연', '괴리(乖離)'라는 일련의 단어로 고발한다.

결국, '학교'와 '당'은 규율과 처벌을 통해 개인이 현존 질서에 자신을 '동일시'하도록 강제함으로써, 특정한 방식으로 사고하고 특정한 방식으로 행동하는 주체를 생산하려는 권력의 의지가 관여하는 장이다.17) 자본주의와 공산주의라는 상이한 생산체제에 속한 '학교'와 '당'이 동질

---

17) 이 점에서 헤게모니의 장악에 의한 지배가 불가능한 한국의 특수한 역사적 상황하에서, '학교'와 '당'은 이데올로기적 국가장치이기 이전에 억압적 국가장치로 기능한다고 말할 수 있다. 이를 이진경 식으로 바꾸어 말하자면, 그것들은 '동일시를 통한 주체화'가 아니라 억압과 강제를 통해 '동일시 없는 주체화'를 담당하는 영역이다.(이진경, 『맑스주의와 근대성-주체생산의 역사이론을 위하여』, 문화과학사, 1997, 231-235쪽 참조.) '동일시를 통한 주체화' 이론의 대표적 이론가인 라캉(Jacques Lacan)은 개인의 주체화 과정이 타자에 대한 동일시의 기제에 의하여 이루어진다고 파악한다. 이와 유사한 관점에서 알튀세르(Louis Althusser)는 주체의 동일성을 구성하는 타자를 이데올로기로 규정하고, 그에 대한 동일시를 통해 개인이 주체화된다고 말한다. 그러나 '동일시를 통한 주체화' 이론은 동일시가 실패하는 지점, 즉 이데올로기가 지정한 자리로부터 일탈하여 저항하려는 의지, 그리고 일탈자를 처벌하려는 타자의 강제와 폭력이 존재하는 이유를 설명하지 못하는 맹점을 지닌다. 이에 비해 '동일시 없는 주체화' 이론은 반복적 강제, 감시와 처벌에 의해 주체에 강요된 동일시의 해명에 초점을 맞춰 '동일시를 통한 주체화' 이론의 허점을 훌륭하게 보완해준다. 특히 식민지체제와 억압적 국가체제가 감시와 처벌의 기제를 활용하여 동일시를 강제하면서 주체를 구성하고자 한 한국적 상황에서는, '동일시 없는 주체화' 이론이 현실적 정황을 보다 적절히 설명할 수 있는 이론틀이 될 수 있다고 생각된다. 따라서 지배이데올로기의 재생산이 강제가 아닌 자발성에 기초한다는 입장(박훈하, 『소설담론과 주체형식』, 삼지원, 1998, 206쪽)에서, 기표의 원근법적 구성원리에만 집착한 동일시의 모형으로 「요한시집」의 서사주체를 설명하려는 논의는 재고의 여지를 남긴다 하겠다.

적인 장으로 인식되는 것도 강제된 규율과 처벌의 기제에 의해 주체를
생산하는 방식의 유사성에 기인한다.

　유서의 전반부가 주체 생산의 메커니즘에 대한 비판을 담고 있다면,
후반부는 개인을 억압하는 지배체제로부터 탈주하여 자유를 쟁취하려
는 끊임없는 기투(企投)의 과정을 기술하고 있다. 누혜는 억압적 현실
속에서 '이러지도 못하고 저러지도 못하고 이율배반 속에서 어물어물하
다가' 대학을 졸업하자 자연으로 회귀하여, 현실세계와는 차단된 채 '아
무런 생산도 없는 시인'이 되어 무위(無爲)의 삶을 살아간다. 그러나 자
연과 더불어 자족적으로 살아가는 생은 자기 의식을 방기한 즉자(卽自)
적 삶의 형태이기에, 필연적으로 현실세계로의 회귀 욕구를 불러일으
킨다.

　결국 누혜는 고립적 실존에서 벗어나 '인민의 벗이 됨으로써 재생하
기 위해' 입당을 하게 된다. 이는 현존 질서에 대한 자발적 구속과 복종
이 아니라 타인과의 연대를 자각한 행동 주체로의 변모를 모색하는 기
투 행위라고 볼 수 있다. 하지만 당에 들어간 누혜는 이마저도 '인민'이
라는 절대적 기표를 상정한 채 그와 대립하는 적대적 타자를 말살함으
로써, 동일한 정체성을 내면화한 타율적 주체들을 생산하는 이념공장
이자 '자유에로의 길을 막고 있는 벽'임을 자각한다. 그러한 자각은 또
다시 그 벽을 뚫기 위한 기투 행위를 촉발하는데, 이는 한계상황 속으로
자신의 존재를 내던지는 참전(參戰)으로 표출된다. 이렇게 누혜는 부조
리한 지배체제가 강제하는 주체의 자리에서 탈출하려는 자유를 향한
기투 행위를 끊임없이 감행함으로써, 텍스트에서 기투적 주체로서 자
신의 정체성을 확고하게 형성하게 된다.

　그러나 전쟁포로가 된 누혜는 친북세력과 반북세력이 첨예하게 대립

하는 이념투쟁의 공간인 포로수용소에서 공간적 기투를 통해 추구한 자유가 실패로 귀결될 수밖에 없음을 절감하게 된다. 여기서 누혜는 현존하는 자유를 '구속(拘束)'과 '강제(强制)'로 정의하는데, 이는 억압적 지배장(支配場)에 대한 반동일시가 이항대립적 구도를 승인함으로써, 의도하지 않은 기존이념에의 함몰을 가져올 수 있음에 대한 자각에 다름 아니다. 다시 말해 중간적 존재를 허용치 않는 극한적 대립의 상황에서 친북에 대한 저항은 반북, 즉 반공이데올로기로 환원될 수밖에 없다는 자각이 자유를 '拘束'과 '强制'로 정의하게 만드는 것이다. 그리고 이러한 자각이 이념적 쟁투에 휩싸인 1950년대의 현실 속에서, 누혜를 특정 이념에 함몰된 주체가 아니라 지배이데올로기로부터 탈주하여 절대적 자유를 추구하는 유토피아적 주체로 정립시키면서, 「요한시집」이 지배이데올로기를 비판적으로 고구(考究)하는 반성적 텍스트가 되게 하는 것이다.18) 이제 누혜는 자유에 새로운 의미를 부여하는 전이를 통한 '역동일시'19)의 방식으로 현실을 부정·초월하여 미래로의 기투를

---

18) 이로써 박훈하(위의 책, 209쪽)가 지적한 바와 같이, 「요한시집」은 공산주의에 대한 맹목적인 반동일시에만 초점을 맞춤으로써 반공이데올로기에의 함몰만을 가져온 휴머니즘 담론의 한계를 극복할 수 있게 되는 것이다.

19) 역동일시(disidentification)는 주체의 형성에 관여하는 이데올로기의 변형과 전치를 통해서 지배구조의 변혁을 도모하는 담론적 실천을 가리키는 페쇠(Michel Pêcheux)의 용어다. 그는 담론구성체와 자신을 동일시하여 이데올로기에 순종하는 주체의 태도를 동일시(iedntification)로, 담론구성체에 대립하여 이데올로기에의 순응을 거부하는 주체의 태도를 반동일시(counter-identification)로 정의하면서, 두 가지 대응방식으로는 지배구조의 재생산에 기여할 뿐 실질적인 변화를 가져올 수 없다고 말한다. 페쇠는 그 대안으로 역동일시의 전략을 제시하는데, 오직 역동일시만이 지배구조의 재생산 국면에 관여하여 이데올로기에 대한 맹종에서 탈피한 새로운 주체의 형성을 가능케 한다고 강조한다. 「요한시집」에서 '자유'의 어휘소에 대한 새로운 가치함축은 지배체제의 재생산에 기여하는 담론체계를 전복하여 새로운 가치를 창출한다는 점에서 페쇠의 역동일시와 부합한다고 할 수 있다. 누혜가 자살을 감행한 공간이 동호가 "눈알을 손바닥에 들고 서 있어야 했던 안세계와 감시병의 향수를 노래하고 있었던 밖세계"

감행한다. 이는 부조리한 현실세계에서 탈출하고자 하는 기투행위가
공간적 구도에서 시간적 구도로 변경되어 실천되고 있음을 의미한
다.[20]

시간적 구도 속에서 감행되는 미래로의 초월적 기투는 자살이라는
자기 모순적 방식으로 달성된다. 자살에 의한 초월이 자기 모순적일
수밖에 없는 이유는 초월하는 주체가 초월 속에서 존재의 소멸을 야기
하기 때문이다.[21] 즉, 죽음을 통한 초월은 생의 다른 상태로의 존재론

를 분할하는 경계선인 철조망인 것도, 그의 자살이 지배체제의 재생산 국면에
'돌파구'를 마련하려는 처절한 몸부림임을 예증한다.

Michel Pêcheux, Nagpal trans., *Language, Semantics, Ideology*, (New York:
St. martin's Press, 1982), pp.156~170.

20) 오래된 '유토피아 사회상'이 공각적 구도에 입각해 부정적 현실과 대립되는
바람직한 사회상을 꿈꾸는 '장소 유토피아'인 반면에, 근세의 유토피아는 대부
분 시간적 구도 속에 미래지향적인 사고를 제시하는 '시간 유토피아'로 패러다
임의 전환을 보여준다(Ernst Bloch, 박설호 역, 『희망의 원리』, 솔, 1993, 29쪽).
이런 관점에서 본다면, '밀실'과 '광장'으로 상징되는 남북의 공간을 넘나들다가
제3의 공간으로 발길을 돌린 이명준이 결국 자살로 생을 마감하게 되는 『광장』
이나, 미래에서 들려오는 초월적 목소리를 빌어 비로소 이념의 쟁투를 비판할
수 있게 되는 『원형의 전설』은 시간 유토피아의 구도 안에서 공간적 도약의
불가능성과 시간적 비전의 가능성을 복합적으로 반영하고 있다고 할 수 있다.
결국 어떤 탈주의 공간도 용납하지 않는 이념의 경직성으로 말미암아, 한국사
회의 이념대결의 극복방안은 대체로 시간적 비전 속에서 미래를 기약하는 가능
성으로 제시되게 된다.

21) 레비나스는 초월의 자기 모순적 성격을 다음과 같이 말하고 있다.
"고전적인 개념으로서 초월(죽음을 통한 초월)의 이념은 자기 모순적이다. 초
월하는 주체는 자신의 초월 속에서 소멸해 버린다. (……) 초월이 주체의 동일
성 자체와 결부된 것이라면, 우리는 주체의 실체의 죽음을 목격하게 될 것이다.
확실히 우리는 죽음이 초월 자체인지 아닌지 의심할 수 있을 것이다. (……)
죽음은 변화함(化體, transsubstantiation)이라는 생성의 예외적인 사건을 나타
내지 못한다. 여기서 변화함(화체)이란, 무(無)로 귀착함 없이, 그리고 동일적
인 것의 생존과는 다른 방식으로 연속성을 보증해주는 것을 말한다."

E. Levinas, *Totalité et infini*, Martinus Nijhoff, 1961, p.251.

서동욱, 「아이와 초월 - 레비나스, 투르니에, 쿤데라」, 『세계의 문학』 1999 가
을호, 308쪽, 재인용.

적 전환과 존재의 지속이라는 초월의 이중적 요건을 충족시키지 못하기에 자기 모순적일 수밖에 없는 것이다. 그럼에도 누혜의 죽음이 허무의지의 종결점이 아니라 적극적인 현실 초월 의지로 받아들여지는 것은, 그 자살이 '권력의 한계, 권력을 벗어나는 지점'에 대한 모색이자, '삶에 행사되는 권력의 경계와 틈새'[22]를 찾아 '돌파구'를 마련하려는 시도이기 때문이다. 결국 누혜의 자살은 부조리한 현실에 대한 가장 강력한 저항이자, '지금-여기'의 시공을 넘어서 절대적 자유의 세계를 추구하는 유토피아적 욕망이 담겨 있는 최종적 기투행위인 것이다.

한편 텍스트에서 통일적이고 확고한 정체성을 유지하고 있는 누혜와 달리, 동호는 견고한 정체성을 유지하지 못하고 끊임없이 자기 분열적인 모습을 보여준다. 또 그의 정체성은 자족적·배타적인 상태를 유지하지 않으며, 누혜와의 밀접한 교호과정 속에서 변모하는 유동적 성격을 띠고 있다. 그러므로 여기서는 시간적 흐름에 따른 정체성의 변모과정과 누혜와의 관련양상에 주목하면서, 행위의 축과 사유의 축으로 구분하여 동호의 정체성을 살펴보도록 하겠다.

따지고 보면 의지할 것은 아무것도 없다. 그래서 나는 따라다녔을 뿐이다. 내가 나의 주인이 되어 나의 앞장을 내가 서서 나의 길을 걸어본 적이 있었던가? 없다! 한 번도 없었다. 늘 전봇대를 따라다녔고, 늘 기차시간을 기다리고 있었다. 그러면서 나는 한번도 기차에 타본 적이 없었다. 그러나 나는 그래도 기다렸고 그래도 따라다녔다. 왜? 길에는 전봇대가 있었고 정거장에는 대합실이 있었기 때문이다.

생각하면 비참하고 시시하다. 어째서 살아 있는 것이 그래도 낫고 죽는

---

22) Michel Foucault, 이규현 역, 『성의 역사 - 앎의 의지』, 나남출판, 1990, 149쪽.

것이 그래도 나쁜가?23)

위의 인용문에서 반복적으로 기술되어 있는 '따라다녔다'는 언표가 말해주듯이, 능동적인 행동자로 설정되어 있는 누혜와 달리 행위의 축에서 동호는 매우 수동적인 인물로 그려지고 있다. 이러한 대립적 인물 특성은 '자유에의 길을 막고 있는 벽'을 뚫기 위해 참전하여 '용감성으로 최고 훈장을 받은' 누혜와 외부의 강제에 의해 '의용군'으로서 피동적으로 전쟁에 참가한 동호라는 상이한 행위양태에서도 단적으로 드러난다. 따라서 행위의 측면에서 보면, 누혜가 부조리한 지배질서에서 적극적으로 대처하는 능동적 주체인데 반해, 동호는 지배체제가 구획한 현실의 질서에 무기력하게 순응하는 수동적 주체인 것이다.

그러면서도 동호는 지배질서에 자신을 완전히 동일시하지 못하고 현실 속에서 억압된 내적 욕망을 광기로 표출하는 자기 분열적 모습을 드러낸다. 이를테면, "비행기 소리 같은 것을 들었을 때에는 간이 뒤집혀져서 아무데에나 자빠져서 거품을 물었고, 때로는 몽둥이를 쳐들고 자동차에 달려"드는 등의 비이성적 행위는 소극적으로나마 현실 순응적 상태를 부정·탈피하고자 하는 누혜의 무의식적 욕망이 자기 분열적인 형태로 표출되는 것이라 할 수 있다.24)

동호의 피동적 주체성은 누혜의 자살을 계기로 그의 욕망과 접속되

---

23) 장용학, 앞의 책, 59쪽.
24) 정신병 상태는 인간 존재가 취할 수 있는 하나의 가능태로, 그 속에는 절대적 자유에 대한 소망, 즉 어떠한 법칙에도 종속되고 싶어하지 않는 소망이 내재되어 있다(Peter Widmer, 홍준기·이승미 역, 『욕망의 전복』, 한울아카데미, 1998, 153쪽). 따라서 '권력이 있는 곳에 저항이 있다'는 테제를 증명이라도 하듯이, 정신질환적 행위를 통해 동호는 누혜의 욕망과 접속되기 이전에 이미 무의식적으로 현실권력에 대한 저항을 욕망하고 있었다고 말할 수 있다.

면서 반성적 사유를 촉발함과 동시에 변화의 전기를 맞는다. 동호는 그와 친밀한 관계에 있었다는 이유만으로 누혜의 "눈알을 손바닥에 들고 해가 동쪽 바다에 솟아오를 때까지 서 있으라"는 처벌을 받게 되는데, 여기에는 처벌이 야기하는 죽음의 공포를 통해 자유를 추구하는 욕망의 전이를 봉쇄하려는 의도가 숨어 있다. 하지만 역설적이게도 이러한 처벌을 통해 동호는 자유를 추구하는 누혜의 욕망과 조우하여 서사의 중심주체로서 새로운 주체성을 형성해 나갈 수 있게 되는 것이다.[25]

결국 누혜의 죽음은 동호를 서사에서 유일한 행위주체이자 인식주체로 남게 하는 서사의 중핵사건이자, 동호로 하여금 수동적 정체성에서 탈피하여 새로운 정체성의 형성을 가능하게 하는 전환점이기도 하다. 그런데 행위주체로서 수동적 존재양태에서 탈피하고자 하는 동호의 욕망은 행위의 축에서 누혜의 어머니를 죽게 만드는 사건으로 나타난다.

> 싸늘해지는 손을 느꼈다. 잠에서 깨어난 것처럼 그 손을 물리치려고 했다. 그러나 내 손가락은 노파의 손가락에 꽉 업혀 있었다. 끝내 나는 잡힌 것이다. 「변소의 손」이 나를 잡은 것이다!
>
> 등곬이 시려진다. 노파의 식은 피가 손가락으로 해서 내 혈관으로 흘러드는 것이다. 노파의 얼굴에 떠오르는 생기를 보아라. 냉기는 내 팔을 얼어

---

25) 「요한시집」에서 '눈'이 반복해서 등장하고 있음에 주의를 기울여야 한다. '눈'이라는 신체기관이 지닌 "보는 기능은 존재를 폭로한다"(Martin Heidegger, 전양범 역, 『존재와 시간』, 시간과 공간사, 1989, 236쪽)는 점에서, 그것은 지배질서의 억압성을 고발하는 동시에 수동적 주체의 반성을 촉구하는 서사적 장치로 설정되어 있다고 볼 수 있다. 특히 여기서 동호가 누혜의 눈을 들고 있는 행위는 서사 내적으로 누혜와 동호의 눈이 겹쳐짐으로써 세계를 바라보는 태도가 변화되는 계기(김병로, 「장용학의 「요한시집」에 나타나는 해체적 서사담론」, 『한국문학과 비평』3, 예림기획, 1998, 330쪽)인 동시에, 누혜에게서 발원한 자유에의 욕망이 동호에게로 전이되고 있음을 상징한다.

붙이고 있지 않은가. 위로 위로…….

　사실은 내가 죽어가고 있는 것이 아닌가! 그렇지 않으면 왜 내 육체가 이렇게 자꾸 차가와지는가? 구리(銅) 같아지는 내 손의 차거움…… 과 팔. 어깨를 지나 가슴으로……. 穴居地帶로, 穴居地帶로, 나는 자꾸 靑銅時代로 끌려드는 鄕愁를 느낀다…… 아이스 케이크를 사먹다가 「동무」에게 어깨를 붙잡힌 나의 가련한 모습.26)

　위의 인용문은 동호가 쥐를 잡아먹으면서까지 생명을 연명하려는 누혜 어머니의 목을 조르는 장면이다. 여기에서 '붙잡히다'는 수동적 표현의 반복적 서술이 보여주듯이, 동호는 능동적 행위자임에도 불구하고 행위를 받는 피동적 주체로 형상화되어 있다. 이는 과거의 피동적 존재 양태에 대한 반성이 서술의 국면에 투영된 결과라 볼 수 있다. 따라서 동호의 행위는 표면적으로는 누혜의 어머니를 죽이는 것이지만, 심층적 의미는 자신의 현실 순응적인 피동적 자아를 죽이는 행위27)라는 해석이 가능해진다.

　그러나 피동적으로 현실을 수락하는 수동적 존재양태에서 탈피하고자 하는 동호의 욕망은 행위의 축에서가 아니라 사유의 축에서 보다 역동적으로 전개된다. 동호는 후행서사에서 초점화자가 되어 자신이 체험하거나 지각한 서사적 정보를 중계하고 있다. 이때 초점화자인 동호는 서사적 정보를 객관적으로 전달하는데 머물지 않고, 가치 평가적인 서술을 통해 세계와 자아에 대한 비판적 사유를 적극적으로 개진해 나간다.

---

26) 장용학, 앞의 책, 66쪽.
27) 김병로, 앞의 책, 335쪽.

세계와 자아에 대한 비판적 사유는 필연적으로 반성적 자각을 동반하는데, 이때 동호는 반성적 주체로서 양분된 자아들 사이에서 자기 분열적인 괴리를 경험하게 된다.

> 1) 얼마 후, 나는 여기저기 살이 찢어져 피를 줄줄 흘리면서 닭다리를 손에 꼭 쥔 채로 「일요일의 포로」가 된 내 동호를 거기에서 발견했다.
> 가슴에 걸린 「P·W」라는 꼬리표를 턱 아래에 보았을 때 동호의 눈에서는 서러운 눈물이 수없이 흘러떨어졌다. 턱받이, 침을 흘리던 어린 시절이 그리운 눈물이 그 꼬리표를 적셨다.
> 거기에 서 있는 것은 어린애였다. 턱받이를 한 어린애였다. 그가 거기에 서 있었다. 異邦의 어린애가 거기에 멍하니 서 있었다.
> 이 나와 저 나를 같은 나로 느낄 확고한 근거는 없었다. 나는 나를 나라고 서슴지 않고 부를 수가 없었다. 발도 손도, 기쁨도 나의 것 같지 않았다.[28)]

> 2) 나는 나의 一部分을 살고 있는 셈이 된다. 나는 나의 一部分에 지나지 않는다. 그림자에 지나지 않는다.
> 그래도 동호는 나인가? 나는 나인가? 아까 동호를 불렀는데도 내가 끝내 대답하지 못한 것은 이 때문이 아니었을까.[29)]

1)과 2)의 인용문은 모두 초점화자인 동호가 자신을 초점대상으로 삼아, 자기 자신에 대한 반성적 인식을 드러내고 있다는 점에서 흥미를 끈다. 1)의 인용문은 강제로 전쟁에 끌려나왔다가 포로가 되던 순간을

---

28) 장용학, 앞의 책, 60~61쪽.
29) 위의 책, 57쪽.

회상하는 부분이다. 여기서 '「P・W」'가 외부의 억압적 힘에 의해 포획된 자아의 존재태를 상징한다면, 연이어 등장하는 '어린애'라는 어휘는 미성숙한 자아의 기호적 표현에 다름 아니다. 이 두 기호의 결합은 수동적 정체성과 미성숙한 의식의 연관성을 상기시키면서, 현재의 각성된 '나'의 입장에서 과거의 피동적인 '나'를 반성적으로 조명할 수 있게 하고 있다.

또 2)의 인용문은 동호가 누혜의 어머니를 찾아가는 도중에 시공간이 착종된 관념의 유희에 빠져 현재의 자신을 망각했던 일에 대해 생각하는 장면이다. 여기서 동호는 자아의 인식가능성에 회의하면서, 자기 내부에 자신조차도 알지 못하는 은닉된 자아의 욕망이 존재할 가능성에 대해 의문을 품는다. 이는 현실적 질서에 억눌려 광기로 표출되던 무의식적 욕망이 의식의 표면까지 떠오르고 있음을 의미하는 것이다. 그러한 자각은 본질적 자아의 무의식적 욕망과 괴리된 채 지배질서에 순응하던 자신의 삶에 대한 반성적 인식을 불러일으키는데, '나는 나의 일부분에 지나지 않다거나 '그림자에 지나지 않는다'는 진술은 주체적인 삶을 살지 못하고 수동적으로 현실질서에 순응했던 자신에 대한 반성적 응시가 언술의 층위에 투영된 것이라 볼 수 있다.

그런데 위의 두 인용문 속에서, 동호가 자신을 타자화하여 '동호'라는 삼인칭으로 호명하고 있는 점이 눈에 띈다. 삼인칭은 자아와의 소원화된 거리감을 드러내면서 자기 자신을 비평의 대상으로 삼는 인칭법이다.[30] 여기서 삼인칭은 자기를 반성의 대상으로 삼는 동시에 분열된 자아의 징후를 드러내는 역할을 한다. 1)에서의 삼인칭에 의한 호명이

---

30) Roland Barthes, 김희영 역, 「롤랑 바르트의 주요어 20개 - 장 자크 브로시에와의 대담」, 『텍스트의 즐거움』, 동문선, 1997, 206쪽.

과거의 수동적인 '나'와 현재의 각성된 상태의 '나' 사이에 존재하는 괴
리를 나타내고 있다면, 2)의 타자화된 호칭은 존재와 욕망의 불일치 즉,
자아와 자아 내부에 잠재하고 있는 자기 아닌 것(타자성) 사이의 분열
을 보여준다. 따라서 타자화된 호칭들은 서사에서 동호의 분열된 정체
성을 수면으로 드러내면서, 단일한 통합된 정체성의 존재론적 지반을
이루는 자기 동일적인 현존개념을 근본적으로 허물어버리고 있다고 할
수 있다.

분열적 주체의 무의식적 욕망은 지향점도 없이 자유롭게 유영하는
서술의 흐름 속에서도 포착될 수 있다. 유서에서 비교적 논리 정연한
언술을 펼쳐 나가는 누혜와 달리, 후행서사 전체에서 동호는 고정적이
고 일관된 중심점 없이 순간순간 떠오르는 사유의 흐름에 따라 자유롭
게 서술을 전개시켜 나간다. 이렇게 탈중심화된 서술양상은 통일적이
고 단일한 일점으로 환원되지 않는 동호의 분열된 주체성이 어떻게 표
현의 층위에서 축조되어 가는가를 명확하게 보여준다.[31]

결론적으로 말해서, 동호는 견고한 구심적 의식을 지닌 능동적 주체
가 아니라, 의식과 무의식의 역동적인 결합의 과정 속에서 합리적이고
명증한 주체를 부정하는 분열적 존재로 변환되는 것이다. 그리고 이러
한 주체적 특성은 동호로 하여금 획일적 주체를 생산하려는 현실질서
에 대한 반성적 사유의 운동을 지속하게 하는 동인이 된다. 또 한편으
로, 우화 속에 존재하는 '자유의 버섯'을 숭배하는 무리들은 왜 누혜라

---

31) 이 점에서 동호는 실재주체(Real Subjcet)와 유사한 주체적 특성을 함유하고
있다고 여겨진다. 실재주체는 의식과 무의식의 상호 역동적인 작용에 의해,
무의식적 욕망을 의식적 담론 속에 표출하는 존재를 일컫는다.
윤효녕 외, 『주체개념의 비판-데리다 · 라캉 · 알튀세 · 푸코』, 서울대학교출판
부, 1999, 86~89쪽 참조.

는 서사주체의 소멸이후에도 서사가 종결되지 않고 동호의 끊임없는
사유의 운동이 필요한가를 단적으로 말해준다.

'자유의 버섯'을 숭배하는 무리는 '자유를 향한 욕망'에 부정적 가치를
부여할 수 있는 여지를 남긴다. 즉, 그와 같은 숭배행위는 자유를 추구
하는 욕망을 화석화시킴으로써, 그것을 경화된 이념으로 전락시키는
배반에 다름 아닌 것이다. 따라서 '자유'가 또 하나의 억압적 이념으로
화석화되는 것을 방지하기 위해서는, 자유를 불가능하게 하는 현실질
서의 근본적 지반을 파헤치는 동시에, 자유를 추구하는 기투 행위의 의
미까지도 반추할 수 있는 역동적인 반성적 사유가 요구되는 것이다.

2.3. '배반의 텍스트'와 비판적 유토피아

전통적으로 소설은 인과론적 원리에 입각해 서사적 요소를 유기적인
배열하여 일관된 스토리를 형성하고 있는 통일적 서사체를 가리킨다.
「요한시집」도 누혜를 중심으로 서사의 의미구조를 분석하면, '자유를
지향하는 욕망'이라는 주제적 의미망을 인과론적 연쇄로 견인하는 '목
적론적으로 기획된 서사구조'를 도출해 낼 수 있다는 점에서 전통적 소
설과 일맥상통한다. 그러나 또 한편으로 「요한시집」의 후행서사는 누
혜의 죽음으로 목적론적 서사행위가 종결된 지점에서 시작하여, 목적
론적 서사구조로 수렴되지 않는 비목적론적 서사구조를 전경화
(foregrounding)하고 있다는 점에서, 전통적 소설형식으로부터 일탈되
어 있기도 하다. 이 비목적론적 서사구조로 이루어진 서사텍스트는 인
과론적 원리에 기초한 유기적 통사의 결합으로 통일적 의미망을 형성
하려는 목적론적 서사의 구축을 지연·교란한다는 점에서 '배반의 텍스

트(the treacherous text)'[32]라 칭할 수 있다. 이 전경화된 배반의 텍스트의 존재로 인해 「요한시집」은 전통적 소설미학에서 일탈된 텍스트 미학적 특성을 발산할 수 있게 된다. 따라서 「요한시집」이라는 텍스트의 전모를 파악하기 위해서는, 비목적적인 배반의 텍스트를 추출하여 그 존재이유는 물론 이것이 '자유를 지향하는 욕망'을 중심으로 이루어진 목적론적인 서사구조와의 교호 속에서, 어떤 의미를 생산하는가를 고찰해 볼 필요가 있다.

　「요한시집」에서 배반의 텍스트는 순차적인 사건의 전개과정에 형성된 통일적 의미체가 아니라 인과적 통사원리를 부정하는 연상 결합적 서술방식과 현실적 가치기반을 부정하는 에세이적 서술행위로 직조된 비선형적 비목적적 서사구조에 의해 형성된다.

　　나는 여기서 이 나무 아래를 그리워해야 할 것이다. 아까 저 산기슭에서 이리를 쳐다보았을 때 하꼬방 뒤가 되는 이 한손을 외롭게 하늘로 쳐들고 서 있는 고독이 얼마나 눈물겹게 느껴졌던 것인가.(…중략…)
　　지금도 부엉새는 울고 있을 것이다. 고향 K城, 동북 모퉁이가 되는 성루

---

32) '배반의 텍스트(the treacherous text)'는 프랭크 커모드(Frank Kemode)가 제시한 개념이다. 커모드에 의하면, 서사물은 인과론적 연쇄에 의해 논리적 일관성을 형성하는 플롯의 이면에 이 인과의 연속성과는 무관하거나 심지어 적대적이기까지 한 이질적인 플롯으로 이루어진 배반의 텍스트를 감추고 있다(비밀과 서술순서」, Gérard Genette 외, 석경징 외 역, 『현대서술이론의 흐름』, 솔, 1997, 69~100쪽 참조). 이러한 배반의 텍스트의 개념에 비추어 볼 때, 무의식적 연상과 에세이적 언술로 이루어진 전복적 담론이 서사의 인과론적 연쇄와 무관하면서도 두드러지게 강조되어 있다는 점에서, 그것을 '전경화된 형태의 배반의 텍스트'라고 역설적으로 규정할 수 있을 것이다.
　그러나 보다 중요한 것은 인과적 연속성에 의해 구성된 텍스트로부터 배반의 텍스트를 찾아내는 일이 아니라, 두 이질적인 텍스트가 분절·무연·갈등·적대의 관계 속에서 어떤 교호작용을 일으키면서 새로운 의미를 생산하는가를 밝혀내는 작업이다.

에서 멀리 바라보이는 산 기슭에 외따른 초가집 한채가 있었다.(…중략…)
그것이 아까 저 산기슭에서 이리를 쳐다보았을 때 망각의 안개를 헤치고
되살아 올랐던 것이다. 이를테면 여기는 하나의 歸鄕이었다.(…중략…)
  할아버지의 산소가 거기에 있었던가?…….
  갑자기 믿기 어려웠으나, 저 하꼬방에서 바로 이만큼 떨어진 곳이었다.
할아버지의 산소가 그 초가집에서 바로 이만큼 떨어진 곳에 서 있는 소나
무의 두툴한 그늘 아래에 자리잡고 있다는 것은 사실이었다.
  그럼 그 동안 나는 어디에 가 있었던가? 그동안 할아버지의 산소는 어디
에 있는 것으로 해두고 있었던가? 그 산소 뒤에 피어 있는 진달래를 꺾다가
아버지에게 꾸지람을 들었던 일은 기억에 남아 있었으면서도 그 산소가
거기에 있다는 것은 까맣게 잊고 있었다. 잊고 있다는 것도 모르고 있었다.
그렇지 않았다면 그렇게 놀랐을까….33)

  위의 인용문은 고목나무를 매개로 촉발된 고향에 대한 회상이 착종
된 시공간의 사유로 전이되고 있는 모습을 보여주고 있다. 현실과의
불화에 의해 촉발되는 연상은 규범적인 시공간을 일탈하여 현실세계를
재구성하고자 하는 인간의 무의식적 욕망을 드러내기에 적합한 기억의
양식이다. 여기서 연상의 양식은 의식과 무의식의 분열 속에서 현실적
대상을 매개로 한 사유의 자유로운 전이를 가능케 함으로써, 전복적 담
론의 생성과 무의식적 욕망의 분출 통로를 마련해 주고 있다. 이렇게
연상은 유기적인 맥락을 상실하여 서로 아무런 연계성이 없어 보이는
파편화된 기억과 무의식적 '망상'이 분출하는 유로가 됨으로써 배반의
텍스트를 생성해 나간다. 따라서 목적론적 서사구조에 수렴되지 않는
서사의 구성요소들은 전경화된 배반의 텍스트를 생성하기 위해 존재하

---

33) 장용학, 앞의 책, 56~57쪽.

는 것이라 할 수 있다.

　그런데 연상에 의한 서술방식은 확정적 중심을 결여한 문장의 연쇄로, 단일한 언술체계의 성립을 불가능하게 함은 물론 서사의 통합체적 질서를 교란한다. 그리고 서사 질서의 해체는 필연적으로 서사주체의 해체를 동반하기에, 연상의 서술방식은 단일하고 안정된 서사주체의 존재에 의문을 제기하면서 분열적 정체성을 지닌 주체를 생산하게 된다. 다시 말해, 목적론적으로 기획된 서사구조에 입각해 통일적인 서사문법을 구현하고 있는 전통적 소설이 확고한 정체성을 지닌 주체를 등장시킬 수밖에 없는 것과 마찬가지로, 자유연상에 의한 비유기적 불연속적인 서술형태는 정체성의 해체를 가져오기에 자기 분열적 서사주체를 생산할 수밖에 없게 되는 것이다.

　한편 연상의 서술방식에는 언제나 에세이적 서술이 뒤따르면서 '배반의 텍스트'를 구성해 나간다. 에세이적 서술은 연상의 서술과 마찬가지로 서사적 통합체의 인과적 연쇄를 단절시키는데, 이로써 이들 서술방식은 서사의 형식적 층위에서 지배질서를 근본에서부터 비판하는 전복적 역할을 수행하게 된다. 따라서 유기적인 서사적 연쇄망의 붕괴로 인한 표면적 혼돈현상은 형식적 약점이 아니라 지배 이데올로기 비판의 충실성을 보여주는 표지라 할 것이다.

　연상의 서술이 유기적인 서사망의 해체를 통해 동일적 정체성을 생산하려는 지배질서를 교란·비판하는 역할을 수행하고 있다면, 에세이적 언술은 형식적 층위에서뿐만 아니라 의미론적 층위에서 지배질서가 근거한 공리체계를 직접적으로 비판하는 기능까지도 담당하고 있다. 이는 에세이의 비판적 본질, 즉 '논리적 세계의 환상을 뒤흔들면서 현실을 정당화하는 모든 공식에 대항하는 반체계적인 충동을 내재하고 있

는'[34] 에세이의 특성을 언술의 국면에서 效果的으로 활용함으로써 가
능해지는 것이다.

> 時計가 가리키는 시간과 位置가 빚어내는 시간. 이 두 개의 시간 사이에
> 가로놓여 있는 빈 터. 그것이 얼마나한 출혈(出血)을 강요하든, 우리는 이
> 러한 빈터에서 놀 때 自由를 느낀다. 우리에게 두 개의 시간을 품게 한 이러
> 한 빈터가 결국은 「나」를 두 개의 나로 쪼개버린 실마리였는지도 모른다.
> 공간 속을 시간이 흐르는 것인지 시간의 흐름을 따라 공간이 분비(分泌)
> 되어 나오는 것인지 알 수 없지만, 지붕 위에 앉게 된 해를 보고 있노라면
> 時間은 空間에 갇혀 있는 것 같다. 이 관계 위에 現在의 秩序는 자리잡은
> 것 같다.
> 이 공간 위에 갇혀 있는 시간이 가령 그 壁을 뚫고 저쪽으로 뛰어나가게
> 되면 세상은 어떻게 될 것인가?(…중략…)[35]

이 인용문은 동호가 시간에 대한 관념적 사유를 펼쳐나가는 후행서
사의 서두 부분이다. 여기서 '시계가 가리키는 시간'이 시·분·초로 분
할 가능한 객관적 시간이라면, '위치가 빚어내는 시간'은 존재가 속한
공간적 위치에 따라 상대적으로 의식 내부에서 달리 지각되는 주관적
시간을 의미한다. 초점화자 동호는 이 '두 개의 시간 사이에 가로 놓여
있는 빈터'에서 '자유를 느낀다'고 진술하고 있는데, 여기서 '빈터'로 지
칭되는 영역은 주객의 이항대립적 시간으로부터 벗어난 지점을 뜻한다.
아울러 그것은 문맥상 이항 대립적 사고가 상호 모순적으로 충돌하는

---

34) Theodor. W. Adorno, "The Essay as Form", *Notes to Literature V. I*.(New
　　York : Columbia University Press, 1991), pp.6~23.
35) 장용학, 53~54쪽.

균열점이라는 함의를 지닌다. 그러므로 '빈터'에 관한 사유는 현존질서
로부터 탈주하여 자유를 지향하고자 하는 욕망의 무의식적 발현으로,
내외공간으로 포로수용소를 이분하는 철조망이라는 경계에서 자살을
감행함으로써 자유를 위한 '돌파구'를 마련하려 했던 누혜의 행위와 등
가적 의미를 내포하게 된다.

이제 동호의 사유는 시간이 공간에 갇혀 있는 관계 위에 현재의 질서
가 자리잡고 있다는 인식에까지 이르면서, 자유로운 상상의 자발적 흐
름을 통해 현존질서를 지탱하는 근본적 지반을 전복하려 한다. 이에
동호는 망상 속에서 시간을 구속하는 공간의 벽을 돌파하여 역진적 상
상의 운동을 전개시켜 나가게 되는데, 이 역진적 상상의 전개과정 속에
서 현실의 지배질서를 떠받치는 근대의 공리체계라 할 수 있는 반복
불가능하고 불가역적인 시간관은 급격히 와해되고 만다. 따라서 에세
이적 서술은 이데올로기적 충돌의 현상적 국면에 대한 비판에 머물지
않고 지배권력의 작동과 이데올로기적 쟁투를 가능하게 하는 근원적
토대로서의 근대적 공리체계의 허구성을 폭로하게 되는 것이다.[36]

결국, 연상적 서술과 에세이적 서술에 의해 형성된 비목적론적 서사
는 '인과논리적으로 구성된 체계와 불가분의 관계로 결합되어 있'[37]는
지배원리를 비판적으로 해체하게 된다. 그 과정에서 비목적론적 서사
는 파편적 비유기적 서술방식을 통해 목적론적 서사와 길항(拮抗) 관계

---

36) 근대의 정치철학은 이데올로기적 경향을 불문하고 공통적으로 '자유' 또는 '해
   방'을 지향한다(함재봉, 『탈근대와 유교-한국정치담론의 모색』, 나남출판, 1998,
   52쪽). 이는 이데올로기 비판이 그것의 부정성에 대한 폭로만으로는 불완전할
   수밖에 없음을 의미한다. 차라리 이데올로기 비판은 그 이데올로기의 성립을
   가능하게 했던 근대의 근원적 공리체계에 대한 근본적 성찰을 통해서 비로소
   효과적으로 수행될 수 있다.
37) Peter V. Zima, 앞의 책, p.106.

를 형성하여 그것의 일관된 진행을 지연하고 교란시킨다. 또 목적론적 서사가 동일적 주체(기투적 주체)를 등장시켜 일관성과 일의성을 구축하려는 중심화된 서사라면, 비목적론적 서사는 비동일적 주체(분열적 주체)를 견인하면서 유기성과 단의성을 해체하는 탈중심화된 서사이다. 그럼에도 이질적인 두 서사가 상호 길항하면서도 접합될 수 있는 것은 비목적론적 서사 역시도 지배질서의 부정과 모순을 비판하면서 유토피아의 충동을 발산하고 있기 때문이다. 다시 말해, 이질적이면서도 동질적인 두 서사는 유토피아적 욕망의 매개를 통해 상위의 차원에서 고차원적 통일성을 확보하게 되는 것이다.

1) 백만인구를 자랑하던 公民社會는 삽시간에 허허벌판이 되었다. 꺼멓던 文明이 허연 배를 드러내고 여기저기에 뒹군다. 서 있는 것이라곤 아무것도 없다. 죽었다. 都市는 죽었다.(…중략…)

사전(辭典)에서 해방된 모든 나무들이 천천히 걸어들어 온다. 「캐피털 · 레타」의 순서를 벗어던지고 자기의 원하는 곳에 가서 툭툭 선다. 서서는 그늘을 짓는다. 고요하다. 아주 고요하다. 낙원이다. 낙원이 고요하다.(…중략…)

그러나 세계는 고요한 대로 언제까지 있을 수 없다. 한편으로는 벌써 소란해지고 있었다. 낙원은 흔들리기 시작한 것이다. 푸드득 푸드득, 하늘로 날아오르는 부엉새의 떼무리……. 눈먼 새의 뒤에는 사람의 그림자가 따르는 법이다.[38]

2) 이 세계에는 二律背反이 없다. 무수의 律이 마치 穹窿의 星座처럼 서로 범함이 없이, 고요한 詩의 밤을 밝히고 있다. 王者도 없고 奴婢도 여기에

---

38) 장용학, 앞의 책, 68쪽.

는 없다. 憂慮가 없다. 그러니 妥協이 없다. 風習이 없으니 頹廢가 없다.
萬物은 스스로 가 자기의 原因이고, 스스로가 자기의 자(尺)이다. 太陽
이 반듯이 동쪽에서만 솟아야 할 이유가 여기에는 없다. 늘 새롭고 늘
아침이고 늘 봄이다. 아 젊은 大陸……[39]

1)은 동호가 근대적 질서의 근원적 토대를 이루는 불가역적 시간을
와해시키며 역진적 상상의 운동을 통해 도달한 정점, 즉 근대문명 자체
가 소거된 '무위자연의 낙원(paradise)'을 상상하는 부분이다. 여기서 인
간과 문명은 낙원의 복원을 위해서는 반드시 폐기되어야 할 악으로 의
미화되어 있다. 즉 낙원이 위계화된 '순서'에서 해방되어 존재가 자유롭
게 '자기의 원하는 곳에' 자리잡을 수 있는 세계라면, 인간과 문명은 낙
원의 상실을 가져오는 악의 근원으로 간주되고 있는 것이다.

2)의 인용문은 누혜가 자신이 꿈꾸는 세계를 환상적으로 그리고 있는
부분이다. 이 인용문에는 '자유를 지향하는 욕망'이 궁극적으로 도달하
고자 하는 유토피아적 세계가 보다 구체적으로 제시되고 있다. 여기서
누혜가 그리는 유토피아적 세계는 '무수의 율(律)'이 산재하면서도 모순
이 없는 세계, 지배와 피지배의 분리로 인한 억압과 차별이 없는 세계,
주객의 대립이 없이 모든 존재가 자기 충족적 삶을 유지하는 세계로
그려져 있다. 이렇게 누혜와 동호가 꿈꾸는 이상향은 부정적 현실을
초월한 유토피아적 비전을 담고 있다는 점에서 동질적인 성격을 띠고
있다.

이 유토피아상들은 환상의 기제에 의해 제시 가능하게 되는데, 환상
은 욕망의 대상에 대한 주체의 불가능한 관계를 실현시키는 시나리

---

39) 위의 책, 80쪽.

오[40])로서, 주체의 절실한 욕망을 가시적으로 드러내는 무대 구실을 한다. 여기서도 환상의 유토피아상들은 역사적 현실의 역상으로 존재하면서, 그것의 부정성을 폭로 · 비판하며 생의 '다른 상태'를 지향하는 유토피아적 열망을 명시적으로 전달한다. 그런데 위에서 제시된 유토피아상들은 현실 정합성을 결여한 채, 환상을 매개로 부정적 현실에서 벗어나려는 관념적 도피의 경향만을 드러내고 있다는 비판이 제기될 수 있다. 하지만 이러한 유토피아적 세계가 현실적으로 얼마만한 정합성을 지니고 있는가는 부차적인 문제다. 왜냐하면 문제는 "개연성의 기준으로 평가될 수도 있을 구체적인 가능성이 아니라 주어진 현실과는 비교할 수 없는 특성으로 남아야 할 전혀 추상적인 가능성 혹은 유토피아이기 때문이다."[41]

보다 중요한 것은 목적론적 서사와 비목적론적 서사가 양가적 관계 속에서 고차원적 통일성을 확보해나간다는 점이다. 다시 말해, 두 서사가 이질적 특성과 동질적 특성을 함께 드러내면서 상호 교호작용 속에 현실 비판으로서의 유토피아를 형성한다는 점이다. 이는 현실 비판으로서의 유토피아상은 부정적 현실에 대응하는 반명제로 제시된 것으로써, '자유를 지향하는 욕망'을 일관되게 제시한 목적론적 서사 자체만으로 형성될 수 없음을 의미하는 것이다. 차라리 현실의 결핍과 모순을 폭로하는 현실 비판적 유토피아상은 비목적론적 서사가 목적론적 서사와 절합되어서야 비로소 그 비전을 명확히 표상할 수 있게 된다고 할 수 있다.

---

40) Slavoj Žižek, 김소연 · 유재희 옮김, 『삐딱하게 보기 - 대중문화를 통한 라캉의 이해』, 시각과 언어, 1995, 23쪽.
41) Jürgen Schramke, 원당희 · 박병화 역, 『현대소설의 이론』, 문예출판사, 1995, 237쪽.

또 한편, 상실된 낙원으로 복귀하려는 과거 회귀적 경향과 미래 지향적 비전으로 분기된다는 점에서 비목적론적 서사와 목적론적 서사는 양가적 관계에 놓여 있다. 즉, 누혜가 미래로의 적극적인 기투를 통해 부정적 현실을 넘어서고자 하는 욕망을 주체적으로 구현하려는데 비해서, 동호는 역사 이전의 낙원으로의 복귀를 염원함으로써 부정적 현실을 벗어나고자 하는 자신의 욕망을 소극적으로 표출한다. 이는 자유와 해방을 지향하는 인간의 의지가 필연적으로 인간을 구속하는 억압의 역사를 낳고 만다는 회의적 인식에 기인한다. 그리고 동호에 의해 낙원으로 지칭되는 세계 즉, 인간문명과 역사가 제거된 세계는 누혜가 사회와 유리된 채 무위의 삶을 살던 자연세계와 유사하다. 따라서 무위의 낙원을 동경하는 동호의 지향은 미래로의 기대를 품은 누혜의 기투와 양가적 관계를 형성한다고 할 수 있다.

이러한 양가적 지향성은 유토피아적 기획에 내재된 모순을 노출시킴으로써, 텍스트 스스로 현실 초월적 유토피아가 상상적으로만 가능할 뿐 현실적으로 실현 불가능한 이상일 수밖에 없음을 드러내는 것이다. "내일의 태양은 다시 떠오를 것인가"라는 물음으로 종결되는 불확정적인 종결성 역시 이러한 맥락에서 해석이 가능하다. 이에 비목적론적 서사는 유토피아적 욕망이라는 중심점의 성립을 가능하게 하는 동시에 분산적 파편적 서사의 진행으로 이를 다시 해체한다고 말할 수 있게 된다. 그리고 이것은 비목적론적 서사가 '자유를 지향하는 욕망'이 완고한 이데올로기로 경화될 위험성을 방지하는 효과를 발휘하고 있다는 것을 의미한다. 그러므로 비목적론적 서사는 "일사불란한 전진적 형태로 폭력의 감염을 부르는 중심적 서사와 달리, 정적이고 분산된 진행으로 집중적인 돌진을 저지함으로써 폭력의 감염과 동화를 막는 탈중심적 서사"[42]라 할만하다. 더구나 '과거 쪽으로 흘러가는 사건의 흐름'에서 '생성(生成)'을 보는 비동일적 주체 동호의 지향성도 폐쇄적인 의미의 완결점을 탈중심적으로 해체하면서 개방적 통합성을 유도한다. 즉, 미래에의 기대와 충만한 과거로의 회귀로 분기된 양가적 지향성은 현실 비판적 유토피아를 이데올로기적 봉쇄가 아닌 이데올로기를 초월한 열린 유토피아적 전망으로 자리잡게 하는 것이다. 따라서 비목적 배반의 텍스트를 사장시킨 채 동일적 주체인 누혜에 의해 견인되는 목적론적 서사를 중심으로 텍스트 독해함으로써, 「요한시집」을 단성적 관념만을 일방적으로 전달하려는 서사로 파악하려는 경향은 지양되어야 한다.

「요한시집」은 부조리한 현실을 소설의 형식에 반영하려는 미적 형상체이자 역사적 모순을 극복하려는 유토피아적 비전을 제시하고자 하는 이념의 구현체이다. 즉, 「요한시집」은 당대의 역사적 현실을 파열된 미적 형식에 담아내어 완결된 형식을 불가능하게 하는 현실의 부조리를 충실하게 폭로한다. 또 그것은 미적 형식의 매개를 거쳐 유토피아적 비전을 창출함으로써 현실적으로 해결할 수 없는 역사적 현실을 상상적으로 극복하고자 하는 응전의 소산인 것이다. 그러므로 미적 형상체이자 이념의 구현체로서의 「요한시집」이 지닌 가장 중요한 미덕은 이 텍스트가 자신이 제시한 서사적 구도와 대항이념을 해체하면서 자기 반성적·자기 전복적 서사의 특성을 보여주고 있다는 점이라 할 수 있다.

---

42) 권택영, 『영화와 소설 속의 욕망이론』, 민음사, 1995, 252쪽.

3. 결론

지금까지 50년대를 대표하는 작품의 하나인 장용학의 「요한시집」을 분석해 보았다. 그 결과 흔히 인식하는 것처럼 50년대의 문학이 허무의 지만을 들어내는 불안과 절망의 문학이 아니라, 압도적인 역사적 현실에 직면해서도 나름대로 현실을 극복하려는 의지를 담고 있음을 밝혀 낼 수 있었다. 그러나 여기서는 지금까지의 텍스트 분석의 결과를 보다 심도 깊게 논하면서 여타의 50년대 문학과의 공통점과 차이점을 검토하는 작업을 수행하지는 못했다. 이를 위해선, 먼저 여타의 작품들에도 현실의 제모순을 극복하려는 유토피아적 욕망을 담고 있는가를 고구(考究)한 후, 보다 종합적인 안목에서 수행해야 할 작업이다. 따라서 더욱 심도 깊은 텍스트 분석이 가능하기 위해서는 우선 유토피아적 범주를 매개로 보다 많은 작품들의 해석이 행해져야 할 것이다. 이들 작업은 앞으로 지속적으로 행해야 할 과제로 남긴다.

작가작품론의 정체성과 이데올로기

아버지 죽이기를 통한 계몽의 의지
-『무정』에 나타난 '가족 서사' 연구-
이용군

1. 근대 문학의 기점과 가족서사

식민지 시대 최초·최고의 근대 장편 소설로 평가받고 있는 이광수의『무정』1)은 우리 근대 문학의 모든 굴곡을 내포하고 있는 문제적 텍스트이다. 여기서 근대 문학의 모든 굴곡을 내포하고 있다는 의미는 단순하지 않다. 그것은『무정』이 함의(含意)하고 있는 의미의 다양성뿐만 아니라,『무정』에 대한 평가 모두에 해당된다. 우선『무정』은 그 자체가 우리 근대 문학의 전범(典範)이 된다. 여기서 전범(典範)이라는 표현을 사용한 것은『무정』이 기원만이 중요해진 박제(剝製)되어 있는 최초의 작품이 아니라, 여전히 새롭게 생산되는 문학적 상상력의 기준으로 작용하고 있기 때문이다. 이런 점에서『무정』은 근대 작가들의

---

1) 본 논문의 텍스트는 우신사에서 간행된 〈定本〉『무정』(1979)이다. 또한 매일신보에 연재(1917년 1월 1일에서 같은 해 6월 14일까지 126회가 연재됨)된 원문과의 대조를 위해, 바로잡은『무정』(김철 校註, 문학동네, 2004)을 참조하였다. 인용의 경우에는 우신사 본을 기준으로 하되, 의미와 맥락에 차이가 있는 경우는 신문 연재본을 참고하였다. 인용은 연재된 횟수와 페이지를 차례로 병기(倂記)하였다.『무정』의 판본과 관련된 세부적인 논의는 바로잡은『무정』을 참고하였다.

무의식을 형성하는 중요한 텍스트라고 할 수 있다.

『무정』에 대한 다양한 논의론은 그 자체로 우리 근대 문학을 풍부하게 하는 토대로 작용해 왔다. 실로『무정』에 대한 기존의 연구들은 매우 다양한 관점에서 중층적이고 심층적인 의미들을 생산해왔다. 중요한 논의들로는 근대문학의 기점, 고소설 인물들과의 영향관계, 인물들의 정체성, 등장인물에 대한 정신분석학적 분석, 핵심 모티프나 소재, 근대성이나 탈식민주의에 대한 것들이 있다. 특히『무정』에 대한 포괄적이고 인상적인 분석에서 벗어나 작품의 세부적인 핵심의미를 파악하고 있는 최근의 다양한 논의들은『무정』을 새롭게 읽을 수 있는 토대를 마련해 주고 있다.

본고는 기존의『무정』에 대한 논의들을 비판적으로 수용하면서, '가족 서사'의 관점에서『무정』의 의미를 새롭게 조명해보고자 한다.[2] '가

---

2) '가족 서사'라는 구체적인 방법론은 아니지만,『무정』을 '가족'의 측면에서 논의하고 있는 최초의 인물은 임화이다. 임화(〈조선 중앙일보〉, 1935.10.17)는『무정』의 특징을 '자유연애, 개인의 도덕상·윤리상 권리의 요구, 부권(父權)에 대한 부인'에서 찾고 있다. 여기에서 주목할 점은 그가 '자유연애, 개인의 도덕상·윤리상 권리의 요구'라는 근대적 가치와 '부권'(父權)에 대한 부인을 같은 항목에서 취급하고 있다는 점이다. 김윤식(「고아의식의 초극과 좌절」,『문학사상』, 문학사상사, 1992.2, 70쪽 ;『『무정』-그 기념비적 성격』,『이광수와 그의 시대』1, 솔, 1999, 604쪽)은 이광수의 사상적 궤적을 '고아의식'으로 규정하고 그 '고아의식'을 이광수의 개인적 운명이자 동시에 그것을 한국민족의 운명으로까지 확대하고 있다. 이재선(「근대소설과 부자관계의 문제」,『한국문학연구』 제 13집, 동국대학교 한국문학연구소, 1990, 43쪽)은 '고아의식'을 가진 인물들과 '아버지'와의 관계를 중심으로『무정』을 파악한다. 이외에도『무정』을 '오이디푸스' 삼각관계를 통해 분석하고 있는 나병철(『탈식민주의와 근대문학』, 문예출판사, 2004 ;『가족로망스와 성장소설』, 문예출판사, 2007)과 '고아의식'을 가진 인물들이 '아버지'를 찾는 여정을 중심으로 논의를 전개하는 서석준(「『무정』연구」,『고황논집』 제 7집, 경희대학교 대학원, 1990), 등장 인물들의 강한 '가족' 지향의 욕망을 밝히고 있는 최선희(「『무정』에 나타난 가족의 의미」,『한국 전통문화 연구』, 제 13집, 효성 카톨릭대학 전통문화연구소, 1999), 이형식이 보여주는 '아버지 되기'의 과정이 기존의 전근대적 가치관으로 대표되는 '아비'를 부정하고 스스로 '아버지'가 되고자 하는

족 서사'를 '기원과 관련된 정체성'[3]의 서사 혹은 '사회·정치적 의의'[4]로 확장되는 의미의 외연(外延)을 가진 것으로 파악할 때, 이러한 논의의 토대가 되는 것이 프로이트의 '가족 로망스'(Family Romance)[5] 개념이다. 프로이트의 이론에 따르면 '가족 로망스'는 유아의 성장 발달 단계에서 반드시 이루어지는 심리적 메커니즘으로 설명된다. 그것은 어린 아이가 자신의 '부모'를 환상적으로 재구성하는 과정이며, 하나의 주체로 성장하기 위해 자신이 처한 현실을 받아들이면서 동시에 조작하는 과정을 포함한다.

이러한 프로이트의 '가족 로망스' 개념을 문학 연구의 방법론으로 적용한 대표적인 논자는 마르트 로베르이다. 마르트 로베르는 프로이트의 '가족 로망스'에 나타난 부모와 아이들 간의 관계와 아이들이 부모에게 느끼는 환상의 실체를 규명하고 있다. 즉, 그는 사생아의 방법이 사실주의적인 방법으로서 세계를 정면으로 공격하면서도 세계를 도와주는 것이고, 나르시스적인 업둥이의 방법이 지식도 없고 행동 능력도 없어서 세계와의 싸움을 교묘하게 피하는 것으로 파악하고 있다.[6] 하지만 마르트 로베르가 말하는 '업둥이'와 '사생아'에 대한 논의가 '사실주의'나 '낭만주의' 라는 특정 장르의 특징에만 의미가 한정된 것은 아니

과정으로 파악하고 있는 김구중(「『무정』의 근대성 연구」, 『어문학』 제 72집, 한국어문학회, 2001)의 논의들은 이 논문에 많은 시사점을 주었다.

3) Christine van Boheemen, *The Novel as Family Romance : Language, Gender, and Authority From Fielding to Joice*(Cornell U.P.,1987), p.iv.

4) Yi-Ling Ru, *The Family Novel : Toward a Generic Definition*(Peter Lang, 1992), p.158.

5) Freud, Sigmund, 김정일 역, 『성욕에 관한 세편의 에세이』, 열린책들, 1996, 57~61쪽.

6) 마르트 로베르, 김치수·이윤옥 역, 『기원의 소설, 소설의 기원』, 문학과 지성사, 1999, 39쪽.

다. 왜냐하면 '가족 로망스'는 '환상'을 통해 자기 정체성을 상상적으로
재구성한 주체들이 자신을 둘러싸고 있는 현실을 욕망하는 방식으로
읽을 수 있기 때문이다. 이런 점에서 본다면, 프로이트의 '가족 로망스'
는 서사 주체가 '주체'로 구성되는 방식과, 무의식을 통해 새롭게 구성
되는 현실 속에서 자신들의 위치를 찾아가는 '자아 정체성'의 서사를
포괄하는 개념이라고 할 수 있다.

　한편 '가족 로망스'의 개념은 아버지, 어머니, 아이 사이의 권력 관계
를 문제삼고 있기 때문에, 그 외연을 사회 · 정치적 측면으로 확대할 수
있는 장점이 있다. 이런 점에서 린 헌트의 논의는 주목할 만하다. 린
헌트는 프랑스 혁명기의 다양한 문화적 산물을 분석하면서, 프로이트
의 '가족 로망스' 개념을 개인적 차원에서 정치적 차원으로 확장하고
있다. 그는 혁명기 '가족 로망스'는 프로이트의 공식에서처럼 실망에 대
한 신경증적 반응이 아니라, 정치 세계를 새롭게 상상하고 가부장적 권
위로부터 벗어난 정체(政體)를 상상해보기 위한 창조적 노력이었음을
밝힌다.[7] 이 책에서 그가 주목하고 있는 것은 사람들이 권력의 작동에
대해 집단적으로 상상하는 방식이다. 이것을 통해 린 헌트는 프랑스
혁명을 비롯한 대부분의 근대 기획들 속에서 '아비 부정'이라는 '가족
로망스'가 드러나고 있음을 밝힌다. 하지만 린 헌트의 논의에서 가장
핵심적인 것은 '아버지' 살해와 형제애의 연대라는 시대사적 흐름에서
또다시 새로운 의미를 부여받게 되는 '아버지'의 자리라고 할 수 있다.

　『무정』이 전대의 문학과는 다른 특징을 보여준다는 것을 '가족 서사'
의 맥락 안에서 파악하고자 할 때, 우리가 주목해야 할 것은 근대의
문제성이다. 근대는 '아버지'의 죽음 위에서 자신의 존재 근거를 형성한

　7) 린 헌트, 조한욱 역, 『프랑스 혁명의 가족 로망스』, 새물결, 1999, 11쪽.

다고 할 수 있다. 이런 점에서 근대인이란 힘과 권위의 상징인 '아버지'
를 죽인 자식들을 상징한다고 할 수 있다. '아버지'라는, 기존의 가치를
답습(踏襲)하고자 하는 자식세대들의 정체성 추구가 전 근대 서사의 핵
심을 이루었다면, 근대초기의 문학적 기획은 기원으로서의 '아버지'를
부정함으로써 스스로를 새로운 '아버지'로 규정하고, 새로운 '아버지'에
의해 재구축되는 가족 관계를 새로운 사회 모델로 제시하는 것[8]이다.

본고에서는 『무정』에 등장하는 다양한 '아버지' 세대의 상징성을 바
탕으로, 그러한 '아버지' 세대를 내면화하거나 거부하는 자식들의 모습
을 통해 식민지 근대 주체의 내면 풍경을 살펴보고자 한다. 또한 식민지
주체들의 '가족'에 대한 인식이 어떻게 '민족'의 담론으로 확대되고 있는
가를 통해 작가의 정치적 무의식을 포괄적으로 살필 수도 있을 것이다.
이러한 과정을 통해 『무정』의 서사가 '아버지'를 죽이고 새로운 '아버지'
되기를 욕망하는 근대 주체의 의식적 지향과 맞물려 있지만, 그 '아버지'
되기의 과정이 궁극적으로는 식민지 현실과의 타협을 전제로 하고 있
음을 밝히게 될 것이다.

2. 식민지 시대 은유로서의 아버지

2.1. 부재(不在)하는 국가 혹은 아버지

『무정』에 등장하는 핵심 인물인 이형식의 현 상태를 규정짓는 단어
는 '고아'이다. 『무정』에 등장하는 핵심 인물들인 영채나 선형, 병욱에

---

8) 권명아, 『가족이야기는 어떻게 만들어 지는가?』, 책세상, 2000, 26쪽.

게는 기억의 형식으로나(영채) 현실의 상태로나(선형, 병욱) 아버지가
존재한다. 하지만 유독 이형식에게는 아버지에 대한 언급이 보이지 않
는다. "모든 텍스트가 그의 공백을 통해 더 중요하고 많은 발언을 행한
다"9)는 말처럼 텍스트 이면에서 침묵하고 있는 '아버지'는 『무정』이 감
추고 있는 핵심 서사 중의 하나이다.10)

흔히 '아버지'는 자식이 더 넓은 세계로 나아갈 때, 마땅히 거치는 입
문식의 사제11)이든지, 카오스적인 자연 상태에 문화와 법을 부여하여
세계에 질서를 세우는 존재12)로 묘사된다. 따라서 자식들에게 '아버지'
는 단순히 생물학적 의미에만 국한되는 것이 아니다. '아버지'는 전 존
재의 근거이면서, 더 넓은 세계로 인도하는 매개자로, 혹은 그 자체가

---

9) 현대의 주요한 서사 이론가 중 하나인 프랭크 커모드(석경징 외 역, 「비밀과
서술순서」, 『현대 서술이론의 흐름』, 솔, 1997, 77쪽)는 어떤 서사 텍스트도,
심지어는 탐정소설조차도 하나의 일관된 구심점을 향하도록 모든 정보를 다
배열할 수 없다고 말한다. "최대로 전문화된 해석학적 조직을 가지고 있는 탐정
이야기에서도 우리는 규범을 따르면 언제나 없는 것으로 치워버릴 수 있는
것을, 우리가 선택하기에 따라서는 단순히 쓰고 나서 버리지 않고 읽을 수 있는,
실마리나 해결책과는 아무 관계가 없는 해석 가능한 자료가 상당히 집중되어
있다는 것을 발견할 수 있다"는 커모드의 언급은 텍스트 해독 과정에 있어 중심
서사가 송신하는 메시지에 저항하는 지엽적 서사 정보들에 주목할 것을 요구하
고 있다(김기주, 「관념의 베일 뒤에서 숨쉬는 욕망」, 『내러티브』 창간호, 2000,
234쪽에서 재인용).
10) 정확한 의미에서 '고아'란 '아버지'와 '어머니' 모두가 부재한 상태를 말한다.
하지만 『무정』의 서사에서는 '어머니'의 의미가 완전히 배제된다. 이것은 '아버
지'가 의미하는 상징적 면과는 달리 '어머니'의 기능과 역할, 또는 상징성에 대
한 작가의 미숙한 인식 때문인 것으로 보인다. 사실 '어머니의 서사'는 조선후기
소설이나 신소설에서는 빈번히 등장하는 주제 중의 하나이다. 반면 식민지 시
대의 문학에서는 '어머니'에 대한 언급은 구체적이지 못하다. 하지만 분단 이후
의 문학에서는 서사의 중심이 '아버지'에서 '어머니'로 옮겨지는 양상을 보인다.
'아버지' 서사에서 '어머니' 서사로의 전환과 '가족' 안에서 '어머니'의 역할과
기능에 대해서는 별도의 연구에서 깊이있게 다루어져야 할 주제이다.
11) 조셉 캠벨, 이윤기 역, 『세계의 영웅신화』, 대원사, 1991.
12) 이남호, 「편모슬하에서의 시쓰기」, 『세계의 문학』 54, 1989, 201쪽.

법과 질서의 상징으로 묘사된다. 특히 유교적인 이념의 관계구조에서 '아버지'란 존재는 위로는 선조와 동화되고 아래로는 자손과 연결되는 영속적인 고리의 체현자인 동시에 한 가정 내에서는 중심적인 권력으로서 지배적인 현실원리 그 자체를 표상하는 권위이다.[13] 따라서 고전 서사에서 '아버지'의 자리는 그 역할에 있어서는 차이가 있겠지만 항상 서사의 중심적 위치를 차지해 왔다.

하지만 『무정』에는 절대 권위를 표상하는 '아버지'는 등장하지 않는다. 아니 등장하지 않는 것이 아니라, 중심인물인 이형식의 아버지는 아예 부재(不在)하는 것으로 나타난다. 그러나 문제는 이 부재(不在)에도 불구하고, 그의 아버지가 서사의 곳곳에 숨은 그림의 형태로 존재한다는 점이다.

> 저 노인도 갑오 전 한창 서슬이 푸르렀을 적에는 평양 강산이 다 나를 위하여 있고, 천하 미인이 다 나를 위하여 있다고 생각하였으리라. 그러나 갑오년 을밀대 대포 한 방에 그가 꿈꾸던 태평시대는 어느덧 깨어지고 마치 캄캄한 방에 번개가 번쩍하는 모양으로 새 시대가 돌아왔다. 그래서 그는 세상에서 버린 사람이 되고 세상은 그가 알지도 못하던, 또는 보지도 못하던 젊은 사람의 손으로 돌아가고 말았다. 그는 철도를 모르고 전신과 전화를 모르고 더구나 잠행정이나 수뢰정을 알 리가 없다.(62; 188~189쪽.)

영채를 찾아 평양으로 간 형식이 박진사의 무덤을 찾아가는 도중에 만난 '노인'은 조선 왕조 아래에서 부귀영화를 누리던, 아니 태평성대라는 이상 시절에만 집착하여 새로운 변화를 감지하지 못한 사람이다.

---

13) 이재선, 「근대소설과 부자관계의 문제」, 『한국문학연구』 제 13집, 동국대학교 한국문학 연구소, 1990, 38쪽.

그는 자신이 살고 있는 시대가 "캄캄한 방"인지도 모르고 살아온 인물이다. 따라서 "갑오년 을밀대 대포"로 상징되는 역사적 사건은 그에게 있어 번개와도 같은 충격이다. 하지만 그는 그 충격에 저항하지도 또는 적극적으로 동화하지도 못한다. 따라서 그는 결국 "낙오자(落伍者), 과거의 사람"(62; 189쪽.)이 되어 버린다. 그리고 그의 자리가 없어진 곳에서 세상은 "그가 알지도 못하던, 또는 보지도 못하던 젊은 사람의 손"(63; 188쪽.)으로 들어가 버리고 만다. 여기서 "알지도 보지도 못하던 젊은 사람의 손"이 의미하는 것은 명백하다. 그것은 조선이라는 '아버지'의 자리를 대신 차지하고 들어온 제국주의 '일본'에 대한 은유이다. 새롭게 '아버지'의 자리를 차지한 "젊은 사람"은 철도와 전신과 전화, 잠행정과 수뢰정으로 묘사된다. 그것은 근대인의 삶을 규정하는 제도와 문물이며, 그 제도와 문물 속에 기존의 '아버지'인 '조선'이 들어갈 자리는 없다.

프로이트에 따르면, '아버지'는 아이의 나르시시즘에 제동을 거는 최초의 인물이다. 즉, 그는 아들의 나르시시즘을 파괴하며 사회라는 타자들의 공간으로 나아가게 하는 존재이다. 그리하여 그는 아들로 하여금 금지와 허용의 규칙에 따라 욕망을 스스로 통제하는 법을 익히게 하며, 그렇게 하는 가운데 일정한 질서로 이루어진 세계를 아들에게 제공한다.[14] 하지만 『무정』에서 보이는 '아버지'의 자리는 훼손되거나, 부재하는, 혹은 곧 소멸할 위기에 놓여있다. 그 '아버지'는 기생 노파에게 기생하며 하루하루의 삶을 연명하는 사람으로, "아무리 새 세상의 이야기를 하여도 못 알아듣다가 세상을 버린 자기의 종조부"(62; 189쪽.)로 묘사

---

14) 황종연, 「편모슬하, 혹은 성장의 고행」, 『비루한 것의 카니발』, 문학동네, 2001, 43쪽.

된다. 이 지점에서 '아버지'의 부재가 의미하는 상징성은 명백해 진다. 결국 이형식의 '아버지' 부재는 전통의 부재를 상징하는 동시에, '아버지' 부재의 양식이 한 가정의 울타리를 넘어 사회·역사적 일반성의 차원에까지 나아가는 폭넓은 의미를 품고 있는 것[15]임을 알 수 있다.

'아버지'의 부재가 '전통의 부재'로 또한 '국가의 부재'로 확대되는 과정은 식민지 근대라는 외부적 상황에 의해 주어진 것이다. 동시에 그것은 '아버지'의 부재가 실상은 무능력한 '아버지'로 인해 야기되었음을 의미하기도 한다. 하지만 정작 중요한 문제는 근대를 배경으로 새롭게 성장한 주체들에게 '아버지'의 존재는 자신의 정체성의 근원이라기보다는 적극적으로 부정되어야 할 대상이라는 점이다. 따라서 근대 주체들에게 나타나는 '아버지'에 대한 기억과 흔적 지우기는 '아버지' 죽이기의 한 과정이라고 할 수 있다.

2.2. 개화기 지식인의 비극적 초상

이형식의 아버지가 부재하거나 몰락하는 조선에 대한 은유로써 작품의 내면을 형성하고 있다면, 박영채의 아버지 박진사는 개화기 지식인의 비극적인 운명을 보여준다는 점에서 당대 문학 현실의 전형을 보여주고 있다. 하지만 박진사를 단순히 '개화기 지식인'이라고 규정짓기에는 여러 가지 서사의 균열이 있는 것이 사실이다. 왜냐하면 그는 전근대와 근대가 충돌하는 상징적 모습을 보여주기 때문이다.

박진사는 위인이 점잖고 인자하여 근엄하고도 쾌활하여 어린 사람들도

---

15) 김윤식·정호웅 공저, 『한국소설사』, 예하, 1993, 439쪽.

무서운 선생으로 아는 동시에 정다운 친구로 알았었다. 그는 세상을 위하
여 재산을 바치고 집을 바치고 몸과 마음을 다 바치고 목숨까지도 다 바치
려 하였다.(5; 24쪽.)

"무서운 선생"과 동시에 "정다운 친구"로 묘사되는 박진사의 모습은
전근대적인 '아버지' 상과는 차이가 있다. 전통적인 '아버지'가 자식들에
게 지식을 전수하고 가통(家統)을 계승하는 엄격한 '아버지'라면 박진사
는 근대적 교육자로서의 '아버지'에 가깝기 때문이다.

근대로 넘어오면서 '아버지'에 대한 개념에는 많은 변화가 생기게 된
다. 서양에서 '아버지'란 처음에는 정치적·종교적 '아버지'였으며, 가족
적 의미의 '아버지'는 파생된 개념이다.16) 우리나라에서도 '군사부일체'
(君師父一體)라는 개념은 뿌리가 깊은 전통으로 자리잡아 왔다. 하지만
조선 후기를 지나고 개화기로 접어들면서, 모든 권위를 독점하고 있는
'아버지'라는 개념은 축소된다. 이제 그 자리는 한 아이의 생물학적 '아
버지'이자, 그 아이를 가르치는 교육자로서의 '아버지'가 차지하게 된다.
그렇다면 박진사는 이렇게 '아버지'에 대한 개념이 분화해가는 근대 사
회의 모습을 체현(體現)하고 있는 인물이라고 할 수 있다.

박진사의 교육에 대한 열의가 상승 작용을 하게 되는 계기는 개화의
열풍으로 "새로운 운동이 일어나고 각처에 학교가 울흥"(5; 23쪽.)하게
되면서 부터이다. 이때 박진사는 자신의 머리를 깎고 검은 옷을 입고
자식들에게도 그렇게 시킨다. '신체발부 수지부모 불감훼상 효지시야'
(身體髮膚 受之父母 不敢毁傷 孝之始也)라는 유교적 가치가 아직까지
강하게 남아 있던 시대에 '머리'를 깎는다는 것은 전통과의 완전한 단절

---

16) 필리프 쥘리앵, 홍준기 옮김, 『노아의 외투』, 한길사, 2000, 50쪽.

을 의미하는 획기적 사건으로 받아들여질 만하다.

하지만 남들보다 앞서서 새로운 사상과 문물을 도입하고, 다른 사람보다 먼저 개화한 박진사의 운명이 그렇게 순탄하지는 않다. 왜냐하면 그의 몰락은 자생력을 가지지 못한 조선사회가 서구의 침투를 받는 과정에서 필연적으로 겪게 될 운명을 상징하기 때문이다. 이것은 박진사의 개화에 대한 인식이 시대에 대한 소명의식에서 기인하는 것이지만 실상은 구체적인 토대를 가지고 있지 못하다는 것을 의미한다. 결국 박진사의 감옥행은 남들보다 먼저 깨인 개화 지식인의 비극적인 초상을 상징한다.

학교라는 공적 영역에서 박진사가 보여주는 개화기 교육자로서의 모습은 근대적 윤리관에 기반하고 있는 것처럼 보인다. 하지만, 여전히 박진사의 내면을 지배하는 것은 봉건적 윤리관이다. 실상 박진사는 근대적 가치에 대한 뚜렷한 자각이 있다기보다는 기존의 가치관을 현실에 맞게 수용하고 있다. 이런 점에서 보자면 박진사의 "부지런히 일하는 자에게 하늘이 먹고 입을 것을 주나니"(5; 25쪽.)라는 말은 그의 근대적 가치관을 보여주는 것이 아니라 보편적 가치에 대한 믿음 이상을 의미하는 것은 아니다.

이것은 공적 영역에서의 교육 내용과 사적 영역에서 이루어지는 교육 내용의 불일치에서도 확인할 수 있다. 박진사는 남이 웃는 것도 생각하지 않고 영채를 학교에 보내는 근대적인 '아버지'이지만, 동시에 집에서는 영채에게 '소학, 열녀전'을 가르치는 봉건적 '아버지'이기도 하다. 그리고 이러한 이중적인 모습은 '아버지'를 구하기 위해 기생이 되어 온 자신의 딸 영채를 보고 "이년아, 이 우리 빛난 가문을 더럽히는 년아, 어린 계집이 뉘 꼬임에 들어 벌써 몸을 더럽혔느냐"(15; 51쪽.)라는 말

을 통해 구체화된다. 공적 영역에 있어서는 누구보다 일찍 개화한 지식
인이었지만, 사적 영역에서는 여전히 가문의식에서 벗어나지 못하는
박진사의 모습은 봉건과 개화의 두 의식 사이에서 정주(定住) 할 곳을
찾지 못하는 개화기 지식인의 슬픈 초상(肖像)이라고 할 수 있다.

박진사의 비극은 전근대에서 근대로 넘어가는 과도기에 처한 조선의
현실을 상징한다. 그의 의식은 기존의 가치 체계에서 완전히 자유롭지
도 못하고, 근대의 가치 체계에 완전히 동화되지도 못한 채 분열하고
있다. 하지만 이 분열의 상황은 식민지 근대의 고착으로 인해 치유할
기회를 상실하고 결국은 죽음으로 귀결되고 만다. 그리고 이러한 그의
죽음은 자생적 근대를 모색하면서 식민지 근대에 저항하고자 한 개화
지식인들의 비극적 운명을 상징하는 것이기도 하다.

2.3. 흉내 내기를 통한 근대와의 화해

박진사로 대표되는 '아버지'가 개화기 지식인의 비극적 모습을 보여준
다면, 김장로로 대표되는 개화기 시대의 '아버지'는 근대를 흉내냄으로
써 새로운 가치에 적응하는 모습을 보여준다. 표면적인 면에서 보자면
박진사와 김장로는 그 명칭에서부터 대립적인 관계로 맺어져 있다. 박응
진이라는 인물을 규정짓는 '진사'라는 호칭은 그가 행하는 모든 행동이
개화라는 것으로 수렴되고 있음에도 불구하고 여전히 그의 의식이 기존
의 가치에서 자유롭지 못하다는 것을 보여준다. 반면에 김광현은 '장로'
라는 호칭에서 알 수 있듯이 그가 비록 양반 출신이기는 하지만 근대적
가치를 적극적으로 수용했음을 보여준다. 하지만 그렇다고 해서 김광현
을 완전히 근대적 인물이라고 보는 것은 박응진을 구시대의 전형으로

보는 것과 같은 오류를 피할 수 없게 된다. 왜냐하면 박응진과 김광현은 차이점보다는 공통점을 더 많이 가진 인물이기 때문이다.

박진사가 지방 양반 출신으로 적극적으로 새로운 문물을 받아들인 선구자적 인물이라면, 김광현은 권력의 핵심에 있으면서 근대라는 시대적 흐름에 자연스럽게 편승한 인물이다. 개화라는 가치체계를 적극적으로 받아들였다는 점에서 박응진과 김광현은 별다른 차이를 보이지 않는다. 다만 차이가 있다면 권력의 핵심에 있었던 양반과 권력에서 소외된 양반이라는 점, 시대의 흐름에 편승해서 자신의 지위를 계속 확장한 인물과 너무 앞선 시대의식으로 인해 필연적으로 좌절을 겪는 인물이라는 점 등이다. 이러한 세부적인 차이를 제외하면 박응진과 김장로는 개화기 지식인의 공통적인 특성을 공유하고 있는 것처럼 보인다. 하지만 그들은 정반대의 운명으로 결정 지워진다. 그 정반대의 운명은 개화기 '아버지'들이 겪게 되는 운명의 형식이라는 점에서 중요한 의미를 내포하고 있다.

박진사와 다르게 김장로가 식민지 근대에 적응할 수 있었던 근본적인 원인은 그가 근대라는 시대적 흐름에 민감하게 반응했기 때문이다. 그는 박진사처럼 앞서서 개화를 외치지는 않았지만, 누구보다도 근대적 제도들에 잘 순응하는 인물로 묘사된다. "일찍 국장도 지내고 감사도 지낸 양반으로서 십여 년 전부터 예수교회에 들어가 작년에 장로가 되었다"(2; 15쪽.)라는 언급은 그의 개화가 '국장'과 '감사'라는 근대적 지위에서 시작하여 궁극적으로는 '기독교'라는 종교로 수렴(收斂)되고 있음을 보여준다.

어떠한 지위에 오른다는 것은 그 지위에 알맞은 능력을 수반함을 전제로 한다. 더구나 근대적 지위에 오른다는 것은 그가 완벽하게는 아니더라도 근대적 의식을 체화하고 있었음을 보여준다. 김장로의 이러한 현실 감각은 그를 근대화의 상징으로 표현되는 '미국 공사'라는 지위로까지 이끄는 계기로 작용한다. 그리고 그의 근대적 사고는 '종교'를 통해 구체화 된다. 개화기 지식인들에게 '기독교'는 개화의 상징처럼 여겨졌다. 서구로 상징되는 '기독교'는 개화 지식인들에게 근대로 진입하는데 있어 필수불가결한 연결고리였던 셈이다. 따라서 그가 교회 내에서 '장로'라는 지위를 차지하고 있다는 점은, '기독교'라는 종교에 대한 인식은 차치하고서라도 '종교'가 가지고 있는 근대적 제도로서의 중요성은 인식하고 있었음을 보여준다.[17]

김장로가 이형식을 하나밖에 없는 딸 선형의 사위로 점찍은 표면적인 이유는 남들에게서 들은 형식의 인품과 영어로 대표되는 학식 때문이다. 하지만 이것만으로는 고아인 이형식에게 자신의 딸을 주기에는 무엇인가 부족하다. 그렇다면 이형식을 선택하게 된 김장로의 내면에는 이형식만이 가지는 특별함이 있었을 것이라는 점을 유추할 수 있다. 그리고 그의 선택은 혈연과 가문이라는 전 근대적 요소가 아니라, 동경 유학생이라는 이형식의 이력과 현재 영어 교사라는 형식의 지위 때문이다. 특히 '영어'라는 새로운 무기를 획득한 형식에 대한 관심은 김장로의 내면을 분명히 보여주고 있다.

하지만 김장로는 근대적 가치에 이끌리면서도 동시에 끊임없이 기존의 가치관으로 물러난다. 그리고 이러한 물러남은 그의 근대에 대한

---

17) 김장로가 기독교의 세례를 받았음을 보여주는 부분은 현재 그의 아내인 평양 명기 부용과의 관계를 서술하고 있는 다음의 부분에서 알 수 있다. "양반의 가문에 기생 정실이 망령이어니와, 김 장로가 예수를 믿은 후 첩 둠을 후회하나 자녀까지 낳고 십여 년 동거하던 자를 버림도 도리에 그르다 하여 매우 양심에 괴롭게 지내다가, 행인지 불행인지 정실이 별세하므로 재취하라는 일가와 붕우의 권유함도 물리치고 단연히 이 부인을 정실로 삼았음이라."(3; 18쪽.)

인식이 몸으로부터 체화된 것이 아니라, 서구의 것에 대한 '흉내 내기'에 불과하다는 것을 말해준다. 그가 결혼을 전제한 후에 사전 교제의 의미로 형식에게 선형의 영어 과외를 시킨다든지, '신식'을 흉내 내면서 어색한 약혼을 하는 것 모두가 서양의 것을 그대로 흉내 내는 것에 불과하다.

> 김장로는 방을 서양식으로 꾸밀뿐더러 옷도 양복을 많이 입고, 잘 때에도 서양식 침상에서 잔다. 그는 서양, 그중에도 미국을 존경한다. 그래서 모든 것에 서양을 본받으려 한다. 그는 과연 이십여 년 서양을 본받았다. 그가 예수를 믿은 것도 처음에는 아마 서양을 본받기 위함인지 모른다. 그리하고 그는 자기는 서양을 잘 알고 잘 본받은 줄로 생각한다. 더구나 자기가 외교관이 되어 워싱턴에 주재하였으므로 서양 사정은 자기보다 더 자세히 아는 이가 없거니 한다. 그러므로 서양에 관하여서는 더 들을 필요도 없고 더 배울 필요는 무론 없는 줄로 생각한다. 그는 조선에 있어서는 가장 진보한 문명 인사로 자임한다.(79; 234~235쪽.)

김장로가 미국으로 상징되는 서구에 몰입한다는 것은 근대적 가치체계에 대한 그의 경사(傾斜)를 보여준다. 하지만 그가 자신의 방을 서양식으로 꾸미고, 양복을 입고, 침대에서 자는 것은 서양 문물에 대한 피상적인 모방에 불과하다. 왜냐하면 모방이라는 것은 원본과 모방본과의 메워질 수 없는 차이를 전제로 하고 있기 때문이다. 따라서 이러한 차이에 대한 인식의 부재는 모방이 가지는 전복적인 요소를 김장로에게서 제거한다. 피지배자를 혼종으로 만드는 '흉내 내기'는 저항의 수단이 될 수도 있지만, 식민 권력과 지식을 유지하기 위해 가장 교묘하고 효과적인 전술로 이용될 수도 있다.[18] 그것은 특히 '흉내 내기'가 살아

남기 위한 생존수단으로서 피지배자가 지배자의 가치관을 받아들이고
지배자처럼 행동할 때 표면화되기 때문이다. 하지만 전복적인 요소가
제거된 김장로의 서구에 대한 '흉내 내기'는 서구에의 몰입을 통해 자신
의 영달을 꾀한다는 점에서 매우 개인적인 차원으로 떨어지고 만다.

이러한 김장로의 모습은 같은 개화기 지식인인 박진사의 경우와 대
비할 때 더 뚜렷한 의미를 지닌다. 박진사는 개화라는 시대적 요청과
현실과의 괴리 때문에 좌절하는 지식인이다. 반면 김장로는 새로운 시
대와의 타협을 통해 현실에 적응하는 인물이다. 이러한 상반된 개화
지식인의 내면 풍경은 개화기 지식인의 이중적 욕망을 드러내고 있다.
하지만 이러한 욕망에 대한 결과는 전혀 다르게 나타난다. 그것의 가장
큰 이유는 박진사의 궁극적인 목적이 개화를 통한 부정적 현실의 극복
이라는 시대적 욕망에 있었기 때문이다.

반면 근대적 가치체계를 흉내냄으로써 서구의 질서에 편승하는 김장
로는 현실에서 승승장구 하게 된다. 그의 현실에서의 승리는 뛰어난 현
실감각에서 비롯된 것이다. 하지만 식민지의 현실을 고려한다면 김장로
의 치부는 일제라는 식민지 근대와의 타협을 통해 이루어진 결과이다.
결국 김장로와 식민지 근대와의 화해는 식민지 현실이라는 역사적 상황
에 대한 망각을 토대로 하고 있다는 점에서 부정적일 수밖에 없다.

---

18) Homi Bhabha, *The Location of Culture*(London: Routledge), 1994, p.85. 박상기,
「탈식민주의 양가성과 혼종성」, 『탈식민주의 - 이론과 쟁점』, 문학과 지성
사, 2003, 237쪽에서 재인용.

3. 동일시를 통한 식민지 타자들의 길찾기

3.1. 상징적 죽음과 오이디푸스 고착의 극복

『무정』의 전편을 통해 볼 때, 가장 뚜렷한 삶의 궤적을 보여주는 인물은 영채이다. 그녀의 삶은 평안남도 안주읍에서 평양으로 그리고 서울에서 황주로 이어지는 뚜렷한 서사적 굴곡을 드러낸다. 그리고 그 각각의 공간은 '아버지'와 '이형식', 그리고 '병욱'이라는 인물들과 정확하게 대응한다. 우선 평안남도 안주읍의 공간은 유년기 영채의 평화로웠던 시기를 암시한다. 그녀의 어머니는 그녀를 낳고 두 달이 못되어 별세한 것으로 나타난다. 하지만 '영채'가 어머니의 부재로 인해 고통을 받았다는 언급은 나타나지 않는다. 왜냐하면 이 시기 '영채'는 아버지 박진사와의 이자적 동일시의 상황에 고착되어 있기 때문이다.[19]

'아버지'에 대한 영채의 고착은 아버지가 전하는 모든 가치 규범과

---

19) 프로이트의 '가족 로망스'에 따르면, 오이디푸스 콤플렉스 단계가 지나고 초자아가 내면화되는 나이, 즉 다섯 살이나 여섯 살쯤 될 때 어린 아이는 실재의 '아버지'를 지워버린다. 그는 실재의 '아버지'를 '상상적 아버지'로 덮어씌움으로써 아버지를 이상화한다. 여기에서 프로이트가 말하고자 하는 내용의 핵심은 완벽한 아버지에 대한 아이의 동경 혹은 존경하는 훌륭한 아버지에 대한 아이의 동일화가 오이디푸스 콤플렉스의 본래적 원인이라는 것이다.(홍준기, 「'가족소설'로서의 정신분석학」, 필리프 쥘리엥, 홍준기 역, 『노아의 외투』, 한길사, 2000) 하지만 여자 아이가 겪게되는 오이디푸스 콤플렉스는 양상이 조금 다르다. 왜냐하면 여자아이에게 있어 거세 콤플렉스는 오이디푸스 콤플렉스를 파괴하는 대신 그것을 준비해주며, 페니스 선망의 영향으로 인해 여자 아이는 어머니에 대한 애착으로부터 추방되어서 오이디푸스 상황으로 빠져들기 때문이다.(지그문트 프로이트, 임홍빈, 홍혜경 역, 『새로운 정신분석 강의』, 열린책들, 1997) 따라서 여자 아이에게서는 거세 불안이 없음으로 해서 남자아이를 짓눌렀던 오이디푸스 콤플렉스를 극복하고자 하는 주요 모티프 역시 여자 아이에게는 나타나지 않는다.

언어를 내면화하는 것으로 진행된다. 따라서 영채의 이후 삶을 규정하게 되는 '소학, 열녀전'의 언어와 '이 형식'이라는 기표는 아버지와 동일시되는 절대적 가치를 지니게 된다. 왜냐하면 이때 '아버지'는 단순한 생물학적인 아버지가 아니라 영채의 관념에 의해 재구성된 동일시의 대상으로서의 아버지이자 자신의 욕망을 투사하는 절대적 기표로서 존재하기 때문이다. 그렇기에 '박진사'의 몰락은 영채의 삶에 현실적인 상처를 남기기는 하지만 '아버지'에 대한 영채의 '환상'은 줄어들지 않는다. 아니 줄어들기보다 '아버지'에 대한 욕망은 자신의 비참한 현실과 반비례하여 상승한다. 따라서 평양 감옥에 있는 '아버지'를 찾아 나서는 '영채'의 행위는 '아버지'라는 대상에 대한 헌신(獻身)이라기보다는 '자신'의 존재를 확인하고자하는 행위라고 할 수 있다.

영채는 감옥에서 아버지를 만나기 전까지도 "자기 아버지가 이전 자기 집 사랑에 앉았을 때 모양으로 깨끗한 두루마기에 깨끗한 버선을 신고, 책상을 앞에 놓고 책을 읽으며 여러 젊은 사람들을 가르치고 있으려니"(13; 45쪽)한다. 그러나 감옥에서 만난 아버지는 "나무를 깎아 놓은 모양으로 아무 표정도 없이"(13; 46쪽.) 무기력하게 눈물을 흘리는 비천한 '아버지'일 뿐이다. 하지만 영채는 비천한 '아버지'의 모습을 확인하고도 '아버지'에 대한 환상을 거두지 않는다. 왜냐하면 이상적인 '아버지'의 모습은 그녀의 비참한 현실을 견디게 하는 가장 중요한 토대이기 때문이다. 비천한 아버지의 모습을 몰아내고, 이상적인 아버지의 모습을 그 자리에 새겨 넣으려는 '영채'의 무의식은 이제 아버지가 주입한 '소학'과 '열녀전'의 이미지를 현실에 실현하고자 하는 행동으로 구체화된다.

"옛날 책을 보면, 혹 어떤 처녀가 제 몸을 팔아서 죄에 빠진 부모를 구원하였다는데"(15; 50쪽.)라는 영채의 의식은 그녀가 '아버지'가 물려준 '유교적' 관념에서 한 발자국도 나오지 못하고 있음을 보여준다. 더 나아가 그녀의 의식은 "내가 이제 옛날 처녀의 본을 받아 내 몸을 팔아 돈만 얻으면 아버지와 오라버니는 옥에서 나오시렷다. 세상 사람이 나를 효녀라고 칭찬하렷다. 옛날 처녀 모양으로 책에 기록하여 여러 처녀들이 읽고 나와 같이 울며 칭찬하렷다."(15; 50쪽.)로까지 확대된다. 따라서 그녀가 '기생'이라는 신분을 받아들이는 것은 개인의 주체적인 의지에 의한 것이라기보다는 아버지가 심어준 관념을 현실화하려는 그녀의 무의식이 반영된 행위라고 할 수 있다.

아버지가 심어준 '소학'과 '열녀전'의 세계는 하나의 이상화된 '관념'에 불과하다는 점에서, '영채'가 아버지 박진사를 상상하는 방식과 동일하다. 반면 아버지 박진사가 처해 있는 현실은 관념이 아닌 현실일 뿐이다. 하지만 현실의 법칙을 수용하지 못하는 관념속의 인물인 '영채'는 그러한 현실을 수용하지 않고 오히려 '소학'과 '열녀전'이라는 '관념' 속에서 현실을 부인(否認)하고자 한다. 그러나 그 부인(否認)의 과정에서 영채가 수용한 '기생'의 신분은 "이년아, 이 우리 빛난 가문을 더럽히는 년아, 어린 계집이 뉘 꼬임에 들어 벌써 몸을 더럽혔느냐."(15; 51쪽.)라는 아버지의 '분노'를 유발하게 된다.[20] 뿐만아니라 '영채'가 현실의 비

---

20) 박진사에 대한 기존의 평가는 김장로와의 대비를 통해 이루어져 왔다. 서영채(「〈무정〉 연구」, 서울대 석사학위 논문, 1992)는 박진사/김장로의 관계를 '주체 확립/문명개화', '전통/근대', '당위/욕망'의 대립 관계로 해석하며, 이러한 견해는 일반적인 것으로 이해되고 있다. 하지만 장영우(「이광수의 근대 의식과 민족주의 사상」, 『동악어문논집』, 35집, 동악어문학회, 1999, 12)는 이러한 기존의 관점에 의문을 제기하고 있다. 그는 기생이 되어 찾아온 영채에 대한 꾸짖음을 "자아를 중시하는 근대적 가치관의 발현"으로, 그의 자살을 "불쌍한 처지로 전락한 어린 딸에게 보여준 엄격하면서도 자애로운 아버지로서 마지막으로 베푼 사랑의 행위"로 해석하고 있다. 따라서 이런 관점에서 보자면 박진사(박

천한 아버지를 관념 속의 아버지로 되돌리기 위해 '소학'과 '열녀전'의
세계에 자신의 이미지를 투사하는 행위가 오히려 아버지를 죽음으로
이끌게 된다.

'박진사'의 죽음으로 인해 '영채'는 완전한 '고아'가 된다. 하지만 '고아'
라는 그녀의 처지는 역설적으로 자신이 설정한 '이상적 아버지'에 대한
환상을 강화시키며, 그의 말을 절대적 규율로 내면화하게 된다. 이런
점에서 예전에 "부친께서 농담삼아, '너 형식의 아내 될래'하던 말"(8;
31쪽)은, '농담'을 모르는 '영채'에게 '박진사'의 죽음 이후 영채의 삶을
규정하는 가장 강력한 '언술'이 된다. 따라서 '아버지'의 죽음 이후, '이형
식'을 찾아나서는 '영채'의 행동은 어릴 적 영채가 아버지 박진사를 찾아
가는 서사를 반복하게 된다. 그 반복의 서사는 영채의 아버지 박진사의
자리와 이형식의 자리가 멀리 떨어져 있지 않음을 보여주는 것이기도
하다.

이 반복의 패턴은 작품 속에서의 서사적 시간이 '십 년'이나 지났지만,
영채의 의식은 전혀 변하지 않았다는 데에서도 알 수 있다. 그녀는 "다
만 형식이라는 사람은 천년을 가나 만년을 가나 이전 안주골 자기 집에
있을 때의 그 형식"(30; 93쪽.)으로 상상한다. 이것은 옥에 갇힌 아버지
의 모습을 보며 과거의 모습을 상상하던 것과 전혀 차이가 없다. 그리고
이러한 의식의 정체(停滯)는 정서적인 대상이기보다는 아버지의 잔상
(殘像)이거나 부상(父像)의 대리자에 더 가까운[21] 이형식에게 있어서도

응진는 일관된 사상을 가진 '자각적 개화주의자'라고 할 수 있다. 하지만 작품
전편을 통해 볼 때, 박진사를 '전통/개화'의 어느 한 쪽으로 규정하기에는 박진
사의 행동이 보여주는 진폭이 너무 크다. 이런 점에서 볼 때 박진사는 '봉건'과
'개화'라는 시대의 과도기에 처한 당대 지식인 '아버지'들의 이중적 자화상이라
고 보아야 할 것이다.

21) 이재선, 「형성적 교육소설로서의 〈무정〉」, 『문학사상』 1992.2, 89쪽.

마찬가지다.

과거 감옥에 있는 박진사를 구하기 위해 자신의 몸을 팔아 기생이 된 영채에게 형식과의 만남은 행복했던 과거의 삶을 회복할 수 있는 유일한 희망이다. 하지만 영채는 형식의 현실을 보고 절망하고 만다. 왜냐하면 절대적 기표의 자리를 차지하고 있었던 형식이 실제에 있어서는 비천한 실제의 '아버지'와 다를 바 없기 때문이다. 그리고 이 절망의 끝에서 영채가 아버지와 같은 절대적 기표를 차지한 형식에게 할 수 있는 일은 형식을 위해 자신의 목숨을 버리는 일이다. 여기서 '몸'을 파는 일과 '몸'을 버리는 일은 동일한 의미의 반복이다. 그것은 절대적 기표에 대한 헌신이며, 절대적 기표에게 죽음으로써 자신의 결백을 주장하는 행위이다.

하지만 이러한 동일한 서사 패턴의 반복은 '영채'가 '강간'을 당함으로써 급격하게 변화를 맞이하게 된다. 기생이라는 신분에서도 '정절'을 유지하고 있던 영채에게 '강간'은 자신의 전 존재에 대한 훼손만이 아니라, '피'로 상징되는 '혈족'에 대한 훼손의 의미로 확대된다. 그리고 이 '혈족'의 중심에 '아버지'가 자리하고 있음은 물론이다. 그렇다면, 영채에게 가해진 '강간'은 '아버지'로 상징되는 전통의 세계-소학과 열녀전-에 가해진 폭력이라고 할 수 있다. 동시에 그것은 영채의 의식에 각인된, 성스러운 모습의 박진사를 정점으로 한, 공동체가 유지하고 있었던 조화롭고 안정된 인륜적 질서의 기억, 타락 이전의 전통적 사회가 보유하고 있었던 공동체적 사랑의 진정성에 대한 아름다운 기억[22]의 훼손이라고 할 수 있다. 더욱이 영채의 순결 상태는 부권적인 질서를 따르는 것으로서의 도덕적인 순결성을 뜻하는 것이다. 그런데 이런 순결함이 겁탈의

---

22) 서영채, 「〈무정〉 연구」, 서울대 석사학위 논문, 1992, 33쪽.

폭력에 의해서 훼손당하게 되었다는 것은 유효하게 작용할지도 모르는 형식과의 혼인에 있어서의 부권적 권위가 가치를 잃게 됨은 물론 파괴 의지에 의해서 유교적인 순결주의가 겁탈을 당하는[23] 것을 의미한다.

하지만 시련의 극점으로서의 강간은 역설적으로 절대적 기표로서의 '아버지'와 그 부재(不在)의 공간을 새롭게 차지한 이형식과의 이자적 고착관계를 끊는 '상징적 거세'의 의미를 동시에 지닌다. '아버지'로 대표되는 절대적 기표에서 영채는 자신의 주체적 자리를 만들지 못하는 존재였다. 그녀는 대상과의 차이를 인식하지 못하고 대상에게 절대적인 자리를 내어줌으로써 그 절대적 자리에 스스로를 종속하는 존재였다. 이것은 그 절대적 위치를 차지한 대상이 바뀌더라도 변하지 않는다. 그리고 이러한 고착의 문제점은 고착의 대상이 되는 세계와는 다른 세상을 인식할 수 없다는 데에 있다.

결국 영채에게 가해진 '강간'은 사건 그 자체로만 본다면, 배학감과 김현수라는 부정적 근대에 의해 훼손된 전통적 가치를 의미한다. 하지만 영채의 서사에서 본다면 그것은 '아버지'와 이형식이라는 동일시의 대상에서 벗어나 진정한 주체로 태어나기 위해서 거쳐야 할 '통과 제의'라고 할 수 있다. 그리고 이러한 '통과 제의'의 과정에서 영채를 올바른 입사(入社)의 과정으로 편입시키는 인물은 '병욱'이다. 왜냐하면 병욱은 영채가 가져왔던 "고성(古聖)의 교훈"(89; 264쪽)이 '아버지'라는 환상이 만들어낸 허구의 세계임을 직시하고 있기 때문이다. 그렇다면, 영채의 죽음에 대한 욕망(thanatos)을 삶에 대한 욕망(eros)으로 전환시키는 병욱은 영채를 상징계의 질서 속으로 편입시키는 '대리부'[24]라고 할 수

23) 이재선, 「근대 소설과 부자관계의 문제」, 『한국문학연구』 제 13집, 동국대학교 한국문학연구소, 1990, 45쪽.

있다. 이런 점에서 병욱은 이상적 '아버지'에 고착된 인물에게 그 고착의 의미를 밝히고, 새로운 삶의 방향을 제시한다는 점에서 새로운 질서로의 편입을 가능하게 해 주는 긍정적 '대리부'라고 할 수 있다.

3.2. 나르시스 혹은 관념을 통한 상상

『무정』을 계몽의 서사가 삼각관계라는 형식을 통해 표현된 작품이라고 할 때, 그 삼각관계의 중심축을 이루는 인물은 형식과 영채와 선형이다. 그런데 영채가 삼각관계의 축에서 형식과 더불어 중요하고 역동적인 서사를 구성한다면, 선형의 서사는 그러한 역동성이 배제되어 있다. 이러한 영채 우위의 서사적 불균형은 "당연히 냉정한 붓끝으로 조상하여야 할 구도덕의 표본 인물인 박영채를 너무도 아름답고 정열적인 붓으로 찬송하였기 때문에 독자는 도리어, 작가가 말하려는 신도덕 보다도 영채의 구도덕에 동정을 가지게 된다."25)는 비난을 피할 수 없게 만든다. 하지만 그렇다고 해서 '선형'의 의미가 작품에서 축소되지는 않는다. 왜냐하면 '선형'은 '영채'와는 유사하면서도 또 다른 식민지 근대 주체의 모습을 보여주고 있기 때문이다.

선형은 "정신여학교를 우등으로 졸업하고 명년 미국"(1; 13쪽.)으로

---

24) 보편적으로 심리학적 용어로 사용되는 '대리부'(surrogate Father)란 작중인물인 아버지를 자녀들에 의해서 대치(代置)(Displacement)되거나 교체(交替)(substitute F-)될 수 있는 존재를 가리킨다. 이러한 부상(父像)은 일반적으로 정신적 성장기나 자아 정체성을 획득하는 지점에 나타나는 일종의 정신적인 지주로서의 인물이나 생의 모델로서 작용하는 아버지에 상당하는 인물 군(群) 전체를 일컫는다(채희윤, 「한국 근대 소설의 부상(父像) 연구」, 서강대학교 박사학위 논문, 1994, 23쪽). 본 논문에서는 '대리부'를 실제의 아버지와는 다르지만 한 인물의 의식 성장에 결정적인 역할을 하는 인물로 본다.

25) 김동인, 「『무정』 분석」, 김현 編, 『이광수』, 문학과 지성사, 1983, 170쪽.

떠나기로 예정된 인물이다. 그녀의 아버지 김장로는 서울에서도 손꼽히는 부자이며, 그녀의 어머니는 원래는 평양의 기생이었으나 지금은 정실부인이 된 인물이다. 이렇게 본다면 그녀는 『무정』에 등장하는 모든 인물 중 가장 안정된 위치에 있는 인물이라고 할 수 있다. 하지만 역으로 선형을 둘러싸고 있는 이러한 안정된 구조는 선형의 정신 구조가 타자에 의해 보여짐을 모르는, 즉 객관화되기 전의 주체인 '이상적 자아' 상태에 머물고[26] 있음을 보여주는 것이기도 하다.

작품의 전편에서 선형은 외우는 인물로 묘사된다. 그는 "에이, 비, 씨를 잘 외워"(27; 84쪽.) 쓰며, 성경도 외운다. 또한 그녀는 '신문'을 통해 자신의 세계와는 다른 세계가 있음을 막연히 자각한다. 하지만 그러한 자각은 현실 속에서 구체적인 체험을 통해 이루어진 것이 아니기 때문에 그녀에게 현실적인 감각으로 체화되지 않는다. 선형은 그녀의 아버지 '김장로'가 그러하듯 '신문물'로 상징되는 가치들에 대한 '모방'을 통해 자신의 위치를 형성하려 한다. 그렇다면 '선형'도 '영채'와 마찬가지로 '아버지'와의 이자적 관계에 고착되어 있는 인물이라고 할 수 있다. 차이가 있다면 영채는 '아버지'의 이미지인 '소학'과 '열녀전'의 세계에 몰입하는 반면, 선형은 새로운 언어로 표상되는 세계를 흉내냄으로써 그 세계에 동화되고자 한다는 점이다.

하지만 '영채'와 '선형'의 가장 큰 차이점은 그녀들이 처해있는 현실의 상황이다. '영채'의 경우 '박진사'라는 아버지의 몰락은 '박진사'에 대한 환상을 가중시키며, 비천한 아버지를 이상적 아버지로 되돌려야 한다는 소명(召命)이 대상을 바꾸면서까지 그녀를 따라다니게 된다. 그리고 그 과정에서 '영채'는 식민지의 '무정'한 현실을 경험하며 새로운 주체로

---

26) 최수웅, 「『무정』의 정신구조 연구」, 단국대학교 석사 학위 논문, 2001, 42쪽.

태어날 계기를 마련하게 된다. 하지만 '선형'의 서사에서는 이러한 식민지의 현실에 대한 인식도 적극적인 행동도 결여되어 있다. 그에게는 화목한 가정이 있고, 학교에서 배우는 근대적 가치들이 있으며, 미국유학이라는 미래에 대한 꿈도 있다. 그렇기 때문에 이런 그녀에게 식민지의 현실은 그저 남의 이야기로 치부된다.

자신의 것으로 체화하지 않고 '외우기'를 통해 근대적 문물에 도달하고자 하는 선형의 의식은, 결혼이라는 가장 큰 문제에 봉착해서도 아버지의 의견을 그대로 수용하는 모습으로 나타난다. 그녀는 자신의 결혼 문제에 대해서도 "어쩐지를 모르겠구나"(81; 240쪽.)라는 말만을 반복한다. 그리고 "좋거든 혼인하고 싫거든 말고 그럴 게지."(81; 240쪽.)라는 순애의 말에도 "아버지께서 하라고 하시면 그만이지."(81; 240쪽.)라는 말로 자신의 선택을 아버지의 선택과 동일시한다. 이런 점에서 선형은 '삼종지도'(三從之道)의 윤리관으로 대표되는 가부장제의 질서 속에서 벗어나지 못하는 전근대적인 인물이라고 할 수 있다. 외형상으로 그녀는 여학교를 수석 졸업하고, 풍금을 연주하는 등 서구 문물의 영향을 받고 있는 근대적 인물이다. 하지만 그녀의 내면은 여전히 봉건적인 가치관을 가진 인물로 설명된다. 아버지와의 동일시는 다른 대상과의 차이를 인식하지 못하는 선형의 모습에서 극대화 된다. 그녀는 "전 세계는 다 자기의 가정과 같고 천하 사람은 자기와 같거니 한다. 아니, 차라리 전 세계가 자기네 가정과 같은지 아닌지, 천하 사람이 자기와 같은지 아니 같은지 생각하여 본적도"(27; 85쪽.) 없다. 왜냐하면 그녀는 거울에 비친 자신의 이미지에 동화된 자아이기 때문이다.

이런 그녀에게 형식과의 결혼은 썩 마음에 내키는 일은 아니다. 왜냐하면 선형의 상상 속에서 만들어진 자신의 "지아비는 미국에 유학하는 중"(95; 281쪽.)이기 때문이다. 하지만 "부친의 말 한 마디에 자기의 일생이 결정"(95; 282쪽.)나는 것으로 믿고 있는 선형에게 '아버지'의 말에 대한 부정은 자신의 존재에 대한 부정과도 같은 것이다. 결국 선형은 자신이 정해놓은 이상적인 남편의 이미지에 "형식의 얼굴을 만들기를 시작한다."(95; 282쪽.) 하지만 이 얼굴 만들기 놀이는 형식이 등장하면 깨어질 수밖에 없다. 왜냐하면 그녀가 정해놓은 이상적 이미지와 실제의 인물인 '형식' 간에는 메울 수없는 간극이 존재하기 때문이다. 결국 선형은 자신이 이상적으로 설정해 놓은 이미지를 포기하는 대신 "자기의 마음으로 하여금 형식의 얼굴에 맞도록 변화하게"(95; 283쪽.)하는 방향으로 선회한다. 이런 선형의 모습은 "영원하다고 생각하고 있는 낙원을 포기할 수 없는 인물이, 그의 소원에 보다 맞는 세계에 도피함으로써만, 다시 말하면 꿈꾸기를 선택함으로써만 분열을 모면"27)하는 것과 정확히 일치한다. 하지만 선형의 이같은 방향전환은 자신의 욕망에 대한 기만적 타협이라는 점에서 대상과의 균열을 여전히 내포한다.28)

---

27) 마르트 로베르, 김치수·이윤옥 옮김, 『기원의 소설, 소설의 기원』, 문학과 지성사, 1999, 44쪽.
28) 아버지와의 오이디푸스적 구조에 갇힌 '선형'에게는 '비천한 아버지'의 이미지가 침입할 공간이 없다. 그렇기 때문에 그녀의 심리적 메커니즘은 '현실적 아버지'에 대한 부정으로 인한 '이상적 아버지'의 상상이라는 방향으로 진행되지 않는다. 그런데 이 관계가 '이형식'과의 결혼에서는 다른 양상을 보인다. 남편을 '지아비'라고 부르는 우리나라의 전통에 비추어 본다면 선형의 남편으로 점지된 '이형식'은 선형에게 있어서는 자신이 따라야 할 '아버지'에 해당된다. 하지만 '이형식'은 선형의 환상 속에서 만들어진 이상화된 '지아비'의 모습과는 상당한 거리가 있다. '이상적 지아비'라는 관념 속에 갇혀 있는 '선형'에게 '비천한 지아비'인 이형식의 모습은 자신이 만들어낸 이미지의 균열을 일으킨다. 이 균열을 인정할 수 없는 '선형'은 새로운 지아비 만들기에 몰두함으로써 그 괴리를 해소하고자 한다. 하지만 이러한 그녀의 행위는 본질적으로 자신이 만든 유토피아적 몽상의 세계에 도피하거나 도취함으로써 현실을 왜곡한다는 문제를 보여주고 있다.

의심하지 않고, 대상과의 차이를 모르고, 대상을 자신이 설정해 놓은 이미지-실상은 아버지인 김장로가 설정해 놓은-안에서만 사고하는 선형의 의식은 작품의 끝까지 변하지 않는다. 유일하게 찾아온 갈등의 순간에도 그녀는 "시기나 질투는 큰 죄악이라, 자기와 같은 예수도 잘 믿고, 교육도 잘 받은 얌전한 아가씨의 가질 것은 아니라"(117; 340쪽.)며 자신의 마음을 다잡는다. 이런 점에서 '선형'은 식민지의 오이디푸스 구조에 자신의 모든 사고와 행위를 위치지우는 '착한 주체'임을 보여준다.

영채와 선형은 자신들이 설정한 아버지와의 '동일시'에서 조금도 빠져나오지 못한다. 그리고 이 단계에서 그들은 '나'와 '타인'과의 차이를 인식하지 못한다. 하지만 영채는 '강간'이라는 '상징적 거세'를 통해, 그리고 병욱이라는 '대리부'를 통해 상징적 질서로 편입하게 된다. 하지만 선형에게는 '상징적 거세'의 계기도, '대리부'도 나타나지 않는다. 이것은 결국 선형이 근대적 주체로 성장하지 못하고, 단순한 하나의 욕망의 대상으로 전락하게 되는 원인으로 작용한다.

3.3. 자기 부정을 통한 근대주체의 아버지 되기

영채가 『무정』의 전편을 통해 가장 강력한 문학적 서사를 구축한다 하더라도, 이 작품의 가장 문제적 인물은 이형식이라고 할 수 있다. 왜냐하면 고아상태라는 결핍에서, 갑부인 김장로의 사위가 되어 그의 딸 선형과 미국 유학길에 오르는 이형식의 삶의 궤적은 당대 식민지 근대 주체들의 내면 의식을 살펴 볼 수 있는 좋은 텍스트가 되기 때문이다. 하지만 이형식이 문제적인 근본적인 이유는 작품의 표면에 나타나는 서사의 진행보다는 식민지 주체인 이형식의 내면에서 일어나는 이질적

인 감정의 편차가 가지는 의미 때문이다. 이런 점에서 『무정』의 이형식
은 그 자체로 우리 문학사에서 획기적인 인물이라고 할 수 있다. 왜냐하
면 사람이라면 누구나 복잡하게 충돌하는 다양한 욕망과 가능성을 가
지고 있다는 사실, 도덕이나 의무를 논하기 전에 자기 내면의 욕망을
우선시한다는 근대적 삶의 원칙이 이형식을 통해 형상화되고 있기 때
문이다.

따라서 이형식의 내면을 이루는 다양한 층위의 욕망과 그 욕망에 대
한 동요와 변전(變轉), 그리고 부인(否認)과 승인(承認)의 매커니즘을
파악하는 것은 당대 식민지 지식인들의 의식 구조를 이해하기 위한 척
도가 된다. 이런 점에서 '고아'라는 이형식의 현 상태는 그의 욕망을 이
해하기 위한 가장 중요한 기준이 된다. 왜냐하면 '고아'란 시·공적으로
과거적인 것으로부터의 해체와 파손의 표징인 동시에 운명적으로 적응
과 변화에의 방향전환이 그만큼 용이한 존재이기29) 때문이다.

또한 '고아'라는 이형식의 현 상태는 개인적인 차원으로만 한정되지
않는다. 왜냐하면 식민지라는 당대의 현실을 고려할 때, 이형식의 '고아'
상태는 '아버지'의 부재, 즉 국가의 부재(不在)로 상징화 할 수 있기 때
문이다. 그렇다면 여기서 '아버지'는 '상징적 아버지' 또는 '이름으로서
의 아버지'라고 할 수 있다. 그리고 이 '아버지의 이름' 또는 '상징적 아
버지'는 생물학적 아버지 내지는 그의 역할을 대행하는 어떤 구체적인
인물이 아니라 대타자 혹은 상징적 질서, 좀 더 정확히 말하면 상징적
질서의 성립을 가능케 하는 순수 차이 자체를 뜻한다.30)

---

29) 이재선, 「형성적 교육소설로서의 〈무정〉」, 『문학사상』, 1992.2, 82쪽.
30) 홍준기, 「정신분석학의 위기와 라캉」, 『라캉과 현대철학』, 문학과 지성사,
     2002, 262쪽.

그렇다면 이형식이 겪고 있는 '고아' 상태는 기존의 상징적 질서가 부재(不在)한 상태이며, 그것은 필연적으로 자식들에게 '아버지'로 대표되는 상징적 질서에 대한 그리움을 불러일으키게 마련이다. 하지만 이런 '아버지'의 부재를 인식하는 이형식의 의식은 싸늘하다. 그는 '아버지'에 대한 그리움의 감정을 한 번도 나타내지 않는다. 따라서 자식에 의해 기억되거나 호명되지 않는 '아버지'가 차지할 장소는 없다. 왜냐하면 기억되지 않는 것들은 지워진 것이며, 그 지워짐은 근대적 주체임을 자부하는 이형식의 내면에 의해 적극적으로 행해진 것이기 때문이다. 여기서 '아버지'를 무력하고 죄 많은 존재로 설정하는 이형식의 내면은 자신의 정체성을 부정하고 억압하고자 하는 근원적인 심리적 메커니즘을 보여준다.

자신의 토대인 '아버지'를 부정하고 완전한 '고아'가 된 이형식은 스스로 자기의 '아버지'를 찾아 나선다. 그리고 그 과정에서 만난 박진사는 이상적 '아버지'이자, 교육적 '아버지'의 역할을 하는 '대리부'(代理父)라고 할 수 있다. 하지만 박진사 가문의 몰락은 이형식에게 새로운 '아버지'를 찾아 떠나게 하는 의무를 부여한다. 그리고 이 과정에서 이루어지는 이형식의 동경유학은 개화라는 '아버지'에 대한 욕망추구의 연장이라고 할 수 있다.

동경 유학을 마치고 경성 학교 교사가 된 이형식은 표면적으로는 새로운 '아버지'를 찾을 필요가 없는 것처럼 보인다. 하지만 그의 위치는 매우 불안하다. 왜냐하면 그는 "황금시대에 황금의 힘도 없고, 지식시대에 남이 우러러볼 만한 지식의 힘도 없고, 예수 믿는 지는 오래나 워낙 교회에 뜻이 없으매 교회 내의 신용조차 그리 크지 못하기"(2; 14쪽.)때문이다. 이러한 이형식의 현 상황은 동경유학을 통해 획득한 그의 지위가 매우 취약한 것임을 암시하는 것이다. 그렇기 때문에 이형식은 "아직도 이 생활을 자기의 진정한 생활로 여기지 아니하고 임시의 생활, 준비의 생활"(24; 77쪽.)로만 여기게 된다.

따라서 그가 김장로라는 새로운 '대리부'에 몰입하는 것도 불안정한 현실에 대한 강박관념에서 나온 행위라고 할 수 있다. 이러한 형식의 행위는 개인적인 성격상의 우유부단함이나 비겁함과는 구별되며, 보다 본질적인 데에 그 연원을 두고 있다. 즉 그것은 이형식이 속한 계급의 불안정성과 부유(浮游)성을 말해주는 것이며, 그만큼 당시 조선의 현실이 한 인간으로 하여금 어딘가에 쉽사리 뿌리 내리지 못하게 할 정도로 미정형의 상태였음을[31] 보여준다. 이러한 현실은 이형식으로 하여금 자신의 현재를 부정하고 끊임없이 새로운 것을 욕망하게 만든다. 따라서 이형식이 김장로와 선형에게 몰입하는 것은 일견 당연해 보인다. 하지만 이형식이 김장로라는 '대리부'를 통해 욕망하는 내용이 '교육'과 '계몽'의 윤리적 가치가 아니라 '세속적 욕망'이라는 점에서 의식의 균열을 내포하고 있다.

아도르노에 따르면 지배의 주체로서 자연 위에 군림하려는 인간의 노력은 자기유지라는 개념과의 연관 속에서 고찰된다. 자기 유지의 개념은 유럽 문명의 기본 텍스트로 간주되는 호머의 《〈오디세이〉》를 예로 전개된다. 오디세우스는 시민적 개인의 원형으로 그 개념은 통일적인 자기 유지에서 나온다. 하지만 여기에서 가장 중요한 것은 '자기 유지'는 자기 부정과 희생, 체념(Entsagung)으로 가능하다는 점이다.[32]

---

31) 김명인, 「『무정』에 관하여」, 『인하어문연구』 제 5호, 인하대학교 인하어문 연구회, 2001, 89쪽.
32) 김유동, 『아도르노 思想』, 문예출판사, 1992, 53~57쪽.

『무정』의 이형식은 오디세우스의 전형에서 한 발자국도 나아가지 않는다. 형식은 세속적 자기 욕망을 충족시키기 위해 영채와 박진사로 상징되는 윤리적 기원을 부정한다. 그리고 그것은 근대인으로서의 자기 욕망과 자신의 정체성을 보장받기 위해 자신의 토대인 '아버지'를 부정한 것에서 한 걸음 더 나아간 것이다. 이것은 마치 폴리펨(Polyphem)의 손아귀에서 벗어나기 위해 자기 동일성을 부정하는 오디세우스의 모습을 연상시킨다. 하지만 근대 주체인 이형식은 시민적 개인의 원형인 오디세우스에서 훨씬 더 나아간다. 왜냐하면 자기기만을 통해 이형식이 도달하고자 하는 궁극적인 목적은 자신이 새로운 '아버지'의 자리에 오르는 것이기 때문이다.

'아버지'가 부재한 상태에서 '대리부'의 역할을 했던 박진사와 그의 딸 영채는 이제 근대적 욕망에 포획된 이형식에게는 지워야 할 대상으로 전락한다. 그리고 그 지움의 과정은 자기 합리화의 과정을 통해 형식의 내면에서 적극적으로 행해진다. 이러한 자기 합리화의 과정에서 가장 먼저 형식이 관심을 가지는 것은 영채의 현재 신분이다. 그리고 다음으로 영채의 정절에 대한 의심이다. 물론 '기생'과 '학생'과의 모호한 경계에 서 있던 영채를 바라보며 형식은 "나는 영채를 구원할 의무가 있다. 영채는 나의 은사의 따님이요, 또 은사가 내 아내로 허락하였던 여자라. 설혹 운수가 기박하여 일시 더러운 곳에 몸이 빠졌다 하더라도 나는 그를 건져낼 책임이 있다."(17; 55쪽.)라고 생각한다. 하지만 이것은 박진사와의 관계에서 맺어진 일시적인 '의무감'의 표현이지 내적 감정의 자연스러운 발로라고 보기는 어렵다.

이제 기생으로 전락한 영채는 형식과 동등한 입장에서 파악되지 않는다. 그것은 영채의 처지가 형식에 의해 구원 받아야 할 대상으로 전락했다는 것을 의미한다. 하지만 문제는 또 남는다. 그것은 기생인 영채가 기생이라는 신분과는 다르게 '정절'을 보존하고 있다는 데에 있다. 기생이 되긴 했지만 형식에 대한 의무감으로 '정절'을 보존하고 있다면, 형식도 역시 영채에게 합당한 도덕적 의무감을 보여주어야 하기 때문이다. 따라서 영채의 정절에 대한 강박관념은 형식의 최대 관심사로 부각한다. 그리고 그 강박관념은 '청량사'에서 영채에 대한 정절 훼손을 확인하는 순간 해소된다. 그리고 이제 형식은 영채에 대한 의무에서 벗어난다.

자신을 억누르던 의무감에서 벗어난 형식의 내면 심리는 은인인 박 진사의 무덤에서 "무슨 일을 보고 슬퍼하기에는 너무 마음이 즐거웠다. 형식은 죽은 자를 생각하고 슬퍼하기 보다는 산 자를 보고 즐거워함이 옳다 하였다. 형식은 그 무덤 밑에 있는 불쌍한 은인의 썩다가 남은 뼈를 생각하고 슬퍼하기보다 그 썩어지는 살을 먹고 자란 무덤 위에 꽃을 보고 즐거워하리라 하였다."(64; 192쪽.)라고 생각한다. 따라서 형식이 영채를 찾아 평양행을 결행하고, 박진사의 무덤을 찾는 것은 자신을 얽어매고 있던 '도덕적 의무'와 마지막 단절을 감행하는 결별의 메시지라고 할 수 있다.

결과적으로 형식의 자기 합리화의 과정은 은유적으로는 고아에서 벗어나려는 욕망이었으며, 신문명이라는 '아버지'를 맞아들이려는 무의식의 결정[33]이였던 셈이다. 그리고 이러한 과정은 '고아'의 자리에서 근대적 '아버지'의 자리를 욕망하는 식민지 근대주체의 '아버지 되기' 과정이라는 점에서 사회적 의미를 부여할 수 있다. 다만 이형식의 '아버지 되기'는 식민지 근대라는 민족의 현실에 대한 은폐를 내포하고 있다는 점

---

33) 나병철, 『탈식민주의와 근대문학』, 문예출판사, 2004, 207쪽.

에서 문제점을 내포하고 있다.

4. 민족이라는 새로운 가족을 상상하는 방식

『무정』에 등장하는 인물들을 '가족 서사'의 틀 안에서 해석하고자 할 때, 가장 주목을 요하는 부분은 그들의 내면에 도사리고 있는 '가족' 형성의 욕망이다. 이러한 경향은 이 작품의 모든 관계가 인물들 간의 '혼인'(婚姻)을 중심으로 전개되고 있다는 점에서 찾을 수 있다. 하지만 더 중요한 것은 전 근대적 '가족'을 타계하고 새로운 '가족'을 형성하고자 하는 인물들의 내적 욕구가 '가족 형성'의 욕망으로 발현되고 있다는 점이다. 그렇다면 문제는 '가족 지향'을 추구하는 인물들이 새롭게 욕망하는 '가족'의 모습이라고 할 수 있다.

어릴 적의 안온했던 '가족'이 해체된 후, 영채에게 가장 중요한 욕망은 형식과 새로운 가정을 꾸리는 일이다. '기생'이라는 자신의 현재 신분을 한탄하면서 '아내', '어머니', '부인'에 대한 호칭을 소망하는 것은 영채의 내면에 도사리고 있는 강렬한 '가족' 지향의 욕망이다. 이형식과 마찬가지로 고아가 된 박영채는 한 가닥 끈으로써 이형식을 갈망하고, 그의 아내가 됨으로써 자녀를 낳고 어머니가 되는 꿈을 꾸는 것이다.[34] 이런 영채에게 이상적 '가족'의 형태로 제시되는 것이 '황주'에 있는 병욱의 '가족'이다.

'황주'라는 공간이 아직 본격적인 근대화의 세례를 받지 못한 까닭도

---

34) 최선희, 「『무정』에 나타난 가족의 의미」, 『한국 전통문화연구』 제 13집, 효성 카톨릭 대학교 한국 전통문화 연구소, 1999, 172쪽.

있겠지만, '황주'는 '아버지'를 정점으로 하여 모든 '가족'들이 가장 전형적인 모습으로 조화를 이룬 공간35)이라고 할 수 있다. 이것은 근대화의 세례를 받은 경성의 김장로의 '가족'이 단출한 핵가족의 모습으로 나타나는 것과 대조적이다. 이 '가족'의 가장 큰 특징은 가부장의 권위가 절대적 가치로 형상화되고 있지 않다는 점에 있다. 이런 점에서 보자면, 병욱의 '가족'은 부계적 권위의 약화와 모계적 친밀성의 강화라는 측면에서 이해할 수 있다.

한편 형식과 선형에게서 나타나는 '가족' 형성의 욕망은 영채와 병욱으로 상징되는 '가족'의 모습과는 다르다. 형식이 생각하는 가정은 "내가 저녁때에 일을 마치고 집에 돌아오면 영채는 나를 기다리고 기다리다가 내가 오는 것을 보고 뛰어나오며 내게 안기리라. 그때에 우리는 서양 풍속으로 서로 쓸어안고 입을 맞추리라."(12; 42쪽.)로 묘사된다. 이것은 "그리하여 벽돌 이층집에 나는 피아노 타고……."(27; 85쪽.)로 상상되는 '가족'에 대한 선형의 욕망과 정확하게 일치한다. 문제는 그들이 만들어 내고 있는 '가족'의 이미지가 철저하게 서구의 이미지로 치장되어 있다는 점이다. 그리고 그 서구의 이미지는 역으로 우리의 전통적인 '가족'에 대한 불신에서 기인한다. 따라서 형식과 선형이라는 식민지 근대주체의 서구에 대한 동일화의 욕망은 자기 자신으로부터 고개를 돌리게 하고 부인과 고착화의 행위 속에서, 식민지 주체는 완전한 나르시시즘에 빠져 완전한 이상적 자아에 대한 동일시36)로 되돌아오게 된다. 하지만 정작 문제인 것은 형식과 선형이 꿈꾸는 이러한 이상적 '가족'의 모습이 식민지 근대 주체들의 의식 속에 내면화되면서 아무런 의

---

35) 서영채, 앞의 논문, 53쪽.
36) 호미 바바, 나병철 역, 『문화의 위치』, 소명출판, 2002, 153~162쪽.

심도 없이 자연스럽게 받아들여지고 있다는 점이다.

『무정』의 전편을 통해 나타나는 중심인물들의 '가족' 형성의 욕망은
『무정』의 서사를 추동하는 근본적인 원리이다. 그리고 이러한 개인적
인 '가족 형성'의 욕망은 '삼랑진' 수해 사건을 겪으면서 급격하게 '민족'
의 차원으로 확대된다.

> 나는 선형을 어리고 자각없는 어린애라 하였다. 그러나 이제 보니 선형
> 이나 자기나 다 같은 어린애다. 조상 적부터 전하여 오는 사상의 전통은
> 다 잃어버리고 외국 사상 속에서 아직 자기네에게 적당하다고 생각하는
> 바를 택할 줄 몰라서 어쩔 줄을 모르고 방황하는 오라비와 누이 - 이것이
> 자기와 선형의 모양인 듯하였다.(115; 336쪽.)

선형과 영채 사이의 갈등에서 얻어지는 이러한 깨달음이 서사의 층
위에서 과연 얼마만큼의 설득력을 가질 것인가에 대한 것은 논외로 치더
라도, 형식이 자신과 선형을 전통과 새로운 문물 사이에서 방황하고 있
는 오라비와 누이로 설정하는 장면은 매우 의미심장하다. 형식의 지금까
지의 궤적은, '아버지'의 부재(不在)라는 결핍에서 시작하여 새로운 '아버
지'인 '근대'를 찾아가는 과정이었다. 하지만 정작 그가 깨닫고 있는 내용
은 자신이 아직 고아 상태를 조금도 벗어나지 못했다는 것이다. 그리고
이 지점에서 형식은 자신이 추구한 모든 것이 세속적 욕망이었음을 깨닫
게 된다. 그리고 그 깨달음의 순간에 '세속적 욕망'의 추구는 부인되고
'민족의 계몽'이라는 당위적 욕망이 자리를 대신 차지하게 된다.

세속적 욕망의 추구라는 개별적 욕망의 자리에 '민족의 계몽'이라는
집단적 욕망이 들어서는 과정은 사적욕망을 지닌 개별화된 '가족'이 아

니라, '민족'이라는 집합적 주체로서의 '가족'이 탄생하는 과정과 정확히
일치한다. '민족'이라는 집합적 주체로서의 '가족'은 "모두 자기와 같이
장차 나갈 길을 부르짖어 구하는 듯하며, 그네들이 다 자기의 형이요,
동생이요, 누이"(115; 337쪽.)들로 형상화 된다. 이러한 과정 속에서 개
별적인 욕망은 '민족'이라는 더 큰 공동체의 욕망 속으로 사라지고 그
자리에는 '민족'이라는 상상의 공동체만이 남게 된다.[37]

　개별적인 '가족' 형성의 욕망을 '민족'이라는 커다란 '가족'의 이미지로
대치한다는 점에서 이제 『무정』에 등장하는 주체는 개별적 주체가 아
니다.[38] 그리고 개별적 주체들을 뛰어넘는 '집단적 주체'들은 민족이라
는 커다란 가족안의 구성원으로 인식된다. 그것은 '아버지' 없는 나라에
서 새로운 '아버지'로 자리잡기 위한 오누이들의 의식으로 확대된다. 따
라서 선형과 영채 병욱으로 형상되는 세 처녀들과의 관계도 개별적인
욕망으로 한정되는 것이 아니라 형식과 '세 누이'라는 새로운 '가족'의
모습으로 형상화 된다. 하지만 이 '가족'이 '민족'이라는 더 큰 '가족'으로
확대되는 과정에서, 어떠한 방식으로 재구성되고 의미가 부여될 것인

---

37) 베네딕트 앤더슨(윤형숙 譯, 『상상의 공동체-민족주의의 기원과 전파에 대한
성찰』, 나남출판, 2002. 264쪽)은 민족이 근대사회에서 가장 자연스럽고 정당
한 공동체의 모형으로 나타나게 되는 과정에 대해 진지하게 논의를 하고 있다.
민족 혹은 민족주의에 대한 논쟁은 크게 민족을 고대로부터 존재해 온 원초적
인 실재로 보는가, 아니면 근대 자본주의 발전 과정에서 생겨난 역사적 구성물
로 보는가로 나뉜다. 앤더슨은 민족을 왕조국가가 쇠퇴하고 자본주의가 발달
하는 시기에 나타나는 특정한 '문화적 조형물'로 보고 있다. 그리고 이를 '상상
의 공동체'라고 부른다. 민족을 '상상의 공동체'로 보는 앤더슨의 관점에는 사회
적 실재(social reality)는 문화적으로 구성되고 경험되는 시ㆍ공간 안에 존재한
다는 인류학적인 명제를 깔고 있다. 그러므로 '상상의 공동체'라고 말하는 것은
어떤 사람들이 머리속에서 마음대로 상상하거나 꾸민 것이라는 뜻이 아니다.
'상상의 공동체'는 특정한 시기의 사람들의 경험을 통해서 구성되고 의미가 부
여된 역사적 공동체이다.
38) 채호석, 『한국 근대 문학과 계몽의 서사』, 소명출판, 1999, 190쪽.

지에 대한 구체적인 모습은 나타나지 않는다. 이러한 역사적 방향설정
의 부재는 인물들을 하나로 통합하는 '민족'이라는 '가족' 공동체가 실상
은 텅빈 기표에 불과하다는 것을 반증(反證)하는 것이기도 하다.

5. 업둥이 서사를 통한 식민지 현실의 내면화

　『무정』의 전체 서사를 식민지 근대 주체들의 자아 정체성 찾기라고
할 때, 가장 핵심적인 서사로 등장하는 것이 바로 형식과 영채의 '고아
의식'이다. 정신분석학적으로 볼 때, 형식이나 영채는 국가의 관습과
제도라는 상징계적 '아버지'와 민족전통이라는 상상계적 어머니를 상실
한 상태에 놓여 있다.[39] 이러한 '고아의식'이『무정』을 추동하는 숨은
힘이라고 할 수 있다. 그 중에서도 박영채의 비극적 세계인식과 이형식
의 전형적 '고아의식'이 작가 이광수의 내면에서 충돌함으로써 이 소설
의 전반적인 역동성을 이끌어 내고 있다.[40]

　하지만 이러한 '고아의식'은 이미 없어져 버린 '아버지'에 대한 부정의
감정에서 기인하고 있다. 그것은 그들의 의식이 과거로 향하고 있지
않음을 보여준다. 그렇다고 해서 그들의 의식이 현재에 대한 부정으로
나타나고 있는 것도 아니다. 이것은 세계와의 적극적인 대결을 통해
자신들의 정체성을 형성해 나가는 것이 아니라, '계몽'이라는 손쉬운 타
협을 통해 새롭게 상상한 근대적 '아버지'를 내면화하는 과정으로 나타
난다. 그렇다면, 식민지 근대라는 새로운 '아버지'와의 타협을 통해 식

---

39) 나병철,『탈식민주의와 근대문학』, 문예출판사, 2004, 203쪽.
40) 김명인, 앞의 글, 92쪽.

민지 현실의 질서를 수용한다는 점에서『무정』의 '계몽성'은 진정한 의미를 상실하게 된다.

따라서,『무정』에서 중요한 것은 현실에 대한 비판과 대결이 아니다. 그렇기에『무정』에 등장하는 인물들은 세상과의 대결을 통해 스스로가 근대적 주체로 되는 것이 아니라, 개화·계몽 담론의 착한 주체로 전락하고 만다. 이것은 작품의 후반부로 갈수록 서사주체의 담론이 인물들의 개별적인 욕망을 억압함으로써 '계몽'이라는 현실 우위의 담론으로 귀결되고 있는 것에서도 알 수 있다. 결국『무정』의 서사는 작가 이광수의 근대에 대한 과도한 욕망이 인물들의 내적 욕망을 압도함으로써 근대와의 조화로운 화해를 모색하고 있음을 알 수 있다.

그런데 식민지 주체들의 새로운 길찾기가 현실과의 타협으로 귀결됨으로써, '식민지'라는 현재의 상황은 자연스럽게 은폐된다는 점이다. 이것은 '삼랑진' 홍수 이후 행위 주체와 서술주체의 통합으로 만들어진 '민족'의 담론이 대단히 허구적이라는 것을 드러낸다. 왜냐하면 "북해도의 '아이누'나 다름없는 종자"(123; 358쪽.)인 우리 민족을 '교육'을 통해 구원하고자 하는 계몽의 담론은 필연적으로 차별을 내포하고 있기 때문이다.

따라서, 식민지 근대주체들이 새롭게 내면화한 '대타자'에 대한 성찰 없이 그 문명에 동화하는 것은 결과적으로 '민족'의 현실을 은폐하는 결과를 초래한다. 그러한 은폐는 결국은 구체성을 결여한 '민족'이라는 텅빈 기표를 양산하는 결과를 낳기도 한다. 그리고 정작 문제는 '민족'이라는 텅빈 기표 속에서 우리 민족에 대한 구체적인 이미지는 소멸하고, 식민지 담론에 포획된 '계몽'의 대상으로서의 '민족'만이 남게 된다는 점이다.

『무정』은 전근대적 '아버지'를 청산하고 새로운 '아버지'와의 동일시를 통해 자신들을 '주체'로 확립하고자 하는 식민지 근대 주체들의 자아 정체성 형성 과정을 잘 보여주고 있다. 하지만, 그러한 서사의 행위 주체들이 민족의 '계몽'에 사로잡힌 서술 주체의 욕망에 과도하게 종속됨으로써, 그들의 정체성 찾기는 현실과의 타협으로 귀결된다. 이러한 귀결은 근대와의 맹목적 '동일시'를 통해 자신을 규정했던 식민지 근대 주체들의 자기 분열적인 상황과 밀접하게 연결되고 있다.

작가작품론의 정체성과 이데올로기

박경리 소설 가족 서사 기원 탐색

이금란

1. 들어가는 말

작가 스스로가 "가족이라는 너무나 강한 지주가 있었기 때문에"[1] 삶에서 도망칠 수 없었다는 가족, 박경리에게 있어 가족은 그의 "문학의 싹"[2]이라고 해도 과언이 아닐 것이다. 수많은 소재 중에서 어떤 것을 선택하여 작품을 쓸 것인가의 문제는 작가의 개성에 달려 있다고 할 수 있다.

박경리 문학에는 작가 자신의 가족사가 여기저기 형상화되어 있다. "가족 속에 내가 있는 게 아니고 내 속에 내 가족이 있는지도 모르겠다."[3]는 표현에서 그에게 가족은 삶의 전부였음을 알 수 있다. 그런 연유에서인지 그의 작품을 보다보면 모든 문제의 기본 출발을 가족에 두고 있다. '수신제가치국평천하'라는 말이 있듯이 사회, 정치 문제를 이야기하는 데 있어서도 그 시발은 가족에 있다. 따라서 박경리 문학을 이야기하는

---

1) 박경리, 「창작의 주변」, 『Q씨에게』, 솔, 1993, 229쪽.
2) 박경리, 「12년 만에」, 위의 책, 237쪽.
3) 박경리, 앞의 글, 230쪽.

데 있어서 가족의 의미 규명이 무엇보다도 선행되어야 한다고 본다.

최근 들어 박경리 문학 연구 중 가족 서사에 대한 논의에 관심을 갖는 연구자들이 늘고 있다. '가족'이라는 테마에 대한 작가의 의식 변모를 살펴본 정명환의 연구[4]나 최초로 『土地』의 인물군을 '가족' 단위로 나누어서 비현실적인 '恨'이나 '탐욕'을 중심으로 인물을 심도 있게 분석한 서정미[5]의 연구는 그 시발적 논의로서 의의가 있다 하겠다.

백지연은 특히 박경리 소설에 나타난 가족 관계와 이것이 파생하는 문제점으로 인한 여성 인물들의 갈등이 사랑과 애정 중심의 부부 관계를 지향하는 데서 발생한다고 보고, "가족관계의 양상에 따른 여성인물의 정체성 탐색"의 과정을 초기 소설을 통해서 밝히고 있다.[6]

김혜정은 박경리 소설에 나타난 여성성에 대한 연구를 통해, 여성 작가인 박경리가 자신의 경험에 비추어 여성 인물의 性, 사랑, 가족, 욕망, 쾌락, 자율성의 문제를 여성의 특이한 性심리적 발달 단계와 관련시켜 어떻게 구성하고 변주시키는지를 분석하고 있다.[7]

이선미는 1950년대 박경리와 강신재 소설에서 한국전쟁과 여성가장의 관련성을 살피고 있는데, 여성가장이라는 말속에 내포된 남성 부재의 '결핍성' 때문에 여성들이 고통 받는다[8]고 보았다. 그러면서 이선미는 과연 남성 가장을 중심으로 한 '가족'이 여성들에게 행복을 보장해주었는가를 증명할 수 있을 때, 남성가장이 부재한 '가족'을 불행으로 받아들

---

4) 정명환, 「폐쇄된 사회의 문학-박경리씨의 세 작품을 중심으로」, 『사상계』, 1966.3.
5) 서정미, 「『土地』의 恨과 삶」, 『창작과 비평』, 1980(여름).
6) 백지연, 「박경리 초기 소설 연구-가족관계의 양상에 따른 여성인물의 정체성 탐색을 中心으로」, 경희대 석사학위논문, 1995.
7) 김혜정, 「박경리 소설의 여성성 연구」, 충북대학교 박사학위논문, 1999.
8) 이선미, 「한국전쟁과 여성가장: '가족'과 '개인' 사이의 긴장과 균열」, 『여성문학 연구』10호, 2003.12, 93쪽.

이고 위기로 인식할 수 있다고 말한다. 『토지』의 표면에서 진행되고 있는 유교적 가족 윤리의 해체 양상에 대한 분석을 통해 이면에 자리잡은 지향점을 분석하였는데, 사랑에 바탕을 둔 인간관계는 생명으로 향하고 있다고 보았다.

그러나 이상의 논의들에서 살필 수 있는 것은 모두가 성인 등장인물들을 중심으로 가족 내에서, 혹은 사회 속에서 그들의 위상과 성향을 분석한 것들이라 할 수 있다. 따라서 본고에서는 그들이 왜 그런 삶을 선택할 수밖에 없었는지, 왜 그런 삶을 살아갈 수밖에 없었는지, 그 원인을 그들 유년의 삶을 통해 추이해 보고자 한다. 이 작업을 통해 이후 인물들의 성격 형성과 사회적 관계 형성의 전반적인 의미를 규정해 볼 수 있을 것으로 보기 때문이다.

필자는 기존 여성 인물에 대한 분석을 진행하는 가운데 이루어졌던 '가족' 문제에 대한 논의[9]를 시작으로 박경리 소설 전반에 걸쳐 나타나고 있는 가족 이데올로기의 문제[10]를 연구의 대상으로 삼은 바 있다. 본고에서는 이 연구를 바탕으로 박경리 소설의 근간이라 할 수 있는 가족 서사의 기원을 살펴보고자 한다. 또한 본고는 박경리 소설 전체를 아울렀던 "박경리 소설에 나타난 가족 이데올로기"의 거대 담론을 이야기하는 가운데 면밀히 살피지 못했던 세부적 차원의 가족 서사를 그 대상으로 한다. 대상 작품은 주로 가족 서사의 기원이 되고 있는 유년 시절을 다룬 작품들로 한정할 것이다.

---

9) 졸고, 「가족 서사로 본 박경리 소설 연구」, 『현대소설연구』제19호, 2003.9.
10) 졸고, 「박경리 소설에 나타난 가족 이데올로기 연구」, 숭실대 박사학위논문, 2006.8.

2. 박경리 가족 서사의 기원

전후 생산된 텍스트들 속에서 가족은 훼손된 전체를 재조직하는 상상적 준거[11]로 작용하고 있다. 이는 파괴된 사회와 인간 상실에 대한 비극을 극복하는 하나의 표현 방법으로 해체된 가족 복원이 소재로 선택되었기 때문이다. 그러나 당시 작가들의 일반적인 경우와는 다르게 박경리 초기작의 가족 이야기에는 삶에 대한 두려움·공포·불안만이 존재하고 있다. 전쟁으로 인해 해체된 가족, 특히 유년의 상실 체험은 등장인물의 유년기를 불안으로 이끌었으며, 이후의 삶에 엄청난 파장을 남긴다. 정신분석학적 측면에서 외상적 신경증(traumatische Neurose)이라 말하는 이러한 증상은 외부에서 받은 충격, 예컨대 전쟁과 같은 심한 외부적 충격에서 온 심리적 상처로 인해 발생하는데, 그 기억은 오랫동안 내부에 자리잡고 있다가 반복적인 상황의 재현이나 그와 유사한 상황이 주어지면 그 충격이 되살아나 신경적 반응을 불러온다는 것이다. 무의식 속에 잠재되어 있는 충격의 기억은 심리적 불안의식을 초래한다. 이러한 불안은 대체적으로 유아기에 경험한 '엄마와의 분리'에 대한 공포에서 비롯되는데, 일반적으로 존재론적 안전을 위협하는 현상이다.

유년의 상실과 분리에서 오는 불안은 이후 딸들의 성장에 '히스테리적 신경질'로 드러나고 있다. 이와는 반대로 아들들이 겪게 되는 '분리불안'은 주로 그들 삶의 순간순간에 '강박증 신경질'의 형태로 드러난다.[12] 또한 유년기의 상실체험으로 인한 분리불안을 겪은 아이들은 성

---

11) 권명아, 『가족이야기는 어떻게 만들어지는가』, 책세상, 2000, 33쪽.
12) 히스테리와 강박증에 대한 전형적인 특징을 요약해 보면, (브루스 핑크, 맹정현 역, 『라캉과 정신의학』, 민음사, 2002, 279쪽.)

장하여 타인 혹은 사회적 관계 형성에 소극적이 되며, 결벽증, 철저한
자기방어를 위한 자기소외 등 극단적인 방법을 취하게 된다.

2.1. 상실체험으로 인한 분리불안

분리불안이란 주된 애착 대상이나 친숙한 상황으로부터 분리될 때
나타나는 불안상태를 말한다. 따라서 분리불안 증상은 주로 유아기의
아이들이나 보살핌을 필요로 하는 사람들에게서 주로 나타난다. 박경
리 소설에서 이런 분리불안의 증상이 내·외적 상황에 의해 급격하게
부모와 유리(遊離)된 아이들에게서 공통적으로 나타나고 있다. 유년기
소녀가 중심인 「玲珠와 고양이」, 「돌아온 고양이」, 「海東旅館의 迷那」
를 살펴보면, 이들은 친숙한 대상을 상실하거나, 대상과 떨어져 있는
상황이다.

아이들은 전쟁이라는 외적 요인으로 아버지나 동생을 잃은 상태에
있다. 이러한 상황에서 생활고에 내몰린 어머니는 어린 자녀를 두고
생계를 위해 고된 삶의 현장에 뛰어든다. 따라서 어머니와의 2차적 분

	히스테리	강박증
의문	남자냐 여자냐	죽음이냐 삶이냐
욕망형태	불만족	불가능
성욕에 대한 태도	혐오감	죄의식
주요 관련 성감대	구강	항문
존재에 대한 전략	타자의 욕망의 원인 되기	사유 속에 있기
분리를 극복하기 위한 전략	타자를 보완하기	주체를 보완하기
본환상	(a◇A)	(S◇a)

위의 도표는 성장 후 '여성/남성' 인물들의 특성을 이해하는데 많은 도움이
된다.

리를 겪게 된 아이들에게 부모나 다른 가족과의 이별은 뜻밖의 일로, '잃었다'는 표현으로 인식된다. 이처럼 가족의 해체 속에서 아이들은 어머니마저 "돌아오지 못하는 곳으로 떠나버"(「돌아온 고양이」)[13]릴 지도 모른다는 분리불안을 겪게 된다. 이렇듯 초기 단편에서 유년기의 아이들은 가족의 해체에서 오는 '상실체험'의 반복 경험을 통해 공포에 가까운 불안 상태에 있다.

「반딧불」의 주영이 "절망적인 기다림"(160쪽) 속에서 느껴야 했던 유년기의 불안의식은 상실에 대한 공포로부터 비롯된다. 가장 근원적인 상실에 대한 불안의식은 '아버지 상실'이라는 불안전한 가족 관계에서 시작되었고, 이로 인해 '어머니'마저 자신을 버릴지 모른다는 새로운 불안의식을 갖게 된다. 상실의 공포, 어머니의 '시간-공간'의 부재 속에서 주영은 아버지처럼 자신을 두고 '죽음·도망'하는 어머니를 상상하게 되고, 정말 상실할까봐 스스로 '울음'조차도 억압한다. '기다림의 불안' 속에 내재되어 있던 신뢰의 부정은 "엄마를 무섭게 노려보며 왈칵 덤벼들어 엄마를 문 밖으로 밀어내는" 적대적인 행위로 표출된다. 그러나 이러한 주영의 적대감은 받아들여지지 않고, "치마끈으로 목을 매는 시늉"으로 맞서는 어머니로 인해 가상 죽음의 상실체험을 반복하게 되고 불안은 극도의 나선형을 그리게 된다. 유아기의 상실불안, 분리불안으로 주영은 '기다림의 불안', '공포'를 내면화시켰으며, "손목에다 어머니의 치마끈을 감고" "자다가는 깜짝깜짝 놀라"는 '산다는 것' 자체를 불안하고 위태로운 것으로 인식하게 된다. 이처럼 불완전한 가족 형태로 인해 겪은 주영의 유년기 경험은 어머니 상실에 대한 불안이라는 원초

---

13) 유년기 소녀가 중심인 「玲珠와 고양이」, 「돌아온 고양이」, 「海東旅館의 迷那」와 같은 작품에서 공통적으로 분리불안의 특징이 관찰된다.

적인 상흔[14]으로 자리잡고, 타자와의 관계 맺기에 있어서 부정적인 요소로 작용한다. 주영은 자신의 현재 상태에 대한 혐오감과 아울러 대상에 대한, 특히 사랑하는 연인과의 관계에서도 적극적인 자세를 취하지 못하고 욕망의 좌절만을 경험하게 된다.

> 어머니하고 나하고 단 둘이서 살던 시골의 집, 어머니는 그 허수룩한 집의 대문에다 녹 슬은 쇠통을 잠거놓고 외출을 하는 일이 번번이 있었다. 책가방을 내동댕이치고 대문 앞의 돌층계 위에 턱을 고이고 앉아서 어머니를 기다리던 어린 시절의 나였었다. 턱을 고이고 생각하는 것은 어머니가 돌아오다가 자동차나 마차에 치어 죽었는지도 모른다는 것이요, 작은 엄마하고 살림을 하는 아버지한테 가서 구박을 받고 오다가 강물에 빠져 죽었는지도 모른다는 것이요, 아니 엄마 말마따나 다른 신랑을 얻어서 멀리 아주 멀리 도망을 쳤는지도 모른다는 것이었다. 생각이 거기까지 미치면 나는 벌떡 일어서서 양손으로 얼굴을 가리고 엉엉 울었다. 불그스름한 저녁 노을을 타고 갈가마귀떼가 울고 날아가면 더욱 서러워서 소리를 질렀던 것이다. 짭짤한 눈물 방울에 입맛을 다시며 그대로 돌층계 위에서 잠이 들어 버렸던 일도 있었다.(『표류도』, 280쪽)

어머니의 외출은 유년의 현회로 하여금 극도의 불안을 경험하게 한다. '아버지 – 어머니 – 나'로 짜여져야 하는 가족은 아버지의 '남편 되기 거부'[15]로 인해 '어머니 – 나'라는 단 둘만의 해체된 가족 구성원을

---

14) 김현정, 「박경리 초기 단편소설 연구」, 성균관대 석사학위논문, 1996, 23쪽.
15) 아버지의 부재가 단순한 외도의 개념 속에서 이루어진 것이 아니라, 아내로서의 어머니를 부정하고 다른 가족을 형성한다는 측면에서, 단순한 아버지 부재나 아버지의 외출이라는 표현으로는 적당하지 않을 듯 싶다. 또한 외도의 개념을 적용한다는 것도 적당하지 않다. 왜냐하면 아버지의 입장에서 현재 아버지의 태도는 외도가 아닌, 애정을 바탕으로 한 가족생활을 의미하기 때문이다.

형성하게 된다. 단 둘만의 공간에서 일어나는 어머니의 '외출'은 현회에게 이중의 불안을 의미한다. 첫째, 보잘 것 없는 "허수룩한 집의 대문에다 녹 슬은 쇠통을 잠거놓"았기 때문에 현회는 집 안으로 들어갈 수가 없다. 대문 앞 돌층계에서 이루어지는 어머니에 대한 기다림은 외부 공간이라는 특성상 현회의 서러움을 더욱 배가시킨다. 어머니를 기다리다 울며 현회가 잠든 공간은 따뜻한 방 안이 아니라 집 밖의 공간 "돌층계 위"이다. 편히 쉴 안식처가 없다는 것은 대상을 공포 상태로 몰아간다. 현회의 불안은 한층 더 적극적인 상상 속에서 극대화된다. 혹시 돌아오다가 "자동차에 치어 죽었는지도 모른다 것"16), "강물에 빠져 죽었는지도 모른다는 것"으로 인해 죽음의 공포를 맛보게 된다. 여기에 죽음의 상징물로 작용하는 '갈가마귀떼'의 울음은 현회의 공포를 한층 더 배가시킨다. 또한 어머니와 자신을 버리고 '다른 여자' 하고 살고 있는 아버지와 같이 어머니마저 자신을 버리고 "다른 신랑을 얻어서 아주 멀리 도망을 쳤는지도" 모른다17)는 상상은 엄청난 두려움을 심어준다. 어머니에 대한 기다림 속에서 상상한 '어머니의 죽음·도망'은 현회로 하여금 공포를 경험하게 하고, 어머니의 부재는 극도의 불안을 초래하게 된다.

ㄱ) 내게 어린 시절의 분노란 대개의 경우 비애였습니다. 어린아이에게는
   사랑이 양식입니다. 굶주림의 비애보다 사랑의 굶주림의 비애는 분노

---

16) 이런 유년의 생각은 훈아의 죽음으로도 연결되고 있다. 아마 현회는 어머니를 찾아 거리를 헤매었던 경험이 있을 것이다.
17) 『표류도』의 서사는 박경리의 초기 단편 「반딧불」의 서사와 여러 가지 측면에서 겹치는 부분이 존재한다. 또한 '아버지의 외도', '어머니의 버려짐', '그런 어머니의 가상 죽음·도망'에 대한 두려움, 그로인한 아이들의 불안과 공포 등에 관한 이야기는 박경리 소설 여기저기에서 발견할 수 있다.

를 동반하는 것인가 봐요. 국민학교 때 수업료 때문에 몇 번씩 집에 쫓겨가야 했던 일은 오랫동안 잊혀지지 않는 부끄러움이겠습니다만 우연히 장롱 속에서 수업료의 천 배가 넘는 백 원짜리 지폐들을 접어서 넣은 전대를 발견했을 때의 슬픔, 돈을 보았노라 했을 때 나를 보던 어머니의 험악한 눈은 타인의 눈이었습니다. 가난의 비애보다 사랑의 가난의 비애는 분노로 변하는가봅니다.[18]

ㄴ) "…(전략)… 남들은 자식한테 아무 공 안 딜이도, 절로 나서 크고 돈을 벌어 어미 손에 쥐여준다 카더마는, 아이구 무서리야! 참말이제 살고 접은 생각은 손톱만큼도 없다! 어느 구신이 그만 날 잡아갔이믄 좋겠는데 그놈의 구신 눈이 멀었는가," …(중략)…

"하나라고 오냐오냐 길렀더니 하나 자석 소자 없다, 그 말이 맞는기라. 옆집 죽장수할매는 무신 대복을 타고났는고. 어저께도 아들이 새경을 받아서 어매한테 갖다주고, 내사 참말이제 부럽더라. 이놈아! 듣나 안 듣나! 그 머심애 나이 몇인지 알기나 아나? 열여섯 살이다, 열여섯! 일본 사람 오복점에 심부름함시로 거 일본 사람 버선도 가져오고, 니 나이 몇꼬? 열아홉이다, 열아홉이라! 그 좋은 일자리 누구나가 구하나? 나가믄은 월급이 이십 원인데 와 안 갈라 카노! 안 갈라 카믄 내일부텀은 밥을 묵지 말든지 무신 염체로 아가리에 밥 처넣을 기고!"

나가라는 일자리는 요릿집에서 회계 보는 곳이었다. (『토지』, 7; 79~80쪽)

박경리 소설의 또 다른 특징은 상실체험이 어머니와의 단순한 분리 불안에 근거하고 있지 않다는 것이다. 작품 여기저기에 등장하는 어머

---

18) 박경리, 「12년 만에」, 위의 책, 237쪽.

니에 대한 작가의 시선이 긍정보다는 부정적인 측면에 가깝다는 것을
알 수 있는데, 그것에 대한 이해는 위에 인용한 작가의 직접적인 토로에
서 그 단초를 찾을 수 있으리라고 본다. 작가에게 어머니는 단순히 자식
을 사랑하고 아낌없이 희생하는 그런 어머니가 아니었다. 자식에 대한
사랑보다는 물적 욕망이 앞섰던 인물이었고, 늘 자식에게 현재의 위치
를 각인시키면서 자신들의 희생을 강조하고 그에 대한 보상을 요구했
던 인물들이었음을 짐작할 수 있다. 그들은 아이가 느낀 비애나 부끄러
움을 감싸주기보다는 자신의 것을 들켰다는 데서 오는 불쾌감, 자기 것
을 빼앗아갈지도 모른다는 불안이 중요하다. 자애로워야 할 어머니의
시선에서 "험악한 타인의 눈"을 발견함으로써 더욱 더 외로움은 배가되
고, "가난의 비애보다 사랑의 가난의 비애"로 인해 "분노"를 느껴야만
했던 것이다. 어머니의 시선에서 느꼈던 "외로움의 밀도는 변함이 없
이"(237쪽) 그 후 작가에게 반복되었고, 그것이 박경리 문학의 싹이 되
어 주었다고 해도 과언이 아닐 것이다.

　인용문 ㄱ)의 형상화는 ㄴ)의 임이네에게서 확인된다. 물욕에 대한
탐욕의 끝을 보여주는 임이네에게 있어 아들 홍이는 단순히 자신의 물
질적 탐욕을 충족시켜 줄 도구에 불과하다. 열아홉 장성한 아들을 요릿
집 회계 보는 일에 보내지 못해 효/불효, 복 있는 어미/복 없는 어미
타령을 하는 임이네에게 다 큰 아들의 미래는 중요하지 않다. 아들=이
십 원 월급으로밖에 계산이 되지 않는 어머니로 인해 홍이는 스스로를
학대한다. 자신에게 한 없는 사랑을 보여주는 양어머니 월선이가 있음
에도 생모에 대한 죄의식, 생모로 인한 죄의식에 사로잡혀 심한 내적
갈등을 겪게 된다. 어머니 임이네의 탐욕의 시선에서 그런 어머니의
배를 빌어 탄생한 스스로를 저주하는 홍이의 외로움은 생모에 대한 냉

담으로 표출되고 있다. 『토지』에는 이런 "사랑의 가난의 비애"로 인해
비참한 삶을 살아가는 인물들이 곳곳에 등장하고 있다. 특히 "사랑의
가난의 비애"로 인한 "분노"의 이야기는 최치수, 최서희에게서 무엇보
다도 극명하게 드러난다.

ㄱ) 치수는 웃었다. 그 웃음은 도리어 서희의 마음을 얼어붙게 했다. 서희
로부터 시선을 돌린 치수는 서안 위에 펼쳐놓은 책의 갈피를 넘긴다.
허약한 체질에 비하면 뼈마디는 굵은 편이었다. 그러나 가엾을 만큼
여위고 창백한 그의 손이 책갈피를 누르면서 눈은 글자를 더듬어 내려
간다. 손뿐인가, 뜰 아래 물기잃은 목련의 앙상한 가지처럼, 그러나 동
정을 받을 수 있는 비참한 느낌이기보다는 도리어 상대에게 견딜 수
없는, 숨 막혀서 견딜 수 없어 결국은 공포심을 불러일으키게 하는 강
한 분위기를 그는 내어뿜고 있었다. 어떤 일에도 감동되지 않을 눈빛,
철저하게 스스로를 거부하는 눈빛, 눈빛에서만 그랬던 것이 아니다.
뼈만 남은 몸 전체가 거부로써 남을 학대하는 분위기의 응결이었다.
(『토지』, 1;23쪽)

ㄴ) 어머님 데려오라 하며 울었던 어릴 적 일이 머릿속에 가득 들어차서
슬픈 시절, 어미가 보고 싶어 울었던 나날이 선명하게 눈앞에 떠오른
다. 어미에 대한 그리움은 아직도 그에게는 떨어버릴 수 없는 집념이
다. 그 끈질긴 감정 속에는 그리움뿐만 아니라 원망과 증오가 함께 있
었다. 남의 사내를 따라 어린 자식을 버리고 간 어미, 그것은 자식에
대한 배반이며, 하인놈을 따라간 어미, 그것은 서희 마음에 씻지 못할
오욕을 심어준 죄악이었다.(『토지』, 3;77~8쪽)

'불안'은 우리가 '낯-익은 세계'로부터 '낯-선 세계' 속으로 갑작스럽게 —즉 그 낯섦에 익숙해질 시간도 없이—떨어져 들어갔을 때의 기분[19]이라고 할 수 있다.

위의 두 인용문은 『토지』의 최서희와 아버지 최치수, 어머니 별당아씨와의 관계를 적절하게 보여주는 예라고 할 수 있다. 어머니 되기를 거부한 윤씨부인으로 인해 최치수가 겪게 된 상실체험은 그의 성격 형성에 엄청난 영향을 미치게 된다. 그것은 그 자신만의 문제가 아닌 그의 가족 형성에도 장애요소로 작용하게 되는데, 인용문 ㄱ)은 서희가 바라본 아버지 최치수이다. 최치수에게 어머니가 차갑고 매정한 존재였다면, 서희에게 아버지 최치수는 공포스럽고 싫은 존재였다. "싸늘하고 비정한 눈"으로 서희를 응시할 때면 서희는 "당장에 천둥이 치고 벼락이 떨어질 것"은 공포에 시선을 거부하고 고개를 저을 수밖에 없다. 가장 사랑스러운 존재인 딸에게 사랑스런 눈빛이 아닌 "싸늘하고 비정한 눈"을 보인다는 것은 궁극적으로 아버지-딸의 관계 형성을 거부하는 행위라 할 수 있다. 따라서 "상대에게 견딜 수 없는, 숨 막혀서 견딜 수 없어 결국은 공포심을 불러일으키"는 아버지 최치수와 부녀관계를 형성한다는 것은 애초부터 불가능한 것이다. '부녀'사이의 단절은 원초적인 아버지 상실을 내포하게 된다. 모든 것을 '거부'하는 눈빛, "뼈만 남은 몸 전체가 거부로써 남을 학대하는 분위기의 응결"체인 아버지 최치수는 서희에게 또한 거부된 존재이다. 따라서 서희는 일차적으로 아버지 상실을 경험하게 되며, 모든 것을 어머니와의 관계 속에서 보상 받고자 한다.

자신을 따뜻이 안아주던 어머니 별당아씨는 서희에게 있어서 어머니

---

19) 구연상, 『공포와 두려움 그리고 불안』, 청계, 2002, 342쪽.

이면서 아버지인 셈이다. 그런 어머니와 갑자기 이루어진 이별은 서희에게 크나 큰 충격으로 다가온다. 금지된 사랑에 대한 도피행을 택한 어머니로 인해 서희의 자아는 더욱 더 어머니 거부로 점철된다. 서희에게 어머니의 도피행은 "마음에 씻지 못할 오욕을 심어준 죄악"적 행위였다. 이로 인해 서희는 어머니에 대한 그리움과 원망·증오 속에서 악착같은 삶을 선택한다. 그것만이 어머니와 급격히 이루어진 분리불안을 극복해나갈 수 있는 힘이 되어주기 때문이다. 극도의 증오란 역으로 극도의 사랑을 내포하기도 한다. 누구보다도 믿고 사랑하는 어머니였기에 서희의 충격은 클 수밖에 없었고, 자기의 사랑에 대한 배반을 행한 어머니를 극도로 미워할 수밖에 없는 것이다. "남의 사내를 따라 어린 자식을 버리고 간 어미, 그것은 자식에 대한 배반" 행위라고 생각했기에 서희는 이후 자식에 대한 강한 집착을 보인다. 환국과 윤국을 유모가 아닌 자신의 젖을 직접 먹여 키우는 서희의 모습에서 우리는 서희가 어머니에 대한 사랑, 그리고 가족에 대한 그리움에 얼마나 목말라 했었는지를 짐작할 수 있다.

유년기의 체험은 무의식의 저변에 자리하고 있다가 반복 상황·유사한 상황이 재현될 때 외부로 표출된다.[20) 이렇게 볼 때 한 사람의 전 일생을 놓고 본다면 유아기는 무의식의 단계라고 말할 수 있다. 유년의 경험은 의식의 저변에 자리하고 있다가 어떤 사건이나 상황에 노출되었을 때 불쑥 튀어나와 의식을 방해하고, 행동을 규제하는 역할을 한다.

---

20) 하이데거는 '공포'에 대해서는 '덮친다'(ueberfaellt)는 표현을 사용하지만, '불안'에 대해서는 '일어난다'(erhebt sich/aufsteigen)는 표현을 사용한다. 이것은 불안이, 마치 땅 속에서 씨앗이 싹터 오르는 것과 같은 방식으로, 누군가의 '과거'로부터 피어올라, 그의 미래와 현재까지 지배하게 된다는 것을 암시하기 위함이다. 그것은 불안의 시간성이 '일차적으로는' '있어 왔음'(기재)에 놓인다는 것과 일맥상통한다. 구연상, 위의 책, 348쪽.

또한 1950년대 초기 단편에서부터『표류도』의 현회,『토지』의 서희에
게서도 알 수 있듯이 사랑하는 대상에의 '상실'에 대한 불안 의식은 유
년기에 있어서는 극도의 적대감, 절망적인 기다림으로 표현되고 있으
며, 성장한 후에는 '감정의 억제'와 '자기소외'의 형식으로 표출되고 있
다. 더 나아가 이후 사회적 관계 형성이나 타인과의 관계 맺음에 있어서
도 소극적, 자기소외의 형태를 띠고 있음을 다음 장에서 살필 수 있을
것이다.

2.2. 성장장애로 인한 비극적 삶

1950년대 초기 소설의 서사가 유년의 어머니 상실로 인한 분리불안
과 공포에 초점이 맞추어져 있다면 이후 발표되는 중·장편에서는 그로
인한 성장장애에 더 큰 초점을 맞추고 있다.

유년의 상실체험이 이후 성장에 어떤 부정적인 영향을 끼치는지는
박경리의 처녀작「計算」의 회인에게서 그 단초를 찾아볼 수 있다. 자신
만을 바라보고 사는 어머니의 기대에 미치지 못한다는 것, 그로인해 "어
머니가 고생을 하고 계신다는 것, 회인으로 인한 심로에 늙어진다는 것,
그것은 그에게 견디기 어려운 심한 공포"[21]로 인식된다. 이러한 인식은
「반딧불」의 주영에게서도 발견된다.

「僻地」의 혜인 어머니는 아내가 있는 남자를 사랑하여 끝내 스스로
목숨을 끊는다. 홀로 남겨진 혜인은 어머니 상실과 아울러 비정상적인
출생이라는 이중의 고통 속에서 유년을 보낸다. 너무나 이른 시기에
이루어진 어머니와의 분리는 혜인으로 하여금 어머니의 비극을 객관화

---

21)『한국문학대전집 17 - 박경리』, 태극출판사, 1982, 329쪽.

하지 못하고 자신의 인생에 그대로 투영하여 슬픔을 맛보게 한다. 처음부터 대상에 대한 욕망 좌절을 경험한 혜인은 "생모(生母)의 자살로부터 이미 자기의 운명 속에 인내와 고독이 있는 것"[22]으로 받아들여 스스로를 소외시키며, 새로운 '僻地'를 찾아 나선다.

> 아니꼽고 더러우면 팩하니 침 뱉고 돌아 서 버린다. 이러한 성질은 가난한 그를 더욱 가난하게 하였다. 이번에 직장을 그만둔 원인도 역시 그의 결백성 때문이다. 추근 추근하게 구는 뱃대기에 기름이 끼인 상부 사람이 더럽고, 또한 향락의 대상으로 보인 것이 분하고 원통하다는 데서 사표를 내던졌던 것이다. 그렇다고 해서 어린 딸이 있고, 늙은 어머니가 계시고 남편과 사별한 후 무진한 고생사리를 해 온 혜숙은 세상 모르는 온상의 꽃은 아니다.(「黑黑白白」, 113~114쪽)

> 사표를 내면 그만이 아닌가. 나는 누구도 두려워할 필요가 없는 것이다. 빵의 보장을 받지 않는 한에 있어서는 나는 누구에게도 경멸을 당하고, 또 모욕을 받아야 할 이유는 없는 것이다. 빵을 위해서만이 나는 가장(假裝)과 비밀에서 오는 굴종이 필요했던 것이다.(「剪刀」, 211쪽)

불행한 유년을 겪은 인물들이 살아야 하는 소설의 시간적 배경은 전후의 사회이다. 생존 위기와 가난, 인간의 잔혹성, 불신감이 팽배했던 현실 속에서 불행한 유년을 겪은 여성 인물들의 삶의 방식은 지독한 '결벽성' 추구이다. 유년의 오점으로 인해 성장장애를 겪은 그들에게 사회는 하나의 오물덩어리이다. 왜냐하면 유년의 불행 – 상실체험, 분리불안 등이 외적인 요건으로서의 전쟁과 내적인 원인으로서의 가부장제

---

22) 위의 책, 365쪽.

사회의 불합리에 의해 이루어진 것이기 때문이다. 따라서 그 오물덩어리 사회에서 자신을 지키는 방법은 그것들과 적당히 타협하면서 살아가는 것이 아닌 철저한 결벽성 추구로 인한 자기소외였던 것이다. 이것이 바로 박경리 소설 속 인물들의 삶의 방식이며, 그의 문학의 중요한 특질이다. 그렇기에 그들은 더욱 더 외로울 수밖에 없었고, 삶이 고통스러울 수밖에 없었다. 그것은 타인과의 적극적인 관계 맺음이 아닌 관계 거부의 행위이기 때문이다.

「計算」의 회인은 자신의 결벽성으로 인해 "영원한 고독 속에 불쑥 솟은 자신의 입상이 눈물 속에 사라"(331쪽)지는 무한정한 공허를 경험한다. 이런 회인의 성격은 "연애를 거친 회인과의 약혼"에 대해 "후회 비슷하게 말한"(330쪽) 경구를 용서하지 못한다. 부모 세대의 비극적인 부부관계를 목도한 그에게 있어서 결혼 대상자인 경구가 자신과의 관계에 불만족을 표현한다는 것은 곧 불행을 예고하기 때문에, 회인은 용납할 수 없었던 것이다. 이처럼 모든 부분에서 완벽성을 추구하는 그의 성격은 혼탁한 사회에 타협하지 않겠다는 결벽성에 기초한 것이라 할 수 있다. 타인에게서 받는 어떤 호의에도 '반발'이 앞서고, 온갖 괴로움을 냉소로써 바라보며 철저히 세상의 "추한 것"에 외면한다. 왜 이처럼 회인이 세상과의 관계 단절을 꿈꾸는지, 자신을 그토록 세상으로부터 소외시키고 있는지는 마지막 회인의 절망에서 그 이유를 찾을 수 있다. 타인과의 관계 맺기에 서툰 회인에게 베풀어진 친절은 어쩔 수 없는 관계 맺음을 요구한다. 그러나 이 관계 맺음으로 인해 회인은 "값을 궁리도 똑똑히 서지 않는 일할 오부 변의 돈"(「計算」, 329쪽) 만환을 잃어버리고, "거스름돈까지 집어삼켜 버린 사기군", "표 야미군"(「計算」, 335쪽)이 되어버린다. 현실과의 소통은 "어디로 갈 목적도, 걷고 있다는 의식도 없"(「計算」, 336쪽)이 걷게 만든다.

외부·타인과의 관계 맺기는 인물의 실존을 뒤흔드는 결과를 초래하고 있다. 「計算」에서 결벽한 인물이 외부와의 관계 맺기에서 상처받고 좌절하였다면, 「黑黑白白」의 혜숙은 '결벽성'으로 인해 삶을 위협받고 있다. 그의 결벽성은 '아니꼽고 더러운 경우'와 타협하지 못하고 돌아서 "사표를 내던"지게 만든다. 이런 성격은 그를 더욱 가난하게 만들고, 어머니와 딸을 '구걸'의 지경으로 내몬다. 이 모든 비극은 비본래적 현실에 동화되지 못하는 데서 비롯된다. 아이러니하게도 "위선(僞善)과 탐욕"(「黑黑白白」, 111쪽), 비윤리적, 비도덕적 삶으로 점철된 장교장에 의해 비윤리적이라는 이유로 혜숙의 취직이 거절되고 있다는 점은 '흑'과 '백'이 영원히 평행을 걸을 수밖에 없음을 암시한다.

「剪刀」의 숙혜는 자신의 과거로부터 도망치기 위해 철저하게 세상과 격리된 생활을 한다. 바깥 세상에 대해서는 "언제나 경계적이고 회피적인 태도"(203쪽)로 일관하며, 완강하게 상대방을 묵살해 버린다. 그가 바깥세상과 소통하는 이유는 "빵"을 위해서라는 극히 본능적인 욕구 때문이다. 이 본능적인 욕구를 포기할 수 있다면 숙혜는 완벽히 세상과 격리될 수 있다. "햇빛을 전연 모르는 어둠침침한 방", "마치 단절된 고도(孤島)"처럼 "안집과 격리된 방"(197쪽)에서 숙혜는 평화로움을 맛본다. 숙혜가 거주하는 공간은 숙혜의 모든 것이 지켜지는 세계이며, 自我를 외부 세계로부터 보호하는 보호막, 自我와 他者 사이의 단절을 상징하는 분리벽과 같은 역할[23]을 한다. 따라서 이 공간의 파괴는 숙혜의 자존의 파괴를 의미한다. '남달리 깔끔하고 별난 성격'으로 인해 "밥 한 끼를 굶는 한이 있어도 방만은 혼자 쓰고 싶었던" 숙혜에게 현실은 소박

---

23) 김현정, 앞의 논문, 45쪽.

한 소망마저 용납하지 않는다. "문경댁의 코고는 소리와 순이의 빠드득 빠드득 이빨을 가는 소리"(「剪刀」, 227쪽)는 숙혜의 공간을 조금씩 무너 뜨리기 시작한다. 완벽하게 차단되었던 공간에 생긴 틈은 시간의 흐름과 함께 크기를 더해가고, 끝내 외부 세계와 정면으로 대면한다. 자신을 지키기 위해 외부와의 단절을 택한 숙혜의 선택은 그 공간마저도 허용하지 않는 파괴 본능의 외부적 성격으로 인해 죽음으로 귀결된다.

가부장제라는 관습하의 불균등 때문에 비롯된 주영 어머니의 '남편으로부터의 버려짐'은 주영을 언제나 "순수한 애정을 위하여"(「반딧불」, 159쪽) 상대와 "간절히 대등한 자리에 서"(159쪽)야 한다는 강박을 갖게한다. "학수의 애정 속에 동정적인 우월을 의심하"고, "그럴 적마다 무엇인지 고운 것이 허물어지는 듯한 불안과 공허감에 싸이는 것이었다."(159쪽). 이때 일차적으로 아버지 상실이 큰 억압기제로 작용하고 있음을 알 수 있다. 부모의 불균등한 관계 속에서 일방적으로 '버려짐'을 당한 어머니의 인생에서 주영은 상실을 막을 수 있는 조건으로서의 '대등함'을 인식한다. 따라서 '대등하지 않음'은 상실이라는 심리적 불안감이 자신보다 조건이 나은 학수와의 불균형을 강박적으로 의식하게 만들고, 극도의 갈등을 유발시킨다. 이처럼 주영이 경험한 유년기의 불안의식은 그의 삶 전체를 관통하고, 급기야는 '학수'와의 결별 선언으로 이어진다.

『김약국의 딸들』의 '성수 김약국'은 부모 상실에 대한 비극으로 인해 세계 혹은 대상과의 관계 맺음에 장애를 겪게 된다. 특히 어머니 숙정의 죽음이 자연사가 아닌 '비상을 묵고' 자살한 죽음이기에 성수에게는 이중의 고통이 가해진다. 죽은 부모와 함께 살아가리는 삶의 형태를 보여주는 성수는 얼굴이 "바늘로 쑤셔도 피 한방울 안 나"(22쪽)게 생긴

선병질적 체질을 가지고 있으며, "온통 눈만인 듯싶으리만큼 여읜"(37쪽) 결핍의 상태를 보여주고 있다.

> 송씨는 돌도 안된 성수를 길러냈다. 그런데도 영 정이 들지 않았다. 자기가 낳은 자식이 아니라 그렇다면 그만이겠으나 송씨에게는 복잡한 여러 가지 이유가 있었다. 송씨는 성수를 무서워하고 있는 것이다. 숙정의 무참한 임종시의 얼굴을 잊을 수가 없다. 그 어미를 그대로 뽑아놓은 듯한 성수에게서 늘 동서의 망령을 보는 듯 기분이 나쁜 것이다. 그 이상야릇한 무서움은 또한 이상한 그리고 잔인한 방법으로 발산된다. 성수를 괴롭혀 주는 일이다. 괴롭혀 주는 일이라면 도깨비집의 역사를 들려주면 된다. 되도록 무시무시하게 생모 숙정을 그려내는 것이다. 죽기 전부터 사람이 아닌 여우라도 둔갑해서 있었던 것처럼.(『김약국의 딸들』, 35쪽)

어머니와의 분리가 급격히 이루어진 김성수에게 대모인 송씨와의 관계 또한 정상적인 모-자의 형태가 아니다. 이로 인해 김성수는 스스로 폐쇄적인 삶을 선택하게 되고, 그 누구와도 관계 형성을 하지 못하게 된다. 자신이 직접 산고를 겪고 낳은 자식이 있다면 기른 정에 의해 후천적으로 맺어지는 부모-자식간의 애정 또한 각별한 것이다. 그러나 송씨는 "돌도 안된 성수를 길러냈"지만 어머니 숙정의 얼굴을 빼닮은 성수에게 정을 줄 수 없다. "숙정의 무참한 임종시의 얼굴"이 떠오를 때마다 송씨는 공포를 경험하기 때문이다. 따라서 송씨는 성수를 자신이 낳지는 않았지만 '기른 자식'임에도 불구하고 전혀 모성으로 대할 수 없다. 성수에게 모성으로 존재할 수 없는 송씨는 성수로 하여금 또 한 번의 모성 상실을 경험하게 한다. 무정한 어머니 숙정과 매정한 어머니 송씨로 인해 성수의 유년은 애정 결핍에서 오는 불안으로 점철되어 있다. 따라서 그 누구에게도 애정을 줄 수 없는 인물로 성장할 수밖에 없게 된다. 이러한 성수의 성장 과정은 성수 개인의 불행으로 끝나지 않고 있음을 알 수 있다. 세상과의 관계 맺기, 작게는 '가족'이란 어떠해야 하는가에 대한 사고가 존재하지 않거나 어긋나 있는 성수의 가족 꾸미기는 비극의 순환을 잉태할 뿐이다.

> 흔히 주색에 빠지고 방탕함으로써 인생을 죄되게 보낸 사람이 있다. 그러나 그런 탕아(蕩兒)의 좌절 이상으로 죄악적인, 타인에 대한 무관심, 자기를 위한 성문을 굳게 지켜온 이기적인 김 약국이 지금 자기의 육체가 허물어져 가는 마당에서 어떤 마음의 반려자를 구할 수 있겠는가? 그러나 그는 애써 지켜온 고독, 그 고독을 즐기기조차 했던 지난날에 비하여 너무나 비참하게 그 고독을 무서워하고 있는 것이다.(『김약국의 딸들』, 301쪽)

사랑을 받지 못한 사람은 사랑 또한 줄 수 없다는 말이 있다. 김성수의 삶을 들여다보면 이 말의 의미를 분명히 알 수 있다. 김성수에게 있어 가족은 처음부터 존재하지 않았다. 어머니의 죽음과 아버지의 길 떠남에서 알 수 있듯이 김성수의 부모는 부모이기 이전에 개인이 앞섰던 인물들이다. 가족을 위해 희생하고 인내하기보다는 자신의 결백 증명이 중요했던 어머니 숙정과 홀로 남겨질 아들의 안위보다는 죄책감을 이기지 못하는 자신의 감정이 우선이었던 아버지. 따라서 김성수는 어머니와 아버지에게서 두 번의 버림을 받게 된 인물이다. 가장 원초적인 신뢰를 형성해야 하는 유년기에 그것도 부모로부터 버림을 받았다는 것은 이후 성장에 엄청난 파장을 불러올 수 있다. "남의 설움을 따스하게 만져주지 못함과 마찬가지로 자기의 고통도 혼자만이 지녀야 한

다는 일종의 고집"스런 삶을 살아온 그에게는 가족까지도 먼 타인으로
느껴진다.

김 약국(성수)은 '아들의 죽음과 한일합병 조약의 발표'와 같은 "크나
큰 변동 속에서도 아무런 감정을 나타내지 않"(65쪽)을 만큼 모든 외부
세계에 대한 촉수를 거두어버린 인물이다. 각지에서 의병(義兵)이 일어
나고, 온 나라가 통곡하며 울부짖을 때에도 김 약국은 "무거운 침묵으
로"(65쪽) 일관할 뿐이다. 살아있으되 사고하지 않는 인물이다. 사고한
다는 것은 응시하는 것이며, 주의 깊게 되는 것이다. 주변에 대해 주의
깊은 사고는 그의 의식을 일깨워 반응하게 하는 것이다. 그러나 "흔히
주색에 빠지고 방탕함으로써 인생을 죄되게 보낸 탕아(蕩兒)"가 겪을
"좌절 이상으로 죄악적인" "타인에 대한 무관심"으로 한 평생을 살아온
김 약국은 자기와 관계된 모든 것들과의 관계 맺음을 스스로 거부한
인물이다. 김 약국의 견고한 '고독의 성'에는 아무도 들어갈 수가 없다.
그 '고독의 성' 외의 다른 공간에서의 김 약국의 삶은 피상적인 것일
수밖에 없다. 그는 평생을 가족 속에 타인으로 존재하기의 방식을 취하
며, 모든 것들에 대해 무시와 무관심으로 일관한다.

『토지』에서는 불안이 내면화되어 어머니에 대한 양가감정 속에서 성
장하는 유년이 있다. 양가감정이란 한 대상에 대해 사랑/미움, 긍정/부
정, 욕망/두려움, 자기도취/자기소외 같은 두 개의 감정이 동시에 표출
되는 것을 말한다. 우리는 종종 아기가 인형 같은 장난감을 대단히 좋아
하면서도 눈을 찌르고, 팔을 비틀고, 던지는 등의 잔인한 짓을 하는 광
경을 목격한다. 이것이 바로 사랑과 미움의 양가감정의 표출 현상[24]이
다. 때로는 대상에게 자신의 존재를 각인시키기 위해, 그리고 그 대상에

---

24) 이유섭, 「동성연애와 도착증」, 『우리시대의 욕망 읽기』, 문예출판사, 1999, 216쪽.

게 자신이 소중한 존재임을 스스로가 확인하기 위한 일련의 상황 속에서도 양가감정이 표출되기도 한다.

"어머님!"

마음이 급하여 가마를 따르며 불렀으나 가마 안에서는 아무 대답이 없었다. 가마가 내려지고 어머니가 뜰에 나섰을 때, 치수는 그 얼굴을 지금도 잊지 못한다. 백랍(白蠟)으로 빚은 사람 같았다. 모습은 그렇다 치고 어머니가 자기를 보는 순간 한 발 뒤로 물러서며 도망갈 곳을 찾듯이 이리저리 뒤돌아보는 게 아닌가.

"어머님!"

불렀을 때 어머니의 눈은 불꽃이 튀는 듯 험악했다. 그토록 오랜 시일 이별하여 꿈에 그리던 어머니가, 그 동안 잘 있었느냐? 하며 부드러운 손길로 등을 어루만져줄 줄 알았던 어머니가 저럴 수 있는지 치수는 눈앞이 캄캄했다. 어머니는 할머니에게 인사를 올린 뒤 별당에 들었고 별당 문은 꼭 닫혀진 채 해는 저물고 말았다. 이유를 알 수 없는 거부였다. 무슨 까닭으로 자애스럽던 어머니는 남보다 먼 사람이 되어버렸는지 모를 일이었다. 치수의 소년 시절은 어둡고 고독했다. 허약하여 본시부터 신경질적인 성격은 차츰 잔인하게 변하였으며 방약무인의 젊은이로 성장했다.(『토지』, 1;359쪽)

최치수의 어머니 윤씨에 대한 기다림/그리움은 어머니와의 해후를 기약함으로 인해 희망일 수 있었다. 그에게 늘 자애스러웠던 어머니, 그래서 기다릴 수 없어 "미친 듯이 마을길까지 쫓아가"(『토지』, 1;359면)야만 했던 유년의 최치수. 어머니를 보고 싶다는 마음이 급해 가마를 따라가며 "어머니"를 외쳐 불러댔던 그는 여느 소년과 다름없는 어린아이였다. 그러나 그의 부름에 어머니는 대답하지 않는다. 대답이 존재하지 않는다는 것은 호명에 대한 거부의 행위이며, 궁극적으로 명명되어진 실체에 대한 존재 거부의 몸짓이다. 따라서 이제까지 치수의 머리 속에 존재하던 자애스럽던 어머니는 존재하지 않는다. 호명에 거부한 어머니는 치수에게 "백랍(白蠟)으로 빚은 사람", 자식을 보고도 "한 발 뒤로 물러서며 도망갈 곳을" 찾는 모습으로 다가온다. 또 한 번의 호명으로 치수는 영원히 어머니와의 단절을 경험하게 된다.

일방적인 어머니 윤씨의 "이유를 알 수 없는 거부"로 인해 이루어진 치수의 상실체험은 따라서 엄청난 정신적 충격을 동반할 수밖에 없다. 어머니와 분리를 겪은 치수의 소년 시절은 "어둡고 고독"할 수밖에 없었으며, 그 고독이 毒이 되어 "허약하여 본시부터 신경질적인 성격"의 최치수를 차츰 잔인하게 변화시켰으며, "방약무인"의 젊은이로 성장하게 한다.

자애로웠던 어머니는 더 이상 치수에게 낯익은 존재가 아닌 "남보다 먼 사람"이 되어 버렸다. 어머니와의 급격한 분리를 겪은 치수의 유년은 어둡고 고독함 속에서 이루어졌고, 그에게 어머니는 존재하지만 존재하지 않는 대상일 뿐이다. 따라서 최치수의 성장 과정에는 그 누구도 존재하지 않는 혼자만의 삶만이 있을 뿐이다. 이런 치수의 성장은 그의 삶을, 가족의 삶을 비극으로 끌어갈 수밖에 없다. 그의 전 삶이 "뼈만 남은 몸 전체가 거부로써 남을 학대하는 분위기의 응결이었"(1;23쪽)기 때문이다.

어머니와의 관계 단절은 타인과의 관계 맺기에 엄청난 장애를 가져온다. 관계의 시초라 할 수 있는 가족 형성에 있어서 최치수의 불행한 성장은 비극적 가계 순환을 예보한다. 어머니에 대한 부정과 분노에 사로잡혀 헤어나지 못하는 최치수는 아내인 별당아씨에게도 애정을 줄 수가 없으며, 자신의 유일한 혈육인 서희에게마저도 '차가움'으로 밖에 자리할 수 없다.

　이상에서 살펴본 바와 같이 유년에 사랑하는 대상(특히 어머니)과의 급격한 분리를 겪은 경우, 대부분의 아이들이 성장장애를 겪고 있음을 알 수 있다. 외적 요인으로서의 전쟁이든, 내적 요인으로서의 가부장제 사회의 폭력성이든 간에 상실을 체험함으로써 분리불안에 놓였던 아이들은 대부분 정상적인 성장을 하지 못하고 있다. 특히 여성인물과 남성인물들에게서 공통적으로 드러나는 것은 지독한 자기소외와 결벽적인 성격 등이다. 그들은 자기소외를 통해 사회와의 관계 맺기를 거부하고, 자신만의 세계를 구축하고 있다. 그러나 이 공통점에서도 남성 인물과 여성 인물간의 차이를 발견할 수 있다. 대표적으로 김성수나 최치수의 경우를 살펴볼 것 같으면, 그들은 철저한 자기소외로 타인에 대한 무관심과 가족을 돌보지 않는 이기성을 보인다는 점이다. 그러나 그 이면에는 무엇보다도 고독을 두려워하고, 고통스러워한다는 것이다. 반면 여성 인물들의 경우는 철저한 자기소외의 양상이 약간은 다르게 나타난다. 그것은 자기를 지키는 하나의 방편으로서의 결벽성에서 기인한다는 점이다. 남성 인물들이 친근한 대상과의 급격한 분리 체험만을 겪었다면 여성들은 이중의 상실 체험을 겪게 되며, 사회의 부정적인 시선까지 감당해야 했다는 점이다. 따라서 여성 인물들의 자기소외 형태는 이기성에 기인한다기보다는 혼탁한 사회에서 자신을 지키기 위한 하나의 방편으로 이해된다. 그리고 가족과의 분리로 인해 남성들이 가족에 대한 철저한 무관심으로 자신뿐만이 아닌 가족까지 비극으로 몰아가고 있다면, 여성들은 자신이 겪은 경험으로 인해 가족 지키기에 모든 힘을 기울이고 있으며, 그 상황을 극복하기 위해 선택한 결벽성으로 인해 비극을 겪게 된다는 점이다.

3. 영혼의 그늘, 문신인 가족

지금까지 2장에서 유년기의 아이들이 겪은 상실체험과 분리불안의 문제와 그로 인해 겪게 되는 성장장애를 살펴보았다. 불안이 내재된 불완전한 삶 속에서 성장한 아이들은 원초적인 훼손으로 인해 성장장애를 겪게 되고 그로인해 비극적인 삶을 살아가게 된다. 그런데 그 비극성이 외부에서 주어졌다기보다는 그들의 원초적 상흔으로 인해 그들 스스로 선택한 삶의 방식에서 야기되었다는 점이 중요하다. 그만큼 유년의 경험-상실체험으로 인한 분리불안은 아이의 성장 과정에 지대한 영향을 끼친다는 점이다. 작가 박경리는 바로 이 점에 주목하고 있다. 작가는 어른들의 시선 속에서, 어른들의 가치관에 의해 훼손된 유년의 기억이 자아 형성에 있어서 중요한 역할을 하고 있다는 점을 부각시켰다. 따라서 유년의 훼손은 곧 한 인간의 훼손으로 이어지며, 불완전한 가족의 구성과 불건강한 사회의 형성으로 이어질 수밖에 없다. 바로 이 점이 작가가 초기 단편에서부터 끊임없이 제기하고 있는 문제의 실체라고 할 수 있다.

> 내 작품 속에는 윤색된 내 가족들이 충만해 있다. 『표류도』가 그렇고 「불신시대」가 그렇고 「영주와 고양이」가 그렇다. 언제까지나 내 작품은 그들과 더불어 있을 것인가. 구심적이건 원심적이건 할 수 없는 일이겠지. 이 운명적인 것에서 나는 내 가족을 위하여 희생당하고 있다는 생각을 별로 한 일이 없다. 저항을 느꼈다면 그것은 내 자신으로부터 느낀 것이요, 인고를 강요했다면 그것은 내 자신이 나에게 명령했을 것이다. 그렇다면 내가 가족 속에 있는 게 아니고 내 속에 내 가족이 있는지도 모르겠다.

가족으로부터 떨어져 나오지 못하는 것이 아니고, 내 속의 그들을 떠밀어내지 못하는 것인지도 모르겠다. 이러한 것은 풍습으로 해석할 수 없고 관례적인 것으로 말해버릴 수도 없다. 이것은 모두 내 영혼 속에 깊이 드리운 그늘, 문신, 알 수 없는 것들이다.[25]

문학 작품은 우리들의 삶의 이야기를 담는다. 그것이 거대 담론의 형태를 띠든, 미시 담론의 형태를 띠든지 간에 거기에는 살아가는 인간의 이야기 곧 가족의 이야기가 기본일 수밖에 없다. 작품 안에 가족 이야기가 함께 하고 있다는 것은 "구심적이건 원심적이건 할 수 없는 일"이다. 가족과 함께 한다는 것은 "풍습"이나 "관례"도 아니다. 그것은 그저 "영혼 속에 깊이 드리운 그늘, 문신, 알 수 없는 것들"로 인해 그렇게 밖에 할 수 없는 것이다.

"아부지를 찾고 싶다. 돌아가셨다면 그 흔적이라도 알고 싶다."
연순은 침묵한다. 멀리 항구를 떠나는 배가 보인다. 성수는 도깨비집에 비상 먹고 죽은 사람을 만나러 오는 것이 아니다. 실상은 저 배를 바라보려 오는 것이다. 연순은 그렇게 생각하였다.
'갑자기 아부지 말은 왜 할까?'
태양을 받은 바다는 눈이 부시게 반짝거린다. 흰 돛배를 바라본 채 한참만에 물었다.
"아부지는 연순 누부를 닮았다며?" (『김약국의 딸들』, 38쪽)

김성수의 유년은 부모와의 결별로 인한 원초적 상실로 점철되어 있다. 그가 태어난 '집'은 "도깨비집"이라 불리는 폐가(廢家)이다. 모두가

---

25) 박경리, 「창작의 주변」, 앞의 책, 230쪽.

꺼리는 이 집을 어린 성수는 부모에 대한 그리움으로 찾게 된다. 그 그리움은 비상 먹고 죽은 어머니에 대한 반항적 감성으로 드러나고 있지만 그것은 곧 성수 내면의 양가감정일 것이다. 또한 그리움은 어딘가에 살아있을지도 모르는, 죽지 않고 살아있을지도 모른다는 희망을 내포한 '아부지'에 대한 기다림의 다른 표현이다. 따라서 "찾고 싶고", "흔적이라도 알고 싶"어 한다. 자신의 비참한 처지로 인해 타인과의 관계를 거부하고 있는 성수이지만 내적으로는 강렬하게 혈육에 대한 정, 가족의 형성을 열망하고 있음을 알 수 있다. 그렇지만 타인의 시선에서 자신을 지키기 위해 스스로를 "도깨비 집"에 가둠으로써 그의 일생은 고독할 수밖에 없었던 것이다. 유년기의 부모 상실 체험이 성수의 전 일생을 비극으로 끌어간다는 것은 역으로 그만큼 가족이 성수에게 중요하게 인식되고 있다는 것을 반증한다 하겠다.

> "불쌍한 것들…."
> 요즘에 와서 곧잘 입 밖에 나오는 말이다. 이미 무의미하게 된 애정이다. 뒤늦게 그의 마음을 사로잡는 마누라와 딸들에 대한 연민이었다. 자아 속에서 시름하던 그는 타아(他我)의 인과를 발견하고 타아를 위하여 헛되게 보낸 세월을 후회하는 것이었다. 김 약국은 마음 속으로 자기의 유산을 셈해 본다. 아무것도 없었다. 재산과 부채는 꼭 맞먹었다. 정국주에게 논문서가 몽땅 넘어간 것은 이미 오래 전이다. 사랑에 도사리고 앉았던 차가운 자기 자신의 모습만이 가족들의 추억 속에 남을 것이란 생각은 그를 더없이 슬프게 하였다. (『김약국의 딸들』, 302쪽)

"탕아(蕩兒)의 좌절 이상으로 죄악적인, 타인에 대한 무관심"(301면) 속에서 자기만을 위한 성을 쌓고 살아온 김성수이지만 그의 내면에도 가족은 존재하고 있었음을 알 수 있다. 표현하지 않아서, 무관심으로 일관해서 "이미 무의미하게 된 애정"이지만 뒤늦게나마 "그의 마음을 사로잡는" 것은 "마누라와 딸들에 대한 연민이었다." 가계의 내력으로 인해 "타아(他我)의 인과" 속에서 "타아를 위하여 헛되게 보낸 세월"-타인의 시선에서 벗어나지 못해, 다른 말로 표현하면 타인의 시선에서 벗어나기 위해 자아에 침잠했던-을 후회하게 된다. "사랑에 도사리고 앉았던 차가운" 모습으로 "가족들의 추억 속에 남을 것"을 슬퍼하는 김성수의 진정한 아픔은 바로 그들에게서 자신의 유년의 아픔을 보았기 때문일 것이다. 비록 가족(타인)에 대한 무관심으로 점철된 인생이었지만, 그의 삶을 지탱해준 것 또한 그것들이었음을 짐작할 수 있다. "타아(他我)의 인과를 발견하고 타아를 위하여" 시간을 보냈다는 것은 늘 김성수의 내면에 훼손된 자기와 부모의 가계가 자리하고 있었다는 말이기 때문이다.

박경리 문학의 완결편이라고 말할 수 있는 『토지』에서도 삶 전체에 문신처럼 드리워진 가족 이야기가 있다.

> 외로움에 김두수는 울음을 운다.
> "세상엔 제 가족이 없는 사람이 젤 불쌍하단다." (『토지』, 6;373쪽)

두만강을 넘을 때 한복은 불안과 공포와는 사뭇 다른 감정, 무엇인가 심장을 조이며 피가 솟구쳐오르는 것만 같은 슬픔을 느꼈다. 한복의 개인적인 감정도 물론 복잡하였으나 뚜렷이 그것은 망국민의 가슴을 저미는 슬픔이었다. 이때 비로소 한복이는 자신의 결단을 잘한 것이라 생각하였다. 파렴치한 동기로 살인한 아비와 매국노가 된 형의 죄를 보상하는 것이

이 길이요, 지하에 잠든 어머니의 멍든 자긍심을 치유하는 방법도 이 길이
라 생각하였다. 한복은 푸르고 거센 강물에 맹세하진 않았으나 푸르고 거
센 물결에 맹세하고 싶은 기분이었다.

　‘어머님!’ (『토지』, 7;287쪽)

　위의 인용문은 물적 욕망에 사로잡혀 살인도 불사한 김평산의 아들
김한복과 김두수(김거복)에 대한 것이다. 아버지 평산이 최치수 살해
혐의로 죽음을 당하고, 이에 어머니 함안댁이 자결함으로 인해 형제는
고아가 된다. 그러나 부모의 죽음으로 고아가 된 형제의 삶은 전혀 다른
곡선을 그리게 된다. 형 김두수는 조국도, 강산도 모두 배반하고 일제의
앞잡이가 되어 악의 길로 들어선다. 반면 아우 김한복은 “파렴치한 동
기로 살인한 아비와 매국노가 된 형의 죄를 보상하”기 위한 삶을 선택한
다. 그것만이 “지하에 잠든 어머니의 멍든 자긍심을 치유하는 방법”이
라고 생각하기 때문이다. 외형상으로는 전혀 다른 길을 걷는 형제지만
구심적이건 원심적이건 간에 그들 삶을 이끌어 가는 것은 가족이다.
형은 가족을 떨쳐버리기 위해, 아우는 가족의 죄 닦음을 위해 자신들의
삶을 살아간다. 특히 형 김두수의 경우에 주목할 필요가 있다. 피도 눈
물도 없는, 자신의 영달을 위해 타인을 이용하고 배반하는 김두수지만
외로움에 눈물을 흘리고 있다. 그것도 ‘가족’이 없기에 “젤 불쌍”한 사람
이 되어 눈물을 흘린다는 점이다. 이후 김두수의 행적을 살펴보면 그
또한 가족에 대한 그리움, 가족이 그 영혼에 그늘처럼 자리하고 있음을
알 수 있다. 탐욕과 일그러진 자아상을 가진 그지만 자신이 가진 전부를
아우 한복을 위해서만은 아까워하지 않기 때문이다.

ㄱ) '왜 돌아왔을까?'

　　왜 돌아왔을까. 반드시 조선으로 돌아와야만 했을까. 아버지와 아들
　　이, 남편과 아내가 헤어져야 했던 이유가 이제 와선 무의미한 것이 되
　　어버렸다.…과거는 무의미한 것이며 없는 것이며 죽은 것이다. 현재만
　　살아 있는 것, 미래만이 희망이다. 아이들은 현재요 미래다. (『토지』,
　　9;17쪽)

ㄴ) 이동진이 이 산천을 위하여 강을 넘었다면 길상도 이 강산을 위하여
　　간도에 남았다. 그러나 다 같은 길이었지만 길상의 경우는 일종의 귀소
　　본능(歸巢本能)이라 할 수 있었다. 제 무리에 어우러지기 위한 귀소
　　본능, 이동진은 돌아오기 위해 떠났지만 길상은 제 무리들에게 돌아가
　　기 위해 남은 것이다. (『토지』, 13;295~6쪽)

　　인용문 ㄱ)은 최참판댁의 영광을 위해 일생을 바친 최서희의 회한의
절규이다. 오로지 최씨 가문을 다시 세우기 위해 조국도 남편도 뒤로
하고 앞만 보고 달려왔던 최서희의 일생이 "최부자댁"이라는 호칭으로
밖에 남지 않았음에 허망함을 느낀다. "최서희의 집념은 창 없는 전사
(戰士), 노 잃은 사공"(『토지』, 9;17면)일 뿐이다. 비로소 서희는 "과거는
무의미한 것이며 없는 것이며 죽은 것"이며 "현재만 살아 있는 것, 미래
만이 희망이"요 "아이들은 현재요 미래"임을 깨닫게 된다. 이런 깨달음
으로 인해 남편 길상에 대한 사랑과 어머니와 구천의 사랑을 이해하게
된다. 그것은 서희의 시선이 가문이 아닌 가족에게로 향하면서 이루어
지게 된 현상이다. 서희가 가족보다는 가문에 집착함으로써 가장 불행
한 인물은 바로 남편 김길상이다. 최씨 가문을 세우기 위해 김길상은
자신의 성을 버리고 최길상이 되어야만 했었다. 그는 김길상이되 더

이상 김길상이 아니오, 최길상이도 될 수 없다. 따라서 길상은 최서희의 가족에 속할 수 없는 정체성이 훼손된 인물이다. 어디에도 속할 수 없었던 길상이 선택할 수 있었던 길은 무엇이었을까. 인용문 ㄴ)에서 길상의 갈등과 그가 왜 독립운동에 매진할 수밖에 없었는지를 확인할 수 있다.

이동진이 조국으로 돌아가기 위해 강을 넘었다면 길상은 "일종의 귀소 본능(歸巢本能)", 제 무리에게 돌아가기 위해 남게 된다. 최서희가 최씨 가문을 세우기 위해 조국으로 돌아가는 이상 김(최)길상은 어디에도 자리할 수 없게 된다. "망해라. 망해라, 최서희! 망해라! 망해! 망해! 망해라. 그러면 넌 내 아내가 되고 나는 환국이 윤국이 애비가 된다."(6;171쪽)는 길상의 독백에서도 알 수 있듯이 최참판댁의 가문이 바로 서는 이상, 최서희가 김(최)서희로, 김길상을 최(김)길상으로까지 바꾸어 최씨 가문을 세우고자 희망하는 이상, 길상은 조선으로 돌아갈 수 없게 된다. 남편이되 남편일 수 없었던 세월, 아내를 아내로 여길 수 없었던 현실에서 길상은 절망할 수밖에 없다. 그것은 또한 아버지의 자리마저도 위협받게 된다. 김길상은 최환국, 최윤국의 아버지가 될 수 없기 때문이다. 따라서 제 무리에게 돌아가기 위해 남은 길상의 선택은 존재 찾기 행위인 것이다. 이런 과정을 거쳐야만 그는 비로소 서희와의 가정을 이룰 수 있다. 따라서 길상의 "'표류'는 자아 찾기의 과정이며, 가족 내 김길상의 '자리 찾기' 행위"[26]로 볼 수 있다. 그 과정을 통해 길상은 비로소 최참판댁의 하인 김길상이 아닌 최서희의 남편 김길상으로 거듭나게 된다.

궁극적으로 최서희의 행적이나 김길상의 행적에서 우리가 살필 수

---

26) 졸고(2006), 179쪽.

있는 것은 바로 가족에 대한 의미 찾기라는 점이다. 최서희나 김길상의 행적을 축소하고자 하는 의미가 아니라 그것들 안에는 문신처럼, 자신들도 알 수 없었던 것, 곧 영혼 깊숙이 가족에 대한 그늘이 드리워져 있었던 것이다. 그렇기에 그들은 진정으로 화해할 수 있었던 것이며, 삶의 비극을 극복할 수 있었던 것이다. 만약 그것을 스스로가 발견하지 못했다면 아마 그들은 영원히 아씨와 하인으로, 서로 같이 할 수 없는 비극적인 가족으로 전락했을 것이다.

4. 맺음말

지금까지 박경리 소설에 나타난 가족 서사의 기원에 대해서 살펴보았다. 작가 박경리에게 있어 가족은 그의 "문학의 싹"으로 작용하였다. 그것이 구심적이건 원심적이건 영혼의 문신처럼 그의 문학 여기저기에 가족은 충만해 있다. 그런데 왜 작가는 가족 이야기를 하는데 있어 유년에 집착하는가? 이미 그 해답은 나와 있다. 외부적 충격과 내부적 부조리로 인해 이미 훼손될 대로 훼손된 가족 이야기는 곧 그 사회의 이야기이기 때문이다. 그것은 곧 성장장애를 겪은 인물들이 비극적인 삶을 살아가는 것도 또한 가족을, 사회를 떠날 수 없기 때문이라는 점도 분명해진다.

본고에서는 박경리 가족 서사의 기원에 유년의 원초적인 상실체험이 자리하고 있음을 작품 분석을 통해 밝혀냈다. 유년에 이루어진 상실체험으로 인해 아이들은 극심한 분리불안의 상태에 놓이게 되고, 그로인해 지독한 성장장애를 겪게 되었다.

친근한 대상에의 상실은 아이에게 엄청난 상흔으로 자리 잡고, 이후 성장 과정에 부정적인 영향을 끼치게 된다. 여성/남성 인물들의 성격 형성에 있어 중요한 역할을 하고 있음을 알 수 있었다. 그들 대부분은 지독한 자기 소외와 결벽적인 성격을 형성하고 있다. 그로인해 타인과의 관계 맺기에 대부분 실패하고 있다. 타인과의 관계 맺음은 곧 사회적 자아의 형성, 사회화를 의미한다. 따라서 관계 맺음의 실패, 혹은 거부의 형태를 취하는 그들은 한 사회의 구성원으로서 건강한 삶을 살 수 없었다. 스스로를 고립시킴으로써 극심한 생활고에 시달리거나 무미건조한 삶을 살아가야 했다. 더 나아가 극단적으로는 비극적 죽음을 맞이하기도 했다. 이처럼 한 개인에게 있어서 유년의 비극적 경험은 무의식으로 자리하고 있다가 삶의 순간순간을 온통 지배하고 있음을 알 수 있었다. 이것은 또한 한 개인에게 있어서 가족 간의 관계가 얼마나 중요한가를 보여주는 요소라 할 수 있다.

2장에서 살펴본 여타의 결과를 토대로 볼 때, 중요한 것은 원초적인 상실체험으로 인해 그들 삶이 긍정적이었건 부정적이었건 가족의 그늘에서 조금도 벗어날 수 없었다는 점이다. 가족으로 인해 상처를 받았다는 것은 곧 가족으로밖에 치유될 수 없음을 뜻한다. 작가 박경리는 상처받은 영혼의 치유를 바로 상처의 근원은 가족에서 찾고자 했으며, 그것은 바로 사랑, 가족애였다. 가족 구성원으로서 서로 동등하게 사랑해주고, 무엇보다도 상처를 어루만져줄 수 있는 가족애를 그 치유책으로 보았던 것이다.

작가작품론의 정체성과 이데올로기

III

기독교 담론과
모티프 구현 양상

작가작품론의 정체성과 이데올로기

황순원 장편소설의 죄의식과
성모마리아 구원체계
한승옥

1. 서론

황순원은 시에서 출발하여 단편으로, 단편에서 장편으로 작품세계를 넓혀 간 작가다. 작품의 분량뿐 아니라 취급한 제재나 주제의식까지도 확대해 갔다. 시에서 출발하여 단편으로 문학 장르를 확대해간 대부분의 작가들처럼 황순원도 서사문학 속에 시적인 요소를 주요한 특질로 내재화시켰다.[1] 서정성과 범생명주의,[2] 혹은 프리미티즘이 그것이다. 이 점은 서사문학으로서 단점이 될 수도 있다. 그러나 황순원의 경우 오히려 소설을 기름지게 하는 요소가 되고 있다. 시에서 자주 논의되는 상징도 황순원 소설에서 빼놓을 수 없는 특징 중에 하나다. 색채감각의 뛰어난 투영이나 명명의 적절성, 사물의 상징적 배치 등도 단편은 물론 장편소설에서도 장점으로 작용하고 있다. 시를 썼다는 전력이 그의 소설에서는 상승적으로 용해되어 굴곡을 만들고 생명력을 창출시키는 것이다.

---

[1] 조연현, 『現代文學作家論』, 정음사, 1977, 9쪽
[2] 구창환, 「黃順元의 生命主義文學」, 『한국언어문학』 4집, 1966, 14~25쪽.

그러나 서사문학은 주체와 객체의 명확한 대립과 갈등이 액션을 통해 제시되어야만 본래의 장르적 특성을 살릴 수 있다. 서정이나 색채상징 등은 주제를 감싸기 위한 상보적 역할에 그칠 뿐이다. 그것 자체가 주동이 될 수는 없다. 인물들의 대 사회적 대응 양상이나, 역사의식 혹은 주체와 객체의 상호 역동적 관계가 인간의 근원성과 연계될 때 서사문학은 서사문학으로서의 본질에 도달할 수 있다. 따라서 본고에서는 서사문학의 핵심인 갈등을 작중인물의 동일성 상실 양상과 그에서 파생되는 제 문제, 특히 주 인물들의 희생양 모티프와 그의 구원체계인 모성성을 성모마리아 모티프적 관점에서 살펴보려 한다.

황순원의 장편소설에서는 특히 동일성 상실 양상이 두드러지게 나타난다. 그러나 그 요인은 항상 일정하지 않다. 이러한 상실요인은 정치, 역사적 상황뿐 아니라 인간의 근원적인 숙명이나 원죄의식에까지 뻗어 있다. 이를 규명하기 위해서는 내외적인 종합적 통찰이 필요하다. 동일성을 상실하게 되는 원인은 여러 가지가 있다. 하지만 그 근원자를 살펴보면 모두 악(惡)으로 수렴되는 어떤 것들이다.[3] 외적 상황이건, 근원적 숙명이건 모두 인간의 동일성을 잠식하는 원인자들은 악이다. 이 경우 악은 근원적으로 원죄의식과 연계된다.

황순원은 악에 대해 조용하지만 준엄하게 대결한다. 이 대결은 독자를 사로잡아 정신을 고양시키고 순수하게 해 준다. 황순원 문학을 보다 심도 있게, 보다 분명하게 이해하기 위해서는 이들 악에 대한 천착이 무엇보다도 필수적이다. 황순원 문학은 악으로 인해 야기된 죄의식에

---

3) 황순원 문학의 惡에 대한 연구는 김상일, 「黃順元의 文學과 惡」, 『현대문학』 1966년 11월호(통권 143호), 백승철, 「黃順元小說의 惡人硏究―長篇「카인의 後裔」를 中心으로―」, 세종대 대학원, 1981 등이 있다.

서 출발하여, 그 원죄에 고뇌하고, 고뇌가 고뇌로서 끝나는 것이 아니라 속죄과정을 거쳐 종국에는 구원의 문제에까지 심화 확대되는 구조를 지니고 있다.

본고에서는 지금까지 나온 7편의 장편소설 중 본격적인 장편소설 면모를 보여주는『카인의 후예』로부터 논의를 시작하여『인간접목(人間接木)』,『나무들 비탈에 서다』,『일월(日月)』,『움직이는 성(城)』,『신(神)들의 주사위』를 대상으로 한다. 최초의 장편소설인『별과 같이 살다』는 아직 본격적인 장편소설이라 할 수 없다는 지적과[4] 함께 또 다른 차원에서 논의되어야 할 것이기에 여기서는 제외한다.

2. 본론

1) 원죄의식의 출발 :『카인의 후예』

『카인의 후예』는 급박하고 유동적인 시기를 형상화 한 소설이다. 소설에서 주인공 박훈은 일제 말기 전쟁을 피해 고향으로 내려와 은둔하다가 해방을 맞는다. 해방은 박훈에게 감격과 자유만을 안겨 주지 않는다. 공산주의 체제에 의한 토지개혁이 지주 계급인 박훈에게 소용돌이치기 때문이다. 그러나 소설은 표면상 조용하다. 서정이 흐른다. 살벌한 정치적 상황은 배면에 깔린다. 소설은 오작녀와 박훈의 사랑과 피비린내 나는 지주 숙청, 서정과 서사, 겨울과 봄, 자연의 계절과 인공의 계절,[5] 원죄와 속죄 등 양면구조로 진행된다.

---

4) 조연현, 앞의 책, 12쪽.

이러한 양면 구조는 보는 사람에 따라 그 평가를 달리할 수도 있다. 역사적 소용돌이 속에서 주체적이고 행동적인 지성을 원하는 사람에게 는 오작녀와 박훈의 원시적인 건강한 사랑이 비겁한 태도로 보일 것이 다.6) 반면 내면을 응시하고 인간성의 본질을 탐구하는 순수미학 옹호 자들에게는 사랑이 모든 것을 포용하고 승리할 수 있다는 점에서 긍정 적인 자세를 보일 것이다.7) 이 두 가지 견해는 모두『카인의 후예』자 체가 지니고 있는 양면성 때문이다. 이 양면성이 한 작품의 표면과 이면 을 이루면서 유기체를 형성한다. 그러면서도 살벌한 정치적 상황이나 이롤 인해 파생되는 구조적인 악 보다는 오작녀와 박훈의 사랑이 보다 선명하게 부각된다.

박훈은 수구적(守舊的) 인간이다. 행동적이기보다는 사변적이다.8) 관조하는 인간이다. 애초에 고향으로 돌아온 것부터가 그에게는 성격 적인 결과였다. 전쟁을 피해 조용히 지낼 수 있는 곳을 찾아온 것이다. 이런 박훈에게 외적 상황이 악으로 서서히 파급되어 긴장을 조성한다. 종국에는 그 와중에 휩싸일 수밖에 없게 된다. 그 첫 번째 사건이 야학 금지다. 박훈이 귀향하여 심혈을 기울여 시작했던 일이다. 일제시대에 도 허용되었던 야학이다. 이것이 공산주의자인 동족에 의해 금지된 것 이다. 박훈은 마지막 올 것이 왔다는 것을 알고 강박관념에 사로잡힌다. 박훈은 이때 원초적인 불안감에 휩싸인다. 악을 대했을 때 느끼는 온몸

---

5) 이어령,「植物的 人間像—「카인의 後裔」를 中心으로—」,『思想界』1960년 4월 호, 261쪽.
6) 이어령, 앞의 논문 및 이보영,「黃順元의 세계」(上),『현대문학』1970년 2월호, 292쪽.
7) 이태동,「實在的 現實과 美學的 顯現」,『현대문학』1980년 11월호(통권 311호), 10쪽. 구창환, 앞의 논문, 17쪽.
8) 이보영, 위의 글, 292쪽.

에 소름이 끼치는 오싹함이다.

이 불안감을 감싸주는 것이 오작녀의 불타는 듯한 눈이다. 박훈은 "오작녀와만 있으면 어떤 어려움도 견딜 수 있을 것"9) 같은 느낌을 경험한다. 오작녀는 이 소설에서 가장 생동하는 인물이다. 명명 자체부터 상징적이다. 까마귀와 까치를 조합한 말 그대로 이중성을 띤다. 흰 색과 검은색을 공유하고 있다. 오작은 까마귀의 불길함을 지니고 있으면서도 그것을 초월하여 행운을 안겨 주는 까치와의 복합적 요소를 지닌 상징이다. 그 상징적 존재가 바로 오작녀인 것이다.

이 소설에서 오작녀는 그 의미하는 바대로 성격이 형상화되고 소설 내적 사건을 이끌어 간다. 오작녀는 도섭영감의 딸이다. 이 소설에서 도섭영감은 악의 대명사나 다름없다. 악의 화신의 딸이라면 까마귀의 속성을 지녀야 한다. 그러나 오작녀는 악을 막고 행운을 실어다 주는 까치의 역할을 한다. 즉 구원의 열쇠가 되는 것이다.

오작녀는 단순한 행운의 화신에서 한 발 더 나아가 모성의 상징으로 기능한다. 박훈이 구조적인 악이 몰고 오는 위기의식, 어쩌면 그것이 자신의 죽음일 수도 있다는 절망 앞에서도 태연할 수 있었던 것은 오작녀의 모성애적 사랑 때문이다.

오작녀가 박훈에게 느끼는 사랑의 감정은 큰애기 바위 전설에서의 뻐꾸기의 그것과 같다. 큰애기 바위의 애절하고 정한 맺힌 전설적 사랑이다.10) 이에 비해 박훈이 느끼는 오작녀에의 사랑은 이성적 사랑과 모성적 사랑이 복합된 애정이다. 박훈은 약혼할 뻔한 여자가 있었는데도 오작녀의 눈 때문에 퇴해 버렸던 이력이 있다.

---

9) 황순원, 「카인의 후예」, 『황순원 전집』, 창우사, 1966, 205쪽.
10) 천이두, 「청상의 이미지 · 오작녀」, 『韓國現代小說論』, 형설출판사, 1983, 298쪽.

이처럼 오작녀는 박훈에게는 구원의 여인상이다. 그녀의 타는 듯한 눈빛은 관솔의 황홀한 빛과 같고 검은 바위틈에 피어 있는 산나리 빛과 같다. 오작녀의 추억은 어느 여름날 몰래 머리맡에 놓고 간 참외의 그윽한 향기와 오버랩된다. "검게 뵈도록 짙은 녹색 빛깔의 참외…… 그 보드럽고 매끄러운 감촉…… 그 짜게스리 단 내음새…… 그 물기가 서리는 주황빛 속살……"[11] 이러한 표현은 오작녀에 대한 사랑이 상징적으로 제시된 부분이다. 이런 사랑의 힘이 훈을 고향에 붙들어 놓는다. 육감적이기까지 한 표현이다. 참외로 상징화시켜 거리를 유지하고 있다.

박훈이 오작녀에게서 느끼는 모성적 사랑은 처음에는 막연했다. 이런 막연함이 오작녀가 발진티푸스로 사경을 헤맬 때 그녀를 간호하면서 구체화된다. 오작녀는 시집을 간 몸이지만 그때까지 가슴을 남편에게 허락하지 않았었다. 육체는 비록 남편에게 줄지언정 마음만을 주지 않았다는 의미다. 그 가슴을, 끓어오르는 열에 들떠 병간호하는 박훈에게 내맡기는 것이다.

〈……아, 답답해, 날 쥑에다오, 날 쥑에다오……〉
치마허리를 밀어내렸다. 불룩 젖통이 솟아나왔다. 흰 살갗이 붉은 반점으로 해서 진달래빛 물이 들어 있었다.
〈……아, 죽갔다. 누구 이 가슴을 좀 빠게주소……〉
훈이 이불을 끌어다 가슴을 가리었다.
오작녀가 이불을 걷어찼다. 젖가슴이 더 물결쳤다. 다시 이불을 끌어올렸다.
덥썩 오작녀의 손이 훈의 손을 와 잡았다. 그 손이 불덩어리였다.

---

11) 황순원, 『카인의 후예』, 224쪽.

훈이 손을 잡아 빼었다. 뭉클하고도 뜬뜬한 것이 만져졌다. 그리고 꼿꼿한 것에 스치었다고 생각됐다. 젖꼭지였다. 훈은 혹 못볼 것을 본 것처럼 이불을 끌어올렸다.

그러면서도 훈은 웬일인지 오늘 자기는 이 오작녀가 여태까지 지켜온 깨끗함을 이렇게 더럽히고 있다는 느낌이었다.[12]

이런 경외감과 순순성은 황순원 소설에서 지속적으로 나타나는 현상 중에 하나다. 훈은 그 며칠 후에 오작녀와 적나라하게 마주친다. 그러나 훈의 자제력은 남녀의 결합에까지 이르지 못한다. "온몸의 피가 자꾸 위로 끓어"오르지만 "무엇에 쫓기듯이 그곳을 뛰쳐나"온다. 왜 그랬을까? 서로 사랑하면서도 무엇이 훈을 이렇게 행동하게 하였을까?

이 해답은 꿈을 통해 제시된다. 무서운 꿈을 꾸었을 때, "어머니 품속으로 파고"들었고 그 곳은 "따뜻하고 아늑한 피난처"였다. "그때는 아무것도 무섭지" 않게 된다. 오작녀와 같이 있을 때와 똑같은 감정을 맛보게 되는 것이다. 훈은 자기도 의식하지 못한 채 오작녀의 품에서 모정[13]으로서의 편안함을 느끼고 피난처를 찾는 것이다. 여인으로 보다는 모성의 대상으로서의 오작녀다.

실에 있어서도 오작녀는 악으로 인해 야기된 위기로부터 훈을 구출한다. 지주 숙청 때, 오작녀는 결정적인 순간에 용감히 나서서 누구도 예측하지 못했던, 훈과 결혼했다고 거짓말을 함으로 해서, 훈을 지주숙청으로부터 감싸 준다. 구조적인 악으로부터 훈을 보호하는 것이다.

훈의 입장에서 볼 때, 사랑의 귀소본능은 이미 충족된 것이나 다름없

---

12) 황순원, 『카인의 후예』, 247쪽.

13) 이보영, 「黃順元의 세계」(下), 『현대문학』1970년 3월호(통권 183호), 327쪽 참조.

다. 고향인데다가 모성적인 오작녀의 품에 안주할 수 있었기 때문이다. 훈이 유약하면서도 죽음을 각오하고 담담하게 개털오바 청년을 대면할 수 있었던 것도, 또한 인민재판에 임할 수 있었던 것도 이러한 욕구가 충족되었기에 가능하다. 훈은 희생양이 될 각오로 자기를 내맡긴 것이다. 훈은 자의로 고향을 떠나려 하지 않는다. 허락하는 한 까지는 고향에 머물기를 원한다. 아무 곳에 가더라도 이보다 더 나은 상황은 없을 것이기 때문이다. 아무리 외적 상황이 극악의 형태로 압박해오더라도 훈은 고향을 지키며 견디기로 마음먹는다.

고향에서 쫓겨나기보다는 악에 대결하면서 스스로 원죄(原罪)를 짊어질 각오까지 한다. 속죄양(贖罪羊)이 되기를 자처하는 것이다. 농민들이 지주를 숙청하려고 둘러멘 연장들이 번쩍이며 살기등등하게 자기에게 다가올 때, "나는 누구의 원수도 아니다. 나는 누구의 원수도 아니다!"라고 스스로 절규하는 것도 이러한 이유에서다. 아버지 무덤 앞의 상석에서 재로 화하였다가 깨끗이 없어진 토지문서의 흔적을 보는 순간 마음은 이상스레 맑아지면서 "누워 있는 무덤을 대신하여 조용한 마음으로 누구의 원수라도 되어 줄 수 있"다는 마음이 생기는 것도 이러한 이유에서다. 모두가 급변하는 세월의 변화 속에서 악하게 변하고 있을 때, 훈은 악을 대신하여 피를 흘릴 각오를 하는 것이다. 성서적 모티프가 극명하게 드러나는 부분이다.

『카인의 후예』에서 제시되는 악은 처음부터 원죄로 나타나지는 않는다. 처음에는 상황적인 악으로 시작된다. 공산주의에 의해 자행되는 지주의 숙청과 토지개혁을 명분으로 한 탐욕의 질곡에서 발생되는 제반 상황이 드러날 뿐이다. 선량하기만 하였던 동리사람들은 대부분 탐욕에 무릎을 꿇고 악인으로 돌변한다. 남이아버지, 갑성이, 강목수, 육손이아버지, 칠성이아버지 등이 보여 주는 소소한 탐욕은 인간적이기까지 하지만 악은 악이다. 남이어머니, 칠성어머니 등도 이에 속한다. 보다 강도 높게 악을 행하는 인물은 개털오바나 캡쓴 사내의 지시에 따라 안하무인격으로 춤추는 도섭영감이다. 도섭영감은 기회주의적 인물이다. 상황의 변화에 민감하게 적응해 나가면서 자기의 이익을 취하는 인간이다. 무자비하기까지 하다. 이익을 위해서는 상관에게 목숨까지 바치는 인간이다. 본성은 선하면서도 상황 때문에 악인으로 변모하는 입체적 인물의 대표적 인간상이다.

상황의 진척에 따라 차츰 이들의 본성은 선함에서 악의 살기로 충만된다. 잊었던 카인의 피가 다시 살아나는 것이다. 피를 보고 다시 피를 부르는 인간의 유전적 죄악이 나타나기 시작하는 것이다.

이러한 원죄는 구도 상 대칭관계에 서 있는 명구나 사촌동생 혁에게서도 나타난다. 피를 보고 흥분하고 복수의 일념으로 살인을 결심하는 모습에서 원죄는 동일하게 나타난다. 이 피에 대한 잔인한 원죄의식(原罪意識)은 훈에게도 전염된다. "그의 몸 속 어느 부분에서도 분명히 핏방울이 듣고 있는 것 같음을 느끼기" 때문이다.

작품의 중반 이후부터 전개되는 피와 살육과 자살, 혹은 전염병으로 인한 죽음 등이 제시되면서 앞서의 오작녀와 훈과의 사랑을 주제로 한 서정성은 살벌한 서사적 사실로 바뀐다.

특히나 일본인들의 비참한 모습이나 로스께의 탐욕스런 모습까지도 삽화로 제시되는데, 여기서 우리는 충실하게 시대를 반영하려고 노력하는 작가의 의도를 읽을 수 있다. 일본인 여자들이 머리를 밀고 검정을 칠해 봉변을 면하려는 가련한 모습이나 윤락하는 모습, 또는 기름덩이를 구걸하는 일본인 거지 등의 모습은 지나칠 일이 아니다. 특히나 어린

아이들이 전염병에 걸려 떼로 죽어 갈 때 거적에 말아 공동묘지에 버려 창자를 개에게 물어뜯기는 모습은 상황이 어떻게 사람을 악하게 만드는가를 적나라하게 제시하는 예 중의 하나이다.

대부분의 등장인물들은 상황의 격변으로 동일성을 상실한다. 사람다운 면이 표변하여 악마로 변해 버린다. 소설에서는 훈을 통해 이러한 모습을 차분하게 걸러 보여 주지만 그 필터의 저편, 곧 현장의 피비린내는 처참하기까지 하다.

마침내 훈도 서서히 변한다. 도섭영감은 사촌동생 혁을 대신하여 죽이기로 결심하기 때문이다. 관조적 사랑,[14] 수구적 자세에서 카인으로 변모된 행동형의 인간으로 바뀐다. 그는 혁이 자신의 "생명의 은인"이기도 한 도섭영감을 죽이겠다는 말을 들으면서 도섭영감을 죽여야 할 사람은 바로 자기 자신이라는 것을 깨닫는다. 이것은 오작녀로 인해 구제된 후, 또다시 취한 속죄양적 희생의 한 양상이다. 다만 여기서는 순수한 속죄가 아니라 카인적인 살인을 통해 대속의 길을 택한다는 점에서 차이가 날 뿐이다.

이 살인을 통한 역설적 대속의 길은 그러나 오작녀의 남동생인 삼득이에 의해 제지된다. 결국 훈과 도섭영감의 피의 대결은 삼득이에 의해 무산된다. 작가는 마지막에 훈, 도섭영감, 혁 세 사람을 모두 살인으로부터 구제해 주는 것이다. 이 인물들이 살인을 면하고 구원을 받을 수 있게 된 것은 오작녀의 보이지 않는 모성적 힘 때문이다. 성모의 자애와 사랑이 원죄를 저지르려는 인물들을 죄로부터 보호하고, 훈을 구원하는 것이다.

이 작품에서 동일성을 끝까지 지키는 인물은 당손이할아버지, 삼득

---

14) 이보영, 위의 글(上), 292쪽.

이, 그리고 오작녀 등이다. 남주인공인 훈까지도 악인으로 변해 가는 동일성 상실의 위기에 처하게 되는데 이들을 위기에서 구하는 것은 이들 인물들에 의해서이다. 오작녀가 동일성을 유지할 수 있었던 것은 사랑 때문이었고, 삼득이는 누이에 대한 애처로움 때문이었다. 당손할 아버지는 의리 때문이었다. 정과 의리가 인간을 구원한 것이다. 사랑과 의리는 인간 덕목 중에서 가장 귀중한 것이다. 이 작품은 인간은 언제나 원죄의식에 사로잡혀 카인과 같이 살인을 저지를 수 있음을 보여준다. 동시에 이 원죄를 사할 수 있는 것은 사랑과 의리뿐임을 현현하고 있다.

2) 속죄의 또 다른 양상 :『인간접목』

『카인의 후예』에서 훈이 구원된 것은 오작녀로 현현된 성모마리아와 같은 모성적 사랑이 있었기에 가능했다.『카인의 후예』에서는 모든 사람들이 악인으로 타락하고 있었다. 그중 대표적인 인물이 도섭영감이다. 도섭영감은 악의 화신이다. 이런 악의 화신이 작품의 말미에서는 구원되는 것은 인간이 비록 카인의 후예다운 속성과 원죄 때문에 악행을 저지르지만, 이 악은 사랑이나 의리에 의해 극복될 수 있다는 믿음 때문이었다. 이 믿음은 인간은 근본적으로는 선하다는 작가적 세계관에 근거한다. 이런 작가의 세계관이 속죄양 모티프로 보다 구체화되어 나타난 작품이『인간접목』이다.

인간접목에서 속죄양은 종호다. 비록 자신이 죽음으로 피를 흘려 대속(代贖)하지는 않지만, 자신의 죄를 속죄하기 위해 끊임없이 악과 맞서 싸우고, 사랑으로 선한 사람을 지켜준다는 점에서는 동일한 양상을 띤다.

종호가 전쟁 고아를 수용한 갱생원에 취직한 것은 그의 죄의식 때문이었다. 전쟁 때 겪은 어머니에 대한 죄의식이다. 천장에 숨어 있을 때 어머니가 자기 대신 유탄에 맞아 죽어 가면서도 아들을 살리기 위해 내려오지 말라고 한 사실이 끝내 종호를 괴롭혔다. 게다가 전쟁에 나가 한쪽 팔을 잃은 것도 부모에 대한 죄의식을 가중시킨 점이다. 육체를 제대로 보존하지 못한 데 대한 죄책감이다.

종호가 갱생원에 처음 들어와서 느낀 감정은 고아들과의 동류감이었다. 같은 상처를 지닌 피해자란 동류의식이다. 자기의 의사와는 관계없이 전쟁이란 상황 때문에 피해를 입고 상처를 지니게 되었다는 점에서 고아와 종호는 똑같은 처지가 된 것이다.

준학이 자기의 실수로 동생이 불에 타 죽고, 할머니까지 그 일로 돌아가신 것을 괴로워하는 것이나 종호가 어머니를 그대로 죽게 한 죄책감 때문에 괴로워하는 것이나 그 질에 있어서는 동일하다. 갱생원 아이들은 누구나 동일한 질량의 죄책감과 상황적인 악을 지니고 있다. 다만 종호와 이들이 차이가 난다면 자각하느냐 못하느냐의 차이일 뿐이다. 악을 직시하느냐 아니면 악에 묻혀 무감각하게 체념하느냐의 문제다.

종호가 이들에게 갱생의 의욕을 북돋워 주는 것은 하나의 믿음, 곧 인간은 근본적으로 선하다는 믿음 때문이다. 원아들을 녹슨 거울에 비유하는데, 그 뜻도 이에 근원한다. 선량한 아이들이 전쟁 때문에 악한 존재가 되었다는 생각이다. 전쟁이란 상황적인 악이 원래는 선한 본성의 아이들을 악하게 변질시켰다는 것을 인지할 때 그 악(惡)은 구원받을 수 있다는 믿음이 가능하다. 종호는 여러 번 배반을 당하면서도 끝내 선도를 포기하지 않는 것도 이 때문이다. 이러한 태도는 유선생과는 사뭇 대조적이다. 유선생은 아이들을 믿으려 하지 않는다. 일찍이 배반

당한 경험이 있기 때문이다. 오히려 유선생은 선을 지키려는 종호를
비판하는 입장을 고수한다.[15] 종호의 행위를 우월자의 입장에서 지켜
보기 때문일 것이다.

『인간접목』에서 악인의 부류는 셋으로 나뉜다. 하나는 갱생원을 운
영하는 한장로와 홍집사, 또 다른 편에서는 어린 고아들을 착취하면서
악에 물들게 하는 왕초, 다른 한편은 원생들 중에서 가장 악한 행동을
하는 짱구대가리다.

종호가 속죄의식을 가지고 구원하고자 하는 악의 대상은 어른들이
아니다. 홍집사나 왕초와는 직접적인 대결을 회피하고 있다. 짱구대가
리를 비롯한 선집 등이 선도의 주 대상이 되고 있다. 짱구대가리를 보는
종호의 눈은 홍집사와 상반된다. 홍집사는 구제 가능성이 없다는 입장
이고 유선생도 은근히 이에 동조하고 있다. 홍집사나 유선생, 한장로는
악에 대한 회피만 있을 뿐 악에 대한 대결은 없다.

외롭게 투쟁하는 종호가 제시한 속죄의 길은 사랑과 믿음의 길이다.
야경대원을 편성하고 자발적으로 스스로를 다스려 나가게 한 것이 그
출발이다. 급식창고가 도난당했을 때 오히려 열쇠를 짱구대가리에게
맡기려는 태도도 믿음과 신뢰만이 죄악을 구원할 수 있다는 신념 때문
이었다. 이 신뢰는 작품이 끝날 때까지 계속된다. 결국 짱구대가리를
구원하는 빌미가 된다.

짱구대가리가 왕초의 명령을 어기고 종호와의 신의를 지키다가 왕초
에게 찔려 피를 흘리면서 한 말은 악의 표본이던 짱구대가리가 구원될
여지가 있음을 드러낸다. "쌍팔이만큼은 믿을 수 있다"는 인간적 신뢰
와 고마움, 사랑의 감정은 인간이 구원받을 수 있는 가장 큰 덕목이

---

15) 이보영, 위의 글, 294쪽.

된다.

종호는 왕초나 홍집사와 대결하지만 어른 세계에서 일어나는 근원적인 악을 제거하지는 못한다. 이점에서 종호의 행위는 한계점을 지니긴 하지만, 끊임없이 제시해 주는 신뢰에의 회복과 사랑과 설득은 작품 전체를 감싸면서 강인하게 녹슨 거울을 닦아 낸다. 악을 제거하는 원동력이 되고 있다. 오히려 어른들과 대결하지 않으면서도 일시적으로 악에 물든 어린아이들을 대속(代贖)함으로써 역으로 어른의 세계를 정화시켜 나간다. 이 작품이 더욱 감명 깊은 이유다.

종호나 갱생원의 고아들은 전쟁으로 인해 자기 동일성을 상실한 존재들이다. 죄책감과 악에 찌든 인간상들이다. 이들이 동일성을 회복하는 길은 선한 본래의 모습을 회복함으로써만 가능하다. 악을 제거하고 동일성을 회복하는 길은 속죄의 길밖에 없다.

천막에서 잠이 들었던 준학이 본 천사의 날개, 〈하이얀 날개〉, 아주 눈같이 하이얀 날개가 다시 이들에게 내려지는 날 악(惡)은 물러가고 깨끗한 양심은 복원되어 동일성은 회복될 것이다.

이 작품에는 마리아의 모성적 모티프는 나타나지 않는다. 종호의 속죄양적 희생이 끝없는 사랑으로 감싸질 뿐이다. 이 작품이 다른 여타 황순원의 장편 소설에 비해 완결성과 작품성이 떨어지는 것은 희생양의 모티프만 있을 뿐 구원의 여인상인 성모마리아의 모티프를 체현한 여성 인물이 없기 때문일 것이다. 작품 분량으로도 중편에 해당하는 것이라 그만큼 황순원의 타 작품에 비해 비중이 약한 소설이다.

3) 원죄의 무의지적 희생 :『나무들 비탈에 서다』

천사의 날개, 하이얀 날개의 회복이『인간접목』의 과제였다면,『나무들 비탈에 서다』는 산산이 부서져버린 젊은이들의 동일성 상실 양상이 적나라하게 드러나는 작품이다. 이 두 작품은 발표연대가 비슷하면서도『인간접목』이 연대기적으로 앞서기 때문에 그 순서에 맞춰 본고를 진행하나, 소설 내적 상황적으로는『나무들 비탈에 서다』가『인간접목』보다 앞선다.『인간접목』이 전쟁 후의 고아들의 상처를 회생시키는 내용인 데 반해,『나무들 비탈에 서다』는 전쟁 그 자체를 문제 삼고 있기 때문이다.

『나무들 비탈에 서다』는 유리의 이미지로 시작된다. 전쟁의 극한 상황을 다루는 소설이 유리로 시작된다는 것은 상징적이기까지 하다. 유리는 투명하면서도 깨지기 쉬운 물체이다. 이 소설이 다루는 인물들은 유리와 같은 속성을 지닌 인물들이다. 이들 모두는 순수하고 투명하다. 깨끗하고 착한 젊은이들이다. 너무나 맑기에 오히려 깨지기 쉬운 나약함을 지니는 인물들이다. 이들은 아직 사회화되지 않은 상태이다.

인간이 본래 순수하고 선하다는 믿음, 곧 선성에 대한 생각은 황순원이『카인의 후예』와『인간접목』에서 보여 준 신념이었다. 비록 상황에 의해 인간은 악을 자행하고 살인을 저지르지만 그러나 근본은 착하다는 신념이다.

『나무들 비탈에 서다』에서도 작가의 신념은 변함없이 나타난다. 그런 의미에서도 이 작품은『카인의 후예』에 직접 접맥되는 작품이다. 정치적 소용돌이 속에서 인간은 변할 수밖에 없었고 동일성을 상실할 수밖에 없었던 것과 마찬가지로, 그보다 더한 악한 상태인 동족상잔의 전쟁 속에서 인간은 카인의 후예가 될 수밖에 없다는 인식이다. 죄의식이 지속적으로 흐르고 있다.

죄의식은 작품을 전체적으로 지배하는 중압감이다. 자의에 의해 저질러진 죄가 아니라 숙명에 의해 죄를 범해야 하는 인간의 원죄다. 관념소설적 요소가 내재한다는 평가도 이에 기인할 것이다. 이 작품에서는 전쟁에 참여했던 모든 인간은 그 본성이 아무리 투명하여 백지와 같이 깨끗하다 하더라도 누구나 피를 볼 수밖에 없다는 불가항력적 관념이 투영되어 있다. 하기에 전쟁을 다루면서도 전쟁의 참혹한 모습이 적나라하게 제시되어 있지 않다. 환상적이기까지 하다.16) 상징적으로 그 의미의 진실을 탐구하고 있다.

작품을 전체적으로 감싸고 있는 상징적 구조는 앞에서 지적한 대로 유리와 '흰색'이다. 『나무들 비탈에 서다』에서 흰색의 순결함과 무구성을 가장 실존적으로 드러내는 인물은 동호다. 동호는 Ⅰ부에서 죽지만 Ⅱ부에서도 보이지 않는 주인공으로 그 존재를 내재화시킨다.

『나무들 비탈에 서다』는 동호로 대표되는 젊은이들이 어떻게 동일성을 상실해 가는가를 보여 주는 작품이다. 모두 흰색을 어둠과 피로 물들인다는 데 공통점이 있다. 이 중에서도 동호가 결백하리만치 순수를 고집한다. 과거의 추억이나 옛것에 대해 강한 애착을 지니고 그것에 집착하는 모습이 어린아이와 같다. 동호는 꿈을 먹고 사는 시인이며 아이디얼리스트이다.

이런 동호가 서서히 때가 묻기 시작한다. 동호도 살인을 하기 때문이다. 동호가 살인을 처음 저지른 것은 무의식 상태의 방위본능에서였다. 육박전에서 자기를 죽이려는 적군과 맞붙었을 때 본능적으로 한 행위

---

16) 정한숙, 「韓國戰後小說의 樣相」, 『韓國現代小說論』, 고대출판부, 1977, 155~156쪽.

가 살인이었다. 유전적 원죄를 저질은 것이다. 동호는 칠흑의 밤에 벌어진 이 전투에서 무의식적으로 적군을 죽이고 자기는 상처도 별로 없이 무사히 살아남는다. 동호의 의식은 이때까지도 죄의식 같은 것을 구체적으로 느끼지 않았다. 느낄 시간적 여유도 없었다. 살아남는다는 그 자체가 중요했다. 동호가 죄의식을 느낀 것은 오히려 살인을 했다는 죄책감보다는 술집작부인 옥주에게 동정을 더럽혔을 때의 불결감에서였다. 숙에게 향한 순수한 사랑에 오점을 남긴 것, 그것이 괴로운 것이었다. 도랑을 건너다 잘못하여 발을 더럽히듯 옥주라는 흙탕물에 빠져버린 것이다. 그러나 동호는 옥주에게 더럽혀진 것보다도 더한 살인이라는 죄를 범했는데도 그를 의식하지 못하고 있다는 점이 중요하다. 동정을 잃었다는 것은 어떻게 생각하면 아무것도 아닌 일에 불과하다. 그러나 살인을 했다는 것은 크나큰 죄악을 범한 것이다. 이 죄의식은 사람의 내면에서 양심의 가책으로 남아 인간을 괴롭힐 수밖에 없다. 비록 상황 때문이기는 했지만 양심에 가책을 느끼는 것은 인간으로서 당연한 일이다. 다만 지금 마비되어 있기에 아무렇지도 않을 뿐이다. 현태가 수색하러 나갔던 마을에 남아 있던 모녀를 살해했을 때 그에게는 살인이라는 행위가 파리 한 마리 죽이는 행위와 별반 다른 게 없었다. 현태는 무엇인가로 손만 닦으면 그만이었다. 그의 의식 속에 살인이라는 의미는 없는 것이다. 의식에서는 내가 살기 위한 어쩔 수 없는 행위였다고 합리화하였을 것이다. 동호의 경우는 그것이 무의식적이기까지 했었으니 더욱 아무렇지도 않았을 것이다. 그러나 동호에게 그것은 비록 무의식적이지만 씻을 수 없는 죄책감을 느끼게 한다. 동호가 육체에 충실해지는 것도 이에 근원하는 것이다. 자기 방어적 본능행위라 볼 수 있다. 동호는 이후 변하기 시작한다. 숙에 대한 순수가 사라지기 시작한 것이다. 이후 동호는 현실에 적극적으로 적응하기 시작한다.

숙이 정신적 존재 가치였다면 옥주는 육체적 현실이었다. 숙은 너무나 멀리 있는 이상적 존재일 수밖에 없었다. 이 이상을 육체가 배반하는 것이다. 전쟁터에서 육체적 본능이 정신적 가치를 말살시키듯이 동호는 숙을 지워버릴 수 있었다. 옥주가 "육체란 얼마나 야속한 것인지 몰라요"라고 하였을 때도 동호는 그 뜻을 몰랐다. 이런 동호가 차츰 육체에 충실하기 시작하는 것이다. 아이디얼리스트 동호는 이후 현실적이되어 간다. 동호가 옥주를 찾는 것은 처음에는 수동적이었다가 다음부터는 자발적이 되는 것도 현실에 충실하려는 의지의 표출이다. 동호가처음 옥주를 찾았을 때, 동호는 옥주에 의해 무릎이 꺾였다. 그 후부터는 자기 자신이 무릎을 꺾는다. 그리고 옥주를 내면까지 알고 싶어 한다. 숙을 부정하기 위해서였다. 동호는 옥주에게 숙에게도 하지 않았던 외사촌 누이의 초경에 대한 추억까지 이야기하면서 그렇게 변한 자기 자신에 놀라기까지 한다. 동호가 옥주를 만나러 갈 때는 술에 취해 간다. 그냥 갈 수 없었기 때문이다. 마비시켜야지 옥주를 만날 수 있었다. 그러면서 조금씩 숙에 대한 죄책감을 지우려는 것이다.

이 죄책감은 숙에 대한 것이지만 더 깊이는 자기의 살인에 대한 죄책감이다. 다만 숙에 대한 것으로 착각하고 있을 뿐이다. 따지고 보면 동호가 옥주에게 가는 것도 근원적인 위안은 아니었다. 다만 허탈감을메우려는 일시적 방편이었다. 그 허탈감은 "안온한 허탈감"이었다. 안온함 때문에, 그 안온함이라도 있어야 당장의 파멸을 면할 수 있었기때문에 동호는 옥주를 찾았다. 그리고 옥주와 함께 상처를 어루만지며위안 받기를 원했다.

그러나 동호가 내성에서 자신의 근원적 죄책감을 발견하여 그에 대처하지 않고 옥주라는 "안온한 허탈감"을 통해 그것을 해소하려 했다는 것은 애초부터 잘못된 것이었다. 망각에 불과하다. 마비를 통한 죄의식의 망각[17]은 일시적이 될 수밖에 없다.

옥주를 다시 찾았을 때, 옥주가 다른 남자의 품에서 육체적 망각에 충실한 것을 발견하고, 동호는 비로소 자기의 죄책감의 해소방법이 잘못이었음을 깨닫게 된다. 역시 "육체는 야속한 것"이고 이 야속한 것이 거추장스럽고 구역질나는 것임을 자각한 것이다. 동호가 충동적으로 옥주를 살해하는 것도 그 근원은 자기의 죄책감 때문이라 볼 수 있다. 어떤 것에 의해서도 속죄 받을 수 없다는 절망감에 사로잡혔기 때문이다.

동호가 부대로 돌아와 흰 눈 속에서 유리조각으로 자살하는 것도 자신이 저지른 악에 대한 죄책감과 이로 인해 야기된 동일성 상실의 아픔 때문이라 볼 수 있다. 자신이 자신의 목숨을 끊는 것은 또 다른 죄악이지만, 이렇게라도 해서 자신의 죄를 속죄하고자 했던 것이다.

이로 볼 때, 깨지기 쉬운 투명한 유리는 동호 자신이고, 순수무구한 흰 눈은 동호의 내면세계를 상징하는 그 자체임을 알 수 있다. 동호의 자살은 죽음을 통해 본래의 자기 자신으로 돌아간다는 의미를 지닌다.[18] 숙에게 보낸 편지가 백지로 판명되는 것도 동호의 내면세계의 회복이 상징적으로 나타난 결과다. 더럽혀진 백지, 다시는 순백의 상태로 환원될 수 없는 상처, 그러나 동호는 동일성을 회복하고 싶어 한다. 그 회복의 길은 육체와 정신의 동질성의 회복, 또는 숙과 옥주와의 화해적 만남을 통해서만 가능하다. 그러나 숙만이 남아 있고 육체인 옥주가 죽었을 때 동일성은 영원히 회복될 수 없다. 동호는 자살을 통해서 동일

---

17) 이태동, 앞의 글, 11쪽.
18) 위의 글.

성을 회복하려 했지만, 이것은 다만 정신적인 행위일 뿐 육체를 지닌 현실은 동일성을 영원히 상실한 채 남아있을 수밖에 없다.

현태의 생존은 이렇게 남겨진 현실에의 또 다른 탐색이라는 데 그 의미가 있다.

현태도 악을 저지르고 그로 인해 동일성을 상실하고 상처를 입는 것은 마찬가지다. 현태는 성격상 현실적이고 행동적이었다. 내성을 필요로 하는 성격이 아니었다. 하기에 현태는 동호로부터 내면을 들여다보였다고 생각하는 순간 괴로워하는 대신 동호의 열등의식을[19] 자극하여 그로부터 회피하곤 했다. 마을에 내려가 가냘프게 살아남아 있던 모녀를 죽이는 원죄적인 악을 자행하고 왔을 때도 예의 도식은 성립되었다. 아무런 죄책감도 느끼지 않았었다. 그러나 현태도 악을 자행한 죄책감으로부터 자유로울 수 없었다. 다만 동호처럼 표면화되지 않았을 뿐이다. 내성으로 다스릴 여유나 기질이 없었기 때문이다. 그러나 잠재되어 있는 죄책감은 쉽게 망각되어질 수 없었다.

현태가 제대 후 아버지 회사에서 일에 몰두하면서 현실에 충실하다가 다시 걷잡을 수 없이 방황하고 고뇌하는 것도 죄책감 때문이다.[20] 어느 날 우연히 내다본 창밖의 모녀로부터 받은 옛 상처의 쓰라린 회상이 현태를 무위와 권태 속으로 빠져들게 하는 것도 이 때문이다. 아픈 상처가 다시 살아난 것이다. 전쟁터에서 남아 있는 모녀를 죽인 것은 자기가 살기 위한 정당한 행위였고 현실주의자인 현태로서는 아무런 죄책감을 느끼지 않아도 될 사건이었다. 전쟁이라는 상황이 모든 것을 합리화해 준다고 생각했었다. 그러나 이상한 일이었다.

---

19) 천이두, 「「나무들 비탈에 서다」의 基點」, 『현대문학』, 1961년 12월, 211쪽.
20) 이보영, 위의 글(上), 298쪽.

현태는 자기 손을 내려다 보았다. 거기 아직 그냥 스며져 있는 여인의
그 약간 떨리면서 땀기운이 돌던 손의 감촉, 그리고 메마른 피부에 온기를
띠고 있던 목의 감촉, 어린 것에만은 손을 대지 않았는데 그것마저 생생한
실감을 갖고 되살아오는 것이었다. 말라 배틀어진 어린 것의 가느다란 목
을 누를 때에 받을 수 있는 촉감…… 그날밤 그는 술을 마시고 또 마셨다.
다음날도 다음날도 마셨다.[21]

살인이라는 원죄적 악을 저지른 죄책감은 어떤 형태로든 속죄되어야
만 한다. 아니면 스스로 그것을 책임져 나가야 한다. 현태가 이때 취한
행동은 두 방법 다 아니었다. 그는 회피할 뿐이었다. 술을 통한 마비였
다. 동호가 술과 여자로 자신을 마비시켜 안온한 허탈감에 빠져 죄책감
에서 벗어나려 몸부림쳤던 것과 같이, 현태도 동호의 그것을 그대로 답
습하는 것이다. 여기서 우리는 동호의 죄의식과 속죄의 문제는 그가
죽은 후에도 그대로 남아 있음을 간파할 수 있다. 현태와 동호는 성격적
으로 상반되지만 동전의 양면과 같은 존재임을 알 수 있다.

현태가 평양집 계향을 찾는 이유도 죄책감으로부터 도피하기 위해서
이다. 계향은 흰색으로 상징되는 여인이다. 그러나 이 흰색은 이미 흰
색으로서의 순수성을 잃은 상태이다. 창녀일 뿐이다. 계향은 백자처럼
희면서도 차가움을 지닌 여자다. 백치이며 성으로부터 단절되었고, 또
한 인간관계마저도 단절된 존재이다. 감정이 죽어 있는 상태. 얼굴은
마치 석고의 가면을 쓰고 있는 것과 같다. 현태는 계향의 이런 점에서
위안을 받는다.

현태가 이런 여인에게 위안을 받을 수 있었던 것은 현태 자신을 계향

21) 황순원, 『나무들 비탈에 서다』, 『전집』V, 창우사, 314~315쪽

에게 투영시킬 수 있었기 때문이다. 비록 이 투영이 무의식적이긴 하지
만….

계향은 바탕만은 순수한 여인이다. 이 여인이 매음을 강요당하는 것
이다. 이런 계향에게서 현태는 전쟁으로 인하여 어쩔 수 없이 더럽혀져
양심을 망각하며 살아야 하는 스스로를 발견했고, 그를 통해 위안을 받
으려 했던 것이다. 다만 틀린 점이 있다면 현태는 전쟁의 상처 때문에
고통을 받고 있는데, 계향에게서는 이런 점이 발견되지 않는다는 점이
다. 현태는 차라리 계향처럼 되기를 원했을 것이다. 석고의 가면을 쓰
고 무표정하게 자신의 내부를 숨긴 채 차갑게 살기를 원했을 것이다.
그러나 현태는 그럴 수 없었다. 여기에 괴로움이 내재한다. 회피하면
할수록 더욱 죄의식은 엄습해 올 수밖에 없겠기 때문이다.

현태가 계향에게 자살을 권유한 것은 계향에게서 변화를 발견하고부
터이다. 계향이 감정을 움직였기 때문이다. 자의식이 계향에게도 싹텄
기 때문이다.[22] 죽고 싶다는 말을 계향이 했을 때, 그 소리는 바로 현태
자신의 말이나 다름없이 느껴졌을 것이다.

악을 저지르고 그로 인해 야기 된 죄책감은 인간을 그대로 놓아두지
않는다. 계향의 죽음은 바로 현태의 죽음이나 다름없다. 현태에게는 다
만 육체라는 껍질만이 남겨져 있을 뿐이다. 이 지점에서 동일성 회복은
불가능하다.

다만 한 가지 변화된 것이 있다면 이러한 죽음을 통해서 현태가 어느
정도의 자각에 이르렀다는 점이다. 이번 전쟁 통에 피해를 입은 것은
자신의 의지에서라기보다도 더 큰 상황적 악에 의한 것임을 인지했다
는 점이다. 숙 역시 동호를 죽인 것은 어느 누구 하나의 죄가 아니라

---

22) 천이두, 위의 글, 186쪽.

우리 모두의 공동 책임이었음을, 동일한 상처를 지니고 동일한 가해자
인 동시에 동일한 피해자임을 확인한다.

그렇지만 현태는 끝까지 자신의 죄의식을 내면적으로 응시하지 않으
려 한다. 숙에게 살의를 느끼고 숙을 범하는 것도 이에 근거한 행동
양식이다. 속죄가 불가능하다는 현태의 몸부림 때문이다. 자학이다. 현
태는 속죄양적 대속의 자각에는 이르지 못한다. 이미 전쟁을 체험한
젊은이들에게 신의 존재는 사라진 지 오래다. 이들이 이러한 인식에까
지 도달하는 것은 당시의 전쟁 상황 하에서는 불가능했는지도 모른다.
선우상사를 통해 보여 주는 신에 대한 믿음과 배반23)과 현실에서의 정
신분열증, 세상을 어둠으로만 보려는 그의 내면의식, 비관적인 종말감
은 이를 극적으로 나타내는 예라 볼 수 있다. 현실은 상처로만 남아
있을 뿐 아무 곳에서도 구원의 손길은 뻗치지 않는다.

이때 새로운 가능성이 나타난다. 숙이 임신을 하는 것이다. 현태로부
터 가해되어 살의에 의해 상징적으로 죽임을 당한 숙이 새 생명을 잉태
한다는 것은 아이러니하다. 숙은 고민한다. 현태의 씨는 이미 순수 그
것이 아니다. 깨어져 산산조각이 난 유리 파편이고 피로 물든 더렵혀진
백지이다.

숙은 낙태시키려고 몇 번 망설이다가 현실에 가장 상처를 받지 않는
윤구에게 가서 의탁하기로 결심한다. 그러나 이기주의자 윤구는 숙을
받아들이지 않는다. 윤구는 책임회피로 일관한다. 회피, 그것은 또 다
른 절망일 수밖에 없다. 그것이 숙명적이었건 자기의 본능에서 나온
치졸한 것이었건 젊은이들에게 있어 회피는 비열한 행위 양식일 뿐이
다. 그러나 이 소설에 나오는 모든 젊은이들, 곧 상처를 입은 모든 사람

---

23) 정한숙, 위의 글, 162쪽.

들의 행동양식은 바로 회피 그것뿐이다. 이 회피는 선우상사처럼 정신이
상이 되거나, 현태처럼 무기력해지거나 방황하며 마비시키거나, 윤구처
럼 이기주의의 탈을 쓰고 자기의 안일 속으로 침잠해 들어가거나 한다.

숙은 그 어느 것도 거부한다. 윤구처럼 양심의 가책도 없이 목전의
동물적인 이익에 급급한 구역질나는 삶의 방법도 택하지 않는다. 그것
은 증오의 대상일 뿐이다. 그렇다고 안중사처럼 기독교를 가장한 허위
에 안주하지도 않는다. 고뇌하지 않고 신으로부터 위안을 받는 것은
더 비겁하고 나약한 행위이고, 더한 현실회피이다. 윤구나 안중사의 삶
의 태도는 오히려 또 다른 악에 해당한다.

숙이 택한 길은 현실에 대한 냉정한 직시였다. 자기에게 주어진 상처
를 회피하지 않고 자기 스스로 책임진다는 태도였다. 동호를 죽인 것이
자기였다는 죄책감, 현태의 죄의 씨를 잉태했다는 죄책감이 새 생명의
잉태라는 역설로 나타났을 때, 숙은 누구에게도 책임을 전가시키거나
회피해서는 안 된다는 자각에 이른다. 숙명과의 고독한 대면이 시작되
는 것이다. 이 고독한 인간 숙명과의 대결이 시작되려는 곳에서 이 소설
은 끝난다.

『나무들 비탈에 서다』에서 젊은이들이 행한 악과 그로 인해 야기된
죄책감을 치유하는 길은 속죄양적 대속밖에는 없다. 이 작품에 등장하
는 젊은이들은 제목이 암시하듯 전쟁이란 상황 하에서 모두 피해를 입
고 비스듬히 서 있는 상처 받은 존재들이다. 이들 중 속죄양에 가까운
인물은 동호다. 그는 순수한 청년이었다가 전쟁이란 상황 악에 살인을
저지르고 스스로 목숨을 끊은 인물이다. 물론 옥주도 죄 없이 희생양이
된 점에서는 같다. 그러나 옥주는 주변인물이기에 이 작품을 대표하는
인물은 될 수 없다. 이 소설에 등장하는 젊은이들은 크게 보면 모두

전쟁에 희생된 희생양들이다. 그 중에서도 숙은 특이한 존재로 부각된다. 희생양이기는 하되 생명을 잉태하였다는 점에서 대속 이상의 의미를 지닌다. 이들이 갱생하여 새로운 삶을 살아나가기 위해서는 이들 상처가 치유되어야 한다. 이를 위해서는 악의 근원, 곧 원죄의 근원을 탐색해야 한다. 근원을 밝혀 병원자를 찾아내면 그에 따른 치유의 방법이 탐색될 수 있다. 이 근원 탐색의 방법 중에 하나가 인간 숙명에 대한 탐구다. 현태의 씨를 잉태한 숙의 행위가 정당한 이유도 그녀가 이 숙명과 경건하게 맞선다는 데 있다.

『나무들 비탈에 서다』에서 숙이 떠난 길은 외롭고 험난한 길이다. 죄의식의 근원과 원죄를 만든 인간 숙명에 대한 끊임없는 탐구가 과제로 남겨진 길이다. 어떻게도 치유될 수 없는 상처에 새 살이 돋게 하는 길은 회피가 아니다. 냉철한 직시를 통한 정면 대결로서만 가능하다. 이 작품에서 젊은이들이 범한 죄는 그들 자의적인 것이 아니고 타의적인 피해였기 때문이다. 크게 볼 때는 이 작품에 등장하는 모든 젊은이들은 전쟁이란 상황적 악에 희생된 제물들이다. 악을 대속하기 위해 희생된 속죄양들이다. 이 작품에서 유일하게 절망을 희망으로 감싸 안는 인물이 숙이다. 그녀의 이미지는 성모마리아의 그것과 같다. 희생양의 씨를 잉태한 것이다. 이보다 더 큰 구원의 메시지는 없을 것이다. 모든 고통을 생명의 씨로 잉태한 그녀의 고통의 참담함, 그것까지 고려할 때 더 큰 구원은 약속되는 것이다. 황순원이 다음 작품 『일월』에서 인간의 숙명적 악에 대해 깊이 있는 천착을 보이는 것도 이러한 이유에서일 것이다.

4) 죄의식의 근원 탐색 : 『일월』

『일월』은 인간의 또 다른 악의 근원인 숙명을 대상으로 그 죄악의 실상과 정체성의 뿌리를 찾아 헤매는 기구한 인물들의 역정을 그린 작품이다. 자의식과 그에 따르는 내면의 성찰이 기초가 되어 숙명의 근원을 탐색하고 있다.

『일월』에서 자아 정체성을 아집스럽게 고집하는 인물은 본돌영감이다. 본돌영감은 백정의 후예라는 치욕스런 자신의 숙명을 치욕으로 생각지 않고 자신의 정체성을 유지해 간다. 백정의 상징인 황토 빛 무덤을 고수하는가 하면, 쇠뿔과 쇠꼬리 털을 영검시 하고, 소를 위한 제사도 거르는 법이 없다. 백정이 도살할 때 쓰는 칼을 신성시하기가 신앙의 경지에까지 이른다.

본돌영감이 아집스럽게 백정의 정체성을 지키게 된 데는 그 나름대로의 필연적인 이유가 내재한다. 백정은 인습적으로 천시당하며 수모를 겪어 온 계층이다. 본돌영감도 예외는 아니었다. 백정이기 때문에 겪어야 했던 어린 시절 씨름판에서 겪었던 치욕은 아직도 울분으로 남아있다. 또, 어린 시절 동네아이들과 나무하러 갔다가 동네 아이들이 동생의 발을 걸어 넘어뜨리자, 동생이 울분하여 그들을 돌로 치려했을 때, 형인 본돌영감은 동생을 자제시킨다. 백정에게는 백정의 도가 있다는 아버지의 깨우침 때문이었다. 자기 정체성의 자각이 있기 때문에 가능했다고 볼 수 있다.

그 후 본돌영감은 외적인 상황 변화나 인습에서 오는 질곡으로부터 스스로를 절연시킨다. 그렇게 함으로써 자기 정체성을 고수한다. 자기 아버지의 무덤 옆에 예수교인 공동묘지가 들어왔을 때, 군청에 묘지이전을 진정하는 것도, 예수교에 대한 거부반응에서라기보다는 외부와의 접촉에서 생기는 마찰을 피하기 위함에서였다.

생물을 살생하는 것은 죄악에 해당한다. 피를 본다는 것은 그 자체가 카인의 후예라는 원죄를 짓는 일이다. 그러나 본돌영감은 백정의 일에 죄책감을 느끼지 않는다. 죄책감을 느끼는 것이 아니라 오히려 소를 극락으로 보낸다는 신념으로 초월한다. 외부의 비판이나 내성에서 오는 죄책감을 자기 신앙으로 극복하는 것이다. 어떤 의미에서는 회피의 한 자동기제라 할 수 있다.

칼을 신성시하는 것도 자기 신념의 합리화의 한 양상이라 할 수 있다. 본돌영감은 칼에 녹이 슬면 불길하다고 항상 갈고 닦는데, 이 행위는 무의식적이기는 하지만 두 가지 의미로 해석할 수 있다. 하나는 소를 살생한 죄의식에서 오는 불안감을 제거하기 위한 보상행위로 볼 수 있다. 또 다른 하나는 아들 기룡이 저지른 살인의 더러운 피를 닦아 낸다는 대속 행위로 해석할 수 있다. 본돌영감은 살생하는 소의 피를 닦아 내는데 더하여 아들이 살인한 죄의식을 닦아 내고 있는 것이다.

본돌영감은 행위 자체로 보아 샤머니즘적 존재이며 인습의 무비판적 수용자라 할 수 있다. 그가 유지하는 동일성도 인습에 다름 아니다. 본질에 대한 반성적 자각을 기대하기는 힘들다. 오히려 죄의식까지도 샤머니즘으로 둔화시켜 회피하고 있다. 자기 자신의 딴딴한 껍질 속에 칩거하여 사회와는 절연된 상태에서 자신의 정체성만을 고수하는 것이다. 외부와 차단된 자아 정체성은 진정한 정체성이라 할 수 없다.

이런 의미에서도 기룡의 존재는 동일성의 계승발전이 어떻게 이루어져야 하는가를 보여 주는 또 다른 예에 해당한다. 기룡은 본돌영감의 아들로 백정 일을 하고는 있으나 아버지처럼 무식하거나 고향에 묻혀 있는 존재가 아니다. 식자층에 속하는 사람이다. 기룡은 조상으로부터 내려온 숙명을 그대로 받아들여 백정의 후예로서 도살을 업으로 삼지만, 그의 합리적인 사고방식은 인습에 따를 것을 거부한다.

본돌영감이 비판되는 것은 아이러니하게도 주로 아들인 기룡에 의해서다. 그는 본돌영감의 칼에 대한 신앙을 날카롭게 비판한다. 말 못하는 아이에게 칼을 대어 말을 하게 했다든가 학질을 고쳤다든가 하는 일을 샤머니즘적 효과로 생각하지 않는다. 합리적인 이유를 들어 설명하려 한다. '칼의 신성시'도 아버지와는 다른 차원에서 분석한다. "아버지가 그처럼 칼을 신성시하구 신통력을 가진 것으로 점점 더 받들어 모시게 된 건 결국 기룡에게서 사람을 죽였다는 죄의식을 조금이라두 덜게 하는 심정에서였을 거"라고 인식이다. 기룡의 이러한 날카로운 사변은 아버지만을 대상으로 하는 것이 아니다. 자기 자신에게도 가해진다. 아버지의 그런 행동이 오히려 기룡이 자신의 죄의식을 새삼스럽게 확대시켜 살인의 피가 더욱 구체화됨을 깨닫게 되는 계기가 되는데, 기룡이 도수장에서 백정 일을 하게 된 것도 이 피의 확대 때문이다. "아버지가 자기의 죄의식을 덜려고 애쓰면 애쓸수록 가중되는 무엇인가를 감당키 어려워 택한 길"임을 기룡은 고백하고 있다. 그 괴로움을 벗어나기 위해 그는 "다른 피를 더 많이 보기로 한 것"이다. 희생양적 대속이 아니라 카인적 자학이라 볼 수 있다.

기룡은 원래 백정이 되려 하지 않았었다. 형님이 물려받을 것이었다. 그랬으면 기룡의 아이덴티티는 다른 쪽에서 생성되었을 것이다. 기룡이 백정의 길을 택한 것은 바로 그의 죄책감 때문이었다. 속죄할 길을 찾지 못하여서다. 그러나 백정도 속죄의 길은 되지 못한다. 죄책감은 여전히 남아 있고 고뇌는 계속되기 때문이다.

기룡의 내면세계는 특히 이 죄책감 때문에 흔들린다. 비록 외적으로는 아버지의 대를 이어 조상 대대로 내려오는 백정이란 직업을 계승하였지만 내적으로는 조상과 동일성이 이루어지지 않고 있다. 표피적 행위 자체만 동일할 뿐 동기라든가 내적인 행위의 필연성에서는 전혀 내외적 통합이 이루어지지 않고 있다. 죄책감도 보상받지 못한다. 다만 살육을 통해 피를 부름으로 해서 역설적인 견딤을 지탱할 뿐이다. 이 길은 파멸의 길일 수밖에 없다. 영원한 방황이 따를 수밖에 없는 것이다. 기룡이 어느 곳에도 안착할 수 없는 것도 이에서 기인한다. "안정된 생활은 죽음을 의미"한다는 기룡의 말은 그의 죄의식에서 우러나오는 처절한 독백이다. 정착할 수 없는 떠돌이 유랑민(流浪民)으로서의 비극이 기룡에게는 숙명처럼 멍에 지워진 것이다.

기룡이 구원받을 곳은 현재로는 아무 곳에도 없다. 아버지처럼 샤머니즘에 몰두할 수도 없다. 그의 이지가 이를 가로막기 때문이다. 그렇다고 예수의 피로써 자신이 저지른 살인이 흘린 피를 씻어 낼 수도 없다. 최에스터와 결별한 것도 이러한 인식에서다.

기룡은 살인을 외로움에서 오는 인간의 숙명으로 인식한다. 외로움을 인간 모두의 공통적인 것으로 보편화한다. 이로써 살인으로부터 오는 죄책감에서 벗어나려 한다. 일종의 자기 합리화라 할 수 있다.

> 사람은 외롭게 마련야. 그래서 역사가 이뤄지고 사람을 죽이고 또 죽구하는게 아닐까. 본시 인간이, 그리고 땅과 하늘이 피를 요구하고 있다구봐. 어떤 외로움에서 벗어나려고 말야. 그 피란 반드시 붉은 식의 유형의 것만을 말하는 건 아냐. 보이지 않는 가슴 속에 흐르는 피를 의심할 수도 있지.[24]

이런 인식하에서는 기룡에게 대속이란 불가능하다. 오직 이 외로움과의 처절한 대면이 있을 뿐이다. 기룡은 "인간이 소외당한 자기 자신을 도루 찾으려면 각자에 주어진 외로움을 우선 참구 견뎌나가는 데부터 시작해야 한다"고 자각하고 있다. 이러한 인식은 기룡이 자기 나름대로 자신의 정체성을 지탱해 가는 원동력이 되고 있다. 기룡에게는 샤머니즘도 예수교도 구원의 수단이 될 수 없다. 고독을 외롭게 직시하면서 스스로 견뎌나가는 길밖에 없다. 소외를 소외로 받아들이는 길뿐이라는 인식이다.

기룡의 태도는 아버지 본돌영감과 종적인 동일성으로 연결되지 않고 있으나, 다만 외부와 단절되었다는 점에서만은 공통적으로 연계된다. 기룡도 결국 사회 동일성과는 연결되지 못하고 절연될 수밖에 없었다. 완전한 의미에서의 자기 동일성을 회복했다고는 볼 수 없다. 또한 그가 지니고 있는 살인에 대한 죄의식도 합리화를 꾀했지만 본질에서는 그대로 남아 있을 뿐이다. 오히려 이 죄의식은 더 많은 피를 요구할지언정 어떤 구원도 약속되어 있지 않다.

본돌영감과 기룡의 동일성은 정(正)과 반(反)의 관계를 지닌 변증법적 명제임에 틀림없다. 작가 황순원은 이들 두 인물을 통해 이 명제를 전제로 내놓았을 뿐, 어느 편에도 긍정적인 자세를 취하지 않고 있다. 이를 변증법적으로 통일하는 인물이 인철이다. 인철은 양면자적 존재이다. 이 점을 간단하게 살피고 인철의 인식을 규명하기로 한다.

황순원이 『일월』에 설정한 상황은 외적인 악으로서의 인습의 질곡이다. 백정이라는 숙명과 그를 둘러싼 인습이 악으로 제시되는 것이다. 이 악을 대처해 나가는 방법으로 작가는 크게 두 가지의 길을 제시한다.

---

24) 황순원, 『일월』, 『전집』Ⅵ(창우사), 315쪽.

동일성이란 관점에서 말하자면 숙명을 그대로 받아들여 백정이란 동일
성을 유지하는 방법과 그로부터 벗어나기 위해 가면을 쓰는 방법이다.
후자의 경우는 내적인 자아와 외적인 자아가 일치하지 않는 허위의 상
태다. 동일성이 거짓으로 이루어진 경우라 할 수 있다. 내적으로 허위
가 도사리고 있는 한 진정한 동일성은 성립될 수 없다.

　인철은 허위로 이루어진 동일성 쪽에 위치한다. 이 가면세계는 파멸
을 필연으로 한다. 가장 비열한 방법이기 때문이다. 허위의 길을 택한
근원자는 인철의 아버지 상진영감이다. 그는 자신을 위장함으로써 인
습의 수모로부터 벗어나려 했던 것이다. 그에게는 뼈 맺힌 한이 있었다.
어렸을 때 나무하러 갔다가 당한 수모거나, 자기의 누이동생의 비극적
자살이거나, 그로 인한 아내의 죽음이거나 간에 어느 것 하나도 백정이
기 때문에 당한 수모가 아닌 것이 없다. 상진영감은 수모를 벗어나기
위해 위장을 했고, 시운을 만나 치부를 하였고, 모든 것을 숨긴 채 다른
아이덴티티로 생활 할 수 있었다. 더 이상의 비극은 없을 줄 알았다.
그러나 이것은 오산이었다. 뒤늦게 백정임이 드러남으로 해서 생긴 비
극은 걷잡을 수 업슨 것이었기 때문이다. 군수로 있던 인호의 좌절과
절망, 그에 따른 잠적과 상진영감의 사업실패와 융자 거부사건으로 인
한 파탄과 자살, 인문어머니의 광신적인 기독교에의 탐닉 등이 모두 이
에 기인한 것이다.

　이때 유일하게 의연한 인물이 인철이다. 인철이 택한 길은 회피도
아니고 맹종도 아니고 칩거나 반항도 아닌 이 모든 것을 포용하면서도
지양하는 길이었다. 냉철한 이지로 의식을 가지고 문제를 정면에서 맞
아들이려는 떳떳한 자세, 그것이 인철이 택한 길이었다. 인철은 아버지
의 허위를 과감하게 깨뜨리고 본돌영감의 인습에의 고착을 거부한다.

기룡처럼 피를 요구하는 카인의 방법이나 고독의 성에 칩거하며 스스로 외로움을 견뎌나가는 방법도 택하지 않는다.

인습에의 복귀는 그의 지적인 성장이 용납할 수 없었으며, 기룡의 고독한 자세도 인간사회의 근본적인 문맥이란 관점에서 거부하는 것이다. 이지적인 판단에 의한 새로운 결단, 이것이 인철이 가야 할 길이다. 이렇게 택한 길이 어떻게 행동으로 현실화되느냐는 미지수인 채 『일월』은 끝난다. 이 작품에는 인습으로 인한 악에 대한 대면과 파멸만 있을 뿐 어떤 희생양적 모티프도 발견되지 않는다. 또한 성모마리아의 구원 모티프도 아주 약하게 제시되고 있어 거의 무시할 정도에 그치고 있다. 이에 대한 해답은 『움직이는 성』에서 좀 더 구체화되어 나타난다.

5) 구원의 모색 : 『움직이는 성』

원시적 생명력의 상징인 불타는 관솔의 황홀한 빛, 산나리 꽃빛에서 출발한 황순원 문학세계는 『나무들 비탈에 서다』에서는 흰색으로 나타나다가 『일월』에서 흰 바탕은 붉은 색으로 변한다. 붉은색은 피와 백정의 상징이다. 『움직이는 성』을 지배하는 상징적인 색채는 검은색이다.[25] 색깔의 변화는 내용의 변화와 동일한 궤적을 그린다. 『움직이는 성』의 검은색은 종교적 주제의 심화를 암시하는 것이다.[26] 구원의 문제가 집중적으로 거론되는 이유도 이에 있다.[27]

---

25) 이기서, 「小說에 있어서의 象徵問題—黃順元의 「움직이는 城」을 中心으로 —」, 『어문논집』 19 · 20합집, 고대국문학연구회, 595쪽.
26) 이보영, 「黃順元再考—「움직이는 城」에 대하여—」, 『월간문학』 1974년 8월호, 164쪽.
27) 홍정운, 「黃順元論—「움직이는 城」의 實體—」, 『현대문학』(319호), 1981년, 279쪽 및 이동하, 「韓國小說과 救援의 問題」, 『현대문학』 1983년 5월호(341호), 419쪽.

『움직이는 성』은 『일월』의 연장선상에 위치하나 그 대상은 심화 확대된다. 『일월』에서 개인의 숙명과 자기정체성의 탐구가 주요 과제였다. 『움직이는 성』에서는 민족정체성의 근원의 탐색이 주를 이룬다. 『일월』에서 인철을 통해서 제시된 새로운 정체성의 탐구는 과제로 남겨졌다. 인철은 기룡처럼 숙명을 고독하게 인식하고 이를 받아들여 홀로 극복하는 방법도, 본돌영감의 샤머니즘적 광신으로 초월하려는 방법도 모두 거부하였다.

『움직이는 성』은 제목이 암시하듯 정착할 수 없는 집시적 생애의 근원을 탐색하여 그 실상을 규명하고, 더 나아가 그의 극복 방법까지 제시하려 한 소설이다. 작가는 우리 민족의 민족성을 '유랑민' 근성28)으로 표현하고 있다. 이 기질은 이미 『일월』에서 암시된 점이기도 하다. 백정의 근원을 양수척에서 찾아 집시의 후예로 규정하려는 지교수의 연구메모가 이를 뜻한다.29) 작가는 한민족의 뿌리 찾기와 백정의 근원 찾기를 동일 선상에서 추구해 들어가고 있다.

이 작품에서 준태는 '유랑민' 근성을 대변하는 대표적 인물이다. 그는 유랑민 기질을 철저하게 자기화하여 행동에 옮긴다. 준태의 인물속성을 살피는 것은 바로 한민족의 민족성을 천착하는 첩경이나 다름없다. 준태의 특징은 정착을 거부한다는 점에 있다. 그는 역설적으로 정착하는 것 자체를 유랑민 근성에서 오는 불안감 때문이라 비판한다. 재산에의 집착이나 정착에의 욕망을 죄악시하기까지 한다. 증오하는 것이다. 또한 누구에게도 애정을 주지 않는다. 철저한 고독을 자신의 숙명으로 받아들이는 인물이다. 사랑이란 걸 모르는, 아니 애써 외면하는 사람이다.

---

28) 황순원, 「流浪民根性과 詩的 根源」, 『문학사상』 1972년 11월, 315~321쪽.
29) 황순원, 『일월』, 『전집』Ⅲ(창우사), 308쪽.

준태는 합리적이고 과학적인 사고방식의 소유자다. 사물이나 사태 판단, 혹은 종교적인 견해도 이에 근거를 두고 있다. 그의 세계관은 현실에 대해 회의적이고 비판적이다. 준태의 이런 성격 형성은 어렸을 때의 상처 때문이라 풀이된다. 그는 6살 때 이미 죽음의 그늘을 체험했다. 어머니가 서호에서 어린 자기를 데리고 동반 자살하려 할 때의 쓰라린 기억이 아직도 잠재되어 있다. 이 죽음의 잠재의식은 그가 14살 때 다시 행동으로 옮겨질 뻔했었다. 이때 죽으려 했던 결심은 열등감으로부터 직접 연유된 것이었다. 자살하러 서호에 갔다가 무서움 때문에 발을 돌리고 말지만 이 기억은 그에게 상처로 남을 수밖에 없었다. 상처는 죄책감으로 잠재된다. 준태는 이후 열등감과 죄책감 때문에 누구와도 인간적인 교류를 단절한다. 자기의 상처를 혼자 감당하여 나가려는 의지의 표백이다. 그의 아내 창애와 결별하는 것도 애초부터 인간적인 사랑으로 맺어진 것이 아니기 때문이었을 것이다. 창애는 이를 견디지 못하여 그를 떠난다.

준태는 자기 자신마저도 사랑하지 못한다. 그런 의미에서 나르키소스도 될 수 없다, 다만 이 세상에 살아남아 있는 것은 자기도 이해 못하는 끈질긴 생명력 때문이다. 준태가 어렸을 때 벼락 맞은 나뭇가지가 상처를 지니면서도 끈질기게 살아남아 있는 것을 보고 경이롭게 생각하는 것은 바로 자기 자신에 대한 무의식적 성찰의 결과라 할 수 있다. 자기 스스로를 사랑할 수 없는 사람은 타인도 사랑할 수 없다. 민족성 자체도 회의적으로 파악하는데, 이것도 기실은 그의 이런 속성 때문일 것이다. '유랑민' 근성은 준태의 관점에 의하면 우리 민족의 근원적 기질로서 악에 해당한다. 현실주의적이고 나약하고 기회주의적인 행위의 원인자가 된다. 샤머니즘이나 잡신 숭배도 이에 근원한다고 본다. 종교

가 들어와 정착하여 뿌리내리지 못하고 샤머니즘화하는 이유도 이에서
찾고 있다. 이 때문에 모두가 불안에 떨고 있다고 본 것이다. 이 근성을
극복하는 길은 불안으로부터의 회피가 아니라 솔직한 대면이며 철저한
고독의 체험이라고 준태는 파악하고 있다.[30]

　하기에 준태가 택한 길은 숙명과의 고독한 대결이었다. 이 대결은
정착의 부정이며 고독의 실천이다. 그가 지연과 만나 사랑을 느끼는
순간 지병인 천식이 발작적으로 나타나는 것도 정착에 대한 거부반응
때문이다. 행복감을 느끼고 안주하려 할 때마다 걷잡을 수 없는 기침이
나오는데, 그 이유도 이에 있다. 준태는 '유랑민'으로서의 동일성을 끝
까지 유지하면서 유랑민 기질의 극복방법을 찾고 있다. 고산 시험장으
로 말없이 떠나가는 행위나 전라도의 외딴 초가집을 찾아 고행의 길을
택하는 것도 이 유랑민 근성의 뿌리를 찾기 위한 역정이라 볼 수 있다.
그가 유랑민에서 벗어나는 길, 그러니까 구원을 받는 길은 어떤 것일까?
그것은 기독교나 샤머니즘 같은 종교적인 것도 아니다. 기독교는 잡신
숭배나 다름없이 변질되고 샤머니즘은 해바라기성으로 나약화되어 기
대할 수 없다고 그는 생각한다. 합리를 방탕으로 한 생명력이 그가 추구
하는 구원의 방법이다. 그가 끈질기게 집착하는 감자 씨 개량에의 집념
은 그의 구원 방법의 상징적 계시이다. 그가 외딴 초가집에서 마지막
숨을 거두는 것은 또 다른 의미에서의 순교자적 죽음이라 볼 수 있다.
안주를 거부하고 유랑민으로서의 고독한 운명을 자기 것으로 받아들이
면서 외롭게 추구한 극복이 감자 씨로 심어지는 것이다. 감자는 스스로
썩어야지만 새싹이 성장할 수 있다. 준태는 민족을 위해 스스로 희생양

---

30) 천이두, 「종합에의 의지－黃順元 『움직이는 城』」, 『종합에의 의지』, 일지사,
　　1974, 187쪽.

이 된 것이다. 성호의 말대로 준태의 부정은 긍정을 위한 부정이다. 그의 비관은 비관으로서 끝나는 것이 아니다. 긍정을 향한 집요한 추구인 것이다. 준태가 뿌린 씨가 언제 수확될지는 아직 미지수이다. 미래지향적인 노력이 인정될 따름이다.

　이런 준태의 회의적 자세를 부정하지 않으면서도 그를 뛰어넘어 변증법적으로 지양시킨 사람이 바로 성호이다. 준태는 자기 동일성을 상실하지 않은 채 고독하게 자신이 옳다고 생각한 길을 추구하다가 고독하게 죽어갔다. 이 방법은 사람과의 관계를 극도로 배제시켰을 때 가능한 방법이다. 자기 동일성은 유지할 수 있으나, 사회적 동일성의 성취는 불가능하다. 다만 미래를 향한 순교자적 죽음이 여운으로 남을 뿐이다.

　이에 비해 성호는 낙관론을 버리지 않는다. 성호도 과거의 죄책감으로 괴로워하는 점에서는 준태와 동일하다. 죄의식의 면에서는 준태보다 더할 수 있다. 자기가 존경하던 홍여사와 불륜의 관계를 맺었고 아이까지 낙태시킨 과거가 있다. 홍여사는 이 죄책감 때문에 일체의 곡기를 끊고 빛을 싫어하다가 결국은 죄의식 때문에 죽는다. 그 후 그가 신학교를 간 것도 이 죄책감 때문이었다. 홍여사는 둘의 죄를 속죄하려 스스로 목숨을 끊었지만, 이것은 오히려 성호에게는 더 큰 죄책감을 안겨 주었을 뿐이었다. 거기다가 성호는 그것을 숨기고 사는 허위와 가면, 위선에서 오는 죄책감으로 더욱 괴로워한다. 성호가 택한 속죄의 길은 고행의 실천이었다. 그러면서도 가면을 썼다는 사실은 그를 계속 괴롭힌다. 고행을 하지만 그것이 속죄에는 못 미침을 누구보다도 잘 아는 성호다. 허위의 가면이 벗겨질 때만이 진정한 의미에서의 속죄는 실현될 수 있다. 이 허위의 가면이 홍여사의 아들 태식에 의해 벗겨졌을 때 그는 두려워하기 보다는 오히려 홀가분해 한다. 참다운 속죄의 길이 열렸기

때문이다.31)

성호는 자신도 기독교도지만 바리새인적 기독교인의 허위를 극도로 혐오한다. 노회의 원로 목사나 은희의 아버지를 사갈시하는 것도 이런 맥락에서다. 진정한 기독교의 토착화를 열망하고 있다. 이 점에서는 준태의 태도와 일치한다. 모든 종교가 들어오기만 하면 샤머니즘화하는 현상을 그는 혐오하는 것이다. 진정한 의미에서의 종교를 토착화시켜 보려는 것이 성호의 열망이다.

그가 바리새인적 신앙인의 허위를 벗어버리고 진실한 자기 정체성을 다시 찾아 가난하고 불쌍한 사람들과 운명을 같이하는 것도 이와 같은 이유에서다. 이것이 그가 보여 추구하였던 참기독교인의 모습이다. 이는 준태처럼 자기 홀로 유랑민 근성을 실천하며 그 극복의 길을 탐색하는 것도 올바른 길이 아니고, 허위로 자기의 물질적·현세적인 행복만을 추구하는 바리새인적 기독교도 올바른 길이 아니며, 더군다나 민구처럼 기회주의적인 태도나 샤머니즘도 인간을 구원할 수 없다는 것을 깨달았을 때 가능하다. 이런 자각은 성호로 하여금 홍여사와의 관계에서 허위의 가면을 벗어버리게 한다. 이렇게 함으로써 내면과 외면의 동일성을 회복시킨다. 진정성을 획득한 자아정체성은 이웃에게 사랑으로 다가갈 수 있다. 이렇게 하여 나와 이웃은 하나가 된다. 해서 사회적 동일성은 획득된다.

성호의 행위는 자신의 속죄를 자기 안에서 이기주의적으로 끝내는 것이 아니라 더 크게는 사회 전체에로 지향시켰다는 데 의미가 있다. 비록 성호는 준태처럼 죽지는 않는다. 이 세상에 살면서 속죄를 실천한다. 또 다른 의미에서 속죄양적 모티프를 체현한 인물로 볼 수 있다.

---

31) 천이두, 위의 글, 198~199쪽.

성호는 지연과 함께 죽음을 앞둔 준태를 찾아가다가 지연의 눈에서 "창조주의 눈"을 발견한다. 이 창조주의 눈은 성호가 지상에서 꿋꿋하게 살아 갈 수 있게 하는 원동력을 제공한다. 창조주의 눈은 바로 사랑의 눈이다. 성모마리아의 모티프가 창조주의 눈으로 나타난 것이다. 창조주의 사랑, 그것만이 인간을 구원할 수 있다. 성호가 이런 자각에 이르렀을 때 그는 이 세상에서 구원받은 것이나 다름없다.[32] "인간에게 일어나는 모든 일, 삶이든 죽음이든 선이든 악이든 이 밖의 모든 것"이 비로소 "창조주의 것"이라는 인식이 있을 때만이 유랑민 근성은 극복될 수 있다. 준태의 희생도, 성호의 고행과 사랑의 실천도 비로소 의미소가 될 수 있는 것이다. "정과 반의 싸움을 통한 합일이 사랑"이라면,[33] 사랑의 합일을 통해 모든 것은 극복되는 것이다. 죄를 속죄하려는 희생양적 실천과 이를 감싸는 구원의 여인상 성모마리아의 무한한 사랑이 있을 때 구원은 약속되는 것이다.

6) 신에의 긍정 : 『신들의 주사위』

황순원이 추구한 지속적인 명제는 현실적인 악에 대처하는 진정성과 그 극복 방법이었다. 인간을 둘러싸고 있는 상황 악, 그것은 정치적 변혁일 수도 있고, 전쟁일 수도 있고, 인습의 질곡이거나 숙명, 혹은 민족성이 지니는 결점이거나 종교적 허위일 수도 있다. 인간의 의지와는 관계없이 인간의 능력을 초월하여 인간을 속박하는 것들이다. 이미 자의와 관계없이 숙명적으로 멍에 지워진 것들이다. 인간은 이 멍에를

---

32) 홍정운, 위의 글, 281쪽.
33) 황순원, 『움직이는 성』, 문학과지성사, 1980, 44쪽.

자기 것으로 십자가처럼 짊어져야 한다. 원죄와도 같다. 숙명인 것이다.

『신들의 주사위』는 황순원의 앞서 발표된 작품들을 모두 포용하는 작품이다. 운명에의 겸허한 자각이다. 인간은 신이 던진 주사위라는 인식에의 도달이다. 운명의 수레바퀴 자체를 부정할 수 없다는 인식이라 하겠다.

『신들의 주사위』도 상황 악에 대한 인간의 진실추구라는 점에서 앞의 작품들과 다르지 않다. 이 작품에서 인간이 저지르는 죄악은 두 가지로 요약될 수 있다. 하나는 두식영감을 중심으로 한 삼대의 동일성의 계승에서 일어나는 인간의 아집이며, 또 다른 하나는 농촌이 근대화된다는 구실 하에 자행되는 자연 파괴문제이다.

이들 두 문제가 지니는 공통점은 지금까지 논의해 온 작품들과는 달리 외적인 숙명이나 원죄로 인한 죄악이 아니다. 인간의 어리석음이나 아집과 탐욕이 빚어내는 악이다.

우선 가족 구조 내에서 파생되는 악부터 살펴보기로 한다.

이 작품은 한 개인의 욕망과 탐욕이 어떻게 한 가족을 비극으로 몰아넣고 마침내는 몰락시키는가를 실증적으로 보여 준다. 문제의 중심축은 가족의 동일성 계승문제다. 이 중심에 두식영감이 자리한다. 두식영감은 자신의 재산을 보존하는 데에만 급급하다. 자기의 욕망대로만 모든 가사를 처리한다. 전형적인 과거 윤리에 사로잡힌 인물이다. 비극의 근원은 물론 두식영감의 탐욕이다. 하지만 이것이 표면화 되는 계기는 맏손자 한영의 자살이다. 두식영감은 자신의 재산 보존에만 눈이 어두워 자손의 독립적 정체성 계발을 의도적으로 차단시켜 버린다. 자기에게만 동일화할 것을 요구한다. 자손들이 변화 속에서 새로운 아이덴티티를 생성시킬 수 없게 만든다. 사회에 나아가 어른으로서의 역할을 할 수 없게 만든 것이다. 세대교체에서 필수적으로 요구되는 변화에 대한 대응능력을 차단시킴으로써 한 가족은 마침내 스스로 몰락하고 만다. 사회는 변화하는데 자신만 혼자서 껍질 속에 칩거하여 외부와 단절함으로써 우물 안 개구리가 되어 몰락을 자초하는 것이다.

한영이 자살한 것은 절망감 때문이다. 이 절망감은 자기 아이덴티티에 대한 인식으로부터 연원된다. 인간으로서의 자존심을 회복하고자 하는 자기 정체성 회복의 욕구가 자살을 불러 온 것이다. 한영의 아버지가 목숨을 유지하는 것은 자기 동일성 회복을 포기하고 무자각 상태에 안주할 수 있었기 때문이다. 이 동일성을 자각하게 될 때 한영은 더 이상 그 상태에 머물 수 없게 된다. 탈출하든지 자살하든지 하는 방법밖에 없다. 한영이 자살한 것은 어쩌면 할아버지에 대한 복수 심리였는지도 모른다. 아니면 속죄양일지도 모른다.

한수가 죄책감에 사로잡히는 것은 형이 자기를 대신하여 죽었다고 생각했기 때문이다. 두식영감이 저지른 죄에 한영이 속죄양이 되어 죽었다는 인식이다. 한수가 이후 괴로워하는 것도 형에 대한 죄의식 때문임은 말할 나위가 없다. 한수는 이 죄책감에서 벗어나야 한다. 한수는 이를 위해 진희와의 사랑을 시도한다. 진희는 순수한 사랑의 감정을 한수를 대한다. 하지만 한수는 속죄의 대상 작용으로 진희를 만난다. 그러나 진희도 한수를 대속해 주지 못한다. 둘은 오토바이를 타고 가다가 전복하여 결국 진희가 죽는다. 한수는 더 큰 죄책감에 사로잡힌다. 이후 한수가 식물인간에서 다시 소생하는 것은 진희의 세미의 사랑에서다.

세미는 황순원 작품에서 지속적으로 나타나는 모성애적 사랑의 상징이다. 황순원 문학에서 지속적으로 나타나는 구원의 여인상 모티프다.

이 모성애적 사랑은 작품이 진행되어 갈수록 모성에서 창조주의 그것으로 바뀌어 간다. 『움직이는 성』에서의 지연의 사랑은 바로 "창조주의 것"이었다. 세미의 존재는 오작녀의 토속적인 사랑도 아니고 다혜의 누이와 같은 사랑도 아닌 바로 창조주의 그것에 가깝다. 『신들의 주사위』에서 식물인간이[34] 되지 않고 한수가 다시 소생하는 것은 부활이나 다름없다. 죄의식에서 벗어나 다시 부활한 것이다. 여기서 모성적 여인상은 성모마리아의 구원의 여인상 모티프가 구체화되어 현현된 것이다. 이 구원의 여인상은 모든 죄의식에 빠져 있는 인물들을 사랑으로 감싸며, 속죄양적 인물들을 위로하고 슬픔을 치유해주고 있다.

다음으로 살펴보아야 할 것이 인간의 우둔으로 인해 범하는 또 다른 악에 대한 검토이다. 이것은 농촌 근대화를 구실로 자행되는 자연 파괴 행위를 말한다. 한수네 고향은 많이 변하였다. 농촌은 날로 살기 어려워진다. 근대화를 표방하면서 외적으로 공업화되어 발전해 가지만 이것은 허위적인 발전의 모습이다. 농촌이 도회 자본에 의해 서서히 잠식되는 것이다. 두식영감네 한증탕 땅도 결국 먹히고 만다. 어떻게 한 가계가 몰락하면서 동시에 농촌의 토지자본이 도회의 대단위 자본에 의해 붕괴 되는가를 보여 준다.

한수네 고향에 들어서는 공장은 염색공장이다. 공해가 가장 심한 공장이다. 그러니까 한수네 고향은 이중으로 붕괴되고 몰락하는 것이다. 공해는 당장에는 눈에 안 보이지만 앞으로 한 세대가 지나면 눈앞에 구체적으로 나타나서 인간을 파멸시킬 죄악에 해당한다. 인간들은 목전의 이익에 급급하여 신의 섭리를 거역하면서 또 다른 죄악을 범하는 것이다. 이것은 자살 행위나 다름없다.

---

34) 이어령, 「植物的 人間像―『카인의 후예』를 中心으로―」, 『思想界』 1960년 4월호.

『신들의 주사위』는 이제 인간을 인간적인 차원에서만 살펴보려는 데서 벗어나기 시작하였다. 인간의 고독의 추구만으로는 모든 문제가 해결될 수 없다는 작가의 자각에서 기인한 결과다. 인간은 어쩔 수 없이 어리석을 수밖에 없다. 이 작품에 나오는 봉룡이나 윤의사, 하수인 강사장, 또는 읍장 등은 말할 것도 없지만, 두식영감이나 문진영감, 한영, 한영의 아버지 등도 모두 인간이란 한계를 벗어나지 못한다. 이것을 벗어나는 길은 신의 뜻을 거역하지 않는 길이다. 신의 뜻을 잘 헤아려 그에 옳게 순응하면서 사는 방법이 최선이다. 어차피 인간은 신의 주사위 놀음에 던져진 운명적 존재이기 때문이다. 이 작품에서 한수가 다시 부활하는 것은 이러한 자각을 실천할 수 있는 또 다른 지평을 열어주려는 작가의 고뇌의 소산이라 할 수 있다.

3. 결론

황순원 소설의 일관된 주제는 상황과 숙명이 만들어 낸 악과의 준엄한 대결이다. 그는 근본이 선량한 인간을 사악하게 만드는 제반 상황을 악으로 규정하고 있다. 그의 소설에서 악은 죄의식과 상처를 만들어 내는 근원자다. 황순원은 죄의식에 고뇌하며 속죄의 길을 모색하는 내성적이고 양심적인 인간상의 조형한다. 이를 통해 황순원은 인간이 어떻게 살아야 하는가 하는 근원적 탐색을 시도한다. 황순원 문학에 나오는 인간들은 상황의 변화에 의해 죄를 저지른다는 점에서 변함이 없으나 그 상황은 작품에 따라 정치적 이데올로기, 전쟁, 숙명, 민족성, 공해 등 그때마다 변하며, 이 변화되는 상황은 결국 인물들을 죄짓게 만든다

는 데에서 지속적 일관성을 보여 준다. 원죄에 가깝다. 자의에 의한 죄
가 아니라 타의에 의한 숙명적 죄악이다.

　이 죄의식은 상처로 남게 되고, 동일성을 상실하게 하는 원인자가
된다. 상실한 동일성은 어떻게 해서든 다시 회복되어야 한다. 황순원은
이것을 작품 속에서 변증법적으로 지양시켜 해결한다. 정반합의 원리
에 따라 지적으로 통일시켜 나간다. 이 점에서도 황순원은 매우 지적이
고 절제된 이성을 날카롭게 번득이는 작가라 할 수 있다. 사변적이고
철학적인 주제를 논리적으로 풀어나가고 있다. 그러나 작품에서는 절
제된 상태로 전개시키기에 표면에는 드러나지 않는다. 절제된 사변이
주제로 잠재되어 있어 관념소설적인 풍이 보이지 않는데, 그 이유는 서
정성과 문체의 매력과 함께 색채 감각의 적절한 투영이 잘 조화되어
있기 때문이다. 황순원은 궁극적으로 상실된 동일성을 회복시켜 구원
에까지 이르게 한다. 이를 통해 비로소 황순원은 신의 문제에까지 이른
다.「신들의 주사위」는 황순원 장편소설 전체를 변증법적으로 지양시
킨 작품이다. 하나의 지양인 동시에 또 다른 출발이다. 영원한 출발,
그것이 황순원 문학의 특질이라면 특질이랄 수 있다.

작가작품론의 정체성과 이데올로기

김동리 단편소설의 성서 모티프 수용

차봉준

1. 서론

김동리가 한국문학에 끼친 영향에 대해서는 지금까지 수많은 평가들이 쏟아져 나왔지만 이를 간추려 보면 구경적(究竟的) 생의 형식과 문학의 순수성에 대한 성찰, 동양사상에 바탕을 둔 허무의식의 추구, 그리고 샤머니즘과 토속성 등을 통한 전통에 대한 관심 등으로 요약할 수 있다. 따라서 "토착적이고 민속적인 소재를 완전한 소설미학으로 수용해서 민족문학의 전통을 확립하고 확대시킨 작가"[1]라는 찬사와 "우리의 소설이 서구의 소설 전통에서 배워온 것이라 해도 우리의 토양에 완전무결하게 착륙한 것은 동리 문학으로부터인 것"[2], 그리고 "김동리의 토속세계, 샤머니즘적 자연관, 윤회적인 운명에의 귀의는 바로 오늘의 우리 자신의 떨쳐버릴 수 없는 영원한 정신의 고향"[3]이라는 평가들

---

1) 이태동, 「순수문학의 진의와 휴머니즘」, 이재선 편, 『김동리』, 서강대학교 출판부, 1998, 63쪽.
2) 고　은, 「김동리 서설」, 『동리문학연구: 서라벌문학』 8집, 서라벌예술대학, 1973, 83쪽.
3) 김병익, 「자연에의 친화와 귀의」, 이재선 편, 위의 책, 62쪽.

은 김동리의 문학세계를 단적으로 보여주는 표현들이다. 그러나 이러한 평가들이 작가의 문학세계에 대한 공통분모임에는 틀림이 없지만, 또 하나 우리가 간과하지 말아야 할 중요한 문학적 성과가 있다. 그것은 다름 아닌 매우 다양한 종교적 상상력을 통한 소설창작과 주제의식의 표출이다.

김동리 소설에 나타나는 종교적 상상력은 샤머니즘, 불교, 기독교 등 매우 다층적 양상을 보여주고 있다는 점에서 한국 문단의 여느 작가와 비교될 수 없는 독창성과 중요성을 지닌다. 특히 그의 이러한 문학적 성향은 어린 시절 작가의 원체험에 있어서 오랜 시간 각인된 소꿉친구 '선이'의 죽음 및 고종사촌 누이 '남순'이의 연이은 죽음이 가져 온 충격에서 비롯된 것임은 작가의 여러 진술들에서 확인할 수 있다.[4] 또한 이러한 죽음에 대한 문학적 집착에 대해 작가는 자신의 작품들을 특정

---

4) 김동리는 소꿉친구 선이의 죽음이 가져 온 충격에 대해서 "나는 그 애가 죽어서 나가던 그날 아침의 일을 지금도 잊지 못한다.…(중략)…나는 선이가 죽은 뒤 오랫동안 누구와도 어울려 놀지 않았다. 나의 유일한 소꿉동무를 잃음과 동시에 나의 작은 가슴에는 이날까지 씻어지지 않는 죽음이란 검은 낙인이 찍혔던 것이다"라고 말하고 있다.(김동리,「소꿉동무 선이의 죽음」,『나를 찾아서-김동리전집8』, 민음사, 1997, 32~33쪽.) 아울러 고종사촌 누이 남순이의 죽음에 대해서도 "네 살에서 다섯 살 사이에 겪은 첫 번째의 연애감정은 상대자의 죽음으로써 비극의 씨로 남게 되었다. 그리고 두 번째의 대상은 고종사촌 누나였다.…(중략)… 두 눈이 크고 눈동자가 검고 얼굴빛이 유난히 희멀겋기로는 어딘지 죽은 선이와 비슷했다. 선이가 살아 있으면 여덟 살일 테니까 꼭 선이의 언니라고 했으면 어울릴 것 같다. 그 남순이 누나는 그녀의 나이 열세 살 나던 해, 그러니까 사학년 때 무슨 병으론지 죽고 말았다. 나는 열여덟 살 나던 해 나 혼자서 잡지 한 권을 꾸며 냈는데 거기다〈누나의 추억〉이란 소설을 썼다. 물론 남순이 누나에 대한 이야기였다."라고 회고한다.(김동리,『생각이 흐르는 강물』, 갑인출판사, 1985, 16~17쪽.) 이처럼 어린 시절 순수한 사랑의 대상이었던 두 소녀의 죽음이 가져 온 충격과 두려움은 김동리의 인생관과 문학관의 형성에 고스란히 결부되었고, 향후 그의 소설이 신과 인간의 문제에 주목하게 되는 중요한 원인으로 작용하고 있음을 추론할 수 있다.

종교와 관련하여 다음과 같이 분류하고 있다.

　　내가 문학을 하게 된 동기는 죽음을 생각하고 그것을 두려워 한 결과라고
하겠다. 그래서 그런지 나의 작품의 대부분은 죽음으로써 끝을 맺는다. 초
기의 작품에서만도 「무녀도」, 「바위」, 「황토기」가 모두 그렇고 나중의 장편
『사반의 십자가』가 역시 그렇다. 죽음에 대한 집착은 나의 문학을 종교와
결부시켜 놓은 것인지도 모른다. 「무녀도」, 「당고개무당」, 「달」, 「허덜풀네」
따위가 샤머니즘 계열이라면 「부활」, 「목공요셉」, 『사반의 십자가』가 기독
교 계열이요, 「불화」, 「솔거」, 「등신불」, 「까치소리」 따위가 불교 계열이
다. 내가 병을 자주 앓던 소년 시절에서 이미 수십여 년이 지나 지금은 나의
성격이나 취향이 모두 딴판으로 바뀌인 것 같으나 죽음에 대한 전율은 아
직 가시지 않았다.[5]

　이처럼 죽음에 대한 남다른 고통과 집착으로부터 비롯한 김동리 소
설의 종교적 성향은 작품의 면면에서 이미 그의 대표작으로 내세우기
에 전혀 부족함이 없는 소설들임을 알 수 있다. 본 연구에서는 특히
기독교 계열로 분류할 수 있는 김동리의 소설들 가운데서도 기독교의
전승을 비교적 표면화시킨 텍스트를 중심으로 작가의 기독교에 대한
의식의 전이 과정을 살펴보고자 한다. 지금까지 김동리의 소설을 기독
교적 세계관의 측면에서 고찰한 다수의 비평과 논문들은 『사반의 십자
가』를 중심으로 천상과 지상의 이분법적 대립 구도에서 작품을 비교·
분석하면서 현실적 가치에 중점을 둔 작가 인식을 결론으로 도출해내
고 있다.[6] 이는 소설 텍스트를 통해 작가의 현실적 역사인식을 재구한

---

　5) 김동리, 『고독과 인생』, 백민사, 1977, 164쪽.
　6) 김우규, 「하늘과 땅의 변증법」, 『현대문학』, 1959.1.

다는 점에서 나름의 의미를 지닌다. 그러나 당대의 그 어떤 작가보다도 활발하게 기독교의 전승 자료에 대해 관심을 갖고 이를 문학적으로 다양한 변형을 시도한 작가의 기독교적 상상력에 대한 본질적 접근은 여전히 미흡하다.

본 연구는 김동리의 소설에 반영된 기독교적 상상력의 본질에 근접하기 위해 기독교 전승을 비교적 충실히 재현한 세 편의 단편소설, 이른바 '목공 삼부작7)으로 통칭되는 「마리아의 회태」, 「목공 요셉」, 「부활」을 중심으로 논의를 전개하고자 한다. 이들 작품은 차례대로 예수의 출생과 관련된 전승, 예수의 성장과정과 관련된 전승, 그리고 예수의 죽음과 부활이라는 전대미문의 사건에 대한 전승을 다루고 있다. 이 소설들에서 김동리는 주류 기독교에서는 비교적 간략히 소개되었거나 특이한 이견을 보이지 않는 전승들에 대해 작가적 상상력을 최대한으로 발휘함으로써 당대의 역사에 대한 작가적 입장과 더불어 기독교에 대한 독창적 이해의 면모를 유감없이 보여주고 있다는 점에서 연구의 가치를 둘 수 있다. 따라서 이 소설들과 비교적 밀접한 기독교의 다양한 전승 자료들을 상호텍스트적의 관점에서 분석함으로써 작가의 기독교에 대한 인식의 원형질에 도달할 것이다.

손우성, 「하늘과 땅의 비중」, 『사상계』 79호, 1960.2.

이유식, 「續・푸로메테우스적 인간상」, 『동리문학이 한국문학에 끼친 영향』, 중앙대학교 예술대, 1979.

7) 이 명칭은 김윤식에 의해 처음 사용된 이후 후속 연구자들에 의해 통용되고 있는 표현이므로 편의상 그대로 따르기로 한다. 특히 「마리아의 회태」는 『청춘별책』(1955.2.1)에 발표되었으나 오랫동안 자료의 유실로 그 내용을 확인할 수 없다가 다행히 김윤식에 의해 수집되어 2001년 3월 『문학사상』에 재수록되었고, 명실상부하게 '목공 3부작'의 틀을 갖추게 되었다.

2. 예수 탄생담(誕生談)의 수용과 샤머니즘적 친근성
  - 「마리아의 회태」

「마리아의 회태」는 예수의 탄생과 관련한 기독교의 전승 자료를 근간으로 서사가 진행되고 있다. 오늘날 과학적 세계관에 경도된 현대인들에게는 신의 말씀만으로 이루어진 천지의 창조, 모세의 이적, 예수의 부활과 같은 성서의 전승들은 도저히 납득될 수 없는 허구에 불과하다. 아울러 남녀의 교합이라는 정상적 행위에 의하지 않은 예수의 동정녀 잉태도 합리적 이성을 중시하는 현대인들에게는 역시 용납될 수 없는 사건임에 틀림없다. 그러나 주류 기독교의 전승은 이러한 사건들을 엄연한 사실로 받아들이고 있으며, 시간과 공간을 초월해서 다수의 신실한 신앙인들에게 믿음의 척도로 기능하고 있다. 그리고 현대의 신학은 예수가 남녀의 육체적 교합이 아닌 동정녀로 잉태되었다는 사실에서 오히려 예수의 신성을 옹호한다. 김동리는 이러한 전대미문의 사건에 관심을 보임으로써 복음서의 전승에 대한 상호텍스트적 담론을 구축하고 있다.

「마리아의 회태」는 장차 유대인을 구원할 메시아 예수를 잉태한 동정녀 마리아에 초점이 맞추어 서사가 전개되고 있다. 7주전 천사 가브리엘에게서 예수의 수태를 고지받은 마리아가 근심에 싸여 있는 장면에서 이야기는 시작한다. 나사렛에 거주하는 신앙심 깊은 처녀인 마리아는 정혼자인 요셉과 아직 한 차례의 잠자리도 갖지 않은 정결한 몸이었다. 그런 그녀가 천사의 수태고지(受胎告知) 이후 생리마저 끊어지자 불안은 나날이 깊어가고, 급기야 이모 엘리사벳을 만나기 위해 예루살렘으로 향하기까지 이른다. 그 이유는 엘리사벳이 62세 노령에도 불구하고 임신 중이라는 믿지 못할 소문을 들었기 때문이다. 예루살렘을 방문한 마리아는 이모부 사가랴와 이모 엘리사벳에게 나타난 초자연적 신의 섭리를 직접 목격하고, 이후 자신감을 회복하여 나사렛으로 돌아와 정혼자에게 모든 사실을 알리게 된다. 그러나 정혼자인 요셉은 사흘이나 앓아누울 정도로 큰 실의에 빠지게 되고, 마리아를 임신시킨 남자를 찾기 위해 나사렛의 모든 남자들을 은밀히 조사하는 등 인간적 고뇌에서 벗어나지 못한다. 결국 요셉도 이 모든 것이 과연 신의 뜻에 의한 것인지, 즉 천사의 예언이 사실인가를 확인하기 위해 예루살렘 사가랴 집을 방문하게 된다. 그곳에서 요셉은 사가랴에게 일어났던 신이한 이적들을 전해 듣게 되었고, 나흘째 되던 날 꿈속에서 하늘의 계시를 접하게 된다. 드디어 요셉은 이 모든 것들이 여호와의 뜻임을 받아들이게 되었고 마리아가 있는 나사렛을 향하여 발걸음을 재촉하는 것으로 소설은 끝난다.

　이상의 서사를 돌이켜 볼 때, 「마리아의 회태」에서 다루어지는 서사는 복음서 가운데 마태복음과 누가복음에서 근간을 확인할 수 있다. 그 중에서도 누가복음의 서사를 기본적으로 충실히 따르면서 마태복음은 보조적으로 수용하고 있다고 분석할 수 있다. 그 이유는 서사의 근간이 되고 있는 마리아에게 나타난 천사 가브리엘의 현몽과 사가랴와 엘리사벳의 수태 사건은 누가복음에서만 중점적으로 다루어지고 있기 때문이다. 또한 마태복음에서는 천사(주의 사자)의 현몽이 남편 요셉을 중심으로 서사되어 있으나 「마리아의 회태」는 누가복음의 서사와 동일하게 아내 마리아를 중심으로 서사가 진행되고 있기 때문이다. 서사의 기본 골격을 형성하는 모티프는 누가복음의 전승에서 다음과 같이 다루어져 있다.

여섯째 달에 천사 가브리엘이 하나님의 보내심을 받들어 갈릴리 나사렛
이란 동네에 가서 다윗의 자손 요셉이라 하는 사람과 정혼한 처녀에게 이
르니 그 처녀의 이름은 마리아라 그에게 들어가 가로되 은혜를 받은 자여
평안할지어다 주께서 너와 함께 하시도다 하니 처녀가 그 말을 듣고 놀라
이런 인사가 어찌함인고 생각하매 천사가 일러 가로되 마리아여 무서워말
라 네가 하나님께 은혜를 얻었느니라 보라 네가 수태하여 아들을 낳으리니
그 이름을 예수라 하라 …(중략)… 이때에 마리아가 일어나 빨리 산중에
가서 유대 한 동네에 이르니 사가랴의 집에 들어가 엘리사벳에게 문안하니
엘리사벳이 마리아의 문안함을 들으매 아이가 복중(腹中)에서 뛰노는지라
엘리사벳이 성령의 충만함을 입어 큰소리로 불러 가로되 여자 중에 네가
복이 있으며 네 태중의 아이도 복이 있도다 내 주의 모친이 내게 나아오니
이 어찌된 일인고 보라 네 문안하는 소리가 내 귀에 들릴 때에 아이가 내
복중에서 기쁨으로 뛰놀았도다 …(중략)… 마리아가 석 달쯤 함께 있다가
집으로 돌아가니라. (누가복음, 1:26~56)

앞에서도 언급했듯이 서사의 초점은 마리아에 고정되어 있다. 천사
가브리엘로부터 수태를 고지 받은 마리아는 처음에는 무척 당황하고
놀라지만 하나님의 아들임을 알게 된 후 이내 마음을 진정하고 주의
뜻을 받아들이게 된다. 이후 친족 사가랴의 집을 방문하여 그들에게
벌어진 성령의 행하심을 확인한 이후 석 달을 머물다가 다시 본가로
돌아오는 내용이 기록되어 있다. 그런데 「마리아의 회태」 역시 인용문
에 나타난 누가복음의 서사를 거의 흩트리지 않고 구성의 토대로 삼고
있음을 확인할 수 있다.[8]

---

8) 김동리가 누가복음과 마태복음의 전승을 토대로 「마리아의 회태」를 구성함에
   있어서 행한 '보충과 수정'의 작업은 극히 단편적이고 미세하다. 이러한 차이에
   대해서는 이동하가 이미 선행 연구에서 간략히 정리하고 있는데, 첫째는 복음

다음은 「마리아의 회태」 중반부에 전개된 사가랴와 엘리사벳 부부의
수태와 그들에게 벌어진 신이한 이적들에 관한 서사인데, 이것은 마리
아와 요셉으로 하여금 성령의 역사를 믿음으로 수용하게 만드는 기능
을 하고 있다.

> 유대 왕 헤롯 때에 아비야 반열에 제사장 하나가 있으니 이름은 사가랴
> 요 그 아내는 아론의 자손이니 이름은 엘리사벳이라 이 두 사람이 하나님
> 앞에 의인이니 주의 모든 계명과 규례대로 흠이 없이 행하더라 엘리사벳이
> 수태를 못하므로 저희가 무자하고 두 사람이 나이 많더라 마침 사가랴가
> 그 반열의 차례대로 제사장의 직무를 하나님 앞에 행할새 제사장의 전례를
> 따라 제비를 뽑아 주의 성소에 들어가 분향하고 모든 백성은 그 분향하는
> 시간에 밖에서 기도하더니 주의 사자가 저에게 나타나 향단 우편에 선지라
> 사가랴가 보고 놀라며 무서워하니 천사가 일러 가로되 사가랴여 무서워말
> 라 너의 간구함이 들린지라 네 아내 엘리사벳이 네게 아들을 낳아 주리니
> 그 이름을 요한이라 하라 …(중략)… 사가랴가 천사에게 이르되 내가 이것
> 을 어떻게 알리요 내가 늙고 아내도 나이 많으니이다 천사가 대답하여 가
> 로되 나는 하나님 앞에 섰는 가브리엘이라 이 좋은 소식을 전하여 네게
> 말하라고 보내심을 입었노라 보라 이 일의 되는 날까지 네가 벙어리가 되

서의 기록에는 전혀 나오지 않는 마리아의 어머니로 '안나'라는 인물을 설정하
여 등장시켰다는 점, 둘째는 아내의 임신에 고심하던 요셉이 사태의 진상을
파악하기 위해 여러 가지로 애쓰다가 직접 엘리사벳의 집으로 가기까지 한다는
점 등이다. 이 외에도 엘리사벳의 집이 누가복음에는 막연하게 '유대 한 동리'로
되어 있는데 이를 구체적으로 예루살렘으로 설정해 놓은 점, 그리고 엘리사벳
을 찾아간 마리아가 머문 기간이 누가복음에서는 석 달 가량이지만 이를 1주일
로 단축시켜 놓은 점 등이 복음서의 전승 내용과 달라진 점이다. 그러나 이
정도의 변용과 수정은 복음서의 전승을 획기적으로 탈바꿈시킨 것은 아니다.
이동하, 「복음서와 소설 사이의 거리 문제」, 『한국 소설과 기독교』, 국학자료
원, 2003, 19쪽 참조.

어 능히 말을 못하리니 이는 내 말을 네가 믿지 아니함이어니와 때가 이르
면 내 말이 이루리라 하더라. (누가복음, 1:5~20)

　마리아의 경우와 마찬가지로 사가랴도 천사 가브리엘로부터 아들을
잉태할 것이라는 고지를 받는다. 그러나 사가랴는 인간적 지식만으로
사태를 헤아려 늙은 자신들에게 어떻게 아이가 생길 수 있는가라고 의
심하게 되고, 그 결과 사가랴에게는 아이가 태어날 때까지 벙어리인 채
로 지내는 기이한 일이 발생한다. 이러한 일련의 사건들은 자신의 수태
를 믿을 수 없어 하는 마리아에게 하나의 표적으로 제시되는 사건이며,
또한 이후 자신의 아내가 될 여인의 처녀 잉태를 의심하던 정혼자 요셉
에게도 그 사건이 하나님의 계시임을 믿도록 만드는 표적으로 기능한
다. 그리고 이러한 서사 전략을 작가는 「마리아의 회태」에서도 동일하
게 반복하고 있다.
　한편 마리아를 중심으로 전개되던 서사는 소설의 마지막 부분에 가
서는 요셉을 중심으로 옮겨간다. 이는 작가가 누가복음의 전승을 중심
으로 전개하던 서사에 마태복음의 전승을 보완하여 요셉의 인간적 고
뇌를 드러내고자 한 의도로 볼 수 있다.

　　예수 그리스도의 나심은 이러하니라 그 모친 마리아가 요셉과 정혼하고
　동거하기 전에 성령으로 잉태된 것이 나타났더니 그 남편 요셉은 의로운
　사람이라 저를 드러내지 아니하고 가만히 끊고자 하여 이 일을 생각할 때
　에 주의 사자가 현몽하여 가로되 다윗의 자손 요셉아 네 아내 마리아 데려
　오기를 무서워 말라 저에게 잉태된 자는 성령으로 된 것이라 아들을 낳으
　리니 이름을 예수라 하라 이는 그가 자기 백성을 저희 죄에서 구원할 자이
　심이라 하니라 이 모든 일의 된 것은 주께서 선지자로 하신 말씀을 이루려

하심이니 가라사대 보라 처녀가 잉태하여 아들을 낳을 것이요 그 이름은 임마누엘이라 하리라 하셨으니 이를 번역한즉 하나님이 우리와 함께 계시다 함이라 요셉이 잠을 깨어 일어나서 주의 사자의 분부대로 행하여 그 아내를 데려왔으나 아들을 낳기까지 동침치 아니하더니 낳으매 이름을 예수라 하니라. (마태복음, 1:18~25)

마태복음의 전승은 요셉의 관점에서 마리아의 수태를 다루면서 그의 인간됨의 탁월함을 부각시키고 있다. 그리고 천사의 현몽도 마리아가 아닌 요셉에게 나타난 것으로 설정하여 남편 요셉의 신앙적 면모를 돋보이도록 하였다. 김동리는 「마리아의 회태」에서 이 같은 마태복음의 전승 의도를 서사의 마지막에 효과적으로 배치함으로써 결과적으로 마리아와 요셉이라는 두 인물을 모두 비중 있게 부각시켜 놓았다. 이러한 복음서들의 전승과 텍스트의 서사를 종합적으로 살펴볼 때 김동리는 「마리아의 회태」에서 마리아와 요셉을 중심으로 예수의 탄생담을 전개하면서 나름의 기독교적 세계관을 성공적으로 형상화했음을 확인할 수 있다.

그렇지만 「마리아의 회태」가 결코 주류 기독교의 전승에만 충실하지 않다는 점을 다음의 몇 가지 사실들에서 확인할 수 있다. 즉 소설 속에 형상화된 몇 가지 특이한 설정은 김동리가 기독교의 다양한 전승 자료들에 나타난 비주류적 세계관과 인식을 같이하고 있음을 엿볼 수 있는 대목들이다. 그 첫 번째는 마리아의 어머니에 대한 실명의 거론이다. 소설에서는 마리아의 모친을 '안나'라는 실명으로 고정하고 있다. 이는 주류 기독교의 전승 자료들에서는 확인할 수 없는 사실이다. 다만 전체 8장으로 구성된 기독교 비경전 「마리아의 탄생에 관한 복음」[9]의 내용에 근거해 볼 때 마리아는 요아킴과 안나 사이에 태어난 인물로 전승되고 있다. 이 전승에 의하면 요아킴과 안나는 예루살렘에 봉헌을 드리러 올라갔다가 대사제 이사카르에게 자손이 없다는 이유로 수치를 당한다. 이후 천사가 요아킴에게 나타나 안나가 임신하여 딸을 낳을 것인데 그 이름을 마리아라 하라고 전하며, 또한 마리아는 장차 성전에서 자랄 것이며 남자를 모르는 처녀로서 주님을 낳을 것이라는 예언의 내용이 기록되어 있다. 따라서 김동리는 「마리아의 회태」를 창작함에 있어서 주류 기독교의 전승에 비중을 두면서 아울러 기독교 비경전의 전승을 창작의 자료로 삼았다고 볼 수 있겠다.

다음으로 마리아의 정혼자인 요셉이 겪게 되는 인간적 고뇌와 갈등의 형상화에 있어서 주류 기독교의 전승과는 상당한 차이를 발견할 수 있다. 마태복음의 전승에 의하자면 요셉은 하늘의 계시에 대해 어떠한 의심도 보이지 않으며, 지극히 순종적인 믿음의 사람으로 그려지고 있다. 그러나 소설 속의 요셉은 너무나 인간적인 면모를 숨김없이 보여주는데, 이는 "대목 일을 하는 그는 팔목이 굵고 어깨가 좀 실팍하게 벌어지기는 하였으나 그 대신 목이 가늘고 얼굴 빛이 누른데다 새까맣게 윤기 있는 눈섭은 어딘지 그의 온건한 성격을 엿보여 주는 듯 했다"(100쪽)[10]는 외양 묘사를 통해서도 인간적 나약함의 면모를 부각시켜 놓고 있다. 때문에 처음 마리아의 수태 사실을 알게 된 그는 집에 돌아오자마자 자리에 누워 사흘 동안이나 일어나지 못하고 절망한다. 그러면서도 한편으로 주체할 수 없는 분노 때문인지 "나사렛의 모든 남자들에 대하

---

9) Willis Barnstone, 이동진 역, 『숨겨진 성서3』, 문학수첩, 2006, 215~228쪽.
10) 본고의 「마리아의 회태」에 대한 텍스트 인용은 『문학사상』(문학사상사, 2001. 3)의 표기에 따른다.

여 은밀히 조사하기 시작"(109쪽)하여 마리아를 임신시킨 자를 찾아내려는 그의 행위는 인간적 고뇌의 전형을 여실히 보여주는 장면들이다. 이러한 요셉의 인간적 번민은 오히려 기독교의 비경전에 해당하는 「마태오 가명 복음」[11]에서 그 실체를 확인할 수 있다. 이 전승에 따르면 요셉은 목수일로 9개월간이나 가버나움에 머물다가 집으로 돌아왔고, 이때서야 마리아의 임신 사실을 알고 고뇌에 휩싸인 채 울부짖는다. 마리아와 함께 했던 또 다른 처녀들이 그녀의 결백함을 증언하고 마리아의 임신이 하느님에 의한 것이라 아무리 설득해도 요셉의 의심은 풀리지 않으며, 결국은 그녀를 버리기로 작정한다.[12] 따라서 「마리아의 회태」에서 부각된 고뇌하는 요셉의 실체는 인간적 면모의 사실성을 극대화하려는 김동리의 의식이 기독교 비경전의 전승과 상호 텍스트적으로 맞닿아 있음을 확인케 하는 것이다.

결과적으로 「마리아의 회태」는 주류 기독교의 전승을 비롯한 다양한 비경전의 전승까지도 폭넓게 수용하면서 이후 지속적으로 창작된 '목공 3부작'의 근간을 마련했다고 볼 수 있다. 그러나 한편으로는 「목공 요셉」, 「부활」, 『사반의 십자가』 등과 같은 여타의 기독교 전승을 수용한 작품

---

11) 이 복음은 예수의 어린 시절에 대한 「야고보 복음」을 시적으로 재구성한 복음으로 그리스도교의 비경전으로 되어 있다. 원래의 제목은 「복되신 마리아의 유래와 구세주의 어린 시절에 관한 책」인데 본문은 라틴어로 되어 있고 대략 8~9세기에 기록 또는 편찬된 것으로 전해진다. Willis Barnstone, 이동진 역, 위의 책, 229~238쪽.

12) 유사한 내용의 전승들이 여타의 비경전들 속에서도 나타난다. 이를테면 「마리아의 탄생에 관한 복음」(혹은 「지성소의 성 마리아」, Willis Barnstone, 이동진 역, 위의 책, 215~228쪽.)이라든지, 예수의 형제 야고버에 의해 써진 것이라는 「야고버 복음」(Willis Barnstone, 이동진 역, 『숨겨진 성서2』, 문학수첩, 1994, 39~59쪽.)에서도 마리아의 출생, 어린 시절, 요셉과의 약혼 등에 관한 이야기가 전승되고 있다. 이들 자료에서도 마리아의 임신에 갈등하는 요셉의 인간적 면모를 발견할 수 있다.

들의 창작 태도와는 이질적인 모습도 발견할 수 있는데, 이를테면 「마리아의 회태」에는 이후의 작품들에서 과감히 나타나기 시작한 기독교 전승의 허구적 변형이 최소화되어 있다는 사실이다. 즉 김동리는 「마리아의 회태」에서 주류 기독교의 신비주의적 이적에 대해 의구심을 나타내기보다는 있는 그대로 수용하는 자세를 취하는데, 이는 김동리 문학의 특성에 해당하는 샤머니즘에 대한 친근성이 기독교의 초현실성과 별다른 저항 없이 만날 수 있었던 초기적 양상으로 해석된다.

> 나는 계몽주의적인 관점에서 반드시 성서를 해석하려는 사람이 아니다. 그보다도 오히려 인간의 세계에 이적과 신비가 있을 수 있다고 믿고자 하는 사람의 하나다. 그러기 때문에 나는 〈마리아의 회태〉란 작품에서, 성령의 존재를 소설 속에서 인정하기까지 했던 것이다. 이것은 나의 보다 넓고 보다 더 미래적인 인간관 및 세계관에 속하는 일이거니와 그렇다고 해서 나는 예수나 마리아를 무조건 신비의 안개 속에만 묻어 놓고 우상화시키고 싶지는 않다. 왜 떳떳이 성서에까지 나와 있는 사실을 부인하며, 왜곡하려 하느냐 말이다.13)

김동리는 「무녀도」에서 『을화』에 이르기까지, 또한 다수의 소설들 속에서 샤머니즘의 세계에 토대를 둔 신과 인간의 관계에 많은 관심을 기울인 작가라는 점은 주지의 사실이다. 아마도 그의 의식을 지배하는 가장 큰 세계가 샤머니즘과 직접적으로 관계되어 있다는 주장에 반박할 이는 없을 것이다. 이와 같은 작가의 세계인식이 기독교적 세계관을 이해함에 있어서도 근원적으로 작용했다는 것이 김동리에게서는 전혀

---

13) 김동리, 『김동리 대표작 선집』6, 삼성출판사, 1967, 210쪽.

특이한 것이 아니었다. 그는 오히려 '인간의 세계에 이적과 신비가 있을 수 있다고 믿고자 하는 사람의 하나'임을 자인하면서 기독교의 논리를 샤머니즘의 틀 안에 용해시켜 놓았다. 즉 김동리에게 기독교는 자신의 삶과 관계를 지속하며 유지된 샤먼적 세계와 별반 다르지 않은, 때문에 '성령의 존재'와 같은 초자연적 실재도 무속적 신령과 동일한 존재로 수긍할 수 있었던 것이다. 따라서 김동리는 기독교 전승을 최초로 작품화 한「마리아의 회태」에서 기독교를 샤머니즘과의 친근성에 근거하여 수용하고 있다.

3. 예수 성장담(成長談)의 수용과
동양적 윤리의식의 친근성
-「목공 요셉」

「마리아의 회태」보다 2년 늦은 시기에 발표된「목공 요셉」은 예수의 성장담이 서사의 중심을 이루고 있다. 하지만 주류 기독교의 전승은 예수의 출생담만큼이나 성장담에 대해서도 큰 비중을 두지 않고 간략한 소개에 그치고 있다. 이를테면 마가복음과 요한복음은 예수의 출생에 관한 기록마저 건너뛴 채 곧바로 공생애의 기록으로 넘어간다. 이는 주류 기독교의 전승자들이 예수의 생애를 전기적 차원에서 바라보기보다 구속사의 관점에서 조명함에 주안점을 두었기 때문이라 이해된다.

「목공 요셉」은 쉴 사이 흐르는 땀방울 훔치며 대패질에 열심인 요셉과 어린애의 똥기저귀 빨랫감을 들추고 있는 마리아의 모습에서 이야기가 시작된다. 표면적으로 보면 평범한 가정의 일상에 어긋나지 않는 모습이지만, 아버지 요셉의 입장에서는 아들 예수에 대한 말할 수 없는 갈등이 깊이를 더해가고 있다. 이미 성장기에 접어 든 예수는 부친을 도와 가업인 목공 일을 배우려 하지도 않을뿐더러 항상 밖으로만 내돈다. 오늘 아침에 벌어진 상황만 하더라도 부친 요셉은 남의 신용을 잃지 않기 위해 이른 아침부터 일하고 있는데 예수는 자신의 일을 동생 야곱에게 맡긴 후 여동생 스산나를 데리고 빨랫길이나 떠나려는 것이다. 이러한 예수의 행위들은 몇 해 전부터 생긴 요셉의 가슴앓이만 더욱 깊게 만들 뿐인데, 그것은 삼 년 전 유월절(逾越節)을 지키기 위해 예루살렘을 다녀올 때 요셉 자신이 아닌 다른 이를 칭하여 '아버지'라 한 데서 받은 정신적 충격에서 연유한 것이다. 이후로도 요셉은 예수에게서 조금의 마음 상한 일만 당하면 가슴앓이의 증세가 되살아나게 되는데, 혼담을 추진하려 할 때도 예수는 또다시 '아버지의 뜻'과 '아버지의 일'을 위하여 자신의 삶을 바칠 것이라는 말로 요셉의 심사를 괴롭게 한다. 뿐만 아니라 이튿날도 바쁜 목공 일을 도와주기 바랐지만 예수는 디베랴에 있는 바사바 스승을 찾아 길을 떠나면서 모친의 거듭된 만류에 또 다시 '아버지의 뜻'을 운운하며 요셉의 화를 돋운다. 급기야 흥분한 요셉이 아들의 뺨을 후려치기에 이르지만 예수는 아랑곳하지 않고 집을 나가며, 이 일이 벌어진 후 요셉의 가슴앓이는 더욱 심해져서 결국 두 해 뒤 죽음을 맞는 것으로 소설을 결말을 맺고 있다.

이와 같은 「목공 요셉」의 서사 구조는 예수가 열두 살 나던 해 유월절을 맞이하여 예루살렘을 다녀올 때 벌어진 누가복음의 전승을 근간으로 삼고 있다. 그리고 여기에 복음서의 전승에서는 결코 발견할 수 없는 여러 가지 허구적 서사가 개입되어 부자 사이의 갈등을 전면화하고 있는 것이다. 복음서의 전승은 다음과 같다.

아기가 자라며 강하여지고 지혜가 충족하며 하나님의 은혜가 그 위에 있더라.

그 부모가 해마다 유월절을 당하면 예루살렘으로 가더니 예수께서 열두 살 될 때에 저희가 이 절기의 전례를 좇아 올라갔다가 그 날들을 마치고 돌아갈 때에 아이 예수는 예루살렘에 머무셨더라 그 부모는 이를 알지 못하고 동행 중에 있는 줄로 생각하고 하룻길을 간 후 친족과 아는 자 중에서 찾되 만나지 못하매 찾으면서 예루살렘에 돌아갔더니 사흘 후에 성전에서 만난즉 그가 선생들 중에 앉으사 저희에게 듣기도 하시며 묻기도 하시니 듣는 자가 다 그 지혜와 대답을 기이히 여기더라 그 부모가 보고 놀라며 그 모친은 가로되 아이야 어찌하여 우리에게 이렇게 하였느냐 보라 네 아버지와 내가 근심하여 너를 찾았노라 예수께서 가라사대 어찌하여 나를 찾으셨나이까 내가 내 아버지 집에 있어야 될 줄을 알지 못하셨나이까 하시니 양친이 그 하신 말씀을 깨닫지 못하더라 예수께서 한가지로 내려가사 나사렛에 이르러 순종하여 받드시더라 그 모친은 이 모든 말씀을 마음에 두니라.

예수는 그 지혜와 그 키가 자라가며 하나님과 사람에게 더 사랑스러워 가시더라. (누가복음, 2:41~52)

주류 기독교의 전승에서 예수의 유년 성장기는 오직 누가복음에서만 확인이 가능한데, 김동리의 「목공 요셉」은 바로 이 누가복음의 전승을 근간으로 삼고 있다. 누가복음은 "아기가 자라며 강하여지고 지혜가 충족하며 하나님의 은혜"(누가복음, 2:40)가 나날이 그 위에 더하여진 예수가 열두 살의 어린 나이에도 불구하고 예루살렘 성전에서 랍비들과 신학적 담론을 주고받는 탁월성을 부각하고 있다. 그리고 이후로도 예수는 본격적 공생애의 시작에 이르기까지 고향 나사렛에 머물며 부모께 '순종'하는 삶을 살아간 인물로 그려져 있다. 그러나 「목공 요셉」의 예수는 그렇지 못하다. 김동리는 주류 기독교의 빈약한 전승에 보다 확장된 사고를 덧입혀 놓았다. 다시 말해 주류 기독교의 전승에서는 읽어낼 수 없었던 예수의 성장기를 문학적 상상력의 토대 위에서 그 간극을 채워나가고 있는 것인데, 여기서 한 가지 주목해야 할 사실은 「목공 요셉」에 담긴 작가의 기독교 인식이 「마리아의 회태」의 그것과 현격한 차이를 드러내기 시작했다는 점이다. 즉 기독교 전승의 수용에 있어서 비교적 온건한 입장을 보여주었던 「마리아의 회태」와는 달리 「목공 요셉」에 이르면 보다 급진적 해석의 일면을 확인할 수 있다.

　첫 번째로 확인할 수 있는 사실은 예수와 관련된 정보들의 구체적 진술이다. "그녀가 요셉에게 시집을 온 지도 어느덧 열다섯 해나 지나 있었다. 그 열다섯 해 동안에, 아들 넷, 딸 둘 해서 모두 여섯 남매를 낳은 것이다. 아니, 야곱과 스산나 사이에 하나 잃어버린 아이까지 합치면 일곱 남매를 낳은 셈이다. 게다가 장남 격으로 있는 예수까지 보태면 모두 여덟 남매를 낳은 셈인 것이다"(413쪽)[14]라고 가족 구성에 대한 구체적 언급이 나타난다. 그러나 주류 기독교의 전승에서 예수의 가족 구성원과 관련된 언급은 미미한 수준에 머물고 있다. 이를테면 누가복음(8:19~21)[15]의 기록에서 확인할 수 있듯이 단지 복수(複數)의 동생들로만 기록될 뿐 구체적인 이름이나 숫자는 확인할 수 없다. 아울러 예수의 가족들이 목수 일을 전업으로 삼아 생계를 꾸려나가고 있는 상황도 복음서에서는 단편적으로만 언급되었을 뿐 「목공 요셉」에서처럼 부자

---

14) 본고의 「목공 요셉」에 텍스트 인용은 『김동리 전집2』(민음사, 1995)의 표기에 따른다.
15) 동일한 내용의 기록이 마태복음(12:46~50)과 마가복음(3:31~35)에도 나타난다.

간의 갈등을 촉발하는 구체적 상황으로는 그려지지 않는다.

다음으로 중요한 것이 예수의 인물됨에 대한 형상화이다. 김동리는 「목공 요셉」에서 예수를 매우 색다른 시각에서 조명하고 있다. 즉 주류 기독교의 전승 속에 그려진 예수처럼 더 이상 순종적이지도, 혹은 "하나 님과 사람에게 더 사랑스러워 가시더라"(누가복음, 2:52)와 같이 긍정적 이지도 않은 인물이다. 오히려 부친의 뜻을 알면서도 거역하고, 모친의 애타는 심정을 무시로 일관하는 비윤리적 반항아에 불과하다. 그런데 이러한 예수의 형상은 기독교의 비경전들에 간혹 나타나는 매우 흥미 로운 인물상이다. 그 대표적 자료가 「토마스 복음」[16]의 전승이다. 기원 후 150년경에 작성된 것으로 추정되는 「토마스 복음」은 예수의 어린 시절에 관한 복음서 가운데 가장 오래된 것으로 여겨진다. 이 복음은 예수의 탄생에서부터 누가복음 2장 40절에 언급된 성전의 예수 사건까 지를 다루고 있는데, 특히 소년 예수가 기적의 아이일 뿐 아니라 고약한 기적을 일으키는 공포의 아이로 묘사되고 있는 점에서 특이하다. 이 기록에 의하면 다섯 살의 어린 예수가 진흙으로 참새 열두 마리를 빚어 내어 손뼉을 치자 그 참새들이 생명을 얻어 날아간다는 신비로운 이적 으로부터 이야기에서 시작된다. 여기까지는 예수의 비범성을 돋보이게 하려는 전승자의 의도가 부정적이지 않다. 그러나 율법학자 안나스의 어린 아들이 버들가지로 만든 문을 망가뜨리자 그를 저주하여 말라버 리게 한 일, 어떤 아이가 달려오다 예수의 어깨에 부딪히자 그 자리에서 아이를 저주하여 죽게 만드는 사건, 또 자신을 비난한 사람들을 소경으 로 만들어 버리는 예수의 행적은 결코 도덕적이거나 인간적이지 않다. 더욱이 아들의 악행에 화가 난 아버지 요셉이 그를 야단치며 귀를 잡아

---

16) Willis Barnstone, 이동진 역, 『숨겨진 성서2』, 문학수첩, 1994, 25~37쪽.

당기자 예수는 '어리석은' 아버지에게 경고의 표현을 서슴지 않는다. 이러한 비경전의 전승은 주류 기독교의 전승에 익숙해진 독자들에게는 예수에 대한 기대와 존경을 뒤흔드는 매우 이채로운 사건들이다. 「토마스 복음」과 그 아류로 보이는 다수의 문헌들[17]에서 확인할 수 있는 유년기의 예수는 이처럼 도덕성이 심각하게 훼손된 인물로 전승되고 있는데, 김동리의 「목공 요셉」에서 만나게 되는 예수의 인물 형상도 전통적 윤리의식과 상당한 차이를 보이고 있다는 점에서 주목할 만하다.

「목공 요셉」에 구체화 된 이러한 설정들은 다양한 전승들을 바탕으로 작가의 허구적 상상력이 가미된 일련의 장치들이지만 오히려 서사의 사실성을 높여주는 기능을 수행한다. 김동리는 일상적으로 공감할 수 있는 가족의 구성, 그리고 그 가족 사이에서 흔히 발생할 수 있는 갈등의 표면화를 통해 주류 기독교의 전승이 보이는 초현실성을 극복하고 있다. 즉 예수에 대한 성자로서의 위격(位格)을 구축하려는 주류 기독교의 의도에서 벗어나 예수를 인간적이고 보편적인 시각으로 조명하고 전통적 윤리의식의 잣대로 판단하고자 한 의도로 추론할 수 있다.[18]

지금까지 살펴본 것처럼 「목공 요셉」에서 주목한 예수의 성장담은 드러나지 않은 행적에 대한 허구적 상상력의 발동이었다. 김동리는 구속사적 관점에서 서술되고 선택된 주류 기독교의 경전이 외면하고 감춰버린 예수의 성장담을 재구성하고 허구화함으로써 성자로서의 위격

---

17) 예수의 탄생, 예수와 마리아가 이집트에서 보여 준 기적들, 그리고 어린 예수의 기사들을 다루고 있는 그리스도교의 비경전 「아랍어 복음」에서도 이와 유사한 내용들을 발견할 수 있다.

18) 이동하는 「목공 요셉」을 유교적 가족주의와 현세중심주의에 입각하여 예수를 비판한 것으로 해석한다. 이는 궁극적으로 동양적 전통주의의 이념에 기초하여 예수의 행적을 바라본 것이라는 관점이다. 이동하, 「「목공 요셉」과 「라울전」에 대하여」, 『한국 소설과 기독교』, 국학자료원, 2003, 269~285쪽.

만 도드라진 예수에게 인간적 흔적을 채색한 것이다. 그런데 「마리아의 회태」에서 보여 준 온건한 수용 태도가 「목공 요셉」에 이르러 이처럼 급진전한 이면에는 어떠한 사유의 전이가 기인한 것일까. 이와 관련하여 이동하는 김동리가 복음서와 관련된 소재를 작품화할 때 보여 준 창작의 태도에 대해 "기본적으로는 복음서의 내용을 충실히 존중하면서, 거기에 다양한 허구를 섞어 넣는다. 그러한 허구는 반드시, 김동리가 전개하는 이야기의 현실성을 강화시켜 주는 방향으로 작용할 수 있는 것들로 한다. 그렇게 함으로써, 원래의 복음서 내용이 가지고 있는 현실초월적인 성격을 희석시킨다"[19]라고 진단하고 있다. 아울러 그러한 성향이 후기로 갈수록 점점 강화되었다고 분석하는데, 여기서 김동리가 염두에 둔 '이야기의 현실성을 강화시켜 주는 방향'의 방편으로 채택된 다양한 요소들이란 대개가 "동양적 전통주의의 이념에 입각하여 예수를 비판하는 자리"[20]에 서게 된 작가의 동양적 윤리의식의 친근성과 연계하여 해석할 수 있다.

4. 예수 부활담(復活談)의 수용과 영지주의적 사유로의 급진적 발전 - 「부활」

기독교의 전승에 따르면 부활하신 예수는 40일을 머문 후 여러 무리

---

19) 이동하, 「김동리 소설과 기독교의 관련 양상」, 곽상순 외, 『김동리 문학의 원점과 그 변주』, 계간문예, 2006, 136쪽.
20) 이동하, 위의 글, 276쪽.

들이 보는 가운데서 승천했다고 전해지고 있다. 누가복음의 전승에 따르자면 예수는 베다니에서 무리들에게 축사하신 후 하늘로 올라갔다고 기록되어 있으며, 사도행전과 마가복음에서도 동일한 내용들이 전해지고 있다.[21] 그런데 예수의 승천이 성립하기 위해서는 무엇보다도 십자가에서 죽음을 맞이한 예수의 부활이 전제되어야 가능한 일이다. 따라서 기독교의 역사는 '예수 그리스도께서 무덤에서 살아나셨다'는 선언과 함께 시작되었다고 해도 지나친 말이 아니다. 그러나 일부 기독교인들, 즉 이단으로 규정되는 영지주의자들은 예수의 부활에 대한 자못 심각한 회의를 제기한다. 물론 그들 역시 부활 자체를 부인하는 것은 아니다. 그렇지만 예수의 부활에 대한 문자 그대로의 해석을 경계하고 여러 가지 방식의 새로운 해석을 시도함으로써 주류 기독교의 신학과는 관점을 달리한다. 이를테면 예수의 부활을 목격했다는 사람들은 육체적으로 다시 살아난 예수를 만난 것이라기보다 영적인 수준의 체험, 즉 무아지경의 환상 속에서나 꿈 속, 또는 영적인 깨달음의 황홀경 속에서의 신비한 체험을 과장되게 의미부여한 것으로 간주하는 것이다.[22]

한편 정통 기독교의 주장에도 예수의 부활에 대한 혼란의 양상이 나

---

21) 누가복음(24:50~53)에는 "예수께서 저희를 데리고 베다니 앞까지 나가사 손을 들어 저희에게 축복하시더니 축복하실 때에 저희를 떠나 (하늘로 올리우)시니 저희가 (그에게 경배하고) 큰 기쁨으로 예루살렘에 돌아가 늘 성전에 있어 하나님을 찬송하니라"로, 사도행전(1:9~11)에는 "이 말씀을 마치시고 저희 보는 데서 올리워 가시니 구름이 저를 가리워 보이지 않게 하더라 올라가실 때에 제자들이 자세히 하늘을 쳐다보고 있는데 흰옷 입은 두 사람이 저희 곁에 서서 가로되 갈릴리 사람들아 어찌하여 서서 하늘을 쳐다보느냐 너희 가운데서 하늘로 올리우신 이 예수는 하늘로 가심을 본 그대로 오시리라 하였느니라"고 기록되어 있다. 그리고 마가복음(16:19)에는 "주 예수께서 말씀을 마치신 후에 하늘로 올리우사 하나님 우편에 앉으시니라"고 기록하여 주류 기독교의 전승에서는 예수의 승천을 기정사실로 받아들이고 있음을 확인할 수 있다.
22) Elaine Pagels, 하연희 역, 『숨겨진 복음서 영지주의』, 루비박스, 2006, 41쪽.

타나고 있다. 요한복음의 전승에서 빈 무덤을 보고 울고 있던 막달라 마리아가 자신의 앞에 나타난 예수를 보고도 동산지기인 줄로 착각하여 알아보지 못하는 장면23)은 예수의 육체적 부활에 대한 의혹을 제기하는 빌미가 된다. 또한 마가복음과 누가복음의 전승에서도 예수는 엠마오로 가던 두 제자들에게 예수임을 알아볼 수 없는 '다른 모습으로' 나타났다고 전해지고 있다.24) 제자들은 예수를 알아보지 못하다가 나중에야 예수임을 깨닫게 되었지만 역시 저희들에게 보이지 않았다고 전해지고 있다. 때문에 신약성서의 복음서 안에서도 예수의 부활에 대한 기록은 육체적 부활이라는 문자적 해석의 가능성과 함께 그 반대적 의미로의 해석 가능성도 열려 있는 것이다. 따라서 인간의 상식과 과학의 논리로는 도저히 납득되지 않는 부활에 대한 이견은 예수 사후로부

---

23) "마리아는 무덤 밖에 서서 울고 있더니 울면서 구푸려 무덤 속을 들여다보니 흰옷 입은 두 천사가 예수의 시체 뉘었던 곳에 하나는 머리 편에, 하나는 발편에 앉았더라 천사들이 가로되 여자여 어찌하여 우느냐 가로되 사람이 내 주를 가져다가 어디 두었는지 내가 알지 못함이니이다 이 말을 하고 뒤로 돌이켜 예수의 서신 것을 보나 예수신 줄 알지 못하더라 예수께서 가라사대 여자여 어찌하여 울며 누구를 찾느냐 하시니 마리아는 그가 동산지기인 줄로 알고 가로되 주여 당신이 옮겨 갔거든 어디 두었는지 내게 이르소서 그리하면 내가 가져가리이다" (요한복음, 20:11~15)

24) 마가복음(16:12~13)에는 "그 후에 저희 중 두 사람이 걸어서 시골로 갈 때에 예수께서 다른 모양으로 저희에게 나타나시니 두 사람이 가서 남은 제자들에게 고하였으되 역시 믿지 아니하니라"고 기록되었고, 누가복음(24:13~31)에는 "그 날에 저희 중 둘이 예루살렘에서 이십오 리 되는 엠마오라 하는 촌으로 가면서 이 모든 된 일을 서로 이야기하더라 저희가 서로 이야기하며 문의할 때에 예수께서 가까이 이르러 저희와 동행하시나 저희의 눈이 가리워져서 그인 줄 알아보지 못하거늘 …(중략)… 저희의 가는 촌에 가까이 가매 예수는 더 가려하는 것같이 하시니 저희가 강권하여 가로되 우리와 함께 유하사이다 때가 저물어가고 날이 이미 기울었나이다 하니 이에 저희와 함께 유하러 들어가시니라 저희와 함께 음식 잡수실 때에 떡을 가지사 축사하시고 떼어 저희에게 주시매 저희 눈이 밝아져 그인 줄 알아보더니 예수는 저희에게 보이지 아니하시는지라"로 기록되어 있다.

터 지금까지도 끊임없는 신학적 논쟁의 불씨로 지속되고 있는 것이다. 마찬가지로 문학적 상상력의 공간에서도 예수의 부활은 무궁무진한 해석의 가능성을 열어놓고 있는데, 김동리도 이 문제에 대한 관심을 상당히 심도 있게 지속한 것으로 알려져 있다.

김동리는 『사반의 십자가』의 창작에 있어서 예수의 부활 사건에 대해 많이 고심한 흔적을 발견할 수 있다. 1958년의 단행본 출간에 이어 25년이 지난 1982년의 개작본에 이르면 여러 부분에서 달라진 양상을 발견할 수 있다. 즉 세부적인 단어의 선택과 문장 표현의 손질에서부터 기본적 서사의 구성에 이르기까지 작가는 세심한 개작을 진행시켰다. 그런데 그 중에서도 가장 공을 많이 들인 부분이 바로 예수의 부활에 대한 마지막 장면이다. 김동리는 원작본에서는 예수의 부활에 대해 그리 세밀한 서사를 전개하지 않았다. 다만 예수의 주검이 아리마대 출신의 요셉과 바리새인 니고데모에 의해 장사되었고, 사흘 뒤 세 여인과 베드로와 요한에 의해 빈 무덤이 목격되는 장면을 간략히 서술하고 있을 뿐이다. 그리고 예수의 부활을 그대로 믿기는 의심스럽다는 견해를 조심스럽게 내비치는 것에서 이야기를 마무리하고 있다.

> 그러나 아무리 그의 부활을 믿는 사람일지라도 그 무덤에서 돌을 밀치고 나간 예수의 육신이 그대로 하늘나라로 올라간 것이라고 생각한다면 그것은 너무나 완고한 詩다. 만약 문제가 어디까지나 그의 시체의 행방에 있는 것이라면, 처음부터 자진하여 그것을 인수하러 나타났던 아리마대 요셉이, 그만한 사랑과 용기와 정의의 사람이 왜 그의 부활을 그의 제자들과 더불어 맞이하지 못했던가 하는 사실과 아울러 생각할 필요도 있을 것이다. (『사반의 십자가』, 원작본, 283쪽)

그런데 개작본에 이르면 이 부분에 대한 서사의 확장이 이루어지는데, 작가의 이러한 변모는 개작본 이전에 발표된 단편 「부활」에서 이미 나타나 있다. 즉 김동리는 『사반의 십자가』를 발표한 이후 예수의 부활에 대한 서사에 나름대로의 미진함을 염두에 두고 단편 「부활」을 창작한 것으로 보이며, 결국 『사반의 십자가』를 개작함에 이르러서는 단편 「부활」의 서사 의도를 반영한 것이다.25) 따라서 예수의 부활을 대하는 작가의 인식과 이에 대한 기독교적 상상력의 실체는 단편 「부활」에 대한 분석으로 가능할 것이다.

「부활」은 골고다 언덕에서 죽음을 맞이한 예수에 대한 서술자인 '나'(아리마대 사람 '요셉'으로 추정)의 목격담, 그리고 사흘 후 벌어진 예수의 부활을 주류 기독교의 인식과는 전혀 다른 시각에서 해석하고 있는 두 부분으로 서사가 전개되고 있다. 즉 전반부는 예수와 두 도적(사반과 마나엔)이 골고다 언덕에서 처형당하는 상황을 '나'라는 초점화자의 주관적 해석을 통해 전개하고 있으며, 후반부는 하인을 동반한 화자가 예수를 장사지낸 동굴로 가서 깨어난 예수를 자신의 집으로 은밀히 모셔간 후 그가 회복되는 과정을 전개하고 있다. 「부활」의 서사에서 예수의 십자가 처형 과정을 끝까지 지켜보고, 이후 예수의 주검을 손수 마련한 무덤에 장사지내고 신비한 부활의 상황까지 목격하는 화자인 '나'는

---

25) 「부활」의 창작에 대한 김동리의 문제의식에 대해 이동하는 "『사반의 십자가』 원본에서 김동리는 예수의 부활에 관하여 "시체가 사라진 것은 인정하지만 유신 그대로 부활·승천했다는 것은 부정한다. 그리고 이렇게 볼 경우 예수의 시체가 정말로 어떻게 되었다는 것이냐라는 문제는 그대로 남는데, 이 문제에 대해서는 확실히 답할 수 없다"라는 태도를 취했었다. 이런 태도는 사실 퍽 모호한 것이고 그래서 김동리 자신도 거기에 적지 않은 불만을 느꼈으리라는 것은 쉽게 짐작할 수 있다. 아마도 그러한 불만이 김동리로 하여금 이 문제를 계속 생각하게 만들었고, 그 생각의 결과가 「부활」로 나타난 것인지 모른다."라고 분석하고 있다. 이동하, 『김동리』, 건국대학교 출판부, 1996, 89쪽.

복음서의 아리마대 사람 요셉으로 추정할 수 있다.

(1) 몰약(沒藥)과 침향(沈香)과 가는 삼베는 나와 같은 공회(산히드린)의 동료인 니고데모가 가져오기로 되어 있었다. 공회에서 예수에게 형틀(십자가)을 거부한 이는 그와 나 둘뿐이다. 그는 시체에 필요한 향약품(香藥品)들과 삼베를 가져오기로 하고 나는 무덤을 마련하기로 했던 것이다.

　무덤은 내 친구 아볼로의 것이다. 골고다에서 가까운 동산 속에 있었다. 거기다 아볼로는 미리 굴을 뚫어서 무덤을 만들어두었었다. 나는 그에게 적당한 금액을 주기로 하고 이것을 그로부터 양보 받게 되었던 것이다.

　내가 인부들을 시켜 예수의 시체를 이 무덤─아볼로에게 양보 받은─까지 옮겨갔을 때는 니고데모도 필요한 약품들과 가는 삼베를 보자기에 싸들고 나와 함께 와 있었던 것이다. 땅거미가 지기 시작할 무렵이었다. (「부활」, 111~112쪽)[26]

(2) 공회의원으로 선하고 의로운 요셉이라 하는 사람이 있으니 (저희의 결의와 행사에 가타하지 아니한 자라) 그는 유대인의 동네 아리마대 사람이요 하나님의 나라를 기다리는 자러니 빌라도에게 가서 예수의 시체를 달라하여 이를 내려 세마포로 싸고 아직 사람을 장사한 일이 없는 바위에 판 무덤에 넣어 두니 이날은 예비일이요 안식일이 거의 되었더라. (누가복음, 23:50~54)[27]

---

26) 본고의 텍스트 인용은 『김동리 전집 3』(민음사, 1995)의 「부활」에 따른다.
27) 동일한 내용이 요한복음(19:38~40)에는 "아리마대 사람 요셉이 예수의 제자나 유대인을 두려워하여 은휘(隱諱)하더니 이 일 후에 빌라도더러 예수의 시체를 가져가기를 구하매 빌라도가 허락하는지라 이에 가서 예수의 시체를 가져가니라 일찍 예수께 밤에 나아왔던 니고데모도 몰약과 침향 섞은 것을 백 근쯤 가지고 온지라 이에 예수의 시체를 가져다가 유대인의 장례법대로 그 향품과 함께 세마포로 쌌더라"라고 기록되어 있다. 이를 통해 볼 때 김동리는 누가복음

인용문 (1)에 나타난 여러 정황들, 즉 산헤드린 공회원이며 예수의
십자가 처형을 거부했으며 직접 예수의 장례를 준비했다는 내용은 인
용문 (2)의 누가복음 전승과 대체적으로 일치한다. 이를 통해서 비록
텍스트에 구체적 이름을 명기하지 않았지만 아리마대 출신의 요셉이라
는 인물이 서사의 화자임은 분명한 사실로 확인된다. 그런데 서사의
후반부에 나타난 예수의 부활에 대한 목격과 그 이후의 반응들은 복음
서의 전승에서는 어떠한 단서도 찾을 수 없는 작가의 허구적 창작이다.
　여기서 한 가지 주목하고 넘어갈 것은 「부활」에서 다루어진 서사의
전반적 흐름이 개작본 『사반의 십자가』에서 거의 유사하게 반복된다는
점이다. 개작본 『사반의 십자가』에서는 요셉이라는 인물을 구체적으로
명시하여 전개하고 있는데 이는 「부활」에서 이미 상세히 다루었던 예
수의 부활 사건을 전반적인 틀을 그대로 유지하면서 요약적으로 형상
화한 것이다. 그리고 「부활」이 원작 『사반의 십자가』에서 예수의 부활
을 다소 미진하게 처리했던 것에 대한 작가의 새로운 해석을 보여주는
작품이라는 점도 주목해야 한다.

　　『사반의 십자가』 원본에서 김동리는 예수의 부활에 관하여 "시체가 사라
　진 것은 인정하지만 유신 그대로 부활·승천했다는 것은 부정한다. 그리고
　이렇게 볼 경우 예수의 시체가 정말로 어떻게 되었다는 것이냐라는 문제는
　그대로 남는데, 이 문제에 대해서는 확실히 답할 수 없다"라는 태도를 취했
　었다. 이런 태도는 사실 퍽 모호한 것이고 그래서 김동리 자신도 거기에
　적지 않은 불만을 느꼈으리라는 것은 쉽게 짐작할 수 있다. 아마도 그러한

　과 요한복음의 전승을 종합적으로 참고하여 「부활」의 서사를 구성한 것으로
　짐작된다. 또한 이 내용은 마태복음(27:57~61)과 마가복음(15:42~47)에서도 유
　사하게 다루어지고 있다.

불만이 김동리로 하여금 이 문제를 계속 생각하게 만들었고, 그 생각의 결과가 「부활」로 나타난 것인지 모른다.[28]

원작『사반의 십자가』이후 5년 만에 예수의 부활에 해당하는 내용만을 단편으로 발표한 작가의 의도에는 분명 이동하의 해석과 같은 고뇌가 작용했을 것이다. 그리고 이러한 작가 인식이 개작본에 와서도 지속적으로 형상화되었다는 점에서 예수의 부활을 바라보는 김동리의 기독교적 세계관의 특징을 발견할 수 있을 것이다.[29]

김동리는 「부활」의 창작에 이르러서는 「마리아의 회태」와 「목공 요셉」보다 훨씬 더 주류 기독교로부터 멀어진 사고의 확장을 나타내고 있다. 그 첫 번째 단서가 예수를 장사지낸 아리마대 사람 요셉이 동굴로 예수를 찾아가는 내면의 동기에서 확인된다.

나는 속으로 다행이라고 생각했다. 그가 죽었다고는 뻔히 알고 있으면서도 왠지 그의 속속 깊은 데까지는 완전히 죽어지지 않았으리라고, 또 하나 다른 내가 그것을 은근히 믿고 있었기 때문이었다.

형틀(십자가)에 달려서 죽었던 사람이 나중(틀에서 내리어진 뒤) 되살아

---

28) 이동하,『김동리』, 건국대학교 출판부, 1996, 89쪽.
29) 이동하는『사반의 십자가』의 원작과 개작본의 차이를 다음의 세 가지로 설명하고 있다. 첫째는 원본에서 모호하거나 불투명한 상태에 머물러 있던 부분들이 개작본에 이르러서는 보다 명료한 윤곽을 얻게 된 경우가 여럿 나타난다는 점, 둘째는 원본에서 다분히 시적인 울림을 발했던 부분들이 개작본에 이르러서는 그러한 울림을 잃고 산문화된 경우가 있다는 점, 셋째는 원본의 경우 서술자가 야훼의 존재 내지는 기독교 신앙의 정당성을 인정하거나 아니면 그 문제에 대해 최소한 호의적인 중립을 지킨 것으로 해석될 수 있는 부분들이 몇 개 있으나 개작본에 이르러서는 그런 부분들이 사라지고 야훼의 존재 내지 기독교 신앙의 정당성이라는 문제에 대해서는 판단을 유보하는 것처럼 보이면서 사실상 냉담한 거부의 입장을 취하는 태도가 두드러지게 나타난다고 설명하고 있다. 위의 책, 78~79쪽.

났다는 이야기는 나도 얼마든지 알고 있는 것이다. 예수는 워낙 여러 날 굶어왔었고 또 지쳐 있어서 남 먼저 숨을 거두기는 했지만 그에게는(체질적으로) 남달리 약한 반면에 강한 일면도 있었기 때문에 숨이 그쳤다고 해서 그냥 아주 썩어져버릴 것 같지만은 않은 생각이 곧장 들었던 것이다. 내가 빌라도(총독)에게 그의 시체를 빌어서 손수 장사 지내기로 한 것도 나로서는 여러 가지 생각이 있었기 때문이다.(「부활」, 111쪽)

애초에 요셉은 예수가 '속속 깊은 데까지는 완전히 죽어지지 않았으리라'는 믿음을 가지고 그의 장사 지내기를 자청한다. 그리고 예수가 예언했던 부활에 대해서도 다수의 사람들이 믿지 않았음에도 불구하고 그는 나름의 가능성을 배제하지 않는다. 그러나 그 믿음이 순전한 신앙에 기인한 것이 아니라는 점에 문제성을 내포하고 있다. 이를테면 요셉은 예수가 함께 처형을 당하던 도둑들과는 판이하게 다른 허약 체질이라는 특질에서 그의 죽음에 의문을 제기한다. "틀에 달리기 전부터 죽은 사람 모양 새하얗게 질린 얼굴에 땀방울만 구슬처럼 주렁주렁 달고"(107쪽)있는 예수에게서 요셉은 비참함마저 느끼며, 때문에 그는 십자가에서 죽음에 이른 것이 아니라 가사 상태(기절)에 빠져들었을 것이라는 가정에 도달한다. 또한 그 가능성에는 예수의 단식이라는 상황이 또 다른 이유로 개입된다. "그는 이미 사흘째나 빵 한 조각 우유 한 모금 목에 넘기지 않은 채니까 미리 지쳐버린 것도 무리가 아니다. 그러나 그가 왜 이렇게 사흘 동안이나(내가 알기만도) 식음을 전폐하다시피 하는지는 아무도 모른다"(107쪽)는 의미심장한 의혹의 제기 속에서 예수는 죽음에 도달한 것이 아니라는 매우 획기적인 사유의 시도를 드러내고 있다. 따라서 인용문의 '형틀(십자가)에 달려서 죽었던 사람이 나중

(틀에서 내리어진 뒤) 되살아났다는 이야기는 나도 얼마든지 알고 있는 것이다. 예수는 워낙 여러 날 굶어왔었고 또 지쳐 있어서 남 먼저 숨을 거두기는 했지만 그에게는(체질적으로) 남달리 약한 반면에 강한 일면도 있었기 때문에 숨이 그쳤다고 해서 아주 썩어져버릴 것 같지만은 않은 생각이 곧장 들었던 것이다'는 문맥은 오랜 단식과 허약한 체질에 따른 기절(혼절)의 가능성에 더 큰 비중을 두고자 한 작가의 허구적 상상력이다.

또한 김동리는 「부활」에서 예수의 부활이 가사 상태에서의 깨어남일 수 있다는 또 다른 가정을 제시한다. 요한복음(19:31~33)의 전승에 따르면 "이날은 예비일이라 유대인들은 그 안식일이 큰 날이므로 그 안식일에 시체들을 십자가에 두지 아니하려 하여 빌라도에게 그들의 다리를 꺾어 시체를 치워 달라 하니 군병들이 가서 예수와 함께 못박힌 첫째 사람과 또 그 다른 사람의 다리를 꺾고 예수께 이르러는 이미 죽은 것을 보고 다리를 꺾지 아니하고 그 중 한 군병이 창으로 옆구리를 찌르니 곧 피와 물이 나오더라"는 기록이 있다. 김동리는 이 전승의 '다리꺾임'에 주목하여 예민한 해석을 시도하고 있다.

예수는 이미 제 구시(하오 세시)에 이상한 소리를 지르고 숨을 거두었기 때문에 아무도 살아 있으리라고 의심하는 사람은 없었다. 그러나 그는 일찍이 살아 있었을 때, 〈죽은 지 사흘 만에 되살아날 것〉이라고 선언한 일이 있었기 때문에 시체 검사를 엄중히 하라는 명령이 내렸다.

병사 둘이 예수의 시체 곁으로 다가오더니 그 중의 하나가,

「이왕이면 이 치도 다리꺾음을 해버리지」

하는 것을 나는 서슴지 않고,

「멀쩡하게 죽은 사람을 두고 새삼 다리꺾음할 필요는 없지 않소?」
했더니 그들도 더 대꾸를 하지 않았다. 그 대신 아마 다리꺾음을 해치우자
고 하던 병사가 창 끝으로 예수(시체)의 옆구리를 쿡 찔러보았다. 요행히
그것은 아랫배 옆구리였기 때문에 뼈가 상할 리는 없었고, 핏물이 좀 나왔
을 뿐이다. 그들도 이미 죽은 것으로 보고 있었기 때문에 시체를 두고 그다
지 악착스레 굴고 싶지는 않은 모양이었다.

나는 속으로 다행이라고 생각했다. 그가 죽었다고는 뻔히 알고 있으면서
도 왠지 그의 속속 깊은 데까지는 완전히 죽어지지 않았으리라고, 또 하나
다른 내가 그것을 은근히 믿고 있었기 때문이었다.(「부활」, 110~111쪽)

요한복음의 전승에서는 예수가 다리꺾임을 면한 것이 유대 병정들의
자발적 행위에 따른 것이었지만 「부활」에서는 요셉의 적극적 만류가
작용했다는 점이 차이를 보인다. 자칫 화를 자초할 수도 있는 요셉의
적극적 개입은 '왠지 그의 속속 깊은 데까지는 완전히 죽어지지 않았으
리라'는 믿음이 있었기 때문이다. 아울러 예수의 '다리꺾임'이 지니는
의미를 부각시켜 예수의 부활이 실제 죽음을 경험한 불가해한 사건이
아니라, 단지 가사 상태에 머물다 의식을 되찾게 된 오해의 산물임을
견지하려는 작가의 의도가 엿보이는 대목이다. 만에 하나 예수가 다리
꺾임마저 당한 지경이었더라면 그의 부활에 대한 이견을 펼칠 만한 근
거가 희박해지기 때문이다. 이처럼 김동리는 예수의 부활을 주류 기독
교의 전승과는 다른 시각에서 접근함으로써 초기에 기독교의 전승을
대하던 태도와는 상당히 변모한 양상을 보여주는데, 끝으로 무덤에서
사라진 예수의 후일담을 전개하는 속에서도 그것을 확인할 수 있다.

나는 하인을 시켜 무덤 앞을 막아놓은 큰 돌을 옆으로 밀어뜨리게 하고

무덤 속으로 들어갔다. 속은 칠흑같이 캄캄했다. 그러나 이내 희미한 빛이 있음을 깨달았다. 희끄무레한 무엇이 비치고 있었기 때문이었다. 나는 숨을 죽이다시피 하여 그 〈희끄무레한 무엇〉에 조심조심 다가갔다. 아! 예수가 일어나 앉아 있지 않는가.

「랍비여! 랍비여!」

내가 조금 전 꿈결에서 외치던, 꼭 그와 같은, 울음 섞인 목소리로 그를 불렀을 때 그는 가만히 한쪽 팔을 나에게 내밀었다.

나는 두 손으로 그의 팔을 붙잡았다. 그러고는 준비하여 갔던 겉옷을 그에게 입히었다.

내가 예수를 부축하여 무덤 밖으로 나오자 돌―무덤 앞을 막았던― 위에 걸터앉아 그곳을 지키고 있던 하인이 일어나 나를 거들었다. 병사들은 먼저보다도 더 곤히 잠들어 있었다.

나와 나의 하인은 예수를 마차에 모시자 나는 그를 부축하여 마차 안에 함께 앉고, 하인은 말을 몰아 아리마대로 달렸다. 동이 틀 무렵이었다.(「부활」, 112~113쪽)

기독교의 전승에 따르면 예수는 누구의 도움도 받지 않은 채 무덤에서 나왔으며, 이후 여러 제자들 앞에 나타나 자신의 부활을 알린다. 그러나 김동리는 「부활」에서 이미 깨어나 있던 예수가 요셉에 의해 그의 집으로 옮겨간 것으로 상황을 변화시키고, 요셉의 조력에 의해 서서히 기력을 회복하는 것으로 이야기를 결말짓는다. 즉 예수는 "처음엔 포도주를 한 모금, 다음에는 우유를 두 모금, 이렇게 식사를 마실 것부터 조금씩 시작"(113쪽)하여 사흘이 지난 후에 건강을 회복하고, 또 다시 사흘이 지난 안식일에는 옷도 갈아입고 골방에서 나오게 된다. 이는 주류 기독교의 전승자들이 예수의 신성을 훼손시키지 않고 오히려 불가해한 사건의 연속 속에서 그의 신이성을 더욱 굳건히 하려는 의도였음에 비해, 김동리는 예수의 부활 자체를 이성적·과학적 사고의 틀 안에서 해석하려는 태도를 확고히 한다. 이것은 앞서도 지적했듯이 김동리의 기독교적 사유가 이 즈음에 이르러서는 기독교 비경전의 적극적 수용과 영지주의적 사유의 단초를 지니게 되었음을 추론할 수 있게 한다.

보수적 주류 기독교인의 대표자인 테르툴리아누스의 "그리스도가 무덤에서 육체적으로 부활하였기 때문에 모든 신자들도 육체적 부활을 기대해야 한다"[30]라는 표명에는 기독교 부활 신앙의 핵심이 고스란히 담겨 있다. 이천 년이 넘는 오랜 기독교의 역사 속에서 신앙의 궁극적 목적은 죄로부터의 구원과 죽음 이후의 부활에 대한 열망이었다. 여기서 심판날의 부활 소망은 예수의 부활이 전제됨으로써만 가능한 일이다. 그러나 일부의 영지주의자들은 예수의 부활 자체를 부인하지는 않지만 문자 그대로의 해석은 거부하는 태도를 드러내며, 심지어 극단적 영지주의자들의 경우 죽은 사람이 다시 살아난다는 사실 자체를 "극도로 혐오스럽고, 모순되고, 불가능한 것"[31]이라고 단언하기에 이른다. 합리적 이성과 과학적 논리를 벗어난 주류 기독교의 전승들이 영지주의자들의 사유체계 내에서는 지극히 모순되고 불가능한 상상력에 불과하기 때문이다. 이는 「마리아의 회태」에서 비교적 기독교의 전승에 순응적 태도를 보여주었던 김동리의 의식이 「목공 요셉」에 와서는 현실적 태도로 변모하게 되고, 이후 「부활」에 이르러 보다 심화된 것에서 인식의 유사성을 발견할 수 있다.

---

30) Elaine Pagels, 하연희 역, 앞의 책, 41쪽.
31) 위의 책, 41쪽.

5. 결론

"신화들은 그 신화가 만들어진 시대, 그 시대의 정신과 세계관을 반영하지만, 그러나 결코 한 시대에 갇히는 법이 없다. 모든 시대들에 드리우는 큰 그늘, 그것이 내가 생각하는 신화이다"[32]라고 작가 이승우는 창세기를 모티프로 작품을 창작한 동기를 밝히고 있다. 대다수의 작가와 독자들은 알게 모르게 신화로부터 무수한 상상력을 제공받고 있으며, 그 신화적 상상력을 통하여 현대적 삶의 가치를 곱씹어 보게 된다. 즉 결코 한 시대에 갇히지 않고 모든 시대에 드리우는 신화의 그늘 아래서 인류는 당대의 정신과 세계관을 재창조하게 되는 것이다. 바로 이런 맥락에서 작가들은 성서의 모티프에 관심을 기울이게 된다. 인간의 기원에 대한 창세 신화로부터 무수히 이어져 내려온 인류의 기원과 발생에 대한 신화적 상상력, 그리고 복음서에 나타난 예수의 일생을 중심으로 엮어진 신비적 사고 등은 그 시대의 정신과 세계관을 충실히 반영하고 있다. 그러나 그것들은 단순히 그 시대적 범주에 머무르지 않고 작가들의 상상력을 충동함으로써 다양한 변이를 거쳐 새로운 모습으로 독자들에게 다가오고 있는 것이다.

본 연구는 서구 기독교의 전승을 한국 민족문학의 대표적 작가인 김동리가 어떻게 수용하고 있는가에 초점을 맞추어 전개했다. 신화가 갖는 범세계적 보편성을 인정한다 할지라도 기독교적 세계관은 동양, 그 중에서도 한국적 토대에서는 낯설고 특수한 사고 체계임에 분명하다. 그럼에도 불구하고 한국의 근대화와 더불어 유입된 기독교적 세계관은 전혀 이질적인 토양 위에서도 그 싹을 틔웠고 김동리에 이르러서는 나

---

32) 이승우, 「작가의 말」, 『태초에 유혹이 있었다』, 문이당, 1998, 6쪽.

름의 의미 있는 결실을 맺어가고 있음을 확인할 수 있었다. 즉「마리아의 회태」,「목공 요셉」,「부활」은 김동리의 기독교적 상상력이 민족문학의 토양과 융화되는 과정을 보여주는 것이며, 더 나아가 앞으로 전개될 기독교 문학의 방향성을 개척했다는 점에서 그 가치를 평가할 수 있다. 또한 김동리로부터 시작된 성서 모티프의 수용이 최근에 이르면서 점점 더 영지주의적 세계관과 흡사한 면모를 보여주고 있음을 주목할 때, 김동리의 단편에 대한 연구는 이 분야의 변모 양상을 연구함에 출발이 된다는 점에서 의의를 지니게 될 것이다.

1980년대 한국소설에 나타난 기독교 담론

기애도

1. 서론

'종교는 문화의 실체이며, 문화는 종교의 형식'[1]이므로 종교와 문화
는 불가분의 관계로 연결된 영역이다. 때문에 종교가 인간 존재의 궁극
적 관심을 열어주는 것처럼[2] 문학은 인간의 자기 해석, 즉 존재 탐구에
의미를 부여하는 행위로서 당대를 지배하는 종교와 사상·문화적 해석
의 도구가 될 수 있다. 특히 발전하는 사회적 현상의 결과물[3]이자 '인간
과 가장 밀착된 예술 형태'[4]로서의 소설은 인간의 본질을 탐구·성찰하
면서 궁극적 관심에 집중한다는 점에서 종교적 관점에 비견될 수 있다.
다시 말하면 표현 양식으로서의 소설이 대상으로서의 종교를 조명하게

---

1) 폴 틸리히, 남정우 역, 『문화의 신학』, 대한기독교서회, 2002, 52쪽.
2) 틸리히는 '인간 정신의 심층의 측면인 종교'를 말하면서 심층이란 인간 정신생
   활의 궁극적. 무한적. 무제약적인 것들을 가르치는 '궁극적 관심'인데 인간 정
   신의 모든 창조적 기능 속에 나타나며 도덕적 영역에서 무제약적 진지성으로
   나타난다고 보았다. 위의 책, 17~18쪽.
3) 랑송, 『문학연구논문』, Lanson : *Essais de methode critique etd'litteraie*, Hachette,
   1965. 김현, 『문학 사회학』, 민음사, 1987, 190쪽.
4) 한승옥, 『한국 현대 소설과 사상』, 집문당, 1995, 9쪽.

되면 소설은 종교의 도그마(dogma)를 지적하고 종교는 통찰력과 윤리
적 기준을 제시할 수 있기 때문이다. 본고의 목적은 종교와 문학이 만나
는 접점으로서의 소설 안에서 다양한 종교적 담론이 어떻게 전개되었
는지에 주목한 것이며 그 대상은 1980년대 발표된 기독교 장편소설에
내재한 기독교 세계관5)에 집중되었다.

  따라서 본고의 연구는 1980년대 장편소설 중에서 다양한 종교적 담
론을 강렬하게 내포된 소설들6)—조성기의 『가시둥지』(1987)와 이청준
의 『낮은 데로 임하소서』(1981), 정연희의 『내 잔이 넘치나이다』(1983),
정을병의 『달려라 바리새인』(1981)—을 텍스트로 선정하고 각각의 소
설 안에 투영된 기독교의 신정론(神正論), 구원론(救援論), 예정론(豫定
論), 교회론(敎會論)의 전개 양상을 내재적 관점으로 조명해 본 것이다.

---

5) 기독교 세계관은 인류의 시종(始終)에 대하여 '하나님의 나라'라는 큰 전제를
  바탕으로 창조 - 타락 - 구원이라는 구속사적 맥락으로 설명하는 유신론적 관점
  이다. 특히 기독교와 타 종교를 구분 짓는 종교적 변별력은 신. 구약 성경에
  근거한 두 가지 기준 - 십계명과 주기도문 - 과 하나의 신앙고백 - 사도신경 -
  에 근거한 교리체계이다. 하나님의 '명령'인 십계명이 기독교인의 행동강령이
  라면 예수가 가르친 주기도문은 인간이 하나님께 올리는 '요청'이고 사도신경
  은 '신앙고백'인데 세 가지 근간은 서로 연결되어 교리적 통일성을 이룬다. 기독
  교의 교리체계는 크게 신론. 기독론. 인간론. 구원론. 교회론. 종말론으로 구성
  되며 각론은 다시 하위체계들로 이루어져 있다.
6) 한국문학에서 기독교 소설이 활발히 창작된 시기는 기독교의 부흥—개화기와
  1960년~1980년대—과 깊이 연관된다고 볼 수 있다. 개화기를 이끌었던 기독교
  의 윤리적 영향력이 개화기 단편소설로 나타났다면 두 번째 부흥기의 영향력은
  1980년대 발표된 장편소설들의 형태로 나타났다. 주로 기독교인의 윤리적 태
  도를 문제 삼은 단편소설들에 반해 장편소설들은 기독교 세계관의 깊이 있고
  다양한 주제들을 내포하고 있다.

2. 1980년대 한국소설에 나타난 기독교적 담론 양상

2.1. 『가시둥지』에 나타난 '구원론'의 양상

조성기의 『가시둥지』(1987)는 한 사람의 굴곡진 삶과 새 출발을 그린 장편소설인데 종매(從妹)를 죽인 무기수가 20년의 수형세월을 보내면서 기독교도가 되고 종교음악가로 성장하여 새롭게 사회에 편입되는 과정을 그린 것이다.7)

작가는 서문에서 주인공의 거주 공간인 교도소가 독수리가 나는 법을 훈련시키기 위해 만든 '가시둥지'이며 그의 출옥 과정을 독수리의 출발로 비유하고 있는데 이 비유는 기독교 사회에서 익숙하게 사용되는 상징이자 은유적 표현의 하나이다. 또한 죄수의 석방이라는 모티프 역시 죄인의 죄 사함과 구원이라는 기독교의 핵심 교리에 부합함으로서 이 소설이 '창조 - 타락 - 구원'으로 이어지는 기독교 세계관에 근거하고 있음을 알려준다. 다시 말하면 '가시둥지'라는 제목에서부터 작가의 서문, 서사의 배열 구조와 내용, 공간적·심리적 배경, 색채의 상징성, 인물의 심리적 변환과정 등 모든 부분에서 직접 또는 간접적으로 기독교적 구원론을 적용할 수 있다. 예를 들면 교도소에 갇힌 무기수의 신분은 전 지구적인 '가시둥지'안에 살고 있는 인간의 공간적·심리적

---

7) 본 텍스트는 『가시둥지』(민음사, 1987)이며 이하 쪽수는 텍스트의 쪽수이다. 텍스트에 대한 단독 연구는 현재까지 발견할 수 없었으며 석사논문 1편(송기봉, 「한국현대소설의 기독교 수용양상-전영택. 백도기. 조성기 소설을 중심으로」, 중앙대학교 교육대학원, 1993)에서 조성기의 『야훼의 밤』과 연계하여 약간 언급되고 있다.

상태에 비견되며, 주인공의 언술에서 빈번하게 나타나는 '푸른색'에 대한 이미지 역시 처음에는 죄수의 죄악과 죽음을 상징하는 교도소의 색깔로 나타나다가 나중에는 하나님의 권능과 영광을 나타내는 하늘빛의 색깔로 의미 전환되어 사용되기 때문에 죄인은 곧 하나님의 백성으로 선택될 수 있다는 해석이 가능해진다. 특히 이 소설이 기독교 소설임을 가장 두드러지는 나타내는 부분은 기독교의 구원론―'구원의 여정'(부르심-중생-회심-칭의-양자-성화-영화)이 서사의 목차―(1)푸른 끈 (2)이내 빛 출구 (3)커튼 속 (4)노래의 계단 (5)물에 담긴 고백 (6)마라나타 (7)풀의 죽음 (8)히스기야의 벽 (9)하얀 들판―와 주제와 내용면에서 일치한다는 점이다.[8]

　한편 구원론에서 구원의 여정이 이루어지는 순서는 시간적인 경과에 따른 것이 아니고 논리적인 순서이다. 그래서 어떤 단계는 동시에 일어나기도 하는데 그중 가장 중요한 단계는 '회심'(돌이켜 회개하고 예수를 구세주로 믿음)이다. 왜냐하면 회심 이전과 이후의 단계는 본인의 의지와 상관없이 하나님의 불가항력적인 은혜로 주도되지만 회심의 단계는 인간의 이해와 결단이라는 조건이 반영되어야만 다음 단계로 나아갈 수 있기 때문이다. 따라서 이 소설에서 종교적 담론이 가장 확실하게 강조된 부분 역시 회심, 즉 회개와 신앙(믿음)을 다룬 부분이다. 회심에

---

8) 용어와 의미의 구분에서 개신교의 교파에 따라 조금씩 차이를 보이긴 하지만 구원의 여정이란 대략 (1)부르심(召命) (2)중생(重生) (3)회심(悔心) (4)칭의(稱義) (5)양자(養子) (6)성화(聖化) (7)영화(榮化)의 7단계를 거친다.(칼빈만이 주장하는 "성도의 견인(牽引)"을 추가 할 수도 있다) 이 7단계 중 (1)소명과 (3)회심은 다시 각각 두 부분으로 나뉘어서 (1)의 부르심은 내적 소명과 외적 소명으로, (3)의 회심은 회개(悔改)와 신앙(信仰)으로 분류한다. 그러므로 구원의 순서는 7단계지만 세분하면 9단계가 된다. 텍스트의 목차는 9항목이며 각 소제목의 의미와 주제도 구원의 여정 9단계의 의미와 일치하고 있다.

서 회개가 죄로부터 전인적으로 돌아서겠다는 지성적 고백이라면 신앙은 십자가에서 죽은 죄수, 즉 예수가 죄 사함의 능력을 가진 하나님이라고 믿고 따르는 감성적 행위이다. 주인공이 회심에 이르는 과정도 회개와 믿음의 두 단계로 나타난다. 먼저 주인공이 성경을 통하여 예수의 죄 사함을 지성적(知性的)으로 각성하는 회개의 부분을 살펴보자.

> 과연 예수가 정신이상자냐 하나님의 아들이냐. 예수가 정신 이상자라면 그 장로의 잠과 조판부장의 눈물과 김양의 사랑들은 어떤 의미가 있을까…… 무엇보다 내 마음이 끌리기 시작한 것은 예수가…… 속옷 하나 없이 완전히 벌거벗긴 알몸이 되어 사형대에 높이 달린 채 피를 흘리다가 목말라 부르짖으며 숨져가는 거기서 내가 겪고 있는 죄수로서의 모든 절망과 좌절과 분노, 수치와 모멸, 고통과 슬픔들을 예수가 이미 맛본 사실을 알게 되었다. 〈제 육시에…… 엘리 엘리 라마 사박다니…… 어찌하여 나를 버리셨나이까〉 이 마가복음의 구절에 이르러 나는 마침내 흐느껴 울었다. "죄인으로서 죄인을 부르러 오신 예수여"……깊은 감옥의 밑바닥에서 나는 엘리 엘리 라마 사박다니를, 이전에 염불 외듯이, 아니 그보다 더 절실하게 읊조리면서 저기 조그맣게 뚫린 출구의 구멍을 올려다보았다.(59~61쪽)

김 진은 무료한 시간을 메우기 위해 성경읽기를 시작하는데 처음 요한복음에서 시작하여 마가복음으로 넘어가면서 곧 심한 혼란 상태에 빠진다. 두 복음서의 기록된 예수의 행위에 모순점이 나타나기 때문이다. 요한복음에서 예수는 '내가 부활이요 생명이니 나를 믿으면 영원히 죽지 않는다.'고 당당히 말했는데 마가복음에선 귀신들린 자가 예수를 가리켜 하나님의 아들이라고 말하자 잠잠하라고 꾸짖고 있기 때문이다. 제자인 베드로가 예수를 그리스도라고 고백할 때도 발설하지 말라고 엄히 경계하고 있다.(58~59쪽) 또한 요한복음에 나타난 유대인들이 예수를 정신이상자라고 치부하는데 반해 마가복음에 나타난 예수의 제자들은 그의 신적 능력과 부활을 목격한 사실을 두루 전파하고 있기 때문이다. 성경의 두 가지 상반된 기록은 김 진으로 하여금 성경이 조작된 기록이냐 사실이냐 양자택일의 기로에 서게 만들었다. 그의 선택은 "예수가 정신이상자라고 하는 것도 예수가 하나님의 아들이라고 하는 것만큼이나 결단을 요하는 일이었다."(59쪽) 정신적 혼란 속에서 그럼에도 불구하고 김 진의 마음을 사로잡은 것은 예수가 재판을 받고 사형집행을 당하는 장면이었다. 그는 알몸으로 십자가에서 죽어간 예수가 "내가 겪고 있는 죄수로서 느끼는 절망과 좌절, 분노, 수치와 모멸, 고통과 슬픔들을 이미 맛본 사실을 알게 되었다." 그래서 자신에게 기독교 신앙을 전하던 "그 장로의 (평온한)잠과 조판부장의 눈물, 김 양이 베푼 사랑"의 의미를 깊이 생각하게 된다. 그 결과 마침내 그는 "죄인으로서 죄인을 부르러 오신 예수여"라고 흐느껴 울면서 자신의 고통을 의탁할 하나님의 아들로 받아들임으로서 기독교도가 되어 '저기 조그맣게 뚫린 출구의 구멍을 올려다'볼 수 있게 된다.

회심의 두 번째 단계는 감성적(感性的)인 믿음(신앙)의 단계인데 다음은 주인공이 세례를 앞두고 꿈을 통하여 예수를 구세주로 받아들이는 부분이다.

……죄명이 검은 붓글씨로 적힌 나무 명패들이 하나하나 쌓이고 있었다. 살인죄, 방화죄…(중략)…세상 사람들이 지금껏 지은 모든 죄가 그렇게 나무 명패로 쌓이고 있었다. 아, 드디어 내 감방 문 위에 걸려 있던 나의 명패도 어디선가 떨어지더니 한구석 자리를 차지하며 얹혔다……양손이 그렇게

못에 박힐 동안 청년의 얼굴은 하얗게 질려갔다⋯⋯먹보다도 더 짙은 그
피는 서서히 나의 명패에 적힌 〈살〉자부터 덮어갔다. 그 다음 〈인〉자와
〈죄〉자가 덮여갔다. 드디어 나의 수인번호도 사라지고 선명한 핏빛만이
나의 명패에 남게 되었다⋯⋯마침내 그 청년 자신의 죄명이⋯⋯〈유대인의
왕〉이었다⋯⋯청년은 자신의 죄패 만을 제외하고 모든 사람의 명패를 자신
의 피로 적셨다⋯⋯이따금 시퍼런 번개가 칼처럼 내리꽂혔는데, 그 번개
빛에 청년의 나신(裸身)은 푸르스름한 빛을 띄었다. 그는 번갯불 속에서
그렇게 푸른 수의를 입고 시퍼렇게 죽어 있었다.(112~114쪽)

　김 진은 세례를 받기로 예정된 부활절 새벽, 꿈속에서 십자가에 못
박혀 죽어가는 한 청년의 모습을 보게 된다. 창칼로 무장한 군인들 사이
에 한 청년이 서 있고 그 청년의 주위로 각종 죄명이 적힌 나무 명패들
이 수 없이 쌓여 하나의 기둥을 이루는데 "나(김 진)의 명패도 어디선가
떨어지더니 한구석 자리를 차지하며 얹혔다." 군인들이 횡목에 청년을
묶고 손목에 못을 박기 시작하자 피가 흘러 주위의 명패들을 물들여간
다. 그 피는 김 진의 죄목이 적힌 명패의 "〈살〉자부터 덮어⋯⋯ 수인번
호도 사라지고 선명한 핏빛만이 명패에 남게 되었다." 김 진이 나신(裸
身)으로 죽어간 그 청년의 죄명을 바라보니 〈유대인의 왕〉이었다. 잠을
깬 김 진은 꿈에 본 광경에 여전히 압도되어서 무릎을 꿇는데 마음 속
깊은 곳으로부터 눈물이 솟아오르기 시작한다. 그 눈물방울들은 곧 음
표의 머리로 변하여 출렁거리다가 한 번도 들어보지 못한 곡조가 되어
흘러나온다. 김 진은 자신의 의지와 상관없이 불가항력적으로 쏟아져
나오는 그 음률들을 기록하고 "십자가에 달리 청년 아 그는 누구인가"
라는 노래 말로 다듬어 올리고 이는 그의 생애 최초의 작곡을 제공하는

악상(樂想)이 된다. 그가 울면서 적어 내려간 음률들은 머리로 이해하던 예수를 가슴으로 받아들이게 하면서 회개의 눈물과 감사의 환희를 선물한다. 왜냐하면 이때부터 예수가 김 진 자신의 죄를 대신하여 돌아가셨다고 믿어지는 신앙으로 이어졌기 때문이다. 회심에 이르게 한 믿음의 결과는 오랜 시간이 지난 후 만기를 앞 둔 시점에 성화의 모습으로 나타나는데 다음 인용을 보자.

> 나의 수감 초기에 사형장으로 끌려간 그 사형수의 얼굴이었다. 나는 안개처럼 흐릿한 시야 속에서 그 사형수의 미소를 계속 바라보았다. 그러자 그는 어느새 십자가에 달린 비참한 형용으로 바뀌었다. 그러나 그것은 너무도 아름다운 얼굴이었다. 고통의 마지막까지 가서 드디어 안식한 그 얼굴, 땅을 향해 살며시 기울여진 그 이마, 자기를 모욕하고 찌른 자들을 이제 다 용서했다는 듯 깊숙이 감겨져 있는 두 눈, 이런 사형수의 얼굴은 내 모든 고통까지도 뒤집어쓰고 있었다. 그것은 바라보기만 해도 치료의 효력을 얻을 수 있는 신비한 얼굴이었다. 과연 나의 고통도 서서히 사그라들었다.(224쪽)

위의 인용은 김 진이 '만기병'(223쪽)을 앓는 장면이다. 만기병이란 교도소의 통과의례로 출소를 앞둔 만기수가 원인 없이 앓아눕는 상태인데 40도 넘는 신열 속에 전신이 혼미하고 헛소리를 하는 것이다. 음식은 물론 물까지 토해내며 그 상태로 죽는 경우도 생긴다. 김 진도 만기병을 앓으면서 "감방과 천정과 벽에 붙어 있는 망령들이 나를 내보내지 않으려고 마지막으로 총집결하여 나를 짓누르고 있다."며 만기병으로 죽은 어느 복역수처럼 자신도 죽는가 싶어 겁이 난다. 그 두려움의 순간 혼미한 의식 속으로 수감 초기 만난 기독교도 사형수의 미소 띤 얼굴이 떠오른다. 그 얼굴은 "어느새 십자가에 달린 (예수의)비참한 형용으로 바뀌었다." 그런데 예수의 얼굴은 "고통의 마지막까지 가서 드디어 안식한 그 얼굴, ……바라보기만 해도 치료의 효력을 얻을 수 있는 신비한 얼굴"이었다. 결국 김 진의 만기병을 치료한 것은 사형수의 얼굴로 육화된 예수의 얼굴이었다. 말하자면 주인공의 회심과정은 성경을 통한 지적 각성(회개)과 꿈을 통한 감성적 믿음(신앙)을 획득한 후 만기병을 통하여 예수와 완전한 육화(성화)를 이룸으로서 구원의 여정이 완성된 것이다.

따라서 서사의 개요는 무신론자인 무기수가 회심이라는 내적변모를 통해 완전한 기독교도가 되자 죄수에서 자유인으로 신분이 바뀌는 외적 변모가 이루어졌다는 이야기가 된다. 즉 기독교의 구원론(구원의 여정)이 소설의 형식으로 구현된 것이라고 할 수 있다.

2.2. 『낮은 데로 임하소서』에 나타난 '예정론'의 양상

1981년 4월 이청준이 발표한 이 소설은 실존 인물 안요한 목사의 전기적 생애에 기초한 실명 소설이다.[9] 기독교계의 관심으로 영화화됨으로서 상업적 성공과 학계의 주목을 받는 행운도 따랐다. 1, 2, 3부 전체 38장으로 구성된 서사의 구조는 소설의 표제와 목차의 소제목들— 1부 〈초원의 축제〉(1-7장), 〈실락원〉(8-14장), 2부 〈너와 함께 있으리라〉(15-19장), 〈그 길의 행인들Ⅰ〉(20-25장), 〈그 길의 행인들Ⅱ〉(26-28장), 3부 〈사랑을 부르는 빛〉(29-31장), 〈낮은 데로 임하소서〉(32- 37장), 〈에필로그〉(38장) —이 보여주듯이 기독교 세계관의 상징적인 의

---

9) 텍스트는 『낮은 데로 임하소서』(홍성사, 1999)이며 이하 쪽수는 이 책의 쪽수이다.

미망으로 연결되어 있다. 서사는 1부가 주인공 안요한이 실명에 이르는 과정이고, 2부는 실명 후 걸인생활에서 만난 사람들에 대한 이야기이며, 3부는 목사 안수를 받고 맹인 목회에 성공하기까지의 내용이다.

나실인[10]의 갈등과 순명을 그린 이 서사는 우주 만물의 생성소멸과 전 인류적 흥망성쇠가 미리 예정된 하나님의 섭리에 의해 이루어진다는 기독교의 예정론[11]을 담고 있다. 서사의 개요가 부모에 서원에 의해 '하나님의 종'으로 바쳐진 안요한이 특별한 원인 없이 갑자기 실명하고 불가항력적인 체험을 겪으면서 마침내 자신에게 주어진 소명을 수용하기 때문이다. 본고는 예정론에 주목하고 그 전개 양상을 살펴보았다. 담론의 쟁점은 아버지의 서원을 인정하지 않는 아들의 갈등에서 시작된다.

　　사람의 마음을 향기로 맡아내고, 그 향기속에서 참 빛을 볼 때까지, 아버지 안진삼 목사는 나의 풀밭을 막아선 줄기찬 빛의 차단자였다.(8쪽)

　　말하자면 나는 태어나면서부터 아버지라는 보호자 대신 눈에도 보이지 않는 그 하나님의 양자의 신세가 되어 버린 셈이다. 그리고 내가 지키고

---

10) 나실인(Nazirites)이란 이스라엘인 중에서 여호와 종교의 순수성을 보존. 유지하기 위하여 하나님의 종으로 헌신하도록 구별된 사람을 일컫는다.
11) 예정론(豫程論)은 기독교 세계관에서 신론, 특히 하나님에 의한 인류의 구원 계획과 관련된다. 간단히 요약하면 기독교적 예정(Predestination)이란 사람이 구원되는 것은 사람의 의지, 능력에 의하지 않고, 전적으로 하나님의 은혜의 선택에 기초한다는 교설(敎說)이다. 여기서 예정의 예(豫, 以前)란 논리적, 또는 시간적 이전을 말하는 것이 아니라 하나님 자신을 나타내며, 하나님의 선택, 선행규정에 대한 독자적 의미도 포함된다. 바꿔 말하면 예정론이란 우주의 모든 일이, 그 일이 발생하기 전에, 이미 하나님께로부터 제정되어 있으므로 하나님은 그 계획의 주권자이자 보존과 통치 및 섭리행위까지도 당신의 계획 중 일부라고 정의하고 있다.

누릴 몫의 재산권 대신 고난스럽고 남루한 가난만을 물려받게 된 것이 다.(10쪽)

위 인용은 텍스트의 1부 1장의 첫 부분과 1장 마지막 부분이다. 작중 화자인 안요한은 1장의 첫 문장부터 "아버지 안진삼 목사는 나의 풀밭 을 막아선 줄기찬 빛의 차단자였다."라고 주장하면서 마지막 문장을 "내가 지키고 누릴 몫의 재산권 대신 고난스럽고 남루한 가난만을 물려 받게 된 것이다."(10쪽)라고 원망하고 있다. 그래서 "유랑생활에 가까운 잦은 전직과 모진 가난"(12쪽)속에서 성자처럼 의연한 아버지를 향하여 "가난이 고난이라면 당신이나 그런 은혜를 실컷 누리고 감사하실 일이 지…… 목사면 아버지 당신이나 목사지 무엇이 부족해 내게까지 고난을 바라시느냐"(14~15쪽)고 조롱하면서 자신에게 덮어 씌워진 운명을 끔 찍하게 싫어한다. 그의 소년시절은 아버지에 대한 반항으로 일관되고 청년기의 계획은 온통 세속적 성취와 욕망으로 채워진다. 그러나 안진 삼은 아들의 방황이 곧 끝날 것이며 자신의 서원이 이루어질 것을 확신 하는데 다음은 그의 심중을 아들에게 전달하는 말이면서 기독교의 예 정론이 부각되는 부분이다.

"……네가 하나님을 떠났다고 생각한 것은 이 돌멩이가 네 끈을 떠나 간 결로 생각하는 것과 한가지일 뿐이다. 너는 떠나갔다고 생각하지만, 실 상은 이 고무줄 끝의 돌멩이처럼 언제나 주님의 세계 안에서 일정한 범위 안을 맴돌고 있을 뿐인 것이다. 너는 태어날 때부터 이미 하나님의 종으로 택함을 입었으며, 주님의 품에 사로잡힌 것이다. 너는 이 고무줄 끝의 돌맹 이가 그러하듯 언젠가는 다시 주님의 품으로 돌아오도록 운명지어져 있는

것이다……"(24쪽)

안진삼은 '너는 태어날 때부터 이미 하나님의 종으로 택함을 입었으며, 주님의 품에 사로잡힌' 사람, 즉 나실인이며 요한처럼 '사랑의 사도'가 되도록 요한이란 이름이 부여되었음을 상기시킨다. 그런데 이 안진삼의 서원은―서원이 우연, 또는 소망에 불과할지라도―사실은 우주의 주권자이신 하나님의 계획 속에 이미 예정되어 있었다는 것이다. 그래서 아들을 향해 "(너의 행동은)고무줄 끝의 돌맹이처럼 언제나 주님의 세계 안에서 일정한 범위 안을 맴돌고 있을 뿐인 것이다."라고 주장한다. 부친의 일방적인 선언이 아들에게 현실로 받아들여진 사건은 안요한이 실명으로 절망하고 자살을 시도하는 현장에서이다.

 ─요한아, 요한아……
 꿈결처럼 어디선가 나를 부르는 소리가…… 방안에는 그 소리뿐 아니라 이상하게 휘황한 광채와 향기 같은 것이 가득해 있었다……
 ─나는 너의 여호와니라. 내가 아직 너를 버리지 않았는데, 너는 어찌 혼자라 하느냐……
 ─내, 네가 혼자가 아님의 증거를 보이리라. 구약성경 삼백이십면이 너의 것이니라.(97쪽)

 "너의 평생에 너를 당할 자가 없으리니 내가 모세와 함께 있었던 것 같이 너와 함께 있을 것임이라. 내가 너를 떠나지 아니하리니……"(중략) 말씀이 계속 귓청을 울려왔다……─아아, 참으로 나는 이제 혼자가 아니다. 그분이 나를 버리지 않고 이렇게 함께 계셔 주신 것이다. 나는 기쁨을 견딜 수가 없었다.(중략) 나는 그 주님께서 내게 주실 소명으로 당신의 품안에서 당신

의 종으로 살아갈 것입니다.(100~104쪽)

자살의 현장에서 안요한은 하나님과 만나는 불가사의한 체험을 겪게
된다. 그런데 중요한 사실은 이 만남이 안요한의 요청에 의해 하나님께
서 이루어진 것이 아니라 하나님이 스스로를 먼저 나타내시고 요한의
이름을 부르셨다는 점이다. 또한 직접 구약성경 320면을 지적하여 축복
의 말씀―'너의 평생에 너를 당한 자가 없을 것'이며 '너와 함께 하리니'
―을 주시면서 '나는 너의 여호와'라고 분명하게 확인시키신다. 오래전
아버지가 올린 서원이 하나님의 직접 지시에 의해 아들에게 증명. 확인
되고 있는 것이다. 움직일 수 없는 현실 앞에서 아들은 마침내 "주님께
서 내개 주신 소명으로 당신의 품안에서 당신의 종으로 살아갈 것입니
다."라고 종생 나실인의 서원을 기쁘게 수용하고 있다. 다음은 안요한
이 예정된 종의 삶을 준비하는 부분이면서 예정된 섭리가 나타나는 부
분이다.

> 나는 오랜만에 길고 긴 어둠 속의 흐름이 끝나 있음을 느끼게 되었다.
> 그리고 길고 긴 어둠의 출구 밖에서…… 어디선가 빛이 비춰오고…… 피부
> 에 따스하게 스며드는 빛의 감촉, 어떤 조용한 영혼의 열기 같은 것……
> 서울역은 이미 내가 소명을 받을 장소로 정해져 있었다. 그게 주님의 뜻이
> 었다.(124쪽)

> 서울역과 삼양동 산중턱의 판잣집은…… 나를 눈뜨게 하여 준 특별한
> 계시의 장소였다.(중략) 가진 것이 없으면서도 못 가진 사람에게 아직도
> 무엇인가를 베풀며 살아가려 하는 서울역의 그 따스한 아이들…… 빛은 낮
> 은 곳에서, 그것도 스스로 베풀고 비추려 하는 곳에서, 그런 노력으로 자기

안에서 찾아지는 것이었다. 낮은 곳에서 스스로 찾아낸 소명의 불빛, 그것이야말로 참된 영혼의 눈뜸인 것이었다. 그리고 그것을 위하여 주님은……그 낮은 곳에 필요한 작은 것만 남기고 내게서 모든 것을 빼앗아 가 버린것이었다.(133~134쪽)

맹인 거지 안요한이 찾아 간 서울역의 불빛은 '따스하게 스며드는 빛의 감촉, 어떤 조용한 영혼의 열기'로 느껴졌다. 그곳에서 만난 신문팔이 진용이는 자신의 삼양동 판자집으로 안요한을 인도하고 가진 것, 배운 것 없는 사람들이 더 못 가진 사람에게 무언가를 베풀며 살아갈 수있음을 몸으로 보여주었다. 진용이의 행동은 안요한으로 하여금 '빛은 낮은 곳에서, 그것도 스스로 베풀고 비추려 하는 곳에서, 그런 노력으로자기 안에서 찾아지는 것'이라는 귀한 깨달음을 주고, 그 깨달음은 마침내 '그 낮은 곳에서 필요한 작은 것만 남기고 내게서 모든 것을 빼앗아가버린' 하나님의 뜻을 진심으로 수긍하게 만든다. 다음은 자신이 왜맹인이 되어야만 했는지를 이해하는 부분이면서 기독교의 예정론을 완성시키는 부분이다.

"당신이 길거리에 나앉아 동전을 구걸하고 있을 때 그 앞으로는 가지가지 고난과 외로움을 지고 가는 사람들…… 그들이 당신을 보고 자신의 고난과 외로움을 위로받고 새로운 삶에의 용기를 얻고 갔다면, 당신은 바로 그의 구원자인 것입니다."(199쪽)

"……누구의 육신이나 죽음을 맞는 것, 그리고 그게 언제가 될지 아무도모르는 것, 그게 바로 우리의 삶이 평등한 증거요, 우리의 하루하루가 누구나가 마지막 순간으로 성심을 다하여 살아야 하는 이유인 거지요. (중략).

그 짧은 과정마저 불평을 하고 마다할 수는 없습니다. 아무도 감히 항거할 수는 없습니다…… 하나님의 작은 피조물로서 당신을 영광되게 하는 길인 것입니다. 그리고 그런 믿음만이 우리의 힘든 육신의 삶에 가장 큰 위로가 될 것입니다."(200~201쪽)

안요한은 교회(새빛교회) 신도가 맹인인 자신의 처지를 원망하자 세상에 낮고 천한 사람들이 존재하는 이유를 설명하고 있다. 그는 "가지가지 고난과 외로움을 지고 가는 사람들이…… 당신을 보고 자신의 고난과 외로움을 위로받고 새로운 삶에의 용기를 얻고 갔다면, 당신은 바로 그들의 구원자인 것"이라고 위로한다. 즉 맹인들은 고난 속에 낙담한 자에게 용기와 위로를 주고자 '만물의 창조주이신 하나님의 영광과 사랑을 나타내'기 위해 특별히 선택받은 사람들이다.

그리고 모든 인간에게 적용되는 육신의 죽음이야말로 인간 삶이 평등한 증거요, 가장 공평한 처사임을 믿으면서 실명의 짧은 고통을 견디는 것이야말로 피조물인 인간으로서 창조주 하나님께 영광을 돌리는 방법이라고 주장한다. 마침내 주인공은 세상구원을 위해 맹인들이 하나님의 계획된 도구로 쓰이는 것처럼 자신의 실명도 맹인 구원을 위해 하나님께서 예정하신 '특별한 종'으로 선택된 결과에서 발생한 사건이라는 믿음에 다다른 것이다. 따라서 이 소설은 각 사람이 살아가는 삶의 내용이 피조물인 인간의 선택적 결과로 주어지는 것이 아니라 창조주 하나님의 신적 작정에 의해 계획. 섭리되고 있음을 주장하는 기독교 세계관의 예정론을 충실히 반영하고 있다.

2.3. 『내 잔이 넘치나이다』에 나타난 '신정론'의 양상

정연희가 1983년 발표한 『내 잔이 넘치나이다』는 실존 인물 맹의순 전도사의 삶과 죽음을 문학으로 형상화한 소설이다.[12] 당시 드물게 큰 반향을 일으켰으나 학계의 주목을 받지 못했는데 이는 기독교 실명소 설에 대한 편견, 즉 실존 인물의 삶을 종교내적인 논리로 미화한 호교문 학(護教文學)으로 보고 학문적 가치를 부여하지 않은 경우라고 할 수 있다.[13]

그러나 본고는 이 소설이 심오한 기독교적 주제들을 문학적 장치 안 에 완숙하게 구현해낸 종교 소설로 본다. 민족적 살육현장이자 국제적 전쟁의 한가운데를 통과한 개인사적 기록에서 인간 삶의 보편적인 질 문들을 제기하고 기독교 세계관으로 재해석해 냄으로서 문학의 장에 종교적 영성을 부여하기 때문이다.

주인공은 6.25전쟁이 하나님께서 계획하신 인류 구원을 위한 전쟁이 며, 나라 전체가 겪은 참혹한 죽음의 현장이야말로 우리가 구원을 위해 선택받은 민족임을 나타내는 증거라고 피력하는데 작가는 소설의 표제 와 소제목, 서사의 구조와 배열, 문체, 인물의 성격과 생애 등 전반적인

---

12) 정연희(1936~)의 소설 중 기독교와 관련된 부분은 본 텍스트와 『하늘사랑 땅의 사랑 : 양화진』(1986)이 대표적이다. 작가는 텍스트인 『내 잔이 넘치나이다』 (홍성사, 1983)의 서문에서 실존인물 孟義淳의 삶과 죽음을 그린 이 소설이 맹의순의 절친한 친구 朴在勳 목사의 제보에 의해 집필될 수 있었다고 창작 동기를 밝히고 있다. 본고의 텍스트는 개정판 1쇄(1996)이고 이하 쪽수는 텍스 트의 쪽수이다.

13) 본고의 확인 결과는 2009년 말 현재까지 텍스트에 대한 학문적 심층연구나 논의를 찾지 못하고 다만 1건의 서평(임영천, 「예언자적 추국충정과 성육적 동화의 삶 : 『내 잔이 넘치나이다』서평」, 『신앙세계』 342호, 1997, 138~142쪽) 을 발견했다.

구성에서 기독교적 은유와 상징들을 부여함으로서 이 소설이 기독교
세계관에 의거함을 뒷받침하고 있다.

예를 들면 전체 3부(1부 〈한 그루 나무가 되어〉, 2부〈어느 때까지
니이까〉, 3부〈내 잔이 넘치나이다〉) 33장으로 이루어진 제목과 구조
안에 26편의 편지를 배치함으로서 기독교적 의미망의 세계에 주인공의
생애를 은유하고 있다. 즉 하나의 이야기가 3부로, 그 3부는 다시 33장
으로 분류한 구성은 삼위일체 하나님의 통합성과 그 통합의 실체이자
구원자로서 33년 동안 이 땅에 머무신 예수 그리스도, 예수의 충실한
제자로 살다 간 맹의순의 26년의 생애를 하나로 연결할 수 있는 상징적
인 배열이다. 1, 2, 3부 소제목들의 의미 역시 주인공이 겪은 고난의
상황을 축약한 소주제인데 이 소주제들을 연결하면 전체 표제가 되면
서 고난에 대한 주인공의 신앙 고백 '내 잔이 넘치나이다'로 연결되기
때문이다.

서사의 개요는 해방 무렵 주인공의 가정에 닥친 개인사적 불행을 그
린 1부와 주인공이 6.25의 피난길에서 인민군으로 오인 받아 거제 포로
수용소에 수감되기 까지를 그린 2부, 포로 수용소 안에 교회를 개척하
고 포로들을 섬기다가 석방 당일 새벽 과로로 숨지는 3부로 이루어져
있다.

전술했듯이 이 서사에는 인간의 보편적인 질문—"불가항력적으로 닥
치는 이유 없는 고난의 의미"—에 대한 기독교적 답변에 주목했는데 이
는 기독교 세계관에서 신론(神論), 구체적으로는 신정론(theodicy)에 대
한 이해이다.[14] 대체로 신정론에 대한 질문은 "의롭고 전능하신 하나님

---

14) 기독교 교리체계에서 신론이란 (성부)하나님의 존재와 사역에 대한 규정이다.
　(1)하나님의 존재에 대한 규정은 ①하나님의 본질 ②하나님의 명칭 ③하나님의

이 왜 당신이 만든 세상 안에 악을 허용하셨는가?"라는 원론부터, "하나님이 악한 사람들이 잘됨을 방치하시면서 선한 사람들의 고통을 외면하시는 이유는 무엇인가?"라는 항의, "하나님이 진정 존재하시는가, 존재하신다면 왜 침묵하시는가?"라는 힐문이 포함된다.

서사에는 두 가지 형태의 고난이 나타난다. 하나는 맹의순의 개인적 고난이고 다른 하나는 민족 전체가 겪었던 6.25 전쟁의 사회적 고난이다. 먼저 맹의순의 개인사적 고난은 불과 2년 사이에 6명의 가족 중 4명이 갑자기 죽고 부자만 남은 상황과 민간인이 전쟁 포로로 수용된 사건이다. 연이은 가족의 죽음은 그를 욥의 고통(욥기 1장~42장)으로 안내한다. 그 결과 "아픔을 담아낼 수 있는 사람과 그렇지 못한 사람은 타고 나는 것"(109쪽)이며, 고난은 이길 수 있는 사람에게만 허락되는 특별한 은총이 된다. 즉 하나님이 욥처럼 자신을 선택하셔서 어떤 상황에서도 쓰러지지 않는 '이긴 자가 되게 하시려고' 고난을 주셨다고 해석한다. 따라서 '주님을 통하여 나를 보는 것이 아니라 나를 통하여 하나님을 뵙'고자 했던 자신의 무지를 자책하면서 '고난만이 인간의 척도나 벽을 허물 수 있는 선한 과정이요 연장이 되는 것'이라는 주장을 피력한다.(55쪽)

그러나 개인적 고난이 아닌 사회의 구조적인 악과 제도에 따른 희생자들의 고난을 마주치면서 맹의순 역시 신정론적 물음에 사로잡힌다.

속성 ④삼위일체로 구별된다. (2)하나님의 사역은 ①하나님의 작정 ②예정 ③창조 ④섭리로 나뉜다. 본 연구는 텍스트에서 신론을 비롯하여 구원론, 기독론, 성령론 등 기독교 세계관의 여러 담론들을 발견했지만 본문에서는 하나님의 작정과 관련된 '신정론'에 주목했다. 신정론이란 하나님의 본질과 속성에 대한 탐구이며 "하나님은 누구신가?"라는 물음이다. 특히 본고가 주목한 '고난의 의미'는 하나님의 속성 중에서 '하나님의 의'(the justification of God)와 관련된 항목이다.

그는 육군병원에서 여순반란 사건, 대구 폭동사건의 희생자들을 만나면서 사회 악 앞에 무력한 개인의 운명에 절망한다. 나라와 민족의 이름에 부응한 의로운 사람들이 자신을 던져 희생한 결과 죽지도 살지도 못하는 중상을 입었지만 국가는 이들을 간단히 숫자로 계산 · 표기할 뿐이고, 마침내 가족들조차 짐스러워하는 현실은 하나님조차 그들을 외면하신 것처럼 보인다. 그들 앞에서 맹의순은 "내 기도? 내 찬송? 그게 어느 때는 속임수 같고, 너무 형편없는 위선 같아서 내가 나를 때려 부수고 싶어…… 그들이 왜 그런 짐을 짊어지고 누워 있어야 하는지, 정말 모르겠어."(141쪽)라면서 하나님께 질문할 의지조차 상실한다. 그의 고뇌는 "절망의 마지막 집결지 같은 포로수용소"의 참상 앞에서 '찬송가 가사가 생소해지고…… 일찍이 그 무엇 그 누구와도 관계를 가져본 일조차 없는 자'처럼 두려워 떨면서 기도마저 불가능해진다.(284쪽) 다음은 그의 내면에 일어난 무서운 영적 전투의 상황이다.

틀렸다, 틀렸어. 너를 절대적으로 사랑한다던 하나님, 그래서 너도 사랑한다던 그 하나님은 너무 피를 좋아하지. 만물을 지으신 분이라면, 전쟁 도발자도 그가 지어 냈을 것이고 사람을 파리 잡듯 죽이는 자의 심보와 손도 그가 지은 것임에는 틀림없겠지…… 아직도 그 분을 사랑이라고 하겠나? 이제 그는 무엇을 더 원하기에. 태어남과 맺어짐과 자식이라는 열매까지 주어놓고 이렇게 찢어지고 갈라지는 지옥문을 열어 아비규환의 비명 속에서 목숨을 짓밟히는 이 비극을 연출하고 있단 말인가?(284~285쪽)

"네가 보는 것, 이것이 인생의 전부겠느냐. 네가 듣고 네가 아는 것, 이것이 피조물이 존재하는 모습의 전부라고 생각하느냐. 네가 눈을 떴으되…… 너는 우주를 한눈으로 볼 수 없거니와 알지도 못하느니라. 하나님은 극대

와 극소의 극소를 다 지니신 만물의 주인이심을 몰랐더냐…… 내가 무력함
을 통탄한 것이 얼마나 큰 교만이었으며, 내가 나서서 무엇을 해내지 못하
고 있는 사실을 안타까워한 것은 인간의 조건을 내어 걸었던 나 중심의
생각이었다는 것을 알기 시작했다네. 인간의 삶의 기초는 조건이 아니고
하나님 말씀으로 주신 약속이라는 것을 잠깐 잊었던 소행이었지. 통회는
눈물의 둑을 터놓았고 눈물로 다져지던 기도의 제단위에 목숨조차 걸치지
않은 나를 내어 드릴 수가 있었네.(288쪽)

맹의순의 내면에서 일어나는 어둠속의 목소리는 '너를 절대적으로
사랑한다던 하나님, 그래서 너도 사랑한다던 그 하나님은 피를 너무 좋
아 하'시니 '아직도 그 분을 사랑이라고 하겠나?' 라고 속삭인다. 이어
"만물을 지으신 분이라면, 전쟁 도발자도 그가 지어냈을 것이고…… 이
제 그는 무엇을 더 원하기에 지옥문을 열어 아비규환의 비명 속에서
목숨이 짓밟히는 이 비극을 연출하고 있단 말인가?"라고 직격탄을 날린
다. 내면적 고통을 이기기 위해 맹의순은 오랜 금식과 기도 끝에 '하늘
이 땅보다 높음같이 내 길은 너희보다 높으며 내 생각은 너희 생각보다
높다'(이사야 55:8)라는 성경 말씀을 간신히 붙잡는다.(287쪽) 다시 한
번 욥이 던진 공의에 대한 질문에 답하신 하나님의 말씀(욥기 38-39장)
을 상기하면서 '네가 보는 것, 네가 듣고, 네가 아는 것, 이것이 피조물이
존재하는 모습의 전부겠느냐'라는 자문에 이르고 '하나님은 우주의 극
대와 극소를 다 지니신 만물의 주인이심을', 인간의 판단과 절망이 하나
님께 대한 교만이며 월권임을 인정한다. 그리하여 '인간의 삶의 기초가
조건에 있지 않고 하나님의 말씀으로 주신 약속'위에 존재한다는 기독
교 세계관을 피력하고 있다. 인간 삶의 모든 영역이 전적으로 창조주

하나님의 주권적인 선택에 달려있음을 재고(再考)하게 된 것이다.

맹의순의 확고한 진술은 신정론적 질문에 대한 답변이면서 '사람은 떡으로만 살 것이 아니요 하나님의 입으로 나오는 모든 말씀으로 살 것'(신명기 8:3, 마태복음 4:4)이라는 예수의 말씀과 연결된다. 그리하여 개인적 혹은 사회적 악으로부터 발생한 불가항력적인 고난은 선택된 사람들에게 허락된 상급을 위한 전제 조건이면서 한편 하나님의 주권에 전적으로 순복하는 믿음의 증거가 된다. 맹이순의 확신은 해방의 혼란과 전쟁으로 이어진 민족적 고난에 대한 기독교적 해석으로 이어진다. 다음은 여운형의 암살에 바라보는 그의 인식인데 기독교적 역사의식을 투영하고 있다.

> "이렇게 흘린 피가 순하게 땅속으로 스며들지 않을 거야. 피 값을 하고 말지. (중략) 세상이라는 곳에, 현실에 무엇이 있기에? 그냥 같이 가는 거야. 현실은 우리들의 발판인거야. 그리고 내 그림자야……" "어떤 조건 어떤 환경에 있건 그것 전부를 받아들이는 것이 중요한 일인 것 같네…… 내가 왜 이 처지에 있어야 하는지를 불평의 렌즈로 들여다 볼 게 아니라 의미의 렌즈로 보아야 할 거야."(79쪽)

> "……우리가 희구하는 그 정의라는 것. 그거야말로 사랑으로 승화되지 않으면 안 되는 거야…… 사랑은 역사의식과 사회의식을 뛰어넘는 거야. 사랑 없이 내세우는 정의는 결국은 상대방을 상하게 하고 자기 자신도 다치게 하는 것 아닐까? 결국…… 인간에게 주어진 최종적 기능이란 겸손의 자리를 택하여 무릎을 꿇느냐 그것을 피해 가느냐 하는 한 가지 선택뿐이 아닌가 생각해."(107쪽)

맹의순에 의하면 어차피 이 세상은 '우리들의 발판'이지만 또한 '그림
자'로서 영원한 세계의 모형에 불과하다. 때문에 '미워할 것도 집착할
것도 없'이 '어떤 조건 어떤 환경에 있건 그것 전부를 받아들'이되 '불평
의 렌즈로 볼 것이 아니라 의미의 렌즈로 보아야' 하는 곳이다. 사회정
의 역시 '역사의식과 사회의식을 뛰어넘는' 하나님께 속한 부분이다. 그
리고 인간은 하나님 앞에 무릎을 꿇느냐 피해 가느냐라는 최종적인 선
택만을 할 수 있을 뿐 모든 일의 주체는 하나님의 주권에 달려있다.
따라서 '신앙인에게 있어 미래란 신앙으로 극복된 저쪽의 세계에 있는
것일 뿐, 우리가 알고 있는 이 땅의 시간과 공간에 이어진 것은 아니
다.'(115쪽) 맹의순의 진술은 눈앞에서 벌어지는 사회의 구조적 악이나
전쟁까지도 예정된 종말을 위한 과정이라는 기독교의 종말론[15]과 연결
된다. 다음 환상은 그의 역사인식이 종말론적 구원론과 연계됨을 보여
준다.

그들과의 첫 대면에서 나는 두 가지 기이한 느낌에 사로잡혔네. 그들이
총을 들고 쳐들어 온 적이 아니라 하나님께서 인도해 주시는 대로 길을
따라온 양떼들로 보인 걸세…… 그리고 나는 그들 앞에 수종(隨從)드는 나
자신의 모습을 환상으로 본 것일세. 무슨 당치 않는 망상일까 싶어서 떨쳐
버리려고 했으나 그 생각은 조금도 양보 없이 내 마음을 다스려 무릎을
꿇게 하는 것이었네. '주여 무슨 일이오이까' 나는 그 생각에서 뒷걸음질
치고 싶었으나 조금도 움직일 수가 없었네. 누구인가 나를 꽉 붙들고 그

---

15) 기독교적 종말론은 구약성경의 다니엘서, 에스겔서 등에 상징적으로 기록되어
있고 신약 성경에는 예수와 제자들의 문답(마태복음 24장), 바울과 베드로의
서신들과 요한계시록에서 구체화된다. 예수는 처처에 기근과 지진, 병마가 발
생하고 나라와 나라, 민족과 민족 간의 전쟁이 종말의 시작이며 예수의 재림으
로 인류사의 모든 상황이 끝날 것을 예고하고 있다.

자리에서 떠나지 못하게 하는 그런 손에 붙들려 있는 느낌이었네.(324쪽)

환상으로 바라본 중공군 포로들은 '적이 아니라 하나님께서 인도해 주시는 대로 길을 따라온 양떼들'이다. 따라서 그가 불평이 아니라 의미의 눈으로 다시 바라본 포로수용소의 상황은 전쟁의 결과물로서 발생한 '절망의 마지막 집결지'(299쪽)가 아니라 하나님이 자신의 양떼를 불러 모은 '축복과 약속의 현장'(328쪽)이며 순례지인 '시온'(342쪽)이다. 포로수용소 안에 세운 광야교회야말로 온 세상의 사람을 다 담을 수 있는 '노아의 방주'(303쪽)이다. 따라서 맹이순의 진술은 6.25의 의미에 기독교적 영성을 부여하고 있다. 다시 말하면 6.25는 하나님께서 우리 민족의 죄악을 심판. 징계하신 전쟁이 아니다. 종말에 이 민족을 인류구원의 도구로 사용하시는 축복의 방편으로 계획하신 전쟁이다. 그래서 전쟁으로 발생한 수많은 죽음들—우리 민족뿐만 아니라 온 세계에서 달려온 젊은이들의 주검까지—은 이 땅을 정화하기 위해 드려진 희생제물이 된다. 따라서 맹의순의 진술은 6.25라는 살육현장에 '지금', '여기'라는 현실적 토대와 과거와 미래적 시간을 뛰어넘는 기독교의 '초월성'을 접목하고 있는 것이다. 즉 고난은 곧 축복이라는 기독교의 신정론을 민족고난의 현장에 적용, 의미의 렌즈로 들이 댄 것이다.

본고는 이 소설이 종교와 문학이 어떻게 잘 조화될 수 있는 지를 보여주었다고 평가한다. 실존 인물의 신앙적 삶과 죽음은 사실에 근거한 감동을 제공했고, 서사의 플롯, 구조, 제목, 상징, 주제 등 문학적 장치 속에 기독교적 의미망을 구축함으로서 종교문학의 완성도를 높였으며, 역사적 부침(浮沈)에 종교적 의미를 부여함으로서 영성이라는 새로운 평론의 장을 열었기 때문이다.

2.4. 『달려라 바리새인』에 나타난 '교회론'의 양상

소설이 발전하는 사회적 현상의 모음이자 축적물이면서 인간의 궁극
적 관심으로부터 비롯되었다면 신앙 공동체인 교회에 주목하는 일도
자연스러운 일이다. 정을병의 『달려라 바리새인』은 교회의 사회적 역
할에 대한 문제를 성찰한 소설이며 개신교의 성직 승계를 소재로 다루
고 있다.16)

1980년대 한국교회의 현상17)을 배경으로 전체 37장으로 구성된 서사
는 교회의 존재가치에 대한 서언이 프롤로그 형식으로 첨부된, 작가 의
식이 강렬하게 삼투되어 있는 작품이다. 서사의 개요는 교회 지도자들
의 교회 정치의 현장―부목사의 청빙을 둘러싸고 일어난 교회 공동체의
투표행위―즉 교회정치를 그린 것인데 교회의 본질에 대한 종교적 담론
을 내포하고 있다. 다음은 이 소설의 1장 첫 문단인데 서사의 주제인

---

16) 정을병은 이 작품들 외에도 『말세론』(세대문고, 1976), 『성』(홍익출판사, 1968),
「일과 구원」(현대문학, 1977), 「흔들리는 신전」(현대문학, 1977), 「하나님의 싱
거운 제안」(현대문학 309호, 1980.10) 『예수 동방에 오다』(기문사, 1982), 「세
례 요한의 돌」(현대문학 372호, 1985), 『순례자의 빈손』(동양문학, 1988) 등
기독교와 관련된 소설들을 발표한바 있다. 정을병의 소설들은 평단의 주목을
받지 못한 편인데 『성』에 주목한 황효숙(「한국 현대 기독교 소설 연구」, 경원대
학교 박사논문, 2008)의 글이 특별한 경우라고 볼 수 있다. 『달려라 바리새인』에
대한 논의 역시 학위논문이나 학술지, 평론, 문학 대담에서 전혀 발견할 수
없었다. 본고의 텍스트는 『달려라 바리새인』(신여원, 1981.6)인데 이하 쪽수는
텍스트의 쪽수이다.
17) 김병서는 한국교회의 성장을 해방적 성장기(1890-1910), 개척적 성장기(1910-
1939), 파생적 성장기(1940-1960), 폭발적 성장기(1960-1980)로 나누었는데 특
히 폭발적 성장기에 해당하는 1970년부터 1980년까지는 매년 100만 명의 신자
가 늘어나는 시기였다.(김병서, 『한국사회와 개신교』, 한울 아카데미, 13~40쪽
참조.) 그 결과 1980년대 한국 교회는 당시의 인적, 물적 자원으로 대부분 교회
건물의 신축, 재건축에 성공했고, 성직 승계가 교회의 내적 문제로 제기된 시기
이다. 텍스트의 상황이 사실에 근거함을 유추할 수 있다.

교회론과 연결된 매우 상징적인 부분이다.

넓적하고 길다란 지붕이 땅바닥에까지 흘러내리고 창문은 오히려 지붕
을 거슬러 타원형으로 올라갔으며 앞쪽은 삼각형의 벽만이 육중하게 돋보
이고 있다. 십자가는 이 삼각형의 꼭대기에다 세울 수 있었지만 그게 마음
에 들지 않아, 목사가 고집을 부려 삼각형의 지붕 아래다 벽면으로 부각시
켰다. 그래서 이 건물은 언뜻 보면 교회 건물에 제법 친숙해 있지 않은 교인
들은 건물에 쉽게 친근해지지 않는 것이었다. 교회에 들어와 있다는 생각
보다는 실험극장이나 공회당에 모여 있는 느낌이었기 때문이다.(13쪽)

소설의 첫 부분을 재건축으로 완성된 교회의 외관에 대한 설명으로
시작한 의도는 의미심장하다. 건물의 모양새가 이후 벌어지는 서사의
내용과 등장인물들, 또는 그들의 행위와 겹쳐지기 때문이다. '신물나게
보아온 타성적인 모습의 교회만이라고 벗어나보자는 생각'(14쪽)에서
완공된 교회의 외관은 "넓적하고 길다란 지붕이 땅바닥까지 흘러내리
고 창문은 오히려 지붕을 거슬러 타원형으로 올라갔으며 앞쪽은 삼각
형의 벽만이 육중하게 돋보이고 있다." 교회의 상징인 십자가도 "삼각
형의 꼭대기가 아닌 삼각형의 지붕 아래 벽면으로 부각시켰다." 그 결
과 앞면에 삼각형이 부각된 교회당의 모습은 텍스트 내적 힘의 역학관
계의 상징성을 보여준다. 교회의 핵심 조직인 세 그룹의 인물들이 교회
의 주도권을 갖기 위해 서로 연결되면서 또한 따로따로 치열하게 대치
하기 때문이다. 십자가를 지붕 위가 아닌 삼각의 벽면에 부착시켰다는
점 역시 십자가가 상징하는 하나님—성부, 성자, 성령—의 대칭점에 인
간 그룹—각기 3명씩의 목사, 장로, 집사—을 상정하고 하나님의 주권

실현이 인간의 협의안에 있음을 암시하고 있다. 즉 삼위일체 하나님의 주권이 실현되어야 할 예배장소에서 각 그룹의 인간들이 삼각의 팽팽한 권력접점을 이루면서 교회 정치가 교회의 본질을 지배하고 있는 상황- 본말이 전도된 종교현상을 지적하기 때문이다. 서사의 주제와 관련해서 더욱 주목해야 할 부분은 화자가 마지막 37장에 아라크네와 아테나 여신의 직조(織造) 대결(252~253쪽)을 삽입하여 인간행위에 대한 신의 판결을 비유하고 있는 점이다. 다시 말하면 1장 첫 문단에 묘사한 교회의 외관이 하나님의 주권적 통치를 대신하려는 인간의 행위를 비유했다면 마지막 37장에 인간의 행위에 대한 결과를 보여준다. 즉 교회 공동체의 정치행위가 하나님의 통치행위를 대신하기는 하지만 그 의미와 결과에서 하나님의 신적 의지를 완벽하게 대행할 수 없다는 점을 상기시킨다. 마치 경건한 바리새인들이 오히려 교회의 암적 존재로 변질된 것처럼 교회정치 행위가 기독교의 본질을 왜곡시키는 현실을 지적했다고 볼 수 있다. 따라서 1장의 교회 외관이 서사의 내용을 상징한 것이라면 37장의 신화는 서사의 결과를 상징한다고 볼 수 있다.

한편 본 서사는 '집회소'로서의 장소적 교회 안에서 공적 공동체로서의 교회에 대한 개인의 고뇌와 분투를 그리고 있다. 왜냐하면 표면적 서사는 교역자 승계를 둘러 싼 다툼이지만 내면으로는 '교회란 무엇인가'라는 종교적 질문을 내포하고 있기 때문이다.[18] 이 질문은 교회론의 핵심가치

---

18) 교회의 본질을 규정한 교회론에서 '교회'(헬라어 $εκκλησια=εκ+καλεω$:불러내어 모으다)라는 용어는 헬라 문학에서 "법에 의해 정해진 업무를 실행하기 위해 공적으로 구성된 시민들의 회합"(김호현 외 2인, 『기독교개론』, 안양대 출판부, 191쪽), 유대인들의 "이스라엘의 종교적 회중"(이성호 편, 『성서대사전』, 125쪽)이라는 의미로 사용됐다. 바울은 예수 그리스도의 도래를 기다리는 사람들과 그들의 지역 공동체, 공적 공동체라는 의미로 사용했다. 따라서 몇 가지 복합적인 의미가 내재되어 있다. (1) '집회소'($συναγωγω = συν+αγω$: 함께 동반한다), 즉 장소적인 의미

—개인구원과 사회구원—의 두 가지 요소에서 개교회의 방향 결정을 위해 반드시 필요한 논쟁이다. 화자는 교회정치 행위가 인본적인가, 신본적인가라는 질문을 던진 후 인본적인 행위 역시 신본적 결과물로 보고 있다. 그래서 효용적 측면에서 영혼 구원에 집중하는 천상의 교회를 추구할 것인가, 지금·여기의 사회구원에 주목하는 지상의 교회를 추구할 것인가를 모색하는데 이 소설에서 교회론적 쟁점이 가장 잘 드러난 곳은 박창근 목사와 조동기 집사의 대화가 실린 32장(216~223쪽)이다[19].

> "······성직자로서 하나님과 직접 교통 할 수 없다는 것은 아무래도 신앙에 허점이 있는 것이겠지······ 병을 잘 고치는 목사도 있고, 성령을 잘 오게 하는 목사들도 있단 말이야······"
>
> "그게 꼭 기독교의 본질일까요?"
>
> "성경대로 믿는다면 그렇지.(중략) 종교란 근본적으로 따지면 학문적인 것보다는 영적인 것, 성령을 받는 일이 더 구체성이 있지. 보통 철학과 다른 점이 거기 있으니까······ 나는 본회퍼 목사를 참 좋아하는데······ 기독교는 종교라기보다 생활 윤리 같은 것이 아닐까. 인간의 선을 끝까지 버리지 않는 철저한 사랑······ 내 신앙의 내면구조를 알면 이단이라고 하거나 신신학

---

(2) '한 주(主)'의 개념인데 하나님(주님-그리스도)께 속한 모든 세상(*οικουμενη=οικο s* :집+*οικονομια*:청지기 사명), 즉 '한 주님께 부름 받은 하나님의 백성으로서의 공동체'이다. (3) 그리스도와의 인격적 사귐(교제 또는 예배)의 공동체이다. 성령이 거하시는 '하나님의 집'(고린도 전서 3:16)이자 '성령의 교제'(빌립보 2:1)로서 특히 '그리스도의 몸'(로마서 12:5, 고린도 전서 12:27, 에베소 1:22, 골로새 1:18)이라는 이해이다. 따라서 그리스도와 교회의 관계에서 그리스도는 교회의 머리로, 교회는 그리스도의 지체로 결합된 하나의 유기적 통일체이다. 특히 이 부분은 교회 구성원들의 행동에는 그리스도적 삶이 포함되어야 한다는 점을 시사한다.

19) 이 부분은 여러 가지 신학적 논쟁의 확산을 가져올 수 있는 부분이다. 예를 들면 성령의 능력과 관련된 신정론, 예수의 행적과 관련해서 '하나님의 나라'에 대한 교회론, 또는 기독론 등 신학적 담론이 가능하지만 본고는 교회의 본질 중 사회를 향한 선교적 역할에 중점을 두었다.

이라고…… 엉터리 목사라고 하겠지"

　(중략)

　"저는 잘 모릅니다마는…… 교회라는 것이 이적이나 행하고 방언이나 하고 소위 성령이 가득 차 있다고 해서 귀신단지 같은 소리나 하고…… 공중성, 도덕성을 완전히 무시한다면 그 자신이나 교회는 어떻게 종교적일지 몰라도 사회성이 있는 것은 아니잖을까 합니다. 종교가 존재한다는 것은 그 진리성, 도덕성 때문에 사회 전체를 순화시키는 역할을 인정해서가 아닙니까?…… 믿지 않는 사람들보다 더 체면이 없고, 더 권모술수가 심하고, 그런 사람들에게는 성령이 임하는 것 같은 것은 아무 뜻도 없어요."

(218~221쪽)

　"병을 잘 고치는 목사…… 성령을 잘 오게 하는 목사들"은 '하나님과 직접 교통'하면서 사회구원보다 개인의 영혼 구원에 집중하는 사람들이다. 그들을 통해 나타나는 이적들은 성령의 능력이고 성령의 능력은 기복성을 내포한다. 따라서 영적 은사가 많은 목사들은 하나님과 교통하는 목사로 인정받으면서 교인들로 하여금 자연스레 개인적 구원과 샤머니즘적인 기복신앙을 추구하게 만들었다. 그 결과 "……소위 성령이 가득 차 있다고 해서 귀신단지 같은 소리나 하고……"라는 조동기의 지적처럼 '하나님 없는 성령운동'은 주력(呪力)에만 의존하고, 사회나 인류에의 예언자적 참여가 결핍되는 것을 부인하기도 어렵다.[20] 때문에 조동기 집사의 질문—"종교가 존재한다는 것은 그 진리성, 도덕성 때문에 사회 전체를 순화시키는 역할을 인정해서가 아닙니까?"—은 교회의 또 다른 의무인 사회 구원을 지적한 것이 된다.

---

20) 김병서, 앞의 책, 156쪽.

　한편 박목사의 답변은 개인구원에 몰두했던 한국교회의 역할이 사회 구원으로 전환되고 있음을 보여준다. 사실 은사의 경험이 없었던 박목사는 성령의 은사를 지닌 목사들이 부럽고 종교의 본질이 근본적으로 비합리적인 영성에 근거한다는 점도 인정한다. 그러나 일종의 생활 윤리로서 '인간의 선을 끝까지 버리지 않는 철저한 사랑' 역시 종교(기독교)의 본질이라고 여기고 있다. 그래서 자신처럼 영적 체험을 경험하지 못했지만 기독교인다운 삶을 살다 간 본 회퍼 목사[21]의 고뇌에 공감한다. 그는 자신이 성경이 가르치는바 의미에 중점을 두지 않고 문자적으로 받아들임으로서 개인구원에 몰두한 비현실적이며 내세 지향적인 교인들을 양산했다고 후회한다. 따라서 교회가 이스라엘의 옛이야기를 낭독하는 것에서 벗어나 앞으로는 현실의 사회적 어려움을 극복하는데 '쓰여야'한다고 대답한다.(214~215쪽) 박목사의 사회구원의 의지는 또 다른 목사인 김창열 목사에게서 재확인된다. 김목사는 "예배만 보는 교회-그걸 어디에 씁니까? 성경 많이 본다고 천당갑니까?"(229쪽)라고 반문하면서 교회의 역할이 가난한 사람들을 '천당에 보내기 보다는 이 땅에서 만족스런 삶을 살 수 있는 종교 교육'을 하는 것이 '하나님을 사랑하고 나라와 인간을 사랑하는 것'이라고 주장한다.

　따라서 이 소설은 교회의 본질과 존재에 대한 교회론적 성찰을 담은

---

21) Dietrich Bonhoeffer(1905~1945, 독일 신학자이자 목사)는 히틀러 암살 음모에 가담했다가 형장의 이슬로 사라진 급진 신학의 창시자이다. 그는 현대 사회는 종교인들의 행실에서 종교성을 발견할 수 없는 '무종교의 시대'에 직면해 있다고 정의하고 형식만 남은 기독교의 종말을 선언하고 '지금, 여기'를 강조하는 세속주의 신학을 열었다. 1943년 히틀러 암살계획이 발각되고 1945년 사형되었다. 그가 감옥에서 쓴『옥중서간(Letters and papers from prison)』에 영향 받은 신학자들이 1960년대 이후 '신의 죽음'을 선언하고 '사신신학', '해방신학', '세속신학' 등 여러 현대 신학사상으로 발전시켰다. 이성주,『현대신학』제2권, 127~154쪽 참조.

문제작이면서 한편 소재의 독창성―1980년대 한국 교회가 당면한 교회 정치의 내막과 성직자 승계문제, 신앙으로 위장된 개인적 욕망을 다뤘다는 점―도 주목할 만한 가치이다. 결론적으로 말하자면 이 '용감한 소설'은 1980년대 한국교회가 추구해야 할 '빛과 소금'의 소명이 개인 구원에서 사회 구원으로 넘어가야 할 시기임을 지적하면서 교회 지도자(바리새인)들을 행해 '행함이 없는 믿음은 그 자체가 죽은 것이라'(야고보서 2:17)는 기독교적 명제를 촉구하고 있다.

3. 결론

지금까지 기독교 세계관을 문학의 형태로 수렴한 1980년대 기독교 소설들을 대상으로 서사에 내재된 종교적 담론의 전개 양상을 살펴보았다.

조성기의 『가시둥지』는 살인 죄수의 내면을 묘사하면서 인간의 본성인 죄성(罪性)이 종교를 통해 정화되는 과정을 그린 것이다. 교도소는 기독교적 의미망에서 타락한 인간들이 거주하는 전 지구적 공간의 상징성에 비유되는바 주인공이 십자가의 죄수, 예수를 자신의 구세주 하나님으로 받아들임으로써 서사는 기독교적 세계관으로 완전히 편입된다. 또한 지성과 감성으로만 느낄 수 있는 불가시적인 음악을 통하여 회심에 이르고 마침내 성화되어 출옥하는 주인공의 인생여정은 기독교의 구원론(구원의 여정)을 구현하고 있다. 이청준의 『낮은 데로 임하소서』는 신적 작정과 인간 자유의지의 충돌을 다룬 소설인데 인간의 미래적 시간(혹은 운명)에 대한 두려움이 (구원에 대한) 희망으로 바뀌어지는 기독교적 세계관을 바탕삼고 있다. 특히 실명이라는 극한 상황을

통하여 주인공이 육안의 세계에서 영안의 세계로 이행하는 인식의 전
환을 그리면서 인간의 자기선택 행위의 이면에 하나님의 예정된 계획
이 먼저 있었음을 주장하는 기독교의 예정론을 담고 있다. 정연희의
『내 잔이 넘치나이다』는 개인과 민족에게 이유 없이 닥치는 고난의 의
미를 성찰한 소설이다. 화자는 개인적 고난이란 하나님의 고난, 즉 하나
님이신 예수의 십자가 고난에 동참하는 것으로서 선택된 사람의 상급
을 위한 예비적 단계이며 감사의 조건이라고 주장한다. 또한 6.25전쟁
이 종말에 인류구원의 선교적 사명을 위해 우리민족을 사용하시려는
하나님의 계획에서 비롯되었으며, 그 결과 미래의 이 땅은 번영과 축복
의 통로가 될 것이라는 해석을 내린다. 따라서 처참한 살육의 현장 속에
서도 감사와 축복의 씨앗을 찾아내는 화자의 태도는 고난의 의미에 대
한 신정론적 답변을 대변하면서 문학의 영역에 종교적 영성이라는 새
지평을 제공하는 것이다. 정을병의『달려라 바리새인』은 1970~1980년
대 산업사회 한국교회의 명암을 묘사하고 있다. 성직자 승계라는 표면
적 서사는 교회 정치의 어두운 현실을 그리고 있지만 내면적 의미는
교회론에 대한 시대적 성찰이다. 교회의 두 가지 의무—개인 영혼의
구원과 사회 공동체의 구원—중에서 작가는 현대사의 부침(浮沈)마다
동행했던 한국교회가 영혼구원의 소명과 함께 산업사회의 주변부를 끌
어 안아야할 사회적 책무를 환기시키고 있다.

사실 한 사람의 개인이 신앙인이 된다는 것은 사회구조적 특수상황
과의 상관관계에서 생겨나는 사건이자 인간 정신의 상처를 치유하기
위한 초월적 존재와의 만남이라고 할 수 있다. 텍스트에 묘사된 사람들
은 각자에게 닥친 외면적 억압과 내면의 고통을 초월자와의 관계에서
풀어내려고 고뇌하고 갈등하는 기독교인들을 그리고 있다. 그 결과 각

각의 서사는 인간과 인간을 둘러싸고 일어나는 현상들에 대한 존재론적 질문을 유발하고 기독교적 의미를 제공하면서 본고에게는 종교적 담론의 성찰근거가 되어 주었다. 글을 마치면서 세대가 지날수록 인간 정신의 도약과 구원에 헌신하는 원숙한 소설들이 출현하기를, 기독교 세계관에 의거한 새로운 관점의 평론도 기대해본다.

작가작품론의
영역 확대

작가작품론의 정체성과 이데올로기

재미 뉴욕시인 시의 변별적 특성

최미정

1. 문제의 제기

최근 들어 재외한인 문학에 대한 관심이 일어나기 시작하여, 그들의 문학작품도 한국문학사에 포함시켜야 한다는 논의가 시작되면서 재외 한인의 문학에 대한 연구가 활발해지고 있다. 이에 따라 재미한인 문학에 대한 관심 또한 점차 증가하고 있는 추세이다. 그러나 지금까지 대부분의 연구는 미 주류 문단에서 비교적 알려진 영문 작가들을 위주로 연구, 소개가 되어 있다. 한글로 창작활동을 하고 있는 문인들에 대한 연구는 단편적인 논의에 그치고 있으며, 그 또한 매우 제한적으로 이루어져 왔다. 더욱이 상대적으로 늦게 출발한 미 동부 지방 시인들의 문학에 대한 연구는 미 서부의 그것에 비해 상대적으로 소외되어 있다. 1985년 동인지『신대륙』을 간행하며 출발한 뉴욕의 한인문단은 1991년 본격 문예지『뉴욕문학』을 간행하며 본궤도에 올랐다. 그 후 매년 문예지를 발간하여 뉴욕의 문단도 이미 그 역사가 25년에 이르고 있다. 그들 문학은 이제 양적으로 질적으로 상당한 성장을 보여주고 있는 만큼 그에 대한 정당한 평가가 필요한 시점이다.

이에 본고에서는 뉴욕을 중심으로 활동하고 있는 김정기, 최정자, 김
윤태, 장석렬 등 네 시인의 작품을 통해 지금까지 거의 알려지지 않았던
뉴욕지방의 한국어 시문학에 대해 알아보고자 한다. 이들 시문학은 뉴
욕이라는 한정된 공간을 넘어서 재미한인 한국어 시문학의 현황을 가
늠해 보는 데도 유용하리라 생각한다.

2. 유배자의 고향 희구 - 김정기

2.1. 추방된 자로서의 유배의식

김정기는 1939년 충북 음성에서 출생, 1972년 『시문학』으로 등단했
다. 그는 75년 첫 시집 『당신의 군복』을 출간하고 79년 도미하였다.
시인은 미동부한국문인협회 회장을 역임하였고, 현재 뉴욕라디오 코리
아 여성 살롱 良書추천 담당, msvoice.com에 〈김정기 글동네〉를 운영
하고 있으며, 중앙일보 문화센터 시문학교실을 담당하여 문인 지망생
들에게 시를 가르치고 있다.1)

뉴욕은 경제와 예술, 문화가 세계에서 가장 번성한 도시로 꼽힌다.
많은 이민자들은 보다 나은 삶, '아메리칸 드림'을 꿈꾸며 뉴욕으로 모
여든다. 그러나 시집 『사랑의 눈빛으로』(1989)에 실려 있는 김정기의
이민 초기의 시에는 뉴욕에서 보다 나은 삶을 위한 어떤 기대나 희망도

---

1) 작품집으로는 혜원 여류시선 『구름에게 부치는 시』, 시집 『사랑의 눈빛으로』
(1989), 『꽃들은 말한다』(2004), 자전에세이 『애국가를 부르는 뉴요커』 등이
있다.

보이지 않는다. 시인에게 이 땅은 죽음의 공간이며 '유배지'일 다름이다. 김정기는 '유배지'라는 제목에 일련의 번호를 달아 다섯 편의 시와 이것의 연속선상에 있는 시(다섯째날 · 1, 2~열한번째 날) 여덟 편을 발표했다. 이 시편들에는 시인이 유배자로 살 수밖에 없었던 이유와 이국에서 겪는 삶의 고달픔과 슬픔, 그리고 그 모든 어려움들을 극복해가는 과정이 담겨 있다.

> 첫날/가을비가/먹구름 속에서/울부짖으며 내리다/自由民主主義에 바쳐진 우리 식구//둘째날/총소리가 들린다/리버데일 이 고요한 창가에/국가원수를 시해한/대역죄인의 측근죄 일로/바람이 분다//셋째날/누가 옳은가/죽은 자와 쏜 자/쏘아버리고 흙이 되려던/ 民族을 품에 품고/十字架를 지려던/착하고 바르고 사랑 많던/그분, 김재규 부장/쇠고랑 차고 신문에 나다.//(중략) //넷째날/여기는 流配地/受難의 땅/ 黑人의 손을 잡고/스페니쉬 등을 두드리며/목에 풀칠하다.
>
> 〈유배지 · 5〉 부분

시인은 남편이 군인이었다는 사실을 매우 자랑스러워 한 것으로 보인다. 남편에 대한 존경과 사랑, 자랑스러움은 시인의 제 1시집 『당신의 군복』에 고스란히 담겨있다. 그러나 10 · 26 사태[2]는 시인과 가족의 운명을 바꿔놓는다. 시인은 공무를 위해 미국으로 건너간 남편을 따라

---

2) 1979년 10월 26일 저녁 7시 40분경 서울 종로구 궁정동 중앙정보부 안가(安家)에서 중앙정보부 부장 김재규가 박정희 대통령과 경호 실장 차지철을 권총으로 살해한 사건이 일어났다. 이 사건으로 유신체제가 무너졌으며, 전두환 정권이 수립되는 계기가 되었다. 박대통령 시해 사건으로 군사재판부에 회부된 김재규는 재판과정과 사형집행직전까지 '10 · 26민주회복국민운동'을 주장했으나, 1980년 5월 24일 형장의 이슬로 사라졌다. 대한민국의 정치사에 커다랗게 흔적을 남긴 이러한 일련의 사건들이 위 시에 그대로 그려지고 있다.

뉴욕에 거주하던 중 '리버데일'에서 이 사건을 간접적으로 목도한다. 이 사건으로 인하여 그들은 '국가원수를 시해한 대역죄인의 측근'이었다는 죄목으로 고국으로 돌아가지 못하고 뉴욕에서 유배자의 삶을 살아가게 된다. 시인에게 미국은 아메리칸 드림을 꿈꾸게 해주는 희망의 공간이 아닌 '유배지'이며 '수난의 땅'일 뿐이다.

시인에게 뉴욕은 "하늘도 바다도/숨을 거두고/시간도 십자가에 못 박혀 있"(〈유배지·1〉)는 죽음의 공간이다. "나랏님이 마셔야 할/사약 사발을/타국에서 뛰는/우리 가족이 마시고/누워버린 영혼"(〈유배지·2〉) "온 몸을 찢으며/바느질하며/목에 풀칠하는/우리에게/메아리도 없는 조국"(〈다섯째날·1〉)이라 진술하고 있는 시인의 그 고통스러운 경험의 내부에는 그들 가족이 잘못된 역사의 희생자라는 피해의식과 상처가 있다.

유배자로서 타국에 산다는 것은 타국이라는 감옥에 갇히는 것과 다를 바 없다. 그곳이 설령 많은 사람들이 이민을 선망하던 곳이라 해도 조국으로 돌아가지 못하고 할 수 없이 살게 된 땅이라면 유배지요, 감옥인 것이다. "세계가 우리의 욕망에 부응할 때 세계는 광활하고 친근한 느낌을 주지만, 세계가 우리의 욕망을 좌절시킬 때 세계는 답답한 느낌을 준다"[3] 모든 것이 죽어 있는 땅, "한치의 허락도 없는 망명의 땅"(〈다섯째날·2〉)은 모든 욕망을 좌절시키는, 숨 쉬는 것조차 힘들게 만드는 답답한 현실에 대한 인식이다. 현실이 고통스러울수록 시인은 새처럼 그 어떤 제약으로부터도 자유롭게 날아올라 그가 그리던 조국, 고향땅으로 가고 싶었을 것이다. 새처럼 훨훨 날아올라 "애국 군인" "애국 시인" "애국 가족"(〈유배 가족〉)으로 "조국 산천을 향해" 날아가는 꿈을 저버리지 않았기에 시인은 그 힘든 시간들을 견뎌낼 수 있었다.

---

3) 이-푸 투안, 구동회·심승희 역, 『공간과 장소』, 대윤, 2007, 113쪽.

2.2. 모성공간의 희구와 근원 지향

김정기는 갑작스럽게 고향으로 가는 길을 잃고 타향에서 오랜 시간을 견디며 살아야 했다. 그런 시인에게 고향은 언제나 그리움의 대상이다. 그 속에는 어머니와 나고 자란 고향의 풍경들이 있다. 이것은 과거의 지평이지만 단순히 흘러간 시간으로서의 과거공간이 아니다. 삶의 장(場)으로서의 조화된 고향공간은 "선조들에 대한 회상에 의하여 깊이를 얻고 미래에 대한 그리움과 계획에 의하여 가깝기도 하고 먼 지평들이 생기기 때문에 시간을 포함한 살아있는 공간이다."[4]

> 타향살이 십 년에도/그대로 나의 금수강산/그대로 더불어/나의 몸 세포들은/사랑으로 불붙으며/소리가 납니다.//북소리/꽹가리 소리/징소리/창호지 문 사이 실바람 소리/종달새 뻐꾸기/밭갈이 황소의 울음소리//내 몸짓에서/그대 역사의/풍물소리가 납니다.
>
> 〈봄 조국에게〉 전문

고향은 하나의 장소이지만 다른 어떤 장소들과도 바꿀 수 없는 특별하게 내면화된 공간이다. 고향은 인간실존의 근저에 자리하고 있는 원초적이며 근원적인 자리이다.

십년이면 강산도 변한다는데 시인에게 조국은 떠나올 때 마음속에 간직했던 그 모습 그대로이다. 고향은 한때의 정주나 체류지가 아니라 나의 인격과 장소가 상징적 결속을 이루는 곳[5]으로 시인과 고향은 하

---

4) 김우창, 『지상의 척도』, 민음사, 1993, 86쪽.
5) 장석주, 『장소의 탄생』, 작가정신, 2006, 178쪽.

나이며 분리할 수 없다. 시인에게 고향, 즉 조국은 '그대로 나의 금수강산'이다. 그렇게 변함없이 '타향살이 십 년'을 시인의 가슴에 함께 해온 조국은 '그대로 더불어' 시인의 존재와 함께 '사랑으로' 불타오른다. 만물이 소생하는 '봄날', 모든 풍경이 다른 타국에서 시인은 고향의 봄날 어린 시절 고향에서 즐거운 마음으로 보고 들었을 풍경과 소리들을 기억해 내고 있다. 그것은 언제나 시인의 가슴 속에 살아서 그의 의식을 지배한다. '내 몸짓'은 '그대의 역사의 풍물 소리'와 따로 저만치 떨어져 있지 않고 그의 몸속에 체화되어 하나가 되어 있다. '내 몸은' '조국'의 몸과 다를 바 없다. 시인의 '몸'은 '조국' 곧 고향을 구현하고 있다.

한편 어머니는 언제나 그 고향에서 영원한 그리움으로 자리하고 있다. 〈봄 고향에게〉에서 "진달래" 꽃이 만발하여 "온 산을 불지르"던 아름다운 봄날에 시인은 "호두기를 만들어 주시던" 어머니를 떠올린다. 어머니와 고향에 대한 기억은 시간이 흘러도 퇴색되거나 잊혀지는 일이 없다. 장석주는 "고향이 지리적 공간의 의미를 넘어서 인격과 자기됨이 발현되는 기반이라는 점에서 고향으로 돌아간다는 것은 자기근원으로의 회귀를 뜻한다."[6]고 한다. 시인은 인간이라는 육신의 한계를 넘어 "비단바람"과 같이 공기화한 존재가 되어 근원으로의 회귀를 꿈꾼다.

2.3. 근원적 고향의 회복

김정기는 삶의 존립에 위협을 느끼는 상황에서 어쩔 수 없이 이민자의 삶을 선택하였다. 이것은 그가 처한 현실을 더욱 비극적으로 인식하게 하는 동시에 고향에 대한 그리움과 회귀욕망을 증폭시켰다. 그런

---

6) 위의 책, 145쪽.

시인에게 현실에서 상처받고 찢긴 마음을 위로하고 치유할 수 있게 해
준 것은 바로 가족과 종교였다. 가족은 서로의 아픔을 위로하고 힘든
현실을 이겨내게 하는 힘이 되었다. 또한 기독교 신앙은 시인에게 인간
의 본향인 천국을 지향하게 함으로써 고향상실자로서의 고통을 치유하
고 근원적인 고향의 회복을 가능하게 했다.

> 겨울날/주전자에 물을 끓이며/家族은 물과 함께 뜨거워진다/피어오르는
> 김에서/겨울 비단같은/고갱의 그림을 본다.//겨울이 와도 또 와도/비어있
> 는 나의 손에서/익어가는 쌀알//작은 설레임으로 퍼담으며/양지가 보이는/
> 겨울을 누린다/겨울을 견딘다.
>
> 〈겨울 家族〉 전문

아무리 추운 '겨울날'도 난로 위에서 '주전자에 물'이 끓어오르듯이
'가족'은 '함께'하는 것만으로도 '뜨거워진다'. 끓어오르는 물과 따뜻해진
마음이 추운 '겨울날'을 녹이는 그 순간에서 시인은 '겨울 비단같은 고갱
의 그림을 본다'고 한다. '겨울 비단'은 부드러움과 따뜻함, 그리고 풍요
로움을 연상시킨다. 또한 아름다운 타히티 섬과 그곳에서 살아가는 건
강하고 아름다운 여인을 연상시키는 '고갱의 그림'은 건강하고 따뜻한
이미지를 준다. '겨울날'에 난롯가에 모여앉아 단란한 한때를 보내고 있
는 따뜻하고 행복한 '가족'의 모습은 한 편의 아름다운 회화작품에 비견
되고 있다. '가족'은 '겨울이 와도 또 와도' 비록 가진 것이 없어 '비어있
는 손'일지라도 '쌀알'이 그 '손'에서 '익어가는' 것처럼 풍요로울 수 있다.
'비어가는 나의 손'과 '익어가는 쌀알'은 서로 상치되는 이미지를 가지고
있는 것이지만 그 둘이 결합하여 '가족'의 사랑과 소중함을 더욱 부각시

킨다. '가족'은 함께 함으로써 추운 '겨울'을 '누'리고 또 '견'디게 해 준다.

한편 시인은 믿음 안에서 모든 집착을 버리고 커다란 신의 품에 안긴다. 기독교는 모든 인간을 고향상실자로 규정한다. 모든 인간은 죄를 짓고 에덴에서 추방당한 아담이며 하와인 것이다. 기독교인에게 있어서 현실공간은 큰 의미가 없다. 그들은 모두 지상에서 천국이라는 본향으로 돌아가고 있는 도정에 있는 것이다. 그래서 시인은 "인디안의 거친 들판이나 대륙의 거친 진흙밭에 뒹굴어 어둠으로 삭아진"(〈낙엽되어〉)다고 하더라도 괜찮다고 한다. "어디나 그 크신 분의 품'이기 때문이다. 시인은 신앙 안에서 자유를 누린다. 어디에도 자신이 설 땅이 없다고 토로했던 그가 이제는 모든 곳이 다 고향땅인 것처럼 느낀다.

시인은 어려울 때 늘 함께 한 가족과 고통 속에서도 길을 잃지 않게 해 준 신앙을 통해서 현실의 모든 어려움들 속에서 위안을 얻고 또 근원적 고향을 회복한다. "땀의 상처는 아름답게 아물어/땀구멍마다 돋아나는 것은/건강한 한 올의 새싹이다/그대의 칼은 멀리서 녹슬어 눕고/풀꽃이 천지를 덮는 펠함에는/날마다 그대의 새벽이 있다"(〈펠함에는 새벽만 있다〉)고 고백하는 시인은 이제는 더 이상 고향에서 추방되어 뿌리 없이 떠도는 유배자가 아니다.

2.4. 서사적 시간구성과 감각적 이미지

김정기의 〈유배지〉 시편들과 '다섯째 날'에서 '열한번째 날'까지의 시편들은 시간적 순서에 따라 순차적으로 진행되는 서사적인 시간구성을 보여준다. 이러한 서사적 시간구성으로 10·26이라는 특정한 사건과 그로 인해 야기된 시인가족의 미국에서의 삶이 한 편의 드라마와 같이

독자들 앞에 펼쳐진다

　이 시편들에서 시인은 생각지도 못한 역사의 소용돌이에 휘말리게 된 한 가족의 이야기를 최대한 감정을 절제하면서 중요한 장면과 상황들을 시간적 순차에 따라 서술하고 있다. 이러한 서사적 구성은 극적인 요소를 극대화하는 효과를 보여 준다. 김현자는 이에 대해 "단편성을 통해 총체성에 접근하는 방식"[7]이라고 한다. 이러한 서술기법은 시인이 독자에게 전달하고자 하는 사건의 정황과 삶의 현실을 구체적인 영상으로 떠올리게 하면서 사실적인 느낌을 강하게 전달해준다.

　한편 시인은 감각적 이미지를 통해 그가 그리는 고향을 완벽하게 복원해 낸다. 시인은 시각 · 청각 · 후각 · 미각 · 촉각 등의 이미지를 통하여 지난날 고향의 기억들을 생생하게 현장화하고 있다. 〈봄 조국에게〉에서는 조국이 "북, 꽹과리, 징"과 같은 사물놀이에 쓰이는 우리의 전통악기의 소리로 되살아난다. 또한 "실바람, 종달새, 뻐꾸기, 황소" 등과 같이 우리의 전통마을을 생각나게 하는 자연과 새와 소의 "울음소리"인 청각적 심상으로 복원되어 있다. 〈봄 뉴욕〉, 〈유월에 쓰는 편지〉, 〈추석달〉 등의 시편에도 시각(진달래, 버들강아지, 추석달, 코스모스, 철길, 장독대, 꽈리)과 청각(종달새, 뻐꾹새), 촉각(바람, 가을볕), 후각(풋사과) 등의 감각적 이미지가 고향을 생생하게 복원하도록 돕는다.

　감각에 호소한다는 것은 시인이 말하고자 하는 바를 강렬하게, 극적으로 전달하기 위한 하나의 전략이며 시적 장치이다.[8] 김정기는 한국의 정서와 혼을 담고 있는 전통적인 악기와 풍경(꽃, 새 등), 그리고 의복, 음식 등을 통하여 근원으로서의 고향 회복의식을 보여준다. 그것

---

7) 김현자, 『현대시의 서정과 수사』, 민음사, 2009, 135쪽.
8) 최동호, 『시론』, 현대문학, 1996, 50쪽.

들은 여러 감각적 이미지로 형상화되면서 우리에게 고향에 대한 근원
적인 그리움의 감정들을 직접적으로 촉발시킨다.

3. 외로운 영혼의 소통에의 염원 - 최정자

3.1. 현존의 확인을 위한 탈향과 소외의식

최정자는 충남 당진 출생으로 월간 『시문학』에 박재삼 시인의 추천
으로 문단에 데뷔한 뒤 『달개비 꽃』(1981), 『시추선』(1986) 등의 시집을
출간하고 1987년 미국으로 이민, 현재 뉴욕에 거주하고 있다. 시인은
미 동부 문인협회 회장을 역임하였고 현재는 고문으로 활동하며 창작
에 전념하고 있다.[9]

최정자는 결혼 후 평범한 가정주부로 지내다가 1968년 10월 우연히
여류문학인협회 주최의 전국주부백일장에 참가, 1등을 한 것을 계기로
시를 쓰기 시작했다. 詩作은 시인의 불행했던 결혼생활의 탈출구가 되
었다. 그러나 불행했던 결혼생활로 인해서 건강이 악화될 대로 악화된
시인은 더 이상 가망이 없다는 의사의 진단을 받게 되고 형제들이 있는
미국행을 결심하게 된다. 그러나 뉴욕에서의 생활은 시인에게 그다지
호의적이지도 희망적이지도 않았다.

열다섯 시간 비행기를 타면/뉴욕에 닿는다 하였는데/열다섯 시간에/열

---

9) 작품집으로 『서울로 서울로』(1990), 『개망초꽃 사랑』(1993), 『새가 아닌 새』
(1999), 『돌아오는 목숨』(1999), 『몬탁의 등대불』(1999) 등이 있다.

다섯 시간을 수없이 보냈어도/여태껏 뉴욕에 닿지 못하고/까마득한 공중에
/매달려 있네.

〈서울로 2〉 부분

　비어있는 편지통/오늘 하루를/어찌 보낼까/아무리 들여다 보아도/백지
한 장 없어/ 헛손질 하는 어둠속

〈서울로 6〉 부분

　시인은 이미 서울을 떠나 뉴욕에 도착했지만 심정적으로는 뉴욕에 발
붙이지 못하고 있다. 그는 서울과 뉴욕 어디에도 소속되지 못하고 '미아'
로 떠돌고 있다. 시인의 불안한 심리는 '까마득한 공중에 매달려 있'는
것에 비유된다. 이 불안감의 이면에는 〈서울로 2〉의 첫 연 '이민을 가려
고 마음먹었더니/풀포기 하나에도/아쉬움이 남고/먼저간 형제들에게 가
긴 가면서/돌아보니/하릴없이 보낸/종종걸음 사십오년에/가면 어디를
가는가'라는 진술에서 알 수 있듯이 서울을 떠나야 한다는 아쉬움과 그
결정이 과연 옳은 것이었는가에 대한 의문이 자리하고 있다.
　그는 뉴욕에 도착해서도 서울에 있는 지인들과 행여 그 끈이 끊어질
세라 매일 편지를 쓴다. 편지를 쓰는 행위는 상대방과 절실하게 소통하
고 싶다는 바람이며 의지의 표현이다. 서울에서의 삶을 청산하고 미국
으로 이민을 했지만 시인은 새로운 장소에서 새로운 관계를 맺기보다
는 그동안 그의 삶을 이루고 있었던 서울의 사람들과의 관계를 계속
이어가고 싶어 했으며 그들과의 변함없는 관계의 확인을 통해 멀리 이
국에서 살아갈 힘을 얻으려고 했다. 〈서울로 6〉에서 시인은 날마다 서
울로 편지를 보내고 또 답장을 기다린다. 시인은 답장이 오지 않아 '편

지통'이 '비어 있는' 날은 '오늘 하루를 어찌 보낼까' 생각할 정도로 절망
감을 느낀다. 서울에 대한 이러한 극도의 집착은 시인을 더 이상 인간일
수 없게 하는 지경에까지 이르게 한다.

스스로 선택한 미국행이었으면서도 떠나온 서울에 시인이 그토록 집
착하는 것은 왜일까? 그것은 변증법적인 장소 경험으로 설명할 수 있
다. 에드워드 랄프는 "장소가 주는 고역"[10]에 대해 논하면서 우리의 장
소 경험은 벗어나고 싶은 욕망과 정착하고 싶은 욕구가 균형을 이룬다
고 한다. 어느 한쪽이 쉽게 충족되어 이러한 균형이 깨어질 때 뿌리
뽑힘의 느낌으로 고통 받거나 심한 억압감으로 우울증에 시달리기도
한다. 최정자는 벗어나고 싶은 욕구가 충족되자 뿌리 뽑힘의 느낌과
함께 노스텔지어에 시달리게 된다. 이것은 새로운 땅에 정착하는 데도,
새로운 사람들과 건강한 관계를 만들어가는 데도 큰 장애가 된다. 그리
하여 시인은 자신도 모르는 사이에 점점 소외되어 간다.

3.2. 행복한 소통에의 염원

최정자의 시에는 가까운 주변 사람들에 대한 시가 유난히 많다. 그는
사람 때문에 살고, 사람 때문에 상처받는다. 시인은 "그리운 사람, 그리
운 사람이 사는 곳 그 공간을 마음 가득히 채우고 싶어한다."[11] 그에게
는 사랑하는 사람들이 삶의 의미이고 고향이다. 시인의 삶을 풍요롭게
채워주는 사람들이야말로 시인을 그 자신답게 만들고 존재감을 부여하

---

10) 에드워드 렐프, 김덕현·김현주·심승희 역『장소와 장소상실』, 논형, 2008,
   101~102쪽.
11) 유한근, 「말문을 막는 공간에 대한 '그리움'」, 최정자 시집, 『서울로 서울로』,
   131쪽.

는 대상이다. 그렇기 때문에 시인은 그리운 사람들과의 소통을 끊임없
이 염원한다.

> 5월에 웬 비가/이리도 오나/맨해튼 39번가 빌딩 숲으로/몇날을 내리네/
> 이런 비 오는 날/서울이라면//인사동에 있는 까페/「구름을 벗어난 달처럼」
> /2층 창가에/앉아 있겠네//지금 그 자리에/누가 앉아 있을까//「수길」씨가
> 그린 개는/하얀 벽에 걸려 잠자고 있을 테고/사진처럼 웃던 「금호」씨는/커
> 피를 준비할 테고//커피를 기다리는 사람/빗물처럼 보이네//빗속을 달려/
> 나는/서울로 가네.
>
> 〈서울로 22〉 전문

'인사동'은 시인이 서울에 있을 때 늘 찾던 곳이다. '5월'에 '몇날을'
내리는 봄비는 그리움을 불러일으키는 촉발물로서 시인의 가슴을 적신
다. 시인은 자신이 즐겨 앉았던 '2층 창가'자리에 '지금'은 '누가 앉아
있을까'라며 그 공간을 추억한다. '맨하탄에 내리는 비'는 '인사동'에 내
리는 비로 전이가 되어 그곳의 풍경을 마치 현재 일어나고 있는 일처럼
상상하게 된다. '벽에 걸려' 있는 '「수길」씨가 그린 개' '사진처럼 웃던
「금호」씨'가 '커피를 준비' 하는 모습, '커피를 기다리는 사람'들의 모습
이 차례로 떠오르면서 시인의 가슴은 그 그리움의 공간으로 꽉 들어찬
다. '인사동'이라는 공간은 시인에게 그만의 추억이 깃든 매우 특별한
장소이다.[12] 시인이 그토록 '서울'을 그리워하고 '인사동'이라는 공간이
그에게 특별한 장소로 자리하고 있는 것은 모두 그곳이 특별한 관계로
맺어진 사람들이 존재하고 있기 때문이다.

---

12) 이-푸 투안, 구동회·심승희 역, 앞의 책, 222쪽.

뉴욕에서는 집안에서 문을 꼭꼭 걸어 잠그고 밖에 나가는 것을 두려 워하던 시인도 "서울 가면 부지런"(〈서울 가면 나는 부지런하다〉)해진 다. 왜냐하면 "사람"을 만나야 하기 때문이다. 시인은 사람을 만나면서 도 건성으로 만나는 것이 아니라 "다시는 못 만날 듯이 만나야 한다"고 한다. 시인은 언제나 지인들을 만날 때면 처음 만난 듯, 그리고 마지막 인 것처럼 간절하게 최선을 다한다. 시인에게 그만큼 사람이 중요하기 때문이다.

3.3. 고향 만들기와 인간관계 회복

사람에 대한 그리움이 시인을 무작정 '서울로' 향하게 했다면 시인은 사람에 대한 애정과 관계 회복을 통해 마음속에 그려왔던 진정한 마음 의 고향을 찾아간다. 그곳에는 손자손녀가 있고, 친구가 있고, 살아가면 서 만난 무수한 사람들이 있다.

> 자랑할 게 없는 나는/땅거미진 밤중에 헛것 보듯/겨우/두 살 세 살짜리 손자손녀의/사진만 보는데/살기에 겁나는 날도/그 애들 사진만 보면/웃음 이 나는데/손자손녀 사진 보고 웃은 값을/치르라면/ 하루에도 여러 차례 웃은 값을/어떻게 다 치르나/할머니, 누가 웃으랬어요 하고/그 애들이 핀잔 한데도/나는 웃을 것 같아.
>
> 〈내 웃은 값은〉 전문

시인에게 어린 '손자손녀'는 그가 예전에는 느껴보지 못했던 무한한 사랑과 행복을 가져다준다. 그래서 '살기에 겁나는 날도 그 애들 사진만 보면 웃음이' 난다고 한다. 그것은 돈으로도 세상 어떤 것으로도 값을 매기기 힘든 소중한 것이다. 그래서 시인은 감사한다. 그는 "하나님 고맙습니다. 어제는 손주들과/전화를 했습니다/……/하나님 고맙습니다/이 고마움을 기억하겠습니다."(〈크리스마스 이브〉)라며 '크리스마스 이브'에 '손주들'을 통해 가족의 훈훈한 사랑을 느낄 수 있음에 감사한다.

시인은 자신의 삶의 일부가 되어버린 사람들에 대한 시를 쓴다. 시집 『돌아오는 목숨』과 『몬탁의 등대불』이 그것이다. '내가 그리는 천 사람'이라는 부제가 붙어 있는 이 시집에서 시인은 외롭고 힘든 세상살이에서 힘이 되어주고 삶을 지탱할 수 있게 도와준 많은 사람들을 기억해내고 그들에게 감사한 마음을 시로 표현하고 있다.

시인이 '서울로 서울로'를 외치고 있을 때, 그는 서울에서도 뉴욕에서도 자리 잡지 못하고 정처 없이 부유하는 존재였다. 그러나 시간이 지나면서 뉴욕에서도 많은 지인들이 생기고 그들과의 관계맺음을 통하여 시인은 혼자라는 소외의식을 극복한다. 또한 헤어져 살던 아들과의 관계가 새롭게 시작되면서 손자손녀들과도 따뜻한 가족관계를 회복한다. 그리하여 시인은 전에 없던 감사와 평안을 맛보게 된다. 그 전엔 타지였던 뉴욕이 새로운 인간관계의 형성과 회복을 통해 이제 또 다른 서울, 즉 고향이나 다름없는 장소성을 획득했기 때문이다.

3.4. 전통적 서정과 식물적 상상력

최정자는 시집 『서울로 서울로』와 『개망초꽃 사랑』에서 헤어진 님을 그리는 여성적 어조로 그리움과 슬픔을 시화하고 있다. 시인은 일인칭 화자의 고백적 언술을 통해 서정성을 환기하고 있다. 이러한 시인의 정조는 한국의 전통적 서정성과 맥이 닿아 있다. 두 시집에는 "당신", "그대"로 지칭되는 대상에 대한 그리움과 슬픔, 모든 것을 운명으로 받아들이는 순응과 체념, 미련의식 등이 드러나 있다. 시인의 작품에는 "눈물" "울음" "목메"임 "운명" 등의 시어가 자주 등장한다. 최정자가 보여주는 이러한 슬픔과 그리움의 정조는 우리에게 이미 익숙한 풍경들이다.

한편 시인의 작품에는 식물적 상상력이 두드러지게 나타난다. 시인이 어떤 식물을 시의 소재로 선택했다는 것은 소재에 대한 시인의 독특한 의식이 작용했다는 것을 말해준다.[13] 시인은 자신을 '민들레꽃'(〈서울로 19〉) '자라지 않는 나무'(서울로 25〉) '뽕나무'(〈서울로 31〉)에 비유한다. 이외에도 시인은 '자귀나무꽃'(〈서울로 33〉), '봉숭아'(〈서울로 34〉), '무궁화'(〈서울로 35〉), 팔려나가지 못하고 '갇혀있는 꽃'(〈서울로 58〉), '추워도 갈데없어 바스락거리는 마른 나뭇잎'(〈서울로 67〉) 등의 대상 식물과 자신을 동일화 하거나, 대상 식물을 통해 자신의 정감을 표현하고 있다.

시인이 보여주고 있는 식물적 상상력은 『개망초꽃 사랑』시집 전체가 시인 자신과 '개망초꽃'을 동일화하고 있다는 점에서 가장 두드러진다고 할 수 있다. 한국 전쟁 때 미국 병사의 백에 실려와 강한 번식력과 생명력으로 우리나라 전역에 퍼지게 된 개망초꽃에 대한 사연은 낯선 미국 땅에서 뿌리를 내리고 살아가야 하는 시인의 감성을 자극한다. 남의 땅에서도 끈질기게 살아남아 꿋꿋하게 피어있는 "뽑힐 때 뽑히더라도, 버려질 때 버려지더라도, 여름에도 차디찬 남의 땅에서, 꽃피우고 살아가는 「개망초꽃」"[14]은 시인의 시적 자아에 투영된다. '어디나 뿌리

---

13) 이숭원, 『현대시와 현실인식』, 翰信文化社, 1993, 120-121쪽.

내리'고 '비켜앉은 자리에서도' '꽃피우'는 '개망초꽃'은 시인의 시적 자
아를 반영하고 있다. 이러한 시적 자아는 끈질기고 강인한 생명력과
기다림, 그리고 슬픔의 정조를 가지고 있다.

4. 이방인의 근원인식 - 김윤태

4.1. 일시적 체류자로서의 손님의식

김윤태는 1940년 충남 공주 출생으로 서울에서 성장, 1963년 도미하
였다. 도미 후 뉴욕『한국일보』신춘문예에 당선, 그 후로 활발한 문학
활동을 하고 있다. 그는 미동부문인협회 부회장, 이사장 등을 역임했다.
현재 시인은 한국일보 문화센터 문학교실 강사, 한미문학의 발행인으
로 활동 중이다.[15]

김윤태는 이민자의 생활을 귀양살이에 비유한다.[16] 시인은 고향의
땅과 고향의 사람들을 떠나와 낯선 환경에서 단절감을 느끼는 것이 귀
양살이와 다를 바 없는 것이라고 한다. 그는 자신을 마치 초대받지 않는
곳에 와 있는 손님처럼 의식한다. 스스로를 겉도는, 부유하는 존재로
인식하는 것이다.

---

14) 최정자, 「시인의 말」, 『개망초꽃 사랑』, 앞의 책.
15) 작품집으로는『우리 숲속으로 가지 않으련』(1992), 『아사달』(1994), 『하대리에
   부는 바람』(1995), 『사랑이여 보아라』(시선집,1996), 『잎새에 잠드는 청산의 별
   곡』(1997), 『김윤태 국영문 시선』(1998), 『원효의 무릎을 베고』(1999), 『멀고도
   먼 길』(2000), 『꽃비 내려 젖은 길에 쌓인 기도들』(2003) 등의 시집과 『거기에도
   무궁화 꽃은 있네』(2000), 『뉴욕에서 세상보기』(2003) 등의 산문집이 있다.
16) 김윤태, 『거기에도 무궁화꽃은 있네』, 도서출판 지혜네, 2000, 책머리에서.

　　한철을 살다 가는/나뭇잎처럼//우리는 지금/이국의 한 시절을 누벼 사는
/손님일 뿐이다.//자유가 있어도/평화가 없는 도시/이별이 있어도/사랑이
없는 도시//경제지수만 살아 있는/미망의 거리에서/착각의 이야기를 주고
받으며/한 시절을 누벼 사는/손님일 뿐이다//나이를 더 먹으면/어디엔가
갈 곳이 있는 것처럼/돌아갈 곳이 정말/어디엔가 있는 것처럼/기다리면서
//뉴욕의 가을/또 하나/낯선 가을을 살다 가는/먼 나라 손님일 뿐이다.

〈손님〉 전문

　　뿌리 없이 이리저리 휩쓸리다 손님처럼 잠시잠깐 다녀가는 삶은 한
철을 잠시 초록으로 존재하다 가을이면 떨어져 내리는 '나뭇잎'과 같은
삶이다. 뉴욕이라는 거대 도시는 '자유'와 '이별'은 있지만 '평화'와 '사랑'
은 없는 공간이다. 고향과 대비되는 도시공간은 고향에서 느끼는 따스
하고 포근한 관계성을 상실한, 사랑이 不在하는 공간이다. '미망의 거리
에서 착각의 이야기를 주고 받'는 모습은 참된 의사소통과 인간관계의
부재, 그 속에서 길을 잃고 헤매는 소외된 삶의 모습이다. '어디엔가
갈 곳이 있는 것처럼 돌아갈 곳이 정말 어디엔가 있는 것처럼 기다리'는
'먼 나라 손님'은 돌아갈 곳이 없는 줄 알면서도 헛된 희망이라도 품지
않으면 살 수 없는 이민자의 서글픈 자화상이다.

　　시 〈만하탄·1〉에서 시인은 진정한 만남이 결핍된 이 도시를 한 장소
에서 다른 장소로 가기 위해 잠시 머무는 "정거장"이라고 한다. 이곳에
서의 삶은 어느 곳에도 소속되지 못하고 뿌리를 잃은 채 방황하는 "그
저, 한 시절을 서성이다 떠나가는" 부유하는 삶이다. 시인이 이렇게 뉴
욕이라는 도시에 장소감을 느끼지 못하고 이방인으로 떠돌 수밖에 없
는 것은 현대사회가 만들어낸 거대한 이민자 집단, 그들이 온갖 차별과

역경 속에서 물화될 수밖에 없는 사회적인 원인에 그 책임이 있다.

시인은 〈아사달〉에서 고향을 떠나 머나먼 타지에 살고 있는 한 사람 한 사람을, 석탑을 만들기 위해 백제를 떠나 신라에 건너간 아사달에 비유한다. 조국을 떠나 모든 것이 낯선 외지에 와서 잘 살아보려고 애쓰는 모든 이민자들은, 보고 싶은 아사녀와 고향 땅에 대한 그리움, 외지인으로 살아야하는 설움을 가슴에 묻은 채 오직 탑을 완성하여 돌아갈 날을 기다리는 또 다른 아사달의 모습이다. 시인이 굳이 시간적 공간적으로 멀리 떨어져 있는 백제의 아사달의 이야기를 이끌어낸 것도, 고향을 그리워하는 이민자들의 보편적인 모습을 형상화하기 위해서이다. 고향을 떠나 고향을 그리워하며 이방인으로 살아가는 그 애달픈 정서는 삼국시대의 신라와 현대의 뉴욕이라는, 시간과 공간을 초월하여 재현되고 공감되고 있다.

4.2. 근원의 인식과 자존감 회복

한민족이라는 하나의 정체성을 가지고 살아가는 한국에서 한국인으로 살면서 나는 누구인가라고 질문하는 것은 다민족국가인 미국에서 소수민족의 하나인 한국인으로 살면서 나는 누구인가라고 묻는 것과는 근본적으로 다를 수밖에 없다. 가치관과 문화, 생활양식의 차이가 이민자들에게는 끊임없이 자신이 이방인이라는 것을 의식하게 한다.

시인은 백인위주의 미국사회에서 살아가면서 인종에 대한 자의식을 여러 시편에서 드러내고 있다. 그는 "보시다싶이 나는/ 얼굴이 누우런/ 황인종 올시다"(〈백인에게〉) "어려서 하얗던 그런 얼굴이/ 나이를 먹으며 누렇게 되는 건// 백인들과 섞이어/ 어딜 가서 살아도// 고향땅 황토

색/ 그걸 닮으라 하는 것 같애"(〈금강에서〉)라며 인종에 대한 자의식을 표출하고 있다. 이러한 자의식은 정체성에 대한 의식과 같다.

　　빛을 주면서도/소리를 내지 않는/긴 하루/해같이//너의 본색은/청색의 구슬이거나/자태가 우아한/침묵//애비가 품고 온/모국어를/아이들은 떠다 밀어도//소리없이 기다리는/먼 나라/이조의 손님//가야산 기슭/하늘 고인 샘물같이/한송이 꽃을 꽂은/대기실의 신부같이/웃으며 기다리는/만고의 여인//죄가 있어도/물을 수 없는/어머니의/목숨이여

　　　　　　　　　　　　　　　　　　　　　　　　〈모국어〉 전문

　　모국어에 대한 인식은 곧 정체성에 대한 인식과 같다. 그래서 탁석산은 "국어야말로 한 국가의 정체성을 확인해줄 수 있는 가장 두드러지고 효과적인 수단"[17]이라 한다. 시인은 이국에서 '모국어'는 '소리를 내지 않는' '침묵'이라고 한다. '모국어'는 비록 일상생활에서 쓰여 지지 않고 있더라도 '빛을 주'는 '긴 하루 해와 같이 존재의 근원을 밝혀주는 것으로 존재하고 있다. '모국어'는 '청색의 구슬이거나 자태가 우아한 침묵'으로, 지고지순한 존재로 인식된다. 시인은 조국을 떠나 이국에서 살고 있는 자신을 '손님'이라 했다. 그는 '모국어' 또한 '먼 나라 이조의 손님'이라 한다. 왜냐하면 '모국어'는 자신과 분리될 수 없는 정체성을 가지고 있기 때문이다. '모국어'는 '만고의 여인' '어머니의 목숨'으로 형상화되어 그것이 모성의 이미지, 존재의 근원임을 보여준다.

―――――――――――――――――

17) 탁석산, 『한국의 정체성』, 책세상, 2006, 43~44쪽.

4.3. 사랑과 평화를 통한 자족과 감사

〈이민〉 시편을 쓰면서 이민자의 슬픔과 고통을 이야기해 온 김윤태는 시간이 흐르면서 자신의 삶에 대한 의식의 변화를 보여준다. 그는 슬픔과 고통 속에서도 사랑과 기쁨을 찾아낸다. 시인은 마치 동전에 양면이 존재하는 것처럼, 그의 삶에도 슬픔과 고통 이면에 사랑과 기쁨이 있음을 발견한다.

> 네가 스스로 지울 수 없는/슬픔이 찾아오면//사랑하는 사람 따뜻한 손에/창백한 손을 포개어 보아라//네가 스스로 덮힐 수 없는/시림이 찾아오면//사랑하는 사람 따스한 마음에/시린 마음을 포개어 보아라//그런 것도 두껍게 겹하면/겹옷이 되나니//시리고 슬픈 마음 서로 합하면/오히려 따뜻한 사랑은 피어나느니.
>
> 〈연가·III〉 전문

스스로 선택한 이민이었지만 언제나 자신을 유배자라 생각했던 시인은 누구보다도 이민자의 현실을 고통스럽게 받아들였던 사람이었다. 자신을 유배자요 잠시 왔다가 가는 손님이라 여겼을 때는 늘 고독하고 방황하는 존재였지만 시인이 세상과 자신에 대해 좀 더 따뜻한 시선을 가지면서 달라진다. 오랜 이민생활과 연륜에서 시인이 터득한 것은 '스스로 지울 수 없는 슬픔'과 '스스로 덮힐 수 없는 시림'이 찾아와도 '사랑하는 사람'의 '따뜻한 사랑'이 있으면 그 '슬픔'과 '시림'이 치유될 수 있다는 사실이다. '사랑하는 사람'의 따뜻한 손에 창백한 손을 포개어' 온기를 나누고 '사랑하는 사람'의 '따스한 마음에 시린 마음을 포개어' 시린 마음을 달래는 것이 '사랑'이다. '사랑'은 치유의 힘을 가지고 있기 때문이다.

시인은 "아가야/춥다 하지 마라/힘들다 하지 마라//쓰라림도 가다듬으면/인생의 좋은 추억 한 편이 되고//비애도 쓰다듬으면/사랑의 좋은 한 쪽이 된다"(〈아가야〉)라고 한다. '쓰라림'과 '비애' 앞에서 시인은 고통에 몸부림치거나 슬픔에 겨워하지 않는다. 오히려 그것들을 '가다듬'고 '쓰다듬'는다. 이렇게 해서 '쓰라림'을 '좋은 추억'으로 '비애'를 '좋은 의미'로 전환시킨다. 이렇게 삶의 '쓰라림'과 '비애' 조차도 보듬어 안아 그 의미를 역전시킬 수 있는 힘이 바로 사랑과 관용의 힘이다. 시인은 말한다. "사랑도 짊어지면/무거운 짐이었어도" "나/어느 날/ 당신에게 말하리라/ 고마웠다고"(〈어느 날 말하리라〉). 시인은 그동안 이국에 잠시 머물다 떠나 갈 손님과 같이 안주하지 못하고 떠돌았지만 이제는 비록 힘들었던 삶이었지만 그 힘겨움마저 따뜻한 시선으로 바라보고 감사함으로써 시인은 더 이상 이방인이 아니다.

4.4. 모순된 현실과 아이러니

아이러니는 세계인식의 한 방법으로 자아와 세계와의 부조화, 갈등의 시학으로 이율배반적인 요소들의 대립을 통해서 사물의 실재와 본질을 파악하는 방법이다.[18] 김윤태는 여러 이민자의 모습을 통해 미국 사회에 존재하는 모순을 자각한다. 백인과 이민자, 가진 자와 가지지 못한 자, 자유와 평등 등 미국 사회에 존재하는 여러 양상들은 그의 시에서 묘하게 대조되고 충돌하면서 아이러니적 상황과 페이소스를 자

---

18) 한이각, 「김종삼 시 연구」, 서울여대 박사논문, 1995, 26쪽.

아낸다.

　　인디안의 평화를 잡아 먹은 후/자비스럽다는 선전을 하기 위하여/비수
를 감추고 미소를 흘리던 백인들이//어느날 갑자기/피난민에게 밀려난 도
시//타운에 숨어 살던 듀퐁의 재벌을 향하여/하바나의 가난이 밀려오고/흔
해빠진 비키니의 여인을 훔쳐보려고/모래알 따가운 비치로/간첩이 섞여오
는 자유무역 보호지//마약이 밀입되는/아편전쟁의 살벌한 상해같지만/인
디안이 지어 준 이름/단물이라는 따뜻한 의미로/향수를 지킨다

〈마이아미〉 부분

　　미국의 백인들은 원래 미국의 주인이었던 '인디안'들을 살상하고 내몰
아 자신들이 원래 주인이었던 것처럼 행세하며 그들보다 뒤늦게 온 이민
자들을 박해하였다. 시인은 위의 시 〈마이아미〉에서 그러한 인디언의
역사와 미국 사회의 모순을 냉소적인 어조로 그려내고 있다. '마이아미'
는 원래 인디안 말로 '단물(sweet water)'이라는 뜻이다. 그러나 이렇게
'단물'이 흐르는 아름다운 땅 '마이아미'는 '인디안의 평화를 잡아먹은 후'
'비수를 감추고 미소를 흘리던 백인들'에 의해 진정한 의미가 훼손되고
'피난민'과 '하바나의 가난'과 '비키니의 여인을 훔쳐보는' 속물스런 인간
들이 몰려오는 도시가 되었다. 또한 그곳은 '간첩' '마약' '아편전쟁' 등으
로 특징지어지는 것처럼 불법과 타락과 탐욕과 폭력이 난무하는 도시가
되었다. '인디안이 지어 준 단물이라는 따뜻한 의미'는 현실의 온갖 불의
한 상황들과 극명하게 대조되면서 아이러니와 비애감을 불러일으킨다.
　　김윤태는 자유와 풍요의 나라라 일컬어지는 미국에서 그 자유와 평
화가 얼마나 큰 폭력과 약탈의 역사 위에서 이루어진 것인지를 고단한

이민자의 삶을 통하여 깨닫게 된다. 이러한 모순된 현실에의 인식을 시인은 아이러니로 드러내고 있다.

5. 부끄러운 자아와의 화해 - 장석렬

5.1. 굴곡진 현실에서의 도피와 죄의식

장석렬은 1949년 강원도 평창에서 출생, 연세대학교 치대를 졸업하고 1979년 미국으로 이민, 현재 치과의사로 일하면서 시를 쓰고 있다. 그는 1994년 뉴욕문학상을 수상하고 1995년 『시대문학』으로 등단했다. 그는 미동부문인협회 부이사장을 역임하고, 현재 한미문학가협회 고문으로 활동하고 있으며, 시집으로는 『뉴욕죄수』(2005)가 있다.

이민자의 삶, 그것은 뿌리도 기반도 없는 낯선 곳에서 새롭게 뿌리를 내리고 살아가야 하는 삶이다. 상황과 형편에 따라 다소 차이는 있을지라도 낯선 이국에서의 새로운 삶은 누구에게나 고단하고 힘든 것이다. 이러한 어려움을 모르지 않았을 시인이 선택한 이민의 배경에는 70년대 그가 겪었던 시대적 상황과 밀접한 관계가 있다.

군화발에 정강이 차이고/지겟짐에 눌려 생장점 파괴된 나의 눈은/반쯤 밖에 치뜰 수 없어/그 꼭대기에서 날 부르는 소리 요란해도/중농주의에 속아 표 팔아먹고/선거 막걸리에 취해 고무신짝 흔들며 돌아오던/나의 지조는 이제 아무 짝에도 쓸모없으니/난 그저 죄인으로 남아/이 길바닥에서 얼굴 들 수도 없을 거야/내 탓은 아니야 소리소문 감추며/떠나온 먼 하늘 눈

흘겨봐도/역시 서슬 푸른 배반자들의 떼거리

〈뉴욕 죄수〉 부분

　어두운 시대를 살아야 했던 한 지식인으로서 분노와 상처를 안고 조국을 떠난 시인은 그 힘들었던 시대를 온전히 살아내지 못하고 떠나왔다는 죄의식을 느낀다. 그래서 자신을 '뉴욕 죄수'로 명명한다. 위 시는 그러한 자의식에 대한 고백이다. 70년대와 80년대에 한국의 지식인 청년으로 살아온 사람들은 그 시대의 불의와 혼란, 상처와 아픔을 목도하고 온몸으로 느끼며 살아온 사람들이다. 그 시대의 상처는 '군화발에 정강이 차이고 지겟짐에 눌려 생장점 파괴된 나의 눈'에 비유된다. 어려운 시대를 뒤로 하고 조국보다 더 풍요하고 자유로운 나라로 떠났다는 죄의식은 시인으로 하여금 스스로를 부정한 자, 배반자로 여기게 한다. '중농주의에 속아 표 팔아먹고 선거막걸리에 취해 고무신짝 흔들며 돌아오던 나의 지조', '난 그저 죄인으로 남아 이 길바닥에서 얼굴 들 수도 없을 거야'라는 독백 속에는 그러한 죄의식이 드러난다. 시인은 70년대 그가 목도했던 "공포와 치욕"을 "나는 싫어한다"(〈나는 싫어한다〉)라며 절규하며 폭력과 억압의 상황을 견딜 수 없어 이민길에 올랐다. 그런 만큼 자신의 선택이 어쩔 수 없는 것이었다고 스스로를 위로해 보려고 하지만 그렇다고 떠나온 조국에 대한 죄책감과 부채감을 떨쳐버릴 수는 없었다. '죄인' '배반자' '망명자' '죄수' 등은 시인이 가지고 있는 죄인으로서의 자의식을 반영하는 시어들이다.

　스스로 선택한 이민이었다고 하더라도 조국을 떠날 수밖에 없었던 시인에게 조국을 떠난 자라는 사실은 아픔이고 상처이다. 그가 조국에서 잘 살 수 있었다면 굳이 낯선 땅으로 떠날 필요가 없었을 것이기

때문이다. 시인은 조국을 떠나서 미국 시민으로 살아가기 위해 하나하
나 버려야 했던 조국과 고향에서의 존재의 근간에 대해 때로는 자조하
고 때로는 회한을 느끼면서 마음 깊이 아파했다.

5.2. 애증의 이원적 공간에의 기억과 화해

인간은 일생동안 많은 선택을 하며 살아가지만 모든 것을 선택할 수
는 없다. 탄생과 죽음, 국적이나 성별, 부모 형제도 선택할 수가 없다.
이것들은 마음에 들지 않는다고 버릴 수도 없고 벗어나고 싶다고 해서
벗어날 수 있는 것도 아니다. 그래서 이러한 것들과의 관계는 근원적으
로 애증의 두 면을 동시에 가지기 쉽다. 장석렬의 경우 조국, 즉 고향에
대한 감정에서 그것이 두드러진다. 고향에 대한 시인의 감정은 "혐오"
와 "아픔"(〈무엇이 나를 울게 만드는가〉)으로 대변된다. "혐오"는 고향
을 떠나게 한 요인이었지만 "아픔"은 고향을 떠날 수 없게 한다. 시인의
몸은 고향을 떠나왔지만 그의 마음은 고향을 떠나오지 못한다.

> 기댈 마음이 짧아/하루가 길어지는 이민살이/긴 세월 혼자만 알게 감춰
> 두고/조금씩 꺼내어 들여다 본/부끄러운 내 얼굴이/핏기 없는 흔적으로 남
> 았다//평생 갤 것 같지 않던 조국의 하늘에도/마침내 어둠 걷히고/민주주
> 의의 종소리 울려/푸른 하늘 베고 꿈자리 한/간밤의 숙면이 화색을 불러온
> 다/거울 앞에 앉아//찬찬히 내 얼굴을 되살리는/ 이 아침/ 찌그러진 이목구
> 비가/제 자리에 다시 불거져 나와//버리고 떠나온 하늘에/나도 이제는/좀
> 덜 미안하게 됐다.
>
> 〈이제는 미안하지 않다〉 전문

　남들이 선망하는 미국으로의 이민과 의사로서의 삶은 단지 세상 사람들의 눈에 보이는 외양의 삶이었을 뿐 시인은 가슴 속에는 힘든 조국의 현실을 피해서 도피했다는 부끄러움과 죄의식이 자리하고 있었다. 그것은 아무에게도 말하지 못하고 '긴 세월 혼자만 알게 감춰두고' 가슴 속에 꼭꼭 묻어둔 것이었다. 결벽증에 가까운 시인의 자의식은 '부끄러운' 자신의 모습을 마주하기조차 힘겨워한다. 기껏 그가 할 수 있는 일이란 자신의 '부끄러운 얼굴'을 '긴 세월 혼자만 알게 감춰두고 조금씩 꺼내어 들여다보'는 것이었다. 그러다가 시인은 조국으로부터 희망의 소식을 접한다. 그가 조국에 대해 가졌던 암울했던 현실 상황에 대한 전망은 '평생 갤 것 같지 않던 조국의 하늘'이라는 진술에서 드러나듯이 매우 부정적인 것이었다. 그런 만큼 '마침내 어둠 걷히고 민주주의'가 실현되었다는 소식은 반갑고 기쁜 소식이다. 이제 시인은 '거울 앞에 앉아 찬찬히' 자신의 '얼굴을 되살'릴 용기를 갖는다. 자신의 '얼굴을 되살'린다는 것은 그동안의 마음의 짐을 벗고 스스로에게 가했던 부끄러움과 죄의식의 사슬을 푸는 것이다. '찌그러진 이목구비가 제 자리에 다시 불거져 나'온다는 진술을 통해 우리는 시인이 조국에 대한 복잡했던 심경들, 그 애증의 고리에서 벗어나서 조국뿐만 아니라 자기 자신과도 화해를 하고 있다는 것을 알 수 있다.

5.3. 또 다른 고향의 모색

　지상의 모든 인간은 실향의 실존과 귀향적 본질을 가지고 있다고 한다. 실향은 타율적으로 일어나는 경우가 많지만 귀향은 대부분의 경우 우리들이 추구하고 선택해야 하는 과제이다. 귀향이 중요한 것은 귀향에서 인간의 생의 매듭이 이루어지기 때문이다. 그런데 문제는 돌아갈 고향이 없는 경우이다. 이 경우에는 타향의 고향화를 통해 귀향의 토대를 만드는데[19] 장석렬 시인의 경우가 그러하다. 시 〈또 다른 고향〉에서 고향이 고향으로서의 정체성을 잃어 돌아갈 고향이 없는 시인은 타향의 고향화를 통해 고향을 회복하려는 의지와 노력을 보여주고 있다.

꽃나무 한 그루 사서/고향의 산바람과 별빛 한데 모아/흙 속 깊이 심는다 //꽃나무는 자라서 낯선 하늘을 넘보다가/치오르는 수액에 밀려/새 고향맛을 바람결에 내놓는다//꽃잎은 아침나절 내내/바람 속 목말라 하다가/저녁 구름 게걸스레 탐하며 피어나고//꽃잎은 하나씩 필 때마다/비녀 쪽진 머리, 호박색 저고리 어머니의/한숨 담긴 눈매를 피워놓는다

〈또 다른 고향〉 부분

위 시에서 시인은 새로운 땅에서 새롭게 뿌리를 내리고 살아보려는 의지와 희망을 가지고 출발을 한다. 그 출발은 '꽃나무는 자라서 낯선 하늘 넘보다가 치오르는 수액에 밀려 새 고향맛을 바람결에 내놓'으며 희망적이다. 그런데 그것도 잠시일 뿐, 새로운 땅에서 새로운 꽃잎을 피워야 할 '꽃나무'는 '어머니의 한숨 담긴 눈매', '아버지의 발걸음 소리' 와 같이 시인이 떠나온 구세계, 그가 떨쳐버리고 싶어 했던 그 모습들을 재현하고 있다. 이것은 인간이 자신의 근간을 이루고 살던 고향에서 떠나와 새로운 곳에 뿌리내리기가 얼마나 어려운가를 보여준다. 시인에게 있어서 그가 회복하고 싶은 고향이란 적어도 두고 떠나온 구세계의 것을 재현하는 곳은 아니다. 그는 조국을 떠나기 전에 자신을 옭아매

---

19) 전광식, 『고향』, 문학과 지성사, 1999, 192쪽.

고 있던 그 모든 것을 과감히 끊어버리고 완전히 새로운 존재로 다시 뿌리내려야만 진정 '또 다른 고향'을 만들 수 있다고 한다.

인간은 그의 정체성의 토대이며 삶의 근원지라는 대지에 뿌리를 내리고 사는 존재이다. 어떤 장소에 뿌리를 내리는 것은 '영혼의 다른 욕망들'을 충족시키기 위한 전제조건이라 할 수 있다.[20] 그러므로 장석렬이 새로운 땅에 뿌리를 내리고 '또 다른 고향'을 만들기 위해 부심하는 것은 진정한 삶을 영위할 수 있는 제자리를 찾고자 하는 노력하는 것을 의미한다. 시인에게 '또 다른 고향' 만들기는 시인이 전 생애를 통해 이루어내고자 하는 과업과 같다.

5.4. 이원적 현실의식과 풍자

장석렬에게 조국을 떠난 사건은 깊은 상처로 각인되어 있는 것으로 보인다. 그가 조국을 형상화하고 있는 시편들에 부끄러움과 죄의식뿐만 아니라, 상처와 피해 의식 또한 드러나고 있기 때문이다. 그는 부조리하고 모순된 현실을 풍자적으로 보여준다. 시인은 풍자를 통해 대상에 대한 분노와 야유를 드러낸다. 시인은 미국에 이민을 와서도 한국에서와 다를 바 없이 사치와 향락을 일삼는 일부 이민자들의 행태에 대해 풍자하고 이를 통해 이민자 사회의 단면을 고발한다. 시인은 "오랜 굴종 속에 잘도 길들여진 손/한 마리 삽살개 같은 풍요로운 털갈기의 얼굴들/입가엔 운 좋은 향락의 신바람이 버거워/가재거품 같이 끓어오르는 웃음을 참느라 몸을 꼬고 있었다"(〈걷기 힘들어 지는 날〉) "식민자본주의의 배알없는 아첨꾼을 아비로 하여/마침내 천민자본주의의 알량한

---

20) 에드워드 렐프, 앞의 책, 94쪽.

전사로 태어난 그대"(〈형제여, 뉴욕에 오거들랑 32가에 가보시게〉)라며
대상을 향해 조소와 야유를 보낸다.

> 재벌 하나가 무너졌다/사천만 개의 망각이 들끓고 있다/단 하루 동안만
> //거대한 부정부패의 사슬이 폭로되었다/사천만 개의 망각이 들끓고 있다/
> 단 하루 동안만// (중략) //망각이 판치고 있다고/들끓고 있다/단 하루 동안
> 만//망각이 망각되었다고/사천만 개의 망각이 삼천리 반도에 들끓고 있다/
> 그것도 단 하루 동안만.
>
> 〈하루 동안의 망각〉 부분

흔히 한국인의 고질적인 병폐의 하나로 냄비근성을 든다. 이것은 한
국인들이 스스로를 매우 자조적으로 이르는 말이다. 〈하루 동안의 망
각〉에서는 너무 쉽게 잊어버리는 한국의 세태가 풍자적으로 그려진다.
엄청난 사건을 목도하고도 그것을 반성하고 발전의 계기를 삼지 못하
고 쉽게 잊어버리는 한국인들의 근성이 결국에는 그 망각까지도 망각
되고 마는 아이러니적 상황이 연출되고 만다.

이렇듯 시인은 조국의 모순된 현실과 기득권자로 살아가는 일부의
동포들의 행태에 대해 풍자를 통해 비판 한다. 풍자의 대상을 바라보는
시인은 시선은 조국을 향해 가졌던 애증의 이원적인 의식만큼이나 복
잡해 보인다. 그 풍자의 이면에는 분노와 부끄러움과 상처가 자리하고
있다. 시인이 그의 작품에서 보여주고 있는 풍자는 시인의 이원적 세계
의식과 현실응전의 자세를 보여주는 있는 한 기법으로 드러나고 있다.

6. 재미한인 시문학의 특징

재미한인 시문학의 특징이라면 우선 그 내용에 있다. 재미한인 시문학은 이민자들의 이방인의식과 고향에 대한 그리움, 정체성의 문제, 그리고 그들이 새로운 땅에 뿌리내리기까지의 적응과정이 작품의 주요 내용을 이루고 있다.

한글로 작품 활동을 하는 대부분의 이민 1세들은 이민 초기에는 전업 작가로서의 삶은 꿈도 꾸기 어려운 현실 여건 속에서 낯선 땅에 정착하기 위해 여러 어려움을 겪게 되는데, 이러한 과정은 그들의 작품에 고스란히 녹아 있다. 재미 시인들의 많은 초기 시들이 이러한 이민자의 애환을 담고 있는데, 그러다보니 주관적, 감상적으로 흐르는 경향이 있다. 많은 평자들에게 비판의 대상이 되고 있는 1세 작가들의 이민 초기 작품에서 주로 나타나는 이러한 작품 경향은 일종의 통과의례와 같은 것이라 할 수 있다. 조국과는 완전히 이질적인 사회에 정착하기 위해서 많은 어려움을 감내해야 했던 만큼 많은 재미 작가들은 글을 쓴다는 것을 유일한 보람으로 여겼다. 그들 중 상당수는 문학적으로 완성된 작품을 창작하기 보다는 모국어로 마음속에 있는 이야기들을 털어놓는다는 데 더 큰 의미를 부여하기도 하였다. 또한 그들의 모국어의 능력이나 조국에 대한 인식은 그들이 조국을 떠나올 당시에 고정되어 있는 경우가 많다. 그들의 작품에서 현재 우리가 볼 때 다소 진부하다고 여겨질 수 있는 문학적 표현이나 의식세계를 드러내는 것도 이러한 사실과 관계가 깊다.

재미한인 한국어 시문학은 한국문학의 연장선상에 서 있으면서 한국문학이 보여주지 못하는 새로운 시각과 전망을 보여줄 수 있는 가능성을 지녔다. 그 뿌리를 한국적인 것에 두고 한국인들의 원형적 사고를 간직하고 있다는 점과, 이곳에도 저곳에도 온전히 속하지 못하는 제3의 정체성을 가진 경계인들로서 인간의 보편적인 문제를 보다 객관적이고 열린 시각으로 다룰 수 있다는 점에서 그렇다. 그러므로 재미 시인, 나아가서 재미 작가들은 한국문학의 지평을 넓힌다는 과제를 안고 있는 셈이다.

7. 결 론

본 연구는 현재 뉴욕에서 활동하고 있는 김정기, 최정자, 김윤태, 장석렬의 시를 분석함으로서 미 동부 지방을 중심으로 한 재미한인 한국어 시문학의 현주소를 가늠해보고자 하는 것을 목적으로 하였다.

네 시인의 작품을 통해 알아본 바와 같이 재미한인 시문학의 주제는 크게 고향상실의 체험에서 시작하여 이민자로서의 애환과 정체성에 대한 고민, 그리고 무정주성을 극복하고 새로운 고향을 찾아가는 과정으로 볼 수 있다. 이들 네 시인에게는 정도의 차이는 있지만 조국을 떠난 자로서, 미국사회의 한 소수자이자 주변인으로서 살아가야하는 사실에 대한 상처와 피해의식이 자리하고 있음을 알 수 있다. 낯선 이민공간에서의 고된 삶은 고향에 대한 그리움을 더욱 증폭시키고, 고향은 그 지리적인 공간으로서의 의미를 넘어 안정감과 편안함을 주는, 언젠가는 돌아가고 회복되어야 할 근원으로 제시되고 있다.

본고는 지금까지 재미한인 한국어 시문학에 관한심도 있는 논의가 부족한 가운데 이루어진 최초의 논문이라는 데서 그 의의를 찾을 수 있다. 김정기, 최정자, 김윤태, 장석렬 등 네 시인의 작품은 이민자들이 겪는 다양한 사회적 문제들을 시화하고 있어 이민자들의 공통적인 삶의 애환을 보여 준다. 그들이 형상화해내고 있는 고향상실과 그 회복의 문제는 대부분의 디아스포라 작가들의 작품의 공통적인 주제이다. 그들이 안고 있는 문학적 과제에 대한 고민 또한 다른 대부분의 작가들이 고심하고 있는 문제이기도 하다. 재미한인 문학에 대한 총체적인 연구와 평가는 앞으로 많은 연구자들의 연구가 더해져야 가능해 질 것으로 본다.

작가작품론의 정체성과 이데올로기

신라시학의 원리와 노장사상
―향가작자의 노장적 성격인
심재(心齋)·좌망(坐忘)·상덕(上德)을 중심으로―
진창영

1. 서론

　신라 때에 시학이 존재했느냐라는 물음에 대한 답을 위하여서는 많은 논설이 필요하다. 우리의 전통적인 문화의 맥락 속에서 언어는 다분히 불안한 지위를 지니고 있었기 때문이다. 신라 향가의 관점에서 볼 때 이 점은 더욱 그러하다. 이러한 언어관은 비단 우리뿐만 아니라 동양 문화의 전통이라는 관점으로 거슬러 올라가도 마찬가지다. 이러한 동양의 언어관은『노자』첫 구 '도가도비상도 명가명비상명(道可道非常道 名可名非常名)'에 함축되어 있다. 여기서 도의 본질은 언어로 표현될 수 없을뿐더러 도 그 자체는 항상 드러나지 않는 성질을 가진 다분히 은일적인 개념으로 파악된다. 이 점은 신라 향가의 문학적 상징성이나 그것이 지어진 배경이야기와 관련지을 수 있다. 다시 말해 향가의 시학적 원리가 노장사상의 도·무위·자연과 연관시킬 수 있는 단초를 갖고 있다는 것이다.
　향가와 그 배경설화에는 당시를 살던 사람의 마음과 행동이 지덕지성(至德至誠)[1]일 때에 그들의 소망이 스스로 이루어지곤 했던 현상들이 나타나 있는데 삼국유사 '감통(感通)'편의 '월명사도솔가조(月明師兜率歌條)'와 '융천사혜성가 진평왕대조(融天師彗星歌 眞平王代條)'가 그것이다. 이들 이야기는 인간의 마음이 지덕하고 정성이 지극하면 보이고 드러나지 않은 가운데 무위의 상태에서 저절로 어떤 일이 이루어진다는 신라인들의 세계관의 표출이다. 인간적 삶이 지성이면 감천의 결과로 나타난다는 세계관의 언어적 표현이 향가와 그 배경설화의 논리 속에 들어 있다. 이 점은 노장사상에서 말하는 무위와 자연이라는 은일성의 논리 속에서 이루어진다는 것이다. 아울러 이러한 노장적 논리는 앞서 말한 두 편 외에도 찬기파랑가 소재 '경덕왕 충담사 표훈대덕조(景德王 忠談師 表訓大德條)'에서도 나타난다.

이 글은 이러한 이야기 속의 향가와 그 배경설화 속 작가의 정신과 행위를 중심으로 노장적 논리를 밝힘으로써 이것이 신라 향가의 한 시학적 원리라는 사실을 밝히는 데에 목적이 있다. 이런 향가와 그 배경설화에 나타난 신이적 현상들을 주술적 힘 또는 마력2)이라고도 볼 수 있지만 당시의 비과학적인 시대에는 극히 소박한 인간적 삶의 현실적 관점에서 보아 일연의 분류대로 '신주(神呪)'이며 '감통(感通)'이고 '피은(避隱)'과 '효선(孝善)'으로 볼 수밖에 없었던 그 이면의 원리를 이른바 신라 향가의 시학적 원리라고 한다면 이를 노장사상의 개념과 관련지어 해석해 보는 것도 문학 해석의 한 방법인 것이다. 가령 '감통'이라는 주제 이면의 추상적 원리로서 이를 작용케 한 힘을 쉽게 주력(呪力), 마력(魔力)으로 본다면 이것을 노장의 개념으로 말하면 스스로(自) 그

---

1) 『삼국유사』 권제5, 感通 第七 月明師 兜率歌條 '月明之至德與至誠'에서.
2) 임기중, 「신라가요에 나타난 주력관」(『신라가요연구』, 정음문화사, 1986)에서 신라가요와 원시종교, 무속과 불교의 습합에 있어 주력의 실체 등 전반에 걸쳐 밝히고 있다.

러한(然) 상황에서 생기는 힘 곧 무위자연의 힘인 셈이다. 이런 논리가 향가와 그 배경설화 속 등장인물들의 행위 양식에 스며 있다는 점을 밝혀 보고자 하는 것이다.

2. 노장의 이상적 인간형과 그 기준

이 글에서 논의의 요점은 향가와 그 배경설화에 나오는 작자의 인품이 노장사상에서 말하는 이상적 인간형인 진인, 성인, 신인이기 때문에 신통력을 발휘할 능력을 갖출 수 있다는 것이다. 그런데 이러한 신통력 역시 막연히 도인의 경지에 이르렀기에 가질 수 있다는 것이 아니라 인간으로서 할 수 있는 지덕지성에 의한 결과와 이의 정점에서 오는 이상적 인간의 경지에 이르렀을 때 이들 인물의 주변에서 일어날 수 있는 현상이라는 점을 밝혀보고자 한다.

따라서 노장사상에서 말하는 이상적 인간은 어떤 것이며 또한 이는 어떤 상황에서 도달할 수 있는 것인지를 밝힘으로써 향가와 그 배경설화 속에 등장하는 인물이 여기에 해당될 수 있는 것인지의 근거를 여기서 마련하고자 한다.

『노자』가 인간적 삶의 이상적 방향을 도의 개념으로 제시하고 풀이하면서 삶의 구체적 현실인 정치의 도에 관한 '방향성'을 제시하고 있다면, 「장자」는 이러한 노자의 사상을 변화무쌍하게 심화 확대시켜 광대무변의 세계를 예시로써 구체화시켜 보여주는데 이를 통하여 정신적 부자유의 질곡으로부터 해탈의 경지로 이끌고 있다. 여기에서 장자가 말하는 이상적 인간형의 모습도 제시된다.

『장자』'대종사(大宗師)'편에는 이러한 이상적 인간형의 모습을 지속
적으로 보여주고 있는데, 본고의 중심 논의 대상인 향가 속의 인물이나
또는 배경설화 속의 향가 작자들은 바로 이 이상적 인간형의 모습과
유사하거나 또는 이 정도의 경지에 이른 이상적 인간형3)에 상응한다고
볼 수 있다는 것이다. 그런데 이는 최소한 향가 저작 당시 신라 사람들
의 세계관4)의 범위에서는 그럴 수 있다는 것이다. 물론 여기에는 신라
에 노장사상과 도교가 수용된 이후 당시 사람들의 세계관에 그 영향력
이 내재되었을 개연성은 충분하다. 그러나 신라 사람들의 도교적 영향
에 관한 문제는 논점에서 벗어나므로 여기서는 각주로 처리한다.5)

---

3) 장자에서 말하는 이상적 인간형으로는 진인 외에도 聖人, 神人, 至人이 있는데
이들은 거의 같으나 예시의 내용으로 보아 느낌에 약간 차이가 있다. 즉 성인의
경우 시위씨 복희씨 북두성 곤륜산 황하 등과 같은 역대 성인과 천체·만물을
예로 들면서 그 비유가 훨씬 구체적이며 장엄하다.

4) 여기서 '세계관'이란 이야기의 배경이 되는 시대를 살았던 당대 사람들의 문화
양식이다. 가령 두 해의 출현에서부터 사랑하는 이의 죽음에 이르기까지 외부
세계의 도전과 위기에 대하여 집단무의식적으로 대응하는 양식이라고 말할
수 있다.(이도흠, 『신라인의 마음으로 삼국유사를 읽는다』, 푸른역사, 2003,
17쪽 참조)

5) 물론 삼국유사에도 노장사상과 도교의 수용에 관한 기록은 여러 곳 있다. 경덕
왕(35대, 서기742년 즉위) 때에 '당나라에서 보낸 도덕경을 왕이 예를 갖추어
받았다'는 기록(경덕왕 충담사 표훈대덕조)과, 진평왕(26대, 서기 579년 즉위)
때 釋圓光이 '노장학과 유학을 널리 읽었다'는 기록으로 보아 신라의 도교 수용
연대는 최소 진평왕대 까지는 거슬러 올라간다. 뿐만아니라 三國史記 新羅本紀
眞興王37年條의 崔致遠 '鸞郞碑 序'의 "國有玄妙之道 曰 風流… 備詳仙史"의 내용
으로 보아 역시 노장과 관련이 있음은 여러 학설에서 주장된 바 있으며 특히
'國有玄妙之道'로 보아 이는 진흥왕(24대, 서기 540년~577년 37년간 재위) 때에
도교의 노장학이 널리 퍼져 있었음을 짐작하게 해 주는 대목이다. 이는 이도흠,
「풍류도의 실체와 풍류도 노래로서 〈찬기파랑가〉의 해석」(『新羅學研究』제8집,
위덕대학교 신라학연구소, 2004.12. 참조) 외에 최치원과 풍류도 관련 다수의
논문들도 이런 견해를 보인다. 따라서 신라 진흥왕 연간 즉 최소 6세기 중반
이후에는 노장적 사고가 신라인들의 사유체계에 상당히 습합되었을 개연성은
충분하며 이 도교적, 노장적 사유가 향가와 그 작자의 사유에도 영향을 미쳤을
가능성은 얼마든지 있다. 노장사상의 신라 수용과 일반에의 영향 그리고 향가

장자에서는 이상적 인간의 전제 조건으로 인간적인 최고의 지식이
어떤 것인지와 진인眞人의 생활태도를 다음과 같이 말한다.

知天之所爲 知人之所爲者 至矣. 知天之所爲者 天而生也. 知人之所爲者
以其知之所知 以養其知之所不知 終其天年 而不中道夭者 是知之盛也. 하늘
(자연)이 하는 일을 알고 사람이 하는 일을 알면 그것이 지식의 최고이다.
하늘(자연)이 하는 일을 아는 자는 자연 그대로를 살아가고 사람이 하는
일을 아는 자는 자기 지식이 아는 것으로써 그 지식이 알지 못하는 바를
키워나간다. 이와 같이 하여 그 (지식이) 천수를 다하고 도중에 요절하지
않음이 바로 인간의 지식으로서 가장 뛰어난 것이다.[6]

하늘 곧 자연의 하는 바를 알고 이를 삶에 그대로 적용하여 살아가는
방식 곧 '천이생야(天而生也)'를 터득한 지식이야말로 참다운 지식, '성
(盛)한 지식'이라는 것이고 이러한 지식에 의한 생활태도로 살아가는
것이 이상적 인간인 진인(眞人)으로서의 삶의 전제조건이라는 것이다.
이를 대종사편의 서문격으로 제시하고 있다. 그런데 이러한 지식의 실
행은 구체적으로 어떻게 하는 것인지 그리고 이렇게 행하는 사람 곧
진인은 어떤 사람인지를 보면 다음과 같다.

雖然有患 夫知有所待而後當 其所待者 特未定也 庸詎知吾所謂天之非人
乎 所謂人之非天乎. 그러나 여기에는 아직 결함이 있다. 무릇 지식이란 의
거하는 바 표준이 있은 다음에 비로소 옳은 것이 된다. (그런데) 그 표준이

문학에의 반영 여부 문제에 관하여서는 별도의 논의를 요하므로 더 이상의
상론은 생략한다.
6) 『莊子』 '內篇' 大宗師 第六

아직 확정되지 않았다. (나는 자연과 사람을 나누어 말해 왔지만) 내가 말하는 자연(하늘)이 사람이 아닌지, 내가 말하는 사람이 자연이 아닌지를 어찌 알겠는가.

且有眞人而後有眞知 何謂眞人 古之眞人 不逆寡 不雄成 不謀士 若然者 過而弗悔 當而不自得也 若然者 登高不慄 入水不濡 入火不熱 是知之能登假 於道者也若此. 그러니 진인(眞人)이 있어야만 비로소 참된 지식이 있게 마련이다. (그러면)무엇을 진인이라 하는가. 옛날의 진인은 역경을 거역하지 않았고 성공을 자랑하지 않았으며 아무 일도 꾀하지 않았다. 이러한 사람은 (비록) 잘못을 해도 결코 후회하지 않고 잘 되어도 자랑하지 않는다. 이러한 사람은 (또) 높은 곳에 올라가도 두려워하지 않고 물에 들어가도 젖지 않으며 불에 들어가도 뜨겁지 않다. 이는 (그) 지식이 (세속을 초월하여 자연의) 도리에 도달할 수 있었으므로 그런 것이다.[7]

이 인용을 통하여 장자가 말하는 이상적 인간형 곧 진인·신인의 구체적 내용과 정도를 가늠할 수 있다. 즉 진인이 표준으로 삼는 지식은 바로 하늘 곧 자연에 의거한 지식이라는 것이며 이런 지식의 소유자는 비로소 사람도 자연이고 자연도 곧 사람으로서 사람이 자연과 다르지 않은 상황이 되었을 때 이 상황 속의 인간이 곧 진인이라는 것이다.

노장에서 말하는 이상적 인간형을 이렇게 보고 앞으로 이 글에서 말하고자 하는 주요 논점은 다음과 같다.

첫째, 향가의 작중인물이나 그 배경설화 속 인물들의 인품과 인물됨이 과연 이 진인·신인과 일치 또는 상통하느냐 하는 점과 둘째, 이야기 속 등장인물의 지덕지성의 마음이 앞서 장자에서 말한 참된 지식 즉 장자가 표준으로 내세운 자연(원래는 하늘)의 이법에 따르는 지식이냐

---

7) 앞과 같은 곳.

하는 점이 그것이다.

그렇다면 여기서 지덕지성의 마음은 어떤 것이냐를 알 필요성이 제기되는데, 그것은 바로 『장자』에서 말하는 '심재(心齋)와 좌망(坐忘)'[8]의 사유와 상통하며 『노자』의 '상덕(上德)'[9]과도 상통하는 것이다. 가령 기록상에 나타난 월명의 '지덕지성'은 도솔가를 지어 불러 이일병현을 소멸시키는 영험으로 그리고 동자로 현신한 미륵보살을 감동시킬 정도의 경지에다 이에 왕이 공경하여 품차와 염주에다 추가로 명주 백필을 주는 정성을 보일 정도로 드러나고 있다. 일단 이 정도 행위의 결과적 기록만으로 미루어 그 도의 정도를 심재와 좌망의 경지와 상통하는 것으로 볼 수 있는데 그 자세한 논의는 이 글의 중심 논점이므로 점차적으로 이루어질 것이다.

아울러 심재와 좌망의 정신 경지는 어떤 것인지 또 어떤 정신 상태인지 그리고 상덕의 인품 또한 어떤 경지인지 알 필요가 있다. 「장자」 내편 '인간세'에는 병든 나라를 바로 잡기 위하여 위나라에 가기 전에 인사하러 온 안회에게 공자가 교화하는 내용이 문답식으로 전개된다. 여기에서 공자는 다른 사람을 감화시킬려면 먼저 자신이 '심재'를 하여야만 가능하다고 가르치고 있다. 여기에서 말하는 심재란 마음을 하나로 통일하여 귀로써가 아니라 기(氣) 즉 정신으로 사물을 듣고 있을 때 열리는 공허한 마음으로 도와 합일되는 내적 체험의 상태[10]를 말한다. 여기서 공자는 '재(齋)'를 하되 '심재(心齋)'를 하라고 하면서 안회에게,

---

8) '心齋'는 莊子 '內篇' '人間世 第四'에, '坐忘'은 같은 편 '人間世 第六'에 있으며 둘 다 공자(仲尼)와 안회와의 문답식 대화를 통하여 독자를 깨우치게 하는 방식으로 전개되고 있음.

9) 제38장.

10) 回曰 敢問心齋 仲尼曰 若一志 無聽之以耳 而聽之以心 無聽之以心 而聽之以氣 聽止於耳 心止於符 氣也者 虛而待物者也 唯道集虛 虛者心齋也(內篇, 人間世 第四)

심재란 먼저, 심신을 깨끗이 하고 부정한 일을 가까이 하지 않는 재계(齋戒) 즉 제사지낼 때의 재계와는 구별되는 것임을 상기시키면서 글자 그대로 '마음의 재계(心齋)'임을 가르치고 있다.[11] 그리하여 심재의 상태가 되기 위하여는 귀로 듣지 말고 마음으로 듣고 마음으로 듣지 말고 '기(氣)'로 들을 것을 권하고 있다. 이때 '기'란 '허'이며 이 '허'가 심재라는 것이다.[12] 즉 깨끗이 비워진 마음을 말하는 것이다.

그리고 좌망도 손발을 잊고 귀와 눈의 작용을 물리친 망각 속에 고요히 침잠하는 마음의 상태로 자아가 심신의 질곡으로부터 해방되어 무한의 도와 합일되는 상태[13]를 말하고 있음을 알 수 있다. 따라서 지덕지성의 마음 역시 다음과 같은 관점에서 심재와 좌망의 정신세계와 다르지 않음을 알 수 있다. 지덕지성의 마음이란 지극(至極)의 덕(德)과 성(誠)이다.

---

11) 『莊子』 內篇 人間世 第四, 안동림 역주 현암사, 1993, 113쪽 참조.
12) 위의 책, 114쪽 참조.
13) 回坐忘矣 仲尼蹴然曰 何謂坐忘. 顔回曰 墮枝體黜聰明 離形去知 同於大通 此謂坐忘. (內篇, 大宗師 第六) 좌망에 대하여 말하고 있는 이 부분은, 안회가 '예악을 잊었습니다(回忘禮樂矣)'라는 말 뒤에 이어지는 설명이다. 이 부분은 유가의 중심사상인 예악을 부정하는 이른바 유가의 형식주의를 거부하는 면이 직접 드러나는 곳이라고 할 수 있다. 여기서 향가와 관련된 하나의 문제가 제기된다. 즉 향가를 유가의 중심에 있는 '제의'의 악가라고 본다면 이를 유가사상을 부정하고 그 사유체계가 다른 노장사상과 관련시킨다는 것은 잘못된 것이 아닌가라는 지적이 그것이다. 이 점에 대하여서는 다음 장에서 논의되겠지만 일단 논점을 정리하면 다음과 같다. 먼저 예악을 잊었다는 말은 유가의 형식을 넘어섰다는 것이지 예악 자체를 부정한 것은 아니다. 유가적 예악에 구애되지 않고 정신의 질곡을 벗어났다는 의미라는 것이다. 이러한 해석에 더욱 타당성을 높이는 것은 노자에서 유가적 개념들과의 관련성을 언급하고 있는 부분(제38장)이다. 여기서 노자는 禮, 義, 仁, 德(下德, 上德) 중에서 예를 가장 낮은 단계에 두고 있는데 이는 덕이 예의 단계를 넘어선 개념이라는 것이지 덕을 부정하는 것이 아니라는 점이다. 여기서 말하고 있는 최상의 덕은 곧 무위자연의 도가 현상화한 것을 말하는 것으로 노자 번역서들의 일반적 견해이다.

노자에서는 덕의 개념을 상덕(上德)과 하덕(下德)으로 구분하여 예,
의, 인보다 높은 최고의 단계로 두면서 상덕을 도와 같은 경지로 보고
있다14). 이에 지극한 덕과 성의 마음이란 노장의 이상인 도의 경지와
다름이 아닌 것으로 볼 수 있다. 결국 현실적 인간이 지극의 덕과 성을
다하는 마음이란, 먼저 소원을 세워두고 마음을 깨끗이 비워가는 상태
라고 말할 수 있을 것이다. 이는 곧 앞서 말한 심재와 좌망의 상태와
동일한 것이라고 볼 수 있다.

따라서 앞으로 논의될 해당 인물들의 행위와 그 결과적 사건들은 이
러한 마음의 결과로 발현되어 나타나는 것으로 볼 수 있는데 여기에
한 가지 전제되어야 할 것이 앞서 말한 당시 신라인들의 세계관이란
점도 염두에 두어야 한다. 아무튼 앞으로 거명될 인물들이야말로 심재
와 좌망을 통한 사유와 행위를 하는 인물이며 상덕을 갖춘 인물로 파악
할 수 있다는 것이 본고의 큰 전제이며 이들은 곧 앞서 말한 지식의
표준을 자연15)으로 삼은 이상적 인간형과 다름이 아니라는 점을 밝히
고자 하는 것이다.

아울러 등장인물들이 일으킨 이변적 현상들은 이들이 노장적 관점의
이상적 인간이었기에 가능하였다는 사실은 모두에서 언급했듯이 무위
와 자연이라는 노장적 은일성의 관점에서 이해할 수 있다는 점이다.
즉 지덕지성의 마음은 무위한 가운데 저절로 이루어지게 한다는 관점
이다. 도는 아무 것도 행하지 않지만 이루어내지 않은 것이 없다는 노자
의 관점16)이 그것이다.

---

14) 『老子』 제38장. 3항의 인용문 참조.
15) 『莊子』 '內篇' '大宗師 第六'의 표현으로는 天 곧 하늘.
16) 『老子』 37장, "道常無爲而無不爲"

따라서 향가의 저변에 깔려 있는 시학의 원리도 이러한 노장적 '심재와 좌망'이라는 정신적 바탕 위에 서 있다는 것이고 또한 이것은 '무위와 자연'이라는 노장적 은일성의 상황 속에서 이해될 수 있다는 것이다. 이러한 두 가지 원리의 바탕 위에서 향가의 배경설화 속 등장인물들이 일으키는 이변적 현상들을 이해할 수 있다는 것이다.

이러한 노장의 심재와 좌망의 경지는 불교에서도 선(禪)의 세계와 같은 경지가 있기 때문에 심재·좌망의 경지라고 하여 반드시 노장적 성격이라고 할 수 만은 없지 않느냐는 반론이 있을 수 있다. 이 점에 대하여서는 물론 심재와 좌망이라는 정신적 정점의 상황에서만 보면 불교적 선이나 무아경과 유사하다고 할 수 있다. 그러나 심재·좌망은 이에 이르는 과정의 통로가 불교의 해탈에 이르기 위한 방편 즉 진언이나 경전공부나 참선 등의 접근법과는 전혀 다른 위치인 노장에서 출발하여 무위자연의 과정과 논리에 의하여 도달된 정점이므로 그 출발지와 과정이 본질적으로 다르다. 따라서 이 점은 앞으로 논의될 향가 작자의 사고와 성향 또는 작중인물의 행위 비유 대상 등의 모든 배경 정황들이 노장적 무위와 자연 그리고 도법자연이라는 원리를 통하여 이르는 도달점이 심재좌망이라는 사실이 논의 과정에서 드러날 것이기 때문이다.

3. 이일병현(二日竝現)의 소멸과 월명사의 지덕지성

삼국유사 '월명사도솔가'조에 있는 "월명의 지덕지성이 미륵보살을 감동시킬 수 있었으며 조정과 민간에서 이 일을 모르는 이가 없었고

신라 사람들이 시송 류의 향가를 숭상함은 오래 되었는데 자주 천지귀
신을 감동시킨 일이 한두 가지가 아니었다(月明之至德與至誠 能昭假于
至聖也如此 朝野莫不聞知 王益敬之 … 羅人尙鄕歌者尙矣 蓋詩頌之類
歟 故往往能感動天地鬼神者非一)"고 하는 기록에서 본 월명의 '지덕지
성'은 이 조목의 큰 주제인 '감통'에 닿아 있다. 그것은 이 속에 노장의
도법자연이라는 원리가 숨어 있다는 점과 연관된다. 앞서 말했듯이 지
덕지성이 장자의 심재나 좌망과 상통하고 심재와 좌망의 상태에서 무
위와 자연은 이루어지기 때문이며 무위와 자연은 곧 도법이기 때문이
다. 즉 심재·좌망과 같이 깨끗이 비워진 고요한 침잠의 마음은 곧 무위
와 자연이 이루어진 상태이기 때문이다. 따라서 지덕지성과 상통하는
심재·좌망은 도와 합일되는 상태이며 도는 곧 자연을 따른다는 이른바
도법자연의 경지라고 볼 수 있다. 즉 이러한 상태일 때 비로소 감통이
이루어진다는 것이며 이는 바로 큰 주제인 감통이 되는 것이고 곧 천지
귀신을 자주 감동시켰다는 구절로서 기록되고 있는 것이다.

향가를 격 높은 시가로 칭송하는 이유도 이와 같은 노장적 심재와
좌망의 정신적 기반 위에서 이루어진 것이기 때문으로 볼 수 있다. 이런
토대 위에서 이루어진 노래였기에 천지귀신을 감동시키는 결과가 나타
났다고 볼 수 있는 것이다. 여기서 천지귀신의 감동은 곧 앞서 말한
도와 합일되는 지덕지성의 상태였기에 가능했던 것이다. 이 논리가 이
야기의 바탕에 숨어 있는 일례가 월명사가 등장하는 이일병현 소멸이
라는 도솔가의 배경설화이며 도솔가는 이러한 노장적 정신의 논리적
기반 위에 이루어진 것으로 이는 곧 그 바탕의 시학적 원리[17]인 셈이다.

---

17) 노장적 논리를 시적 원리로 볼 수 있는 이유는, 이것이 시적 표현의 일반적
  특징인 언어의 일상성 이탈 또는 수사적 표현을 동반하기 때문이다. 가령 자유

즉 지덕지성의 마음은 자연과 일체가 되어 몰입된 상황 곧 무아의 상태
가 된다. 가령 월명이 피리를 부니 가던 달이 멈추었다는 것도 실은
신비로운 피리소리로 인하여 구름과 달에 몰입되어 자연과 일체동화가
된 상황이었다고 볼 수 있다. 피리소리의 신비로움이 천지귀신을 감동
시켜 마치 가던 달을 멈추게 한 것처럼 몰입의 경지에 이르렀다는 점을
상정할 수 있다. 이일병현의 소멸도 같은 논리로 볼 수 있는 데 다만
여기에는 신라인 세계관이 중요 모티브로 전제되어야 하는 점이 있다.
이 문제는 일단 이야기의 중심에 있는 월명이라는 인물을 중심으로 풀
어나가기로 한다.

　월명은 기록에 있는 대로 그 신분이 원래 화랑(國仙)이었다가 후일
승려로 바뀐 인물이었건 아니면 도인의 경지에 이른 인물이었건 어떻
든 간에 현실적 자연현상의 결과로 보아 그 정신적 경지가 최고에 이른
인물이었음은 분명하다. 이에 월명사의 신통력을 단순히 주술적 힘이
라고 볼 문제가 아니라고 본다면 이를 최고의 화랑인 국선으로서 도법
자연(道法自然)의 경지에 이른 지덕지성의 마음에서 발현된 힘이라고
볼 수 있다. 즉 심재와 좌망의 경지인 지덕지성의 감통(感通)에서 이루
어졌다고 보는 것이다. 여기서의 감통이란 것도 신이적 힘의 주술이
아니라 심재와 좌망의 경지일 때 실현 가능한 체험의 세계일 수 있다.[18]

　　연상, 비유(은유metaphor, 유추analogy), 상징 등의 비약적 논리로 이어지는
　언어적 기법 등이 그것이다. 다시 말해 심재 좌망 또는 상덕이라는 노장적 논리
　가 다분히 시적 원리를 함유하고 있는 것은 이와 같은 시적 언어의 특성 곧
　초논리성이나 비약 등을 갖고 있다는 것이다. 이 점은 앞으로 논의될 융천사와
　혜성가, 충담사와 기파랑 그리고 찬기파랑가에 나타난 노장의 논리와 시학적
　원리도 같은 맥락으로 볼 수 있다.
18) 여기에 앞서 말한 신라인의 세계관이 전제될 필요가 있었던 것이다. 즉 그들의
　세계관에 투영된 노장적 영향력이 그것이다.

이 점은 편찬자 일연이 이 이야기를 신이적 주술적 현상을 주제로 삼은 '신주(神呪)'편에 넣지 않고 인물의 덕과 성에 초점을 맞춘 이야기들로 구성된 '감통(感通)'편에 넣은 사실을 통하여서도 방증될 수 있다. 이 사실은 일연이 이 이야기의 주제를 초월적 주력(呪力)이나 신통력에다 초점을 맞춘 것이 아니라 주인공의 인간적 덕과 성에 의한 소망 성취라는 점에 비중을 두었다는 것을 말하여준다.

여기서 삼국유사 '감통'편 이야기들이 주로 인과응보적 교시성을 강조하기 위한 것이므로 이는 불교적 색채이며 따라서 월명의 지덕지성도 불교적으로 보아야 하지 않느냐는 반론이 있을 수 있는데 이 점에 대하여서는 이렇다. 즉 선한 삶을 권장하기 위한 인과응보적 교시성은 불교만의 논리는 아니라는 점을 들 수 있다. 이는 유교적 전통윤리의 권선징악과도 상통하며 인과응보의 논리 또한 불교와 직접 연관되는 것도 또한 아니기 때문이다.

다음으로 살펴보아야 할 점은 지덕지성의 마음이 감통으로 이어져 어떤 현상을 일으키느냐 하는 것이다. 이 점은 앞 2장에서 언급되었듯이 지덕지성의 마음은 심재와 좌망의 경지와 같은 것이라고 할 때 이것은 노장사상의 핵심[19]인 무위와 자연의 세계와 상통한다는 관점으로 보면 설명이 가능하다. 이렇게 되면 개인의 주관적 세계이긴 하지만

---

19) 도는 자연을 따른다는 것이며, 여기서 자연이란 '스스로 그러하다'라는 세상 만물의 질서라는 관념에서 nature의 개념으로 굳어간 것이다. 노자에서는 道를 무위·자연과 동격으로 보는데 이 노자적 관점에서 인간과 자연과의 관계 그리고 덕의 개념을 보여주는 부분을 인용한다. 여기서 월명사의 지덕지성의 마음과 도·덕의 관련성을 시사 받을 수 있다. 도·덕의 성격 및 그것과 인간·자연과의 관계: 道之尊 德之貴 夫莫之命而常自然(51장), 人法地 地法天 天法道 道法自然(25장). 그리고 덕의 개념은 본문의 인용에서와 같이 인, 의, 예와 비교하여 말하고 있는데서 드러난다.

천지만물이 제자리로 돌아가는 현상이 나타날 수 있는 것이다.

아울러 여기에 한 가지 전제하여야 할 사항이 당시 사람들의 세계관에 의한 인식이다. 즉 세계의 분열에 집단무의식으로 대응하여 다시 삶의 평형을 이루려는 양식[20]을 세계관이라고 할 때 신라인에게 있어서의 '해'는 임금이다. 이렇게 본다면 이일병현은 두 임금의 출현설로서 이러한 흉흉함에 '숨은 신'으로서의 조력자[21] 역할을 하는 월명이 나타난 것이다. 이 숨은 신으로서의 월명의 역할과 이것의 본질인 지덕지성의 마음은 곧 무위와 자연으로 통하는 코드이자 당시 신라인들의 분열된 집단무의식을 통합시키는 코드였다고 볼 수 있다. 이리하여 월명사는 신라인들의 분열된 세계관에 평온을 되찾게 할 수 있었다. 이에 그는 노장적 인간의 이상형인 眞人이었다고 할 수 있다. 이일병현의 자연현상 소멸은 분열된 집단무의식의 통합으로서 신라인들의 결과적 인식이었던 것이다. 이를 기록에 충실한 입장에서 볼 때 월명사의 심재와 좌망의 경지에 의한 도력 곧 은일적 무위와 자연에 의한 천지만물의 감통으로 괴변이 소멸된 것으로 보고 평온을 되찾은 것이라고 할 수 있다. 물론 이를 두고 당시 경덕왕의 왕권 강화에 대한 반왕당파들의 반발이라는 어수선한 정치적 상황을 잠재우고 평온을 되찾은 것이라고 보는 견해는 당시의 사회적 관점에서 해석한 것이겠지만 이 역시 이일병현 해소라는 기록상의 자연현상에 대한 직접적인 해석은 되지 못한다. 결국 이 자연현상의 해석에 대한 문학사상적인 근본적인 답은 위와 같이 볼 수 있다는 것이다.

그런데 여기서 한 가지 제기될 수 있는 문제는 〈제망매가〉를 죽은

---

20) 이도흠, 앞의 책, 18쪽.
21) 위의 책, 29쪽.

누이의 제사의례 때 불려진 제의악가[22]로 볼 때 도솔가 역시 같은 맥락의 의식요로 볼 수 있다는 것이 그것이다. 이렇게 본다면 이는 유가적 질서와 그 사유체계를 달리하는 노장사상과 관련짓는 것이 무리라고 하는 반론에 접할 수도 있다. 다시 말해 '능천지감동귀신(能天地感動鬼神)'은 제의의 성공을 신명에게 고하는(告神明) 노래를 부르면서 지극 정성을 다하는 마음(至德與至誠)을 행하였기에 가능했다라는 것이다. 이 점은 이후 논의될 혜성가의 경우도 같은 반론에 접할 수 있다. 그런데 문제는 향가의 기능이나 성격이 제사의식요라는 점과 도솔가나 제망매가 배경기사의 주인공 월명사의 정신세계의 문제와는 논의의 관점이 다른 별개의 문제라는 것이다. 다시 말해 월명이 행한 제사에서의 재계와 몰입 그리고 피리소리에 의한 달의 정지 등의 신통력을 과연 어떻게 해석하느냐의 문제는 향가의 기능이나 성격과는 다른 문제인 것이다.

그리고 월명의 지덕지성과 유사한 개념으로 노자에서는 '덕'이라는 보다 직접적인 표현으로 언급되고 있다. 여기에서는 덕을 인, 의, 예와 비교하고 있는데 최상의 덕 곧 상덕(上德)을 무위자연의 도가 현상화한 것이라고 말한다. 다음 구절이 그것이다.

---

22) 최동국교수는 '제10회 국제언어문학회학술대회'(2005.8.18. 인천대)에서 다음과 같은 근거로 이와 같은 반론을 제시한 바 있다. 즉 "朱子曰, 頌은 聖德의 형용을 美하여 그 成功을 神明에게 告하는 것이라'고 한 사실을 들고 있다. 이에 '월명사도솔가'조의 "蓋 詩頌之類歟 故往往能感動天地鬼神者非一"에서 보듯이 송과 시를 같은 유로 보아 시도 종묘제사의 악가로 볼 수 있다는 점이 그것이다. 본문에서도 논의 되지만, 이 점에 대하여서는, 신명에게 고하는 頌이 반드시 제의악가라는 것은 아니라고 보며 아울러 송이 곧 향가라는 근거도 약하다고 본다.

上德無爲 而無以爲 下德爲之 而有以爲 上仁爲之 而無以爲 上義爲之 而
有以爲 上禮爲之 而莫之應 則攘臂而扔之 故失道而後德 失德而後仁 失仁而
後義 失義而後禮 상덕을 가진 사람은 (도에 순응할 뿐) 하려고 하지 않는
다. 그래서 행함이 없다. 하덕을 가진 사람은 하려고 애쓴다. 그래서 행함
이 있다. 인이란 (정치를)행하려 하는 것이지만 (실제로는) 행함이 없다.
의란 (정치를) 행하려 하는 것인데 (실제로)행함이 있다. 예는 (정치를) 하
려고 애쓰는 것인데 그래서 (실제로) 백성들이 예법에 순응하지 않으면 팔
을 걷어붙이고 그들을 강제로 시킨다. 그런 까닭에 도를 잃은 뒤에 인이
소용되며 인을 잃은 뒤에 의가 소용되며 의를 잃은 뒤에 예가 소용되는
것이다.23)

이상의 내용으로 보아 '예'는 '의'만 못하고 '의'는 '인'만 못하고 '인'은
'하덕'만 못하고 '하덕'은 '상덕'만 못하며 '상덕'은 곧 무위자연의 도가
현상으로 드러난 것임을 알 수 있다. 따라서 월명의 지덕(至德)과 지성
(至誠)의 마음은 노자에 있어 도의 현상(顯象)인 '상덕(上德)'이요 장자
의 심재와 좌망의 경지에 해당한다고 할 수 있다. 다시 말해 월명의
지덕은 곧 노자의 상덕과 합치되는 개념이라고 할 수 있다. 따라서 이런
지덕과 지성의 정신과 행위는 곧 앞 장에서 말한 자연을 지식의 표준으
로 삼은 노장사상의 이상적 인간의 행위이며 월명은 이런 인간이었기
에 천지감동귀신이 가능하여 신통력이 발휘된 것으로 나타났고 오늘의
과학적 현상과는 무관하게 결과적으로는 당시의 괴변을 잠재울 능력을
발휘한 것이다. 아울러 이러한 노장적 원리가 적용된 문학이 신라 향가
시학의 원리였다는 것이다.

---

23) 『老子』 제38장.

그리고 또 한 가지 제기될 수 있는 문제는 월명사의 인품을 도솔가 내용의 미륵좌주와 상응하는 불가의 승려로 보는 경우이다. 그렇게 본다면 그를 노장적 이상형으로 보고 있는 이 글의 견해와 어긋나는 모순이 발생한다. 다시 말해 월명사의 접미사 '師'를 두고 불교의 승려(僧)로 본다면 그를 노장의 이상적 인간형으로 보는 관점과는 어긋난다는 것이다. 이 문제에 대하여서는 다음과 같이 설명할 수 있다. 가령 월명사를 아예 불교의 선승으로 단정한다 하더라도 넓은 의미로 보면 선승도 노장의 이상적 인간형인 자연에 합일된 인간에 합치되는 개념이라고 할 수 있다. 요는 월명사의 신분 자체가 종교적으로 어느 쪽이냐 하는 것은 크게 문제 될 것이 없다. 왜냐하면 그의 정신세계의 상태와 그 경지 자체의 문제는 월명을 도교의 상제라고 여기서 단정적으로 주장하지 않는 이상 종교적 색채는 큰 문제거리가 아니라는 것이며 더욱이 기록상에도 월명은 원래 노장적 성격이 강한 국선지도[24]라고 드러나 있기 때문이다. 아울러 이러한 반론제기가 큰 설득력을 얻지 못하는 것은 월명사의 '사(師)'는 '스승' 또는 '지도자'의 개념이 강하며 반드시 불교의 승려라고 할 수만은 없기 때문이다. 또한 분명히 승려였다면 원광, 영재, 양지처럼 접두사로 '석(釋)—'을 붙였을 것이기 때문이다.

그리고 도솔가 속의 미륵좌주에 관한 해석은 월명의 이일병현 소멸과 관련되므로 이에 관하여 보기로 한다.

시적 화자인 월명이 '자신의 마음이 담긴 분신인 꽃으로 하여금 미륵좌주를 모시라'고 하는 도솔가의 내용에서 보듯이 미륵좌주는 월명의 정신적 소통 상대자이자 신앙의 대상으로 볼 수 있다. 김동욱은 미륵좌

---

24) 국선은 풍류, 자연과 밀접한 관련이 있는 노장사상과 닿아 있다.(졸고, 「화랑정신의 노장사상적 고찰」, 『국제언어문학』, 2002.12 참조)

주를 신라의 미륵사상을 단적으로 드러낸 불교성격25) 이라고 말하고
있지만 김종우는 미륵세존이나 미륵보살과 같은 순불교적인 표현이 아
니고 '화랑의 고유한 신관념에다 불교의 화생적(化生的)인 미륵사상을
융합시킨 표현'26)이라고 하였다. 문제는 미륵좌주가 단순한 불교적인
것만이 아니라 '미륵선화(彌勒仙花)'라는 명칭과도 관련이 있다는 데에
있다. 이는 삼국유사 '탑상' 편 '미륵선화 미시랑 진자사조(彌勒仙花 未
尸郞 眞慈師條)'27)에는 신선을 일컬어 미륵선화라 했다고 기록되어 있
는데 이 미륵좌주는 미륵선화와 동격이라는 견해28)에 공감한다. 따라
서 미륵좌주는 미륵으로 화신한 국선을 말하는 도교와 불교가 융합된
경지의 신인이었던 것이다. 결국 미륵좌주는 반드시 불교의 미륵보살
이 아니라 미륵으로 화신한 국선이었다는 것이다. 다시 말해 도교와
불교가 융합된 경지의 신인(神人)이었던 것이다. 이렇게 볼 때 국선이
었던 월명은 미륵의 화신으로서 역시 국선인 미륵좌주를 빌어 자연의
변괴를 물리쳤던 것으로 이 이야기 전체의 사상적 기저에 노장사상이
배어 있음을 부인할 수 없는 것이다.

---

25) 김동욱, 『한국가요의 연구』, 을유문화사, 1961, 33~61쪽.
26) 김종우, 「향가문학의 불교적 성격」, 『신라가요 연구』, 정음문화사, 1986, 207쪽.
27) "眞智王代 有興輪寺僧眞慈 每就堂主彌勒像前發願誓言 願我大聖化作花郞 出現於
   世 我常親近眸容. 得見彌勒仙花也 … 至今國人稱神仙 曰彌勒仙花"에서 보듯이
   흥륜사의 승려 진자가 화랑으로 화신한 부처님의 시중이 되게 비는 것, 진지왕
   이 흥륜사 진자스님의 추천으로 미시랑을 국선으로 받들었다는 내용 그리고
   신선을 일컬어 미륵선화라 했다는 기록임.
28) 김종우, 위의 글, 207쪽.

4. 융천사의 인물 성격과
   혜성가의 시학적 원리

일반적으로 혜성가는 주가(呪歌) 또는 화랑찬가 등으로 알려져 있다. 여기서 주가를 단순히 주술적 마력이라는 비과학적 신비의 힘을 발휘한 노래라고만 치부하여 버리는 우를 범하지 않기 위하여서는 주가가 발휘한 신비적 힘을 어떻게 과학적으로 논증하여 해석하느냐 하는 점이 먼저 선행되어야 하는데, 그러기 위하여서는 필연적으로 이야기 속의 중심인물인 그 작자의 인물의 성격이 함께 논의될 수밖에 없다. 여기서 융천사의 인물됨을 어떤 관점으로 보느냐의 문제는 이 이야기의 사상적 배경 논의로 이어지게 되고 이 문제는 결국 혜성가의 시학적 원리에 어떻게 작용하고 있는가의 논의로 이어지는 것이 논지 전개의 자연스러운 순서일 것이다.

인간의 마음이 지덕지성이면 천지귀신도 감동하여 소망이 저절로 이루어진다는 논리는 합리적 과정이 생략된 매우 비과학적 논리이지만 여기에 앞서 말한 대로 지덕지성의 마음은 노장사상의 심재나 좌망과 다름이 아니다 라고 하는 조건이 들어가면 이 논리는 노장적 관점에서 주술적 힘의 정체를 풀이할 수 있는 단서가 마련된다. 이 관점을 혜성가의 배경설화와 관련하여 본다면 이 이야기의 중심인물인 융천사가 심재나 좌망을 이룰 수 있는 인물인가의 여부가 혜성가의 주력을 설명하는 근거가 될 수 있다는 점이다. 이 사실은 혜성가 창작 당시 신라의 주변정세와 신라인의 세계관 논의에서 언급되면서 사상적 배경 논의로 나아갈 것이다.

그러면 배경이야기 속에서 혜성가로써 혜성의 변괴를 소멸시키는 결

과에 대하여 타당성 있는 풀이를 위하여서는 당시 신라인들의 세계관
도 전제되어야 한다고 앞서 말한 바 있듯이 이 관점에서 이야기의 내용
을 통하여 당시 혜성가의 창작 전후 정황을 추정해 보자면 이렇다.

혜성이 심대성을 범하는 일이 일어나기 전 어느 날 봉화지기가 건달
파성29) 즉 신기루성을 왜군의 선단이 쳐들어오는 것으로 착각하여 봉
화를 올렸고 이 바람에 신라에 온통 난리가 났었던 모양인데 나중에
알고 보니 신기루를 보고 착각한 것이었다.30) 이에 융천사가 이번 혜성
사건에 이를 다시 상기시키면서 노래에 차용하여 불러 썼던 것이다.
이는 당시 진평왕대의 백제 고구려와의 관계, 잦은 전투 게다가 일본과
백제와의 활발한 문화교류 등이 신라의 불안한 대외 정세에 처해 있었
는데31) 혜성의 심대성 침범도 이의 연장선에서 해석된 것이다. 때마침
일본병까지 침략해 온다는 소식이 들리는 와중에 융천사는 이 혼란을
가라앉히고자 지난날의 건달파 해프닝을 상기시키면서 "전에도 건달파
성을 보고 '왜군도 왔다'고 봉화를 들었던 동해바닷가 변방의 사건이
있었으니 불안해 하지마라"라는 혜성가 앞부분의 메시지32)를 던졌던
것이다.

이렇듯 융천사는 혜성의 심대성 침범이라는 흉조를 당시 신라 백제
고구려 일본 등 주변국과의 불안한 주변정세와 관련하여 민심의 불안
함과 함께 꿰뚫어 읽고는 이를 지난날 신기루 해프닝을 상기시키면서
이를 노래 혜성가에 담아 부름으로써 하늘의 질서를 다스리는 능력을

---

29) 불법수호의 天樂神이 수호하는 성.
30) 이도흠, 앞의 책, 108~109쪽 참조.
31) 최성호, 「혜성가연구」, 『신라가요연구』, 정음문화사, 1986, 370쪽.
32) 舊理東尸汀叱 / 乾達婆矣遊烏隱城叱肹 良望良古 / 倭理叱軍置來叱多 / 烽燒邪隱
邊也藪耶

가진 인물로 볼 수 있다. 여기서 하늘의 질서란 당시 신라인들의 세계관
으로 보아, 혜성과 심대성을 왕권에 도전하는 세력과 왕을 상징하는 것
으로 보아 이들의 대립이 해소되는 과정을 말하는 것이었다. 이는 당시
신라 시대 성수(星宿, 별자리)의 이변은 대부분 왕실의 병이나 죽음 등
왕실의 위기, 외적의 침입이나 반역 등의 국가적 병란 그리고 주요 관직
자의 죽음 등을 암시한다고 볼 수 있는데,[33] 이 볼 혜성의 출현이 높은
비중을 차지하고 있는데 이를 국가적 위기로 인식한 데에는 이론 비중
지가 없다. 따라서 융천사는 이러한 천체질서라는 상징적 모습으로 나
타난 당시 신라 내부의 권력질서의 위기나 왜군 침입이라는 국가적 위
기를 읽어내는 혜안을 가진 인물로서 대중의 추앙을 받출현이 로 추정
위기, 외 해소분 국다. 따라서 혜성변괴의 소멸은 신라인들의 분열된
집단무의식의 세계관[34]이 통합되는 결과였던 것이고 이를 가능하게 한
것도 역시 융천사가 당시 대중들의 정신적 지도자였기 때문이었던 것
이다.

　이러한 당시 신라인의 세계관을 통하여 읽어낸 현실적 사건들이 '문
학적'형태로 기록되면 다른 여러 기록[35]에도 나타나듯이 성수(星宿)의
이변 즉 혜성의 심대성 침범이라는 상징적 장치로 나타나게 된 것이다.
그러므로 그 문학적 기록인 '융천사혜성가 진평왕대(融天師彗星歌 眞平
王代)'의 주인공으로서 융천이라는 등장인물 역시 최소한 천체질서에

---

33) 이를 살펴 본 글로 이연숙, 『新羅鄕歌文學 硏究』, 박이정, 1999, 123~130쪽을
　　들 수 있다.
34) 신라인의 세계관과 연관시켜 볼 때 동쪽에서 가장 큰 별 심대성은 중국을 중심
　　으로 볼 때 곧 신라의 왕이다. 따라서 혜성이 이 심대성을 범하는 흉조는 신라
　　왕의 위기라는 징조였고 곧 신라인들의 세계관의 분열이었다.
35) 신라 시대 '星宿의 이변'이 나타난 삼국사기, 삼국유사의 여러 기록들로서, 위와
　　같은 곳 참조.

나타난 흉조를 국가적 현실과 관련하여 읽어내는 혜안을 가졌으면서 이를 통하여 지난 과오를 거울삼아 현재에 닥친 위기와 불안을 자연스레 해소시키는 능력의 소유자로 보아 무방한 것이다.

그렇다면 융천사라는 인물의 성격을 구체적으로 어떤 관점에서 어느 정도 경지의 인물로 보느냐 하는 점과 그 능력은 어떻게 하여 발현될 수 있었는지에 관한 그의 인물됨의 정도는 일단 혜성가를 포함하는 짧은 기록 몇 줄에 나타난 사건과 행위 결과를 토대로 유추할 수밖에 없고 아울러 이와 유사한 사건과 행위 결과를 보여주고 있는 여타 향가 작자인 월명·충담과의 비교를 통한 유추적 논증도 적절한 방법이다.

이렇게 볼 때 그도 월명이나 충담과 마찬가지로 기록에 나타나듯이 제5, 6, 7의 세 대장 화랑이 이끄는 무리의 풍악행에 혜성 출현의 변괴를 소멸시킨 화랑의 최고지도자인 국선이면서 정신적 지도자였음을 일단 상정할 수 있다. 월명·충담도 최고지도자로서 국선이었듯이 융천 역시 동격으로 보는 데에는 무리가 없다. 즉 혜성가와 그 배경이야기라는 문학적 기록의 관점에서 융천은 최소한 천체질서를 아울러 읽어내는 혜안을 가졌으며 원융무애의 마음을 가진 인물이라는 것이고 이름이 융천인 것은 그 증빙이 아니냐 하는 것이다. 이 원융무애의 마음은 월명이 '지덕여지성(至德與至誠)'하여 '능천지귀신감동(能天地鬼神感動)' 하게 한 마음과 상통하는 것이라고 볼 수 있다. 물론 융천의 경우 월명의 경우처럼 인물에 관한 구체적 기록은 없지만 혜성가를 부르며 심대성 침범의 변괴를 잠재우는 결과를 낳게 한 바 그 근원은 융천사의 지덕지성의 마음에서 비롯되었음을 짐작할 수 있다. 다시 말해 앞 장에서 밝힌 월명의 이일변괴 소멸의 경우와 같은 맥락으로 파악할 수 있다는 것이다. 이 점은 '월명사도솔가'와 함께 '감통'이라는 같은 주제 하에 넣

어놓은 일연의 편찬의도에서도 간접적으로 읽을 수 있다. 따라서 월명
의 지덕지성의 마음과 마찬가지로 융천의 원융한 마음은 바로 원융무
애의 정신적 경지를 일컫는 것으로 바로 장자의 심재와 좌망의 정신과
같은 경지라고 할 수 있고 이 경지에서 혜성 변괴의 소멸도 가능하였던
것이다. 즉 융천의 혜성변괴 소멸이라는 발원 하에 이루어 가는 마음의
재계(心齋)는 무위·자연의 도와 합일되는 경지를 이루어 내고 이렇게
되면 발원도 저절로 이루어지게 되는 것이다. 이렇듯 무위·자연의 도
와 합일되는 경지에서 소망이 저절로 이루어지게 되는 것이고[36] 이러
한 바탕 위에 혜성가의 시학적 원리가 서 있는 것으로 이해할 수 있다.
다시 말해 혜성가는 지덕지성의 마음으로 얻어지는 심재와 좌망의 경
지 위에 이루어진 문학이었던 것이다. 이렇게 볼 때 이를 노래한 융천사
는 도와 합일되는 경지를 이루어 내는 인물로서 노장적 성인으로 볼
수 있을 것이다.

　더구나 그가 월명과 마찬가지로 화랑의 최고 지도자[37]로서 국선이었

---

36) 아울러 노장사상을 현상적 발현의 모습을 은일성이라 한 근거도 여기에 있다.
37) 융천사가 세 화랑과 차별되는 최고지도자로서의 국선이었음은 첫째, 금강산행
　　을 하던 세 화랑이 행동을 멈추는 가치판단의 부재 상황에서 융천사가 자연스
　　레 그 길을 제시하여 위기를 해소한 화랑의 지도자다운 모습이 그것이다. 둘째,
　　'화랑의 무리 세 사람'에 대한 해석 융천사알 수 있다. 즉 '제5거열랑, 제6실처랑,
　　제7보동랑 등 화랑의 무리 세 사람'(第五居烈郎 第六實處郎 第七寶同郎等 三花之
　　徒)은 단순히 세 해소화랑이 아니라 이들 휘하의 낭도집단을 거느린 소화랑
　　단위부대의 지도자라는 것이다. 그것은 세 화랑의 '무리'라고 한 것과 이들 이름
　　소앞에 붙인 '제5', '제6', '제7세 화랑이서수를 보아사알 수 있다. 이들 세 화랑을
　　중심으로 한 단위부대는 화랑에 따라 차이가 있지만 진평왕 당시 화랑도화랑이
　　이름으로 조직정비가이들 세 랑등 화랑제도가 가장 왕성했던 윎연스레미루
　　어 한 화랑 휘하에 대략 천 해소낭도를 거느리고 있었다는 설이 있다.(이도흠,
　　앞의 책, 98쪽) 그렇다고 이 세 화랑이 거느린 소무리는 약 3천 제도를 상정할
　　수 있다. 이렇게 볼 때 융천사의 신분과 일반 화랑과의 차별성 정도를 짐작할
　　수 있다.

다는 점은 노장적 성격이 강한 인물임을 뒷받침한다. '국선'의 '선'이란
원래 노장사상이 종교적 세계로 나아간 최고 경지를 말함이요 '풍월',
'풍류'라는 말은 종교적 이상인 선의 세계에 이르기 위한 방법적 개념이
다. 이 방법이 곧 '풍(風)', '월(月)', '류(流)'와 같이 '자연'을 통한 행동양
식으로 이루어진다는 것이다. 따라서 화랑의 별칭으로 쓰였던 풍월, 풍
류38) 등의 용어는 그들이 주로 "상마이도의 혹상열이가악 유오산수(相
磨以道義 或相悅以歌樂 遊娛山水)"39)함으로써 자연 유람을 통한 심신
수련을 주된 행동양식으로 삼았던 것에서 유래한 것으로 이는 곧 노장
사상의 기저라 할 수 있는 낙천적 인생관을 보여주는 근거가 된다.40)
특히 이러한 풍류라고 하는 화랑의 행동양식은 장자의 '소요(逍遙)'의
방법적 개념이기도 한데 이것은 가치관 개념의 한 '이념'41)으로써 인생
의 의미와 목적이 무엇이냐에 대한 대답에 해당되는 말이다. 즉 인생은
소요이며 그 행위 방법이 풍류라는 것이요 구체적 행위는 곧 가악과
유오산수라는 낙천적 인생관으로 드러났던 것이다. 따라서 이러한 노
장사상을 기저로 하여 행동양식으로 형성된 것이 신라의 화랑정신이
며42) 화랑의 최고지도자인 국선 역시 노장적 성인의 요소가 다분하다
고 할 수 있다.

---

38) 화랑의 무리에 관한 별칭으로는 선랑, 풍월주, 풍월도, 풍류도, 국선도, 현묘지
   도 등 다양한데 이에 대하여서는 별도의 논의를 필요로 한다.
39) 『三國史記』, 新羅本紀 第四條, 眞興王 37년.
40) 화랑정신의 노장사상적 요소에 관한 자세한 논의로 졸고 「화랑정신의 노장사상
   적 고찰」(『국제언어문학』 제6호, 2002.12)을 참조 바라며 이 중 '낙천적 인생관'
   도 그 근거 요소의 하나로 본 것인데 이는 136~137쪽을 참조 바람. 그리고 노장
   사상이 원래 낙천적 인생관을 바탕으로 하고 있으며 이에 관한 철학적 논의는
   박이문, 『老莊思想』(문학과지성사, 1980) 110~131쪽에서 상론되고 있다.
41) 노장사상에서 '소요'를 가치관 개념의 한 이념으로 보는 데에 대한 보다 자세한
   논의는 박이문, 위의 저서 110~131쪽을 참조 바람.
42) 이에 대한 자세한 논의는 필자의 위 '졸고'를 참조 바람.

5. 충담과 그 노래의 주인공 기파랑의 인품

'경덕왕 충담사 표훈대덕(景德王 忠談師 表訓大德)'조 뒷부분에 붙여진 충담의 노래 찬기파랑가는 일연이 '기파랑 찬미가'라고만 하여 소개하는 것으로 끝난다. 그러나 이 노래는 왕이 이미 알고 있은 것으로 기록되어 있고 그 작중인물은 작자 충담이 숭모할 정도였다는 점에서 논의를 요한다. 즉 노래의 주인공 기파랑은 왕이 "기파랑을 찬미한 사뇌가의 뜻이 매우 높다"[43]고 한 것으로 보아 이미 알고 있으며 찬미의 대상이 될 정도의 인물이었음을 알 수 있다. 그런데 여기서 주목하고자 하는 것은 기파랑의 인물됨의 정도가 이 노래의 내용으로 보아 자연과 혼융일체적 모습을 보이고 있다는 점인데 이는 노장사상의 이상적 인간형인 '성인聖人'[44]을 닮고 있다는 것이다. 노래의 내용을 통하여 그 이유를 살펴 본다.

〈찬기파랑가〉의 전4구는 인물 기파랑을 등장시키기 위하여 '달'과 '흰 구름'과 '푸른 시내' 등의 하늘과 땅 그 사이의 자연을 배경으로 제시하고 있는데 이는 천지자연을 무대로 이와 융화된 활달하면서도 도인다운 삶을 살았던 기파랑의 인품을 나타내기 위한 것이다. 다음 후4구는 전4구의 '구름', '달', '시내'라는 천체와 자연을 배경으로 기파랑을 등장시킨[45] 후 그의 인품의 정도를 보이고 있다. 그 표현을 '푸른 시내의 조약돌'[46]이라는 은유로 드러낸다. 이 부분을 두고 흔히 이 노래의 문학

43) 『三國遺事』, 권 제이, 紀異 景德王 忠談師 表訓大德, "朕嘗聞師讚耆婆郎詞腦歌 其意甚高"

44) 앞의 주 3)에서 말했듯이 여기서는 이상적 인간형의 모습이 진인과 달리 훨씬 구체적이고 장엄하여 '성인'이라고 하였음.

45) 〈찬기파랑가〉 "耆郎矣皃史是史藪邪"(三國遺事, 券第二, 景德王 忠談師 表訓大德'條)

적 완성도와 우수성을 말하기도 하는데 그 이유로 은유라는 표현상의 문제를 들 수 있겠지만 알고 보면 그 은유적 '의미'이다. 실은 그 은유적 의미로서 기파랑의 인품이 노장적 성인의 모습으로까지 상승되고 있기 때문이라는 점이다.

기파랑은 전4구에서 열어젖히며 나타난 달의 모습으로 흰구름 좇아 떠가는 객관화된 모습으로 등장한다. 그리고 그 아래 푸른 시내를 배경으로 등장하고 있다. 이것이 후4구에 와서는 하늘의 달과 구름 그 아래 시내의 조약돌같은 원만무애의 변형된 모습으로 등장한다. 천체인 달과 산수의 조약돌에 비유되면서 천지자연과 혼융일체된 배경과 함께 등장하는 점이 이미 노장사상의 이상적 인간인 성인의 모습을 일단 일단 가정할 수 있는데 이는 장자에서 서 말하는 성인의 모습을 통하여 볼 때 실증으로 대체될 수 있을 것이다.

장자에서는 성인의 모습을 다양하게 나타내고 있는데 앞 2장에서 논의한 지식의 정도나 정신적 경지 또는 생활태도의 구체적 측면 외에도 비유적 묘사를 통한 포괄적 인품의 모습을 표현하고 있는 곳들이 있다.

> 自以比形於天地 而受氣於陰陽 吾在於天地之間 猶小石小木之在大山也
> (스스로 몸을 천지에 의탁하고 기를 음양에서 받는다. 내가 천지 사이에 있는 것은 마치 자갈이나 작은 나무가 큰 산에 있음과 같다)[47]
> 計四海之在天地之閒也 不似礨空之在大澤乎 計中國之在海內 不似稊米之在太倉乎(사방의 드넓은 바다조차도 천지 사이에 있다는 점을 헤아려 보면 마치 작은 구멍이 커다란 못 속에 있음과 같이 않겠소. 중국도 사해로 둘려진 안에 있다는 것을 헤아려 보면 돌피알이 커다란 창고 속에 있음과

---

46) 〈찬기파랑가〉 "逸烏川 理叱磧惡希".
47) 『莊子』第十七 '秋水'편.

같지 않겠소)48)

　且彼方跳黃泉而登大皇 无南无北 奭然四解 淪於不測 无東无西 始於玄冥
反於大通(장자는 이제 땅의 황천을 건너 하늘에 오르려 한다. 남쪽도 북쪽
도 없이 사방에 거침없이 두루 미치면서도 짐작도 할 수 없는 심원한 경지
에 머물고 서쪽도 동쪽도 없이 그윽히 깊은 데에서 비롯되어 드넓은 자연
의 작용으로 돌아가네)49)

　예시에서 보듯이 4차원의 세계에 있어 사물의 범위와 크기, 시간의
범위가 정해진 한계가 없을 정도로 무한대로 상상력이 확대되고 있음
을 알 수 있다. 이른바 도가적 상상력, 구체적으로는 장자적 상상력이라
고 할 수 있는데 여기서 주목되는 것은 이 상상력이 주로 천지와 자연을
무대 배경으로 거침없이 펼쳐지는 특징을 갖고 있다는 것이다. 성인의
조건도 이러한 무대와 배경적 조건 속에서의 모습과 사고의 폭이 함께
어우러져야 한다는 점을 알 수 있다. 위에서 보았듯이 기파랑은 바로
이러한 조건을 보여주고 있다는 것이다. 즉 달의 모습에 겹쳐지기도
하고 시내의 조약돌에 비유되어 나타나기도 하는 기파랑의 모습이 그
것이며, 아울러 사고의 폭 또한 기파랑의 '마음의 끝'50)이라는 향가 구
절의 표현같이 무량무변의 개념으로 확대되어 있는 것에서 알 수 있다.
즉 기파랑의 '마음의 끝'이 어디까지인지 알 수 없지만 '시적 화자는 그
곳까지 좇아가고자 한다'는 찬기파랑가 제8구의 표현이 그것이다. 이렇
듯 거침없이 확대되어가는 장자적 상상력이 찬기파랑가의 시학적 원리

---

48) 위와 같은 곳.
49) 위와 같은 곳.
50) 향가 〈讚耆婆郎歌〉의 "心未際叱肹" 의 구절은 중세어로 "마ᅀᆞᄆᆡ ᄀᆞᆺ홀"로 풀이하
　　는 데에는 거의 이견이 없다.

로 작용하고 있다는 점에서 노장적 논리는 역시 향가

그리고 기파랑의 성품도 그의 비유로 등장하는 달이나 조약돌의 원만무애한 심상으로 겹쳐지듯이 바로 노장사상이 추구하는 이상적 인간형의 모습으로 보여진다. 「노자」의 다음 구절을 보자.

挫其銳 解其紛 和其光 同其塵 湛兮似或存 吾不知誰之子 象帝之先((도는)예리한 것을 꺾고 어지러운 것을 풀며 그 광선을 부드럽게 하여 티끌과도 함께 하지만 그 맑음이 항상 그대로 존재하는 것과 같다. 나는(도라는 것이) 누가 낳은 것인지 알지 못한다. (그러나) 그 象은 상제보다도 먼저 있었던 것이다)[51]

도의 성격을 말하는 과정에서 도를 이룬 사람 즉 성인의 조건이 이런 요소들을 갖추어야 하는 것이어야 함도 보여주고 있다. 그것은 원만무애圓滿無碍한 것이라는 점이다. 즉 여기서는 천지를 주재하는 상제의 이미지로 비유되고 있지만 이는 곧 노장적 이상형의 인간이며 원만무애의 인간과 다른 것이 아니다.

이어서 마지막 두 구절에서는 시적 화자의 숭모의 정이 드높은 잣나무 가지로 옮아가는 장엄함으로 마무리되고 있는데 여기에서 작중인물 기파랑은 모든 고난의 서리를 슬기로 헤쳐나간 '지체 높은 화랑'[52] 곧 앞서 논의한 '국선'의 수준이었음도 알 수 있다.

그리고 기파랑의 인품에 관한 또 다른 방증으로는 그 작자인 충담의 승려로서의 인물됨의 정도와 지위를 통한 간접적인 면이다. 그것은 왕

---

51) 『老子』 제4장.
52) 〈찬기파랑가〉 끝구인 "花判也"를 '화랑에 대한 존칭 호격'으로 보는 데에 학계의 견해가 거의 일치한다.

이 충담을 만나기 전에 먼저 만난 다른 고승 한 명을 물리치고 자신을 대신하여 백성을 다스려 편안히 할 노래를 청하였고 충담도 이에 흔쾌히 응하여 노래를 지어 바쳤고 곧 이어 자신의 왕사로 봉할 정도의 인물이 충담이었다는 점인데, 여기서 시사하는 바는 바로 경덕왕이 처음 충담을 보았을 때의 안목과 그 교감이다. 과연 충담 이전의 승려를 물리치고 이은 충담과의 면접과 안민가의 청탁 그리고 이에 응한 충담에 대한 왕사 책봉 등 일련의 일들이 시간 공간적 간격이나 거리가 여기서 기록하는 내용 그대로 일회적 단일 사건 이상의 의미를 갖는다는 점이다. 앞서 논의하였듯이 삼국유사의 기록은 역사적 사실보다 역사적 사실의 문학적 기술의 관점으로 보아야 한다는 점은 주지의 사실일 것이다.

다시 말해 경덕왕이 충담을 왕사로 봉하고 충담이 이를 사양하기까지의 시간 간격은 정확히 알 수 없지만 어느 정도의 간격이 있다고 볼 수 있다. 경덕왕이 충담과 만나기 이전에 만난 한 승려를 '위의있는 승려가 아니다'라고 하여 돌려보내고 다시 미륵세존에게 다공양을 하고 오는 충담을 면접하면서 다담을 하고 또 안민가의 작시와 왕사 책봉 등의 과정이 일련의 단순 사건과 과정으로만 해석하여서는 안 된다는 것이다. 그것은 왕이 굳이 먼저 번 승려는 물리치고 다구가 든 앵통을 진 남루한 모습의 충담을 맞이한 것은 충담을 위의 있는 승려로 파악한 왕의 혜안에 것이라고 볼 수 있고 이러한 시간적 간격을 통하여 충담과 왕과의 의미 있는 교감이 이루어졌다는 것이다. 왕의 충담에 대한 왕사 책봉과 충담의 사양 장면 역시 즉흥적인 것이 아니라 시간적 간격이 있은 후의 일이며 왕의 충담에 대한 인정과정과 마찬가지로 통한 충담의 인품을 짐작하게 하는 대목이다. 특히 충담이 왕사를 거절하는 마지막 부분은 『노자』 38장에서 말한 '상덕'이라 할 만하다. 자세한 논의는 생략한다.

결국 충담이 숭모했던 기파랑이나 이 노래의 작자인 충담 본인이나 모두 노장적 이상형의 인물로 볼 수 있다는 것이다. 물론 충담의 경우 간접적 방증을 통하여 인품의 정도를 보는 것에 불과했지만 그의 소작인 〈찬기파랑가〉가 가진 시적 원리는 왕과의 교감 등으로 미루어 볼 때 그의 높은 경지가 발현된 것이라고 볼 수 있다. 따라서 노장의 '성인' 기파랑의 '마음의 끝'을 좇은 충담의 인품이 곧 이 이야기와 〈찬기파랑가〉의 원리이며 그 시학적 원리로 작용했다는 것이다.

6. 결론

결국 신라의 문학이 이두라는 불완전한 표현수단과 문자언어의 불안한 지위 속에서도 향가라는 우수한 문학적 성취를 이루고 있는 것은 그 배경설화에 숨어 있는 노장적 논리가 그 시학의 한 원리로 작용하고 있기 때문이다. 이러한 향가와 그 배경설화 속 이야기의 원리는 현실적 인간의 지덕지성의 마음과 행동의 결과 천지자연의 감응이라는 인과응보라는 표면의 교시성 속에 숨어 있다고 할 수 있다. 그 원리는 노장사상의 무위·자연의 은일성이었던 것이다. 여기서 인과응보란 현실적 인간들에 대한 교시성을 강조하기 위한 장치이며 반드시 불교적 논리만은 아니고 특히 지덕지성의 마음과 상응하는 향가 작자들의 노장적 심재와 좌망에 의한 결과적 산물로 그 저변에는 자연과 무위가 깔려 있다는 것이고 그 결과 소원이 이루어질 수 있다는 것이다.

이 점은 삼국유사의 편찬자 일연이 '월명사도솔가', '융천사혜성가'를

'감통'이라는 주제에 넣은 이유에서도 드러난다. 즉 단순한 신통력이나 초월적 힘이 아니라는 편찬자 일연의 의도에서 시사되고 있다는 것이다. 이는 등장인물들인 향가의 작가들이 노장에서 말하는 이상적 인간형인 진인 · 성인의 경지에 이른 인물이었기에 마치 주력적 능력을 가진 것처럼 보인 것에 불과하다. 이들의 '지덕지성의 마음'은 장자에서 말하는 '심재(心齋)'와 '좌망(坐忘)'의 경지이고 노자의 도의 실천행인 '상덕(上德)'이었다. 이것이 '능천지감동귀신(能天地感動鬼神)'하게 한 것이다. 따라서 월명과 융천사의 이러한 마음에 의한 소망성취가 '감통'이었던 낸 것이다.

따라서 향가의 저변에 깔려 있는 시학의 원리도 이러한 노장적 '심재와 좌망'이라는 정신적 바탕 위에 서 있다는 것이고 또한 이것은 '무위와 자연'이라는 노장적 은일성의 상황 속에서 이해될 수 있다는 것이다. 이러한 두 가지 원리의 바탕 위에서 향가의 배경설화 속 등장인물들이 일으키는 이변적 현상들을 이해할 수 있다는 것이다.

따라서 이상의 내용을 구체적으로 정리하면 다음과 같다.

첫째, 월명사도솔가에서 이일병현의 소멸은 월명의 지덕지성의 마음에서 이루어졌으며 이 마음이 신라인들의 분열된 세계관에 집단무의식으로 대응한 코드였다. 이 마음은 곧 『장자』에서 말하는 '심재'와 '좌망'의 사유와 상통하는 것으로 무위 · 자연의 도에 해당되는 정신세계였던 것이다. 월명의 이 '지덕'은 『노자』에서 '상덕'이라는 보다 직접적인 말로 언급되어 이를 뒷받침한다.

둘째, 융천사가 혜성의 변괴를 소멸시킨 것도 그의 원융한 마음에 의한 화랑들의 결과적 인식이었고 분열된 세계관의 합일이었다. 여기서 원융한 마음은 바로 원융과 '무애'의 정신으로서 곧 장자의 심재와 좌망의 경지에 해당하는 것이다. 이러한 작자의 정신이 반영되어 표출된 것이 〈혜성가〉이며 그 바탕의 노장적 사유가 곧 '융천사혜성가'의 시학적 원리인 것이다.

셋째, 〈찬기파랑가〉 속의 주인공 기파랑의 인품이 자연과 혼융일체된 경지의 노장적 성인이라는 것이다. 여기서 기파랑을 숭모하는 작자 충담 역시 왕이 안민가를 청할 정도의 왕사로서 이 점은 왕의 조력자로서의 숨은 신 곧 국선으로서 노자가 말한 상덕의 인품을 소유한 인물이었다. 결국 기파랑과 동등의 인물이었다는 점이다.

이상에서 논의한 향가 작자와 작중인물 외에도 삼국유사의 '신주(神呪)', '감통(感通)', '효선(孝善)', '탑상(塔像)'편을 비롯한 곳곳에 천지귀신 감동과 비논리의 신이적 이변을 보이는 이야기들이 있는데 이 역시 견강부회의 개연성이 없는 것은 아니나 위와 같은 노장사상의 논리로 해석의 가능성은 충분하다. 다만 본고에서 논의된 향가와 그 작자들의 경우는 앞서 논의된 대로 노장적 논리에로의 해석을 비교적 타당성 있게 세울 기록과 근거를 가진 것들로써 다른 이야기들을 대표하는 것이라고 할 수 있다. 즉 위에서 말한 본고 외의 다른 이야기들도 시대 배경에 따라 시간적 간격이 약간씩 차이는 있으나 사상적 문화적 흐름이 면면히 이어졌던 신라라고 하는 동일 왕조 하에서의 이야기들이라는 점, 더구나 일연이라는 동일 편찬자에 의하여 수집 편찬 기록되었다는 점 등의 정황적 조건 외에 내용의 주제상에서의 교시성이나 구조적 의미 등의 맥락에서 볼 때 이상에서 논의한 노장적 논리와 동일한 관점으로 해석될 가능성을 충분히 갖고 있다는 것이다.

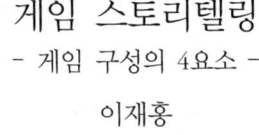

게임 스토리텔링
- 게임 구성의 4요소 -
이재홍

1. 서론

　게임 스토리텔링의 이론적인 연구는 다양한 각도에서 이루어지고 있지만, 완성도 높은 게임 시나리오가 태동될 수 있는 실무적인 측면에서의 스토리텔링론은 아직도 미약하기 그지없는 상황이다. 본인의 연구목적은 게임 스토리텔링에 대한 이론적인 근거와 창작원리를 이론화시키고 체계화시켜 실무형 게임 스토리텔링론을 제시해 보고자 하는 것이다.

　게임 스토리텔링에 대한 기존 연구들은 연구자들의 전공이나 선호도에 따라 매우 다양한 형태로 접근되고 있다. 그리고 대부분의 게임 스토리텔링 연구는 디지털스토리텔링의 세부항목 차원에서 연구되고 저술되고 있다. 그렇기 때문에 게임 스토리텔링은 현장에서 사용될 수 있는 전문성보다는 이론적인 차원의 논문에 머물고 마는 경향이 많았다고 할 수 있다.

　본 논문은 게임을 구성하고 있는 4요소인 인물, 사건, 세계관, 인터랙티브요소를 중심으로 게임 스토리텔링론을 제시하였다. 섬세한 스토리텔링이 요구되는 각 요소들의 연구 결과는 리스트형식으로 마무리하였다.

　게임 스토리텔링은 컴퓨터시스템에서 인터랙티브한 내러티브를 형성하는 이야기형식이며, 각 장르별로 시나리오를 만들어내는 창작 기술이다. 최근에 일부의 학자들에 의해 게임 스토리텔링에 대한 연구가 시작된 이후, 관심이 상승되고 있는 분위기이지만, 게임 스토리텔링에 대한 종합적인 창작원리, 창작된 스토리를 평가하는 분석 방법론은 아직도 미약하기 짝이 없다. 그렇기 때문에 이 논문은 게임 스토리텔링에 대한 이론적인 근거와 창작원리를 이론화시키고 체계화시킨다는 목표로 작성하고자 한다.

2. 게임 스토리텔링의 이론적 배경 고찰

2.1. 게임의 문학적인 의미

　디지털 문화로 인하여 새로운 패러다임이 형성되어 있는 젊은 마니아층에게 있어서의 문학적인 상상력은 게임의 내러티브와 자연스럽게 커뮤니케이션을 형성하고 있다. 중세풍의 서사내용들을 소재로 택하고 있는 게임들은 판타지 소설에서 드러나는 환상성을 충분하게 활용하고 있다. 그렇기 때문에 유럽 중세의 판타지 세계를 구현해 내고 있는『반지의 제왕』,『해리포터』,『나니아 연대기』와 같은 판타지 소설들은 게임을 창작하는 이들에게 창조적인 상상력을 부여해주는 텍스트로 각광받고 있다. 또한 중국 서진(西晉)의 진수(陳壽)가 삼국시대의 정사(正史)를 담아내고 있는『삼국지(三國志)』를 소설화한『삼국지연의(三國

志演義)』는 역사 시뮬레이션 게임인 〈삼국지〉 시리즈로 탄생되어 지금
까지 꾸준한 인기를 구가하고 있다.

　PC통신으로 탄생된 중세 유럽식 판타지 소설인 이영도의『드래곤 라
자(Dragon Raja)』[1](1998)는 머드 게임인 〈드래곤 라자 온라인〉의 원작
이다. 게임에서는 소설의 배경적인 요소들만을 중점적으로 차용하여 세
계관을 구성하고 있다. 자이펀과 바이서스 양국간의 대립과 반목이 있는
가운데, 헬턴트, 레너스와 같은 소설 속의 지명이 세계관 속에 설계되어
있기 때문에, 플레이어들은 소설 속의 세계에서 활약하는 듯한 느낌을
받는다. 이렇듯이 소설은 서사를 중심으로 하는 게임의 완벽한 소재이
다. 게임의 서사에 활용될 수 있는 문학적인 상상력의 획득은 대중문학,
순수문학을 떠나서 게임의 내러티브에 크게 영향을 미치고 있다.

　지금은『반지의 제왕』이나『해리포터』와 같은 동양적인 판타지의 스
토리텔링이 적극 필요한 시기이다. 우리나라는 인구가 적고 땅도 작은
나라이지만, 어느 나라와도 견줄 수 없는 유구한 역사와 독창적인 문화
를 소유하고 있다. 게다가 문화를 상품화시키는 걸출한 콘텐츠 생산능
력까지도 뛰어난 나라이다. 우리 고전문학이 가지고 있는 유희 요소와
판타지 요소들은 왕성한 게임 스토리텔링을 유도할 수 있는 거대한 힘
을 지니고 있다. 그렇기 때문에 갈수록 쇠퇴하고 있는 인문학의 새로운
방향 모색은 게임 스토리텔링으로 유도될 수 있다.

2.2. 게임의 기능

　게임의 기능(機能, function)이란 게임의 일정 부분의 역할과 작용을

---

1) 이영도,『드래곤 라자』, 황금가지, 1998.

의미한다. 게임의 기능을 이해하기 위해 인식의 진지함을 논할 수 있는
심리학적인 측면에서 접근하여 인지적 기능, 서사적 기능, 유희적 기능
으로 나누어 살펴보기로 한다.

　1　게임은 학습효과로서의 인지적인 기능을 갖추고 있다. 인지
(recognition)는 개인이 주변 세계에 대하여 가지고 있는 생각이나 아이
디어를 의미한다.2) 다시 말해, 인지란 사물의 외면적인 인상에서 드러
나는 학습을 통해 본성을 포착해 내는 것이며, 학습효과를 통하여 지각,
기억, 상상, 평가, 판단, 해석, 추리 등으로 연계시키는 역할을 하게 된
다. 플레이어를 위한 인지적 기능의 스토리텔링은 기억 학습의 세 단계
를 염두에 두고서 이루어져야 한다. 게임은 플레이어 스스로가 지각할
수 있도록 인지적 접근을 유도할 수 있는 기능을 지니고 있어야 한다.

　2) 게임의 기능을 서사적인 측면에서 언급하는 것은 브루너가 주장하
는 서사적 사고3)에 초점을 맞추어 근본적인 단계에서 접근해야 한다.
서사적 사고는 가상공간에서 맺어지는 캐릭터간의 관계에서 전개되는
사건들을 표현하고, 가상의 현실화에 따른 박진성(verisimilitude)을 목
표로 하는 인식의 구조이다. 그리고 서사적 기능은 게임의 전체적인
스토리의 흐름을 해석하고 이해하는 플레이어의 판단력에 따라 달라진
다. 스토리텔러가 베일에 가려진 미션을 설정해 나갈 경우, 처음과 결말
을 어떤 구조로 연결시켜 나가느냐에 따라 플레이어의 정서적인 판단
력은 달라지기 때문이다. 이야기가 이야기를 남기고 또 다시 이야기를
만들어가는 게임의 서사구조는 스토리텔러와 플레이어의 사이에서 무

---

2) 노안영 외, 『성격심리학』, 학지사, 2004, 417쪽.
3) Jerome S. Bruner, *Actual Minds, Possible Worlds*, Cambridge, Mass.: Harvard
　Univ. Press, 1986, p.11.

한한 상호작용으로 작용된다. 게임의 서사적 기능은 교육적인 측면에서 효과를 거둘 수 있는 서사표현의 학습 방법론이다.

3) 게임은 플레이어에게 휴식과 놀이를 제공하는 유희적인 기능을 갖추고 있다. 지그문트 프로이트(Sigmund Freud)가 제시하는 성격 구조의 가장 원초적인 자아라고 할 수 있는 이드(id)는 쾌락원리에 의해 작동하기 때문에 현실이나 도덕성에 대한 고려 없이 쾌락만을 추구한다.[4] 쾌락을 주는 모든 행동과 생각이 집중되어 나타나는 리비도 집중(cathexis)현상[5]이 극대화 되었을 때, 유희적인 기능은 강화된다. 일반적으로 오늘날의 게임은 교훈적인 측면보다 유희적인 측면이 훨씬 많이 강화되어 있다. 이러한 현상은 인간의 본능적인 대결의식과 성취욕에서 비롯되는 원초아적인 쾌감이 게임에서 중요시되기 때문이다.

2.3. 게임의 특성

게임의 특성은 플랫폼이나 장르에 따라서 달라진다. 그리고 특성의 정의를 내리기란 쉽지 않다. 게임의 본질을 가상세계의 공간성과 그래픽적인 표현성과 인터랙티브한 서사성에 두고 접근한다면, 게임의 특성은 쉽게 이야기 될 수 있다. 즉, 가상공간에서 이루어지는 사용자(플레이어)들의 참여적인 활동, 실사 캐릭터의 움직임이 아닌 2D나 3D그래픽으로 구현되는 캐릭터와 배경의 다양한 표현방식, 인류의 삶을 환상적인 세계로 접근시켜 개연성 짙은 허구적 서사를 전개시키는 등의 본질적인 문제로부터 게임의 특성을 살펴볼 수 있을 것이라고 기대해

---

4) 노안영 외, 앞의 책, 73쪽.
5) Calvin S. Hall, 백상창 역, 『프로이트 심리학』, 문예출판사, 1983, 42~50쪽.

본다.

자넷 머레이(Janet Murray)는 광대한 사이버 세계를 창조함에 있어서 필요한 디지털 환경을 네 가지로 나누어 제시하고 있다. 즉, 디지털 환경은 추론적(Procedural)이고, 참여적(Participatory)이고, 공간적(Spatial)이고, 백과사전적(Encyclopedic)이라는 것이다.6) 게임의 특성은 자넷 머레이의 디지털 환경을 중심으로 벳시 북(Betsy Book)이 가상세계의 본질적인 문제로부터 제시해내고 있는 여섯 가지 특징들(Six Features of Virtual Worlds)7)을 통하여 유추해석 할 수 있다. B.북이 제시하는 가상세계의 여섯 가지 특징은 공용공간(Shared Space), 그래픽적인 사용자 인터페이스(GUI-Graphical User Interface), 즉시성(Immediacy), 상호작용성(Interactivity), 영속성(Persistence), 사회화 및 공동체(Socialization/ Community)이다. 이러한 6가지 요소들은 〈Second Life〉나 〈Dada Worlds〉와 같은 사회형 가상세계(Social Virtual World)8)에서 쉽게 드러나는 특징들이다. 벳시 북이 제시하고 있는 특징들은 게임의 보편적인 특성을 획득한다는 측면에서 매우 긍정적인 결과를 돌출해 낼 수 있다.

---

6) Janet Murray, 한용환 외 역, 『인터랙티브 스토리텔링』, 안그라픽스, 2001, 80~102쪽.
7) Betsy Book, *Moving Beyond the Game: Social Virtual Worlds*, the State of Play 2 conference, 2004, 10, 28.
  (참고 : http://www.virtualworldsreview.com/papers/BBook_SoP2.pdf)
8) 류철균, 안진경, 「가상세계의 디지털 스토리텔링 연구」, 『게임산업저널』, 통권 16호, 한국게임산업진흥원, 2007.

3. 사건 스토리텔링

3.1. 게임의 사건

　사건이 서사구조(narrative structure)의 일부[9]라고 한다면, 사건을 창작하는 스토리텔러(화자, narrator)의 행위는 서사구조를 설정해 주는 행위이다. 게임에 드러나는 사건들은 원인과 과정과 결과를 수반한다. 그리고 게임의 캐릭터들은 사건의 상황에 따라 목표를 갖게 되고, 행동에 돌입하게 된다. 따라서 사건의 시작은 캐릭터가 행동하게 되는 동기에서 비롯되도록 스토리텔링해야 한다.

　사건 리스트의 작성은 게임의 전체적인 스토리를 구체화시키는 작업이다. 창의적인 발상으로 이야기를 생산하는 초기 서사단계인 만큼, 계기성에 중심을 둔 섬세한 스토리텔링이 필요하다. 그에 따른 사건의 배치와 연결은 게임의 흥미성을 고려하며 전개시켜야 한다. 특히, 게임의 사건이 다양한 변수에 의해 분기가 발생할 경우에는 다변수 서사를 전개시켜주어야 한다. 사건을 시퀀스별로 정리해 준다면 간단할 것 같지만, 각 씬을 상상해 가며 자신이 그리고자 하는 사건을 차근차근 전개시킨다면, 디테일한 스토리를 확보할 수 있게 된다. 게임에서 사건의 시작은 최종적인 목표를 달성하기 위한 동기유발에 있으며, 사건은 주인공이 목표를 달성하기 위해 행하는 모든 행동에 내재되어 있다. 그리고 좋은 사건리스트를 작성하기 위해서는 '브레인스토밍'에 의한 자유연상법을 활용하는 것이 완성도를 높일 수 있다. [표3-1]과 같이 플로우차트 형식으로 사건을 정리하는 것이 효율적인 리스팅이라고 할 수 있다.

---

9) Robert Scholes 외, 임병권 역, 『서사의 본질』, 예림기획, 2007, 327쪽.

[표 3-1] 사건 리스트

사건1
↓
사건2
↓
사건3
↓
……
↓
사건n

3.2. 게임 내의 사건의 계기성(스토리)

스토리는 게임 전체적인 내러티브를 단 시간에 파악하고 음미할 수 있도록 축소시킨 짧은 이야기이다. 그렇기 때문에 스토리는 일반적으로 줄거리로 해석되기도 한다. 스토리를 작성하는 과정에는 게임 내부에 존재하는 사건의 계기성에 주인공의 목표가 명확하게 드러나야 한다는 사실도 중요하게 작용된다. 따라서 주인공의 목표를 뚜렷하게 설정하기 위해서는 주인공의 목표를 방해하는 장애요소가 확연하게 드러나야 한다. 여기에서 계기성(繼起性)이란 인과관계가 개입되지 않은 사건이 시간의 흐름에 따라 전후관계를 형성하는 구조를 의미하며, 인과성(因果性)이란 사건의 원인과 결과의 관계가 형성되는 구조이다. 시간 속에서 전개되는 모든 것은 이야기가 된다는 김용석의 주장[10]처럼, 시간에 의해 나열되는 이야기는 사건이라는 계기성 속에서 스토리로 완성된다. 즉, 지각의 대상이 되는 이야기는 보이지 않는 시간에 형태를 부여함으로써 드러나게 하는 계기성을 가지고 탄생된다는 의미이다.

---

10) 김용석, 『서사철학(이야기 탐구의 아이리스)』, 휴머니스트, 2009, 412쪽.

3.3. 게임 내의 사건의 인과성(플롯)

게임 스토리텔링의 플롯은 게임 서사행위의 구조이며, 게임의 핵심
적인 뼈대이다. '게임의 설계도'라고 할 수 있는 플롯은 스토리텔링의
큰 골격을 잡는 작업이기 때문에 스토리텔러들은 플롯을 설계하는 작
업에 많은 시간을 할애해야 한다. 플롯의 가장 근본 성질은 인과관계에
있다. 따라서 게임의 서사에 내재된 캐릭터, 사건에 따른 행동 및 배경
의 변화를 인과관계로 나열시켜야 한다. 이러한 작업은 플롯을 넓은
의미(廣義)로 해석하였을 경우에 해당한다. 그러나 플롯을 좁은 의미
(狹義)로 해석한다면, 스토리상의 사건과 배경의 구조만을 포함한다.
게임의 기본 서사구조는 발단단계로 시작되어 진행단계를 거치고 결
과단계로 이어진다. 기본적인 서사의 틀 안에 회피와 수락의 조건이
따르는 룰에 의해 승리나 패배가 부여[11]되는 패턴은 게임의 서사가 가
지는 구조적 특징이다. 이러한 구조적 특징으로 구성되는 플롯은 하나
의 스토리에서 순서를 결정하고 사건을 배열하는 인과관계의 기능으로
나타난다. 따라서 인과관계는 논리적이고 합리적이라기보다 감정적
(affective)인 서사의 원인과 결과[12]이다.

내러티브의 개입이 약한 보드게임, 슈팅게임, 액션게임 등의 경우에
는 [표 3-2]처럼 '기-승-전-결'의 4단계 서술구조를 갖게 된다.[13] 그
리고 내러티브의 개입이 강한 게임은 구스타프 프라이타크(Gustav

---

11) Gonzalo Frasca, *LUDOLOGY MEETS NARRATOLOGY: Similitude and differences between (video)games and narrative*, http://www.ludology.org, 1999.
12) Kieran Eagan, 최상규역, 김병욱 편저, 『현대소설의 이론』, 대방출판사, 1984, 210쪽.
13) 이재홍, 「World of Warcraft의 서사 연구」, 『한국게임학회 논문지』, 제8권 제4호, 한국게임학회, 2008, 49쪽.

Freytag)가 제시하는 '발단-전개-위기-절정-결말'과 같은 5단계 서술 구조14)를 갖는다. 서사의 갈등구조가 자주 반복될 경우에는 [표 3-3]와 같이 '발단-(전개1-전개2-전개3-전개n)-위기-절정-결말'15)식으로 변형되기도 한다.

〈WOW〉의 경우, 전체에서 풍기는 역사적인 서사는 스토리텔러가 추구하는 플롯으로 드러나고 있지만, 게임이 시작되면, 인터렉티브한 서사적 특성으로 인하여 해체된 서사로 남게 된다. 이 때 플레이어는 비선형적(Non-Linear)인 서사를 이끌어 나가게 된다. 작가가 서술한 선형적(Linear)인 서사는 게임 속에, 혹은 플레이어의 마음속에 침잠(沈潛)하여 하나의 비선형적인 스토리로 재생된다. 그러나 다변수 서사의 구조가 개입되는 비디오(콘솔)게임 및 pc게임들의 스토리 구조는 선형성과 비선형성을 복합적으로 갖추고 있다.

[표 3-2] 4단계 플롯 리스트

플롯	내용
기	1,2,3 … n
승	1,2,3 … n
전	1,2,3 … n
결	1,2,3 … n

[표 3-3] 5단계 플롯 리스트

플롯	내용
발단	1,2,3 … n
전개1	1,2,3 … n
전개2	1,2,3 … n

---

14) 한국현대소설연구회, 『현대소설론』, 평민사, 1994, 79쪽.
15) 이재홍, 『게임시나리오 작법론』, 도서출판 정일, 2004, 215쪽.

전개3	1,2,3 … n
…	…
전개n	1,2,3 … n
위기	1,2,3 … n
절정	1,2,3 … n
결말	1,2,3 … n

3.4. 다변수 서사

같은 주제 하에서 전개되는 스토리의 진행을 여러 갈래로 분기시켜 다양한 시추에이션(situation)을 경험하게 하는 게임의 서사적 장치를 다변수 서사 스토리텔링(Multivariant narrative storytelling)이라고 정의한다. 여기에서는 멀티 플롯(Multi-Plot)의 변형된 개념에서 다변수 서사 (Multivariant narrative)라는 용어를 쓰고자 한다. 다변수 서사의 특징은 하나의 주제를 가지더라도 다양한 플롯으로 이어지는 복합적인 스토리가 구성되어, 스토리의 진행 및 결말을 플레이어가 의도하는 대로 이어갈 수 있는 시스템이다.

다변수 서사의 영화를 관람한 관객들은 극장을 떠나며 다양한 반응을 보이게 된다. 즉, 사건의 진행과 결말을 두고 감상평이 엇갈린다는 말이다. 이는 스토리 자체가 다양한 줄기로 분기되기 때문이기도 하겠지만, 스토리를 음미하는 관객들의 선호도와 가치 척도가 서로 다르기 때문이기도 하다. 이러한 다변수 서사 영화에 대한 욕구는 다변수 서사로 제작된 게임에서 충분히 경험할 수 있다. 다변수 서사는 메인 스토리를 축으로, 스토리가 다양하게 분기되는 시스템인 만큼, 사건의 다변화라는 측면에서 이해를 해야 한다.

다변수 서사는 시·공간을 넘나들고, 사건과 사건을 넘나들고, 인물
과 인물들이 뒤바뀌면서 벌어지는 다양성에 중심을 두고, 인간이 가지
고 있는 포지티브적인 속성과 네거티브적인 속성들을 충분히 충족시켜
주고 있다. 다음은 [그림 3-4]와 같이 다변수 서사의 유형을 6가지로 분
류하였다.

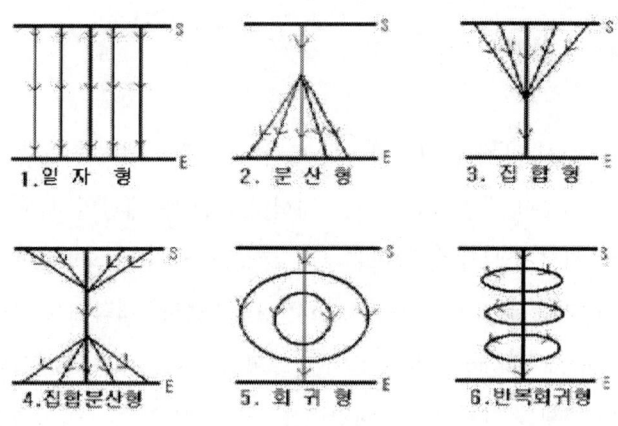

[그림 3-4] 다변수 서사의 유형

1) 일자형 : 오프닝 단계에서부터 여러 줄기의 스토리로 분기되어 전개되지
   만, 메인 스토리에 합류하는 일이 없이 독립된 직선 스토리로 엔딩까지
   이어지는 스타일의 서사 전개를 일자형 플롯이라고 한다.

2) 분산형 : 오프닝 단계에서는 메인 스토리 한 줄기로 전개되지만, 중간에
   여러 줄기의 스토리로 분기되어 각각의 엔딩을 보게 되는 스타일의 서사
   전개를 분산형 플롯이라고 한다.

3) 집합형 : 오프닝 단계에서부터 여러 줄기의 스토리로 분기되어 전개되지
   만, 중간에 메인 스토리로 합류한 후, 하나의 엔딩을 볼 수 있도록 구성
   된 스타일의 서사 전개를 집합형 플롯이라고 한다.

4) 집합분산형 : 집합분산형 플롯은 집합형 플롯과 분산형 플롯을 복합한
유형이다. 오프닝 단계에서 여러 줄기의 스토리로 전개된 후, 일단 메인
스토리로 복귀되지만, 다시 여러 줄기의 스토리로 분산되어 다양한 엔딩
을 보게 되는 스타일의 서사전개를 집합분산형 플롯이라고 한다.

5) 회귀형 : 오프닝 단계에서는 한 줄기의 스토리로 전개되지만, 중간에
여러 줄기의 스토리로 분기되었다가 다시 메인 스토리로 복귀하여 하나
의 엔딩을 보게 되는 스타일의 서사전개를 회귀형 플롯이라고 한다.

6) 반복 회귀형 : 오프닝 단계에서는 한 줄기의 스토리로 전개되지만, 중간
에 다른 여러 줄기의 스토리로 분기된다. 그러나 곧 메인 스토리로 복귀
한다. 빈번하게 분기되었다가 메인 스토리로 복귀하길 반복하다가 하나
의 엔딩을 보게 되는 스타일의 서사전개를 반복 회귀형 플롯이라고 한다.

3.5. 퀘스트

조셉 캠벨(Joseph Campbell)[16]은 퀘스트(Quest)의 의미를 영웅의 여
행에서 해석해내고 있으나, 퀘스트를 리비도(Libido) 탐구 행위로 보는
노드롭 프라이(Northrop Frye)[17]는 여름의 미토스인 로망스(Romance)
구조 속에서 퀘스트의 의미를 해석하기도 한다. 그리고 제프 하워드
(Jeff Howard)는 의미 있는 목표를 성취하기 위해 도전을 극복하는 주인
공(혹은 사용자)이 상징적이고 환상적인 공간에서 사물을 획득하고 사
람과 조우하는 여행이라고 정의하고 있다.[18]

그리고 제프 하워드(Jeff Howard)는 퀘스트의 자질을 상호작용성보

16) Joseph Campbell, *The Hero with a Thousand Faces*, Novato, California : New World Library, 2008, p.23.
17) Northrop Frye, 임철규 역, 『비평의 해부』, 한길사, 1982. 260~287쪽.
18) Jeff Howard, *Quests*, A K Peters, Ltd, 2008, p.xi.

다 행동규정성(enactment)에 두고 있다.[19] 행동규정성은 시뮬레이션적
인 환경 속에서 특정 사건을 능동적이고 목표 지향적인 행동에서 발현
된다. 행동에 의한 상호작용성 문제를 캐릭터의 대화에서 산출해 내는
헨리 제킨스(Henry Jenkins)는 그러한 현상들을 출현서사(emergent
narrative)[20]라고 주장한다.

퀘스트는 메인스토리에 종속되는 독립된 또 하나의 스토리이다. 또
한 퀘스트는 온라인 게임을 모험하게 되는 과정에서 플레이어가 특정
사물이나 낯선 NPC들로부터 부여받는 임무이다. 퀘스트의 연계 구조에
따라서는 그 규모가 작을 수도 있으며, 거대할 수도 있다. 그렇기 때문
에 퀘스트의 내용은 재미있고, 감동적이고, 과학적인 필연성이 가미되
어야 한다. 플레이어는 퀘스트를 수행하는 순간부터 새로운 스토리를
음미할 수 있게 되고, 레벨을 올릴 수 있게 되고, 특별한 기술을 습득할
수 있게 되고, 모험을 위한 무기나 방어구 같은 장비를 마련할 수 있게
된다. 따라서 퀘스트는 서사의 흐름을 이끄는 역할을 수행하지만, 문제
해결과정에서 장애물로 작용되기도 한다. 퀘스트의 유형은 크게 내용
에 따라, 난이도에 따라, 시스템에 따라, 수행형태에 따라 분류한다.

플레이어를 매개로 하여 스토리텔링해 내는 〈WOW〉의 서사구조는
퀘스트를 통해 섬세하게 보여주고 있다. 플레이어의 오감을 건드려 기
어코 퀘스트에 몰입할 수 있도록 스토리텔링하는 것이, 퀘스트의 매력
이자 기능이라는 것을 〈WOW〉는 보여주고 있다. 퀘스트의 리스트는
[표 3-5]와 같이 작성한다.

---

19) 위의 책, p.1.
20) Henry Jenkins, *Game Design as Narrative Architecture*, 『First Person』,
  Cambridge, MIT Press, 2004, pp.128~129.

[표 3-5] 퀘스트 리스트

퀘스트 이름		수행 가능조건	
퀘스트 종류		연속퀘스트 유무	
진행 맵과 부여장소		퀘스트 부여방법	
퀘스트 부여NPC		퀘스트 수행지점	
보상 장소		완료 NPC	
보상방법			
임무(목표)			
등장 NPC			
등장 몬스터			
보상아이템 제안			
수행 적정인원			
수행 방법			
배경스토리 및 시나리오			

3.6. 게임의 돌발 서사

게임의 돌발 서사(outbreak narrative)는 게임의 전개과정에서 돌발적으로 발생하는 사건이나 행사를 의미한다. 그리고 돌발 서사는 게임의 시스템적인 면에 매료되어 스토리를 혼동하는 플레이어에게 스토리의 내용과 게임의 흐름을 인식시켜 게임의 지속성을 높여주고, 스토리에 내재된 주요 사건들을 짧은 시간에 디테일하게 부각시켜 스토리의 합리성을 높여주는 역할을 한다. 또한 다변수 서사로 구성된 게임의 경우에는 다양한 분기로 이어지는 스토리의 연결성을 높여줌으로써 게임의 리얼리티를 효과적으로 높여주기도 한다. 즉, 돌발 서사는 스토리의 내용을 자세하게 설명하거나, 앞으로 전개될 스토리를 암시해 주거나, 주요 캐릭터들을 섬세하게 부각시켜주는 기능을 발휘한다.

게임의 돌발 서사 유형은 '필수 돌발 서사'와 '선택 돌발 서사'로 나뉜

다. 그리고 '필수 돌발 서사'와 '선택 돌발 서사'는 각각 '강제 돌발 서사'
와 '자율 돌발 서사'로 나뉜다. '필수 돌발 서사'는 플레이어의 의지와는
상관없이 플레이 도중에 돌발적인 상황으로 전개된다. 대개 동영상 화
면으로 연출되는 '강제 돌발 서사'가 주를 이룬다. 이는 스토리의 전개
과정에서 반드시 거치지 않으면 안 되도록 설계된 필수적인 돌발 서사
이다. 그리고 '필수 돌발 서사'는 스토리의 진행을 섬세하게 묘사해 주
거나 사건, 배경, 인물 등에 얽힌 스토리를 자세하게 부각시켜주는 역할
을 한다. 돌발 서사의 리스트는 [표 3-6]와 같이 작성한다.

[표 3-6] 돌발 서사 리스트

돌발 서사 이름		돌발 서사 발생 씬 번호	
돌발 서사 종류		돌발 서사 발생조건	
돌발 서사 발생방법		진행맵과 발생장소	
돌발 서사 목적			
돌발 서사 결과 및 보상			
등장 NPC			
등장 몬스터			
아이템 유무 및 제안			
배경 스토리			
동영상의 시나리오			

4. 캐릭터 스토리텔링

4.1. 캐릭터의 설계적인 의미

캐릭터는 작품의 스토리에 의하여 독특한 개성과 이미지가 부여되는

존재이다. 린다 시거(Linda Seger)는 등장인물의 기능적인 역할[21]을 분석해 내고 있다. 메인 캐릭터(main characters), 보조 캐릭터(supporting characters), 깊이를 더하는 캐릭터(characters who add other dimensions), 테마를, 제시하는 캐릭터(thematic characters), 권력을 과시하는 캐릭터(mass and weight characters)로 열거되는 이 기능들은 게임에서 드러나는 캐릭터의 기능을 언급하기에 아주 적절한 이론이다.

성격(性格, personality)이란 한 캐릭터의 일관된 행동과 사고방식을 의미한다. 스토리텔러는 자신이 그려내고자 하는 캐릭터에게 피와 살을 부여하여 생명력을 불어 넣는다. 비록 그림을 그릴 수 있는 능력이 전무한 스토리텔러라고 할지라도, 스토리텔러의 두뇌에서 생성되는 상상력은 그래픽적인 데이터로 산출되어 독특한 캐릭터를 탄생시키게 된다. 게임 캐릭터의 성격묘사는 외면적인 요소와 내면적인 요소의 결합에 의해 결정된다. 게임의 성격 유형에 대해서는 정신분석학적으로나 심리학적으로 다양하게 분류되고 있으나, 심리유형검사인 MBTI[22]에 의한 유형으로 접근하여 스토리텔링을 한다면 좀 더 심도 있는 성격표현이 가능해질 것이다.

게임에서의 갈등(葛藤, conflict)은 중심 캐릭터인 주인공(Protagonist)과 주인공의 목표를 방해하는 캐릭터인 적대자(Antagonist)의 대립으로 창조된다.[23] 그리고 게임의 갈등의 문제는 내적 갈등과 외적 갈등으로 나뉜다. 내적 갈등은 주인공의 마음 속에서 꿈틀거리는 내면의 갈등이

---

21) Linada Seger, 윤태현 역, 『Making A Good Writer Great』, 시나리오친구들, 2001, 265~279쪽.
22) MBTI(Myers-Briggs Type Indicator), MBTI는 심리학자인 융의 심리 유형론을 기초로 Katharine C.Briggs와 Isabel B.Myers가 오랜 기간 동안 연구하고 개발한 성격유형선호 지표이다. 정신의학분야에서 많이 활용되고 있다.
23) 이재홍, 『애니메이션시나리오 작법론』, 충남테크노파크&한서대학교, 2004, 33쪽.

며, 외적 갈등은 적대자와의 대립에서 드러나는 외면의 갈등이다. 캐릭터를 스토리텔링할 경우, 내면의 갈등을 외면화 시키는 일이 가장 중요한 작업이다.

4.2. 캐릭터의 유형과 설계

게임의 주인공인 PC는 자신이 추구해야 할 목표를 가지고 있으며, 그 목표가 해결되었을 경우, 게임의 목적은 달성된다. 그렇듯이 PC는 게임 스토리에 의해 행동을 통제 받으며, 스토리의 사건을 결정짓고, 사건의 흐름에 따른 방향성을 만들어낸다. 주인공의 역할은 동기(Motivation)로 인하여 행동(Action)이 유발되고, 그 행동의 결과는 목표(The Goal) 달성으로 나타난다.[24] 동기란 어떤 사건에 의하여 등장인물의 정신적인 평형이 파괴되었을 때 새롭게 발생하는 욕구이며, 어떤 사건이 일어나게 되어 게임내의 스토리가 급진하게 추진력을 받는 현상이다.

게임의 장르 및 규모에 따라 NPC의 종류와 숫자는 현격하게 달라진다. NPC를 시스템적으로 분류해 본다면, PC에게 위해를 가하지 않는 '우호 NPC'와 PC에게 위해를 가하는 '적대 NPC'로 나뉜다. 따라서 NPC의 유형을 좀 더 구체적이고 세분화시켜서 살펴본다면 다음과 같은 유형이 획득된다. PC에게 적대역인 적 캐릭터는 '최종 보스 NPC'와 '중간 보스 NPC'로 나눈다. 그리고 PC에게 우호적인 보조 캐릭터는 '강제 보조 NPC'와 '자율 보조 NPC'로 나눌 수 있다.

---

24) Markus Friedl, 염태선 역, 『Online game interactivity theory』, 정보문화사, 2003, 247쪽.

MMORPG의 PC기준에서 캐릭터의 유형을 언급해 보자면, PC가 사냥 가능한 '일반용 몬스터', PC를 보조하여 적을 섬멸하는 '전투용 몬스터', PC의 취향을 맞추어주는 '애완용 몬스터', PC의 이동에 활용하는 '이동용 몬스터' 등으로 나눌 수 있다. 〈WOW〉의 경우, 일반용 몬스터는 필드에서 적대 몬스터와 우호 몬스터로 존재하며, PC가 게임을 수행하는 과정에서 주로 사냥의 대상이 된다. 전투용 몬스터는 PC와 함께 힘을 합쳐 적을 공격하는 사냥꾼의 팻이나 마법사의 소환수 등을 일컫는다. 애완용 몬스터는 플레이어들이 애완용으로 소유할 수 있는 앵무새나 고양이, 멀록 등과 같은 동물들이다. 이동용 몬스터는 말, 호랑이, 산양, 렙터, 타조, 등과 같은 육상 이동용 몬스터와 그리핀이나 와이번과 같은 비행 이동용 몬스터 등으로 나눌 수 있다. 이러한 스토리텔링은 [표 4-1]의 리스트로 완성된다.

[표 4-1] 캐릭터 리스트

기본정보 *(이미지 넣기)	이름		등장배역	
	별명		직업	
	성별(나이)		인종(종족)	
	생년월일		국적(고향)	
	혈액형		사용언어	
외모	키		몸무게	
	머리색		눈동자의 색	
	의상		목소리의 톤	
성격	대표적 성격			
	가치관			
	특이한 버릇			
	좋아하는 것			
	싫어하는 것			
	특기			
	취미			

성장환경	가족관계	
	성장배경	
배경 스토리	캐릭터의 동기	
	캐릭터의 목표	
	캐릭터의 행동	
	보조관계 캐릭터	
	적대관계 캐릭터	
기타		

5. 세계관 스토리텔링

5.1. 세계관의 설계적인 의미

세계관(world guide, 世界觀)은 문학적인 측면에서 접근할 때 쉽게 이해될 수 있다. 넓은 의미에서 해석되는 게임의 세계관은 소설에 있어서의 스토리 구성의 3요소(인물, 배경, 사건)를 모두 포함하고 있다. 그러나 게임의 세계관 작업은 좁은 의미에서 구성되어야 한다. 즉, 스토리의 3요소 중에서도 가장 핵심적인 배경요소를 중심으로 접근되어야 한다. 좁은 의미에서 해석되는 게임의 세계관은 시간적인 배경과 공간적인 배경으로 세밀하게 스토리텔링되기 때문이다. 우리 인간들의 의식세계와 행동의 세계는 시간과 공간의 틀 속에서 무한한 생명력을 지닌다. 특히, 게임의 세계관에 내포된 감성은 시간과 공간이 의미하는 무의식적 또는 의식적인 메시지로 전환되어 플레이어의 마음을 움직이게 한다.

게임의 세계는 플레이어가 활동하는 생활과 활동무대이다.[25] 게임의 내러티브를 구현하는 행위는 가상세계를 창조한다는 의미이다. 무책임

한 가치의식으로 완성되는 세계관은 플레이어들로부터 외면을 당하기
쉽다. 그렇기 때문에 가상세계에는 스토리텔러가 꿈꾸는 세계의 철학
이 듬뿍 담긴 세계관이 스토리텔링되어야 한다. 스토리텔러가 구상하
는 서사적 연결고리들이 어느 시간에, 어떤 공간에서, 어떻게 전개되는
지 미리 조사되고 설계되어야 한다. 완성도 높은 세계관의 설정을 위해
서는 시간적인 배경요소와 공간적인 배경요소가 별개의 서사로 독립될
수 없다. 시간과 공간은 서로 맞물려 작품의 서사구조 속에 녹아 있어야
하기 때문이다. 게임 세계관을 스토리텔링할 경우, 시간적인 배경 및
공간적인 배경의 정보를 어떻게 확보할 것인가에 대한 심리적 부담은
매우 크다.

5.2. 시간적인 배경

게임의 시간이란 과거의 전통적인 서사의 시간성을 초월한 보다 역
동적이고 보다 장구한 서사구현의 시간이다.[26] 시간적인 배경은 작품
에 묘사되는 시대의 시간을 축으로 구성되는 국가와 종족의 삶에 내재
된 총체적인 구성요소를 의미한다. 그렇기 때문에 게임의 시간적인 배
경은 허구성이 내재된 가상세계라고 할지라도 현실세계와 같은 보편적
리얼리티가 확립된 정확한 데이터로 스토리텔링되어야 한다. [표 5-1]과
같은 시간적인 배경리스트[27]에는 시대, 국가체제, 계급, 인종, 도덕, 종
교, 역사, 경제, 문학, 미술, 음악, 건축, 체육 및 놀이문화 등과 같은

---

25) 오규환, 「MMORPG의 다이나믹 게임월드」, 『디지털 스토리텔링연구』1호, 2006, 43쪽.
26) 류철균, 「서사 계열체 이론」, 『디지털 스토리텔링연구』1호, 2006, 36쪽.
27) 이재홍, 『게임시나리오 작법론』, 도서출판 정일, 2004. 215쪽.

자세한 정보가 세부사항으로 기입되어야 한다.

5.3. 공간적인 배경

가상공간에서의 공간과 플레이어의 참여 행위를 통한 상호작용은 스토리텔링의 유발요인으로 중요하게 작용된다.[28] 게임의 공간적인 배경은 게임에 묘사되는 국가와 종족의 삶이 구성되는 자연 환경적인 공간을 의미한다. 가상세계의 공간이라고 할지라도 현실세계와 같은 보편적인 리얼리티가 확립된 공간 데이터가 중시된다.

[표 5-2]와 같은 공간적인 배경리스트[29]는 게임에 드러나는 종족의 삶을 보존시켜 주는 자연의 공간이다. 어느 나라, 어느 도시, 어느 마을이라는 지리적인 여건을 비롯하여, 의식주가 해결되는 주거공간의 형태가 묘사되어야 한다. 그리고 자연적인 환경요소인 산, 숲, 강, 호수, 사막, 바다, 하늘, 기후, 바람 등의 정보가 섬세하게 스토리텔링되어야 한다.

[표 5-1] 시간적 배경 리스트

타이틀	세부사항	기타
시대		
국가체제		
계급제도		
인종구성		
언어		
도덕		
종교		
역사		

---

28) 류철균, 윤현정, 「가상세계 스토리텔링의 이해」, 『디지털 스토리텔링연구』3호, 2008, 22쪽,
29) 이재홍, 앞의 책, 162쪽.

경제		
문학		
미술		
음악		
건축양식		
과학		
체육		
놀이문화		
기타		

[표 5-2] 공간적 배경 리스트

타이틀	세부사항	기타
국가		
도시		
마을		
주거공간		
산		
숲		
강		
호수		
사막		
바다		
하늘		
기후		
바람		
기타		

6. 매개체 요소 스토리텔링

6.1. 아이템

아이템(Item)이란, 본디 한 단위로 다루어지는 데이터의 집합을 의미한다. 컴퓨터의 파일을 구성하는 데이터의 구분에서 가장 작은 단위나 항목을 일컫기도 한다. 인류가 삶에 필요한 생활용품이나 도구들을 생산하거나 구입하여 사용하고 있듯이, 가상세계의 캐릭터들에게도 삶에 필요한 생활용품이나 도구들은 반드시 필요한 법이다. 게임 속의 캐릭

터들이 필요로 하는 생활용품이나 도구들을 바로 '아이템'이라고 총칭
하여 표현한다. 게임을 진행하는데 필요한 아이템은 무기 및 갑옷과
같은 '장비 아이템', 회복 및 치료물약과 같은 '소모 아이템', 적으로부터
데미지를 입은 주인공의 체력을 회복시켜주는 '회복 아이템', 서로 다른
아이템을 조합하여 더 좋은 성능을 발휘하는 아이템을 제작하거나, 새
로운 기능을 만들어내기 위해 독립적인 아이템들을 조합하는 '조합 아
이템', 수수께끼를 풀거나 고도의 어려운 문제를 풀어내는 퍼즐(puzzle)
형식의 '퍼즐 아이템' 등이 있다.

아이템은 게임성을 높여주는 요소이며, 플레이어에게 획득과 소유의
쾌감을 제공하는 요소이다. 플레이어들이 아이템에 가장 관심을 많이
갖는 것은 인간에게 내재된 원초적인 경제욕구를 아이템이 충족시켜주
고 있기 때문이다. 또한, 게임업체는 게임업체 나름대로 아이템의 활용
을 통하여 경제적인 수익성과 연결시키고 있다. 아이템의 리스트는 [표
6-1]과 같이 작성한다.

[표 6-1] 아이템 리스트

분류번호		분류	
이름		획득조건	
등급		종류	
착용 조건			
기본 능력			
착용 효과			
특별 효과			
판매 가격			
배경 스토리	이미지		
획득 방법			
기타 정보			

6.2. 퍼즐

퍼즐(Puzzle)은 어려운 문제를 풀도록 유도하거나 깊이 생각하게 만드는 문제이다. 대개 숫자나 도형을 맞추는 퍼즐문제는 '알아맞히기 놀이' 또는 '짜 맞추기 놀이'[30]로 유도되고 있으며, 퍼즐을 풀어가는 과정에서 지적인 만족감이 획득된다. 가상세계에서는 학문적이라기보다 놀이의 개념으로 풀어보는 '수수께끼'를 다양하게 활용할 수 있다. 특히, 게임에서의 퍼즐은 게임의 지적수준을 끌어 올려 주는 매개체 요소로써 극대화된다. 최근에는 퍼즐이 창의적인 사고력과 논리적인 사고력을 훈련하는 청소년의 교육에 많이 활용되고 있다. 크로스워드 퍼즐로 대표되는 언어퍼즐이나 수학퍼즐은 두뇌개발 학습에 다양하게 활용되고 있다.

게임에 있어서의 퍼즐은 물리적인 힘을 가해서 해결되는 것이 아니다. 퍼즐은 분명히 플레이어가 두뇌를 회전시켜 해결해야 하는 일종의 수수께끼라고 할 수 있다. 또한 퍼즐요소는 어드벤처 게임에서 비중 있게 사용되고 있는 인터랙티브한 스토리텔링 요소로 자주 설계되고 있다. 퍼즐요소를 거의 배제해 왔던 롤플레잉게임, 시뮬레이션게임, 액션게임에서마저 요즘은 퍼즐요소를 활발하게 활용하고 있다. 게다가 퀘스트 위주의 시스템을 채택하고 있는 온라인 게임에 있어서의 퍼즐적인 요소는 매우 중요한 위치를 점하고 있다.

게임 퍼즐의 양상은 스토리의 진행을 위해 필수적으로 해결해야 하는 '필수 퍼즐'과 스토리의 진행과는 관계가 없이 부가적 서비스 측면에서 해결해야 하는 '선택 퍼즐'로 양분된다. 그리고 퍼즐의 유형은 '스토

---

30) http://ko.wikipedia.org.

리텔링 방법에 따른 유형', '재료의 획득 방법에 따른 유형', '해독(풀이)
방법에 따른 유형' 등으로 분류할 수 있다. 퍼즐의 리스트는 [표 6-2]와
같이 작성한다.

[표 6-2] 퍼즐 리스트

퍼즐 이름		퍼즐 정리 번호	
퍼즐 종류		난이도	
퍼즐 발생 형태		진행 지점	
지향 목표			
퍼즐 창작 배경 스토리			
퍼즐 해결 방법			
완료 후의 상황 전개			
퍼즐 이미지			
기타 정보			

6.3. 게임 음악

게임의 재미를 만끽할 수 있는 흥미성은 게임요소의 스토리텔링으로
판가름이 난다고 해도 과언이 아닐 정도로 아이템, 퍼즐, 음악 등은 게
임 플레이에 중요한 역할을 담당하고 있다. 일부에서는 게임에 드러나
는 효과 음악과 배경 음악을 매개체 요소로 다룬다는 것을 무리하게
보는 시각도 있다. 그럼에도 불구하고 본 논문에서 게임음악을 매개체
요소에 집어넣은 것은 게임음악이 게임의 매개체 환경을 극대화시켜
주는 중요한 서정요소이자 배경요소라고 보았기 때문이다. 물론, 최근
에 리듬게임의 발달로 인하여 음악 자체가 인터랙티브한 특성으로 자
리 잡고 있는 경향도 있기 때문에 게임음악을 매개체 요소로 보더라도
무리하지 않다는 것을 주장하는 바이다. 즉, 음악은 게임성의 연결선상

에서 뿐만이 아니라 스토리텔링의 한 부분으로 연구되어야 한다.

스토리텔러는 시나리오를 작성해 나갈 경우, 작품의 시대적인 특성에 맞는 음악과 지역적인 특성에 맞는 음악을 게임에 삽입시킴으로써, 플레이어들이 게임의 세계관을 쉽게 감지할 수 있도록 유도해야 한다. 어떤 종류의 음향을 게임 속에 삽입시키느냐에 따라 게임의 장르를 표면에 드러내 줄 수 있기 때문이다. 그리고 캐릭터의 성격과 캐릭터의 유형을 음성의 효과음으로 드러내 주기도 하고, 게임의 배경 속에 내재된 분위기를 배경음악으로 이끌어 내주기도 해야 한다. 그렇기 때문에 플레이어들은 자신의 귓속으로 파고드는 음향효과로 인하여, 때로는 격하게 흥분하기도 하고, 극도의 공포감을 맛보기도 하고, 애잔한 슬픔을 느끼기도 한다. 이는 스토리에 몰두하여 감동과 스릴, 서스펜스, 카타르시스를 섬세하게 느낄 수 있도록 유도하는 역할을 음악이 담당하고 있기 때문이다. 게임음악의 리스트는 [표 6-3]와 같이 작성한다.

[표 6-3] 게임음악 리스트

씬 번호	분류	세부사항	배경스토리

7. 결론

이상과 같이 게임구성의 4요소를 중심으로 게임 스토리텔링을 연구해 보았다.

게임 스토리텔링은 인터랙티브한 내러티브를 구성하는 미디어적인 이야기 형식이며, 상호작용적인 시나리오를 생산해내는 창작기술이다. 본 연구는 이론에 중심을 둔 학문적인 연구보다 창작 방법론적인 연구가 중심이 되었다. 그렇기 때문에 인문학적인 관점에서 볼 때에는 다소 생소하거나 낯선 논문으로 비춰질 수도 있을 것이라고 사료된다. 그러나 디지털화된 미디어 문화가 주류를 형성하고 있는 이 시대에, 게임 스토리텔링 방법론 연구라는 작업은 국문학 연구영역의 새로운 확장을 의미하는 것이다. 화려한 메커니즘만으로 사용자(User)를 만족시켜 온 게임은 인문학적인 접근, 특히 문학적인 접근을 어렵게 해왔던 것 또한 사실이다. 이미 산업과 산업간의 융합이 활발하게 이루어지고 있듯이, 이제부터는 학문과 학문 간의 융합, 학문과 산업 간의 융합이 좀 더 적극적으로 이루어져야 하는 시대이다.

본 논문에서 다루어지고 있는 4가지 요소의 스토리텔링 연구는 지금까지 미약했던 극히 일부의 스토리텔링 방법론을 제시했을 뿐이다. 게임 내부에 실핏줄과 같이 얽힌 내러티브 요소들에 대한 스토리텔링이 향후에 좀 더 구체적으로 연구되었을 때, 비로소 게임의 진화의 방향을 제시할 수 있는 실무적인 스토리텔링 방법론은 완성되는 것이라고 생각한다. 그렇기 때문에 각종 게임의 분석데이터와 다양한 서사이론이 접목된 체계적인 연구가 강화되어야 한다고 생각한다.

콘텐츠의 개발에는 서사를 리드해 나갈 수 있는 스토리텔링이 선행되었을 때, 제대로 된 문화콘텐츠가 탄생된다. 본 연구는 한승옥 교수님의 지도하에 쓴 박사논문을 축약하였다. 양이 많은 논문이었기 때문에 다소 무리하게 축소시킨 점이 없지 않다. 그러나 이 논문을 은사님의 퇴임 기념 논문집에 넣을 수 있게 되어 매우 기쁘기 짝이 없다.

찾아보기

작가작품론의 정체성과 이데올로기

작가작품론의 정체성과 이데올로기

초판인쇄 2010년 12월 15일
초판발행 2010년 12월 24일

저　　자 한승옥 외
발 행 인 윤석현
발 행 처 박문사
등록번호 제2009-11호
책임편집 박채린

우편주소 132-702 서울시 도봉구 창동 624-1 현대홈시티 102-1206
대표전화 (02) 992-3253(대)
전　　송 (02) 991-1285
홈페이지 www.jncbms.co.kr
전자우편 bakmunsa@hanmail.net

ISBN 978-89-94024-50-9 93810   **정가** 31,000원